증편 한국구비문학대계

8-18

경상남도 함양군 ③

이 저서는 2008년도 정부(교육과학기술부)의 재원으로 한국학중앙연구원(한국학진흥사업단)의 지원을 받아 수행된 연구임(AKS-2008-AIA-3101)

증편 한국구비문학대계

8-18
경상남도 함양군 ③

박경수 · 황경숙 · 서정매

한국학중앙연구원

역락

발간사

　민간의 이야기와 백성들의 노래는 민족의 문화적 자산이다. 삶의 현장에서 이러한 이야기와 노래를 창작하고 음미해 온 것은, 어떠한 권력이나 제도도, 넉넉한 금전적 자원도, 확실한 유통 체계도 가지지 못한 평범한 사람들이었다. 이야기와 노래들은 각각의 삶의 현장에서 공동체의 경험에 부합하였으며, 사람들의 정신과 기억 속에 각인되었다. 문자라는 기록 매체를 사용하지 못하였지만, 그 이야기와 노래가 이처럼 면면히 전승될 수 있었던 것은 그것이 바로 우리 민족의 유전형질의 일부분이 되었기 때문이며, 결국 이러한 이야기와 노래가 우리 민족을 하나의 공동체로 묶어 주고 있는 것이다.

　사회와 매체 환경의 급격한 변화 가운데서 이러한 민족 공동체의 DNA는 날로 희석되어 가고 있다. 사랑방의 이야기들은 대중매체의 내러티브로 대체되어 버렸고, 생활의 현장에서 구가되던 민요들은 기계화에 밀려 버리고 말았다. 기억에만 의존하여 구전되던 이야기와 노래는 점차 잊히고 있다. 한국학중앙연구원이 1970년대 말에 개원함과 동시에, 시급하고도 중요한 연구사업으로 한국구비문학대계의 편찬 사업을 채택한 것은 바로 이러한 시대적 상황에 대한 우려와 잊혀 가는 민족적 자산에 대한 안타까움 때문이었다.

　당시 전국의 거의 모든 구비문학 연구자들이 참여하였는데, 어려운 조사 환경에서도 80여 권의 자료집과 3권의 분류집을 출판한 것은 그들의 헌신적 활동에 기인한다. 당초 10년을 계획하고 추진하였으나 여러 사정으로 5년간만 추진되었으며, 결과적으로 한반도 남쪽의 삼분의 일에 해당하는 부분만 조사하게 되었다. 그럼에도 불구하고 한국구비문학대계는 주관기관인 한국학중앙연구원의 대표 사업으로 각광 받았을 뿐 아니라, 해방 이후 한국의 국가적 문화 사업의 하나로 꼽히게 되었다.

21세기에 들어서면서 한국학중앙연구원에서는 미완성인 채로 남아 있는 구비문학대계의 마무리를 더 이상 미룰 수 없다는 생각으로 이를 증보하고 개정할 계획을 세웠다. 20년 전의 첫 조사 때보다 환경이 더 나빠졌고, 이야기와 노래를 기억하고 있는 제보자들이 점점 줄어들고 있었던 것이다. 때마침 한국학 진흥에 대한 한국 정부의 의지와 맞물려 구비문학대계의 개정·증보사업이 출범하게 되었다.

이번 조사사업에서도 전국의 구비문학 연구자들이 거의 다 참여하여 충분하지 않은 재정적 여건에서도 충실히 조사연구에 임해 주었다. 전국 각지의 제보자들은 우리의 취지에 동의하여 최선으로 조사에 응해 주었다. 그 결과로 조사사업의 결과물은 '구비누리'라는 이름의 데이터베이스에 탑재가 되었고, 또 조사자료의 텍스트와 음성 및 동영상까지 탑재 즉시 온라인으로 접근할 수 있는 시스템을 갖추었다. 특히 조사 단계부터 모든 과정을 디지털화함으로써 외국의 관련 학자와 기관의 선망의 대상이 되고 있다.

이제 조사사업의 결과물을 이처럼 책으로도 출판하게 된다. 당연히 1980년대의 일차 조사사업을 이어받음으로써 한편으로는 선배 연구자들의 업적을 계승하고, 한편으로는 민족문화사적으로 지고 있던 빚을 갚게 된 것이다. 이 사업의 연구책임자로서 현장조사단의 수고와 제보자의 고귀한 뜻에 감사를 표하지 않을 수 없다. 아울러 출판 기획과 편집을 담당한 한국학중앙연구원의 디지털편찬팀과 출판을 기꺼이 맡아준 역락출판사에 감사를 드린다.

2013년 10월 4일

한국구비문학대계 개정·증보사업 연구책임자 김병선

책머리에

구비문학조사는 늦었다고 생각하는 지금이 가장 빠른 때이다. 왜냐하면 자료의 전승 환경이 나날이 달라지고 있기 때문이다. 전승 환경이 훨씬 좋은 시기에 구비문학 자료를 진작 조사하지 못한 것이 안타깝게 여겨질수록, 지금 바로 현지조사에 착수하는 것이 최상의 대안이자 최선의 실천이다. 실제로 30여 년 전 제1차 한국구비문학대계 사업을 하면서 더 이른 시기에 조사를 했더라면 하는 아쉬움이 컸는데, 이번에 개정·증보를 위한 2차 현장조사를 다시 시작하면서 아직도 늦지 않았다는 사실을 실감했다.

구비문학 자료는 구비문학 연구와 함께 간다. 자료의 양과 질이 연구의 수준을 결정하고 연구수준에 따라 자료조사의 과학성이 결정되기 때문이다. 실제로 1차 조사사업 결과로 구비문학 연구가 눈에 띠게 성장했고, 그에 따라 조사방법도 크게 발전되었다. 그러나 연구의 수명과 유용성은 서로 반비례 관계를 이룬다. 구비문학 연구의 수명은 짧고 갈수록 빛이 바래지만, 자료의 수명은 매우 길 뿐 아니라 갈수록 그 가치는 더 빛난다. 그러므로 연구활동 못지않게 자료를 수집하고 보고하는 일이 긴요하다.

교육부에서 구비문학조사 2차 사업을 새로 시작한 것은 구비문학이 문학작품이자 전승지식으로서 귀중한 문화유산일 뿐 아니라, 미래의 문화산업 자원이라는 사실을 실감한 까닭이다. 따라서 학계뿐만 아니라 문화계의 폭넓은 구비문학 자료 활용을 위하여 조사와 보고 방법도 인터넷 체제와 디지털 방식에 맞게 전환하였다. 조사환경은 많이 나빠졌지만 조사보고는 더 바람직하게 체계화함으로써 누구든지 쉽게 접속하여 이용할 수 있는 데이터베이스를 구축했다. 그러느라 조사결과를 보고서로 간행하는 일은 상대적으로 늦어지게 되었다.

2차 조사는 1차 사업에서 조사되지 않은 시군지역과 교포들이 거주하는 외국지역까지 포함하는 중장기 계획(2008~2018년)으로 진행되고 있다. 한국학중앙연구원 어문생활연구소와 안동대학교 민속학연구소가 공동으로 조사사업을 추진하되, 현장조사 및 보고 작업은 민속학연구소에서 담당하고 데이터베이스 구축 작업은 한국학중앙연구원에서 담당한다. 가장 중요한 일은 현장에서 발품 팔며 땀내 나는 조사활동을 벌인 조사자들의 몫이다. 마을에서 주민들과 날밤을 새우면서 자료를 조사하고 채록하여 보고서를 작성한 조사위원들과 조사원 여러분들의 수고를 기리지 않을 수 없다. 조사의 중요성을 알아차리고 적극 협력해 준 이야기꾼과 소리꾼 여러분께도 고마운 말씀을 올린다.

구비문학 조사를 전국적으로 실시하여 체계적으로 갈무리하고 방대한 분량으로 보고서를 간행한 업적은 아시아에서 유일하며 세계적으로도 그 보기를 찾기 힘든 일이다. 특히 2차 사업결과는 '구비누리'로 채록한 자료와 함께 원음도 청취할 수 있는 데이터베이스를 구축해서 세계에서 처음으로 인터넷과 스마트폰으로 이용할 수 있는 디지털 체계를 마련했다. '구슬이 서 말이라도 꿰어야 보배'인 것처럼, 아무리 귀한 자료를 모아두어도 이용하지 않으면 소용이 없다. 그러므로 이 보고서가 새로운 상상력과 문화적 창조력을 발휘하는 문화자산으로 널리 활용되기를 바란다. 한류의 신바람을 부추기는 노래방이자, 문화창조의 발상을 제공하는 이야기 주머니가 바로 한국구비문학대계이다.

2013년 10월 4일
한국구비문학대계 개정·증보사업 현장조사단장 임재해

한국구비문학대계 개정·증보사업 참여자 (참여자 명단은 가나다 순)

연구책임자

김병선

공동연구원

강등학	강진옥	김익두	김헌선	나경수	박경수	박경신	송진한	신동흔
이건식	이인경	이창식	임재해	임철호	임치균	조현설	천혜숙	허남춘
황인덕	황루시							

전임연구원

장노현 최원오

박사급연구원

강정식	권은영	김구한	김기옥	김월덕	노영근	서해숙	유명희	이균옥
이영식	이윤선	조정현	최명환	최자운	황경숙			

연구보조원

강소전	김미라	구미진	김보라	김성식	김영선	김옥숙	김유경	김은희
김자현	문세미나	박동철	박은영	박현숙	박혜영	백계현	백은철	변남섭
서은경	서정매	송기태	송정희	시지은	신정아	안범준	오세란	오정아
유태웅	이선호	이옥희	이원영	이진영	이홍우	이화영	임세경	임 주
장호순	정아용	정혜란	조민정	편성철	편해문	한유진	허정주	황진현

주관 연구기관 : 한국학중앙연구원 어문생활사연구소
공동 연구기관 : 안동대학교 민속학연구소

일러두기

■ 『증편 한국구비문학대계』는 한국학중앙연구원과 안동대학교에서 3단계
10개년 계획으로 진행하는 "한국구비문학대계 개정·증보사업"의 조사
보고서이다.

■ 『증편 한국구비문학대계』는 시군별 조사자료를 각각 별권으로 간행하
는 것을 원칙으로 한다. 서울 및 경기는 1-, 강원은 2-, 충북은 3-, 충
남은 4-, 전북은 5-, 전남은 6-, 경북은 7-, 경남은 8-, 제주는 9-으
로 고유번호를 정하고, -선 다음에는 1980년대 출판된 『한국구비문학
대계』의 지역 번호를 이어서 일련번호를 붙인다. 이에 따라 『증편 한국
구비문학대계』는 서울 및 경기는 1-10, 강원은 2-10, 충북은 3-5, 충
남은 4-6, 전북은 5-8, 전남은 6-13, 경북은 7-19, 경남은 8-15, 제주
는 9-4권부터 시작한다.

■ 각 권 서두에는 시군 개관을 수록해서, 해당 시·군의 역사적 유래, 사
회·문화적 상황, 민속 및 구비 문학상의 특징 등을 제시한다.

■ 조사마을에 대한 설명은 읍면동 별로 모아서 가나다 순으로 수록한다.
행정상의 위치, 조사일시, 조사자 등을 밝힌 후, 마을의 역사적 유래,
사회·문화적 상황, 민속 및 구비문학상의 특징 등을 중심으로 설명하
고, 마을 전경 사진을 첨부한다.

■ 제보자에 관한 설명은 읍면동 단위로 모아서 가나다 순으로 수록한다.
각 제보자의 성별, 태어난 해, 주소지, 제보일시, 조사자 등을 밝힌 후,
생애와 직업, 성격, 태도 등을 중심으로 서술하고, 제공 자료 목록과
사진을 함께 제시한다.

- 조사자료는 읍면동 단위로 모은 후 설화(FOT), 현대 구전설화(MPN), 민요(FOS), 근현대 구전민요(MFS), 무가(SRS), 기타(ETC) 순으로 수록한다. 각 조사자료는 제목, 자료코드, 조사장소, 조사일시, 조사자, 제보자, 구연상황, 줄거리(설화일 경우) 등을 먼저 밝히고, 본문을 제시한다. 자료코드는 대지역 번호, 소지역 번호, 자료 종류, 조사 연월일, 조사자 영문 이니셜, 제보자 영문 이니셜, 일련번호 등을 '_'로 구분하여 순서대로 나열한다.

- 자료 본문은 방언을 그대로 표기하되, 어려운 어휘나 구절은 ( ) 안에 풀이말을 넣고 복잡한 설명이 필요할 경우는 각주로 처리한다. 한자 병기나 조사자와 청중의 말 등도 ( ) 안에 기록한다.

- 구연이 시작된 다음에 일어난 상황 변화, 제보자의 동작과 태도, 억양 변화, 웃음 등은 [ ] 안에 기록한다.

- 잘 알아들을 수 없는 내용이 있을 경우, 청취 불능 음절수만큼 '○○○'와 같이 표시한다. 제보자의 이름 일부를 밝힐 수 없는 경우도 '홍길○'과 같이 표시한다.

- 『증편 한국구비문학대계』에 수록된 모든 자료는 웹(gubi.aks.ac.kr/web)과 모바일(mgubi.aks.ac.kr)에서 텍스트와 동기화된 실제 구연 음성파일을 들을 수 있다.

차례

설화

● 현대 구전설화

● 민요

● 근현대 구전민요

2. 함양읍

▌조사마을

▌제보자

설화

● 현대 구전설화

● 민요

3. 휴천면

▌조사마을

▌제보자

● 설화

● 현대 구전설화

● 민요

● **근현대 구전민요**

함양군 개관

경남 함양군은 지리산의 북쪽, 덕유산의 남쪽에 있는 산간 지역으로 경남의 서북부에 위치하고 있다. 동쪽으로는 산청군, 남쪽으로는 하동군, 서쪽으로는 남원시와 장수군, 북쪽으로는 거창군과 경계를 이루고 있다. 군의 크기는 동서로 25km, 남북으로 50km, 전체 면적이 725km²이며, 이중 임야가 78%, 논이 9.6%, 밭이 4.9%로 임야가 차지하는 비중이 매우 크다. 그만큼 함양군은 산악지대가 많고 평야가 적은 지역이다.

함양군은 과거에 산간지역의 특성상 교통이 불편했던 지역이었다. 동남쪽으로 경호강을 끼고 산청으로 통하는 길이 있고, 남쪽으로 오도재를 넘어 하동으로, 북쪽으로는 안의를 거쳐 거창군 위천으로 통하거나 육십령을 넘어 장수, 서쪽으로 팔령치를 넘어 남원 운봉으로 연결되기는 했지만, 길이 매우 멀고 험했다. 그러나 근래에 들어서 88올림픽고속도로와 대전·통영간 고속도로가 연이어 개통됨으로써 교통의 요충지가 되고 있다. 앞으로도 전주·함양간 고속도로와 울산·함양간 고속도로가 예정되어 있고, 국도도 확장되거나 서로 연결되는 공사를 진행하고 있다. 함양은 이제 사통팔달로 다른 지역과 쉽게 연결되고, 대전, 광주, 대구가 1시간대, 부산이 2시간대, 서울이 3시간대로 연결됨으로써 대도시로부터 쉽게 접근하는 1일 생활권이 되었으며, 그만큼 경제나 문화적인 차이도 점차 줄어들고 있다.

함양군의 인구는 2010년 3월 말 기준으로 40,737명으로, 남자는 19,473명, 여자는 21,264명이다. 이 중에서 65세 이상 노인 인구가 11,230명(남자는 4,144명, 여자는 7,086명)으로 전체의 27.57%를 차지함으로써 노령인구의 비중이 높은 편이다. 인구의 도시 집중화는 함양군의 인구 감소는물론 노령 인구의 증가를 부채질하고 있다. 2000년대 중반까지만 해도 함양군은 매년 1,000여 명씩 인구가 감소되었다. 그러다가 최근 함양군의 교통 발달과 개발 입지가 좋아지고, 국제 결혼이민자의 증가 등이 이루어지면서 인구 감소가 약간씩 둔화되고 있다.

함양군 지역에 사람이 살기 시작한 시기는 석기시대나 청동기시대로추정하지만, 이를 뒷받침할 수 있는 기록이나 유물이 없는 형편이다. 다만 삼한시대에는 이 지역이 변한의 땅이었고, 고분군에서 출토된 유물로보아 4~5세기 경에 부족국가가 형성되었던 것으로 짐작하고 있다.

함양군은 신라 초기에 속함군(速含郡) 또는 함성(含城)이라 칭했다가 신라 경덕왕 16년(757년)에 천령군(天嶺郡)으로 개칭되었다. 천령군은 현재의 안의면에 해당하는 마리현(馬利縣)을 이안현(利安縣)으로 고쳐 속현으로 두기도 했는데, 이후 다시 거창군의 속현으로 옮기는 등 변화가 있었다. 고려 성종 14년(995년)에는 천령군은 허주도단련사(許州都團鍊使)로승격되기도 했으나, 현종 3년(1012년)에는 허주도단련사를 함양군(含陽郡)으로 개칭했다가 9년(1018년)에는 다시 현재 부르는 함양군(咸陽郡)으로고쳐서 합주(陜州)에 예속시켰다. 고려 명종 2년(1172년)에는 함양군을 다시 이안현으로 강등하고, 공양왕 때에는 감음(感陰 : 현 거창군 위천면)에이속시켜 감무를 두었다. 조선시대에 들어 태조 4년(1395년)에 다시 군으로 승격되었으나, 인조 7년(1629년)에 양경홍의 역모 때문에 또 다시 현으로 강등되기도 했다. 그러다 영조 4년(1728년)부터 12년(1788년)까지일시 거창현으로 일부 지역이 분리 복속되었다가 영조 5년(1729년)에는 함양부로 승격하면서 안의현을 분리하여 거창과 함양으로 분리 예속시켰다. 정조 12년(1788년)에는 함양부를 다시 군으로 환원하여 도북면(道北面) 등 18개 면으로 행정구역을 나누었다.

일제 강점기인 1914년에 행정구역이 개편되면서 함양군은 13개 면이 되었다. 이때 안의군에 속해 있었던 현내면, 초점면, 황곡면을 합하여 안의면이라 하고, 대대면과 지대면을 합쳐서 대지면이라 하여 함양군으로 이속시켰으며, 산청군과 서상, 방곡의 일부도 함양에 편입시켰다. 그 결과 함양군은 서상면, 서하면, 위성면, 석복면, 마천면, 휴천면, 유림면, 수동면, 지곡면, 병곡면, 백전면, 안의면, 대지면 등 13개 면으로 구성되었다. 1933년 일제는 대지면을 안의면에 병합하여 12개 면으로 하는 등 행정구역 일부를 변경했다. 그러다 해방 후인 1957년에 석복면을 함양면에 병합하여 함양읍으로 승격하였으며, 1973년에는 안의면의 춘전리와 진목리를 거창군 남상면으로 편입시켰다. 이로써 현재 함양군은 함양읍, 마천면, 휴천면, 유림면, 수동면, 지곡면, 안의면, 서상면, 서하면, 백전면, 병곡면 등 1읍 10개 면으로 행정구역이 나누어져 있다.

함양군은 예로부터 충의(忠義)와 효열(孝烈)의 인물들이 많이 배출된 지역이다. 임진왜란과 병자호란, 그리고 정유왜란 때 의병으로 참전하여 순절한 인물들이 많고, 일제 강점기에 항일독립운동에 참여한 이들도 많다. 이는 좌안동 우함양이란 말이 있듯이, 함양은 선비들이 많이 배출된 대표적인 예향으로 충의와 효열의 정신을 중시해 왔기 때문이다. 고려 때의 문신으로 의좋은 형제로 알려진 이백년(李百年)과 이억년(李億年) 형제, 고려 말 유림면에 일시 은거한 것이 계기가 되어 무덤과 목은들, 목은 낚시터가 전해지는 목은(牧隱) 이색(李穡), 예부상서를 역임한 박덕상(朴德祥), 사헌부 대사헌을 역임한 유환(劉懽)과 김광저(金光儲), 그리고 고려 말에 중요 관직에 있었던 박흥택(朴興澤), 김순(金順), 정복주(鄭復周) 등이 고려 때의 함양과 연고를 가진 대표적 인물들이다. 조선시대 때는 아버지 박자

안(朴子安)을 이방원에게 간청하여 죽음을 면하게 한 효자 박실(朴實), 5년 간 함양군수를 지냈으며 왕도정치를 꿈꾸다 희생된 김종직(金宗直), 김종직의 문하로 성종 때 홍문관 교리를 지냈으며 당대 충효와 문장과 시로 당대 삼절(三絶)로 불린 유호인(兪好仁), 역시 김종직의 문하로 김굉필(金宏弼)과 동문수학하고 성종 때의 문신이자 도학자였으나 무오사화 때 희생된 일두(一蠹) 정여창(鄭汝昌), 조선 중기에 도승지, 이조참판, 대사헌 부재학 등을 역임한 동계(桐溪) 정온(鄭蘊), 임진왜란 때 선조를 업고 10리를 달려갔다는 장만리(章萬里), 정여창의 후손으로 청렴한 관리로 선정을 베푼 정태현(鄭泰絃), 정여창의 누명을 벗기고자 애쓰는 한편 그를 위해 남계서원을 세운 개암(介庵) 강익(姜翼), 효행을 위해 관직을 사양했던 청백리의 선비 옥계(玉溪) 노진(盧禛), 중종 때 승지, 이조참판을 지내고 명종실록 편찬에 참여한 구졸암(九拙庵) 양희(梁喜), 선조 때 효성이 지극하기로 소문난 선비 우계(愚溪) 하맹보(河孟寶), 소일두(小一蠹)라 불린 정수민(鄭秀民) 등은 함양 출신이거나 연고를 가진 조선시대의 이름난 선비요, 학자들이었다. 이외 시서화(詩書畫)에 뛰어난 재주를 보였거나 효자와 효부, 열녀들이 한둘이 아니다.

함양은 이름난 선비와 학자가 많았던 만큼, 이들이 후학을 교육하거나 강학을 했던 서원, 서당 또는 서재가 많이 있었다. 그러나 대원군의 서원 철폐와 전란 등으로 많이 소실되고 현재까지 남아 있거나 중수한 서원은 소수에 불과하다. 수동면 원평리에 있는 남계서원(灆溪書院)은 우리나라에서 백운동서원 다음에 세워진 서원으로 정여창 선생의 학덕을 기리고 후학을 양성하기 위해 세워진 서원이며, 남계서원 바로 옆에 세워진 청계서원(青溪書院)은 정여창 선생이 김일손의 학업을 위해 지은 것인데 무오사화 때 철거되었다. 1917년에 중건되어 김일손 선생을 배향하고 있으며, 수동면 효리마을에 있는 구천서원(龜川書院)은 조선 초기와 중기의 선비들인 박맹지, 표연말, 양관, 강한, 양희, 하맹보 등을 모신 서원으로 숙종

27년(1701년)에 창건되었으나 고종 5년에 훼손되었다가 1984년에 복원되었다. 그리고 지곡면 개평리에 있는 도곡서원(道谷書院), 병곡면 송평마을에 창건된 송호서원(松湖書院), 지곡면 보산리에 세워진 정산서원(井山書院), 수동면 화산리에 세워진 화산서원(華山書院) 등은 대원군의 서원 철폐령에 따라 훼손되어 복원되었거나 후대에 인물 배향을 위해 세워진 서원들이다. 이외 함양읍 교산리에 세워진 함양향교(咸陽鄕校)는 태조 7년에 창건된 것으로 추정되고 있는데, 선조 30년 정유재란 때 소실된 것을 중건한 것으로 함양의 많은 유생들이 성균관에 들어가기 위해 학문을 했던 장소이다. 아울러 당시 많은 학자와 선비들이 후학을 위해 강학을 했던 백운정사(白雲精舍), 부계정사(扶溪精舍), 구남정사(龜南精舍), 화남정사(華南精舍), 회곡정사(晦谷精舍), 손곡정사(孫谷精舍), 병담정사(屛潭精舍) 등을 비롯하여 여러 정사가 함양에 남아 있다. 근대 이후 함양에는 1902년 함명학교(현 함양초등학교의 전신), 1908년 사립 열신학교(후에 백전보통학교에 흡수), 1910년 의명학교(현 안의초등학교의 전신), 그리고 비슷한 시기에 동명의숙(현 수동초등학교 전신), 사립 함덕학교(후에 지곡보통하교로 흡수) 등이 당시 군과 지방 유지들의 노력으로 설립되어 근대식 신식 교육을 맡았으며, 이외 각종 강습소를 통해 문맹퇴치와 문명개화 교육을 실시했다.

함양은 오랜 역사를 가진 지역으로 국가 지정 문화재와 도 지정 문화재가 많은 편이다. 먼저 국가 지정 문화재로 승안사지 삼층석탑(고려, 보물 제294호), 마천 마애여래입상(고려, 보물 제375호), 함양 석조여래좌상(고려, 보물 제376호), 벽송사 삼층석탑(조선 중종, 보물 제474호), 사근산성(사적 제152호), 황석산성(사적 제322호), 함양상림(천연기념물 제154호), 목현리 구송(천연기념물 제358호), 학사루 느티나무(천연기념물 제407호), 운곡리 은행나무(천연기념물 제406호), 정여창 고택(중요민속자료 제186호), 허삼돌 가옥(중요민속자료 제207호) 등이 있다. 그리고 도 지정

문화재로 이은리 석불(유형문화재 제32호), 승안사지 석조여래좌상(유형문화재 제33호), 금대사 삼층석탑(유형문화재 제34호), 안국사 부도(유형문화재 제35호), 극락사지 석조여래입상(유형문화재 제44호), 용추사 일주문(유형문화재 제54호), 학사루(유형문화재 제90호), 남계서원(유형문화재 제91호), 광풍루(유형문화재 제92호), 일두문집 책판(유형문화재 제166호), 개암문집 책판(유형문화재 제167호) 등이 있으며, 이외 기념물, 문화재 자료, 민속자료 등으로 지정된 문화재가 매우 많다.

조사자가 함양군을 구비문학 조사지로 선정한 까닭은 여러 가지 이유에서이다. 먼저 함양군은 주변의 산청군, 거창군과 더불어 서부 경남 중에서도 북쪽의 산간지역에 해당한다는 점에서 다른 지역보다는 외부와의 교류가 적은 지역으로 구비문학의 전승이 양호할 것으로 기대되었다. 설화의 경우, 지명이나 지형 관련 설화, 호랑이나 도깨비 관련 설화, 사찰 관련 설화 등이 많을 것으로 예상되었으며, 민요의 경우, '어사용' 등의 채록도 기대되었다(실제 조사에서는 '어사용'류의 민요가 일부 채록되었다). 또한 함양군이 남쪽의 지리산, 북쪽의 덕유산 사이에 위치하고, 전북 남원시와 장수군을 경계로 한다는 지역적 특징을 고려할 때, 함양군은 경상권과 전라권의 문화가 접촉되는 지역으로서의 구비문학 특징을 파악할 수 있는 지역으로 판단했다. 이외 함양군의 역사와 문화적 조건과 관련하여, 함양군이 역사적으로 가야문화권 또는 신라문화권에 있으면서 백제문화권과 경계를 이루었던 지역이며, '좌안동 우함양'이란 말이 있을 정도로 유교문화를 숭상했던 지역이란 점도 구비문학 조사를 위한 선정 요건이 되었다. 그런데 전자의 역사적 조건에 따른 구비문학의 특징을 쉽게 파악하기는 어렵겠지만, 유교문화를 가꾼 중심 지역으로 많은 유학자들을 배출하면서 지역 곳곳에 서원, 향교를 지어 향학에 힘쓰게 했으며, 많은 충절비, 효자비, 열부비 등을 세워 충절과 효행을 중시했다는 사실은 인물이나 유적과 관련된 인물설화, 풍수설화 등 많은 이야기를 생성하게 된

배경 요인이 되었다고 보았다. 여기에 함양은 안동과 달리 김종직, 정여창 등 남인 계열의 유가들이 정치적 희생을 당했던 곳이라는 점에서 정치적 소외에 따른 인물의 비극성을 말하면서도 충절과 효행을 강조하는 인물설화들이 다수 채록될 수 있을 것으로 기대되었다. 함양의 총 인구 중에서 65세 이상의 인구가 많다는 점도 구비문학 조사의 좋은 여건으로 고려되었다. 함양군의 총 인구는 2009년 1월 현재 40,555명이며, 이 중 65세 이상이 10,889명으로 전체의 26.87%를 차지했다. 이들 65세 이상의 노령인구가 많다는 사실은 다른 지역보다 구비문학의 조사 성과가 좋을 것이란 기대를 갖게 했다.

함양군의 구비문학 조사는 군지나 읍·면지를 만들 때 1차 이루어진 바 있다. 그러나 이들 구비문학 자료들은 매우 제한된 자료만 보여주고 있는 데다가 구비문학의 전승 상황을 알 수 없도록 부분적으로 가공되어 있는 자료들로 학술적인 목적에서 이용하기에는 부적절하다. 함양군의 구비문학 중 설화는 국고보조금과 함양군비의 지원 아래 함양문화원 김성진 씨에 의해 본격 조사되어 책으로 간행된 바 있다. 『우리 고장의 전설』 (함양문화원, 1994)이 그것이다. 여기에 총 60편의 전설과 민담이 수록되어 있다. 김성진 씨는 이후 『간추린 함양 역사』(함양군 함양문화원, 2006)를 편찬하면서, 먼저 낸 책에서 15편의 설화를 골라 재수록하는 한편, '함양의 고유 민요'라 하여 '함양 양잠가', '질굿내기', '곶감깎기 노래', '만병초약', '원수같은 잠' 등 5편의 민요를 수록했다. 그리고 후에 안 사실이지만, 박종섭 씨가 2006년 함양군청의 지원으로 함양군 구비문학 조사를 실시하여, 설화와 민요 자료들을 현장조사하여 채록하여 보고한 자료가 함양군에 보관되어 있었다. 그러나 출판비 등의 문제로 출판되지 못하고 원고 상태로 있는 점이 아쉬웠다.

조사자 일행은 이상의 구비문학 조사 자료를 참고하여 함양군 구비문학 현장조사를 실시했다. 그런데 함양군이 1개 읍 10개 면으로 구성된 매우 넓은 지역인데다, 자연마을이 매우 많아 짧은 시기에 구비문학 현장 조사를 제대로 하기 어렵다는 판단을 하고, 전반기와 후반기로 나누어 현장조사를 실시하기로 했다. 먼저 전반기 조사는 2009년 1월부터 2월까지 주말을 이용하여 실시하되, 수동면, 지곡면, 휴천면, 안의면, 유림면 등 5개 면을 대상으로 조사하기로 했다. 그리고 후반기 조사는, 전반기 조사 때의 미조사 지역인 함양읍, 서상면, 서하면, 마천면, 백전면, 병곡면 등 1읍 5개 면을 대상으로 7월 중에 집중 실시하기로 했다. 먼저 전반기 조사의 조사일정에 따른 조사마을과 조사자료의 개황을 정리하면 다음과 같다.

2009년 1월 17일(토)~19일(월) : 조사자 일행은 먼저 함양군 수동면부터 조사하기로 했다. 조사자 일행 중 한 학생이 수동면 출신이었는데, 그 학생의 부친에게 연락하여 수동면의 상황을 들은 후 조사마을을 정하고 미리 마을 주민의 협조를 부탁해 놓았기 때문이다. 조사자 일행은 오전에 함양읍에 도착하여 함양교육청 근처에 있는 함양문화원을 방문하여 김성진(金聲振 : 1936년생, 남) 원장을 만나 조사의 취지를 말하고, 함양문화원의 도움을 요청했다. 김성진 원장은 조사의 취지에 적극 공감하는 한편 직접 편찬한『간추린 함양 역사』(함양군 함양문화원, 2006) 등을 비롯하여 조사에 도움이 되는 여러 자료를 제공해 주었다. 오후에는 수동면사무소를 방문하여 구비문학 조사 사실을 알린 후, 조사자로 참여한 학생의 부친인 김해민 씨(1958년생, 남)의 안내로 마을주민이 모여 있는 하교리 하교마을을 향했다. 당일 오후 2시부터 5시까지 3시간 동안 설화 2편과 민요 31편을 조사했다. 다음 날인 1월 18일(일)은 조사팀을 2팀으로 나누어 한 팀은 남계서원과 청계서원이 있는 수동면 원평리 남계마을과 서평마을을 조사하고, 다른 한 팀은 우명리 효리마을을 조사하여 모두 설화 16편과 민요 44편을 모을 수 있었다. 1월 19일(월)에는 오전에 함양군청을 들러 구비문학 조사 사실을 알리고 협조를 구했다. 이날에는 수동면 도북리 도북마을로 가서 민요만 12편 조사하는 것으로 조사를 끝내고 부산으로 향했다.

2009년 2월 7일(토)~9일(월) : 조사자 일행은 수동면 미조사 지역 일부와 지곡면, 휴천면을 조사했는데, 효율적이고 빠른 조사를 위해 조사팀을 1, 2팀으로 나누었다. 2월 7일(토) 조사 1팀은 수동면 내백리 내백마을과 화산리 본동마을을, 2팀은 상백리 상백마을을 조사하여 설화 18편과 민요 69편을 조사하는 성과를 거두었다. 2월 8일(일) 1팀은 지곡면 마산리 수여마을, 창평리 창촌마을, 덕암리 덕암마을을 조사하여 설화 7편과 민요 31편을 녹음했으며, 2팀은 휴천면 목현리 목현마을과 금반리 금반마을을 조사하여 설화 21편, 민요 35편을 채록했다. 그리고 2월 9일(월) 1팀은 지곡면 개평리 개평마을, 2팀은 휴천면 문정리 문상마을을 조사하여 모두 설화 12편과 민요 59편을 제공받았다.

2009년 2월 14일(토)~16일(월) : 조사 1팀은 지곡면, 조사 2팀은 휴천면 미조사 지역을 계속 조사했다. 지곡면을 조사하는 1팀은 2월 14일(토)에는 평촌리 상개평마을, 개평리 오평마을을, 2월 15일(일)에는 공배리 공배마을, 보산리 정취마을과 효산마을을 조사했으며, 휴천면을 조사하는 2팀은 2월 14일(토)에는 동강리 동강마을, 문정리 문하마을, 송전리 송전마을을, 2월 15일(일)에는 대천리 대포마을과 미천마을을, 2월 16일(월)에는 월평리 월평마을을 조사했다. 그 결과 3일 동안 지곡면에서 설화 23편과 민요 101편, 휴천면에서 설화 27편과 민요 195편을 조사하는 성과를 거두었다.

2월 21일(토)~23일(월) : 조사 1팀은 안의면, 조사 2팀은 유림면을 3일 동안 집중 조사했다. 안의면에서는 신안리 동촌마을・안심마을, 하원리 하비마을・상비마을・내동마을, 대대리 두항마을을 조사했으며, 유림면에서는 서주리 서주마을, 화촌리 우동마을・화촌마을, 국계리 국계마을, 대궁리 대치마을・사안마을, 손곡리 지곡마을을 조사했다. 그 결과 안의면에서는 설화가 18편, 민요가 106편으로 설화 조사가 빈약했던 반면, 유림면에서는 설화 51편, 민요 160편으로 설화와 민요가 모두 풍부하게 조사되었다.

2월 28일(토)~3월 1일(일) : 안의면과 유림면 조사를 마무리하기 위해 1박 2일 일정으로 조사를 실시했다. 지난주에 이어서 조사 1팀은 안의면, 조사 2팀은 유림면을 계속 조사했다. 안의면에서는 귀곡리 귀곡마을, 봉산리 봉산마을, 도림리 중동마을, 교북리 후암마을을 조사하여 설화 6편과 민요 81편을 녹취했으며, 유림면에서는 웅평리 웅평마을, 옥매리 옥동마을·차의마을·매촌마을, 손곡리 손곡마을, 유평리 유평마을을 조사하여 설화 2편과 민요 120편을 채록할 수 있었다. 지난주에 유림면에서 설화가 풍부하게 조사되었지만, 이번에는 안의면과 유림면 모두 민요 조사가 풍부하게 이루어진 데 비해 설화 조사는 상대적으로 빈약했다. 설화의 전승이 급격하게 쇠퇴하고 있음을 확인한 셈이다.

전반기 조사에서 미조사 지역으로 남은 병곡면, 백전면, 마천면, 서상면, 서하면, 함양읍을 조사하기 위해 후반기 조사를 7월에 집중 실시했다. 후반기 조사 일정은 다음과 같다.

7월 10일(금) : 병곡면 송평리 송평마을과 연덕리 덕평마을을 조사했다. 설화 12편과 민요 18편을 조사했다.

7월 18일(토) : 병곡면 조사를 계속하여 월암리 월암마을과 광평리 마평마을을 조사하여 설화 16편과 민요 9편을 녹음했다. 민요보다 설화가 더 많이 채록되었다.

7월 19일(일) : 전반기 조사에서 마무리하지 못한 안의면을 최종적으로 조사하기 위해 안의면으로 갔다. 안의면에서 봉산리 봉산마을과 도림리 중동마을을 방문하여 설화 6편과 민요 34편을 조사했다. 이 조사를 끝으로 안의면 9개 마을에서 설화 24편과 민요 187편을 채록할 수 있었다.

7월 20일(월) : 조사자 일행은 조사팀을 두 팀으로 나누어 현장조사를 실시했다. 조사 1팀은 서상면을 조사하기로 하고, 먼저 서상면사무소를 방문하여 현장 조사에 대한 조언과 협조를 구했다. 함양군청에 근무할 때 문화관광계에서 문화재 발굴, 조사를 담당하기도 했던 이태식 면장이 매우 호의적인 협조를 해주었다. 그는 서상면 금당리 방지마을을 먼저 조사하도록 하고 그곳에서 이성하(李性夏, 남, 80세) 노인을 만나볼 것을 조언했다. 이성하 노인은 9편의 설화를 구술하고 2편의 민요를 불러 주었다. 방지마을 조사 후 이성하 노인의 안내로 마을 주변에 있는 논개무덤과 최경회 무덤을 찾아보고 사진도 찍었다. 조사 후 숙소로 돌아오는 길에 정여창 선생 고택을 둘러보기도 했다.

조사 2팀은 마천면을 조사하기로 했다. 마천면사무소에 들러 조사에 대한 협조를 구하고, 먼저 구양리 등구마을을 찾아갔다. 그곳에서 설화 9편과 민요 12편을 들을 수 있었다.

7월 21일(화) : 조사자 일행은 조사팀을 3팀으로 나누었다. 일단 조사자 일행은 후반기 조사 계획을 전달하고 협조를 구하기 위해 함양군청을 방문했다. 그때 함양군청에서는 2006년에 박종섭 씨가 함양군의 지원을 받아 함양군 구비문학을 이미 실시했다는 사실을 알려주면서, 당시 조사·보고한 원고를 보여주었다. 그런데 그 원고는 예산 문제로 출판되지 못하고 있었다. 조사자는 군청의 허락을 받아 원고의 목차를 복사하여 현장조사에 참고하는 것을 허락 받았다. 이 자리를 빌어 박종섭 씨의 노력 덕분에 함양군 구비문학 조사를 한층 쉽게 할 수 있었음을 밝혀둔다.

조사 1팀은 서상면을 계속 조사하기로 하고, 금당리 추하마을과 옥산리 옥산마을을 방문했다. 두 마을에서 설화 9편과 민요 20편을 조사했다. 조사 2팀은 마천면을 계속 조사하기로 하고 의탄리 금계마을을 찾아가서 설화 5편, 민요 22편의 구연을 들을 수 있었다. 한 마을에서 설화와 민요가 비교적 풍부하게 조사된 셈이다. 조사 3팀은 백전면을 새로 조사하기로 하고, 백전면 오천리 양천마을과 양백리 서백마을을 찾아갔다. 그곳에서 설화 18편, 민요 25편을 조사했다.

7월 22일(수) : 조사자 일행 중 한 팀이 사정이 있어 7월 21일 귀가했다가 23일 다시 와서 조사하기로 했다. 따라서 조사팀은 두 팀으로 줄었다. 조사 1팀은 서상면 중남리 수개마을과 맹동마을을 들렀으나 마을의 여성 노인들 대부분이 비닐하우스에 일을 하러 가서 만날 수 없었다. 다만 맹동마을에서 몸이 불편한 신고만단(여, 74세) 제보자를 만나 민요 2편을 겨우 들을 수 있었다. 이후 대남리 오산마을을 들렀으나 마을 노인들이 일을 하러 가서 만날 수 없었다. 그런데 대로마을과 소로마을로 들어가는 입구에서 공공근로를 하고 있던 사람들을 만나게 되었다. 전날 옥산마을의 제보자 한 분이 26번 지방도에서 공공근로를 하고 있는 다른 팀에 민요를 잘 하는 분들이 많다고 일러 준 터였다. 그분이 일러준 대로 26번 지방도로로 가보니 대남리 소로마을과 대로마을, 그리고 도천리 피적래마을에서 온 분들이 일을 하다 잠시 쉬고 있었다. 조사팀은 이들을 만나 짧은 시간에 설화 1편, 민요 14편을 조사할 수 있었다. 조사 2팀은 마천면을 다시 가서 강청리 강청마을과 도촌마을, 덕전리 실덕마을을 조사했다. 그 결과 설화 6편과 민요 25편을 채록했다.

7월 23일(목) : 백전면과 병곡면을 조사하기로 한 팀이 합류하여 다시 3팀이 조사를 진행했다. 조사 1팀은 오전에 서상면사무소에서 이태식 면장을 만나 설화를 조사하고, 서상면을 계속 조사했다. 오후에 서상면 상남리 조산마을로 가서 조사한 후, 상남리 동대마을로 가서 조옥이(여, 77세) 제보자를 찾아 자택에서 민요를 조사했다. 중남리 복동마을과 수개마을을 들렀으나 비닐하우스로 대부분 일을 하러 가서 현장조사를 할 수 없었다.

조사 2팀은 마천면 삼정리 음정마을을 먼저 방문하여 설화 2편을 조사한 후에 1차 방문 시에 설화 조사를 하지 못했던 강청마을로 가서 마을 이장인 표갑준(남, 68세)과 박향규(남, 77세)를 만나 4편의 설화를 구술받았다. 조사 3팀은 백전면 구산리 구산마을, 대안리 대안마을, 평정리 평촌마을 조사을 조사했다. 이들 세 마을에서 설화 27편과 민요 10편을 채록했다. 마을의 지형이나 당제 등과 관련한 설화는 비교적 풍부하게 전승되고 있었으나 민요를 제대로 구송하는 제보자는 없었다.

7월 24일(금) : 조사 1팀은 서하면을 새로 조사하기로 했다. 다만 그 전에 서상면 중남리 수개마을로 갔다. 수개마을을 1차 방문했을 때, 한대분(여, 79세) 제보자의 민요 구연 능력이 뛰어나다는 점을 알고, 이후 두 차례나 찾아갔지만 일을 하러 가서 만나지 못했다. 한대분 제보자와 겨우 연락이 되어 오전에 자택에서 만나 민요를 추가 조사했다. 오후에는 서하면사무소를 방문하여 구비문학 조사 사실을 알리고 협조를 구했다. 그리고 면사무소가 있는 마을인 송계리 송계마을에서 백말달(여, 83세) 제보자를 만나 설화와 민요를 모두 조사했다. 송계마을 조사를 마치고 운곡리 은행마을로 가서 마을 입구에 있는 정자에서 남성 노인들을 대상으로 민요를 집중 조사한 후, 오후 늦게 송계리 신기마을로 와서 마을회관에서 모심기 노래를 비롯하여 창민요를 집중 조사했다.

조사 2팀은 마지막 미조사 지역인 함양읍을 조사하기로 했다. 함양읍 죽곡리 죽곡마을을 먼저 방문하여 조사를 한 후에 죽림리 상죽(상수락)마을과 시목마을을 방문했다. 이들 세 마을에서 설화 22편, 민요 53편을 들을 수 있었다. 비록 3마을에서 조사한 성과이지만, 하루 일정에 설화와 민요를 매우 풍부하게 조사한 셈이다. 조사 3팀은 병곡면 조사를 마무리하기로 하고, 도천리 도천마을과 옥계리 토내마을을 방문하여 현장 조사를 실시했다. 이들 두 마을에서 설화 13편과 민요 30편을 녹음할 수 있었다.

7월 25일(토) : 서상면과 서하면을 조사했던 조사 1팀은 함양읍 조사를 지원하기로 하고, 조사 3팀이 서하면 조사를 이어서 하기로 했다.

조사 1팀은 함양읍 신관리 기동마을·학동마을을 방문하여 마을에서 전해지는 선돌 이야기를 듣고, 백천리 척지마을로 옮겨 노춘영(여, 70세)

제보자로부터 설화 1편과 민요 4편을 들을 수 있었다. 이후 백천리 본백마을로 갔으나 제보자를 만나지 못하고, 신관리 기동마을을 재방문하여 하종희(여, 78세) 제보자로부터 설화 2편의 구술을 들었다. 오후 시간이 남아 신천리 평촌마을과 후동마을을 더 방문하여 3명의 제보자로부터 설화 3편과 민요 3편을 채록했다.

조사 2팀은 전날에 이어 함양읍 죽곡마을을 다시 방문했다. 전날 조사를 통해 김명호(남, 91세) 노인이 설화와 민요 구연에 뛰어난 제보자임을 알게 되었기 때문이다. 김명호 제보자는 많은 나이에도 불구하고 설화 9편과 민요 5편을 구연해 주었다. 오후에는 웅곡리 곰실로 불리는 웅곡마을을 방문했다. 웅곡마을에서 설화 3편과 민요 25편을 조사했다.

조사 3팀은 서하면 조사를 2일째 계속 하기로 했다. 서하면 봉전리 오현마을과 월평마을, 다곡리 다곡마을을 방문했다. 이들 세 마을에서 설화 16편, 설화 36편을 조사하게 되었는데, 세 마을 모두 비교적 활기찬 구비문학의 구연판이 이루어졌다고 할 수 있다.

7월 26일(일) : 조사 1팀은 계속 함양읍 구비문학 조사를 지원했다. 함양읍 교산리 두산마을을 방문했으나 마을회관에 사람들이 없어 조사에 실패하고, 함양향교가 있는 원교마을로 이동했으나 역사 제보자를 만나지 못했다. 점심을 먹고 함양산삼축제가 진행되고 있는 상림공원으로 가서 약초와 산나물을 판매하고 있던 병곡면 원산리 원산마을에서 온 분들을 만났다. 이들 중 2명으로부터 민요 8편을 채록했다. 남은 오후 시간에는 함양읍 삼산리 뇌산마을을 방문하여 4명의 여성 노인들로부터 설화 3편과 민요 22편을 들을 수 있었다.

조사 2팀은 함양읍을 계속 조사하기 위해 여러 마을을 방문했으나 죽림리 내곡마을과 구룡리 원구마을에서 조사가 이루어졌다. 이들 두 마을에서 설화 5편과 민요 53편을 채록했는데, 특히 민요 구연이 활발하게 이루어졌다. 조사 3팀은 서하면을 마무리 조사했다. 미조사 마을인 황산리 황산마을과 다곡리 대황마을을 방문하여 설화 3편, 민요 11편을 들었다.

7월 27일(월) : 함양군 구비문학 현장조사를 마무리하는 날이었다. 조사팀은 두 팀으로 나뉘어 한 팀은 함양유도회를 방문하기로 하고, 다른 한 팀은 함양문화원의 김성진 원장을 만나 설화를 조사하기로 했다. 함양유도회에서 김병호(남, 75세) 노인이 설화 7편을 구술하는 등 여러 분이 설화를 구술해 주었다. 그리고 함양문화원 김성진 원장도 조사의 취지를 잘 알고 11편의 설화를 구술해 주었다.

이상의 조사일정에 따라 함양군의 구비문학을 현장 조사한 결과, 다음 몇 가지 특징적인 사항을 정리할 수 있다.

설화의 경우이다. 첫째, 함양군과 관련된 인물설화가 비교적 많았다. 특히 정여창, 유자광, 논개, 박제현(점술가), 문태서(의병장) 등 지역과 관련된 인물 설화가 폭넓게 전승되고 있었다. 둘째, 산간 지역의 특성상 호랑이, 도깨비, 이무기 관련 이야기가 많이 전승되었다. 지리산 마고할미 설화도 산간지역의 특징과 관련된 설화이다. 그리고 산이 가다가 또는 바위가 떠내려가다 멈춘 이야기 등도 여러 편 채록되었다. 셋째, 지명과 지형 관련 설화 등이 풍부하게 조사되었다. 이들 설화는 대체로 명당 이야기나 풍수 이야기와 얽혀 있는 상태로 전승되고 있었다. 효리마을의 부자들이 망한 이야기는 풍수담과 결합된 대표적인 설화이다. 넷째, 지략담과 바보담 등도 두루 조사되었으며, 특히 여성 노인들로부터 음담패설이 제법 조사되었다. 여섯째, 마을의 당산제 등과 관련한 이야기들이 특히 산간지역인 백전면과 병곡면을 중심으로 풍부하게 전승되고 있었다.

다음으로 민요의 경우이다. 첫째, 노동요인 경우, 농업노동요가 주종을 이루었으며 간혹 길쌈노동요인 베틀 노래, 삼삼기 노래 등이 불렸다. 농업노동요 중에서는 모심기 노래가 마을마다 많이 불렸다. 주로 여성 노인들이 모심기 노래를 불렀으며, 드물게 모찌기 노래를 부르기도 했으나 온전하지 못했다. 남성 노인들도 모심기 노래는 그런대로 알고 있는 편이었으나, 논 매기를 할 때 다른 노래를 하지 않고 모심기 노래를 함께 부른다고도 했다. 드물게 보리타작 노래를 채록할 수 있었다. 길쌈노동요인 베틀 노래를 일부 여성 노인들로부터 들을 수 있었는데, 특이하게 남성 노인 중에도 베틀 노래와 시집살이 노래 등 서사민요를 잘 구연하는 이도 있었다. 이는 남성 제보자 자신의 개인적 취향을 보여주는 것이지만, 민요 구연이 성의 구분을 초월할 수 있음을 보여주는 사례이다. 둘째, 지역적으로 산이 많은 함양이었지만 '어사용'과 같이 산에서 나무를 하며 부르는 노래는 기대 이하였다. 넓게 '어사용' 계열의 노래라 할 수 있는, 전라 동부 산악권을 중심으로 불리는 '산 타령'이 일부 창자를 통해 조사되었다. 셋째, 여성 노인들, 특히 70대 후반 이상의 여성 노인들 중 일부는 '못갈 장가 노래', '쌍가락지 노래', '진주낭군 노래' 등 서사민요를 잘 불렀다. 이에 비해 70대 중반 이전의 여성 노인들은 '노랫가락', '창부 타령', '사발가', '양산도', '길군악' 등 경기민요에 속하는 창민요들을 주로 불렀다. 민요도 시기에 따라 유행하는 노래가 있다는 점을 이번 조사를 통해 한층 실감하게 되었다. 넷째, 유희요로 불리는 동요도 적극 조사함에 따라 다양한 동요가 채록되었다. '종지기 놀이 노래', '다리 세기(용낭거리) 노래', '두꺼비집 짓기 노래', '잠자리 잡기 노래', '꿩 노래', '풀국새 노래' 등이 이에 해당한다. 특히 '종지기 놀이 노래'는 단순하지만 처음으로 채록된 노래였으며, '다리 세기 노래'는 마을마다 조금씩 다른 사설을 보여주는 점이 흥미로웠다. 여섯째, 타령류의 민요로 '각설이 타령'을 부르는 창자가 더러 있었고, '화투 노래'는 마을마다 많은 사람들이 알고 있었다. 일곱째, '이 갈이 노래', '객귀 물리는 노래' 등 주술적 성격을 갖는 동요들도 조사되었다.

함양군의 설화와 민요 중에 특징적인 자료를 추가로 제시하면 다음과 같다.

먼저, 설화의 경우, 함양읍 신관리 기동마을의 하종회(여, 78세)가 구술

한 '실수로 뱀을 찌른 스님과 인간으로 환생하여 원한 갚으려 한 뱀' 이 야기는 특기할 만하다. 이 설화는 사찰 연기 설화에 해당하는 이야기이되, 이야기의 복선이 많고 흥미소가 많은 이야기로 설화성이 풍부했다. 그동 안 『한국구비문학대계』에서 조사된 바 있는 '뱀의 정기로 태어난 허적'과 일부 상통되는 이야기이나, 뱀의 인간 환생 설화 중에 인물의 갈등과 화 해, 사건의 역전 등 흥미 있는 스토리 전개를 보여줌으로써 화소가 풍부 한 이야기라고 할 수 있다. 이야기의 구성은 [부모와 헤어진 아이 스님 되기→스님의 실수로 죽은 뱀→뱀의 정기로 태어난 아이→뱀 아이를 낳은 어머니와 스님의 남매지간 확인→뱀 아이의 스님 되기→스님이 된 뱀 아이의 복수→스승인 스님과 스님이 된 뱀 아이의 화해→절의 번 창]으로 연결되어 있다.

다음으로 민요의 경우, 경북 안동에서 조사된 바 있는 '훗사나 타령'(조 동일, 『서사민요연구』, 389~393쪽)에 해당하는 민요가 함양군에서 4편 조 사, 채록되었다. 서상면 조산마을의 조병옥(남, 83세)과 휴천면 목현마을의 김형숙(여, 72세)이 부른 '훗낭군 타령' 등이 그것들이다. 여기서 특기할 점은 기존 채록 자료에서 나타나는 '이도령-부인(계집)-김도령'의 인물 관 계가 함양군의 '훗낭군 타령'에서는 '이도령-춘향-김도령'으로 춘향의 정 절 이야기를 역전시키는 서사민요로 불리고 있다는 점이다. 안동의 '훗사 나 타령'과 함양의 '훗낭군 타령'의 선후 관계를 말하기 어려우나, 후자의 노래가 춘향 이야기를 역전시킴으로써 노래에 대한 창자나 청중의 흥미와 관심을 더욱 높이고 있다고 말할 수 있다. 그리고 훗낭군을 뒤주에 숨기는 것은 두 노래에서 공통적인데, 전자에서는 뒤주를 태우려고 하는 대신 후 자의 노래에서는 뒤주를 낭떠러지에서 떨어뜨리려고 한다. 이 점에서 후자 의 노래는 소설 '배비장전'의 모티브를 많이 보여준다. 노래의 기본적 서 사 구조는 서로 일치하며, 안동의 '훗사나 타령'에 비해 달거리 형식의 '범 벅 타령'이 빠져 있는 형태로 사설이 짧게 이루어져 있다.

1. 지곡면

증편 한국구비문학대계 ● 경상남도 함양군

▌조사마을

경상남도 함양군 지곡면 개평리 개평마을

조사일시 : 2009.2.9
조 사 자 : 안범준, 정혜란, 김미라, 이진영

　지곡면 개평마을은 한때 덕곡면에 속했으나 1914년 행정구역 개편으로 현재의 지곡면으로 편입되었다. 그리고 이 마을은 '오라대마을'과 '개화대마을'이 합쳐져서 마을을 이루었다 하여 '개오대마을'이라고도 한다고 하며, 개평마을이란 지명은 마을이 한자로 개(介)자 지형을 보여준다고 하여 이름이 붙여졌다고 한다. 풍수지리설로는 '배설'이라고 하는데, 배 모양의 지형으로 보아 마을에 우물을 파면 배에 구멍을 내는 것과 같다 하여 오랫동안 이미 있는 5개의 우물 외에 우물을 파지 못하게 했다고 한다. 그런데 일제시대 지곡보통학교가 설립된 후 그 학교의 일본인 교장이 이를 무시하고 우물을 팠는데, 그 이후부터 마을이 쇠락했다고 한다.

　개평마을은 일두 정여창 선생의 종가인 정병옥 가옥(국가 중요 민속자료 제186호)이 있는 마을로, 마을사람들은 선비마을이라는 생각에 마을에 대한 자부심이 높다. 그리고 60여 채의 한옥이 있는 이 마을은 한때 TV 드라마 '토지'의 촬영 장소가 되기도 했다. 한편 마을 앞 하천을 옥계 노진 선생의 호를 따서 옥계천이라 하고, 옥계 선생이 상을 당하여 임시 집부를 보았던 집무소가 있었던 골짜기를 산막골이라 한다고 했다.

　개평마을은 지곡면 면사무소가 소재하고 있는 곳으로 면의 중심부에 위치하고 있다. 이 마을에는 전체 108가구에 204명(남 87명, 여 117명)이 거주하고 있는데, 농업을 주로 하면서 쌀, 사과, 곶감 등을 주로 생산하고 있다.

　개평마을 구비문학 조사는 마을회관에서 이루어졌다. 마을회관은 가운데 거실에 할아버지와 할머니들이 사용하는 방을 양편으로 따로 두었다. 먼저 할아버지들이 있는 방에서 구비문학 조사를 한 다음, 할머니들이 있는 방으로 건너가 조사를 했다. 먼저 조사한 할아버지 방에는 5~6명이 있었는데, 정순오(남, 78세) 제보자 외에는 구비문학 조사에 관심을 잘 보이지 않았다. 정순오 제보자만이 어렸을 때 들은 이야기라며, 개평마을의 유라담과 함양군 지역의 인물설화인 김종직과 유자광에 얽힌 이야기를 했다. 다른 노인들로부터는 더 이상의 설화가 나오지 않았다. 할머니들 방에서 벌어진 구비문학 조사는 노래판으로부터 시작되었다. 먼저 정명분(여, 82세)이 모심기 노래, 청춘가 등을 부르며 판의 분위기를 몰아갔다. 정명분에 이어 정순조(여, 81세)가 청춘가와 신세 타령 노래를 했다가, 유순선(여, 74세)이 노랫가락으로 그네 노래를 했다. 노래판이 약간 시들해지자 조사자의 요청으로 이야기판이 벌어졌다. 정경순(여, 82세)이 '죽어

일두 정여창 선생 고택

서 소가 된 어머니', '저승에서 구슬을 얻어 와 부자 된 노인 이야기' 등을 하자, 유순선, 김차남(여, 81세), 차정옥(여, 71세) 등이 저승 이야기 등을 이었다. 이야기가 장시간 이어지면서 흥이 가라앉자 정명분 할머니가 다시 노래를 하기 시작했다. 그러자 정순조(여, 81세), 송현자(여, 84세)가 정명분의 노래 틈틈이 끼어들어 민요를 한 편씩 했다.

대체로 제보자들은 마을 유래담이나 인물 전설을 하면서 이야기의 신빙성을 중시하는 경향을 보였으며, 여성 제보자들은 오히려 저승 갔다 온 이야기나 죽어서 개나 소가 된 이야기 등을 하여 허구적 민담에 더 흥미를 보였다. 민요의 가창자로 정명분이 돋보였으나, 대체로 이 지역에서 주로 전승되는 모심기 노래나 청춘가 등의 타령류 민요에 한정되었다.

경상남도 함양군 지곡면 개평리 상개평마을

조사일시 : 2009.2.14
조 사 자 : 안범준, 김미라, 조민정

웃개평이라고 하는 상개평(上介坪)마을은 소(沼)와 정자를 사이에 두고 개평의 바로 위에 붙어 있는 마을이기 때문에 붙여진 이름이다. 개평에서 올라가면 마을 입구에 개은(介隱) 정재기(鄭在箕)가 노닐면서 시를 읊던 만귀정이 자리하고 있는 것을 볼 수 있다.

이 마을에 사는 씨족으로 송득상이라는 분이 영조 때에 들어와 살았고, 진양인 정득수가 영조 때에 들어와 살았으며, 경주인 김연이 헌종 때에 들어와 살았다고 전해지고 있다. 지금은 그 외에도 여러 성씨가 들어와 살고 있다. 풍천 노씨가 먼저 살았다는 설도 있다.

도숭산에서 흐르는 옥계는 두곡동을 스쳐와 이 마을을 지나며 아름다운 계곡을 만들고 남계수로 흘러들어가게 된다. 풍호암(風乎岩)에 이르러 바위를 씻어내리듯 폭포를 이루며 욕호담(浴乎潭)에 떨어진다. 물 떨어지는 소리는 거문고 소리처럼 아름답다고 한다. 욕호담 위의 송석정은 아름답게 서 있으며 맞은 편 대나무숲 속의 만귀정이 있고 연못과 금소단 농월대가 있어 마을 입구부터 아름다움을 안고 들어가게 된다. 2009년 현재 31가구 59명의 작은 마을이며, 생산물은 쌀, 사과, 고추, 감자, 콩 등이 있다.

상개평 마을은 개평 마을에 비해 규모가 작았지만 분위기는 보다 개방적이어서 많은 양의 설화와 민담이 조사되었다. 마을회관에는 여성들만 나와 시간을 보내고 있었는데 조사자 일행이 방문 목적을 말하자 적극적으로 협조해 주었다. 다양한 민요와 설화를 적극적으로 기억해 준 유능한 제보자(맹순안, 정점옥, 박순이)를 만나 조사가 효율적으로 진행된 마을이었다.

조사한 자료는 민요 35편, 설화 8편으로, 민요는 모심기 노래, 베틀 노래, 신세 타령, 청춘가 등으로 매우 다양하게 조사되었다. 설화는 고려장

상개평마을 마을회관

이야기, 욕심 많은 부자 이야기, 바람 피우는 부인 버릇 고치기, 효부 이야기, 도깨비 이야기 등의 민담이 많았으며, 팥죽교 이야기와 같은 전설도 조사되었다.

경상남도 함양군 지곡면 개평리 오평마을

조사일시 : 2009.2.14
조 사 자 : 안범준, 김미라, 조민정

오라대마을이라고도 하는 오평(梧坪)마을은 약 250여 년 전, 경상남도 함양군 지곡면 개평마을과 합쳐져서 개오대라고 전해온 마을이었다. 그 뒤 마을에 괴질이 퍼져 사람들이 많이 죽고 마을이 망하게 되자 들판에 있던 마을을 지금의 위치로 옮겨서 새로 일구어 온 마을이라고 한다.

마을 형국이 오리설이라고 하여 오리대라고 부르게 되었는데, 세월이

오평마을 전경

지나자 그 음이 바뀌어 지금은 오라대라고 불리고 있다. 징소리와 꽹과리 소리를 내면 오리가 다 달아난다고 하여 꽹과리 소리와 징소리를 금하고 있다고 한다. 오평마을에는 풍천 노씨들이 대를 이어 살아오고 있다.

2009년 현재 21가구에 47명이 거주하고 있으며, 주민 구성은 노인이 대다수이다. 주요 농산물로 쌀, 사과, 배, 양파, 감자, 고추, 콩 등을 재배하고 있다.

오평마을은 지곡면에서 그리 크지 않은 작은 마을이다. 조사자 일행은 미리 이장에게 조사 협조를 구했지만, 마을에 노래를 아는 사람이 많이 없다는 이장의 대답을 듣고 혹시나 하는 심정에 이 마을을 찾았다. 마을 회관에는 평소에도 사람들이 많이 모이지 않는 편이어서 제보자를 구하기가 쉽지 않았다. 오평마을에서 조사한 자료는 모두 민요 17편으로 노동요와 창민요가 많은 비중을 차지한다. 제보자 권임순(여, 74세)은 홀로 민요 14편을 구연하여 조사에 적극적으로 참여하였다. 권임순은 처음에 소극적인 태도였는데 청중들의 활발한 호응에 많은 노래를 구연하였다. 제공한 민요의 대부분을 어린 시절에 어른들로부터 배운 것이라고 했다.

경상남도 함양군 지곡면 공배리 공배마을

조사일시 : 2009.2.15
조 사 자 : 안범준, 정혜란, 김미라, 조민정

곤부마을이라고 부르기도 하는 공배(功倍)마을은 수원이 좋고 평야지대로서 살기 좋은 마을이라고 알려져 있다. 조선 세조 때 하양 허씨가 서울에서 내려와 살았다. 옛날에는 당주(塘州)마을이라 하였는데 이 마을에 당주서원이 있었기 때문이다. 그때에는 염씨가 대성을 이루었고 그 뒤에는 공씨가 살았다고 한다.

공배라는 마을 이름은 어떤 사람이 들에서 금부처를 발견하여 진상했는데, 그 공의 대가로 상금을 배로 받아서 부유하게 살게 되었다고 하여 붙여진 이름이라고 한다. 지금은 동래 정씨와 김해 김씨가 터를 잡아 살고 있다. 2009년 현재 89가구 203명이 거주하고 있다. 공배마을의 주요 작물은 쌀, 배, 사과, 토마토, 고추 등이 있다.

공배마을은 지곡면 마을 중에서 함양읍과 가까이 있다. 조사자 일행은 함양읍에서 출발하여 지곡면의 첫 마을인 공배마을을 찾았다. 미리 이장과 연락을 취하였기에 많은 사람들이 마을회관에 모여 있었다. 이장의 협조에 힘입어 노래와 이야기를 많이 알고 있는 제보자들을 쉽게 찾을 수 있었다.

공배마을에서 조사한 자료는 민요 16편, 설화 12편으로, 다른 마을에 비해 설화와 민요가 균형 있게 조사되었다. 민요는 모심기 노래, 보리타작 등 노동요가 가장 많은 비중을 차지하였고, 노랫가락이나 청춘가가 다

공배마을 마을회관

수 조사되었다. 설화의 경우 특정 제보자가 많은 이야기를 제공한 것이
특징이다. 김봉수(남, 78세)는 혼자서 7편의 설화를 제공하였는데, 효자
이야기, 산신령 이야기, 개명산 이야기 등 내용도 다양하다.

경상남도 함양군 지곡면 덕암리 덕암마을

조사일시 : 2009.2.8
조 사 자 : 안범준, 정혜란, 문세미나, 이진영

덕암마을 전경

　덕실이라고 부르는 덕암(德岩)마을은 단일 마을로 12세기 중엽 추씨가
도점들에 들어와 터를 잡고 황무지를 개간하며 살면서 덕실이라고 하였
다. 14세기 초 보성 선(宣)씨가 들어와 살았고, 고려 말엽에 덕곡이라 고
쳐 부르게 되었다. 그러다가 일제의 행정구역 개편 시에 안산이 덕암봉이

기 때문에 덕암이라고 고쳐 부르게 되었다고 한다. 이 마을에 초계 정씨가 일찍이 들어와서 뿌리를 내렸고, 그 뒤 14세기 중엽 함안에서 조씨가 들어와 살기 시작하였다고 한다. 현재는 풍천 노씨와 서산 정씨 그리고 하동 정씨 등이 모여 살고 있다.

마을 앞에는 교수정(敎授亭)이란 정자가 있는데, 14세기 말엽 덕곡(德谷) 조승숙(趙承肅)이 벼슬을 버리고 고향에 돌아와 이태조 7년에 정자를 짓고 교수정이라 이름을 붙이고 후생들을 가르치던 곳이다. 조선 성종임금은 덕곡의 충절을 가상히 여겨 사제문을 하사했는데, 「수양명월 율리청풍(首陽明月 栗里淸豊)」이란 여덟 자의 글귀가 새겨서 자연암반 위에 비석으로 세워 놓았다. 특히 덕곡은 명나라에 사신으로 갔을 때 선생의 굳은 의지와 밝은 도리를 높이 평가하여 자금어대(紫金漁袋)를 하사하여 중국에서도 명성이 알려진 명현이었다. 그는 고려가 망하고 이성계가 등극하자 벼슬을 버리고 동지 72인과 함께 두문동에 들어가 세상에 나오지 않았다. 태조 7년에 향리로 돌아와 교수정을 짓고 강의하였다. 벼슬을 버리고 초연히 살아가는 정신을 잇는 미국(薇菊 : 고사리와 국화)이라 적힌 현판이 있어 선생의 충직함과 굳은 절개가 어려 있다.

2009년 현재 82가구에 166명이 거주하고 있으며 생업으로 쌀, 사과, 포도, 밤 등을 재배하고 있다.

조사자 일행은 수여 마을의 조사를 마치고 덕암마을에 들렀다. 마을의 입구에는 '골프장 건설 반대'라는 문구의 깃발들이 걸려 있어 조사자들의 마음을 무겁게 하였다. 그러나 마을회관에 들어서자 반갑게 외지인을 맞아주는 어른들로 인해 조사가 활기찬 분위기에서 이루어질 수 있었다. 다른 마을회관과 달리 남성과 여성의 출입구를 따로 두고 있어 전통적 가치관이 엄격히 지켜져 온 마을임을 짐작할 수 있었다.

덕암마을에서는 이여송 이야기와 풍수담 등 4편의 설화가 조사되었고, 민요로는 모심기 노래, 노랫가락 등 15편을 조사하였다. 특히 설화는 남성이, 민요는 여성이 주로 제보한 것이 특징적이다. 여성들은 대체로 설화는 거짓말이라고 하여 부정적으로 인식하고 제보를 꺼리는 편이었다.

경상남도 함양군 지곡면 마산리 수여마을

조사일시 : 2009.2.8

조 사 자 : 안범준, 정혜란, 김미라, 이진영

수여마을 전경

이 마을 이름을 무넘이 또는 수여(水餘)라고 하는데, 이곳으로 흐르는 물을 봉곡 쪽으로 넘어가게 하여 농사를 짓게 했다는 데서 붙여진 이름이라고 한다. 무넘이 마을의 형성 연대는 정확히 알 수 없으나 고려 때 보성 선씨가 세도가로 고관대작이 많이 배출되었으며 조선시대에는 함안 조씨들이 세도를 부리며 살기도 했다고 한다.

또 다른 일화는 용정산에서 내려오는 수원이 상류에서 지류를 바꿔 다른 곳으로 넘어갔는데, 먼 옛날 이 마을의 훈장이 그 물 넘어간 쪽 첫머리 논을 경작했는데 그 논이 천수답이라 고생하는 것을 보고 마을 사람들이 안타깝게 여겨 물을 넘겨준 것이라고 전해지기도 한다.

이 마을은 대문밖들이라 하여 함안 조씨가 대대로 대과를 한 조 대사헌 집이 있었는데, 유자광과 그의 원종 고모댁 조씨 집안에 얽힌 전설이 있다. 유자광의 말을 듣다가 일시에 그의 고모댁뿐만 아니라 마을이 다 망했다고 한다. 대문밖들 또는 뒷터라는 지명이 지금도 있고, 땅을 파면 깨진 기와 조각들이 많이 나온다고 한다. 당시의 마을은 지금 마을에서 약 백 여 미터 떨어진 곳에 있었는데, 지금 마을은 그 당시의 농막이 있던 곳이거나 소작인들이 살던 곳으로 점차 마을로 형성된 것으로 추측된다.

2009년 현재 42가구에 74명이 거주하고 있는 비교적 작은 마을이다. 마을에는 노인이 대부분이며 주요 생산물로 쌀, 사과, 배 등이 있다. 지붕 개량 사업으로 모든 가옥이 푸른 지붕을 하고 있어서 수여라는 마을 이름과 잘 어울리는 모습이다.

조사자 일행이 수여마을에 도착한 것은 오전 10시 쯤이었다. 일행 가운데 수여마을이 외가인 사람이 있어 조사가 잘 이루어지겠다는 기대감에 부풀었다. 마을회관에서 조사를 시작하였는데 마을 어른들은 기대만큼 호의적인 태도로 적극 조사에 임해 주었다.

수여마을의 유래와 유자광의 고모 이야기에 대해 직접 들을 수 있었지만 더 이상의 설화를 구연해 준 제보자가 없어 아쉬웠다. 민요는 모심기 노래 몇 편과 나물 캐기 노래, 다리 세기 노래 등의 유희요가 조사되었다.

경상남도 함양군 지곡면 보산리 정취마을

조사일시 : 2009.2.15
조 사 자 : 안범준, 정혜란, 김미라, 조민정

정취마을 전경

정취(井聚)마을은 가뭄이 심한 마을인데, 마을 주위에 호박돌샘을 비롯하여 네 개의 마르지 않는 샘이 모여 있다 하여 붙여지게 된 이름이다. 이곳에 들어와 마을을 개척한 성씨로는 하양 허씨가 있는데, 지금도 그 후손이 대를 이어 살아가고 있다.

현재 정취마을 뒤에는 정산서원(井山書院)이 남아 있다. 조선 세종 때 이조판서 한성부사를 지내고 청백리로 알려진 간숙공 허주(許周), 해일 피해를 막은 문정공 허목(許穆), 단종사화 시 은거한 돈남공 허방우(許方佑), 그리고 직언을 잘한 삼원공 허원식(許元植) 등 네 분을 봉안하고 있다. 2009년 현재 86가구 202명이 거주하고 있으며, 주요 농작물로 쌀, 사과,

양파, 밤 등을 재배하고 있다.

조사자 일행은 마을의 규모가 비교적 크고 인구가 많은 정취마을을 선택하였다. 정취마을 노모당을 먼저 찾은 조사자 일행은 제보자를 찾기 위해 노력했지만 주민들의 비협조적인 태도로 인해 어려움을 겪었다. 다행히 조사자 일행 가운데 정취마을에 일가친척이 있어 도움을 얻어 유능한 제보자를 찾을 수 있었다.

정취마을에서 조사한 자료는 민요 11편으로 신세 한탄 노래나 노랫가락이 많은 비중을 차지했다. 특히 두 제보자는 나이가 80세가 넘는 고령으로 인해 기억력이 감퇴한 상황이었다. 제보자는 많은 노래 제목을 언급하기는 했지만 가사를 기억해 내지 못했다. 고령의 제보자의 경우 노동요나 연정요보다 신세 타령요가 많다는 것을 확인할 수 있었다.

경상남도 함양군 지곡면 보산리 효산마을

조사일시 : 2009.2.15
조 사 자 : 안범준, 김미라, 조민정

새미마을이라고도 하는 효산(曉山)마을은 새미와 장감마을을 합하여 이르는 마을이다. 언제부터 사람이 옮겨 와서 취락을 이루었는지 자세하지 않으나 19세기경 수원 백씨가 이 마을에 들어와 살았다 하고, 그 뒤를 이어 함안 조씨, 밀양 박씨, 남원 양씨가 들어와 살게 되었다. 현재는 풍천 노씨, 반남 박씨 등 여러 성씨가 마을을 이루고 있다. 2009년 현재 55가구에 126명이 거주하고 있다. 효산마을의 생산물로 쌀, 사과, 양파 등이 있다. 효산마을의 인구 구성은 노인이 대부분이며, 홀로 농사를 지어 생계를 유지하는 경우가 많다.

조사자 일행은 마을 이장에게 미리 연락을 하고 효산마을을 찾았다. 효산마을은 도로와 인접한 곳이어서 쉽게 접근할 수 있었다. 점심시간이 조금 지난 때라 마을회관에 많은 사람이 모여 있었다. 그러나 화투판에 정신이 쏠려 있어서 조사자 일행의 협조 요청에 응하는 사람이 없었다. 노름판이 벌어지는 곳에서는 조사가 힘들다는 조언을 들은 터라 일어나려고 하는데, 마침 노래를 잘 부르는 제보자를 데려오겠다는 말에 백상동(여, 76세) 제보자가 마을회관에 올 때까지 기다렸다. 우여곡절 끝에 화투판을 옆에 두고 소란스러운 분위기에서 조사를 계속할 수 있었다.

효산마을에서 3명의 제보자로부터 조사한 자료로 민요 17편, 설화 3편이 있다. 민요는 모찌기 노래, 모심기 노래, 목화 따는 노래 등과 같은 노동요, 노랫가락, 시집살이 노래, 도라지 타령, 길군악 등 다양한 편이다. 설화는 글을 몰라서 쫓겨난 사위, 호랑이가 살려 준 은혜로 부자 된 사람, 도깨비에게 홀린 사람 등이 있다.

효산마을 전경

경상남도 함양군 지곡면 창평리 창촌마을

조사일시 : 2009.2.8
조 사 자 : 안범준, 정혜란, 문세미나, 이진영

창촌마을은 경상남도 함양군 지곡면 창평리에 속한 자연마을이다. 이 마을은 '아랫섬'이라 불리는데, 지곡면사무소가 있는 마을이다. 마을 가까이 함양읍에서 지곡면을 가로지르는 24번 지방도로가 지나는 곳으로 지곡면의 중심지에 해당한다. 2009년 1월 현재 51가구에 108명의 주민이 거주하고 있는 것으로 조사되었다. 마을의 주요 농산물은 쌀, 사과, 딸기, 양파인데, 대규모 딸기농사를 지어 농가 소득을 올리고 있기도 하다.

고려 말 조선 초의 문인으로 죽당(竹堂) 정복주(鄭復周, 1367~?)는 창촌마을 출신으로 유명한 인물이다. 고려 말에 전농사(典農事)의 관직에 있다 조선 초에 형조도관과 형조정랑을 지냈다. 그런데 부친 상을 당하여 벼슬을 그만두고 3년간 시묘살이를 한 효자로 알려져 있다. 그런데 다른 한편 본처를 버리고 기녀의 딸을 후처로 맞았다고 하여 서민으로 강등되기도 했다고 한다. 창촌마을에 그의 효행을 기리는 정려비가 있으며 1701년(숙종 27년)에 도곡서원에 제향되었다.

조사자 일행은 2008년 2월 8일 지곡면 마산리 수여마을 조사를 마치고 창평리 창촌마을로 왔다. 이 마을에서 김선이(여, 76세)와 심순동(여, 82세) 제보자를 만나 각각 민요 1편과 민요 5편을 녹음했다. 이들 민요는 모심기 노래 3편과 노랫가락, 창부 타령 등 3편이었다. 여성 노인들이라서 그런지 마을의 인물이나 지명과 관련된 전설은 잘 모른다고 해서 조사자의 요청에 따라 민요를 구연했다.

▌제보자

권임순, 여, 1936년생

주 소 지 : 경상남도 함양군 지곡면 개평리 오평마을
제보일시 : 2009.2.14
조 사 자 : 안범준, 김미라, 조민정

권임순은 1936년에 경남 함양군 수동면 도북리에서 태어났다. 올해 74세로 21세 때 함양군 지곡면 오평마을로 시집을 와서 지금까지 지내고 있다. 안동댁이라는 택호를 가지고 있다. 3년 전에 작고한 남편과의 사이에 3남 3녀를 두었다. 자녀들은 모두 객지에서 생활하고 있으며, 현재 농사를 지으며 생계를 유지하고 있다.

처음엔 소극적이었으나 청중들의 권유에 적극적인 태도로 구연하였다. 제공한 자료는 민요만 12편이다. 고향에서 어린 시절에 배운 것들이며 기억력이 좋은 편이라 가사를 잘 기억하고 있었다.

제공 자료 목록

04_18_FOS_20090214_PKS_KIS_0001 사위 노래
04_18_FOS_20090214_PKS_KIS_0002 신세 타령
04_18_FOS_20090214_PKS_KIS_0003 창부 타령 (1)
04_18_FOS_20090214_PKS_KIS_0004 풍년가
04_18_FOS_20090214_PKS_KIS_0005 화투 타령
04_18_FOS_20090214_PKS_KIS_0006 아리랑
04_18_FOS_20090214_PKS_KIS_0007 모심기 노래 (1)
04_18_FOS_20090214_PKS_KIS_0008 모심기 노래 (2)
04_18_FOS_20090214_PKS_KIS_0009 창부 타령 (2)

04_18_FOS_20090214_PKS_KIS_0010 창부 타령 (3)
04_18_MFS_20090214_PKS_KIS_0001 태평가 (1)
04_18_MFS_20090214_PKS_KIS_0002 태평가 (2)

김금순, 여, 1948년생

주 소 지 : 경상남도 함양군 지곡면 덕암리 덕암마을
제보일시 : 2009.2.8
조 사 자 : 안범준, 정혜란, 문세미나, 이진영

김금순은 1948년생으로 함양에서 태어나
고 계속 자랐다. 올해 68세이며 19세 때 시
집을 왔다. 택호는 평촌댁이다. 남편과 함께
살고 있으며 슬하에 2남 3녀의 자식이 있고
초등학교를 졸업했다.

제보자는 보라색 조끼를 입고 있었는데
아주 곱게 보였다. 옆에 할머니가 아는 노
래를 부르면 같이 따라서 불렀다. 제공한
민요는 처녀 때 놀면서 불렀던 노래라고 했다.

제공 자료 목록
04_18_FOS_20090208_PKS_KKS_0001 노랫가락
04_18_FOS_20090208_PKS_KKS_0002 정절 노래

김두순, 여, 1930년생

주 소 지 : 경상남도 함양군 지곡면 공배리 공배마을
제보일시 : 2009.2.15
조 사 자 : 안범준, 정혜란, 김미라, 조민정

김두순은 1930년생으로 올해 나이는 80세이다. 함양군 함양읍 교산리

북천마을에서 태어났으며, 19세 때 지곡면 공배리 공배마을로 시집을 왔다. 시집을 와서 지금까지 오랜 세월 동안 지곡면 공배리 공배마을에서 농사를 짓고 있다. 10년 전 작고한 남편과의 사이에는 4남 3녀가 있는데, 모두 객지에서 살고 있다. 수줍은 모습에 소극적인 태도를 보였다. 제보자가 제공한 자료는 민요 4편으로 모두 어린 시절에 어른들로부터 배운 노래라고 했다.

제공 자료 목록

04_18_FOS_20090215_PKS_KDS_0001 노랫가락 (1)
04_18_FOS_20090215_PKS_KDS_0002 댕기 노래
04_18_FOS_20090215_PKS_KDS_0003 노랫가락 (2) / 그네 노래
04_18_FOS_20090215_PKS_KDS_0004 신세 타령

김봉수, 여, 1932년생

주 소 지 : 경상남도 함양군 지곡면 공배리 공배마을
제보일시 : 2009.2.15
조 사 자 : 안범준, 정혜란, 김미라, 조민정

김봉수는 1932년에 함양군 덕암리 주암마을에서 태어났다. 올해 78세로 나이에 비해 젊어 보였다. 제보자는 17세 때 공배마을로 시집을 와서 단 한 번도 이 마을을 떠나본 적이 없다고 했다. 30년 전 작고한 남편과의 사이에는 4남이 있다. 4남매 모두 객지로 나가서 살고 있다.

제보자는 가장 먼저 나서서 노래를 부를 정도로 적극적인 성격이다. 제공한 자료는 설화 7편으로, 제보자가 어릴 때 어른들로부터 들은 이야기라고 한다. 기억력이 좋고 표현력이 뛰어나 청중들의 적극적인 호응을 받았다.

제공 자료 목록

04_18_FOT_20090215_PKS_KBS_0001 시어머니가 환생한 개의 무덤이 있는 개명산

04_18_FOT_20090215_PKS_KBS_0002 거지 복을 빌려 부자 된 사람

04_18_FOT_20090215_PKS_KBS_0003 호랑이 목에 비녀 빼주고 명의 된 아이

04_18_FOT_20090215_PKS_KBS_0004 은혜 갚은 호랑이

04_18_FOT_20090215_PKS_KBS_0005 호랑이 덕분에 죽음 면한 아이

04_18_FOT_20090215_PKS_KBS_0006 하룻밤을 자도 만리성을 쌓는다

04_18_FOT_20090215_PKS_KBS_0007 용이 득천한 귀신용소

04_18_FOS_20090215_PKS_KBS_0001 모심기 노래 (1)

04_18_FOS_20090215_PKS_KBS_0002 모심기 노래 (2)

04_18_FOS_20090215_PKS_KBS_0003 모심기 노래 (3)

04_18_FOS_20090215_PKS_KBS_0004 도라지 타령

04_18_FOS_20090215_PKS_KBS_0005 청춘가

04_18_FOS_20090215_PKS_KBS_0006 모찌기 노래

04_18_FOS_20090215_PKS_KBS_0007 모심기 노래 (4)

김선이, 여, 1934년생

주 소 지 : 경상남도 함양군 지곡면 창평리 창촌마을
제보일시 : 2009.2.8
조 사 자 : 안범준, 정혜란, 문세미나, 이진영

김선이는 1934년생으로 태어나면서 지금까지 함양군 지곡면 창평리 창촌마을에서 살고 있다. 올해 76세로 개띠이다. 남편은 30년 전에 작고하였으며, 남편과의 사이에는 4남 2녀의 자녀가 있다. 제보자는 초등학교를 졸업하였으며 차분하고 말수가 적은 편이다.

제보자가 제공한 자료는 민요 1편으로 일을 하면서 어른들로부터 배운 노래라고 했다. 알고 있는 노래가 많지만 기억이 나지 않는다고 하면서 아쉬워하였다.

제공 자료 목록

04_18_FOS_20090208_PKS_KSI_0001 창부 타령

김순기, 여, 1933년생

주 소 지 : 경상남도 함양군 지곡면 공배리 공배마을
제보일시 : 2009.2.15
조 사 자 : 안범준, 정혜란, 김미라, 조민정

김순기는 1933년에 함양군 휴천면 월평리에서 태어났다. 올해 나이는 77세로 20세에 공배마을로 시집온 후로 무지개마을에서 10년 정도 살다가 지금 이 마을에 정착해서 살고 있다. 작고한 남편과의 사이에 3남 6녀가 있는데, 9남매 중 아들 한 명이 교통사고로 죽었다고 한다. 그래서 현재는 2남 6녀가 모두 객지에서 생활하고 있다.

소극적인 성격이라 노래를 부를 때 부끄러워하면서 입과 얼굴을 가렸다. 어른들이 부르는 것을 따라 부르면서 자연스럽게 노래를 습득하게 되었다고 한다.

제공 자료 목록

04_18_FOS_20090215_PKS_KSK_0001 사위 노래
04_18_FOS_20090215_PKS_KSK_0002 화투 노래

김윤임, 여, 1947년생

주 소 지 : 경상남도 함양군 지곡면 개평리 오평마을
제보일시 : 2009.2.14
조 사 자 : 안범준, 김미라, 조민정

김윤임은 1947년에 함양군 지곡면 주암
마을에서 태어났다. 올해 64세이고 20세 때
함양군 지곡면 오평마을에 시집을 왔다. 그
리고 25세 되던 해에 대구로 가서 3년 동안
살다가 오평마을로 다시 돌아왔다고 한다.
6년 전에 작고한 남편과의 사이에 2남 2녀
를 두고 있다. 자녀들은 모두 객지에서 생
활하고 있으며, 현재 농사를 지으며 홀로
생계를 이어가고 있다고 한다.

어릴 때 어른들과 놀고 일하면서 배운 노래들을 적극적으로 불러 주었
다. 매우 정확한 발음으로 신이 나서 춤도 추면서 노래를 불러 주었다. 제
보자가 제공한 자료는 민요 2편으로 어릴 때 어른들로부터 배운 것이라
고 한다. 이외 유행가로 부르는 '성주풀이'를 했으나 채록 대상에서 제외
했다.

제공 자료 목록
04_18_FOS_20090214_PKS_KYI_0001 양산도
04_18_FOS_20090214_PKS_KYI_0002 나물 캐는 노래

김차남, 여, 1929년생

주 소 지 : 경상남도 함양군 지곡면 개평리 개평마을
제보일시 : 2009.2.9
조 사 자 : 안범준, 정혜란, 김미라, 이진영

김차남은 1929년 함양군 지곡면 개평리 개평마을에서 태어났다. 한 마을 안에서 태어나고 결혼을 하여 지금까지 개평을 떠나본 적이 없다. 14년 전 작고한 남편과의 사이에는 3남 2녀가 있는데, 5남매가 다 객지로 나가 있다. 현재는 홀로 개평마을에 있으며 택호도 개평에서 태어났기에 개평댁이라 불린다. 학교교육을 따로 받은 적은 없다고 한다.

옆집에 살았던 어떤 할아버지로부터 처녀 시절에 들은 이야기라며 차분하게 이야기를 구연했는데, 이야기할 때와는 다르게 평소에는 무뚝뚝한 성격인 것 같다. 그래서 이야기 한 편만을 하고는 노래는 아는 것도 없고 부른 적도 없다며 한사코 부르기를 거부했다.

제공 자료 목록
04_18_FOT_20090209_PKS_KCN_0001 저승 다녀온 사람

노상림, 여, 1926년생

주 소 지 : 경상남도 함양군 지곡면 보산리 정취마을
제보일시 : 2009.2.15
조 사 자 : 안범준, 정혜란, 김미라, 조민정

노상림은 1926년에 함양군 지곡면 개평마을에서 태어났다. 40년 전 남편이 작고하고, 현재 1녀를 두고 있으며 딸은 현재 울산에서 거주 중이다. 17세에 지곡면 보산리 정취마을로 시집을 와서 현재까지 계속 살

고 있다. 현재 건강 상태가 좋지 못하여 정부의 보조금으로 생계를 유지하고 있다.

조사자의 질문에 응답하면서 적극적인 태도로 조사에 참여하였다. 그러나 숨이 가빠서 끝까지 부르지 못한 자료가 많다. 시집을 와서 일하다가 잠시 쉴 때 어른들로부터 배운 노래들이라고 했다.

제공 자료 목록

04_18_FOS_20090215_PKS_NSR_0001 신세 타령

04_18_FOS_20090215_PKS_NSR_0002 청춘가

04_18_FOS_20090215_PKS_NSR_0003 모심기 노래

노창섭, 남, 1926년생

주 소 지 : 경상남도 함양군 지곡면 덕암리 덕암마을

제보일시 : 2009.2.8

조 사 자 : 안범준, 정혜란, 문세미나, 이진영

노창섭은 1926년생으로 함양군 지곡면 덕암마을에서 태어나서 현재까지 살고 있다. 올해 84세로 마을에서 가장 나이가 많다. 현재 아내와 함께 살고 있으며, 아내와의 사이에 4남 2녀의 자식을 두었다. 농사일을 조금 하고 있고 중간에 다른 곳에 가지 않고 고향에서 여동생과 한 동네에 살고 제보자는 6·25 참전 유공자이다.

제보자는 이야기를 짜임새 있게 잘 구술해서 조사자들도 이야기가 재미있다고 하면서 계속 이야기를 해 달라고 했다. 제보자도 기분이 좋아서 너털웃음을 지으면서 어렸을 때 아버지께 들은 많은 이야기와 어른들께 들은 이야기를 다 해 주었다.

노흥분, 여, 1934년생

주 소 지 : 경상남도 함양군 지곡면 덕암리 덕암마을
제보일시 : 2009.2.8
조 사 자 : 안범준, 정혜란, 문세미나, 이진영

노흥분은 1934년생으로 함양군 지곡면 덕암리 덕암마을이 고향이다. 올해 76세로 개띠이며 택호는 신안댁이다. 이 택호는 마을에 택호가 같은 사람이 여럿이어서 서로 겹치지 않게 붙여진 것이라 했다. 남편은 30년 전쯤에 작고했으며 남편과의 사이에 2남 1녀의 자식을 두었다. 지금은 마을에서 혼자 살고 있는데 같은 동네에 오빠가 살고 있다고 한다. 제보자의 집은 마을회관에서 위로 조금만 올라가면 있다.

다른 제보자가 이야기를 하는 것을 보고 자신도 이야기를 해 보겠다고 하였다. 아버지한테 들은 이야기로 설화 1편을 재미있게 구연하였다. 어조는 평상시 이야기하는 것처럼 차분하게 들렸다. 민요는 일하면서 듣고 불러서 습득했다고 했다. 노래 역시 조용하고 차분하게 불렀다.

맹순안, 여, 1934년생

주 소 지 : 경상남도 함양군 지곡면 개평리 상개평마을
제보일시 : 2009.2.14
조 사 자 : 안범준, 김미라, 조민정

맹순안은 1934년 함양군 서하면 송계리 거기마을에서 태어났다. 22살 때 이곳 지곡면 개평리 상개평마을로 시집을 왔고 10년 전에 남편이 작고하였다. 현재 2남 4녀를 두고 있으며 자녀들은 모두다 객지에서 생활을 하고 있다고 했다. 현재 혼자 농사를 짓고 있다. 조사자의 요청에 노래를 준비라도 한 듯이 바로바로 노래를 불러 주었다.

개량 한복을 곱게 차려 입고 있었다. 민요를 아는 것이 아주 많았고 적극적으로 여러 가지 노래들을 불렀다. 노랫가락, 양산도, 사발가에 청춘가 가락에 맞추어 다양한 내용의 노래를 불렀다. 이들 노래는 어릴 때 놀고 일하면서 배운 것이라고 했다. 노래를 부르고 난 뒤에는 내용을 해설해 주기도 했다.

제공 자료 목록
04_18_FOS_20090214_PKS_MSA_0001 환갑 노래
04_18_FOS_20090214_PKS_MSA_0002 시집 식구 노래
04_18_FOS_20090214_PKS_MSA_0003 베 짜기 노래
04_18_FOS_20090214_PKS_MSA_0004 사발가
04_18_FOS_20090214_PKS_MSA_0005 화투 타령
04_18_FOS_20090214_PKS_MSA_0006 베틀 노래
04_18_FOS_20090214_PKS_MSA_0007 노랫가락 (1)
04_18_FOS_20090214_PKS_MSA_0008 물레 노래
04_18_FOS_20090214_PKS_MSA_0009 남녀 연정요
04_18_FOS_20090214_PKS_MSA_0010 새대 노래

04_18_FOS_20090214_PKS_MSA_0011 부모 수심가

04_18_FOS_20090214_PKS_MSA_0012 노랫가락 (2)

04_18_FOS_20090214_PKS_MSA_0013 남녀 연정요

04_18_FOS_20090214_PKS_MSA_0014 양산도

04_18_FOS_20090214_PKS_MSA_0015 청춘가 (1) / 연정요

04_18_FOS_20090214_PKS_MSA_0016 청춘가 (2) / 술장사 노래

04_18_FOS_20090214_PKS_MSA_0017 청춘가 (3)

04_18_FOS_20090214_PKS_MSA_0018 유세 노래

04_18_FOS_20090214_PKS_MSA_0019 청춘가 (4) / 함양 읍내 군수야

04_18_FOS_20090214_PKS_MSA_0020 청춘가 (5) / 시내 풀이

04_18_FOS_20090214_PKS_MSA_0021 청춘가 (6) / 못된 며느리 노래

박순이, 여, 1941년생

주 소 지 : 경상남도 함양군 지곡면 개평리 상개평마을

제보일시 : 2009.2.14

조 사 자 : 안범준, 김미라, 조민정

　박순이는 올해 69세로 경남 산청군 생초면에서 태어났다. 17년 전에 남편이 작고하여 그 후로 혼자 살고 있으며 2남 4녀를 두고 있다. 19살 때 함양군 지곡면 개평리 상개평마을로 시집을 왔다.

　초등학교를 졸업하였고 태어나자마자 6·25를 겪었다고 한다.

　어릴 때 어머니가 부르는 것을 듣고 따라 부르면서 배운 노래들이라고 했다.

제공 자료 목록

04_18_FOT_20090214_PKS_PSI_0001 고려장하려던 어머니를 다시 데려온 아들

04_18_FOT_20090214_PKS_PSI_0002 팥죽교의 유래

04_18_FOT_20090214_PKS_PSI_0003 도깨비 이용해서 부자 된 사람
04_18_FOS_20090214_PKS_PSI_0001 삼 삼기 노래
04_18_FOS_20090214_PKS_PSI_0002 동무 노래
04_18_FOS_20090214_PKS_PSI_0003 부모 탄로가
04_18_FOS_20090214_PKS_PSI_0004 신세 타령
04_18_FOS_20090214_PKS_PSI_0005 모심기 노래

박승귀, 남, 1944년생

주 소 지 : 경상남도 함양군 지곡면 보산리 효산마을
제보일시 : 2009.2.15
조 사 자 : 안범준, 김미라, 조민정

　박승귀는 1944년에 함양군 지곡면 보산
리 효산마을에서 태어났다. 20년 전에 서울
로 돈을 벌기 위해 5년 정도 살다가 다시
효산마을로 돌아왔다고 한다. 건강 상태가
좋지 못하고 틀니를 사용하고 있다. 현재
농사를 지으면서 생계를 유지하고 있다.
　젊은 시절에는 제보자가 마을에서 노래를
제일 잘 불렀다고 한다. 주로 논에서 일할
때 노래를 많이 불렀다고 한다. 제공한 자료는 민요 6편으로 어른들로부
터 배운 것들이라고 했다. 숨이 가쁘고 틀니를 사용하고 있어 발음이 부
정확한 편이었다.

제공 자료 목록
04_18_FOS_20090215_PKS_PSG_0001 부모 연모요
04_18_FOS_20090215_PKS_PSG_0002 못 갈 장가 노래
04_18_FOS_20090215_PKS_PSG_0003 총각 낭군 죽은 노래
04_18_FOS_20090215_PKS_PSG_0004 모심기 노래

04_18_FOS_20090215_PKS_PSG_0005 창부 타령
04_18_FOS_20090215_PKS_PSG_0006 시누 올케 노래

박쌍금, 여, 1932년생

주 소 지 : 경상남도 함양군 지곡면 공배리 공배마을
제보일시 : 2009.2.15
조 사 자 : 안범준, 정혜란, 김미라, 조민정

　박쌍금은 1932년 전라북도 완주군 봉동
읍 장기리에서 태어났다. 올해 나이는 78세
로 15세에 고향인 전라도 쟁기에서 함양군
지곡면 공배마을로 시집을 왔다. 그 후로는
이 마을을 떠나 본 적이 없다고 한다. 30년
전 작고한 남편과의 사이에 3남 3녀가 있
다. 자녀들은 모두 객지에서 생활을 하고
있다고 한다.

　제보자가 제공한 자료는 민요 1편으로 어른들에게 일하면서 배운 노래
라고 한다. 조사자의 요청에 적극적으로 노래를 구연하였다.

제공 자료 목록
04_18_MPN_20090215_PKS_PSG_0001 호랑이에게 잡혀갔다 돌아온 사람
04_18_FOS_20090215_PKS_PSG_0001 노랫가락

배옥분, 여, 1927년생

주 소 지 : 경상남도 함양군 지곡면 공배리 공배마을
제보일시 : 2009.2.15
조 사 자 : 안범준, 정혜란, 김미라, 조민정

　배옥분은 1927년에 함양군 함양읍 교산리에서 태어났다. 올해 나이는

83세로 다른 제보자들에 비해 나이가 많은 편이다. 17세가 되던 해에 공배마을로 시집을 와서 그 후로 한 번도 이 마을을 떠나  본 적이 없다고 한다. 지금은 아무런 일도 하지 않고 편안하게 노후를 보내고 있으며 40년 전 작고한 남편과의 사이에 5남 1녀가 있다. 6남매는 각각 다른 지역에 거주하고 있고 혼자서 이곳에 살고 있다.

제보자가 제공한 자료는 설화 1편으로 어린 시절에 어른들에게 들은 이야기라고 한다. 치아가 빠져서 발음이 부정확한 편이다.

제공 자료 목록
04_18_FOT_20090215_PKS_BOB_0001 잉어와 죽순을 구해 어머니 병을 고친 곽효자
04_18_FOS_20090215_PKS_BOB_0001 농부가

백상동, 여, 1934년생

주 소 지 : 경상남도 함양군 지곡면 보산리 효산마을
제보일시 : 2009.2.15
조 사 자 : 안범준, 김미라, 조민정

백상동은 1934년 경남 함양군 지곡면 효산 마을에서 태어났다. 18세 때 함양읍으로 시집  갔다가 다시 효산마을로 돌아왔다고 한다. 올 해 76세로 택호는 글문댁이다. 현재 홀로 생 활하고 있으며 몸이 조금 불편해 보였다.

제보자는 숨이 조금 가쁜 듯 보였지만 적 극적인 태도로 구연하였다. 제보자가 제공한 자료는 모두 설화 2편이다. 도깨비에 홀린

사람 이야기는 직접 제보자가 경험한 것이고, 호랑이가 은혜를 갚은 이야기는 어린 시절에 들은 것이다.

제공 자료 목록

04_18_FOT_20090215_PKS_BSD_0001 호랑이 살려준 덕분에 부자 된 나무꾼
04_18_MPN_20090215_PKS_BSD_0001 도깨비에 홀려 끌려갔다 돌아온 사람
04_18_FOS_20090215_PKS_BSD_0001 모심기 노래
04_18_FOS_20090215_PKS_BSD_0002 도라지 타령
04_18_FOS_20090215_PKS_BSD_0003 사위 노래
04_18_FOS_20090215_PKS_BSD_0004 시누 올케 노래 / 남녀 연정요
04_18_FOS_20090215_PKS_BSD_0005 쌍가락지 노래

송현자, 여, 1926년생

주 소 지 : 경상남도 함양군 지곡면 개평리 개평마을
제보일시 : 2009.2.9
조 사 자 : 안범준, 정혜란, 김미라, 이진영

송현자는 올해 84세로 충북 영동군 황간에서 태어났다. 택호는 황간댁이며 18세 되던 해 함양군 지곡면 개평으로 시집을 와서 지금까지 개평을 벗어난 적이 없다고 한다. 2살 연상의 남편과는 슬하에 6남 2녀를 두고 있고, 8남매 모두 객지에 거주하고 있다. 현재 남편과 둘이서 생활하고 있다.

당시 여자는 글을 배워 봤자 시집가서 친정에 편지나 보낸다고 해서 학교를 거의 다닐 수 없었지만, 제보자는 일제 강점기 시절 보통학교를 나왔다.

마을에서도 연장자에 속하는 제보자는 몸이 좋지 않아서 다른 제보자가 노래를 하는 동안에도 계속 누워 있으며 한사코 제보에 참여를 하지

않다가 끝나갈 무렵에 노래를 한 곡 해 보겠다며 아리랑을 불렀다. 제보자 본인이 살아온 인생의 한을 담아 불렀는지 박수를 치며 흥겹게 부르는데도 눈에 눈물이 맺혔다. 시집 와서 어른들이 부르는 노래를 들어서 알게 된 것이라고 했다.

제공 자료 목록
04_18_FOS_20090209_PKS_SHJ_0001 아리랑

심순동, 여, 1928년생

주 소 지 : 경상남도 함양군 지곡면 창평리 창촌마을
제보일시 : 2009.2.8
조 사 자 : 안범준, 정혜란, 문세미나, 이진영

심순동은 1928년생으로 함양군 지곡면 창평리 창촌마을에서 태어나 지금까지 살고 있다. 올해 82세로 용띠이다. 남편은 8년 전에 작고하였으며 남편과의 사이에는 3남 2녀의 자녀가 있다. 제보자는 일제 강점기 일본인에게 노래를 배우기도 했으며 초등교육도 받았다고 했다.

제보자는 적극적이고 활발한 성격으로 알고 있는 노래는 최대한 기억을 떠올리려고 노력하였다.

제보자가 제공한 자료는 민요 5편으로 모두 어렸을 때 많이 부르면서 배웠다고 한다. 목청이 좋고 목소리도 커서 청중들의 적극적인 호응을 받았다.

제공 자료 목록
04_18_FOS_20090208_PKS_SSD_0001 모심기 노래 (1)

04_18_FOS_20090208_PKS_SSD_0002 모심기 노래 (2)
04_18_FOS_20090208_PKS_SSD_0003 창부 타령
04_18_FOS_20090208_PKS_SSD_0004 청춘가
04_18_FOS_20090208_PKS_SSD_0005 모심기 노래 (3)

양이임, 여, 1929년생

주 소 지 : 경상남도 함양군 지곡면 보산리 정취마을
제보일시 : 2009.2.15
조 사 자 : 안범준, 정혜란, 김미라, 조민정

양이임은 1929년에 함양읍 교산리 두산 마을에서 태어났다. 올해 81세인 제보자는 11년 전 남편이 작고하고 현재 2남 2녀를 두고 있다. 16세에 함양군 마천면으로 시집을 가서 39세 때부터 지곡면 보산리 정취마을에서 살기 시작했다.

조사자와 청중들이 노래를 권유해도 부르지 않다가 재차 권유하자 노래를 불렀다. 그 뒤로 적극적인 태도로 많은 노래를 불렀다. 제보자는 매우 차분한 성격으로 조용한 목소리로 구연하였는데 민요 8편을 제공하였다. 이 자료들은 제보자가 마천으로 시집을 가서 주위 어른들에게 배웠던 것이라고 했다.

제공 자료 목록

04_18_FOS_20090215_PKS_YII_0001 창부 타령
04_18_FOS_20090215_PKS_YII_0002 신세 타령
04_18_FOS_20090215_PKS_YII_0003 모심기 노래 (1)
04_18_FOS_20090215_PKS_YII_0004 모심기 노래 (2)
04_18_FOS_20090215_PKS_YII_0005 신세 타령
04_18_FOS_20090215_PKS_YII_0006 연정요
04_18_FOS_20090215_PKS_YII_0007 도라지 타령

유순선, 여, 1936년생

주 소 지 : 경상남도 함양군 지곡면 개평리 개평마을
제보일시 : 2009.2.9
조 사 자 : 안범준, 정혜란, 김미라, 이진영

유순선은 1936년생으로 함양군 서상면에
서 태어났다. 당시로는 늦은 나이인 20살에
결혼을 하여 지곡면 개평리 개평마을로 왔
다. 어린 시절 울산에서 5년 정도 살았던 기
억이 어렴풋이 남아 있다고 한다. 개평마을
로 시집을 온 뒤로는 지금까지 마을을 떠난
적이 없다. 21년 전 작고한 남편과의 사이에
는 3남 2녀를 두고 있다. 현재 자녀들은 진
주와 부산에 흩어져 거주하고 있으며 마을에는 제보자 혼자 생활하고 있다.

제보자는 초등학교를 졸업하였으며 풍채가 좋아 나이에 비해 젊어보였
다. 택호는 북천댁이다. 제보자는 자신의 할머니 열녀비가 서상면에 있다
고 했다.

다른 제보자들이 노래하거나 이야기하는 것을 지켜보고 있다가 민요 1
편과 설화 3편을 제공했다. 민요는 어렸을 때 할머니께 들었던 것이라고
했다.

제공 자료 목록

04_18_FOT_20090209_PKS_YSS_0001 죽어서 개가 된 어머니 구격시켜 주고 부자 된 아들
04_18_FOT_20090209_PKS_YSS_0002 뱀을 섬겨 집안 일으킨 종가집 며느리
04_18_FOT_20090209_PKS_YSS_0003 비단장사 그만 두고 스님이 된 구정선사
04_18_FOS_20090209_PKS_YSS_0001 노랫가락 / 그네 노래

유휘자, 여, 1938년생

주 소 지 : 경상남도 함양군 지곡면 마산리 수여마을
제보일시 : 2009.2.8
조 사 자 : 안범준, 정혜란, 김미라, 이진영

유휘자는 1938년 산청군 생초면에서 태
어났다. 어렸을 때 함양군 지곡면 수여마을
에서 자라다가 결혼을 하였다. 결혼을 한
후 도시로 나가서 일을 했는데 안 해 본 일
이 없다고 한다. 그때 일하면서 노래도 많
이 불렀다며 노래를 부를 때 망설임이 없었
다. 올해 72살이 되지만, 목소리가 우렁차서
나이보다 훨씬 젊어 보였으며 이 점에서 채
록할 때 수월하였다.

당시 학교를 다닌 사람이 매우 드물었지만, 제보자는 초등학교를 졸업
했다고 했다. 제보자의 아버지가 여자도 배워야 한다며 학교를 보내 줘서
다닐 수 있었다고 한다. 아버지의 교육관 덕분에 한글도 배울 수 있었다
고 자랑했다.

4년 전 작고한 남편과의 사이에 2남 4녀를 두었는데, 전부 객지로 나가
서 생활하고 있다.

어릴 때 들었던 이야기라며 2편의 설화를 구술해 주었다. 차분히 앉아
서 노래 가사를 되새기다가 자신이 생길 때 노래를 불러 주었다.

제공 자료 목록
04_18_FOT_20090208_PKS_YHJ_0001 여자의 말에 가다가 멈춘 산
04_18_MPN_20090208_PKS_YHJ_0001 도깨비와 씨름하여 이긴 사람
04_18_FOS_20090208_PKS_YHJ_0001 모심기 노래 (1)
04_18_FOS_20090208_PKS_YHJ_0002 모심기 노래 (2)
04_18_FOS_20090208_PKS_YHJ_0003 다리 세기 노래

04_18_FOS_20090208_PKS_YHJ_0004 아리랑

04_18_FOS_20090208_PKS_YHJ_0005 나물 캐는 노래

04_18_FOS_20090208_PKS_YHJ_0006 노랫가락

04_18_FOS_20090208_PKS_YHJ_0007 봄배추 노래

이재석, 남, 1925년생

주 소 지 : 경상남도 함양군 지곡면 마산리 수여마을
제보일시 : 2009.2.8
조 사 자 : 안범준, 정혜란, 김미라, 이진영

이재석은 1925년생으로 올해 85살이다. 지곡면 마산리 수여마을이 고향으로 지금까지 6·25전쟁 때 군복무를 한 기간 외에 마을을 떠나 본 적이 없다고 했다. 전쟁이 1년만 더 길었더라면 한국의 청년들은 그때 다 죽었을 거라며 그 옛날을 회상했다. 전쟁터로 가기 전에 고향에 들러 가족과 사진을 찍었는데 그 사진을 찍을 때 마지막이라고 생각했다고 한다.

슬하에 3남 3녀를 두고 있으나 부인은 23년 전 병으로 세상을 먼저 떠난 뒤 큰아들 가족과 함께 마을에 살았다. 마을에는 큰아들과 작은아들이 같이 있는데, 몇 년 전 큰아들 내외가 함양읍에서 잠시 살 때를 빼고는 계속 큰아들 가족과 한 집에서 살고 있다. 아직까지 농사를 지어서 조사하는 날에도 농사일을 하다가 왔다.

제보자는 자녀들이 클 때만 해도 마을에서 가난한 편이었는데, 부지런해서 재산을 많이 모았다며 마을 사람들이 입을 모아 이야기를 했다. 그런 만큼 일을 많이 해서 허리도 굽고 무릎도 안 좋아 보였지만 항상 깔끔

하게 해서 다니려고 노력한다고 했다.

학교 공부를 한 적은 없고 어릴 때 밭 매러 가면서 불렀던 노래와 군대 가서 불렀던 노래들을 기억하고 있었다. 마을에서 관광차를 타고 여행을 떠날 때 항상 노래를 부르고 흥을 돋운다고 했으나, 겉모습은 수줍음이 많아 보였다.

제공 자료 목록
04_18_FOS_20090208_PKS_LJS_0001 미인 연정요
04_18_MFS_20090208_PKS_LJS_0001 육이오 노래

이태순, 여, 1932년생

주 소 지 : 경상남도 함양군 지곡면 공배리 공배마을
제보일시 : 2009.2.15
조 사 자 : 안범준, 정혜란, 김미라, 조민정

이태순은 1932년에 경남 함양군 수동면 상백마을에서 태어났다. 올해 나이는 78세로 13년 전 작고한 남편과의 사이에 3남 4녀를 두었다. 자녀들은 모두 다른 지역에 거주하고 있다. 지금까지 단 한 번도 농사를 쉬지 않고 짓고 있다.

제보자는 지곡면 공배리 공배마을로 시집을 와서 지금까지 이곳에 살고 있다. 기억력이 매우 좋아서 긴 노래를 잊어버리지 않고 있었다. 시집 와서 남들이 하는 노래를 따라 부르다가 습득하였다고 한다.

제공 자료 목록
04_18_FOS _20090215_PKS_LTS_0001 노랫가락
04_18_FOS _20090215_PKS_LTS_0002 남녀 연정요

임문택, 남, 1927년생

주 소 지 : 경상남도 함양군 지곡면 마산리 수여마을
제보일시 : 2009.2.8
조 사 자 : 안범준, 정혜란, 김미라, 이진영

임문택은 1927년생으로 올해 나이 85살이다. 태어난 곳이 지곡면 마산리 수여마을로 지금까지 계속 살았다. 당시 보통학교를 다녔는데, 살기가 어려워서 학교를 제대로 다니지는 못했다고 한다.

부인이 생존해 있기는 하나 치매 증상이 있어 제보자 뒷바라지를 하고 있다. 자녀들은 5남 1녀를 두고 있으나 모두 도시에 거주하고 있어 현재는 부인과 둘이서 생활하고 있다.

어릴 때 동네 어른에게 들은 이야기 1편을 차근차근 구술해 주었다.

제공 자료 목록
04_18_FOT_20090208_PKS_IMT_0001 고모댁을 망하게 한 유자광

임창기, 남, 1931년생

주 소 지 : 경상남도 함양군 지곡면 공배리 공배마을
제보일시 : 2009.2.15
조 사 자 : 안범준, 정혜란, 김미라, 조민정

임창기는 1931년에 경남 함양군 지곡면 도촌리에서 태어났다. 올해 나이는 79세로 부인과의 사이에 3남 4녀가 있다. 자식들은 모두 타 지역에서 거주하고 있다. 주름이 많은 얼굴이었지만 소박하고 호탕한 인상을 주었다. 아내와 함께 지곡면 공배리 공배마을에서 농사를 지으면서 노후를

보내고 있다. 그는 15년 전부터 공배마을에
이사를 와서 살기 시작했다고 한다.

　　제보자는 적극적인 태도로 조사에 참여하
였다. 제보자가 제공한 자료는 설화 1편과
김봉수(여, 78세)와 주고 받은 모찌기 노래
와 모심기 노래이다. 이들 설화와 민요는
어린 시절 들었던 것이라고 하였다.

제공 자료 목록
04_18_FOT_20090215_PKS_LCK_0001 아홉 아들을 둔 과부
04_18_FOS_20090215_PKS_KBS_0006 모찌기 노래
04_18_FOS_20090215_PKS_KBS_0007 모심기 노래

정경순, 여, 1928년생

주 소 지 : 경상남도 함양군 지곡면 개평리 개평마을
제보일시 : 2009.2.9
조 사 자 : 안범준, 정혜란, 김미라, 이진영

　　정경순은 올해 82세로 1928년 함양군 수
동면 효리마을에서 태어났다. 동래 정가로
택호는 효리댁이다. 16세에 결혼을 하여 2남
3녀를 두고 있다. 남편은 오래 전 작고하여
얼마의 세월이 흘렀는지 기억조차 나지 않
는다고 했다. 5남매 모두 객지에 거주하고
있어 현재는 제보자 혼자 생활하고 있다.
　　학교 교육을 받은 적이 없어 이름도 쓰지
못하는 것을 안타까워했다. 결혼이 무엇인지도 모른 채 어린 나이에 시집
을 와서 시집살이를 어렵게 했다고 한다.

수줍음이 많아 보이지만 이야기를 할 때는 대부분의 상황들을 짜임새 있게 기억하고 있어서 조리 있게 이야기를 했다.

제공 자료 목록

04_18_FOT_20090209_PKS_JKS_0001 죽어서 소가 된 어머니

04_18_FOT_20090209_PKS_JKS_0002 저승에서 얻어 온 구슬로 부자 된 노인

04_18_FOT_20090209_PKS_JKS_0003 개와 고양이가 가져온 부자방망이로 부자 된 노부부

04_18_FOT_20090209_PKS_JKS_0004 선녀를 색시 삼은 사당 총각

04_18_FOT_20090209_PKS_JKS_0005 우렁 각시와 살게 된 총각

정명분, 여, 1928년생

주 소 지 : 경상남도 함양군 지곡면 개평리 개평마을
제보일시 : 2009.2.9
조 사 자 : 안범준, 정혜란, 김미라, 이진영

정명분은 1928년 함양군 안의면 하비마을에서 태어났다. 올해 82세로 나이에 비해 정정한 모습이다.

18세 때 지곡면 개평리 개평마을로 시집을 오면서 그때부터 지금까지 개평을 떠난 적이 없다고 한다. 6~7년 전에 작고한 남편과의 사이에는 4남 1녀가 있다. 5남매는 현재 다 부산에 거주하고 있고 제보자 혼자 개평마을에서 살고 있다. 시집을 와서는 일생을 농사일에 매달렸으나 지금은 농사를 짓지 않고 있다. 성격이 밝아서 얼굴에 웃음이 떠나지 않았다. 그래서 그런지 연세에 비해 젊어 보였다. 중간 정도의 키에 마른 체형을 가졌다.

개평마을의 제보자들 가운데 가장 먼저 노래를 뽑아내면서 초반 분위

기를 끌어나갔다. 많은 노래를 기억하고 있었는데 목소리가 좋아서 어릴 적에 노래를 잘 한다는 칭찬을 많이 받았다고 한다. 그래서 자주 노래를 불러서 아직도 기억을 꽤 하고 있다. 조사자가 노래 한 곡조 뽑아 달라고 하니 할아버지들이 듣는다고 방으로 가서 부르자고 하여 방으로 들어갔다. 아무리 시대가 변했다 하지만 손님과 주인이 가까이 하는 게 아니라 며 조금 떨어져서 조사를 하라고 하였다.

노래는 주로 어린 시절 동무들과 함께 불렀던 청춘가이거나 모를 심으면서 들었던 것이다.

제공 자료 목록

04_18_FOT_20090209_PKS_JMB_0001 밥 안 주는 며느리에게 앙갚음한 개
04_18_FOS_20090209_PKS_JMB_0001 모심기 노래 (1)
04_18_FOS_20090209_PKS_JMB_0002 모심기 노래 (2)
04_18_FOS_20090209_PKS_JMB_0003 모심기 노래 (3)
04_18_FOS_20090209_PKS_JMB_0004 청춘가 (1)
04_18_FOS_20090209_PKS_JMB_0005 청춘가 (2)
04_18_FOS_20090209_PKS_JMB_0006 청춘가 (3)
04_18_FOS_20090209_PKS_JMB_0007 모심기 노래 (4)
04_18_FOS_20090209_PKS_JMB_0008 모심기 노래 (5)
04_18_FOS_20090209_PKS_JMB_0009 청춘가 (4)
04_18_FOS_20090209_PKS_JMB_0010 베 짜기 노래

정순오, 남, 1932년생

주 소 지 : 경상남도 함양군 지곡면 개평리 개평마을
제보일시 : 2009.2.9
조 사 자 : 안범준, 정혜란, 김미라, 이진영

정순오는 1932년 함양군 지곡면 개평리 개평마을에서 태어났다. 개평에서 계속 생활을 하다가 젊은 시절에 서울로 올라갔다. 동갑인 부인과 결혼하여 1남 3녀를 두었다. 자녀들은 모두 객지에서 거주하고 있어 지금

은 부인과 둘이서 생활하고 있다.

서울로 올라가서 많은 일을 하고 15년 전 귀향하였다. 귀향 후 농업을 주업으로 삼으며 지내고 있다. 서울에 오래 있었던 탓에 억양이 변했고, 특히 끝 음절을 올리면서 말을 했으나 발음은 명확하게 들을 수 있었다. 깔끔하게 갖춰 입은 제보자의 모습은 멋쟁이를 연상시켰다.

어린 시절에 개평마을에서 들었던 이야기를 상세하게 구술했다.

제공 자료 목록

04_18_FOT_20090209_PKS_JSO_0001 배 모양 지형의 개평마을
04_18_FOT_20090209_PKS_JSO_0002 자신을 천대한 고모에게 앙심 품은 유자광
04_18_FOT_20090209_PKS_JSO_0003 무오사화의 동기가 된 김종직의 행적

정순조, 여, 1929년생

주 소 지 : 경상남도 함양군 지곡면 개평리 개평마을
제보일시 : 2009.2.9
조 사 자 : 안범준, 정혜란, 김미라, 이진영

정순조는 1929년 함양군 휴천면에서 태어났다. 어린 시절에 함양에서 이사를 많이 다녔고 부산으로까지 이사를 갔던 바람에 함양댁과 부산댁으로 두 개의 택호를 가지고 있다.

10년 전 작고한 남편과의 사이에는 2남 3녀를 두고 있다. 자녀들은 모두 객지에 거주하고 있어서 현재 제보자 혼자 생활하고

있다. 개평마을에는 13~14년 전쯤부터 살기 시작하였다. 초등학교 2학년까지 다니면서 겨우 한글을 깨쳤다고 한다.

다른 제보자들을 추천해 주면서 민요나 설화가 나오게끔 옆에서 많이 부추기며 유도를 하는 등 조사에 적극적으로 협조해 주었다.

제공 자료 목록

04_18_FOS_20090209_PKS_JSJ_0001 청춘가 (1)

04_18_FOS_20090209_PKS_JSJ_0002 청춘가 (2)

04_18_FOS_20090209_PKS_JSJ_0003 권주가

정점옥, 여, 1933년생

주 소 지 : 경상남도 함양군 지곡면 개평리 상개평마을

제보일시 : 2009.2.14

조 사 자 : 안범준, 김미라, 조민정

정점옥은 1933년에 함양 휴천면 목현마을에서 태어났다. 21세 때 이곳 상개평으로 시집을 왔다. 5~6년 전에 남편이 작고하였고 3남 1녀를 두고 있다. 다들 객지 생활을 하고 있으며 현재 혼자 산다.

제보한 이야기는 클 적에 어른들에게 들어서 알게 된 것이라고 한다. 이야기를 재미있게 많이 들려주려고 했다. 노래는 자랄 때 동네 어른들에게 배웠다고 한다. 나이에 비해 젊은 편이었으며 산을 20년 동안이나 타면서 지냈다고 한다.

제공 자료 목록

04_18_FOT_20090214_PKS_JJO_0001 꼬부랑 이야기

04_18_FOT_20090214_PKS_JJO_0002 바람 피우는 부인 버릇 고치기

조기녀, 여, 1939년생

주 소 지 : 경상남도 함양군 지곡면 개평리 상개평마을

제보일시 : 2009.2.14

조 사 자 : 안범준, 김미라, 조민정

조기녀는 1939년에 유림 송곡에서 태어났다. 이곳 상개평마을로 시집오기 전에 유림 다른 곳에서 살았던 적이 있고 상개평마을에서는 40년 전에 이사를 와서부터 살게 됐다. 현재 남편과 함께 살며 3남 2녀를 두고 있다. 자녀들은 다들 객지에서 생활을 하고 있다.

제보한 이야기는 옛날에 듣거나 실제 경험에서 나오는 이야기였다. 다른 사람의 이야기를 듣고 본인 이야기를 했

는데 정확한 발음에 몸짓을 사용하며 잘 구연해 주었다.

제공 자료 목록

04_18_FOT_20090214_PKS_JKN_0001 겨울에 대추를 구해 시어머니 병을 고친 효부
04_18_MPN_20090214_PKS_JKN_0002 손뼉을 치면 오는 도깨비들
04_18_FOS_20090214_PKS_JKN_0001 시누 올케 노래

조용주, 여, 1928년생

주 소 지 : 경상남도 함양군 지곡면 덕암리 덕암마을
제보일시 : 2009.2.8
조 사 자 : 안범준, 정혜란, 문세미나, 이진영

조용주는 1928년생으로 함양군 지곡면 공배리에서 태어났다. 올해 82세로 뱀띠이며 택호는 공배댁이다. 남편은 30년 전 작고하였고, 남편과의 사이에 3남 2녀의 자식이 있다. 학교는 초등학교 3학년 때까지 다니다가 그만두고 18세 때 할아버지에게 시집을 왔다.

82세의 나이에도 불구하고 정정했으며 민요를 12편이나 불렀다. 목소리도 좋아서 듣기에 좋으며, 스스로 손뼉을 치면서 흥겹게 불렀다. 처녀 때 친구들과 놀면서 노래를 많이 불렀다고 하며 차분하고 조용히 노래의 음을 잘 잡고 가사도 빠짐없이 잘 불렀다.

제보자가 노래를 부르니 마을 사람들도 즐거워하면서 젊은 시절을 잠시나마 생각하는 듯 했다.

제공 자료 목록

04_18_FOS_20090208_PKS_JYJ_0001 창부 타령
04_18_FOS_20090208_PKS_JYJ_0002 모심기 노래

04_18_FOS_20090208_PKS_JYJ_0003 양산도 (1)
04_18_FOS_20090208_PKS_JYJ_0005 도라지 타령
04_18_FOS_20090208_PKS_JYJ_0006 남녀 연정요
04_18_FOS_20090208_PKS_JYJ_0007 화투 타령
04_18_FOS_20090208_PKS_JYJ_0008 쌍가락지 노래
04_18_FOS_20090208_PKS_JYJ_0009 노랫가락
04_18_FOS_20090208_PKS_JYJ_0010 양산도 (2)
04_18_FOS_20090208_PKS_JYJ_0011 양산도 (3)
04_18_FOS_20090208_PKS_JYJ_0012 길군악

진사연, 여, 1931년생

주 소 지 : 경상남도 함양군 지곡면 공배리 공배마을
제보일시 : 2009.2.15
조 사 자 : 안범준, 정혜란, 김미라, 조민정

　진사연은 1931년 함양군 수동면 음평리
에서 태어났다. 올해 나이는 79세로 택호는
음평댁이다. 15세가 되던 해 공배마을로 이
사를 왔는데 17세 때 결혼을 하게 되었다.
30년 전 작고한 남편과의 사이에 2남 4녀를
두고 있고 혼자서 농사를 짓고 있다.
　제공한 자료는 설화 2편으로 옛날 어른들
에게 들은 이야기라고 했다. 기억력이 좋은
편이고 차분하게 이야기를 구술하였다.

제공 자료 목록
04_18_FOT_20090215_PKS_JSY_0001 여자의 말에 멈추어버린 바위
04_18_FOT_20090215_PKS_JSY_0002 여자가 하늘에서 돌을 받아 쌓은 새평 성채

차정옥, 여, 1939년생

주 소 지 : 경상남도 함양군 지곡면 개평리 개평마을
제보일시 : 2009.2.9
조 사 자 : 안범준, 정혜란, 김미라, 이진영

차정옥은 연안 차씨로 함양군 백전면에서
태어났다. 올해 71세로 10살 연상의 남편과
는 17세 때 결혼을 하여 개평마을에서 살고
있다. 택호는 백전댁으로 어린 시절 백전면
에서도 아주 산골에서 살았기 때문에 매우
가난한 어린시절을 보냈다. 남편과의 사이
에는 2남 2녀를 두고 있으며, 현재 자식들
은 다 객지에 있다. 특히 2남 2녀 중 막내
는 늦둥이로 올해 26살이며 부산에 있는 대학교에 재학 중이라고 한다.
늦둥이를 두고 있어서 그런지 젊은 감각을 가지려고 노력한다고 했다.

이야기 한 편을 구연했는데 옛날에 할머니께 들은 이야기로 이야기의
요지가 어른들께 잘해야 한다는 내용이다. 어릴 때부터 귀에 못이 박히도
록 어른들께 잘해라, 모든 물건을 아껴야 한다는 말을 들으면서 컸기 때
문에 평생의 생활습관이 됐다고 한다. 그래서 4남매에게도 항상 그런 이
야기를 해 주고 젊은 사람을 보면 아껴서 살아야 한다는 말을 했다. 집안
에서 전승되는 이야기로 지금까지 한 번도 해 준 적 없다고 하면서도 짜
임새 있게 이야기를 풀어나갔다.

제공 자료 목록
04_18_FOT_20090209_PKS_CJO_0001 시부모를 잘 모셔 부자 된 효부

한길님, 여, 1933년생

주 소 지 : 경상남도 함양군 지곡면 덕암리 덕암마을
제보일시 : 2009.2.8
조 사 자 : 안범준, 정혜란, 문세미나, 이진영

한길님은 1933년생으로 서하면 반점에서 태어났다. 올해 77세로 택호는 반짓댁이다. 남편은 49세에 작고하여 혼자 살고 있으며 남편과의 사이에 2남 1녀의 자식을 두었다. 19세 때 시집을 와서 현재까지 덕암에서 살고 있다.

검정색 티를 입고 있었다. 처음에는 소극적이었으나 분위기가 즐거워지고 흥에 겨워지니 박수도 치고 좋아했다. 모심기 노래 1편을 불러 주었다. 그런데 알고 있는 민요를 몇 소절 부르다가 생각이 안 나서 부르지 못한 경우가 많았다. 다른 제보자가 노래를 부르면 박수를 치면서 호응을 많이 해주었다.

제공 자료 목록
04_18_FOS_20090208_PKS_HKN_0001 모심기 노래

허칠남, 여, 1936년생

주 소 지 : 경상남도 함양군 지곡면 보산리 효산마을
제보일시 : 2009.2.15
조 사 자 : 안범준, 김미라, 조민정

허칠남은 1936년에 경남 함양군 지곡면 부야마을에서 태어났다. 20세에 경남 함양군 지곡면 보산리 효산마을로 시집을 와서

지금까지 살고 있다. 택호는 감뱀댁으로 현재 홀로 농사를 지으며 생계를 유지하고 있다.

제보자가 제공한 자료는 설화 1편과 민요 5편으로 모두 어른들에게 들은 것이라고 한다. 건강 상태가 좋지 않아 기운이 없어 보였지만 조사에 적극적으로 협조하려고 하였다.

제공 자료 목록

04_18_FOT_20090215_PKS_HCN_0001 글 못 읽어서 쫓겨난 사위
04_18_FOS_20090215_PKS_HCN_0001 화투 타령
04_18_FOS_20090215_PKS_HCN_0003 길군악
04_18_FOS_20090215_PKS_HCN_0004 시집살이 노래
04_18_FOS_20090215_PKS_HCN_0005 환갑 노래
04_18_FOS_20090215_PKS_HCN_0006 목화 따는 노래

홍정례, 여, 1933년생

주 소 지 : 경상남도 함양군 지곡면 공배리 공배마을
제보일시 : 2009.2.15
조 사 자 : 안범준, 정혜란, 김미라, 조민정

홍점례는 1933년에 경남 함양군 함양읍 백천리에서 태어났다. 올해 나이는 77세이지만 나이에 비해서 정정한 모습이다. 24살 때 지곡면 공배리 공배마을로 시집왔는데 그 당시는 아주 노처녀라서 부끄러웠다고 한다. 남편 양재수는 올해 나이 92세로 아직 함께 거주하고 있다. 몸이 불편한 남편의 병간호로 고생이 많았다고 한다. 아직도 혼자서 농사를 지어 생계를 유지하고 있다.

제공한 자료는 설화 1편이다. 제보자는 정확한 발음으로 차분하게 구술하였다. 이야기는 어린 시절에 어른들로부터 들었다고 했다.

제공 자료 목록
04_18_FOT_20090215_PKS_HJR_0001 두 남편을 둘 부인의 사주

시어머니가 환생한 개의 무덤이 있는 개명산

자료코드 : 04_18_FOT_20090215_PKS_KBS_0001
조사장소 : 경상남도 함양군 지곡면 공배리 공배마을 마을회관
조사일시 : 2009.2.15
조 사 자 : 안범준, 정혜란, 김미라, 조민정
제 보 자 : 김봉수, 여, 78세
구연상황 : 조사자의 요청에 제보자가 적극적으로 구연하였다. 청중들도 제보자의 이야기에 경청하면서 호응하였다.
줄 거 리 : 시어머니가 죽고 난 후 시집을 호되게 산 며느리가 집에서 기르는 개에게 밥을 주면서 구박을 많이 하였다. 아들의 꿈에 어머니가 나타나 자신이 세상 구경을 하지 못해서 개가 되었다고 알려 주었다. 아들은 개를 짊어지고 세상 구경을 시켜 주고 돌아오자 개가 죽었다. 개의 묘를 개명산에 써 주었다.

시어머니가 죽어서, 그 시어머니한테 시집을 디게(심하게) 살았어. 근데 그 시어머니가 돌아가셨거든. 시어머니가 돌아가셨는데, 밥을 주면, 그 며느리가 그 집에 개를, 시어머니한테 밥을 주고 바가치로 갖고 개 대가리를 탁 때리고, 또 밥 주고 개 대가리를 때리고 그라더라.

그란께 그 개가 꿈에 선몽을 한 기라.

"풀 할라꼬 풀을 끓여 놓았는데, 그 풀을 다 묵었어, 배가 고파서. 묵고는 내가 죽어서 귀경을 안 해서 개가 되었는데, 내가 사실은 변할라꼬. 며느리 변할라고, 풀 끼리 놓은 거를 다 먹었다."

그라더라. 그라고 죽었더라, 고마. 죽은께 아들이 그 개를 갖다 짊어지고 구경시킨다고 온 데 댕깄어. 구경 다 시켜가지고, 가지고 와서 그래 그걸 갖다 뫼를, 산 사람 뫼매이로(묘처럼) 썼어, 그래, 개명산이 있어.

　(조사자 : 개명산예?)

(청중 : 옛날에 하모 그래 썼어, 개명산이라고.)

그게 개명산이라.

(청중 : 그래, 개가 오죽해서 그 풀 끓여 놓은 걸 먹었겠노?)

참 그 며느리가 밥을 주고 개를 대가리를 요래 때리더라. 그래 아무데
도 귀경을 안 하고 죽어서 개가 된 기라.

거지 복을 빌려 부자 된 사람

자료코드 : 04_18_FOT_20090215_PKS_KBS_0002
조사장소 : 경상남도 함양군 지곡면 공배리 공배마을 마을회관
조사일시 : 2009.2.15
조 사 자 : 안범준, 정혜란, 김미라, 조민정
제 보 자 : 김봉수, 여, 78세
구연상황 : 조사자의 요청에 제보자가 구술한 것이다. 청중들도 이야기에 관심을 가지면
　　　　　 서 동참하였다.
줄 거 리 : 복이 없는 사람이 나무를 넉 짐을 하면 하늘에서 석 집을 가져가 버렸다. 하
　　　　　 늘에 왜 자신은 복이 없느냐고 하자, 장차 태어날 거지의 복을 빌려 주었다.
　　　　　 거지의 복을 빌린 나무꾼은 점차 부자가 되었다. 하루는 거지가 아이를 낳았
　　　　　 다. 그 아이가 자신에게 복을 빌려준 거지였다. 그 사람은 복을 빌려준 거지
　　　　　 를 잘 대접을 했다.

옛날 사람이 생전 복이 없더라. 복이 없어서, 나무를 하루 넉 짐을 해
다 놓으면, 석 짐은 고마 밤에 자고 나면 없어, 나무를 넉 짐을 해다 놓으
면. 또 그 이튿날 나무를 네 짐을 해다 놓으면 또 밤에는 없어.

어떻게 분하던지 고마 나무 짐에 폭 들어 앉았더래요. 폭 들어 앉은께,
하늘에서 달아 올리뻐린 기라, 나무 석 짐을.

(조사자 : 아이고, 하늘에서예?)

하늘에서.

"너는 한 짐만 놓고 때라 했는데 왜 넉 짐을 해다 놓노?"

그래서 나무 석 짐을 달아 올리삐는 기라.

"그래 니가 그렇게 부자로 사는 게 소원이가?"

"예, 소원입니다."

"그럼, 십 년 후에 거래이가(거지가) 태어날 거니깐 거래이 복을 너를 빌려 줄게."

(청중 : 복도 없는 놈이다.)

"가서 넉 짐을 해다 놓고 나무를 때라. 그럼 나무가 있을 끼다."

그라더랴. 그래 인자 십 년 동안 몰골로 사니까 논도 사고 밭도 사고 막 부자가 되었어.

(청중 : 그러니까 복이 있어야 해.)

그란께 참, 자기 아버지가 죽어서 차일을 쳐 놓고 초상을 친께, 거래이가 막 임신을 해서 아를 이리 배갖고, 애기를 배갖고 거 얻어 묵으러 흐부적 흐부적 오더래.

그라더니만 거서 얻어 먹고는 고마 놓더란다, 아를 놓더란다. 그래 인자 그 아 복이라, 그기 최왈이라 최왈이. 그란께 그 사람이,

"네 복을 내가 빌려갖고 살았다." 하고, 논이고 무엇이고 거지 데려다가 원님 대접하듯이 하고, 그래 인자 그걸 갖다가 그슥한께네 살림을 안 까먹고 살더랴. 거래이를(거지를) 안 줬으면 다 까먹었을 긴데, 그거 복인데 줘야 될 거 아이라. 그런께 양심을 지킨께.

(청중 : 그러니 욕심 없이 살아라 그것이라.)

하모, 그래 잘 살더라. 그런께 너무 내 심에 과분한 짓은 안 해야 된다.

(청중 : 시방 젊은 사람들은 안 그래. 절대 나이 많은 사람 욕심을 지기면 안 돼요. 갈라, 물건 갈라 묵고, 내 욕심을 지기면 안 돼요.)

호랑이 목에 비녀 빼주고 명의 된 아이

자료코드 : 04_18_FOT_20090215_PKS_KBS_0003
조사장소 : 경상남도 함양군 지곡면 공배리 공배마을 마을회관
조사일시 : 2009.2.15
조 사 자 : 안범준, 정혜란, 김미라, 조민정
제 보 자 : 김봉수, 여, 78세
구연상황 : 조사자가 호랑이 이야기를 요청하자 제보자가 구술하였다. 차분한 목소리로
        이야기를 구연하였고 청중들도 경청하였다.
줄 거 리 : 한 여자가 일곱 살 먹은 아이를 두고 개가를 했다. 아들이 자신의 엄마를 찾
        아갔지만 쫓겨나고 말았다. 아이는 집으로 돌아오다가 호랑이를 만났다. 아이
        가 호랑이의 목에 비녀를 빼 주고 그 비녀를 가지고 와서 침을 만들었더니
        못 고치는 병이 없었다.

일곱 살 먹은 아들을 놔 두고 개가를 갔더랴, 말하자면 살러를 갔더리
야. 간께 일곱 살 먹는 고기 즈그 어매를 찾아 갔어. 찾아가니까, 고마 즈
그 어매가 치마에다 돌을 한 치마 싸갖고, 아 그걸 덮치서 후두까(쫓아서)
넘기삤더래.

후두까 넘깄는데, 오다 본께, 불을 빠꼼하니 쓰인 곳이 있더라네. 있는
데 거를 찾아간께 말하자면 이 산신령이라. 폭속하이 따뜻하더랴. 따시서
자고 난께 고마 없더란다. 없는데, 참 전에 이바구했다.

거기 가서 그슥한께 호랑이가 여자를 호식해 와서 잡아먹었는가 비녀
가 목구멍에 걸리갖고, 호랑이가 그래 갖고 불을 써서 그래 있더랴. 비녀
그걸 갸가 빼 줬디야.

(청중 : 그 그 노래가, 이야기가 있더라.)

비녀를 빼 준께, 그래 호랭이는 고마 자고 난께 가삐리고 없더랴. 아
그거 놀랠까봐 그랬지. 가삐리고 없는데, 그 비녀를 갖고 와서 침을, 침을
만들어갖고 침을 놓으면 낫더랴, 그 사람한테 침을 맞으면 낫더랴.

그런데 그러구로 인자, 즈그 엄마가 죽을라 캐서 데리러 왔더란다. 그

래도 자식이라고 데리고 온께, 가갖고 딱 쪼글씨고 앉아서 물 한번 딱 떠 먹임서,

"요거 나 낳아논 공이라고." 캄서 물 한 번 떠 먹이고 돌아와 삐리더랴.

그런 이야기를 옛날 우리 어머니한테 들었어.

은혜를 갚은 호랑이

자료코드 : 04_18_FOT_20090215_PKS_KBS_0004
조사장소 : 경상남도 함양군 지곡면 공배리 공배마을 마을회관
조사일시 : 2009.2.15
조 사 자 : 안범준, 정혜란, 김미라, 조민정
제 보 자 : 김봉수, 여, 78세
구연상황 : 조사자가 호랑이 이야기가 더 없느냐고 하자 제보자가 구술하였다.
줄 거 리 : 한 처녀가 시집을 갔는데, 홀로 있는 시아버지를 모시고 살게 되었다. 친정에서는 아버지가 죽었다고 거짓말을 하여 딸을 다른 곳에 시집 보내려 하였다. 그 여자는 첫날밤에 머리를 감겠다고 나가서 담을 넘어 호랑이의 도움으로 시댁으로 돌아왔다. 어느 날 호랑이가 구덩이에 빠지자 그 여자는 자기 호랑이라고 하여 구출해 주었다.

옛날에 이 사람이 시집을 갔어. 시집을 간께, 호부래비, 홀로 시아바이를 모시고 있는데, 자기 아버지가 세상 베렀다고 데릴러를 왔더랴.

데리로 와서 가본께, 자기 아버지 세상 버린 게 아니고, 홀애비 시아바이를 데리고 산께 개가를 보낼려고 데릴러 온 기더래.

그래, 가만히 생각한께, 엄두를 내자니 빌 도리가 없더랴. 그래, 그래서 그 사람하고 첫날 저녁을 하라 카더래.

"이리 만나도 첫날 저녁이고 저리 만나도 첫날 저녁인데, 어떻게 풋머리를 갖고 첫날 저녁을 하겠냐고. 머리나 감고 첫날 저녁을 하겠다."고, 머리 감으로 나왔어. 머리 감으로 나온께, 고마 막 돼지를 잡아서 주렁주

렁 달아 놓고 잡아놓고, 자기 딴에는 잔치를 했더란다.

돼지 그놈을 한 다리 떼갖고 담을 홀떡 넘어선께, 고마 호랑이가 고마 덤부리가 그슥한 게 덜렁 바라고 있더래. 팍 업어다가 고마 시아버지한테 갔다 놓더랴.

(청중 : 돼지고기를 주고?)

돼지고기를 싸가지고 왔대, 고마, 싸갖고. 그래 와서 시아버지를 해 주니 산신이 도와 준 것이지.

"그래, 와 저적에(저번에) 사돈이 세상 베리서 간다더니 그 딴에 왔노?" 이란께,

"그래, 아버님 걱정이 되어서 왔어요." 이란께, 그래 참 그래 있은께, 그 호랑이가 하루는 꿈에 선몽이 하더랴.

"내가 이렇게 구렁텅이에 빠져 죽을 게 됐으니 나를 좀 도와 도라고." 그라더래.

그런데, 동네 사람이 고마 그 호랑이를 잡을려고 큰 지하실을 둘러 파 놓고 호랑이가 거기 갇혔어, 빠졌어.

(청중 : 하모 잡을라꼬 그석했는데.)

거가 빠졌는데, 그래 이 사람이 간께 눈물을 툭툭 흘리더랴. 그래,

"학, 내 호랑이라 잡지 말라."고 막 감을 지르고 올라간께, 창을 갖고 막 둘러싸고 있더리야. 그래, 둘러싸고 올라간께, 참 내 호랑이라 잡지 마라 캐서 안 잡고 섰은께,

"그럼, 자기 호랑이걸랑 들어가라고." 이람서 줄을 달아갖고 내려 주더라네. 줄을 달아갖고 내라 줘서, 그 줄을 타고 내려간께,

"아이고 짐승아 어쩌다가 여기 빠졌노, 어짜다가 여 빠졌노?"

이래 싼께 눈물을 툭툭 흘리더리야. 그래 갖고 호랑이하고 그 여자하고 달아 올렸어. 달아 올린께,

"다시는 이런 데 빠지지 말고 막 잘 댕기라." 쌈서 이러고 싼께, 그 호

랑이는 산으로 올라가고, 그 호랑이 건져준 순간 논을 두 마지기를 동네 사람한테 들여 놓기로 했어, 논 두 마지기 있는걸, 시아바이하고 먹고 사는 걸.

그란께 참 그 호랑이는 마, 산으로 팽히 가더리야, 간께. 저 여자는 제 호랑이라 카더니만 와 호랑이를 보내냐고 막 그래 쌓더래.

"그래 이 사람들아, 산에 사는 짐승은 산에 살고, 집에 있는 나는 집으로 가지, 어떻게 산에 있는 짐승을 여기 데리고 살 거냐고."

그라더라네. 그란께, 논 그 두 마지기를 동네에서 뺏들게 되어 논께, 저녁마다 헤까리를 지어서 못 살아, 막 온 동네, 근방에 울고 댕기서.

(조사자 : 호랑이가예?)

호랑이가 어홍 울고 댕기서 그거 뺏들지 마라고.

"그래 이래서는 안 되겠다, 논을 돌려줘야 되겠다."

논을 돌려주고 나니 고마 안 그러더란다.

(청중 : 그래 그게 은공 아이가?)

하, 그래, 머리 검은 짐승도 도와주면 그리 공을 한다.

(청중 : 짐승이 얼마나 영리하노? 사람이 제일로 미련해.)

사람은 도와줘 놓으면 원수로 갚을 사람이 쎘지만, 짐승은 도와주면 은혜를 아는 기라. 그래 그 사람을 그렇게 도우래.

(청중 : 그 짐승이 그리 내려와서 안 울면 논 두 마지기를 안 줘.)

안 주지, 언약을 하고 갔는데.

호랑이 덕분에 죽음 면한 아이

자료코드 : 04_18_FOT_20090215_PKS_KBS_0005
조사장소 : 경상남도 함양군 지곡면 공배리 공배마을 마을회관
조사일시 : 2009.2.15

조 사 자 : 안범준, 정혜란, 김미라, 조민정
제 보 자 : 김봉수, 여, 78세
구연상황 : 제보자가 호랑이와 관련된 이야기를 많이 알고 있다고 자발적으로 구연하였
다. 청중들도 제보자의 이야기를 경청하면서 적극 호응하였다.
줄 거 리 : 고령재를 넘어가던 버스가 호랑이에 가로 막히게 되었다. 버스에 타고 있던
사람들이 옷을 벗어서 던졌는데 한 중학생의 옷을 가져갔다. 그래서 중학생은
내리고 버스는 출발하였는데 얼마 가지 못해서 전복되어 모두 죽고 말았다.

대구 저게, 와 고령 넘어가는 재에, 대구, 고령 넘어가는 재가 그석했
어. 거를 넘어간께, 버스를 한차 싣고 넘어간께, 산신이 그마 질 가운데에
이리 고마 서더리야.

(조사자 : 호랑이가요?)

응 호랑이가. 서서 차가 못 가는 거지. 그랑께, 그 차에 사람들이 전부
다 옷을 벗어 던져 주면, 그 사람 옷 탁 던져줘 버리고 탁 던져줘 버리고.
누가 무섭은데 내려오겄나, 그제?

중학생이 하나 탔는데, 그 아 옷을 혹 탁 던져준께 팍 안더란다, 탁 안
더란다. 그런께, 그 차에 사람은 저 사람은 틀림없이 호식해 갔다고 생각
하지.

그랬는데, 어떡히 즈그 엄매하고 즈그 할매하고 산신 공을 들여서, 산
신에서 고마 고 아를 살려준 거라.

그런께 십 분도 안 가서 차가 고마 고령재에서 헤딱 디비졌어(뒤집어졌
어). 그래 고령재가, 그래 무섭은 재라 하는 기라. 그 아기만 내리고 고마
산신은 간 데도 없고, 고마 차는 쪼깨 가다가 사고가 난 기라.

(청중 : 에 참, 신기하다, 그제.)

(청중 : 고령재에 큰 사고 안 났었나.)

거기 사고 났제.

(청중 : 거 시방 많이 깎아 내려도 그래도 눈이 오면 제일 위험한 데가
그곳이라.)

엄청 고마 즈그 어매고 즈그 할매하고 산신공을 많이 들여서, 산신에서 그걸 받아준 것이라.

(청중 : 그러네.)

그런께 차에 있는 사람들이 호랑이가 잡아 먹었다고 생각하지.

(청중 : 그 왔던가?)

하모, 그 아는 괜찮고.

(청중 : 그래 그 아는 살릴려고 내라 났고, 사람은 그 차가 엎어져 버린 기지.)

그 아만 살랐는 기라. 아이가, 내라 놓으면 저는 저 갈 데로 가는 기지, 저거 집으로 가는 기지. 그 차에 사람은 몰살을 해삐더래.

하룻밤을 자도 만리성을 쌓는다

자료코드 : 04_18_FOT_20090215_PKS_KBS_0006
조사장소 : 경상남도 함양군 지곡면 공배리 공배마을 마을회관
조사일시 : 2009.2.15
조 사 자 : 안범준, 정혜란, 김미라, 조민정
제 보 자 : 김봉수, 여, 78세
구연상황 : 제보자가 자발적으로 이야기를 구술하였다. 제보자는 차분한 목소리로 이야기를 구술하였고 청중들도 계속 경청하였다.
줄 거 리 : 남편이 만리성을 쌓으러 간 사이에 이웃의 남자가 부인을 탐냈다. 이에 부인이 남편 대신에 만리성을 쌓으러 가면 잠을 같이 자겠다고 했다. 그 남자가 남편을 대신하여 성을 쌓을 때 전쟁이 나서 그는 돌아오지 못했다.

저게, 남편이 만리성을 쌓으로 갔는데, 이웃 사람이 그 부인을 탐을 냈는 기라. 이웃사람이 탐을 낸께, 그 부인이,

"나를 꼭 탐을 내서 잘라면, 하루 저녁이라도 우리 남편대로 그슥을 하로 가라."고 했어. (조사자 : 대신에 일하로 가라고.)

"대신에 하루 저녁이라도 만리성을 쌓아라."

그리 됐어. 그래 보냈는 기라. 보낸께 그 사람이 만리성을 쌓으로 가서 못 왔어. 이 사람은 오고. 대로 보냈응께 그 사람 남편은 왔을 거 아인가 벼, 오고.

그래서 거기서 나온 말이. '하룻밤을 자도 만리성을 쌓아라.' 이기 고 나온 말이라.

(청중 : 앞에 간 신랑은 왔고, 뒤에 간 신랑은.)

"하루 가서 만리성을 쌓아라. 싸고 그 대신 남편은 나한테 돌려보내 도라."

이리 된께 어느 순간에 난리가 나서 그 사람은 못 오고.

(청중 : 그 남자는 못 오고 죽었다 안 하나.)

(조사자 : 남편만 살고.)

(청중 : 그 남자가 죄를 받았다 아이가. 남의 여자를 갖다가 그동안에 만리성을 쌓으러 간 연에 남의 여자 탐을 냈응께 대로 가서 지가 죽었다 아이가.)

(청중 : 그러니께 '하리 저녁을 자도 만리성을 쌓아라.' 의미가 있는 말 이다.)

용이 득천한 귀신용소

자료코드 : 04_18_FOT_20090215_PKS_KBS_0007
조사장소 : 경상남도 함양군 지곡면 공배리 공배마을 마을회관
조사일시 : 2009.2.15
조 사 자 : 안범준, 정혜란, 김미라, 조민정
제 보 자 : 김봉수, 여, 78세
구연상황 : 조사자가 용소에 얽힌 이야기가 있느냐고 질문하자 제보자가 청중들과 함께
구연하였다. 일정한 줄거리를 갖춘 이야기가 아니다.

줄 거 리 : 수동면에 큰 못이 있고 그 위에 처녀제각이 있다. 이 큰 못을 '귀신용소'라 하는데, 물이 깊어 명주꾸리가 모두 풀린다. 귀신용소에서 용이 득천했다는 말도 있다.

옛날에 와 묘를 써 놓고 나면, 3년을 거 가서 서모로 산다 카대. 삼 년을 머리도 안 빗고 안 감고.

(청중 : 못이 있어, 못이.)

(조사자 : 수동에.)

(청중 : 응, 여서 보면 보이거든. 지금 잘 해 놓았어.)

(조사자 : 성채 말하는 겁니까?)

(청중 : 하모, 막 길도 나고.)

(조사자 : 그 못이 무엇 때문에 생겼는가예?)

(청중 : 못이 무엇 때문에 생겼는지는 모르는데 우리 4학년 때 올라갔거든, 우리 수동국민학교서.)

(조사자 : 이야기는 못 들으셨고예?)

그러니깐 큰 못이 있어. 못이 있는데 물이 가득 들었어. 성채에 만당에 못이 들었는데, 성채 위에 제 만당에 물이 들었는데, 물이 많이 있어. 충충한 물이, 물이 충충하이 푸르스름한 물이 한거썩 있어.

(청중 : 제각. 그걸 처녀 제각이라 안 하더나?)

우에, 제일 꼭대기 위에. 제일 꼭대기.

(조사자 : 그 머 이야기 실린 건 없습니까? 이야기는 없습니까? 처녀 제각이나 못에?)

그래 말이 거기가 처녀 제각이라 그라데.

(청중 : 명주 꾸리를 거기서 넣으면 저 진주 남강에 가서 그 이야기가 그런데.)

(청중 : 그 말이 그렇지, 그거야 거짓말이지.)

그만침 짚은가 비라. 어려서 들은께, 그래 물이 시푸름하게 있어. 지금도 그 사람들은 일 년에 한 번씩 올라가. 오십 명씩 떡국, 우리 친정의 식당에서.

(청중 : 귀신용소라고 있어.)

(조사자 : 어, 귀신용소예? 거 무슨 이야기입니까?)

(청중 : 옛날에 내가 큰 곳에, 수로잡이 있는데, 수로잡이 울로 벼리가 참 거창해, 벼리가.)

걸 귀신용소라 하는데, 거게가 명주꾸리 하나 풀린다 칸 데라. 귀신용소라고 길 밑에서 못 내려다 봐. 명주꾸리 하나 풀렸다고 이야기만 들었어.

(조사자 : 귀신이 나오고 이래서 그런게 아니구요?)

(청중 : 하, 없고. 물이 내려가면 요리 돌아요.)

(조사자 : 용소는 와 용소입니까?)

(청중 : 그건 몰라. 귀신용소라 해.)

(조사자 : 용이 났나?)

(청중 : 용이 나면 용왕소라 카거든. 여여 우리도 위에 동네 뒤에 용왕소가 있었어. 거서 용이 나왔다고 해.)

(조사자 : 용이 났다던가예?)

(청중 : 응, 거기서 용이 나왔다 캐. 용이 저게 옛날에는 그 용이 있더라 카데. 그래 갖고 용이 득천을 했니, 어쩌니 그래 싸. 용왕소라 해서 거가 짚었다(깊었다) 캐.)

(청중 : 그 소 곁에(곁에, 가까이에) 가면 사람이 막 딸리 들어가는 거 같대.)

(청중 : 굴이 저 신작로까정 여 신작로 안 있던가보? 그 신작로 밑에꺼정 굴이 있었대.)

저승 다녀온 사람

자료코드 : 04_18_FOT_20090209-PKS_KCN_0001
조사장소 : 경상남도 함양군 지곡면 개평리 개평마을 마을회관
조사일시 : 2009.2.9
조 사 자 : 안범준, 정혜란, 김미라, 이진영
제 보 자 : 김차남, 여, 81세
구연상황 : 조사자가 저승 다녀온 사람 이야기에 대해 아느냐고 물어보자 제보자가 이
　　　　　이야기를 했다.
줄 거 리 : 옆집의 노인이 자기도 모르게 저승을 갔다. 그리고 그곳에서 한 영감이 강아
　　　　　지를 주면서 외나무다리가 나오면 강아지를 놓아 주라는 이야기를 했다. 외나
　　　　　무다리가 나오고 강아지를 놓아 주었더니 강아지가 강물에 빠지는 순간 노인
　　　　　도 깜짝 놀라서 잠에서 깨어났다.

　　옆집에 노인이 살아 계셨다가 무단히 자기도 몰리 자물시서, 자물시
서 강께, 참 어딘지도 모르고 강께 그래 저승이고. 한 군데는 노인들이
아글아글 한 군데는 안노인들이 아글아글 또 한 군데는 강께 아들이 박
신박신.

　　그런데 보-한 영감이 이따가 강아지를 한 마리 주면서,

　　"너는 여기 안적(아직) 올 때가 못 됐다, 그러니까 빨리 나가거라."

　　그러더라. 그래 그람서 안깄어. 그래 안응께,

　　"그래 가다가 외나무다리가 있을겡께 고 가다가 외나무다리에다가 개
를 놔라."

　　그러더라 그래서 인자 참 졸졸졸 오다가 오다 본께, 다리가 있길래 놔
놓응께 강아지가 반틈 건너오다 푹 빠지더라.

　　그래가 자기도 깜짝 놀라서 깼어. 그래서 갔다 왔다고 이야기를 하더라
고, 우리한테 얘기해 주대.

도깨비 덕분에 명당에 묘 써서 부자 된 사람

자료코드 : 04_18_FOT_20090208_PKS_NCS_0001
조사장소 : 경상남도 함양군 지곡면 덕암리 덕암마을 마을회관
조사일시 : 2009.2.8
조 사 자 : 안범준, 정혜란, 문세미나, 이진영
제 보 자 : 노창섭, 남, 84세
구연상황 : 조사자가 도깨비나 호랑이 이야기가 없느냐고 하자 제보자가 이야기한 것
이다.
줄 거 리 : 정삼이란 사람은 도깨비와 고기를 잡는 등 친하게 지냈다. 부친이 돌아가서
묘를 쓰지 못하고 있었는데, 도깨비들이 몰려 와서 대명산에 좋은 명당이 있
다고 했다. 상주는 도깨비들이 대명산 마을 사람들을 씨름으로 이기는 바람에
명당 터에 묘를 썼다. 그 후 정삼의 집은 부귀를 누리게 되었다.

정삼이라고.

(조사자 : 정샘?)

정삼이, 정삼이가 토깨비(도깨비)하고 많이 놀았어. 정삼이가 어데 가서
토깨비를 밤이 되면 들끼거든. 그러니까 정삼이가 어데 갔다가 오니까,
토깨비가 막 도랑에 고기를 잡는 거라.

"야이 놈들아, 너거 고기잡나? 나도 고기 좀 잡자."

"예, 정삼이 어른, 일로 오시오."

고기를 잡으면, 개구리도 잡고 물뱀도 잡고 별걸 다 잡아. 그래 가지고
목아치를 날려놔.

(조사자 : 예.)

우리가 볼 때는 못 묵을 거든.

그래 가지고 정삼이가 토깨비하고 많이 놀아가지고, 그석했어.

(조사자 : 예예.)

그러니까 토깨비가 정삼이하고 친해 가지고 잘 지내는데, 한 번은 정삼
이 저거 어른이 돌아가셨어. 난데없는 토족들이 막 왔어. 와 가지고, 뭐라

카는고,

"아이고, 뫼를 묏자리를 잡아 써야 하는데 어째야 되겠나?"

"아무 동네 가면은 동네 뒤에 요런 감 홍시매이로(홍시처럼) 생긴 날이 좋은데, 그가 대명산이라.

"근데 거기 쓰면 좋은데 그것을 쓸 수가 있나?" 하거든.

"그라면 우리가 쓸께요, 갑시다."

토깨비가 행상을 하면 그러니까, 밤으로 행상을 했는 기라.

(조사자 : 예예.)

밤에 메고 가면서 그러니까 상주는 그 속으로 토깨비 그 속으로 따라 가는 기라. 밤에 막 불이 막 꽃밭같거든. 그러니 그 동네 사람들이 와 올라 왔어. 뫼를 쓰거든. 그러니까 토깨비 그놈들이 기운 쎄단 말이라. ○○ 에 씨름하고 토깨비하고 씨름하고 토깨비한테 이기면은 어데 요기 잔대기 알구진 묶어 놓고는 내가 이겼다 이렇게 하면은 깜짝 못하고 가만히 있거든. 그 이튿날 아즉에 가보면은 빗자루 몽뎅이가 됐다고 하고, 그렇다고 하네.

그래 가지고 그 동네 가면은 다 때리 꼴아박고는 그따가 묘를 써 놨어.

(조사자 : 예예.)

그리고 그 유지를 잡아 놓고 너 유지를 관리를 잘해라. 그래 가지고 그래가 정삼이가 토깨비랑 친해 가지고 대명산에 뫼를 썼단 말이야. 그래 가지고 그 정삼이라 하는 사람이, 토깨비하고 친한 사람은 정삼이밖에 없어. 그래 가지고 그 집에 부귀영화로 잘 되었다고.

(조사자 : 정샘이, 정샘이가 어떤 사람입니까?)

성이 정 가니까 정 샘이.

(조사자 : 정가고 이름이?)

정 샘이 샘.

중국 처녀와의 인연으로 이여송의 원병을 받은 선비

자료코드 : 04_18_FOT_20090208_PKS_NCS_0002
조사장소 : 경상남도 함양군 지곡면 덕암리 덕암마을 마을회관
조사일시 : 2009.2.8
조 사 자 : 안범준, 정혜란, 문세미나, 이진영
제 보 자 : 노창섭, 남, 84세
구연상황 : 제보자는 자진하여 다음 이야기를 했다. 입담이 좋아 청중들이 경청했다.
줄 거 리 : 서울의 한 관직에 있던 선비가 시찰을 돌다가 천냥판이라는 간판을 보고 들어갔다가 처녀를 만났다. 그 처녀는 중국 사람으로 조선에 귀양을 왔던 것이다. 천 냥을 그냥 줘 버린 선비의 대담함에 처녀는 그 선비를 오빠로 삼았다. 몇 년 뒤에 동생은 칙사의 아내가 되어서 오빠를 초청했다. 오빠는 동생을 통해서 조선이 위험할 때 이여송을 보내달라는 약속을 칙사에게 받아낸다. 왜란이 일어나자 오빠는 동생의 도움으로 이여송을 조선으로 데려올 수 있었다. 이여송이 처음에는 조선의 왕이 되려는 욕심이 있었는데 송귀봉의 재주를 보고 포기했다. 이여송이 전투 중에 위태롭게 되자 관우의 영혼이 도와 주어서 승전하게 되었다.

요거만 하고 만다이, 고만해 고만.

(조사자 : 어르신, 이제 여섯 개만 더 하시면 됩니다.) [청중 웃음]

옛날에 옛날에 어떤 사람이 서울 장안 안에 큰 선부(선비)지. 선부고, 직책을 갖고 있는 사람이라.

"장안에 시찰을 한번 댕기 봐야 되겠다."

시찰을 한 바퀴 도는데, 간판을 하나 떡 붙여 났는데, 그 간판을 보니까 돈 천 냥이라. 천 냥은, 옛날에 천 냥이라 하면 사람 목숨 하나하고 맞바꾸는 때라.

(조사자 : 그렇지예.)

천냥판이라 써 났거든. 한참 돈이 너무 그거한 돈이라. 그러나 대장부가 '저게를 한번 내가 가봐야 되겠다.' 그래가 인자 그거를 인자 들어가니까 처녀 몸종이 나왔어.

몸종이 나왔는데, 술상을 차려 놓고 있는데, 처녀도 그 몸종도 잘-났어. 잘났는데, 그러나, 그거인 줄 알았더만 나중에 알고 본께로 원이 거시기 나왔는 기라. 그래서 보니까 그 처녀가 본께 인물 좋고 남자도 없고 배운 데도 많고 그래. 그래 그, 여여 이 사람이 들어가가지고 이 처녀한테 머라 하냐믄,

"뭐 땜에 돈을 천냥판이라 간판에 써 붙여 놓았노?"

그러니까,

"우리가 한국 사람이 아니고 중국 사람이요. 중국 사람인데, 우리 아버지가 참, 천자가 무신 그시긴디, 한국으로 귀향을 보냈어. 귀양을 보냈는데 돈 천 냥이 있어야 우리 아버지가 세상을 버린데, 천 냥이 있어야만 돈 천 냥을 가지고 고향에다 선산에다 안장을 해야 되겠다고. 그래서 천 냥판이라고 써놨다."

그랴. 그래 돈 천 냥을 탁 내주고

"고맙다, 부모한테 잘하는 거 고맙다."

이라고, 아 그라지 말고 붙잡고 낙루를 하는 기라. 그래 우리 머, 우리가 남매지간으로 응 오빠 동생하고 그래 살구로 계약서를 써 놓고 간 기라.

갔는데 집에 쪼금 살다본께 몇 년 안 되서 편지가 왔어. 편지가 왔는데, 그래 그 편지를 뜯어 본께 지 동상(동생)이, 대국 가가지고 무시(무엇이) 됐나믄 칙사 마누라가 되었어. 칙사 마누라가 됐는데,

"그래 저 한국에 오빠가 있는데 초청을 해야 되겠다."

초청을 했는데, 그래 그 집에 가서 대접을 잘 받고 나오는데, 비단 한 배를 주는 기라, 배로 한 배를. 그래, 그 놈을 가지고 나옴서, 머라 카는 게 아니라, 그 칙사보고,

"우리 한국에 무슨 일이 있으면 좀 도와 도라고 약속을 좀 해 달라."고 했어.

약속을 안 해주고 멈친멈친하고 있거든. 그래 지 동상이 머라 카느냐,
"그래 높은 자리에 있으면서 그 오빠 요구대로 안 해 주냐?"고 뭐라 카거든. 뭐라 하니까 할 수 없어서 허락을 해 줬는 기라. 허락을 해 줬는데, 인자 무슨 허락을 했남은, 만약에 조선에 무슨 큰 일이 있어가지고 급한 일이 있으면 이여송이 같은 그런 장군을 좀 빌릴려고 한 기라.

그래서 인자, 인제 조선으로 나왔단 말이야. 나와가지고, 그러구로 난리가 처들어 왔거든. 난리가 처들어 와가지고, 도저히 잡을 그 장수를 잡을, 일분 큰 장수가 나왔는데, 그 장수를 잡을 도리가 없어, 우리 한국 사람으로는.

그래 대국 가믄 이여송이 같은 이가 동양 삼국에서는 제일 큰 장수거든. 이여송이 천상 데리고 나와야만 그걸 잡을 수 있다고 싶어서, 그래 갔어. 중국에 가갖고 계매한테 그런 이야기를 했어. 이런 큰 장수를 갖다 조그마한 소국에 내 보낼 수가 없거든. 그러니까 약속을 한 번 지켜놨으니, 그전에 도장을 받아 놨으니 안 줄 수는 없는 거라. 그렇께 막 무릎팍을 때리고,
"제집(계집)의 말을 들으면 이런 껍껍한 일이 있다."고 무릎팍을 찬 기라. 그러니까 할 수 없어서 데꼬 나가라 하거든. 데꼬 나오다가 본께, 이여송이 안 나올라고,
"용의 간을 내서 소상반죽에다가 탁 받쳐서 올리 주면 그거 묵고 나간다." 이라는 기라. 그러니까 막 돌아다니면서 돌아다니면서 인제 하느님한테 비네, 하느님한테. 그래 가지고,
"용의 간을 좀 내 주십시오."
용이 탁 나와가지고,
"내 간을 내어 가라."
[청중 일동 웃음]
그래, 인제 간을 내서 소상반죽에 딱 갖다 바치니까, 그놈을 먹고 나서

가자 카니까, 또 안 갈려고 하는 거라. 안 갈라 한께, 토땅을 안 밟고 오백린가 얼만가 송판깐 거, 그놈을, 거 딛고 나간다 그라거든. 아이고, 그 할 수 없어서 지 계매가, 그라믄, 지 계매가, 지 계매가 언층 높게 잘 되 놓니까, 그 권으로 가지고 송판을 다 오백리를, 그 다 못깔고 저 밑에 지내고 나믄 그놈을 걷어가지고 앞에 가 받치고. [청중 웃음]

이래서 조선을 데꼬 나왔어.

나와가지고 가만히 임금 생(상)을 보니까, 왕상이 아니라, 왕상이 아니라. '저걸 갖다가 쳐 내뜨리 버리고, 대국 천자 밑에 있는 거보담 내가 조선왕으로 해 갖고 있는 게 안 낫겠나' 싶었어.

그래 천기를 이리 살펴본께, 아 어느 선비가 하나 있는데, 그 선비가 송귀봉 선생이라고 있어. 그 선부를 가따 천상 없애야만, 내가 여, 거시기, 쳐 내뜨리거든. 그래 그 사람을 군사 데리고 가서,

"소리해 갖고 오이라, 그래 옴서 그 사람이 어찌 해 갖고 오는가 보자."

아무것도 안해 칼도 없고 뭐도 없고 부채 하나만, 부채 하나만 들고 들어오는데, 군사가 막 양쪽으로 쭉- 안 있나? 그쟈?

총하고 칼하고 거머지고 들어오믄 쥐 잡듯이 잡아라 이랬거든. 그 사람 때문에 도저히 그 못 되겠다 싶어서.

그래 그리 약속을 했는데, 인자 선부가 들어오면서 뭐라고 하는가 하믄, 그 참, 그 군사들 많이 있는데 말이라, 부채를 한번 홀렁~ 이라면 남자 거, 사람 많은데 뒤로 할딱 자빠지고, 또 이래 하면 앞으로 팍 꺾어지고 그런 기술이 있어, 송귀봉 선생이.

그래서 그만 소롯이 들어왔어. 들어와가지고, 그래서 이여송이가 가만히 치다 보니까, 쪼깬한 선빈데 눈방울이 막 전기가 판딱판딱 그렇게 참 유명한 사람이라. 자기도 그 장군이라도 그 사람을 안 마주섰어. 눈을 바로 뜨고 치다 볼 수가 없어.

그래서 인자 고마 냅두고, 술을 한 잔 권하는데, 술을 한 잔 권하고 두

잔 권하고 석 잔째는 도래솥(정확한 의미를 알 수 없음)을 고아가지고, 한 잔 먹으면 직방(바로) 떨어져버리는, 그기 도약(독약)이라. 근데 그 천먼제도(처음에도) 약을 안 주고 이런 술을, [자리에 있던 술잔을 가리키며] 한 잔 주고 두 잔 주고 마지막 판에 석 잔을 췄는데, 그 선비가 몰래 술을 한 잔뿐이 안 먹었는 기라. 두 잔은 우리 한국을 위해서, 장군님이 그래 사서 하이튼, 내가 그 대접을 해서 두 잔 묵었지, 석 잔은 어데 어어, 안 되지. 이라고 고마 나가는 기라. 나갈 적에,

"떨어져 잡아라." 하는디, 또 나감서 부채를 이리 하고, [청중 웃음]

군사들이 엎어졌다 이래 샀는데, 어째 잡겠노? 못 잡는 거라. 그래 그만 송귀봉이 나갔는데, 이여송이 장군이 가만 보니까 이 군사들을 불러놓고,

"왜 안잡느냐 이 말이다."

"아, 장군님은 그렇게 우리보다 유명한 사람이, 유명한 사람인 장군님도 못 잡는 걸 우린들 어떻게 잡느냐고. 부채를 함 이리 하면 뒤로 자빠졌다가 앞으로 자빠지고 이라는데 어떻게 잡느냐고."

그래서 장군도 말도 못 하고. 그래 인제 포기를 하고, 임금 인자 말소리 들을려고 들어가 이야기를 하니까, 임금 말소리가 떼떼하이 마 똑 그마 임금 자격이 못 되는 기라.

그래서 인제 해꼬지 안 하고 도로 본국으로 행진을 해 가는데, 그래 한 신하가 뭐라 하냐면,

"그래 말고, 이여송 가는 ○○에다 큰 독 안에, 옛날에 그 독 안 있나? 독을 묻어놓고 그 안에 앉아 울어라고."

그래 인제 가다가 본께 웬 웅용한 소리가 울고, 우릉우릉하니 그렇거든.

"그래, 저게 누구냐?"

그런께,

"우리 전하께서 장군께서 도와 줄라 카다가 도로 회진해서 가니깐 하도 섭섭해 운다."

그러거든. 그런께로,

"아이가, 상을 봐도 그렇고, 뭣을 봐도 그런데, 임금의 자리가 못 될 사람인데, 울음 소리가 왕생이라, 왕의 생인데 내가 어찌 안 도와 주겠나."

그렇게 되고, 도와 줬네. 도와 줬는데, 한참 막 난리가 나 싸움을 하는데, 싸움을 하는데, 곧 이쪽 이여송이도 위태위태하는 기라. 전후 장수가 언청 심해 이여송이가 위태위태하는데 아이 난데없이 한참 싸워논께, 북쪽에서 말이지, 큰 어홍 펄뜩한 막 큰 장군이 고래 고함을 내고 쫓아 오는 거라. 그게 누구냐 할 것 같으면은 관운장이라, 관운장. 와 삼국지에 내나 관운장 안 있나. 관운장 같은 큰 장수가 막 웅크리고, 혼백이 와 가지고.

우리 조선을 세 번 도와 준다는데, 두 번 도와 준다는데, 그때 한번 도와 주고. 그때 그 저 쪽 관운장 쳐다볼 때 마 목을 쳤버렸어. 그래 가지고 승리했어. 이여송 장군이 처음, 그래 승리했거든.

그런께 옛날에 그런 큰, 그런, 고까지하고 말아. 그래 가지고 인자 회군했어.

인자 고만할 끼라. (조사자 : 이여송 얘기네예.) [청중 웃음]

부모 묘를 잘 써서 자손이 번성한 삼형제

자료코드 : 04_18_FOT_20090208_PKS_NCS_0003
조사장소 : 경상남도 함양군 지곡면 덕암리 덕암마을 마을회관
조사일시 : 2009.2.8
조 사 자 : 안범준, 정혜란, 문세미나, 이진영
제 보 자 : 노창섭, 남, 84세
구연상황 : 제보자는 앞의 이야기를 하고 그만 하겠다고 했으나, 조사자의 요청에 결국
　　　　　 다음 이야기를 했다.
줄 거 리 : 아무 것도 배운 것이 없는 가난한 삼형제가 부모가 돌아가자 아무 곳에나 묘

자리를 썼다. 형이 한 도사에게 십년 동안 풍수를 배워서 부모의 묘를 이장하자고 했다. 그러나 자신들은 호식을 당해야 하는 운명이었다. 두 형이 호식을 당하고 막내는 서울에 가서 호식 당할 팔자에 못할 것이 무어냐고 생각하여 한 정승댁의 처녀를 겁탈하게 되었다. 이후에 처녀는 임신하여 집에서 쫓겨나 막내가 사는 집을 찾아 갔다. 집에 있던 두 과부는 처녀를 받아들이고 처녀는 낳는 아이를 모두 빼앗겼다. 처녀는 삼형제를 낳았는데 모두 총명하여 과거에 급제하였다. 한편 막내는 처녀를 겁탈하고 호랑이에게 물려 갔다가 농부의 도움으로 살아나게 되었다. 막내는 그에 대한 보답으로 그 사람들의 집에서 새경을 받지도 않고 일했다. 사람들은 막내의 착한 성품에 성례시켜 주었다. 그후 막내는 아들을 얻고 선산과 고향을 찾았는데 달라진 모습에 놀라게 되었다. 고향집에서 과객으로 머물며 주인과 이야기하다가 정체가 밝혀져 자신의 아내와 아들들을 만나게 되었다.

옛날에 내 이야기 하나 하께

옛날에 사람이 저 사람이 삼형제가 살았는데, 그래 삼형제에서 가만히 생각을 하는데, 아무것도 모르거든. 모르는데 부모가 죽었어. 부모가 죽었는데, 자기가 알아야 부모를 갖다가 어데 좋은 데 쓰지. 자기 모르는 데는 못 쓰는 거 아이가. 그러니까 아무 데나 머 써놨어.

써 놓고 자기가 인제 절에 가서 도사, 중한테 땅, 지리를 배웠단 말이야. 지리를 배운 게 한 십 년 배우니까 환히 명경(거울)같이 알거든. 알아서 그래 가서 인제 집에 와서 보니까 자기 부모 뫼 써 놓은 데가 너무나 나빠서 말이야. 너무나 나빠가지고 이 신체에 가져다 묻어도 효과를 볼똥 말똥이랴.

그래도 자기가 돌아다니가 가만히 산에, 돌아다니면서 명당을 봤어. 보니까네, 자기 혼자만 간 게 아니고 제 동생이 둘이거든. 그 사람하고 저하고 삼형제거든. 둘을 데리고 가가지고 돌아다니다가,

"아이고, 여, 여게가 참 좋은데, 좋은데, 나쁜 일이 있다."고, 무슨 나쁜 일이 있냐니까 그래 가지고 이야기를 하는데,

"여기만 쓰기만 쓰면 막 대대로 막 벼슬이 나고 큰 자식이 나고 부자가

되는데, 여기 나쁜 일이 있어서 쓸까 말까 지금 한다고."

"그럼, 무슨 나쁜일이 있냐?"고 그랬더니

"요 뫼 쓰고 나면 제 집 큰 자석이, 내가 호랭이한테 물리 간다."

이 말이라. 물리 가는데, 그래서 그걸 못 쓴다 이라는 기라. 저거 동상들도 그렇께로 쓰자 말자 말도 안하고 묵묵부답을 하고 있는 기라.

그래 집에 와갖고 제수가 둘이 있어. 둘이 있고, 하나는 미색이라. 그래 가만히 있는데 저거 제수가, 자기 마누라는 말도 안 하고, 제수가 가만히 보니까, 일 년 있다가 저기 뭐고 오늘 저녁에는 가령 시숙을 호랑이가 물어 가믄, 그 다음에는 내가 일 년 있다가 우리 남편이 물어 가고, 그라면, 일 년 동안에 내가 그 아를 낳아가지고 큰 자식을 낳아가지고 부귀 부관되고 그랄까 싶어서 고마 제수가 좋다고 허락하대. 고마 제수가 허락을 했어.

허락을 해 가지고 그날 저녁에 뫼를 썼는데, 쓴 께로 고마 단박 그날 저녁에 호랭이가 와서 물어가 버렸어. 물고 갔는데 그래 두 번째 일년이 와도 자기 몸에 아무 이상이 없어. 이상이 없어서 자기 몸에 아를 못 놓고 말았는데, 오늘 저녁에 또 제사라. 제사 지내고 나니까 고마 자기 남편이 고마 또 호랭이한테 물어갔는 거라.

물어가니까 시숙 하나는 저 인제 시동생 하나뿐이거든. 그래 인자 과부 둘이서, 시동생 이거를 갖다가 어데 내쫓아야지, 집에 놔 뒀다가는 우리 집구석이 망할 기고. 한께 고마, 인자 옷을 좋은 걸 입혀가지고 노자를 줘서 내쫓아 버렸어.

그런께 동생은 인제 싹 다 알지. 그런 일, 저거 행님들이 호랭이가 물려간 걸 다 안단 말이지.

그래서 인자 사방 돌아댕기다 돌아댕기다 어데까지 돌아 갔나 하면은 서울 장안에까지 갔어. 서울 장안에 가갖고 어느 대감 정승 공부하는데 거를 갔단 말이야. 공부하는 데를 가가지고, 가서 가만히 지켜보니까 오늘 저녁에 제사라.

이 사람도 오늘 저녁에 지가 호랭이한테 물려갈 형편이라. 그래서 아이구 내, 사람이 막하는 기라, 겁나는 게 없는 기라. 내가 오늘 저녁에 죽을 꺼니까 내가 아무 짓을 해도 겁이 안 나거든. 그러니까 고마 담을 뛰 넘어 가가지고 그 정승 딸 공부하는데 가갖고 들어갔단 말이야. 들어가갖고, 그래 문을 열고 디다(들여다) 보니까 총각이 왔거든.

"남녀불문한데 뭐 땜에 여기 들어오냐?" 하니까, 사실대로 이야기를 한 거야.

"나는 이러이러한 사람인데, 당신한테 죽으나 내가 호랭이한테 물리 죽으나 죽기는 일반인께로 당신 처분대로 해라." 하니까, 고마 문을 열고 들어오는 거라. 그러니까 문을 열고 총각을 내쫓아 이래 하는데, 어디서 호랭이가 방문 앞에 와갖고 어흥 하고 있거든. 그 소리를 듣고 이 처녀가 도로 끌어들여가지고, 끄들여가지고 그래 그만 이불 밑에 누자면서 동침을 했단 말이라. 했는데, 그라고 난께 내가, 나는 인제 죽을 때 됐으니까 호랭이한테 물리 갈란다고 인제 고마 나가는 기라. 나가고 호랭이하고 어흥 하고 있다가 탁 받아 갖고 가 버려.

갔는데 그때가 새벽이라, 새벽인데. 그렇다 인제 이 남자가 새벽에 인제 물려 가다가 보니까, 그래 촌에는 농투군(농투성이, 즉 농부)이라 안했어? 농투군들이 그래 본께로 호랭이가 사람을 뒤집어 업고 올라가거든. 그런께 막 이 골짝 저 골짝 사람들이 막 작대기를 들고 저놈우 호랭이가 사람 물어간다고 들이 쫓아가지고, 엄청 사람이 많으니까 놓고 갔는 거라.

그래, 이 사람이 어짜냐고 할 것 같으면, 그 사람들 때문에 지가 살았다고, 요 집에 가서 넘의 집 살고, 저 집에 가서 넘의 집 살고 그러고는 그서 산데.

사는데, 그러고로 인자, 이 처녀가 말이야, 정승딸이 말이야, 아를 뱄단 말이야. 아를 배가지고 배가 만삭한데, 이전에는 양반집에 처녀가 아 배면 못 사는 기라. 그 아바이가 고마 직일라고(죽일려고) 연구를 하는 기라. 그런께 안부모가 머란께 고마 그걸 알고, 마 남복을 해서 입히가지고 그 뭐꼬, 보배를 말이라이 많이 가지고 너 실컷 묵고 살 정도로 줘서 그만 내쫓아 버렸어.

내쫓아 버린께 이 처녀가 그 총각이 어데 어데 있는 거를 주소를 싹 다 가지고 있었어. 거 가면은 우리 형부가 둘이 살고 내 성명이 아무 씨고 뭣이고. 그래 그 집에를 찾아갔어, 이 처녀가.

찾아 간께네 그 과부 둘이서 왠 처녀가 아가 볼록하이 배았거든. 그래 어디서 왔냐니까 사실 이야기를 하는 거라. 그래,

"그런 총각이 와 가지고 내한테 누워 자자고 호랭이가 물고 갔다." 이 거라. 그 처녀는 그걸 봤거든. 그리고 그 집에는 인자 고마 그런 줄 알고 인제 이 아 놓도록만 바라고 있어.

그래 아를 놓는데 본께로 머스마를 하나 낳았어. 논께 그 중 큰 과부가 말이야, 고마 이것은 내 자식이라고, 갖고 가버리고. 그래 조금 있으니까 또 배가 아파. 배가 아프니까 또 아를 놓고 [청중 모두 웃음] 머스마를 놓 는데 그거 또 그것도 저거 새이가(형이) 보듬고 가는 기라, 이것도 내 자 식이라고. 논(아기를 낳은) 사람은 가만히 홀빽하게 앉아 있으닝께, 또 배 가 아픈 기라. [청중 모두 웃음] 그래가 삼태를 나았어, 아들을.

아들 하나 앞에 하나씩 거느리고 키우고 사는데 묏바람으로 잘 돼 나 가는 기라. 아들 마 고뿔도(감기도) 안 하고 잘 크제, 한 자를 가르치면 두 자를 알아. 그러니까 한창 공부를 잘한다고.

그러고 열 다섯 살 먹어도 서울에 과거를 보러 가는 기라. 그래 저그 어머이가, 저거 논 어머니가, 그 편지를 써 가지고, '요기를 가면 너거 외 할아버지다 외할아버지가 과거 본 상시관이야. 너그가 가서 그래 해라.' 그런데 참 이것들이 가갖고 찾아가갖고 인사를 하고, 하이고, 우리 딸이 죽은 줄 알았더만, 어데 가 살아 손자가 왔다고 반가워 하더래.

그래 그 이튿날 과거를 뵈인께로 다른 사람 댈 데도 없어. 그래 서이 다 알성급제를 했어. 알선급제를 해 가지고 막, 참, 풍을 울리고 고향에 막 굉장히 해 갖고 오거든.

그래 와가지고 가만히 생각을 한께 즈그 어머이들한테 다 들었거든. 즈그 할아버지 뫼가 그리 좋아가지고 저그가 났다는 거, 묏바람으로. 그래 가보니까 뫼를 그래 놔두서 안 되겠거든. 뫼를 갖다가 막 좋게 해 가지고 상석을 해 세우고 번번하이 멋지게 닦아 놨어.

그래 놨는데, 그래 놓고 인자 부자라 논께로, 와 옛날에 부잣집에는 저 뭐고 사랑마다 과객을 안 지내나, 그자? 과객꾼이 오믄, 그래 인자 과객을 지키고 있는데.

그러구로 인제 이 사람이, 저거 아버지가, 요 집에 가서 넘의 집 살고 저 집에 가서 넘의 집 살던 그 사람이, 동네에서 '그렇게 착한 사람이 없다. 내가 저거 목숨 살려줬다'고 해서 새경도 받도 안 하고 자꾸 ○○만 살려 준께로, 저렇게 착한 사람을 열이서 사람 하나 살리지 싶은께로, 우리 저 사람을 도와주자 이래가지고, 모두 여럿이 들어서 장가를 들였어.

장가를 들여가지고 그 엄마 밑에서 아들 하난가 둘인가 났어. 났는데, 그게 인자 그 남자가 가만히 생각해 보니까 저그 앞에 제 저지른 것은 생각도 안 하고, 생각도 안 하고 '내 자식을 낳았으니까 우리 선산을 가르치 주고 우리 고향을 뵈이 줘야겠다' 싶어서, 그래 자식을 데꼬 고향을 왔다. 와가지고 즈그 아버지 뫼를 가보니께 형편없이 요래갖고 있는데 막 멋지게 해 놨거든, 그 가질 못해.

[청중 모두 웃음]

어떤 놈이 여 묏자리 좋다 소리 듣고 우리가 없으니까 그마 파내고 즈 가 쓰고, 쓰고 인제 이래 그랬다고, 그래 저거 아버지 뫼를 갖다가 성묘도 못하고 고마 어득하니 차라만(쳐다만) 보고 왔어.

와가지고 즈그 옛날 집에를 갔단 말이야. 옛날 집에를 가니까 머라카나

믄 집이, [사람이 들어오자 잠시 중단되었다.]

(조사자 : 이야기 계속 해주십시오.)

그래, 집이 오두막집인거만 알고 청기와집을 지어가지고 막 거대하이 으리으리 해 갖고 있거든. 그래가 그 집이, 그 집을 찾아 들어갔어. 찾아 들어간께로 젊은 샛파란 초라비가(초랭이를 쓴 사람이) 말이, 관을 쓰고 말이, 긴 담뱃대를 들고 올라 앉아서 톡톡 뚜드리고 과객 오는 사람 보고,

"아 어디서 왔는고?"

그전에 양반놈들 안 그라나. 그래 그 나이 많은 사람보고 뭐라 카는고 하믄,

"그래 내가 아무데 사는 사람인데 내가 이기 여기가 우리 집이 여이라고. 인제 집이었는데 그래 내가 하도 마음이 그슥해서 왔다."고 그라그든.

"그러냐고. 그러면 옛날 이야기 쫌 해 보라."고 그라거든.

"나는 옛날 이야기도 없고 전에 살아내려온 그 내력을 이야기를 해 주께."

그래 인제 담배 털던 이 사람이 저거 아버지 얘기를 많이 한 거라. 옛날부터 클 때부터 너 아버지가 이러고 저러고 해서 내가 고마 밀어 낸께 호랭이가 와가지고 깍 물고 간 것 그런 막 이야기를 전부 다 했어.

(청중 : 했지, 하모 뭐.)

한께 그런데다 인제 이 사람이 요런 방이 요래 있는데, 요게는 관 쓰고 점잖해 가지고 요기는 과객이 있는 방이라. 고서 요 웃방에서 인자 초래비보고 이야기를 하네. 한참 한께로,

"그래 옛날에 내가 이렇게 저렇게 해서 서울 어느 정승 집 딸 공부하는데 가게 됐는데, 그래 거가 나 오늘 저녁에 죽을 판이니까 이렇게 죽고 저렇게 죽고 한께로 겁나는 게 없어서 막 처녀한테 갔었다고. 그래하니까 그래 처녀가 밀어내고 그랑께로 뒤에 호랭이가 어홍 한께로 도로 끌여놨다고 거서 누졌다고, 응."

이런 이야기를 한께로 담뱃대도 간 곳이 없고 사람도 간 곳 없어. 저

혼차서 한참 씨부린 기라.

그 소리를 듣고랑은 도로 올라갔어, 즈그 엄마한테로.

"어머이."

"와그라노?"

"저게 아랫집에 행랑에 어떤 사람이 왔는데, 그래 옛날 이야기를 하라 하니까 어머니가 편지하던 얘기를 하더라고. 똑같이 하더라고 틀림없이 하더라고 그 사람이 수상하다고." 그라거든.

"그랴? 그라면 내가 벽장 안에 들어가 앉았일게 그 사람이 데꼬 와갖고 새로 우리 방에 앉혀 놓고 이야기를 해라."

그란께네 그 남자가 인제 한참 이야기를 하다 본께 한참 없더만은 왔어. 그땐 인제 말도 이라도 저라도 안 하고,

"저 웃방에 갑시다."

아이고 내가 죽을 죄를 짓는가 싶어서 겁이 나는 기라.

그러다가 웃방 가니까 참 으리으리 하이 거창하게 잘해 놨는데, 이 방 씰어서 와, 빗자루 모은 거기 가 가서 인제 앉았는 기라. 앉아 있으니까 요리 와서 이야기를 한번 해 보라고 해. 그란께로 인제 요리 와서 초래비가 시킨대로 이야기를 하는 기라. 한참 하다가 그 호랭이한테 물려갈 적에 처녀가 끄댕기는거, 그까지 얘기를 한께로, '아이, 틀림없이 저 사람이 우리 집 사람이다.' 싶어서 벽장문을 탁 열고 고마 나오는 기라.

그래 나와서 아이고 처녀들이 애인 거머 안듯이, [청중 모두 웃음] 그래 가지고 그 남자를, 늙은 남자를 뽀뽀를 하고 그래 하거든. 그래서 저거 엄마가 머라 하냐면 저그 아들 지가 놓은 거 삼형제를 싹 불러들여.

"이 틀림없이, 말소리를 들은께로 너그 아버지고, 모든 행동이 너그 아버지다."

어떻게 살았냐고 이야기를 하라 한께로 사실 이야기를 하거든. 그라면 지금, 아들 지금 주막집에 하나 있다고 하거든. 그러면 하인들이 와서, 하

인들이 가서 아들 데리고 오고, 아들 사형제 아이가?

(조사자 : 예예.)

사형제서 죽 그마, 저거매 저아부지 다 앉혀 놓고 인사시키고, 그런께 옛날에 그 묏바람이 그렇게 커.

(조사자 : 묏바람이 크네요.)

응, 커. 내, 이야기는 쎘어도(많아도) 그거 하나만 하고 말끼라.

고려장하려던 어머니를 다시 데려온 아들

자료코드 : 04_18_FOT_20090214_PKS_PSI_0001
조사장소 : 경상남도 함양군 지곡면 개평리 상개평마을 마을회관
조사일시 : 2009.2.14
조 사 자 : 안범준, 김미라, 조민정
제 보 자 : 박순이, 여, 69세
구연상황 : 앞의 제보자의 이야기를 듣고는 먼저 이야기를 꺼내어 하기 시작하였다.
줄 거 리 : 옛날에 어머니를 고려장하려고 한 효자가 있었다. 어머니는 아들이 길을 잃을
　　　　　까 염려하여 가는 길에 나뭇가지를 꺾어 놓으며 표식을 했다. 아들은 이를 보
　　　　　고 다시 어머니를 모셔 왔다.

옛날에 옛날에 고려장을 하던 시대요. 어머니가 나이가 연세가 들어서 고려장을 하게 됐더래요.

그래, 아들이 지게에 딱 얹어서 가면서, 상구(한참) 꼴짜기로 들어가야 되는데, 어머니가 지게 위에 죽으러 가면서, 아들 집 못 찾아온다고 꼬쟁이를 질마다 다 업혀가지고 나무를 꺾어 놓더래요.

그래서 아들이 가서 고려장을 해놓고, 참, 효잔데, 그 아들도. 그래 인자 그 길을 온께네로 전부 자기 아들 집에 못 갈까 싶어서 길 잃어서, 전부 꼬쟁이를 꽂아 놔서, 길을 찾아가다가 자기집에까지 도로 와가지고 다시 어머니를 다시, 모시고 왔더래요.

그래서 잘 살더래요, 고려장 안 하고.

팥죽교의 유래

자료코드 : 04_18_FOT_20090214_PKS_PSI_0002
조사장소 : 경상남도 함양군 지곡면 개평리 상개평마을 마을회관
조사일시 : 2009.2.14
조 사 자 : 안범준, 김미라, 조민정
제 보 자 : 박순이, 여, 69세
구연상황 : 앞의 이야기를 하고 나서 또 다시 이야기를 이어서 시작했다.
줄 거 리 : 흉년이 들어 먹지 못해 남편이 굶어 죽게 되었다. 아내는 남편이 먹고 싶어하
　　　　　는 팥죽과 논을 바꾸었다. 남편은 팥죽을 너무 많이 먹어 죽었고, 죽은 후 억
　　　　　울함에 구렁이가 되었다.

어띠-(얼마나) 남편이 아파가지고 배가 고파서 제일 소원이 뭐냐 한께 팥죽 한 그릇 먹는 게 소원이라네.

(조사자 : 팥죽 한 그릇요?)

흉년이 들어서 모를 못 심었어. 그래서 팥죽 한그릇 먹는게 제일 소원이라 해서, 그래 부잣집에 가서 팥죽 한 동우하고 논 서 마지기랑 바꿨더래요. 남편 살룰라고(살리려고).

그런데 남편이 그걸 묵고 죽었는데, 다 잡숫고 배가 터져서 죽었더래요. 돌아가셨는데, 구렁이가 돼가지고 항시 그 논에 와서, 하도 억울해가지고, 나락 벨 때마다 졸졸 이리 댕긴데요.

그 인자, 못에 그 곁에 그시기 둠벙(웅덩이) 같은 큰물이 있는데 그 들어앉았다가, 맨날 나락만 벨라 하면 와서 싹, 하도 억울해서요.

지금 거기 있어요, 저게, 그 있대요. 얼매나 배가 고파서, 그래서 이름이 팥죽다리래요.

(조사자 : 팥죽다리라고예?)

도깨비 이용해서 부자 된 사람

자료코드 : 04_18_FOT_20090214_PKS_PSI_0003
조사장소 : 경상남도 함양군 지곡면 개평리 상개평마을 마을회관
조사일시 : 2009.2.14
조 사 자 : 안범준, 김미라, 조민정
제 보 자 : 박순이, 여, 69세
구연상황 : 조사자가 도깨비와 관련된 이야기가 있느냐고 물어보자, 제보자가 나서서 이
　　　　　야기해 주었다. 청중들도 도깨비 이야기에 흥미를 느끼는 듯 했다.
줄 거 리 : 도깨비설이라는 곳은 도깨비가 많이 모여 있는 곳이다. 그곳을 갔다 오는 사
　　　　　람에게 상을 준다고 하자 한 할아버지가 가서 어리석은 도깨비들을 속여 큰
　　　　　부자가 되었다.

　도깨비설이 있더라 캐요. 도깨비만 도깨비만 사는 데가 있는데, 아-무
도 거를 내기를 해도 못 간다 하더래.

　바우에 앉아서 영감들이 앉아서 도깨비설을 못 간다 그러더래. 그래 갔
다오면 상을 준다고 해서 간께, 어떤 할아버지가 하나 가셨더래요. 가가
지고 도깨비들이 오골오골 있는데, 잡혔더라 캐. 저 그서글 인자,

　"너는 그라믄 와 나를 안 살라줄기고, 나를 살라 주라." 그러니까 인자,

　"못 산다 직이야 된다." 그라더래, 막 도깨비들이. 그래서,

　"너거는 제일로 무섭은 게 뭐이고?" 하니,

　"탱자나무 가시라." 카더래요, 탱자나무. 그래 그래서,

　"그라믄 할아버지는 제일 무서운게 뭐요?" 하니까,

　"나는 돈이 제일 무섭다." 하네. 그래, 그날 저녁에 와가지고 영감이 막
온 데다 댕기면서 탱자나무 가시를 막 구했디야. 그래서 도깨비 밉단다고
너는 우리를 밉어라 했응께, 할아버지도 밉은 걸 한다고 돈을 자꾸 던져
주더래. 큰 대부자가 되더래요.

잉어와 죽순을 구해 어머니 병을 고친 곽효자

자료코드 : 04_18_FOT_20090215_PKS_BOB_0001
조사장소 : 경상남도 함양군 지곡면 공배리 공배마을 마을회관
조사일시 : 2009.2.15
조 사 자 : 안범준, 정혜란, 김미라, 조민정
제 보 자 : 배옥분, 여, 83세

구연상황 : 조사자가 효자, 열부 이야기를 요청하자 제보자가 적극적인 태도로 구연하였다. 곽효자와 관련된 두 가지 일화로 구성되어 있는 짧은 이야기이다.
줄 거 리 : 곽효자의 어머니가 병이 들어 잉어가 먹고 싶다고 했다. 곽효자가 바다에서 통곡을 하자 잉어가 올라 와서 어머니를 구완하였다. 또 겨울에 어머니가 죽순을 먹고 싶다고 해서 대밭에 들어가 통곡을 하니 죽순이 올라왔다. 곽효자는 죽순을 구해 어머니를 드렸다.

(조사자 : 또, 재미난 이야기 없습니까? 그 와 그, 효자가 효성이 억수로 지극해 가지고, 엄마가 병이 들어가 있는데, 그래 가지고 뭐, 그 철에 구할 수 없는 과일을 구해서 드렸다든지 이런 건 없습니까?)

그건 참말일까? 곽소자(곽효자)가 그랬다고 해.

(조사자 : 곽소자요?)

곽소자가. 옛날에 곽소자가 어머니가 병에 들어가지고 막 잉어구해 오라고 막 그래싸서, 바닷가에 가서 통곡을 한께, 실금창 밑에, 살강 밑에서 고기가 한 마리씩 떼로 올라와서 어머니를 구완을 하고, 또 저 오동지 섣달에 죽순을 구해 오라 카더래. 오동지 섣달에 죽신이 어디 있노? 그래 또 대밭에 가 통곡을 한께네, 죽신이 올라오더라꼬. 그게 전설인데 그기 그런 이야기가 있어.

(조사자 : 효자 이야기.)

응, 효자. 곽소자가 하더라. 그 비가 있다 하더라. 곽소자 비가.

(조사자 : 요 근처에 있습니까?)

여는 몰라도 비가 있다 캐. 전에 어른들이 그라데, 곽소자 비가 있다고.

(조사자 : 어디더라? 어느 동네에는 대추나무가 있는데, 며느리가 효성이 깊어가지고 시어머니가 병이 든께, 대추나무 먹고 싶다 해 가지고, 치마를 들고 이리 '대추 좀 주이소' 하니까 바람이 휙 불었든가 대추가 막 떨어지더랍니다.)

응 그런 이야기도 있어. 그런 전설이 있어. 대추나무 밑에 가 통곡을 한께, 대추가 열어갖고 시어머니를 구완했다고 그런 이야기가 있어. 효성이 그만큼 지극하다는 기지.

(청중 : 효성이 그만큼 지극하면 좋은 일이 닥친다고 그런 뜻이지.)

호랑이 살려준 덕분에 부자 된 나무꾼

자료코드 : 04_18_FOT_20090215_PKS_BSD_0001
조사장소 : 경상남도 함양군 지곡면 보산리 효산마을 마을회관
조사일시 : 2009.2.15
조 사 자 : 안범준, 김미라, 조민정
제 보 자 : 백상동, 여, 76세
구연상황 : 제보자가 도깨비 이야기를 한 후, 조사자가 호랑이 이야기는 없느냐고 하자 다음 이야기를 구술했다.
줄 거 리 : 한 호랑이가 여자를 호식했다가 비녀가 목에 걸렸다. 나무꾼이 눈물을 흘리고 있는 호랑이의 목에서 비녀를 빼 주었다. 이에 호랑이가 답례로 명당을 알려 주었는데, 그로 인해 나무꾼이 부자가 되었다.

호식당해서 여자가 나무 끊으러 갔는데 호식을 당했는데, 호식을 당해서 참 옛날에 비녀가 찔렸는데, 비녀를 찔려가 호식을 당해서 호랭이 목구멍에 비녀가 걸렸는 기라.

비녀가 걸렸니깐 바로 걸려서 눈물을 흘리고, 바로 걸리니깐 아무도 못이기지. 나무꾼이 나무를 하러 가는데 나무꾼이 보니깐 호랑이가 그러고 있거든. 나무꾼이 하는 말이, '저 여자를 구해 주면 내 팔자를 고칠 수 있

겠다' 싶어서 하는 말이 호랑이 앞에서,

"너 모가지 걸렸나?" 하니깐, 고개를 끄덕끄덕 하더래.

"그럼 내 손으로 그걸 꺼내 줄게. 그럼 내한테 공을 할 끼가?" 하니깐,

"한다." 카대. 그래서 손을 넣어서, 그게 탁 걸리더래. 그걸 싹 빼주니깐 좋아서 따라오라 하더니 그 자리를 하나 가르쳐 주더래. 그 자리를 뫼를 쓰니깐 부자가 됐다 카더라대.

죽어서 개가 된 어머니 구경시켜 주고 부자 된 아들

자료코드 : 04_18_FOT_20090209_PKS_YSS_0001
조사장소 : 경상남도 함양군 지곡면 개평리 개평마을 마을회관
조사일시 : 2009.2.9
조 사 자 : 안범준, 정혜란, 김미라, 이진영
제 보 자 : 유순선, 여, 74세
구연상황 : 이야기를 구연한 다른 제보자에게 개에 관한 이야기를 해 달라고 조사자가
　　　　　요청하자, 옆에 있던 제보자가 내가 개 이야기를 해 주겠다며 스스로 나서서
　　　　　다음 이야기를 했다.
줄 거 리 : 옛날에 가난하게 살던 할머니가 세상 구경을 하지 못하고 죽었다. 그 후에 아
　　　　　들 집에서 개를 한 마리 키웠다. 제사가 되어 며느리가 조기를 구워 놓았는
　　　　　데, 그것을 개가 먹어 버렸다. 이에 며느리는 개를 심하게 때렸다. 그날 딸의
　　　　　꿈에 어머니가 나타나 개가 된 사연을 말하니, 딸이 친정에 가서 오빠에게 말
　　　　　하였다. 아들은 개에게 해인사 구경을 시켜 주었다. 개가 죽자 아들이 그곳에
　　　　　묻어주었는데, 이후 부자가 되었다.

(조사자 : 개 이야기 한 번 해주십시오.)

개 이야기 내가 해 줄게요.

옛날에 옛날에, 인쟈 촌에는 하도 못산께 너무너무 못 살아서, 그래 인쟈 두 노인이 살다가 영감은 앞에 돌아가고 할멈이 좀 오래 사는데, 그래 저게 구경을 못하고 세상을 버렸어.

그래 딸 하나 아들 하나 키워갖고 출가를 시키고, 그래 인쟈 제사가, 아 그러기 전에 개 한 마리가 사다났어. 그래 제사가 돌아왔는데, 며느리가 인쟈 그 가난한 형편에 조구(조기)를 한 마리 사다가 구우놓고 다른 거 챙기다 봉께 개가 그걸 먹어뼈맀더랴. 그래서 고마 아이고 어머이 제사 지낼라고 그 정성껏 하나 갖다 놓은 거 그 가난한 집에서, 개를 고마 아프도록 팼어. 죽도록. 피가 철철 나도록 팼어.

그래 딸이 인자 저거도 못산께 제산지도 모르고 잤어. 자식 꿈에 '내가 개가 돼 가지고 아들을 못 잊어서 집을 지키 줄라고 와서 있는데, 조기 한 마리 구워 놓은 거 내가 고마 묵었디 너거 올케가 나를 얼매나 두드려 패서 내가 곧 죽게 됐다. 근데 저승을 갔더니 구경을 안 했다.' 카더라요. '그래 내를 구경 좀 시켜 두라.'

꿈이 하-도 이상해서 딸이 아침 일쯕 친정을 오께, 올케가 그 얘길 하고 개는 피를 철철 흘려갖고 눴더래요. 그래 오빠가 그 소리를 듣고 개를 오잠치에다 담아 지고 해인사 구경을 시켜 주더래요. 합천 해인사 구경을 시겼어(시켰어). 그래 이만치 나오다가 개가 죽었어.

그래 가지고 그 자리가 명당이라고 써졌더라요. 그 후로는 인자 차츰차츰 부자가 되더라요.

아주 어릴 적에 들었던 이야긴데, 이 양반이 개 이야기하라고 싼께.

뱀을 섬겨 집안 일으킨 종가집 며느리

자료코드 : 04_18_FOT_20090209_PKS_YSS_0002
조사장소 : 경상남도 함양군 지곡면 개평리 개평마을 마을회관
조사일시 : 2009.2.9
조 사 자 : 안범준, 정혜란, 김미라, 이진영
제 보 자 : 유순선, 여, 74세

구연상황: 다른 제보자의 구연이 끝나자마자 바로 이어서 제보자가 이 이야기를 시작했다.

줄거리: 시집 갈 새댁에게 한 할아버지가 꿈에 나타나 자신을 따라 가겠다고 했다. 가마를 타고 가는데, 잠시 쉬는 틈에 가마로 뱀이 들어왔다. 새댁은 이 뱀을 치마로 싸서 광에다 모셔 놓았다. 새댁이 흰 죽을 끓여 주니 뱀이 먹고 남겨 놓았다. 이를 새댁이 마저 먹으니 재산이 불었다. 자녀를 두지 못하여 양자를 두고 4대째 이어 내려왔다.

옛날에 나도 시집 와서 우리 종가집에 얘길 들은 소린데, 시집을 올라고 꿈을 꾸니까, 고고한 할아버지가 꿈에 나타나서,

"나는 너를 따라가서 살란다."

그래 인자 시집 올 아가씨 새댁이한테.

그래 옛날에는 가마를 너이 메고 하인이 딸고(따르고) 한님네가 딸고 그래 오거든. 그래 중간에 오다가 대면 쉰대요 쉬어. 그래 쉬고 있으니까, 뱀이 가매로 쑥 들어오는데, 인자, 그 아주머니, 할머니는 아는 기라. 그래 인쟈 속치매에다, 겉치매를 걷고 속치매로 딱 싸갖고, 가매를 타고 모셔가고.

"광으로 가마채를 대시오."

(조사자 : 강으로?)

광, 광에.

(조사자 : 아, 광에.)

광에 딱 갖다 모셔 놓고, 할머니만 아는 기라.

그래 자기는 이쟈 들어와가지고, 인자 하인보고,

"죽을, 흰 죽을 한 냄비를 끓여라."

그래, 밤중에 사람들 안 보게, 인자 하인들 시키서, 인쟈 자기가 광에 갖다 놨어.

그리고 아침에 일찍 일어나서 다른 사람 보기 전에 광으로 가봤어, 시집 온 할머니가. 근데 뱀이 싹 다 먹고 죽이 요만침 붙었더래. 흰죽이, 흰

죽이. 그래서 싹 훑어갖고 자기가 잡솼대.

그래 잡숫고 나니께 살림이, 살림이 일어. 그래 그 할머니가 자녀를 못 두신 기라. 그래 가지고 양자 양자 해 가지고 지금은 대를 이어서 아들이 내려와. 2대, 3대, 4대째 났네. 그 할머니 손이 양자 양자 들이갖고.

현실에 이야기라, 인자 들은 소리고.

비단장사 그만 두고 스님이 된 구정선사

자료코드 : 04_18_FOT_20090209_PKS_YSS_0003
조사장소 : 경상남도 함양군 지곡면 개평리 개평마을 마을회관
조사일시 : 2009.2.9
조 사 자 : 안범준, 정혜란, 김미라, 이진영
제 보 자 : 유순선, 여, 74세
구연상황 : 제보자는 앞의 이야기를 끝내고 바로 이어서 다른 이야기를 해 주겠다며 이 이야기를 시작했다.
줄 거 리 : 구정선사가 승려가 되기 전에 비단장수를 하였다. 어느날 비단을 싣고 오다가 옷이 없는 스님에게 적선을 하였다. 그런데 한 주막에서 자신이 스님에게 준 비단을 거지가 입고 있는 것을 보았다. 이를 계기로 비단장수가 출가를 하기로 결심했다. 비단장수가 예전의 스님을 찾아가니 매우 남루하게 살고 있었다. 비단장수가 제자 되기를 청하니 스님은 솥을 걸라고 했다. 아홉 번만에 솥을 걸어 스님이 구정선사라는 호를 주었다. 그 후 스님과 공부하여 스스로 깨쳤다.

또 내가 한 가지 이야기 더 해 줄게.

(조사자 : 예, 한 가지 더 해 주십시오.)

구정선사가, 구정선사 스님이 계셔. 구정선사는 옛날에 인쟈 구정선사 되기 전에, 한 오십 대 될 때, 살림이 너무 많아가지고 옛날에 부자 이쟈 비단장사라 했는데, 비단을 많이 떼가고 말에다 싣고 오는데, 스님이 옷을 홀딱 벗고 벌벌벌 떨고 있더래, 어느 스님이.

그래서 저 스님한테 비단을 한필 줄까 광목을 한필을 줄까 옷 해 입거
로, 옷 한 벌을 줄까 망설이고 망설이다가 비단 한 폴(필)을 주고, 인자
말을 몰고 이-렇게 오는데, 주막이 있어서 좀 쉬어 가려고 있으니까, 거
지가 그 비단을 막 둘둘 말고 왔더래, 거지가.

'아이고 내가 스님이 불쌍해서 그걸 줬는데 왜 거지를 줬을까?' 의심이
탁 걸리던 기라. '하- 난 아무리 이리 많고, 비단이 이리 많아도, 그 스님
한테 옷 한 벌을 줄까 우짤까 고민하다가 비단을 한 필 줬는데, 그 스님
은 자기도 알몸인데 왜 저 비단을 거지한테 몽땅 줘서 거지가 둘둘 말고
왔을까? 왔을까?' 의심이 걸려.

그래 인자 그 비단장사가 부자가 마누라 둘을 두고 살다가 살림이 많
으니깐 그래 살다가, '아 - 나도 그 스님처럼 좋은 일을 좀 해서 응, 마음
을, 응, 부처님 되는 마음을 해야 되겠다.' 그 마음이 탁 생겨갖고 살림을
싹 두 마누라한테 나눠 주고, 그 스님을 찾아 나서서 가니까 그 스님은
집도 찌그런 집에 남루하게 그래 살더래요. 그래,

"나는 스님을 찾아와서 스님의 마음을 찾고 싶습니다."

그런께,

"살 수 있겠냐고?" 하니까,

"살 수 있다."고, 그란께네,

"그럼 같이 살자. 그러면 저게 오차를 끓여 오시오."

그래 정지를 가 보니께 솥이 막 다 비틀어져가지고 빠질라 캐.

"그래 솥을 좀 거시오."

솥을 거니까, 스님이 나와 보니까 안 좋아. 또 다시 걸으래. 아홉 번을
고쳐 걸었단 말이야, 또 다시 밤이 날이 샐 때까지.

아홉 번을 걸고 나니까 호를 인자, 구정선사라고, 구정선사 호를 줬어.
그래 가지고 같이 인자 항상 스님하고 참, 공부하고 살다가, 그러구로 인
자 스님은 병이 들어서 나이가 안 많아도 돌아가셨고, 아 자기가 스스로

깨치는 기라, '이 내 마음이다.' 그래 갖고 지금 구정선사가 높은 스님이라 카거든.

(조사자 : 지금 살아 계십니까?)

아니 돌아가셨지, 옛날인께. 응, 구정선사 이야기라.

(조사자 : 아, 그분 이름이 지금 높으시다는 이야기네요.)

지금도 구정선사가 지금도 구정선사라 하면 다 알아준단 말이야, 선법에서는, 불교에서는.

여자의 말에 가다가 멈춘 산

자료코드 : 04_18_FOT_20090208_PKS_YHJ_0001

조사장소 : 경상남도 함양군 지곡면 마산리 수여마을 마을회관

조사일시 : 2009.2.8

조 사 자 : 안범준, 정혜란, 김미라, 이진영

제 보 자 : 유휘자, 여, 72세

구연상황 : 옛날 전설 이야기 없냐고 물어보자 바로 이야기했다. 이야기는 수동면의 대고 대 이야기와 매우 유사하였다. 이야기는 거짓말이라고 하며 그저 들은 말이라서 해 주는 것임을 강조하였다.

줄 거 리 : 옛날에 수해가 났을 때 산이 떠내려 왔다. 대안 밖 마을 주민인 여인이 그것을 보고 산이 내려온다고 말을 하자 산이 그만 멈추고 말았다.

앞산 저기, 저기.

(조사자 : 아까 그거 말안장산예?)

그기 옛날로 말하면 저기, 저 난 거짓말인가 몰라. 난 들은 대로 하는 기라.

(조사자 : 들은 대로 말씀해 주십시오.)

옛날에 저 산이 저기 수파가 졌는데.

(조사자 : 수해요?)

응, 옛날에 수해가 졌는데. 저 산이 둥둥 떠내려오더래. 떠내려 왔는데, 나도 전설 이야기 들은 기라.

둥둥 떠내려왔는데, 저 대안 밖에 사람 살았다고 할 때, 그때 거기서 한 여인이 내다 보고,

"아이고 아이고, 저 산 내려온다. 산 내려온다."

그렁께 저기서 산이 딱 멈췄대.

그런 전설이 있지. 그게 다 전설이고 옛날이야기인 기라. 머이 그런 게 있어, 없지. 이야기라. 이야기는 다 거짓말이고 노래는 참말이고 안 그런 가베.

고모댁을 망하게 한 유자광

자료코드 : 04_18_FOT_20090208_PKS_IMT_0001
조사장소 : 경상남도 함양군 지곡면 마산리 수여마을 마을회관
조사일시 : 2009.2.8
조 사 자 : 안범준, 정혜란, 김미라, 이진영
제 보 자 : 임문택, 남, 85세
구연상황 : 제보자는 노래는 아는 것이 없다고 했다. 대신 마을에 대한 이야기를 하나 해
　　　　　 달라고 하자 제보자가 선뜻 해 준 것이다.
줄 거 리 : 수여는 물이 남아난다고 하여 이름이 붙여진 곳이다. 이곳에 유자광의 고모댁
　　　　　 이 있었는데, 유자광이 출세하여 고모에게 인사하러 왔다가 서출이라고 모욕
　　　　　 을 받았다. 그래서 유자광이 앙심을 품어 좋은 지세를 끊어 버리게 하였다.
　　　　　 그 후로 마을이 쇠락하게 되었다.

유래? 그럼 내가 아는대로 말해 줄게.

요가 수여마을이라 카는게, 저 물 수(水)자하고 남을 여(餘)자하고 수연데, 물이 좋은 데나 묵어도 남아난다고 수여라. 여가 그래 됐고.

또 그러면은 이 앞산에 요 요 가면 모통이 돌아가면 들인데, 고 들 뒤

에 거 있는 옛날에 그 동네가 있었다는데,

(조사자 : 그 들 이름이 대문밖들인가, 그 이야기 좀 해 주십시오.)

(청중 : 하, 대문밖들이라.)

누가 살았냐 카면 조사광이라는 분이 옛날에 살았다 이기라. 조사광이 살았는데, 요 근네(건너) 요는 성서방이 살고, 그래 그 두 사람이 여기 자리 잡고 살았는데, 그 동네가 거가 망하고 요 동네가 생긴 기라. 그래 거 동네가 왜 망했냐면.

(조사자 : 그 얘기 좀 해 주세요.)

옛날에 유자광이 있었거든, 유자광이. 얘기 들었제? 그 분이 서출이라, 서출.

서출인 데다가 자기가 뭐 득세를 해 놓응께네, 인자 자기가 성공했다고 조사광 댁이가 자기 고모댁인 기라.

그래 가지고 와서 인사를 할라꼬 왔는데, 고모라 카든가 누님이라 카더나? 그래 어째 됐는데, 그래서, 누님으로 하지. 누님.

"마당에서 뵈올까요, 마루에서 뵈올까요?"

그래 자리를 하나 던져 주더니, 마당에서 보라고 하지. 거서 배심을 묵은 기라.

그래 사방을 둘러보니 터가 좋은 기라. 요 밑에 가면 할미바우라고 있고, 저 건네 고개도 참 잘 생겼고. 그래서 인사를 하고는 시키기를, 가면서 시키기를, 저기 고개 저 놈을 끊고, 할미바위를 뚜드려 부스고 이리 하면 더 좋다고 했거든.

그래 가지고는 똑띡히는 몰라, 나도 대략만 들었는데, 그래 가지고 그 동네가 망했다 하대.

그러고는 유자광이가 무오사화를 일바신 기라(일으킨 것이라). 그래 가지고는 뭐 그 조금만 관심 있는 사람은 싹 다 죽었거든. 그렇다 보니 조가 풍비박산이 된 기라. 종가들이 그래 가지고 동네가 망했고, 그리고 그

마 의심무레하다(분명하지 않다). 자주 들어 싸야 아는데.

　(조사자 : 유자광이하고 관련돼서 다른 얘기는 없습니까?)

　다른 얘기는 나도 몰라.

아홉 아들을 둔 과부

자료코드 : 04_18_FOT_20090215_PKS_LCK_0001

조사장소 : 경상남도 함양군 지곡면 공배리 공배마을 마을회관

조사일시 : 2009.2.15

조 사 자 : 안범준, 정혜란, 김미라, 조민정

제 보 자 : 임창기, 남, 79세

구연상황 : 조사자가 다른 이야기를 요청하자 제보자가 이 이야기를 구술하였다. 청중들
　　　　　은 매우 흥미로워 하면서 경청하였다.

줄 거 리 : 한 여인이 결혼을 할 때마다 남편이 죽었는데, 아홉 명이나 되었다. 결혼할
　　　　　때마다 아들을 한 명씩 낳았는데 그 여인이 죽자 아들들은 썩은님에 묘를 썼
　　　　　다. 아들들은 썩은님이라는 이름이 마음에 들지 않아 손님들에게 음식을 대접
　　　　　하며 산님이라고 불러 달라고 했다. 그러나 손님들은 습관적으로 썩은님이라
　　　　　고 하는 것을 고치지 못했다.

　(조사자 : 사람 이야기는 없습니까? 그런 이야기 많다 아닙니까?)

　산청 구과부 이야기는 있지.

　(조사자 : 아, 구과부 이야기예? 아, 과부가 아홉 명이요? 그 이야기 좀
해주이소.)

　간단한데, 그거는. 처음에 남자가 결혼을 했는데, 남자가 죽어 버렸어.
죽고 난 다음에, 또 개가를 했어. 그래 또 죽어 버렸어, 또 개가를 했어,
또 죽어 버렸어. 인자 아홉 번을 다 죽었단 말이야.

　죽고 난 뒤에 한 집에 아들 하나씩을 전부 낳았어. 간 데마다 아들 하
나씩을 다 낳았다는 말이지. 그래서 산청에 그 양반이 있는데, 이제 성이

다 틀릴 것 아냐? 아들마다, 아홉의 성이 다 틀린다 이 말이라.

  그래서 그 양반이 세상 버리고 난께, 그 묘소에 묘사를 지내러 왔는 기라. 오니까, 아홉 아들이 싹 다 왔어. 자기 엄마니깐. 왔는데 아홉 아들 하니 잔치가 굉장히 큰 기라. 거창한께 지나가는 사람보고 그 이름이 무엇이냐 하면 썩은님이라, 묘 쓴 데가.

  (청중 : 썩은놈요?)

  썩은님이, 산 이름이 썩은님이라. 썩은님이인데, 그 썩은님이에서, 썩은님이가 기분에 아들 듣기에 안 좋거든. 그러니까 이걸 가따 고치려고 음식을 많이 장만해 놓고, 가는 사람 오는 사람 전부 대접함서,

  "여기가 썩은님이 아니고 산님입니다. 나가서 자시고 산님이라고 해주시오."

  이렇게 말했는데, 이 사람들이 실컷 술하고 떡하고 밥하고 먹고, 감서 뭐라 카는 게 아니라,

  "아이고 내 오늘 썩은님이한테 가서 잘 먹고 왔네."

  이게 안 고쳐지는 것이라. 옛 버릇이, 입에 익은 게 당채 안 고쳐져서.

죽어서 소가 된 어머니

자료코드 : 04_18_FOT_20090209_PKS_JKS_0001
조사장소 : 경상남도 함양군 지곡면 개평리 개평마을 마을회관
조사일시 : 2009.2.9
조 사 자 : 안범준, 정혜란, 김미라, 이진영
제 보 자 : 정경순, 여, 82세
구연상황 : 조사자가 이야기를 유도하는 질문을 하자 제보자의 옆자리에 있던 청중이 제보자에게 이야기를 해 보라고 거들자 제보자가 이 이야기를 시작했다. 다른 청중도 조용히 이야기를 들으면서 이야기를 하는 도중에 궁금한 점을 묻기도 하면서 경청했다.

줄 거 리 : 어머니가 못살고 가난하게 고생만 하다가 돌아가셨다. 어머니는 저승에 가서
소가 되어 아들 집에 들어왔다. 아들이 보통 소처럼 먹여서 키웠다. 어느날
아들의 꿈에 어머니가 나타나 도저히 먹을 것이 없다고 하니 아들이 콩죽을
끓여 주었다. 아들은 소를 몰고 세상 구경을 시켜 주었다. 그 소는 구경을 마
치고 돌아온 후 죽었다. 아들은 그 소를 양지 바른 곳에 묻어 주었다.

(조사자 : 풍수 잘 잡아가지고 성공한 아들 이야기도 있다 아닙니까.)

아주 아주 옛날 거지(것이지). 그런 거 인자.

(조사자 : 호랭이 물어갈 팔잔데, 살아난 이런 거 좀 해 주이소.)

(청중 : 아유 소리댁(효리댁)이 그런 이야기 잘 할 긴데, 해봐. 아요 소
리댁이, 다른 거 말고 개가 그제, 어마이가 개가 돼 가지고 마루 밑에 와
그때 한번 이야기 하데, 앉아갖고. 그거 한번 해 봐.)

난 모르는데.

(조사자 : 이야기하시다 보면 기억도 납니다.)

아, 저거 어머이가, 그래 고생 고생 참 못 살고 고생만 하고 살다가, 고
마 죽었디래요. 병에 들어서. 아무 데도 놀러도 한 번 가본 적이 없고 그
래 살다가 죽었는데. 죽고난께네 저승에 간께네, 저 소가 돼서, 소로 태이
서 내보냈더래요.

(청중 : 아를?)

구경도 아무 것도 한 게 없고, 아무 것도 한 게 없었어.

(청중 : 아를?)

저거 어머이를.

(청중 : 저거 어머이가 죽었는데?)

응. 소로 태이서 내보내더래요.

그래서 그래 인쟈 소가 아들이 자고 난게 소가 한 마리 떡 왔더래. 그
래서 웬 소가 여기 들어왔다고 좋다고 인자 먹였더래요. 그래 인자 짚을
준께 안 묵더래요, 눈물만 철철 흘리고.

그래 아들이 잠깐 들어가 누서 잠이 들었어. 잔 께네,

"고마 아이고, 내가 아무리 해도 아무것도 한 게 없어서 저렇게 소로 태어 내보내서 이리 왔는데 도저히 내가 먹을 수가 없다."

그래 아들이 놀래서 일어나서 마, 콩죽을 한 솥 끓여 가지고, 그래 한 다래기 갖다 줬더래요.

(청중 : 말하자면 저거 어마이지.)

갖다 준께네 쭉쭉 둘러 마시. 다 먹더래요 그래가 아들이 몰고 나가서 좋은 세계를 구경을 시켰더래요. 구경을 다 시켜 가지고 딱 집에 데리고 갔더니 멕이 감시로 죽을 끼리가지고, 그래 다 구경하고 난께 고마 소가 죽어 삐더래요. 그래 소가 죽으니 아들이 양달이 끝에 좋은 데다 묻어 줬 대요. 그기 저거 어마이라.

그참 사람이 구경, 아무것도 한 게 없이 살아농께, 구경하다니까 죽어 삐더래요, 아이구 세상에.

저승에서 얻어 온 구슬로 부자 된 노인

자료코드 : 04_18_FOT_20090209_PKS_JKS_0002
조사장소 : 경상남도 함양군 지곡면 개평리 개평마을 마을회관
조사일시 : 2009.2.9
조 사 자 : 안범준, 정혜란, 김미라, 이진영
제 보 자 : 정경순, 여, 82세
구연상황 : 저승 갔다 온 이야기를 좀 해 달라는 조사자의 요청에 바로 응해서 다음 이
          야기를 시작했다.
줄 거 리 : 어느 노인이 죽어서 저승에 갔다. 저승에서는 현실 세상의 사람들과 똑 같았
          다. 그런데 저승에서 아직 올 때가 멀었다면서 나가라고 해서 나가니 다시 살
          아났다. 저승에서 준 구슬 두 개로 논을 많이 사서 마을에 주었다. 마을에서
          는 정성껏 제사를 지내 주었다.

(조사자 : 저승 갔다 온 사람 이야기 아십니까? 한 번 들려 주십시오.)

저 노인이 죽었더래요. 죽어서 염을 해 났는데 요리 잘룩잘룩해.

(청중 : 옛날에 하모, 염하면 잘룩잘룩하지.)

그래 가지고, 인자 저승에를 갔는데, 막 저 저 이런데 사람이랑 똑 같더래. 저게 글씨 쓰는 사람, 책상머리 앉아서 공부하는 사람하고, 막 애기는 죽어갖고 무슨 기목나무(고목나무)같은데 이파리에 꿀 발린 거 그것만 쫄쫄쫄쫄 빨아먹고 그렇더라.

그래 전부 데리고 다니면서 구경을 다 시키고,

"그래 인자 니는 들어올 때가 안 됐는데 들어왔다." 카면서 그래 나가라고 다시 그러면서 열 십자를 싹 그려 줘서 나가라고 카더래요. 벌어 먹고 살라고. 그래 나온께네,

(청중 : 갈 때가 못 되었구만.)

야. 그래 나와가지고 이웃집에 머시 성 머시라고 머시가 저게 며칠날 데리고 갈 긴게 묵을 기나 먹고 잡은 거나 먹고 잘 지내라. 있어래요. 그래 살아나가지고 옆 맥들이가 팍팍 터지더래요.

(청중 : 살아난께 터지지.)

그래 캉게네 그 할머니 쓸데없는 소리 한다고 젊은 사람이, 곧이 안 듣더래요. 고마 제 고집대로 하더래요.

그라더니 고마 병이 들어 그날 저녁 밥 잘 묵고 고마 가뿠더래요. 데려온다고 한 날 딱 오더래요.

그 마느래는 나와갖고 꿈에 참 그 나올 적에 구슬 두 개를 주더라. 빨간 거 파란 거 딱 줘서,

"요거 갖고 가서 벌어 묵고 살고, 그래서 오라 칼 때 오라고."

인자 그 구슬 고거 가지고 와서 가만 있어도 자꾸 신이 짚이더래요. 그래 가지고 잘 벌어 묵었다. 그 할마이. 벌어 묵고, 죽어갖고 아들이 없어서 인자, 이질이 있는데. 이질 많이 벌어주고. 논을 사 가지고 서 마지기

사서 동네에 들이 났대, 그 논을.

죽고 난께 그 동네서, 동네서 고마 작은 농사를 지은께, 저게 제삿날되면 떡 하고 막 걸게(넉넉하게) 해 갖고 뫼에 가서 그래 제사를 잘 지내 주더래요.

지금까지도 지낸대요, 그렇대요.

(청중 : 지금 죽고 없는데?)

아이고 벌써 죽었지.

개와 고양이가 가져온 부자방망이로 부자 된 노부부

자료코드 : 04_18_FOT_20090209_PKS_JKS_0003
조사장소 : 경상남도 함양군 지곡면 개평리 개평마을 마을회관
조사일시 : 2009.2.9
조 사 자 : 안범준, 정혜란, 김미라, 이진영
제 보 자 : 정경순, 여, 82세
구연상황 : 다른 제보자가 이야기를 마치자 제보자가 바로 이어서 다음 이야기를 시작했다.
줄 거 리 : 어느 가난한 노부부가 강아지와 고양이를 키웠다. 고양이와 강아지는 은혜를 갚기 위해 부자집에 가서 부자 방망이를 가져오기로 했다. 고양이가 쥐를 겁주어 부자방망이를 빼냈다. 개가 그것을 물고 강을 건너다가 흘렸지만 다시 찾아서 집으로 돌아왔다. 노부부는 부자방망이를 이용해서 큰 부자가 되었다.

(조사자 : 이제 고양이 이야기해 주십시오.)

옛날에 하도 못 사는 사람이요, 영감 할마이가 살았는데, 그 영감 할마이가 아무 것도 없는데, 강아지하고 고양이하고 두 마리를 키웠대요. 그래 키운께 그 밥을 얻어다가, 얻어온 밥을 고양이 좀 주고 또 강아지 주고 영감 할마이 먹고 이런께 참 나쁘제, 그래 묵은께.

(청중 : 서이 묵은께 나쁘제.)

그래 인자 너 이제 인자. 고양이하고 개하고 이러더랴, 저거꺼정.

"이래가지고 안 되겠다. 주인이 이리도 못 사는데 우리가 오데 가서 무엇을, 하나 부자집에 가서 하나 물어 오자."

그래 인자 거기가 강을 건너야 되더래.

그래 인자 고양이가 있다가,

"아이고 어찌 물을 건네겠노. 내 등어리에 업히라고."

그래 고양이 등에다가 업혀 가지고 강아지가 업히갖고 강으로 보도시 머리로 둑으로 그리 건너갔대.

건너가갖고 부잣집 광에 갔더랴. 간께네 부잣집 광에 그게 부재 방망이가 있더라요. 근데 도가지 안에 넣어 둬서 도가지 그놈을, 큰일이더래. 그래 고양이가 있다가 쥐를 보고,

"너거 다 잡아묵을 긴께, 안 잡아묵을게 저 돌멩이를 갖고 와서 뚤버도라. 구멍을 내도라."

막 겁이 나서 쥐가 저거 잡힐까 싶어서,

"예."

하고 막 돌멩이를 주워갖고 오더란다. 주워가 와서 주디로(주둥이로) 칵 쎄리고 주디로 칵 쎄리고 주디로 칵 쎄리고 구멍을 내 주더래. 고양이가 물고 나왔대.

(청중 : 뚜드린 보람이 있네.)

물고 나와서 그걸 가지고 인자 좋아서 인자 올라고 딱 업고,

"그놈을 딱 물어라이. 단디 물어라."

반쯤 오다가 고거를 흘리더랴.

(조사자 : 와 흘렸는고예?)

그 슬며시 덜 물어서 그렇지. 그래 갖고 막 놀래서 막 머라 하고 그걸 그래 갖고 또 물고 왔대. 왔는데, 그 주인은 한 사날이나(사흘 나흘이나) 안 들어오니께, '아이고 이것들이 오데 가서 죽었을꼬 오데가 죽었을꼬'

만날 굴심을(근심을) 하고, 나와서 또 행여나 오데 오는가 싶어서, 근데 와가지고 막 주인한테 와가지고 끙끙거리 쌓더래.

그래 막 좋아서,

"아이고 너거 어데 갔다 왔노? 이게 머꼬?"

시늉을 내더래, 뚜드리라고. 그래 뚜드린께, 돈 나오라면 돈 나오고, 막 옷도 나오고 자꾸 나오더래요. 쌀이 나오고 그 집에 부자가 되뻤더래.

(조사자 : 고양이가 할머니 할아버지 다 살렸다.)

응, 고양이하고 개하고. 그래 가지고 부자가 되더래요. 아이고, 정말인가 몰라.

선녀를 색시 삼은 서당 총각

자료코드 : 04_18_FOT_20090209_PKS_JKS_0004
조사장소 : 경상남도 함양군 지곡면 개평리 개평마을 마을회관
조사일시 : 2009.2.9
조 사 자 : 안범준, 정혜란, 김미라, 이진영
제 보 자 : 정경순, 여, 82세
구연상황 : 조사자가 이야기를 해 달라고 하자 처음에는 이야기가 없다고 했지만, 잠시
후에 이 이야기가 생각났는지 이야기를 하기 시작했다.
줄 거 리 : 옛날에 양친이 죽고 가난하게 살아가던 총각이 있었다. 하루는 산에서 나무를
하고 왔는데 누군가 밥을 해 놓았다. 그래서 총각이 숨어서 지켜보니 하늘에
서 선녀가 줄을 타고 내려와 밥을 해 놓는 것이었다. 총각은 이튿날 그 선녀
를 붙잡아서 데리고 살려고 하였다.

옛날에 참 저거 어마이 아버지가 다 죽고 아들 하나가 서당 댕기다가 아들 하나 남았더래요. 그래 가지고 참 공부하러 가면 공부가 할 수가 있소? 혼자서. 그래서 넘 공부하는 데 멀리 보고 어디 저 쓰레기통에 연필 똥가리 줍고, 그 또 공책도 쪼가리 주워가지고 줍고.

(청중 : 옛날엔 모든 게 다 귀했어.)

그래서 하도 그래 공부를 하다가, 아이고 만날 산에 가서 나무를 뭘 주워가지고 오면, 뭣이 밥을 다 해서 한 번 떠묵고 놔두고 놔두고 그렇더래요.

그래서 하도 이상해서 가만-히 그 챙이 둘러 쓰고 앉아서 봤대요. 본께 네 저 하늘에서 으르르릉 뇌성을 하더니 줄을 타고 선녀가 내려와서 저게 밥을 짓더래요. 밥을 지서 탁 상에다 차려놓고 고마 올라가더래요. 그래서 고마 그날은 떨궜대요(놓쳤대요).

떨구고 이튿날 또 그래 있으께네, 아이고 또 내려오더래요. 점심 때 된 께 딱 내려와서, 그래 쇠줄을 타고 내려와서 또 밥을 그리 하더래요. 반찬 이랑 딱 가져 와서, 딱 차려놓고 또 올라갈라 하더래요. 콱 붙들었대요. 그래,

"아버지 아버지 나는 여기 살까요 올라갈까요?" 한께, 그러니 저거 아 버지가,

"거 살아라." 하더래요. 그래서 고마 그게 살고 있으니께, 그래서 둘이 서 재미나게 사는데, 돈이랑 내려 보내서 사는데, 인자 그래 사는데.

(조사자 : 하늘에서예?)

예. 그래 고마 또 무단히 공부하는 서당에서,

"왜 그 오던 아가 안 오냐고? 가봐라."

아를 보내니까, 가니 예쁜 색시가 있더라 카더라.

그런께네 '그 어쩐 일로 그 색시가 어데서 왔을꼬' 하면서 막 선생님이 와서 보내더래. 사람을 보내서,

"뭐하고 어려운 거 춤추는 꽃하고 뭐하고 먹는 거 뭐하고 여러 가지를 보내. 저 세 가지를 저게 갖다 주면 안 가고, 안 갖다 주면 막 그 아가씨 를 잡아데꼬 오라더래요."

그러니까 큰일이거든. 그래 총각이 탄식을 하고 아무 것도 안 먹고 누

왔는데, 아가씨가 그라더래.

"걱정마요 우리 아버지한테 내가 축원을 할낑께 그래 우리 아버지가 그 들어줄거라."고 그래 비단 참 몇 통하고 춤추는 꽃하고, 뭐하고 세 가지라.

(조사자 : 한 개는 기억 안 나시네예?)

한 개는 그 뭣인고 모르겠다 알았는데.

그래 가지고 한밤중 된께 물을 떠다 놓고 한동이 갖다 놓고,

"아버지 아버지 저를 좀 살려 주실라면 춤치는 꽃하고 막 그 비단 한 통하고 뭐 석자 수건이라 카나 뭐하고 그래서 보내주믄, 아버지가 저를 살릴라면 그래 주고 그리 안 하면, 저가 여기 살지를 못하겠다고. 그래 살려 주시오, 아버지."

자꾸 그래 기도를 하고 축원을 하니께, 고마 막 쇠줄이 철거덕 철거덕 착착착 내려오더래요, 막. 그걸 착 가지고 보따리 딱 요래 싸서, 그래서 그걸 갖고 그래 갖고 간께 꼼짝 못하지, 뭐. 그래서 말도 못하고. 그래 가 살아라 카더래요. 살았더래요. 그래서 그 사람은 살고.

우렁 각시와 살게 된 총각

자료코드 : 04_18_FOT_20090209_PKS_JKS_0005
조사장소 : 경상남도 함양군 지곡면 개평리 개평마을 마을회관
조사일시 : 2009.2.9
조 사 자 : 안범준, 정혜란, 김미라, 이진영
제 보 자 : 정경순, 여, 82세
구연상황 : 제보자는 앞의 이야기에 이어 바로 다음 이야기를 했다.
줄 거 리 : 옛날에 한 총각이 "누구랑 같이 살지?" 하면서 다니는데, 논두렁 밑에서 "나랑 같이 살지."라고 말해서 찾아보니 우렁이였다. 우렁이를 잡아 우물에 넣어 놓으니, 몰래 색시로 변신하여 밥을 해 놓았다. 용궁에서 이를 알고 총각을

불러들였다. 총각에게 나무 심는 기술을 가르쳐 주고 다시 세상에 내보냈다. 둘은 행복하게 잘 살았다.

인자 또 한 사람은 친군데, 둘이, 아바이도 저거 어머이 저거 아버지도 없는데, 이 사람은 만날 댕기면서 이랬대.

"아이고 나는 뉘랑 뉘랑 살꼬 뉘랑 뉘랑 살꼬?" 하니, 논두렁 밑에서,

"나랑 나랑 살지." 요래 쌓더래. 그런 소리가 자꾸 들리더래. 아 그 뭣이 그라는고 싶어, 그래서 또 찾으면 없고.

"아이고 뉘랑 뉘랑 살꼬?" 하고 울고 있으면,

"아 나랑 나랑 살지." 그러더래. 아이, 논두렁밑에 사방을 찾으니께 우렁이 한 마리가 딱 그라더래.

(조사자 : 우렁이가요?)

야, 우렁이가. 우렁이를 가져다가 저거 집에 새미가 딱 있는데, 그래 이걸 살려야지 싶어서 새미 가에 우렁이를 그래 물에다 담아서 났대.

그래 한 번 보니까 우렁이가 없더래, 그 새미로 들어가삤어. 아 그래서 그래 인자 이 사람이 있응께네, 아 그것도 또 나무를 또 산에 가서 주갖고 온께, 밥은 안 해 놓고, 응? 그 사람도 밥을 해 났더란다. 밥을 해서 딱 놔 놓고 또 없더래. 그래서,

(청중 : 우렁이가 밥을 해?)

그래서 우렁이가 꼬꾸제비를 몇 바꾸 넘은께 예쁜 색시가 되더래. 새미에 가서 나와갖고 색시더래. 그래 가지고 인자 밥을 하더래. 밥을 해서 고마 딱 차려 놓고 또 새미로 또로록 들어가. 그래 가지고 인자 또 그 이튿날 또 떨갔대 고마. 또 나와서 밥을 꼬꾸제비를(공중제비를) 어찌 헤딱헤딱 넘더만 또 예쁜 색시가 되더래, 예쁜 색시가. 그래 갖고 고마 콱 붙들었대요, 그 이튿날은.

붙들어가지고 그리 사는데, 고마 그 새미에서 그걸 보내 논께, 그 저게

용왕님이 고마 막 그 총각을 불러들이데래 고마.

그래 가지고 마 우쨌다더라. 내가 오래 되서. 인자 우째 가지고 그래 가지고 인자 나무 숨구기를 인자 했는데, 산에 나무 숨구기를 해 갖고, 막 그리 사람을 많이 보내 갖고 그 이런 두레박에서 사람이 나와가지고 온 비탈에 나무를 숨구는데, 이 사람은, 그 사람은 용왕에서 보내놓께 참 잘 숭구고, 이런 백성은 그 사람은 잘 못 숭구더래요. 그래서 졌지 고마. 져 놓은께 어쩔 수 없이 그래 이쪽에서 이겼대, 우렁이 집에서.

(조사자 : 내기를 했나 보네요?)

예, 내기를 해 가지고 우렁이 집에서 이겼는데 그래 고마 잘 살더래요. 그래 행복하게 잘 살더래요.

밥 안 주는 며느리에게 앙갚음한 개

자료코드 : 04_18_FOT_20090209_PKS_JMB_0001
조사장소 : 경상남도 함양군 지곡면 개평리 개평마을 마을회관
조사일시 : 2009.2.9
조 사 자 : 안범준, 정혜란, 김미라, 이진영
제 보 자 : 정명분, 여, 82세
구연상황 : 다른 분이 이야기를 생각하는 동안 제보자가 이야기를 하겠다며 조사자를 불러서 이 이야기를 시작했다.
줄 거 리 : 한 며느리가 시집을 갔는데 시어머니가 밥을 조금씩 주었다. 배가 고픈 며느리는 개에게 주는 밥을 자신이 먹었다. 개는 시어머니에게 가서 눈물을 흘리며 말을 하는 시늉을 했다. 시어머니가 이상하게 생각했으나 며느리가 개밥을 주었다고 하니 의심하지 않았다. 그 후 개가 죽어서 구렁이가 되었다. 시어머니는 며느리를 장독에다 숨겼으나 구렁이가 장독을 품었다가 나갔다. 시어머니가 장독을 열어보니 며느리는 물이 되어 버렸다.

옛 사람이 시집을 갔는데 아이 저 며느리 시어마이고 어찌 며느리 시집을 살릴려고 밥을 조금씩 주더랴.

그래가 개를 키우고 이랬는데, 개밥을 장 주라 카믄, 밥이 나빠 놓으니까 개밥을 안 주고 그 누룽밥, 거 개 주는 걸 자꾸 제가 먹고 먹고 그랬다삐야.

그래 갖고 개가 맨날 눈물만 철철 흘리고 이래가고 말 못하는 짐승이라도, 그래 인자 시어마이가 화장실에 가 앉아 있응께, 개가 그 앞에 앉아서 눈물을 흘리면서 자꾸 할마이를 보고 말을 하는 시늉을 함시로 그라더랴.

그래, 이 개가 시어마이가 아무래도 무슨 이유가 있다 싶어서 그래 가지고 살다 며느리보고 개 밥 줬나 줬나 물어보면 며느리가 줬다 하고 개는 말을 못하니깐 거짓말을. 그래 됐는데, 한번은 고마 개가 죽더랴.

개가 죽어갖고 갖다 묻어삐리고, [말을 바꾸어] 아이가 묻지 않아, 개가 참 무단히도 선질로(그대로) 나가삐더랴. 나가서 '아이고 이거 뭔 일이 있다.' 싶어서 시어마이가 어디까지 따라갔더랴. 따라간께 짚은 산길로 들어가더마는 한참 앉았다가, 또 주인 할마이보고 뭐라고 말하는 시늉을 하면서 눈물을 줄줄 흘리고 쌌더니 또 돌아오더랴. 그래서 도로 할마이가 따라왔더랴. 따라오며 그 한 모랭이 돌아온께 고마 배암이 됐삐더랴.

(조사자 : 개가예?)

응, 개가. 배암이 돼서 또 한 모랭이 돌아와서 난중에는 좀 더 크고 크고, 막 난중에는 큰 통구렁이가 됐삐더래.

그래 집에 오더마는, 집에 인자 돌아오는데, 시어마이가 생각에 '이게 아무래도 해를 치겠다' 싶어서, 집에 와서 며느리를 얼른 고마 장독 안에다 고마 넣어 놓고, 따까리를(뚜껑을) 딱 닫아삤더래.

그래놓고 난께 그 구렁이가 집으로 선질로 들어오더래. 할마이가 앞에 와서 있은께, '아 저 참 배암이 무슨 일이 있겠다.' 싶어서 가만히 지켜봉께네, 그 도가지 며느리 넣어 놓은 도가지, 거 와서 막 구렁이가 막 도가지를 칭칭 감더래.

(조사자 : 있는가 알았나 보네요.)

있는 줄 알았는가, 그래 오더만 도가지를 청청 감더마는, 한참 있다 고마 슬 풀어서 고마 나가더래. 그래서 나간 연에, 도가지 따까리를 열어봉께 세상, 물이 딱 돼갖고 있더랴. 그게 고마 그렇게 원수를 갚았어. 독을 피워 가지고 안에 사람이 죽어가지고 그리 되었디야.

그래 됐대, 고것뿐이랴. 앙문이라, 그게 앙문이라. 말 못하는 짐승이라도 그렇게 그렇게.

배 모양 지형의 개평마을

자료코드 : 04_18_FOT_20090209_PKS_JSO_0001
조사장소 : 경상남도 함양군 지곡면 개평리 개평마을 마을회관
조사일시 : 2009.2.9
조 사 자 : 안범준, 정혜란, 김미라, 이진영
제 보 자 : 정순오, 남, 78세
구연상황 : 다른 사람들과 마을에 대한 이야기를 주고 받다가 풍수 이야기를 해 주겠다며 제보자가 이야기를 시작했다.
줄 거 리 : 개평마을은 원래 지형이 배 모양으로 생겼다. 그래서 동리 안에 우물을 파지 않았다. 일제시대에 일본인이 학교를 세우면서 우물을 처음 팠다. 이후로 동리에서 우물을 팠다고 한다.

(조사자 : 그럼 여기도 박사도 많이 나고 하는 거 보면, 터가 좋은가 봅니다. 터에 관련된 이야기는 없습니까?)

근데, 여기 터라는 것도 그래, 우리 여기 개평마을을 배설이라고도 하는데, 배 모양으로 생겼다고 바다 배 배설이라. 그래서 1920년대까지는 여기 1920년대 학교가 들어왔는데, 그 이전까지는 이 동리에 배 안에 동리 안에, 그러니까 물이 흐르는 이 동리 안에는 샘이가 없었어. 배 모양인데 샘을 파면 배가 침몰하잖아.

그렇다고 해서 샘을 못 팠었는데, 일본, 인자 여기 학교가 일본학교가

인자, 일본인이 와가지고 초등학교를 만들면서 학교에다가 처음으로 인자 물을 파기 시작한 거여. 그래서 학교 우물이 생기니까, 그때 살기 좀 괜찮 고 편한 사람들은 동리서 우물을 몇 개 팠었어. 그전까지는 배설이라고 해 가지고 동리 안에는 우물이 전연 없었다는 거 하나하고.

자신을 천대한 고모에게 앙심 품은 유자광

자료코드 : 04_18_FOT_20090209_PKS_JSO_0002
조사장소 : 경상남도 함양군 지곡면 개평리 개평마을 마을회관
조사일시 : 2009.2.9
조 사 자 : 안범준, 정혜란, 김미라, 이진영
제 보 자 : 정순오, 남, 78세
구연상황 : 조사자가 유자광 이야기와 같은 이야기가 개평에는 없냐고 물어보자 제보자
          가 유자광 이야기를 시작했다.
줄 거 리 : 유자광은 전라북도 남원 누른대에서 태어났다. 원래 그 동리에 대나무가 누렇
          지는 않았는데, 유자광이 태어난 후 누렇게 변했다. 유자광의 고모가 덕곡 선
          생의 후손에게 시집을 왔다. 유자광이 경상 감사가 되어 고모에게 인사를 드
          리러 갔다. 고모가 마당에서 인사하라고 하자, 유자광은 앙심을 품고 수여마
          을을 망하게 하였다.

(조사자 : 무오사화 관련해서 유자광 이야기도 가끔씩 있던데, 이 개평 에는 그런 이야기가 안 내려옵니까?)

와 유자광이에 대한 이야기는 없는데, 유자광이 어디서 났냐 하며는, 요 옆에 남원에서 났어. 함양하고 연결된 전라북도 남원 태생이거든.

(조사자 : 고모댁이 저기 수여에 있었다고 하던데.)

응, 수여지. 소위 말하면 덕곡 선생의 종가, 덕곡 선생의 집안.

그런데 이쟈 그 그 뭐이 그 얘긴 여기 대략 다 아는 얘기지만, 혹시라 도 참고가 될지도 모르니까, 그 유자광이가 난 게 남원의 그 무슨 면인지

는 모르는데, 동네 이름은 누른대라, 누른대. 대가 누르다고 해서 보통 누렇다 해서, 누른대가 있는 동리가 유자광이 탄생한 곳인데, 그 동리의 대가 원래 누렇진 않았대. 근데 유자광이가 나는 해부터 대가 노래져 가지고, 동네 이름이 누른 대나무라고 해서 인자, 그니까 유자광이 좀 별나단 얘기지.

그랬는데 그 유자광이가 경상감사 때, 자기 고모가 여게 수여부락에 조씨 집안으로 시집을 왔는데, 그래 인자 덕곡 선생 후손 집인데, 그리 시집을 왔는데, 덕곡 선생은 고려 여말 분이거든. 그래서 그 칠십이인 그 그 두문동 인자 거기도 계셨던 분이니까 그 후손이지. 유자광이는 인자 그 세대로 봐서 이조 때 사람이니까.

그 집에 시집을 왔는데 경상감사를 하면서, 경상감사 같으면 고을원 쯤이야 아무 것도 아니잖아. 그래서 거기를 갔는데 유자광이가 뜰에 서 가지고,

"고모님 제가 왔습니다."

그러니까, 문만 탁 열고는 문만 열고, 그리고 유자광이가 뭐라 캤냐면,

"제가 절을 어디서 드려야 합니까?"

그러니까, 수여 같았으면 이 이야기 들었을 거야. 자리를 이리 방에서 툭 던지 주면서,

"마당에서 절을 해라."

그랬다고 하죠? 그 이야기 들었지요? 나도 지금 그런 정도만 알어. 아니 그러니까 아는게 그래, 나도 그런 정도만 아는데, 유자광이가 그때 망신을 당해서 고모한테 수여 동리를 망하게 한다 해서 산을 어디를 끊어서 망하게 했다 그런 이야기가 있다만.

근데 어느 부위의 산을 어디를 끊었는지는 나는 그 얘기는 나는 모르겠고, 수여동네가 망했다. 그리고 그 후에 조씨 집안이 그 동네에서 못 살고 이리저리 떠났다.

무오사화의 동기가 된 김종직의 행적

자료코드 : 04_18_FOT_20090209_PKS_JSO_0003
조사장소 : 경상남도 함양군 지곡면 개평리 개평마을 마을회관
조사일시 : 2009.2.9
조 사 자 : 안범준, 정혜란, 김미라, 이진영
제 보 자 : 정순오, 남, 78세
구연상황 : 유자광 이야기가 끝나고 김종직에 대한 이야기를 해 주겠다며 이야기를 시작
했다.
줄 거 리 : 김종직이 함양군수로 있을 때 유자광이 함양을 찾아오자 피해 버렸다. 김종직
이 피했던 곳은 '이은대(吏隱臺)'라고 하는 곳이다. 또 김종직이 함양군수로
부임하였을 때 학사루에 유자광이 쓴 현판이 있었다. 김종직이 이를 떼어내
버렸는데, 유자광이 이를 괘씸히 여겼다. 그래서 이 사건이 무오사화의 동기
가 되었다.

국문학을 전공한 사람들은 알거야. 그거 한번 찾아 봐요. 그런 거는 이
은대라고 있어요. 이 이야기를 들었어요? 이은리라는데? 들었어?

(조사자 : 예.)

함양 가면 이은대라고 있거든. 이거 이거 관리라는 리(吏)자하고 숨을
은(隱)자하고.

그건 누가 그게 왜 이은대가 그게 어떻게 된거냐면, 김종직이 여게 함
양군수로 와 있을 때 김종직 점필재가, 군수로 와 있었는데, 그때는 인자
무오사화 이전이니까, 유자광이가, 유자광이가 온다고 그러니까 '뭐 그 그
사람도 아닌 거 그거 내가 안 보겠다.'고 피해서 도망갔던 데가, 그래서
관리가 숨어서 있던 곳이라고 해서 지금도 인자 이은대라고 이름이 붙었
다고 해.

함양읍 이야기고 여기 개평 이야기는 아니고이. 근데 무오사화의 원 동
기는 확실히 점필재하고 관련이 있거던. 함양읍에 군청 바로 앞에 가면
학사루라고 있어. 학사루 봤어요?

(조사자 : 예, 봤습니다.)

그 학사루에 김종직이가 이 함양에 군수로 오니까 학사루에 현판이 하나 붙어 있는 거야.

"그 현판이 이거 누구거냐?" 하니까, 당시 군수가 떠나고 난 전임자가,

"유자광이가 써 놓은 거다, 유자광이 쓴 거다."

그런 거라. 그러니까 점필재가,

"그거 갖다 태워 버려라." 해서 갖다 태워 버렸어. 군수가 부임해 와가지고 그 현판 써 놓은 거 태우라 카는데 그걸 누가 안 태워? 그러니까 태웠다.

그게 유자광이 귀에 들어간 기라. 그래 가지고 지금 점필재한테 가장 치명적으로 유자광이가 쇼크를 받은 것은, '너 이놈 한 번 보자' 하는 것은 고기고, 근데 점필재가 나중에 그 뭐지? 그건 대략 아이고 그건 뭐라 그러노, 아이고 이래 잊어버린다.

점필재가 아까도 얘기했지만 탁영 선생이 그 사초를 쓸 때, 점필재가 조의제문, 조이제문을 점필재가 쓴 거 아닌가 봐. 그 기록을 하느냐 안 하느냐 그 기록 때문에 결국은 무오사화가 났고 점필재의 조의제문이 무오사화의 제일 그 첫, 이극돈이하고 유자광이하고 인자 그래서 난 건데, 그러니까 그 조의제문을 쓰고 나서 그 점필재는 부관참시는 당해도 귀향이나 그런 건 안 갔다. 이미 자기는 이미 죽었으니까 그래도 자기도 부관참시를 당했지. 당했는데, 참 이은대라는 거는 그러고 난 뒤에 난 거다.

꼬부랑 이야기

자료코드 : 04_18_FOT_20090214_PKS_JJO_0001
조사장소 : 경상남도 함양군 지곡면 개평리 상개평마을 마을회관
조사일시 : 2009.2.14
조 사 자 : 안범준, 김미라, 조민정

제 보 자 : 정점옥, 여, 77세

구연상황 : 조사자가 노래를 요청하자 망설임 없이 이야기를 구연하였다. 꼬부랑 할매는 노래가 아니라 이야기라면서 들려주었다.

줄 거 리 : 꼬부랑 할머니가 꼬부랑 작대기를 짚고 꼬부랑 고개를 올라갔다. 꼬부랑 개가 있어서 꼬부랑 작대기로 때리니까 꼬부랑 깽깽하면서 도망갔다.

꼬부랑 할매가 이건 이바구라, 노래로 안 하고.

꼬부랑 할매가 꼬부랑 작대기를 짚고 꼬부랑 재를 올라가께네 꼬부랑 개가 있더래요. 꼬부랑 작대기로 꼬부랑 개를 탁 때리니까, 꼬부랑 깽깽 꼬부랑 깽깽 하더래요.

바람 피우는 부인 버릇 고치기

자료코드 : 04_18_FOT_20090214_PKS_JJO_0002

조사장소 : 경상남도 함양군 지곡면 개평리 상개평마을 마을회관

조사일시 : 2009.2.14

조 사 자 : 안범준, 김미라, 조민정

제 보 자 : 정점옥, 여, 77세

구연상황 : 앞에서 이야기가 끝나자 이야기를 시작하였다.

줄 거 리 : 옛날에 바람을 피우는 아내와 사는 남자가 있었다. 남편은 이 아내의 버릇을 고치기 위해 새서방을 죽여버린다. 다시는 바람을 피우지 않기로 아내와 약속하고 시체를 처리한다. 그 후로 아내는 바람 피우는 버릇을 고치게 되었다.

옛날에 한 사람이 살림을 사는데, 각시가 질이 나쁘더래.

(조사자 : 어떻게 질이 나쁜가요?)

바람을 좀 피우더래요. 그래서 인자 이 신랑이 생각할 때는 '저것을 어째서 버릇을 고칠까?' 싶어서, 하루는,

"여보, 내가 오늘은 어디를 갔다 올거니께 집에 잘 있자." 하니 좋은 기라. 신랑이 어디 간다니까.

그러니 참 새서방 아닌가 배, 새서방. 데부다가(데려다가) 와 자는 기라.

자께네, 이 남편이 왔어요. 와서 어띠 자는데 어찌나 밉던지 들기름을 팔팔 끓여서 들어간 기라. 그래, 고마 그 참 새영감한테 귀에다 부어 버렸어. 마 죽어 버렸어. 큰일 아이오?

그래놓고는 들어가서 각시를 깨운 기라.

"여보 여보 일어나 보라고."

일난께로 죽어 버렸거든. 본남편이,

"이걸 어찌할 기요? 이 사람 어찌할 기오?"

"아이고 살려 달라고."

고함을 지르더래요. 본여자가,

"그럼 나하는 대로 하고 다시는 뒤에 이런 일 없이 해라."니까,

"안한다." 하더래요. 송장을 울러 매고 본집으로 갔어요. 가 가지고 인자, 사립문에 딱 서서,

"여보 여보 나 문좀 열어 주자 열어 주자." 하니까, 밉어서 본여자가 안 열어 주는 기라.

"그럼, 나 죽으면 한탄하지 마라. 나 오늘 죽는다. 사립문 안 열어 줘서."

그래 고마 죽은 사람 세워 놓고 와버리니까 어찌겠소? 남편은 와버리고, 그래 인자 그날 아침에 본여자가, 그쪽 여자가 나오니까 본여자가 남편이 죽었거든. 사립문을 안 열어 줘서. 그러니까 죽어서 보니 여자가 대체로 아이고 내가 열어 줄 걸 안 열어 줘서 남편이 죽었다고 소용있소? 남편이 죽어삐렀는데. 뛰어와서 저쪽 사람이 그래 잘 살더래요. 여자의 버릇을 고쳐갖고.

그래 그런 일도 있더래요.

돈 받다 죽은 욕심쟁이

자료코드 : 04_18_FOT_20090214_PKS_JJO_0003
조사장소 : 경상남도 함양군 지곡면 개평리 상개평마을 마을회관
조사일시 : 2009.2.14
조 사 자 : 안범준, 김미라, 조민정
제 보 자 : 정점옥, 여, 77세
구연상황 : 시원시원한 목소리로 이야기를 했다. 주변의 제보자들이 이야기 하나 해 달라
고 하니까 이야기를 시작했다.
줄 거 리 : 욕심쟁이가 돈을 많이 쓰고 죽는 게 소원이라고 하자, 돈을 받다가 써 보지도
못하고 죽었다.

(청중 : 놀부 이야기.)

전에 저 사람 하나가 어띠 욕심이 많던지, 하도 욕심이 많아서 아무리
뭘 줘도 그 사람 입에 차지를 않하더래. 욕심이 어떻게 많은지.

"네 제일 소원이 뭐이냐?"

그랑께네,

"제일 소원이 돈을 흠뻑 써 보고 죽는 게 소원이라." 카더래요.

"그럼 돈을 받아라, 돈을 받아라."

돈 바위가 줘도 돈을 아무리 줘도 딱히 쓸 줄을 모르는 기라. 고마 하
면 될 낀데, 자꾸 받다가 받다가, 돈 받다가─ 돈 받다가─ 죽더래요, 욕심
이 많아갖고. 돈 받다 돈 받다 죽더래. 너무 욕심이 많으면 안 되는 기라
그래.

욕심이 많으면 ○○을 건는다고 앵간해야(어지간해야) 되제.

겨울에 대추를 구해 시어머니 병을 고친 효부

자료코드 : 04_18_FOT_20090214_PKS_JKN_0001
조사장소 : 경상남도 함양군 지곡면 개평리 상개평마을 마을회관

조사일시 : 2009.2.14

조 사 자 : 안범준, 김미라, 조민정

제 보 자 : 조기녀, 여, 71세

구연상황 : 앞의 제보자의 이야기를 듣고는 먼저 이야기를 꺼내어 이야기를 시작하였다. 앉아서 손짓 동작을 하면서 상황을 제시하였다.

줄 거 리 : 시어머니가 병중에 있으면서 동지섣달에 대추를 먹고 싶어 했다. 효부가 대추나무 밑에 가서 치성을 드리니 대추가 떨어졌다. 시어머니는 그것을 먹고 완쾌하였다. 그 대추나무는 아직도 함양군 유림면에 있다.

참말인가 거짓말인가는 모르겠는데요.

한 마을에, 한 마을에는 대추나무가 큰 게 있더래요, 대추나무가. 큰 게 있어서, 그래 인자 시어머니가 아파갖고 병에 아파 누서(누워), 대추를, 동짓섣달에 오동지 섣달에는 대추가 없거든요. 그래 대추를 원을 하더래요.

대추나무가 떨어지지도 안 하고 이파리도 말라가 붙어가 있던가비라. 그런데 며느리가 소복을 하고 나가서, 대추나무 밑에 가서 요리 대추, 치마 옛날에는 그자 타진 바랑치마거든. 그놈을 딱 이래 벌리면서 절을 함시로 참, 하늘님네 우리 어머님이 병이 나시갖고 대추를 원을 항께, 대추나무를 차라보고(바라보고) 절을 함시로(하면서) 대추 한 송이 널짜 주라 했더래요. 바람이 널쪘는가 어데 널쪘는가 어쨌는가 대추가 널찌더래요, 치매에. 이파리가 달려 있는 데서.

대추가 톡 널쪄서 참 대추 그걸 갖다 드린께 낫더래요. 병이, 시어마시가.

나샀는데, 말이 옛날에 옛날에 어른들이 말을 해 내려오는 이야기라 함시로, 시어마니가 나한테 이바구를 해 주는데, 그 동네가 지금 있어 있기는. 있는데 대추나무가 지금 똑 이만해. 달아서 달아서 새미가(우물가)에다가 그놈을 세웠어. 딱 키도 커 뱅자년(병자년) 수파에 떠내려갔다가 도로 오더래요, 그기. 상구(한참) 떠내려갔다가 돌아오더래요. 그래서 그놈을 갖다가 세웠대요. 동네 가운데다 딱 세워다 논께 닳아서 반들반들 해.

(조사자 : 어디에 있습니까?)

아, 그 동네가요?

(조사자 : 네.)

유림 송곡에 있어요.

(조사자 : 아, 유림 송곡에요.)

대추나무가 시방도 서 있을 꺼요. 딱 위에다 세(쇠) 바퀴해서 서 있어, 동청 앞에. 새미 가에는 캐구나무(어떤 나무인지 알 수 없음)가 세 개가 쪼로록 있어. 근데 시방도 있어 대추나무가 시방 있는가 질을 옮기면서 치웠는가 그건 자세히 모르겠어.

(조사자 : 원래 유림에서 사셨습니까?)

예, 유림에서 왔어, 내가 살다가. 그래 옛날에 그랬다면서 이바구를 해주더라고. 그 대추나무가 그래 섰더라고. 그 대추나무는 참 안 썩는가 비라.

아들이 얼마나 돌을 이리 모아서 가운데다가 지어 놓은께, 그 똑 앉아 놀고 그랬어. 맨날 우리들이 가서 앉아서 놀고. 대추나무는 썩도 안 하고 가만히 그대로 있는데 시방도 있는가 모르겠어. 대추나무가 딱 요만해.

(청중 : 그거는 진짜네, 거짓말도 아니네.)

여자의 말에 가다가 멈춘 바위

자료코드 : 04_18_FOT_20090215_PKS_JSY_0001
조사장소 : 경상남도 함양군 지곡면 공배리 공배마을 마을회관
조사일시 : 2009.2.15
조 사 자 : 안범준, 정혜란, 김미라, 조민정
제 보 자 : 진사연, 여, 79세
구연상황 : 제보자는 자발적으로 다음 이야기를 구술하였다.
줄 거 리 : 옛날에 수파에 바위가 떠내려왔는데 한 여인이 부엌에서 그것을 보고 말을

하자 바위가 멈추었다.

옛날 전설은 그런데, 저 방우(바위) 저게 떠내려오는데, 그래 첨에 방우가 떠내려오는데, 여자가 부엌에 불을 때다가 부적때이를(부지깽이를) 들고 나옴서,

"아이고 저 방우가 떠내려온다."

고마 그라더래요. 그게 방우가 고마 거 주저앉았대. 그런데 요가 서울이 될 긴데, 여기가 서울이 못 됐다고 전설은 그런데.

근데 저 바위가 어떻게 떠내려왔겠노? 요 산에 수파에 고마 거가 티이서 그런 기라.

여자가 하늘에서 돌을 받아 쌓은 새펑 성채

자료코드 : 04_18_FOT_20090215_PKS_JSY_0002
조사장소 : 경상남도 함양군 지곡면 공배리 공배마을 마을회관
조사일시 : 2009.2.15
조 사 자 : 안범준, 정혜란, 김미라, 조민정
제 보 자 : 진사연, 여, 79세
구연상황 : 제보자는 앞의 이야기에 바로 이어서 구술한 것이다.
줄 거 리 : 새펑 성채는 왜적의 침입을 막기 위해 쌓은 것이다. 한 여자가 하늘로부터 내려오는 돌을 받아 하루아침에 성을 쌓았다.

그라고, 새펑 성채는 또, 하루 아적에(아침에) 여자가 치마에 돌을 받아서 다 쌓았단다.

그게 저게 그이, 무슨 전쟁 때고? 대동아전쟁 앞에 무슨 전쟁이고? 그때 그걸 성을 모았대……. 거 인제, 일본놈들이, 왜놈들, 왜놈들 못 오구로 거 성을 모아서 활을 거서 이리 쏘았대.

(조사자 : 왜란 때요?)

활를 쏠려고 거서 성을 모았는데, 전설은 안 그렇대. 그 인자 성채에서 하늘에서 돌을 내려 주면 그놈을 받아서 여자가 하루 아적에 그 성을 다 쌓았다고 인자, 전설은 그래.

그게 그게 아니고 왜정 때가 아이고, 왜정 아이고, 왜정은 대동아전쟁이고, 대동아전쟁 앞에, 그때 인자 저게 왜놈들 와서 여 못 들어오그로 여서 활로 쏠려고, 전쟁을 할라고 그래 그 성을 쌓은 기라 해. 거서, 하모, 성을 모았다 해. 시방 수축을 해서 참 잘해 났대.

(조사자 : 새평에예?)

응, 새평 성채에.

시부모를 잘 모셔 부자 된 효부

자료코드 : 04_18_FOT_20090209_PKS_CJO_0001
조사장소 : 경상남도 함양군 지곡면 개평리 개평마을 마을회관
조사일시 : 2009.2.9
조 사 자 : 안범준, 정혜란, 김미라, 이진영
제 보 자 : 차정옥, 여, 71세
구연상황 : 제보자는 할머니께 들었다고 하면서 이 이야기를 시작했다.
줄 거 리 : 힘든 시집살이에도 부모를 잘 모신 효부가 있었다. 삼 년이 지나자 잿간에 불이 꺼지는 일이 일어났다. 며느리는 조심성이 없어 불을 꺼뜨렸다는 이유로 집에서 쫓겨났다. 친정에 가지도 못하고 울고 있는데, 한 노인이 용서를 빌고 들어가 보라고 말했다. 겨우 용서를 받고 들어온 며느리는 잿간을 밤새 지키기로 했다. 자정 무렵 한 동자가 들어와서 물로 불을 끄고 달아나는 것을 목격했다. 며느리는 그 동자를 쫓아가니 동자는 큰 나무 속으로 들어갔다. 며느리는 나무에 표시를 해 두고 다음날 시아버지께 말씀드렸다. 시아버지와 다시 그곳에 가 보니 인삼밭이었다. 나중에 인삼을 캐어 팔아서 큰 부자가 되었다.

내가 이야기 하나 할까?

(조사자 : 예, 이야기 하나 해 주십시오.)

옛날에 우리 할머니한테 들은 이야긴데, 옛날에 부잣집이라 해도 그리 부자가 없거든. 근데 시집을 왔더니 너-무 질쌈을 많이 하더래.

(조사자 : 질쌈을예?)

근데 질쌈이라 하면 베 짜고 하모 이런 거 명 잡고, 그래 그런 걸 하는데 너-무 시집살이가 대더래.

대는데 그때는 불이 귀해 가지고 전에 지금은 라이타도 있고 하지만, 옛날에는 이 쑥을 비벼가지고 탁 쳐가지고 불을 만들거든. 그런데 시집을 와가지고 시어바이가,

"야야 니는 불 단속을 잘 해야 시집살이를 산다."

그러더라. 그래 그걸 명심해서 듣고 며느리가 아 이래갖고 안 되겠다 싶어서, 옛날에는 우리 클 때만 해도 부엌에 잿간이 있어 잿간이. 거기다 불을 쳐 여서 이-만한 둥그리를 푹 꼽아 놓거든. 그래 꼽아 놓고 그러는데 너-무 며느리가 부모한테 잘 하더라. 그리 시집살이가 대도 그리 잘하는데, 그래 불을 탁 담아 놓고, 그러고로 한 삼 년을 지내고 낭께, 아이가 어짠 일로 잿간에 불을 넣어 놓으면 자고 일어나면 불이 고마 꺼져삐리고, 밥을 할라면 시아바지가 쳐 줘야 불을 하거든. 그런데 고마 불만 꺼지면 시아바지가 벼락이 나는 기라.

"응 어른한테 조심없이 그걸 몬 지키고 왜 그라나?"

그래 짚불을 요리 쳐갖고 불을 만들어 밥을 해 먹고, 명심을 하고 '인쟈 불을 안 꺼자야지.' 하고 있는데, 또 불을 쳐서 해 놓으면 또 불이 꺼져. 삼 일을 그러고 난께, 시아바지 시어마이가,

"저런 거는 나가야 한다고, 나가라." 카더라. 며느리를. 이래 갖고 며느리가 친정을 옛날에는 시집을 가면 친정을 못 가게 해.

"니는 뼈가 부서져도 그 집에서 죽제, 너는 우리 친정하곤 넘이다."

그래 친정에는 못 가고, 한데(밖에) 나와서 부대끼면서 울고 앉았으니까, 그래 옆에 하루 저녁에 하-얀 노인이 나오더만,

"울지 말고 들어가서 용서를 또 빌어라."

그라더래. 그래 인자 가갖고 할 수 없어 네 번째 인자 시아버지한테 또 사—정을 무릎팍 꿇고 울면서 이번만 용서해 주시라고 마, 그래 비니까 그래 또 시아버이가 머라 카면서 또 해 주더래.

그래 인자 그날 저녁에는 '내가 이래 갖고 안 되겠다.' 싶어서 불을 밝혀 놓고 열두 시가 될 때까지 질쌈을 같이 하고, 명을 잡고 그래 갖고 밤새 지키니까, 한 두시 되니까, 그 며느리가 딱 보니까, 조끼를 입고 예—쁜 총각이 싹 들어오더만, 물 여다 묵었거든, 물 여다 놓은 걸 물을 착 붓더래.

고마 이 며느리가 죽자사자 따라간 기라. 그래 따라가니까 첩첩산중에 들어가더니만 산에 큰 둥글나무 그 속에 쏙 들어가더래. 그래서 '아 요걸 내가 여기 표를 해 놔야겠다.' 싶어서 그래 밤에 가가지고 정지나무 밑에 표를 해 놓고 집에 왔어.

집에 왔어. 밥을 하려니까 또 불이 없잖아. '아이고 이걸 어째야 될꼬 싶어서 내 요번에는 요걸 잡아 놨응께 어른들게 용서해도 되겠다.' 싶어서 시아버지한테 얘기를 했대.

"아버님, 내가 요로코 요로코 해서 제가 밤에 하니까 어느 고을에 어느 고을에를 가니까 그런 사람이 와가지고 물을 붓고 그래서 제가 표를 해놓고 왔습니다. 그런께 아침에만 불 지펴 주시오."

그라니까, 아 그래 인자, '아 이게 보통 일이 아니다.' 시아바지가 생각하고, 그래, 불을 지피고,

"그라면 저녁에는 지키라."

저녁에 또 지켜도 또 오는 기라. 막 너무 예쁘더랴, 도령이. 그래서 와서 딱 지켜 놓고 시아바지를 깨웠대. 막 번개같이 강께 못 따라가지. 시아바지한테,

"아버님 저녁에 왔습니다. 가입시다." 한께, 시아바지하고 둘이 인자 죽

자 사자 간께 퍼뜩퍼뜩 붙어서 못 따라가겠더래. 그래 따라가고 총각이 가고 없는데, 며느리가 표해 놓은 게 있으니까 거를 갔대. 간께 정지나무에 들어가 버리고 없고, 표해 놓은 게 딱 있거든.

"아버님 제가 이거 엇저녁에 여기 표를 해 놓았습니다."

그런께,

"알았다."

시아바지하고 표를 해 놓고, 그 이튿날 낮에 막 머슴 부자를 하니까 종들이 있잖아. 그래 해 가지고 막 위장을 들고 갔더래. 낮에 가니까 그 정지나무 그게 인삼 어마어마, 며느리가 어른들한테 효부를 하니까 복을 받은 거라. 그 정지나무 그게 고마 인삼이더래, 인삼. 동삼이 탁 이래 큰 게 하나 있는데, 삼밭이 미릇하더래.

그래 가지고 그 인삼을 캐가지고 동네에 들어오니까 동네에 들어오니까 동네 사람이 후끈하거든.

아이고 이런께 고마 말하자면 지금은 대통령님, 군수 이래쌌지만, 옛날에는 서에라 카대, 서에. 서에다 보고를 했대. 그래 이런 일이 있어가지고 참 이리 패서 삼을 많이 캤다. 그래 마 전에는 임금이라데 임금. 그 사람이 그 며느리를 불러가지고 큰 상을 내랐대.

그라고 부모한테 그리 효도를 해서 복을 받아서 부자가 되었대. 그 며느리를 시아바지가 생전 안 뭐라 하더래. 부자가 되었으께.

그게 왜 그러냐 하면 우리 클 때 조부님이 '시집을 가면 여자라 카는 것은 어떤 일이 있어도 뼈가 부서져도 그 집 가정을 지켜야 한다. 그러면서 없거나 있거나 너는 그 가정에 가서 그 집 식구지, 친정하고 소용없다. 너는 그걸 알고 시집을 가거라.' 우리 할아버지가 그걸 이야기를 하시더라고.

그래 갖고 내가 안 잊어버렸지. 옛날에 불이 잿가락을 지펴야 되거든. 불 꺼지면 며느리는 난리 나 고마. 그래 내가 이걸 들었어, 그거는 기억한다. 그 얼마나 효부인교, 어쨌거나 하늘에서 내려다 준 복이지.

(청중 : 하루에 불 담아두면 삼 일씩 간다.)

아이 나 클 때는 하루가 어딨어? 하루 그 당시면 잿가락 맨날 했어. 그
런께 인자 시집을 온께, 물을 아끼면 용왕님이 돌보고, 불을 아끼면 산신
님이 돌보고, 쌀을 아끼면 조왕님이 돌보고, 언제든지 아끼고 아끼고 그
소리를 하시더라고.

글 못 읽어서 쫓겨난 사위

자료코드 : 04_18_FOT_20090215_PKS_HCN_0001
조사장소 : 경상남도 함양군 지곡면 보산리 효산마을 마을회관
조사일시 : 2009.2.15
조 사 자 : 안범준, 김미라, 조민정
제 보 자 : 허칠남, 여, 74세
구연상황 : 조사자의 요청에 제보자가 이야기한 것이다. 주변이 소란함에도 불구하고 제
　　　　　보자는 차분하게 이야기를 구술하였다. 청중들은 제보자의 이야기에 흥미를
　　　　　보이며 적극 호응하였다.
줄 거 리 : 장모가 책을 읽을 줄 아는 유식한 사위를 보고자 했다. 사위가 된 남자는
　　　　　글자를 몰라 아무렇게 대답을 했다. 그로 인해 그 남자는 이혼을 당하게 되
　　　　　었다.

장모 할마이가 나만치로 무식하든가 공부한 사우를 보고져서 환장이
든 사람이라. 그래 뭣이 젤로 환장이 드는가 하면, 책을 보는 거, 책 보는
거 그기 참 원이라서,

"내가 사우만 보믄 이 책을 잘 보는 사우를 봐가지고, 내 눈에 보이거
로 한번 책을 줄줄 읽는 거를 본다."

그래 원을 했는데, 그래 한 사람이 와서 중신을 해서 인자 참 결혼을
맺었는데, 그래 이놈우거 사우라고 데리다 논께, 고마 눈이 고마 까마구

눈이라. 아무것도 모르는 기라.

그래서 해나 사우가 뭔 책이나 보는가 인자 그 이튿날 저녁에, 행여나 무신 기둥(거동)이 있는가 싶어서, 이 장모 할마이가 애가 터지는 기라.

그래서, 그래 인자, 그 소리를 듣고 난께 이 사우가 고마, 저녁에 내일 첫날밤 자고 나면 장모가 인자 틀림없이 책 보라고 책을 갖다 놓을 기니, 내가 인자 뭘 몰라 논께 어쩔까 싶어서 밤새도록 잠이 안 오는 기라. 그래 인자 각시가 첫날밤 자로 들어왔는데,

"그래, 너거메(너의 어머니) 이름이 머꼬?"

"천이라." 캐.

"너거 아부지 이름은 머꼬?"

"천새라." 카거든. 그래 인자, 천이, 천새를 신랑이 글도 모르고 육두로 외운 기라. 밤새도록 자도 안 하고.

"천이, 천새."

장개를 가제 처다본께, 큰 고목나무에 황새가 한 마리 있더랴.

"고목 남개 후두새 하면."

인자 그걸 글이라고 읽을 참이라. 그래,

"고목 남개 후두새하면 천이 천새 하면."

그래 인자 이를라고, 밤새도록 인자 연습을 했는데, 궁리를 핸 기라. 그런데 첫날밤 자고 난께 장모가 고마 오데가 책을 하나 구해 와서,

"사우 책 보라."

하는 기라. 이 참 기가 차거든. 아무 것도 아는 건 없제. 그래서 인자 책을 갖다 주길래, 인자 거꿀론가 옳게론가 글자도 몰라. 그래서 꺼꿀로 척 들고 이래가 앉았는 기라.

"고목 남개 후두새하면 천이 천세하면."

인자 그래 읽는 기라. 아이 이 말도 되도 안 하는 소리거덩. 고마 인제 옆에 뭐 참, 장가온 집에 사람은 안 쎘는가베. 그래서 아, 이 집에 사우

잘 본다고 명이 났더니, 저리 까막눈을 데려다 놓고 저거 인자 오데 가는 고 확인하는 기라, 확인을.

그래서 사위가 아싸리 가더래.

"내가 숫제 배운 게 없응께 내가 마 모르겠다고." 이칸께, 그래 이 장모 할마이가 막 병이 난 기라. 사우가 바로 아싸리 가버린께, 그래서 그래 인자, 장인은 고마 중신아바이한테 앵기 붙고, 그래 인자 저녁 내 그날 저녁에 첫날밤 자고 고 이튿날 저녁에 또 누잔다. 누자는데, 그래 인자 이 신랑이 각시한테 인자 오만 소리를 다 묻는 기라.

"너그 동생 이름은 뭣이며, 뭣이며 뭐시라."

아이 책 본다고 한 기 장 처가집에 처남들 이름이고, 그 후두새 또 그 이르는 기고, 그래 갖고 이 사람이 고마 사도 못하고 고마 그 사람이 이혼을 했비렀어. 이혼을 해 가지고 그래 고마 갈리 갖고 그리 살다 말았댜.

그래 옛날에는 못 배운 사람이 그런 사람이 쎘어. 재산은 있어서 부잣집에 장개를 갔는데 그리 되는 기라.

두 남편을 둘 부인의 사주

자료코드 : 04_18_FOT_20090215_PKS_HJR_0001
조사장소 : 경상남도 함양군 지곡면 공배리 공배마을 마을회관
조사일시 : 2009.2.15
조 사 자 : 안범준, 정혜란, 김미라, 조민정
제 보 자 : 홍정례, 여, 77세
구연상황 : 제보자가 자발적으로 이야기를 구술하였다. 제보자가 조리있게 이야기를 하자 청중들도 경청하였다.
줄 거 리 : 한 정승이 자신의 부인이 두 남편을 둘 사주라는 것을 알게 되었다. 그러나 부인의 행실은 너무 올바르기 때문에 염려하지 않았다. 그후 부인이 죽고 정승이 어디를 갔다가 자신의 부시주머니를 잃어버렸다. 한 거지가 그것을 주워서 가지고 있다가 죽었다. 사람들은 그 부시주머니를 보고 정승이라고 하여

집에 알렸다. 집에서는 거지를 정승으로 알고 장례를 지냈다.

옛날에 한 정승이 삼스로(살면서), 참 그 사람이 잘 살았는데, 참 마누라를 보면, 만날 두 남편을 거느려야 될 사주인 기라. 그래서 아무리 봐도 그 마누라 행동이 바르고 생전에 그럴 염려가 없는 사람이라.

그럭저럭 오래되어서 참, 서울을 갔는가 오데를 갔는 기라. 가다가, 옛날에는 부시로 갖고 그시기 뭐꼬 담배를 피웠거든. 그래 인자, 그걸 갖고 담배를 피웠는데, 참 그런 글 잘 아는 사람은 요 그시기 있는 기라. 내가 어디 사는 머시라 쿠는 걸 알고 있는 기라.

인자 그걸 있는데 그걸 적어가 댕기는데, 그 사람이 나무 밑에 앉아서 담배를 한 대 피우고 부시를 고마 내삐리고 가삐린 기라. 그 부시 주머니를 내삐리고 갔는데, 한 거랭이가 그걸 주웠어. 거랭이가 그걸 주어가지고 징기고 있다가 그 거랭이가 죽어 버렸네, 고마.

(청중 : 아이고, 어짜꼬.)

죽어 버렸는데 디비 본께 그게 있는데, 정승이라. 그래서 그 사람이 동네에서 인자 가서 인자, 초상을 치고 인자, 그래 인자 집에다 연락을 했거든. 그래 인자 자식들이 와가지고 참 모시다가 즈그 선산에 쓰고, 그래 인자 염을 딱 해놨을 기라. 염을 해놨는데, 이 마누라가 죽어서, 죽어서 이 사람이 나갔는 기라. 그런데, 마누라 염이 있는데 그 사람을 염을 딱 같이 해 놨어, 거랭이를.

그런께네 두 남편 아이가? 인자 남편 하나는 살았는데. 그래, 할아버지가 인자 그 노인이 와서 본께네 염을 두이를 모셔 놨거든. 그런께네 그때는 손벽을 침시로(치면서),

"사주에 있는 것은 어쩔 수 없는 것이구나."

그래 갖고랑 그 거랭이 제사도 잘 지내 주고, 그래 잘 하더래요. 나 고만침밖에 몰라. 이것밖에 몰라.

성공해서 다시 만난 삼남매

자료코드 : 04_18_MPN_20090208_PKS_NHB_0001
조사장소 : 경상남도 함양군 지곡면 덕암리 덕암마을 마을회관
조사일시 : 2009.2.8
조 사 자 : 안범준, 정혜란, 문세미나, 이진영
제 보 자 : 노홍분, 여, 76세
구연상황 : 제보자가 다른 제보자의 이야기가 끝날 때까지 듣고 기다리다가 자신도 이야기를 해 보겠다 하면서 시작하였다. 설화라기보다는 일종의 체험담에 가까운 내용이었다.
줄 거 리 : 삼남매가 부모가 죽고 걸식을 일삼다가 흩어져서 각자 살아가기로 했다. 이때 헤어지면서 남매가 몸에다 열 십자 흉터로 증표를 삼기로 했다. 큰형은 서울로 가고 아우들은 부산으로 흩어졌다. 큰형은 부자집에 수양 아들이 되고, 여동생은 기생이 되고, 남동생은 깡패가 되었다. 큰형이 일본 유학을 갔다가 오는 길에 부산에 들렀는데 그곳에서 여동생과 남동생을 만나게 되었다.

삼남매를 낳았어.

(조사자 : 예예.)

낳았는데, 삼남매를 데리고 살다가 부모가 다 죽어 버렸어. 저거 부모들은 죽어 뻬리서 애들이 조그만 하이 있는데, 삼남매가 갈 길이 없는 거라. 나가서 인제 나가서 벌어서 먹고 살려고 하니까 먹고 살 길이 없어. 그래 맨날 둘이 서이서 떠돌아다니다가, 저 큰 삼남매인데 머스마가 둘이고 딸아가 가운데 끼여가 있어.

그런데 저 오빠가, 큰오빠가 한다는 말이,

"우리가 셋이서 뭉치 다니면 서로 성공도 못하고 이러니까 셋이서 갈리자."

이랬는 기라. 삼거리 길에 가 가지고,

"너는 요 질로 가고 나는 저 길로 갈려서 흩어지자. 흩어져야 살지, 한데 뭉쳐서 다녔다가는 살지를 못하니까 셋이서 갈리자."

해서 갈렸는 기라. 갈렸는 거라, 그래 셋이서 갈리면서 하는 소리가,

"우리가 후제라도(후에라도) 만날 적에 어려서 갈리면 부자로 만나면 남매간도 모르니께네, 우리가 또 표시를 하자."

이래가지고 셋이서 고마 등어리에다가 열 십자를 그렸어. 셋이다 똑같이.

(조사자 : 아 똑 같이예?)

등어리에다가 열 십자를.

"요기 슝(흉)이지면 우리가 요걸로 보고 찾자."

이랬는 기라. 그래 갈려가지고 새이는 저기 큰 사람은 서울로 가고 둘은 부산으로 갔는 거라.

남매는 부산으로 가고 새이(형)는 서울로 갔는 거라. 서울로 가니까 얻어먹고 사니까 부잣집에 사람이 아들이 없었대, 딸만 있고. 그래 보니까 저리 얻어먹어도 관상이 후제 잘 살겠더라. 그래서 인제 그 사람이 부잣집 사람이, 수양아들로 와.

(조사자 : 아들?)

시납로 아들로 수양아들로 들여 세웠어. 그래 가지고 공부를 시켰어, 그랬는데 공부를 시켰는데, 딸아가 있는데 딸아하고 갈려고 똑같이 공부를 시켰는 기라, 공부를 시켜가지고 인제 남매는 부산으로 가 가지고, 머스마는 깡패가 되가 있고, 하나는 또 기생이 돼 있어. 옛날로 와 기상이 아닌가베.

인제 서울로 간 아들이 부잣집에 가서 공부를 많이 해 가지고, 저기 일본 유학을 보냈더래. 유학을 인자 보냈는데 유학을 가면서로 부산에 가서 하룻 저녁 자고 가야 하는데, 동생 인자 동생인 줄도 모르지. 거기 가서 자게 됐더라.

자게 돼가지고 그 자고 그 이튿날 배를 타고, 그전에는 옛날에는 배를 탔다 하대, 비행기도 없고. 배를 타고 인자 저 일본으로 가는데, 일본 가가지고 인자 유학을 갔는데, 유학을 인자 몇 달 동안 하고 이제 나올 건데, 서로 저 서울에 연락을 하고 가니까 유학을 갔다 올 긴께, [말을 바꾸어] 많이 빼먹고 한다.

(조사자 : 예예 괜찮습니다.)

서울을 유학을 끝나고 오니까 마중을 오라고 했어. 그래 인제 딸아 그기 마중을 갔어. 마중을 부산으로 갔는데, 내나 거기서 그 집으로 자고 그 집에서 인자 갔으니까 그 집으로 갈 꺼니까 주소를 가르쳐 줬는 거라.

가르쳐 주니까 그 집을 기다리고 있는 거라, 총각이 나오는데, 나오는데 기다리고 있는데, 이를테면 저게 처녀가 마중을 나왔는 기라. 기생 그 사람이 새가(샘이) 났는 기라. 새가 났어. 새가 나가지고 유학갔다 오면 제가 그 기상, 제가 총각을 사귈라고 들었는데, 처녀가 와 노니까 그 아가씨가 막 새가 났어. 그날에 자고 서울로 가야 하는데, 자는데, 아가씨가 있어가지고 가니까네, 기상 이 사람이 와 새가 나가지고 그날 저녁에 깡패를 들이댔는 기라. 깡패가 들이대가지고 저 쪽에 아가씨를 어데로 거하구로.

(조사자 : 예.)

그랬는데, 그래 가지고 이래 그라 하니까 깡패가 와가지고 가는 기라. 유학갔다 온 사람도 처녀가 마 기생 그 사람이 자기가 둘러 챌라고 그리 하는 기라. 싸움이 붙었는 기라. 싸움이 붙어가지고 둘이서 싸우는 기라. 요래 하면 저거가 형제간이라.

(조사자 : 형젠데.)

형제간인데, 싸움을 붙어 가지고 괌을(고함을) 지르고 웃통을 벗고 싸우더래. 그래 가지고 기생 아가씨가 등어리를 쳐다보니까 딱 열 십자, 흉터가 딱 있더래. 아이고 막 그치라고 그라면서. 그래 가지고 인제 싸움을 한참 하다가 그치니까, 저도 벗으니까 아가씨 저는 있는 줄 알고 셋이다 똑같이 흙이 이래 져가 있었어.

(조사자 : 예예.)

그래 가지고 삼남매가 거기서 만났는 거라. 아이고 참 그래 됐다 하면서, 그 아가씨하고도 부부하고, 인제 저기 깡패는 깡패래도 옛날에는 와 그석한 깡패는 아인가베. 기상은 기생대로 가고 그래 삼남매를 만나가지고 성공을 했더래요.

(조사자 : 아이 재미있는 이야기네요.)

예 그래 가지고 잘 살았다고 하더라고.

(청중 : 형제간은 형제간이라.)

[웃으며] 그전에 옛날에 우리 아버지가 해 주더라고.

호랑이에게 잡혔다가 돌아온 사람

자료코드 : 04_18_MPN_20090215_PKS_PSG_0001
조사장소 : 경상남도 함양군 지곡면 공배리 공배마을 마을회관
조사일시 : 2009.2.15
조 사 자 : 안범준, 정혜란, 김미라, 조민정
제 보 자 : 박쌍금, 여, 78세
구연상황 : 호랑이 이야기가 자꾸 나오자 제보자가 자발적으로 구연하였다. 설화라기보다 일생담이라고 볼 수 있는데 매우 흥미로웠다. 청중들도 제보자의 이야기에 귀를 기울이며 적극적으로 호응하였다.
줄 거 리 : 이모네 손자 딸이 호식을 당해 갔는데 삼일 뒤에 이웃 사람에게 발견되어 돌아왔다. 그 아이는 비가 많이 왔음에도 옷도 젖지 않았고 상처 하나 없었다. 그 후 서울로 올라가서 잘 지냈다.

우리 이모 손자 딸, 세 살 먹어서 호식, 호식을 갔거든. 우리 이모 손자 딸이 호식을 갔는데, 우리 친정 이모 손자 딸이. 근데 우리 이모네가 중,

집을 중신을(중수를) 했어.

(청중 : 호식하러 갔어?)

(청중 : 중수를 했다.)

(조사자 : 집을 새로 고쳤다고요?)

저게, 헌 집을 새 집으로 짓는데, 다리거리가 도랑이 이만하는데 다리를 높으게 봐 났거든. 높으게 봐 났는데, 그 저게 해거름에 구름이 쩌서 (껴서) 요 정도 되었어. 요 정도 됐는데, 우리 또 집안 오빠가 저 새창날이라고 큰 동구나무 옆에 살고 있는데, 본께 처녀가, 처녀가 아장아장 아를 업고 가더란다.

처녀가 아를 업고 가는데, 왜 저렇게 아기를 업고 가는가 그랬더라 캐. 삽짝에 딱 나오믄, 그 사람들은 고마 방문 열면 저저 서쪽으로 고마 문이 있는게, 마 딱 열면 나가는 기 골목이 비거든. 그래 가지고, 아가 어디 노냐 하면, 그렇게 높은 다리 밑에 요기 또 저 삽작이라, 거 앉아 놀았다 캐.

그라고 우리 이모는 저녁을 했어. 저녁을 했는데, 아 어득발이(해거름이) 들었는데 아가 없는 기라. 온데간데 아가 없는 기라. 그래서 동네 사람들이 들러 오기를,

"아이, 머, 다리 밑에 노는 아기가 어디로 갔겠냐고. 산신령이 데려다가 어디 잘 모시다 놔뒀다가 잘 델꼬(데리고) 올 기라."고, 다 들어 온 사람들마다 그라더란다. 이 아가 어디로 갔냐 그 말도 없고.

수파가 또 거창하게 났어요, 그 안에. 수파가 나가지고, 저거 아버지가 선생을 저 내동 굼뜰이라고 하는 데서 했는데, 물을 못 건너와서 아가 없다 해도 못 왔어.

그렇게 수파가 나서 그랬는데, 인자 사흘만에 우리 동네 사람이, 우리 이모네 논이 저기 팔팔고속도로 끄트머리 논인 거가 한 일곱 마지기가 있어, 도리도리하니. 밑에 잔다랭이가 요만한 게 하나 있고, 위에는 다 큰

다랭이라. 팔팔고속도로 육십령 썩 넘어오면 그 도랑 건네 거기가 우리 이모네 논이라.

그래 인자 이웃에 사람이, 우리 이모네, 저거는 공동산이라, 또 저게는. 공동산에 솔이 수북해. 그 공동산 옆에 밭이 지다란 게 있어. 우리 이모네 논은 또 요쪽에 있고.

아이, 거 가서 배추 모종을 하닌께로, 비가 와싼께 인자 배추 모종을 씨가 안나서 배추 모종을 하고 앉았은께, 어째서 씰 거시기 이슬비가 오는데, 무섭기도 하고 아 우는 소리도 들리고 그렇더란다.

그래서 배추 모종을 하다가 아 우는 소리가 들려 논께 머리가 쪼삣하게 올라가고마 안 하고 잡더란다(싶더란다). 그래서 인자 설마 대낮인데, 저게는 차를 댕기쌌는데 날 잡아 먹겠나 싶으더라야.

그래서 이모네 논가에 오닌께로, 오나락을 심어서 노랬어. 나락을 요리 요리 두리뱅뱅하이 요만치 해 놓고, 아를 그 위에다 밑엔 물이거든. 아를 요 위에 딱 갖다가 요리 얻어 놨는데, 까치동 저고리에다가 빨간 치마에다가 고래 입혀 났어. 그랬는데, 아도 본께로 빨간기제 보모 까치동저고리(색동저고리)에 고마 업기는 업었는데, 어째 온 줄을 몰랐대. 고마 뒤에서 잡아 댕기더란다, 자꾸.

그라고 우리 이모네 집으로 갈려면 한참 와요. 한참에 거기서 아를 업고 저게 이리 몽우리가 있어요.

(청중 : 그래도 해꼬지 안 하고 업어다 났네.)

그래 인자 업어다 났네. 인자 업어다 논게 아가 고마 짝 깔아져갖고 고마, 온 사흘을 짐승이 달고 댕깄는데, 그 안 그렇것소?

근데 그렇게 숲이 가시밭에 있어도 공동산에 거 있었는갑다 캐. 요 쪼깨 긁혀 맸더래, 요게. 요게 쪼깨 긁혀 맸는데 치마도 하나 잡아 당긴 데가 없더리야.

그래 인자 그날 저녁에 인자, 강아지를 그 아 노던데, 강아지를 홀카

놓고 있은께, 아이, 한밤중 된게 고마 아가 자꾸 찡부리기를 하더란다. 그 날 낮에는 인자 병원에 데고 가서 인자 막 거시기를 치료를 하고 왔는데, 저녁에 자꾸 찡부리기를 하더래. 고마 작은방에, 마리(마루) 끝에 고마 설풋 올라 서더란다. 방에 있은께, 설풋 올라 서더래.

칠팔월 이래요, 배추 모종 한께, 안 그렇소? 설풋 올라온께 모두 이웃의 사람들이 막 작은방으로 하나 막 모둔 기라.

모다가지고, 모두 인자 유식한 사람, 산신령이 뭣이 어쩌고 막 그리 참 빌고 그리한께, 문에다가 막 꼬랭이로 갖고 막 천둥소리보다 더 크더리야.

(조사자 : 아, 꼬리로 치는 게.)

팍, 땅 하니께, 우리 이모네 집이 짜랑 울리더래요. 그런데 나감서 강아지가 또 깨갱하더리야. 그런데 깨갱하는데 강아지도 아적에 가본께 가만히 있고, 그랑께 그 아가 호식해 갈 아든가벼.

그래서 잘 커. 커서, 그래도 저 거게서 쪼께 애북 컸어. 한 이태, 한 삼년, 한 이태 컸는가 한 해 컸는가, 그래갖고 서울로 올라가서 잘 큰다 캐. 그러구로 수땜을 하는 갑대. 참, 이상하더라고.

(청중 : 해꼬지 안 하는게 참 다행이다.)

근데, 아가 그리 끌고 댕깄을 거 아녀? 달아 매가지고 댕깄는가 어째갖고 댕깄는고.

(청중 : 업고 댕깄지.)

비가, 아 그리고 나서 큰물 든 뒤에다가 온 산을 그리 비가 왔는데, 옷 하나도 꿉꿉 안 하더라요, 어찌 했는고. 그런 거 본께 짐승이 사람카믄 더 낫아요.

(청중 : 덮어 줬구만. 품어 줬어.)

참 희한해. 그런께 인자 그 짐승한테 매달려 댕길 때는 안 울었는데, 짚을 그리 나락을 모다 놓고, 그 나락을 인자 돼지 대가리를 갖다 놓고, 산제를 해도 돼지 대가리도 안 물어 가고 삼 년을 거 있더래.

(청중 : 그런 사람은 산, 저게 산제를 잘해 줘야 된다.)

도깨비에 홀려 끌려갔다 돌아온 사람

자료코드 : 04_18_MPN_20090215_PKS_BSD_0001
조사장소 : 경상남도 함양군 지곡면 보산리 효산마을 마을회관
조사일시 : 2009.2.15
조 사 자 : 안범준, 김미라, 조민정
제 보 자 : 백상동, 여, 76세
구연상황 : 제보자가 자진히여 다음 이야기를 구술하였다. 제보자가 도깨비에 홀린 사람
          을 직접 보았다고 하면서 이야기를 시작했다. 청중들은 제보자의 이야기를 흥
          미롭게 들으면서 적극적으로 호응하였다.
줄 거 리 : 식당에서 저녁식사를 마치고 돌아오는 길에 일행 중 한 명이 보이지 않았다.
          그 사람은 도깨비에 홀려 산꼭대기까지 올라갔다. 도깨비에게 풀려난 그 사람
          은 길을 찾을 수 없어서 죽을 고생을 하면서 내려왔다.

저녁을 마지막 묵고 올라 하는데 사람이 없어. 그래 인자 없어서, 찾다
찾다 못해서 그때 인자 나선께롱, 고마 그때서 들이닥치는데, 옷도 싹 다
버리고, 신발도 없고 머리도 산발해 갖고, 막 뻘가이 해 갖고 그라는 기
라. 그래 갖고 막 죽는 시늉을 해. 그래 내가,

"왜 이리 카노? 와 이래 카노?" 한께, 나를 뭣이 끌고 올라가서 산꼭대
기다 가서 저저, 자꾸 올라가는데, 물엔가 어데고 끌고 가더래. 올라가갖
고, 산꼭대기 올라가가지고 머리카락을 요리 잡고 잡아댕기더라네. 아, 그
라더니 내려 가라 카더래, 머리카락을 갖고.

올라칸께 질(길)이 없더래. 길이 없어가지고 아무리 헤매도 헤매도 어
둡어지제, 제우 찾아서 거를 왔어. 식당에를 와가지고는, 아이구, 고마 막
엎어지며 움서 붐서 막 이래갖고 왔어. 그래 가지고 옷도 다 버렸제, 고서
데꼬 오도 못 하것어. 그 집에 본집에 요래 인자 몸빼를 하나 빌려가지고,

그래 가지고 입히고, 신도 거 인자 하나 얻어 신키고, 그래 가지고 차를 태와가지고 집에까지 데려다 줬어.

그 토깨비한테 홀낀 기라 그기. 하모, 반드시 그 토깨비한테 홀낐어. 그래 갖고 기울라 갔어.

(청중 : 그 까딱하믄 죽는다 카던데, 어찌 그 사람은 살아왔던가베.)

(청중 : 아 도깨비가 말을 하는가? 집에 가라 카고 그라구로?)

아, 집에 가, 요래갖고 가라 카더래, 고마 이래. 그란께 정신이 요래 왔어. 그래 인자 가라 카는데, 온데 간데 없더래. 고마 막 가도, 사람도 없고. 그런데 높은 산골짝에 산꼭대기에 있더라야. 그래 갖고 막 후두끼 왔는데, 아, 사람도 아이라 고마.

(청중 : 그래 갖고 사람, 죽는 사람도 쌨다 한께. 도깨비한테 홀끼갖고 옛날 사람들은. 옛날 사람들은 도깨비한테 홀끼갖고 죽은 사람 쌨어.)

그래 갖고 그 옷을 입히갖고 그래 갖고 집에까지 여여까지 친정까지 데리다 주고, 차로, 그란께 움서 붐서 막 집에 들어갔어. 그래 들어갔는데, 우리는 인자 집으로 타고 왔어.

도깨비와 씨름하여 이긴 할아버지

자료코드 : 04_18_MPN_20090208_PKS_YHJ_0001
조사장소 : 경상남도 함양군 지곡면 마산리 수여마을 마을회관
조사일시 : 2009.2.8
조 사 자 : 안범준, 정혜란, 김미라, 이진영
제 보 자 : 유휘자, 여, 72세
구연상황 : 여담을 나누던 중 제보자가 바로 이야기했다. 제보자는 실제 있었던 일임을 강조하면서 이야기를 구술하였다.
줄 거 리 : 함양장에 소를 팔고 돌아오는 길에 갈말몰에서 도깨비를 만난 사람이 씨름을 하게 되었다. 도깨비와 씨름할 때에는 땅을 쳐다보고 해야 한다는 말대로 하

여 도깨비에게 이겼다. 도깨비의 귀를 칼로 잘라 나무에 묶어 두었는데 새벽
에 다시 돌아와 보니 물동이의 손잡이였다.

요거는 이거는 이거는, 전설도 아니고 꾸민 것도 아니고 진실이라. 이
거는 진실인데, 우리 우리 외고조부가, 외가에 고조부가, 고조부님이 옛날
에 요 마을에 살았는데, 요 마을에 살았는데, 요건 참말이라.

요 마을에 살았는데, 옛날에 뿐만 아니라 나 클 때도, 나 클 때가 아니
라 나 젊어서 이래 아들 딸 놓고 살 때도 내가. 함양장이 삼십 리라. 삼십
리까지 소를 팔라면 몰아줘야 해. 차가 없응께.

나도 많이 몰아줬어. 나도 여러 번 몰아줘 봤어. 송아지 팔로 가면, 송
아치 팔로 가면. 애미소 몰고 삼십리를 가 내가 걸어서 갔어. 그럼 송아지
만 거서 떼서 팔고 인자 큰 소만 몰고 오는 기라.

옛날 우리 고조부님이 함양장에 지금은 길이라도 좀 괜찮지. 옛날에는
신작로도 없고 꼬부락꼬부락 요런 가르막자리같은 길로 함양까지 가서
소를 팔고 오는데, 요 밑에 요게 가면 대안밖이라고 하면 밑에 고게, 갈말
몰이라고 있어. 그거 뜻은 모르겠어. 이름이 꼬부랑 이름이, 그게 갈말몰
인데, 갈말몰 거기를 오니까 거기서 소를 팔고.

옛날 우리 고조부님이 허리끈 이리 차고, 줌치를 하나 차고 소 판 돈은
도래줌치에 넣고 술을 한 잔 잡숫고 오는데, 그때는 세상이 좋아 놓응께
도둑놈이 없었지. 도둑놈이 없응께 인쟈 돈을 주머니 잠치에 해 놓고 오
는데, 갈말몰이란 데가 온께 아주 외딴 덴데. 거길 오니까, 무슨 키가 길
바위 되는 놈이 썩 나타나더만,

"씨름하자."

그라더래요. 진짜로 그건 진짜로. 키가 길바위나 되는 놈이 썩 나타나
더만 씨름하자 그러더래요.

옛날에는 그런 소릴 많이 들어 놓응께 안 들었음 당하는 기라.

그래 들어 놓으니까,

"하자, 한판 붙어 보자."

그 인자 도깨비하고 씨름 할려면 어짜거나 땅을 쳐다보고 해야 한다카네. 그놈이 키가 크다고 그거 쳐다본다고 하면 그거한테 못 이긴대. 어짜거나 도깨비랑 씨름할라면 고만 땅을 내려다보고 해야 된대.

그래 가지고 막막 키가 질바위나 되는 놈을 힘대로 하면 턱 부드러터지고(넘어뜨리고) 그게 또 힘을 써면 또 툭 부드러터지고 근데 죽기 살기로 땅만 쳐다보고 있었대. 그러니까 쭉 뻗어지더래.

그래 갖고 줌치에, 옛날엔 성냥도 귀하고 하니까 부새라고 있었어. 요래 요래 해서 담배 풋는 거. 부새하고 줌치 칼이 있어. 항상 줌치에 칼을 넣고 다녔는데 줌치 칼이 있었어.

그래 막막 되게 이리 부드러터지고 진짜 우리 할아버지가 부드러터지고 그놈이 부드러터렸다고. 그래가 고마 실상시레(사실대로) 땅만 쳐다보더만 그놈이 작아지더만 쭉 뻐드러지더래.

그래 인자 우리 할아버지가 줌치 칼을 꺼내가지고 뻐드러진 데를 보니까 토깨비더래. 참 도깨비를 봤을까만은 귀때기가 두 개 있더래, 귀가 귀가.

그래가 인자 줌치칼을 내갖고 귀를 질러다가 귀를 찔러갖고, 자기 저기 그때는 당하고 놀라 놓으니까 소 판 돈은 생각이 안 난 기지. 그래서 허리끈을 끌러가지고 인자 귀때기 거기다 쑤셔가지고, 그놈을 갖다가 고마 소나무에다가 도깨비를 달아 맸더래. 자기 허리끈을 가져다가 귀때기에다가 요래 끼어가지고 고마 솔나무에다 딱 묶어 놨더래.

그래 가지고 집에를 흐부동 흐부동 그러더니 첫 닭이 울더래. 옛날에는 시계가 없응께 첫 닭이 울면 새벽된다, 두 번째 울면 또 몇 시된다, 가령 예를 들어 하는 소린데, 그래 갖고 인자 오는데 첫 닭이 꼴꼴 울더래. 얼마나 씨름을 거기서 했던지, 함양서 삼십 리나 걸어왔제, 거기서 씨름했제, 그러니까 집에 들어옹께 첫 닭이 울더래.

그래 인제, 자기 며느리를 보고 내일 아침에 저게 뭐꼬 막 우째꺼나, [말을 바꾸어] 아 내가 이야길 쪼까 잘못했다. 밤이 굉장히 깊었더래. 깊었는데,

"내일 아침에 첫 닭만 울거랑 나를 좀 깨워 달라."

그러더라네. 그래 며느리가 있다가,

"아버님 어디 가시구로요?" 그렁께네,

"이유는 묻지 말고 첫 닭이 울거들랑 나를 깨워 도라."

그러더래. 그래 참, 며느리가 시아버지가 깨워 달라는데 잠을 잘 수가 있어? 못 잤지. 그리고 첫 닭이 꼴꼴항께 그전에는 닭도 많이 키웠어. 닭 그게 시계라. 그래 첫닭이 꼭꼭 울더래. 그래서,

"아버님, 아버님 첫 닭이 우는데요." 그랑께,

"오냐 알았다." 하고 나가더래. 그래가 갈말몰이란 데 그게 어제 장에 갔다 오다 싸운 데 거길 강께네, 아무것도 아니고 세상에, 이만한 솔나무에다 자기 줌치 새벽이라 논께 돈도 안 끌러 가도 안 하고, 줌치는 줌치대로 달렸는데, 동우 알지요? 바내기 동우 하는 거, 옛날에 물 이고 다니던 동이 동이. 옛날에 물 이고 다니던 동이. 동이 꼭대기 요래 있다 아니요. 그쟈? 요리 생겼으면 꼭대기 요래 들고 우리 이고 안 하나? 그제?

(조사자 : 예, 물동이.)

동이 꼭대기 요고 하나 깨진 거 갖다가 자기 끄네끼로(끈으로) 그래 창창 묶어 놨더래. 그래 동이 꼭대기 그게 도깨비가 된다, 말이 그래. 그런데 그거는 진짜 참말이고. 요고는 진짜고.

(청중 : 어데든가 피가 묻으면 도깨비가 된다, 옛날에 그렇대. 빗자루 꽁댕이에도 피가 묻으면 도깨비가 되고.)

그래 인자 새벽에 가서 인자 이넘이 큰놈이 붙어갖고 뻐드러져갖고 붙어 있는가 싶어서 강께, 아무것도 없고 맬간데, 동이 꼭대기, 물이는 동이,

동이 꼭대기만 요래 있는데, 그놈을 요래 갖고 허리끈에다 솔나무에다 탁 짜매 놓았더래. 돈주머니도 그대로 있고, 그래 갖고 돈주머니 찾았고.

(조사자 : 할아버지께서 기운이 쎄셨나 봅니다.)

아이고 쎄더래요. 누구라도 도깨비하고 나도 들은 소리라. 그건 거짓말은 아니고. 우리 외할머니가 그카는 소리고.

손뼉을 치면 오는 도깨비들

자료코드 : 04_18_MPN_20090214_PKS_JKN_0002
조사장소 : 경상남도 함양군 지곡면 개평리 상개평마을 마을회관
조사일시 : 2009.2.14
조 사 자 : 안범준, 김미라, 조민정
제 보 자 : 조기녀, 여, 71세
구연상황 : 옛날에 듣거나 실제 있었던 이야기라며 몸짓을 하면서 이야기 내용을 생생하게 전달하려고 하였다
줄 거 리 : 어릴 때 어머니와 함께 밤에 바람을 쐬다가 도깨비불을 보았다. 그걸 보고 박수를 쳤는데 도깨비불이 길을 따라 왔다.

도깨비가 우째서 아냐면 옛날에 우리 클 때요.

11살 먹었을 때 친구가 가깝게 놀면 친구랑 놀면은 골목을 쳐다보면서 거기에 집 밖에 맞은 바로 도깨비가 잘 나와.

근데 우리 어머니는 도깨비고 귀신이고 호랑이고 아무 것도 안 무서워 했어. 우리 어머니랑 같이 나오셨어, 바람 쐬고 한다고. 그러다 서이서 있다가 도깨비가 한정없이 머라 하다가 여기서 서상댁 집 밑에 쯤 될 기라.

그러다가 손바닥을 짝짝 두드렸어. 두드리니까요, 도깨비가 엄한두로도(엉뚱한 곳으로도) 안 가고 질로 질로 질로 고마, 질로만 질로만 싹 불이 논두렁 밑으로 가면 안 보일까 싶어서 논두렁으로 둘러서 우리 골목

으로 와.

오는데, 놀래갖고 무서워서 우리는 얼마나 놀랬는지 고마 방으로 뛰어 들어갔어. 우리 어머니는 도깨비고 호랑이도 안 무섭다고 한 사람이 방으로 뛰어 들어갔어. 싹 다 뛰어 들어갔어.

다 뛰들어가서 방에서, 옛날에는 문도 죽창문 그기거든요. 문구멍을 딱 뚫어서 내다 보니까요, 앞에 나무널이 있거든요. 나무널이 가에서 뱅뱅 뱅뱅 요리 돔시로(돌면서), 그리 돌다가 그기 사그라질라 한께 어찌된 긴가 모르거로, 사그라지고 불이 하나도 없어, 하나도 없어. 이상한 꼴을 다 봤어. 나 그런 꼴을 봤어 실제로.

(청중 : 빗자루 몽댕이가 도깨비라 쌓더만.)

그런데 그러타 카더만. 그것도 저것도 아니고 간지대를 써갖고, 요래갖고 참 높아. 요래갖고 댕기. 이리이리 발떼죽(발자욱)이 걸음이 요리 요리 올라가 올라가.

(청중 : 사람맨키로 걸어 댕긴다 하대.)

그래, 이리 올라가, 불이 올라가.

(청중 : 자꾸 커지고 그렇다대.)

아따 나 참 그때 한번 놀랬어. 그러니까 손바닥은 안 치는 긴가 봐, 와요. 손바닥을 치니까 와요.

옛날에는 멋도 모르고 손바닥을 뚜드리고 그냥 나서서 뚜드렸는데 차라 보고, 엄한 대로도 안 가고 딱 질로 고마. 질로 졸졸 와요, 여남은 마리 돼. 아따 참말로 놀랬네, 진짜 놀랬어요.

사위 노래

자료코드 : 04_18_FOS_20090214_PKS_KIS_0001
조사장소 : 경상남도 함양군 지곡면 개평리 오평마을 마을회관
조사일시 : 2009.2.14
조 사 자 : 안범준, 김미라, 조민정
제 보 자 : 권임순, 여, 74세
구연상황 : 제보자가 자발적으로 사위 노래를 부르겠다고 하였다. 가사를 잘 기억해 내어
　　　　　구연하였는데 청중들도 박수를 치면서 경청하였다.

　　명사 십육 공동지하여 소주- 약주를 실어다 놓고

　　딸 키-와서 날 주신 장모~ 이 술- 한 잔 잡으시오

　　이 술~을 잡으나시면 늙-고 죽지를 안 합니다

　　그 술~은 자네가 먹고 우리 딸 성공을 자네가 하세

신세 타령

자료코드 : 04_18_FOS_20090214_PKS_KIS_0002
조사장소 : 경상남도 함양군 지곡면 개평리 오평마을 마을회관
조사일시 : 2009.2.14
조 사 자 : 안범준, 김미라, 조민정
제 보 자 : 권임순, 여, 74세
구연상황 : 제보자가 자발적으로 이 노래를 구연하였다. 제보자는 청중들과 함께 가사를
　　　　　맞추어 보고서 구연하였는데, 청중들은 제보자의 구연에 적극 호응하였다.

　　실패 동-동 울 어-머니 절편 같은 나를 두고

　　임의~ 정도 좋지요만은 자석~ 정을 끊고 가요

창부 타령 (1)

자료코드 : 04_18_FOS_20090214_PKS_KIS_0003
조사장소 : 경상남도 함양군 지곡면 개평리 오평마을 마을회관
조사일시 : 2009.2.14
조 사 자 : 안범준, 김미라, 조민정
제 보 자 : 권임순, 여, 74세
구연상황 : 청중들의 권유로 제보자가 이 노래를 구연하였다. 제보자는 숨이 찬 듯 호흡
      이 고르지 못했지만, 박수를 치면서 구연하였다. 청중들은 제보자의 노래에
      박수를 치면서 호응하였다.

   아니~ 아-니 놀지는 못하리라
   하늘과 같이 높은 사랑 하해와 같이 깊은 사랑
   칠 년 대한 가문 날에 빗발같이 반긴 사람
   박명~하게 양귀~비도 이도-령의 춘향이도
   일년 삼백육십오일에 하루만- 못 봐도 못 살것네

풍년가

자료코드 : 04_18_FOS_20090214_PKS_KIS_0004
조사장소 : 경상남도 함양군 지곡면 개평리 오평마을 마을회관
조사일시 : 2009.2.14
조 사 자 : 안범준, 김미라, 조민정
제 보 자 : 권임순, 여, 74세
구연상황 : 제보자가 자발적으로 이 노래를 구연하였으나 가사를 다 기억하지 못했다. 청
      중들도 제보자와 함께 가사를 생각했지만 노래를 완성하지 못했다. 이 '풍년
      가'는 굿거리장단으로 부르는 경기민요의 하나이다.

   풍-년이 왔~네 풍-년이 왔~네
   이 강산 삼천리에 풍년이 돌아를 왔네
   지화자 좋-네 얼씨구나 절씨구

아니야, 아이구, 잊어버렸어.

화투 타령

자료코드 : 04_18_FOS_20090214_PKS_KIS_0005
조사장소 : 경상남도 함양군 지곡면 개평리 오평마을 마을회관
조사일시 : 2009.2.14
조 사 자 : 안범준, 김미라, 조민정
제 보 자 : 권임순, 여, 74세
구연상황 : 조사자의 요청에 제보자는 다음 노래를 불러 주었다. 청중들은 박수를 치면서
　　　　　제보자의 노래를 경청하였다.

정월 솔솔 부는 바람~

이월 매조에 맺어 놓고

삼월 사쿠라 산란한 마음

사월 흑싸리 흐느러졌네

오월 난초 나는 나비

유월 목단에 피었구나

칠월 홍돼지 홀로 누워

팔월 공산 달 밝은데

구월 국화 굳은 마음

시월 단풍에 뚝 떨어졌네

오동-추야 달 밝은데

님의 생각이 절로 나네

[웃음]

아리랑

자료코드 : 04_18_FOS_20090214_PKS_KIS_0006

조사장소 : 경상남도 함양군 지곡면 개평리 오평마을 마을회관

조사일시 : 2009.2.14

조 사 자 : 안범준, 김미라, 조민정

제 보 자 : 권임순, 여, 74세

구연상황 : 조사자의 요청에 제보자가 적극적으로 노래를 구연하였다. 제보자는 청중들과 함께 박수를 치면서 흥겹게 구연하였다. 청중들도 박수를 치면서 후렴구를 따라 불렀다.

아―리랑 아―리랑 아라리요~ 아―리랑 고개로 넘어간다
나를 버리고 가시는 님은 십―리도 못 가서 발병나네
아―리랑 아―리랑 아라리요~ 아―리랑 고개로 넘어간다

아리랑 고개마다 술잔을 놓고~ 정든 님 오시도록 기다린다
아―리랑 아―리랑 아라리요~ 아―리랑 고개로 넘어간다

나―를 버리고 가시는 님은~ 십리도 못 가서 발병난다
아―리랑 아―리랑 아라리요~ 아―리랑 고개로 넘어간다

모심기 노래 (1)

자료코드 : 04_18_FOS_20090214_PKS_KIS_0007

조사장소 : 경상남도 함양군 지곡면 개평리 오평마을 마을회관

조사일시 : 2009.2.14

조 사 자 : 안범준, 김미라, 조민정

제 보 자 : 권임순, 여, 74세

구연상황 : 조사자가 모심기 노래를 요청하자 제보자가 이에 응하여 구연하였다. 청중들은 제보자의 노래에 경청하면서 가사를 알려주기도 하였다.

다풀 다풀 다박머리~ 해 다 진데 어데를 가노
우리 엄마 산소 앞에~ 젖 먹으-러 내가 가요

모심기 노래 (2)

자료코드 : 04_18_FOS_20090214_PKS_KIS_0008
조사장소 : 경상남도 함양군 지곡면 개평리 오평마을 마을회관
조사일시 : 2009.2.14
조 사 자 : 안범준, 김미라, 조민정
제 보 자 : 권임순, 여, 74세
구연상황 : 앞의 모심기 노래에 이어 제보자가 자발적으로 구연하였다. 청중들은 제보자
가 기억하지 못하는 부분을 불러주기도 하였다.

　　서 마~지기 논빼미가 반달만치 남았네
　　제가 무신 반달인가 초승달이 반달이제

또, 그 뒤에 있을 긴데.
(청중 : 초승달만 반달이가 그믐달도 반달이지.)

창부 타령 (2)

자료코드 : 04_18_FOS_20090214_PKS_KIS_0009
조사장소 : 경상남도 함양군 지곡면 개평리 오평마을 마을회관
조사일시 : 2009.2.14
조 사 자 : 안범준, 김미라, 조민정
제 보 자 : 권임순, 여, 74세
구연상황 : 제보자가 자진해서 이 노래를 불렀다. 청중들은 제보자의 노래에 박수를 치면
서 따라 불렀다.

꽃이-라도 낙화가 되니 오던 나비도 아니 오고
이내- 몸도 늙어진께 오던 님도 아니 오네

글카고 또 뭣이 있는데, 또 잊어버렸어.

얼씨구 절씨구 지화자 좋다 아니 노지는 못하리라

(청중 : 명사십리 해당화야 꽃 진다고 서러 마라)

명년 춘삼월 봄이 오면 너는 오련만은
우리네 인생은 한번 가면 다시 올 줄을 모르는고
니나노 얼싸 좋네 얼씨구나 좋다
범나비 이리저리 풀풀 꽃을 찾아서 날아든다

(청중 : 봄 들었네 봄 들었네 이 강산 삼천리에 봄 들었네)

창부 타령 (3)

자료코드 : 04_18_FOS_20090214_PKS_KIS_0010
조사장소 : 경상남도 함양군 지곡면 개평리 오평마을 마을회관
조사일시 : 2009.2.14
조 사 자 : 안범준, 김미라, 조민정
제 보 자 : 권임순, 여, 74세
구연상황 : 제보자가 자발적으로 이 노래를 구연하였다. 청중들은 제보자의 노래에 박수
를 치면서 적극적으로 호응하였다.

간다더니 왜 왔어요~ 안 온다더니 왜 왔어요
이왕 쉬다 오실-꺼랑 오늘날로 놀고 가요
오늘날에 오신 손님 무엇-으로 대접할까
막걸리 한잔으로 대접하제

얼씨구 절씨구 지화자 좋다 아니 노지는 못하리라

(청중 : 아니 서지는 못하리라)

영감 볼까 손 못 잡구요 박 속같은 이 손으로
앵두같이 붉은 입술 임만 봐도 방긋 웃네
처녀 처녀 고운 처녀 연분만 있걸랑 따라 오소

노랫가락

자료코드 : 04_18_FOS_20090208_PKS_KKS_0001
조사장소 : 경상남도 함양군 지곡면 덕암리 덕암마을 마을회관
조사일시 : 2009.2.8
조 사 자 : 안범준, 정혜란, 문세미나, 이진영
제 보 자 : 김금순, 여, 68세
구연상황 : 제보자는 목이 좋지 않다면서 사양하였지만 조사자가 다시 요청하자 다음 노
래를 불러 주었다.

저건-네라 빙빙-산에 빙빙 도는- 범나부야~

우리 집에 마당 앞에- 해당-화를 너를 줄까~

목단화 꽃을 너를 주까~

목단화도 내야 싫어 해당화 꽃도 내야 싫어

치다보니(쳐다보니) 천장이오 내려다 보니 술상이라

술상머리~ 앉았는 처녀 별도 같고 달도나 같네

별-같-고 달-같은 처녀 오늘 저녁-에 정들어 보세

정절 노래

자료코드 : 04_18_FOS_20090208_PKS_KKS_0002
조사장소 : 경상남도 함양군 지곡면 덕암리 덕암마을 마을회관
조사일시 : 2009.2.8
조 사 자 : 안범준, 정혜란, 문세미나, 이진영
제 보 자 : 김금순, 여, 68세
구연상황 : 조사자가 다른 노래를 아는 것이 없냐고 물어보니 기억을 잠시 더듬어 보고
　　　　　 구연하였다. 숨이 차는지 목소리가 점점 작아졌다.

　　　　딸아 딸아 첫째 딸아~ 상추밭에를 네 갔더나
　　　　호강질도 당찮은데~ 상추밭에를 제 갈소요

　　　　딸아 딸아 둘째 딸아 상추밭에를 네 갔-더나

　아이고 뭐인고 모르겠다.

　　　　가겠지요 가겠지요 상추밭에를 가겠지요
　　　　풀어 줘라 풀어 줘라 이 끝을 풀어 줘라
　　　　물명지 속점삼에 속내 땀내를 맡고 가소
　　　　죽어져라 죽어져라 물명지 석 자 수건
　　　　목을~ 잘라-서 죽어져라

노랫가락 (1)

자료코드 : 04_18_FOS_20090215_PKS_KDS_0001
조사장소 : 경상남도 함양군 지곡면 공배리 공배마을 마을회관
조사일시 : 2009.2.15
조 사 자 : 안범준, 정혜란, 김미라, 조민정
제 보 자 : 김두순, 여, 80세
구연상황 : 조사자가 노랫가락이라도 좋다고 청하자 제보자가 이에 응하여 구연하였다.

제보자는 원래 긴 노래인데 가사가 기억이 잘 나지 않는다고 하면서 알고 있는 부분만 구연하겠다고 하였다.

풀잎 풀잎 봄풀-인들 봄풀이라고 매양 있소
어른-인들 매양- 있나 나는 죽어 강남땅- 제-비가 되어
임의 충실 끝에 집을 지어~ 들면 보-고 날면 볼-래

(조사자 : 참 잘 하십니다. 이 노래는 제목이 어떻게 됩니까?)

그게 옛날에, 옛날에 저게 남편이 서울 과게(과거) 하러 갔는데, 시집살이가 너무 대갖고(대서, 힘들어서) 그자, 그래서 인자 고마 그석했는 갑는 걸, 죽었는 갑다. 너무 질어서 다 몬해서, 내 반만 했다.

(청중 : 노랫가락이라.)

응, 노랫가락이라, 하모. 옛날에 인자, 너무 시집살이 삼서.

(조사자 : 아, 신세 타령하면서.)

그래, 인자 옛날 노랜께.

(조사자 : 이런 노랫가락도 괜찮고예.)

댕기 노래

자료코드 : 04_18_FOS_20090215_PKS_KDS_0002
조사장소 : 경상남도 함양군 지곡면 공배리 공배마을 마을회관
조사일시 : 2009.2.15
조 사 자 : 안범준, 정혜란, 김미라, 조민정
제 보 자 : 김두순, 여, 80세
구연상황 : 앞의 노랫가락에 이어 갑자기 생각이 난 듯 자발적으로 구연하였다. 제보자는 정확한 발음으로 구성지게 구연하였다. 청중들도 흥겹게 제보자의 노래를 들었다.

한 냥 주고 떠-오는 댕기~

두 냥을 주고 접-었더니

성 안에라 널뛰다가~

성- 밖으로 흘린 댕기

애시고냐 서당꾼아

댕기 줏어 나를 주소

댕기 주워 나를 주면

반지 사서 언약 함세

줌치 집어 언약 함세

줌치도 싫-고 반지도 싫고

사모관대 맞으시고

맞절-할 적에 너를 줌세

당신은 좋아 내 팔을 베고

나는 좋아 베개를 베고

그때 되면 너를 줄게

노랫가락 (2) / 그네 노래

자료코드 : 04_18_FOS_20090215_PKS_KDS_0003
조사장소 : 경상남도 함양군 지곡면 공배리 공배마을 마을회관
조사일시 : 2009.2.15
조 사 자 : 안범준, 정혜란, 김미라, 조민정
제 보 자 : 김두순, 여, 80세
구연상황 : 청중들과 노래에 대해 이야기를 나누다가 갑자기 다음 노래가 생각났는지 자
발적으로 구연하였다. 제보자가 박수를 치면서 구성지게 부르자 청중들도 박
수를 치면서 따라 불렀다.

수천당 세모시- 낭개 늘어진 가지에 그네 매어

임이 뛰면 내가요 밀고 내가 뛰-면은 임이 민-다
임아 임아 줄 살살 밀어 줄 떨어지면 정 떨어진-다
줄이사 떨어질-망정 깊이 든 정은 떨어질랴

신세 타령

자료코드 : 04_18_FOS_20090215_PKS_KDS_0004
조사장소 : 경상남도 함양군 지곡면 공배리 공배마을 마을회관
조사일시 : 2009.2.15
조 사 자 : 안범준, 정혜란, 김미라, 조민정
제 보 자 : 김두순, 여, 80세
구연상황 : 조사자가 노래 부르기를 청하자 제보자가 이에 응하여 부른 것이다. 박수를
치면서 즐거운 표정으로 노래를 불렀다.

호접짝 범나비 쌍쌍 양류청산에 꾀꼬리 쌍쌍
마을 짐승 길버러지도 짝을 끼와서 살건마는
하물면 인생치고요 짝이 없어도 산다 할까

모심기 노래 (1)

자료코드 : 04_18_FOS_20090215_PKS_KBS_0001
조사장소 : 경상남도 함양군 지곡면 공배리 공배마을 마을회관
조사일시 : 2009.2.15
조 사 자 : 안범준, 정혜란, 김미라, 조민정
제 보 자 : 김봉수, 여, 78세
구연상황 : 제보자가 자발적으로 이 노래를 구연하였다. 일반적인 모심기 노래의 가락으
로 부르지 않았다. 청중들도 박수를 치면서 제보자의 노래를 따라 불렀다.

다풀- 다풀 다박머리 해- 다 진데 어디 가노

울 어머니

저 건네라 잔솔밭에 한다.

저 건네라 잔솔밭에
우리 어머니 산소등에 젖 먹으로 나는 가요

모심기 노래 (2)

자료코드 : 04_18_FOS_20090215_PKS_KBS_0002
조사장소 : 경상남도 함양군 지곡면 공배리 공배마을 마을회관
조사일시 : 2009.2.15
조 사 자 : 안범준, 정혜란, 김미라, 조민정
제 보 자 : 김봉수, 여, 78세
구연상황 : 제보자는 청중들과 이야기를 나누다가 자발적으로 구연하였다. 청중들도 제
보자의 노래를 따라 부르며 적극 호응하였다.

서- 마-지기 논빼미가 반달만치 남았구나
제가 무슨 반달-이라 초승달이 반달이지

모심기 노래 (3)

자료코드 : 04_18_FOS_20090215_PKS_KBS_0003
조사장소 : 경상남도 함양군 지곡면 공배리 공배마을 마을회관
조사일시 : 2009.2.15
조 사 자 : 안범준, 정혜란, 김미라, 조민정
제 보 자 : 김봉수, 여, 78세
구연상황 : 청중들과 이야기를 나누다가 자발적으로 구연하였다. 청중들도 제보자의 노
래를 따라 부르면서 적극 호응하였다.

농-창 농창 벼리 끝에 시누- 올케 꽃 꺾다가
떨어졌네 떨어-졌네 짚은(깊은) 물에 떨어졌네
우리 오빠 거둥 보소 짚이 빠진 우리 올케 옆으로 밀쳐 놓고
얕이(얕게) 빠진 우리 올케 건질라고 낙루하네

도라지 타령

자료코드 : 04_18_FOS_20090215_PKS_KBS_0004
조사장소 : 경상남도 함양군 지곡면 공배리 공배마을 마을회관
조사일시 : 2009.2.15
조 사 자 : 안범준, 정혜란, 김미라, 조민정
제 보 자 : 김봉수, 여, 78세
구연상황 : 제보자가 청중들과 함께 이 노래를 불렀다.

도라지 도라지 도라지 심심- 산천에 백도라지
네 어디 날 때가 없어서 양바우 새에다 났느-냐
에해용 에해용 에해용 어여라 난다 지화자자 좋다
니가 내 간장 스리살살 다 녹는다

신고산이 우르르르 화물차 가~는 소-리
고무-공장 큰아-기~ 간도 앞 사기가 일이로다
에해용 에해용 에해용 어여라 난다 지화자자 좋다
니가 내 간장 스리살살 다 녹는다

청춘가

자료코드 : 04_18_FOS_20090215_PKS_KBS_0005

조사장소 : 경상남도 함양군 지곡면 공배리 공배마을 마을회관

조사일시 : 2009.2.15

조 사 자 : 안범준, 정혜란, 김미라, 조민정

제 보 자 : 김봉수, 여, 78세

구연상황 : 조사자의 요청에 제보자는 기억을 살려 다음 노래를 불렀다. 청중들과 함께 박수를 치면서 흥겹게 불렀다.

청춘을 살래도 살 데도 없고요

백발을 팔라 해도 좋-다 팔 데도 없네요

모찌기 노래

자료코드 : 04_18_FOS_20090215_PKS_KBS_0006

조사장소 : 경상남도 함양군 지곡면 공배리 공배마을 마을회관

조사일시 : 2009.2.15

조 사 자 : 안범준, 정혜란, 김미라, 조민정

제보자 1 : 김봉수, 여, 78세

제보자 2 : 임창기, 남, 79세

구연상황 : 제보자 둘이서 주고받으며 모찌기 노래를 구연하겠다고 자발적으로 나섰다.

제보자 2 들어 내-세 들-어 내세 이 못-자리 들어내세

제보자 1 쌈을~ 싸세 요 못자-리 쌈을 싸-세

모심기 노래 (4)

자료코드 : 04_18_FOS_20090215_PKS_KBS_0007

조사장소 : 경상남도 함양군 지곡면 공배리 공배마을 마을회관

조사일시 : 2009.2.15

조 사 자 : 안범준, 정혜란, 김미라, 조민정

제보자 1 : 김봉수, 여, 78세

제보자 2 : 임창기, 남, 79세
구연상황 : 제보자 둘이서 모찌기 노래를 한 후 주고받으며 부른 모심기 노래이다.

제보자 2 이 논에다 모를 심어 장잎 날 때 영-화로다
제보자 1 우리 동상 곱게 길러 갓을 씌워 영화로세

창부 타령

자료코드 : 04_18_FOS_20090208_PKS_KSI_0001
조사장소 : 경상남도 함양군 지곡면 창평리 창촌마을 마을회관
조사일시 : 2009.2.8
조 사 자 : 안범준, 정혜란, 문세미나, 이진영
제 보 자 : 김선이, 여, 76세
구연상황 : 조사자가 여러 노래의 첫머리를 언급하자 제보자가 자발적으로 구연하였다.
　　　　　청중들도 함께 박수를 치면서 노래를 불렀다.

　　　노자 좋다 젊어서 놀아 늙고~ 병 들면 못노나니~
　　　화-무는 십일-홍이오~ 달도 차면은- 기우나니~
　　　인-생은 일장-춘몽에 아니 노-지는 못하리라

　　노래도 가사도 잊어버리고 몰라.

사위 노래

자료코드 : 04_18_FOS_20090215_PKS_KSK_0001
조사장소 : 경상남도 함양군 지곡면 공배리 공배마을 마을회관
조사일시 : 2009.2.15
조 사 자 : 안범준, 정혜란, 김미라, 조민정
제 보 자 : 김순기, 여, 77세
구연상황 : 청중들이 제보자가 목청이 좋다고 칭찬하자 자발적으로 구연하였다. 부끄러

움이 많은 성격인 제보자는 노래를 구연하는 도중 목소리가 무척 떨렸다.

찹쌀 백-미 삼백 석에 앵니같이 가련 사우
진주 덕산 버들잎에 구실같이 가련 사우
마산이-라 못둑 우에 연꽃-같이 예쁜 사우
은잔 놋잔을 도와 놓고 소주 약주를 거득 부워
그 술라컨 잔에다 먹고 내 딸만큼 섬겨 주게
섬기리오 섬겨리오 빙모님 딸만큼 섬기리오
얼씨구나 좋네 절씨구나 좋아 아니 노지는 못하리오

화투 타령

자료코드 : 04_18_FOS_20090215_PKS_KSK_0002
조사장소 : 경상남도 함양군 지곡면 공배리 공배마을 마을회관
조사일시 : 2009.2.15
조 사 자 : 안범준, 정혜란, 김미라, 조민정
제 보 자 : 김순기, 여, 77세
구연상황 : 청중들이 제보자의 노래 솜씨를 칭찬하자 자발적으로 구연하였다. 제보자의
목소리가 청중들의 박수 소리와 노래에 묻힐 정도로 청중의 호응이 좋았다.

정월 솔가지 솔씨를 받아
이월 매조에 맺어 놓고
삼월 사꾸라 산란한 마음 한 마음
사월 흑싸리 흘러 흘러 허사로다
오월 난초 나는 나비
유월 목단에 올라 앉아
칠월 홍돼지 홀로 누워
팔월 공산에 닭도 밝네

구월 국화 굳은 마음

시월 단풍에 다 떨어졌네

동지섣달 설한한데

내 머리만 날려도 임의 생각

앉아 생각 누워 생각

생각 생각이 임의 생각

양산도

자료코드 : 04_18_FOS_20090214_PKS_KYI_0001
조사장소 : 경상남도 함양군 지곡면 개평리 오평마을 마을회관
조사일시 : 2009.2.14
조 사 자 : 안범준, 김미라, 조민정
제 보 자 : 김윤임, 여, 64세
구연상황 : 제보자가 자발적으로 이 노래를 구연하였다. 쾌활하고 적극적인 성격의 제보
　　　　　자는 청중들의 호응을 유도하면서 노래하였다.

　　　함양 산청~ 물레방에는 물을 안고 돌~고

　　　우리 집에 울언 님은 나를 안고 돈~다

　　　어여라 난다 둥게 디여라 아니나 놀 수가 없네

　　　연기를 하여도 나는 못 노니로구~ 나

나물 캐는 노래

자료코드 : 04_18_FOS_20090214_PKS_KYI_0002
조사장소 : 경상남도 함양군 지곡면 개평리 오평마을 마을회관
조사일시 : 2009.2.14
조 사 자 : 안범준, 김미라, 조민정

제 보 자 : 김윤임, 여, 64세
구연상황 : 제보자가 적극적인 태도로 이 노래를 구연하였다. 제보자는 목청이 좋고 목소
리도 커서 청중들의 호응이 매우 좋았다.

남산- 밑에 남도령아
서산 밑에 서처녀야
나물 캐러 안 갈랑가
가-기사 가제만은
신도- 없고 칼도 없소
남도령 주무치에 탈탈- 터니
돈 석 냥이 나오구나
두 냥 주고 신 사신고
한 냥 주고 칼 사 담고
올라가면 올고사리
느리-능출이 꺾어 담고
내려오면 늦고사리
엎어나질 듯이 꺾어 담고
물도 좋고 경치도 좋은데
점심밥이나 먹고 가세
점심밥을 먹을라 하니
남도령 밥은 쌀밥이고
서처녀 밥은 꽁보리 밥이라
서처녀 꽁보리밥은 남도령이 먹고
남도령 쌀밥은 서처녀가 먹고
느리- 능출 내려- 가서 잘 살았답니다

신세 타령

자료코드 : 04_18_FOS_20090215_PKS_NSR_0001
조사장소 : 경상남도 함양군 지곡면 보산리 정취마을 838번지(노상림 자택)

조사일시 : 2009.2.15

조 사 자 : 안범준, 정혜란, 김미라, 조민정

제 보 자 : 노상림, 여, 84세

구연상황 : 조사자가 노래 하나를 권유하자 노래를 못 부른다고 사양하다가 노래를 시작
했다.

> 뒷동산 고목아 나－무 날캉 같이도 속만 썩네
> 속이 썩어 넘이나 아나 겉이 썩어 남이 알지

청춘가

자료코드 : 04_18_FOS_20090215_PKS_NSR_0002

조사장소 : 경상남도 함양군 지곡면 보산리 정취마을 838번지(노상림 자택)

조사일시 : 2009.2.15

조 사 자 : 안범준, 정혜란, 김미라, 조민정

제 보 자 : 노상림, 여, 84세

구연상황 : 앞의 신세 타령에 이어 자발적으로 노래를 불렀다. 그러나 제보자는 나이 탓
인지 노래에 힘이 없었고 뒤에 가서는 노래가 안 나온다며 가사만 읊었다.

> 노자 좋다 젊－어서 놀아～ 늙고 병－ 들면 못 노나니
> 어－짜다 요래 세월 다 보내면

아이고 안 할 기라.

우리 세월 다 냉기고 애태운 세월만 보냈네 어느 세월로 갈랑고

모심기 노래

자료코드 : 04_18_FOS_20090215_PKS_NSR_0003
조사장소 : 경상남도 함양군 지곡면 보산리 정취마을 838번지
조사일시 : 2009.2.15
조 사 자 : 안범준, 정혜란, 김미라, 조민정
제 보 자 : 노상림, 여, 84세
구연상황 : 조사자가 모심기 노래를 요청하자 제보자가 부른 것이다. 일반적으로 부르는 모심기 노래가 아니다. 제보자가 아는 사설을 적당히 엮은 것으로 보인다.

　　　이 논에 못자리해서~ 어느 장단에 누리를 보꼬
　　　세월아 가지를 마라~ 나도 청춘 따라

　　아이고, 목이 막혀 안 나온다.

시누 올케 노래

자료코드 : 04_18_FOS_20090208_PKS_NHB_0001
조사장소 : 경상남도 함양군 지곡면 덕암리 덕암마을 마을회관
조사일시 : 2009.2.8
조 사 자 : 안범준, 정혜란, 문세미나, 이진영
제 보 자 : 노홍분, 여, 76세
구연상황 : 제보자는 가사를 기억하다가 다른 청중과 의논을 해서 구연해 주었다.

　　　농창 농창 베루 끝에 시누 올키 꽃 꺾다가
　　　한강-물에 폭 빠졌네
　　　우리 오빠 거동 보소 흠배 흠배 오시더니
　　　얕피 들은 나를 깊은 데로 밀어 넣고
　　　우리 올키 건져내고 날 건지네
　　　나도 죽어 후세상에 낭군부터 섬길라네

환갑 노래

자료코드 : 04_18_FOS_20090214_PKS_MSA_0001
조사장소 : 경상남도 함양군 지곡면 개평리 상개평마을 마을회관
조사일시 : 2009.2.14
조 사 자 : 안범준, 김미라, 조민정
제 보 자 : 맹순안, 여, 76세
구연상황 : 조사자가 또 다른 노래가 없느냐고 하자 제보자가 다음 노래를 부르기 시작했다.

> 부전-자전은 내 아-들이오
> 맹-자 공자는 내 손-자요
> 거게 하찮은 내 며느리요
> 천하-일색은 내 딸-이요
> 만고 한량은 내 사우요
> 애타- 개타 놓은 다리
> 논 사야 들 사야 놀아 보세

시집 식구 노래

자료코드 : 04_18_FOS_20090214_PKS_MSA_0002
조사장소 : 경상남도 함양군 지곡면 개평리 상개평마을 마을회관
조사일시 : 2009.2.14
조 사 자 : 안범준, 김미라, 조민정
제 보 자 : 맹순안, 여, 76세
구연상황 : 제보자가 자진해서 이 노래를 부르겠다며 노래를 시작했다.

> 외나무- 다리가 무섭다 해도~ 시어마시만 만큼 무서울소냐
> 청산- 백호가 푸르다 해도~ 맞동서만 만큼 푸를소냐
> 보름-달-이 밝다고 해도~ 시누애씨 귀만큼 밝을소냐

청산 대추가 밉다고 해도~ 시동상만큼에 밉을소냐

샤쿠라 꽃이 곱다고 해도~ 울 언니 맘만큼 곱을소냐

얼씨구나 좋네 절씨구나 좋네~ 아니- 노지를 못할래라

베 짜기 노래

자료코드 : 04_18_FOS_20090214_PKS_MSA_0003
조사장소 : 경상남도 함양군 지곡면 개평리 상개평마을 마을회관
조사일시 : 2009.2.14
조 사 자 : 안범준, 김미라, 조민정
제 보 자 : 맹순안, 여, 76세
구연상황 : 조사자가 옛날에 베를 짜면서 부르는 노래가 없느냐고 하자 제보자가 다음 노래를 불렀다.

하-늘 천 따 지 땅에다 집 우자로나 집을- 지어~

날- 일자 영창에 이다가 달 월자로나 달아 놓고~

동지섣달 기나-긴 밤에- 오신- 손님을~ 괄시를 마-오

사발가

자료코드 : 04_18_FOS_20090214_PKS_MSA_0004
조사장소 : 경상남도 함양군 지곡면 개평리 상개평마을 마을회관
조사일시 : 2009.2.14
조 사 자 : 안범준, 김미라, 조민정
제 보 자 : 맹순안, 여, 76세
구연상황 : 이 노래를 부르겠다면서 불렀다.

석탄- 백탄 남병탄아 두병탄아 저벽탄아 마벽탄아

장작불 거푸집이 양불 지키지만은 타는-데~

일천만 이내 가슴은 다 타여도 연기도 짐-도 안- 나-온다~

에헤용~ 에헤용~ 에헤-에에용~

어여라 난-다 기화자자 좋-다

누가가 내 간장을 스리살살~ 다 녹히노

화투 타령

자료코드 : 04_18_FOS_20090214_PKS_MSA_0005
조사장소 : 경상남도 함양군 지곡면 개평리 상개평마을 마을회관
조사일시 : 2009.2.14
조 사 자 : 안범준, 김미라, 조민정
제 보 자 : 맹순안, 여, 76세
구연상황 : 앞의 노래가 끝나자 제보자는 계속 다음 노래를 불렀다.

정월 솔가지 속속히 앉-아

이월 매주- 맺아 놓고~

삼월 사쿠라- 만발했네

사월 흑사리 흐들 흐들

오월 난-초 날았던 나비

유월 목단에 올라 앉아

칠월 홍돼지 홀로- 누워

팔월 공산에 달이 둥실

구월 국-화 굳었던 몸에

시월 단풍에 떨어졌네

구시월 시단풍에

바람만 불-어도 뚝 떨어지네

오동지 섣달 기나긴 밤에

오신 손님을 괄시를 마오

베틀 노래

자료코드 : 04_18_FOS_20090214_PKS_MSA_0006
조사장소 : 경상남도 함양군 지곡면 개평리 상개평마을 마을회관
조사일시 : 2009.2.14
조 사 자 : 안범준, 김미라, 조민정
제 보 자 : 맹순안, 여, 76세
구연상황 : 노래가 계속 이어지자 제보자들이 서로 노래를 하려고 했다. 제보자가 자진해
서 베틀 노래를 부르기를 원해서 부른 것이다.

베틀- 다리는 사형지(4형제)요
큰아기 다리는 단연기요
안줄깨라(안질개라) 안추는 양은
부-티-도 말코 감아
버튼개는 재빠리요
석-세대 바디집에
북에다 꾸리- 넣고
바디-집이 찰칵찰칵
알품으로- 들락날락
당사실로 잉애 걸어
잉앳대는 삼형지요
바그리도 삼형지요
사침대는 단영기요
용두마리도 삼형지요
미다지러 밀어대면

하늘에 벼락치는 소리
천귀신이 왔다 갔다
기러기 우는 소리로다

노랫가락

자료코드 : 04_18_FOS_20090214_PKS_MSA_0007
조사장소 : 경상남도 함양군 지곡면 개평리 상개평마을 마을회관
조사일시 : 2009.2.14
조 사 자 : 안범준, 김미라, 조민정
제 보 자 : 맹순안, 여, 76세
구연상황 : 제보자는 노래를 계속 이어서 불렀다. 적극적으로 내용을 해석해 주면서 불렀다.

꽃 좋-다 탐-내-덜 마라 모진 손-으-로 꺾지를 마-라~
꺾어들랑- 버-리지- 말-고 버릴-라거든 꺾지를 마-라~

고게 끝이거든요. 달리 해요.

꽃-같이 고으난 님은 열매-같-이도 맺어나 놓-고
가지-가지 벋어난 정은 뿌리-난 끝에 깊이나 들어~

물레 노래

자료코드 : 04_18_FOS_20090214_PKS_MSA_0008
조사장소 : 경상남도 함양군 지곡면 개평리 상개평마을 마을회관
조사일시 : 2009.2.14
조 사 자 : 안범준, 김미라, 조민정
제 보 자 : 맹순안, 여, 76세

구연상황 : 제보자는 신이 나서 청춘가 가락으로 다음 노래를 불렀다. 주변의 청중들도 남녀간의 사랑에 관한 노래라고 하면서 흥겹게 들었다.

물레야~ 등줄아 굳세게~ 돌아라~

뒷집에 남도령은 에헤이 밤이슬 맞는다~

밤이슬 맞는 것은~ 억울치 않~은~데~

깔다구한테 뜯긴 것이 제일 억울하-더-라~

남녀 연정요

자료코드 : 04_18_FOS_20090214_PKS_MSA_0009
조사장소 : 경상남도 함양군 지곡면 개평리 상개평마을 마을회관
조사일시 : 2009.2.14
조 사 자 : 안범준, 김미라, 조민정
제 보 자 : 맹순안, 여, 76세
구연상황 : 조사자가 노래를 계속 권하자 제보자는 청춘가로 부르는 남녀 연정요를 불렀다.

총각이 처녀한테 반한 노래라.

(조사자 : 아, 총각이 처녀한테예?)

응.

큰애기 홀목(손목)에 이야 개살구 열었나~

치다만(쳐다만)˘바여도(보아도) 에헤- 눈에 살살 갬긴다(감긴다)~

총각이 처녀한테 반해 가지고 홀목을, 치다만 봐도 눈이 살살 갬긴다는 이야기.

총각이 떠다 주는 홍~갑~사 댕기는~

곰때도 아니 묻어- 날바지 왔네요~

새댁 노래

자료코드 : 04_18_FOS_20090214_PKS_MSA_0010
조사장소 : 경상남도 함양군 지곡면 개평리 상개평마을 마을회관
조사일시 : 2009.2.14
조 사 자 : 안범준, 김미라, 조민정
제 보 자 : 맹순안, 여, 76세
구연상황 : 제보자는 다음 노래를 부르겠다며 노래를 시작했다. 옛날 결혼 풍습에 일 년
        을 친정에 있다가 시댁에 가는 새댁의 실수를 노래한 것이라고 부연 설명하
        였다.

  칠팔월 건들면은~ 철을 알고 흔든데~

  신행 전 새댁이~ 에헤이 철 모르고 흔든다~

부모 수심가

자료코드 : 04_18_FOS_20090214_PKS_MSA_0011
조사장소 : 경상남도 함양군 지곡면 개평리 상개평마을 마을회관
조사일시 : 2009.2.14
조 사 자 : 안범준, 김미라, 조민정
제 보 자 : 맹순안, 여, 76세
구연상황 : 제보자는 청중들의 호응에 신이 나서 더 많은 노래를 많이 부르려고 했다. 앞
        의 노래에 이어 청춘가 가락으로 부른 것이다.

  가지 많은 정기나무(정자나무)~ 바람 잘 날 없고서~

  자식 많은 우리 부모~ 에헤~ 맘 잘 날 없더라~

노랫가락

자료코드 : 04_18_FOS_20090214_PKS_MSA_0012

조사장소 : 경상남도 함양군 지곡면 개평리 상개평마을 마을회관

조사일시 : 2009.2.14

조 사 자 : 안범준, 김미라, 조민정

제 보 자 : 맹순안, 여, 76세

구연상황 : 제보자는 노랫가락이라도 불러도 되냐고 묻고는 바로 다음 노래를 불러 주었다.

　마-산서- 백-마를 타고 진주 목등에 썩 올라서니~

　연-꽃은 봉지를 짓고 배-꽃은 날 따 짓네

남녀 연정요

자료코드 : 04_18_FOS_20090214_PKS_MSA_0013

조사장소 : 경상남도 함양군 지곡면 개평리 상개평마을 마을회관

조사일시 : 2009.2.14

조 사 자 : 안범준, 김미라, 조민정

제 보 자 : 맹순안, 여, 76세

구연상황 : 제보자는 자진하여 다음 노래를 부르겠다며 노래를 시작했다. 많은 노래를 불 렀지만, 여전히 목소리가 맑고 지치는 기색이 없었다.

　낙수천가 흐르는 물에 배차(배추) 씻는 저처녀야~

　겉에 겉잎 다 제쳐 놓고 속에 속잎을 나를 다-오~

　아따- 그 양반 나를 언제 봤다고 속에 속잎을 도라 하노

　오늘 보면 초면-이요~ 내일 보면은 구면이요~

　얼씨구나 좋네 절씨구나 좋네 아니- 노지는 못할레라

양산도

자료코드 : 04_18_FOS_20090214_PKS_MSA_0014

조사장소 : 경상남도 함양군 지곡면 개평리 상개평마을 마을회관

조사일시 : 2009.2.14
조 사 자 : 안범준, 김미라, 조민정
제 보 자 : 맹순안, 여, 76세
구연상황 : 조사자가 노래를 권하자 제보자는 흥에 겨워 다음 노래를 했다.

> 에헤-이여~
>
> 양산도 큰아기 베짜는 소-리~
>
> 질(길)- 가는 총각이 발 맞차 간-다~
>
> 여라~ 둥가 두여라 아나나 못 놀겠네~
>
> 먼 길을 하여가 내가 못 노리로 구-나~

청춘가 (1) / 연정요

자료코드 : 04_18_FOS_20090214_PKS_MSA_0015
조사장소 : 경상남도 함양군 지곡면 개평리 상개평마을 마을회관
조사일시 : 2009.2.14
조 사 자 : 안범준, 김미라, 조민정
제 보 자 : 맹순안, 여, 76세
구연상황 : 청중들이 제보자에게 계속 노래를 부르라고 권유하자 다음 노래를 했다.

> 간대- 쪽쪽에 이야~ 정들이 놓고서~
>
> 이별이 잦아서 에헤~ 나에게 왔네요~
>
> 산천-초-목에 이야~ 불 질러 놓고서~
>
> 진주야 남강에 에헤~ 물 실러 간다네

청춘가 (2) / 술장사 노래

자료코드 : 04_18_FOS_20090214_PKS_MSA_0016

조사장소 : 경상남도 함양군 지곡면 개평리 상개평마을 마을회관

조사일시 : 2009.2.14

조 사 자 : 안범준, 김미라, 조민정

제 보 자 : 맹순안, 여, 76세

구연상황 : 앞의 노래에 이어서 계속 청춘가 가락으로 부른 것이다. 기억이 잘 안 나는지 부르는 도중에 잠시 청중에게 가사를 물어보고 다시 구연하였다.

　　　술 장사 십 년 한께~ 주전자 남고서~

　[청중들에게 가사를 물어보고 대답이 없자, 잠시 기억을 더듬는다.]

　　　세상에~ 못할 일은 막걸리 정사라~

　　　쳐주고 마셔 줘도 에헤~ 잠자자 하는구나

청춘가 (3)

자료코드 : 04_18_FOS_20090214_PKS_MSA_0017

조사장소 : 경상남도 함양군 지곡면 개평리 상개평마을 마을회관

조사일시 : 2009.2.14

조 사 자 : 안범준, 김미라, 조민정

제 보 자 : 맹순안, 여, 76세

구연상황 : 제보자는 앞에 노래에 이어 계속 불렀다.

　　　청춘만 되거-라~ 소-년만 되거라~

　　　몇 백 년 살더라도- 청춘만 되거라~

유세 노래

자료코드 : 04_18_FOS_20090214_PKS_MSA_0018

조사장소 : 경상남도 함양군 지곡면 개평리 상개평마을 마을회관

조사일시 : 2009.2.14
조 사 자 : 안범준, 김미라, 조민정
제 보 자 : 맹순안, 여, 76세
구연상황 : 제보자는 노래가 끝난 후 돈이 많아 유세를 부리는 노래라고 설명을 덧붙였다.

돈 나~온다 돈 나~온다 모시단 조끼도 돈 나온다

모시단 조끼 돈 나오나 하비단 조끼도 돈 나온다

얼씨구나 좋네 절씨구나 좋네 아니 노지를 못할래라

청춘가 (4) / 함양 읍내 군수야

자료코드 : 04_18_FOS_20090214_PKS_MSA_0019
조사장소 : 경상남도 함양군 지곡면 개평리 상개평마을 마을회관
조사일시 : 2009.2.14
조 사 자 : 안범준, 김미라, 조민정
제 보 자 : 맹순안, 여, 76세
구연상황 : 제보자는 청춘가로 부르는 노래를 기억나는대로 계속 이어서 불렀다. 조사자
가 많은 노래를 요청하였음에도 지치는 기색없이 적극적으로 호응하면서 노
래를 불러 주었다.

함양 읍내 군수야~ 딸 자랑~ 말아라~

돈 떨어-지면은- 에 좋다 니나 내나 같더라~

청춘가 (5) / 시내 풀이

자료코드 : 04_18_FOS_20090214_PKS_MSA_0020
조사장소 : 경상남도 함양군 지곡면 개평리 상개평마을 마을회관
조사일시 : 2009.2.14
조 사 자 : 안범준, 김미라, 조민정
제 보 자 : 맹순안, 여, 76세

구연상황 : 다른 제보자의 노래를 들으면서 자신이 부를 노래를 생각하고는 다음 노래를 했다. 역시 청춘가 가락으로 불렸는데, 자신이 즐겨 부르던 시내 풀이라고 하면서 구연하였다.

연애야~ 노래가~ 노랜 줄 아느~냐
시내야~ 풀이로 에헤이 노래를 부르지~

청춘가 (6) / 못된 며느리 노래

자료코드 : 04_18_FOS_20090214_PKS_MSA_0021
조사장소 : 경상남도 함양군 지곡면 개평리 상개평마을 마을회관
조사일시 : 2009.2.14
조 사 자 : 안범준, 김미라, 조민정
제 보 자 : 맹순안, 여, 76세
구연상황 : 노래를 하기 전에 마지막으로 부르겠다라고 하면서 다음 노래를 시작했다. 역시 청춘가 곡조로 부른 노래이다.

당신네- 며느-리~ 얌전타 하여도~
물동우 옆에 끼고- 에헤 양골련(양궐연, 즉 양담배) 들었네~

삼 삼기 노래

자료코드 : 04_18_FOS_20090214_PKS_PSI_0001
조사장소 : 경상남도 함양군 지곡면 개평리 상개평마을 마을회관
조사일시 : 2009.2.14
조 사 자 : 안범준, 김미라, 조민정
제 보 자 : 박순이, 여, 69세
구연상황 : 옆에서 청중이 제보자에게 노래를 권해서 부른 것이다.

잠아 잠아~ 오-지를- 마라~

이 삼아서 베 팔아서~

곰내 앞뜰 논을 사고~

논값 주고 남는 돈은 울 아버-지 술값 주고

술값 주고 남는-걸랑 우리- 동생 책값 주고

하늘에라 금송아지 이리저리- 밭을 갈아~

마른 데는 목화- 심고 추진(땅이 진) 데는 삼을 심지

동무 노래

자료코드 : 04_18_FOS_20090214_PKS_PSI_0002

조사장소 : 경상남도 함양군 지곡면 개평리 상개평마을 마을회관

조사일시 : 2009.2.14

조 사 자 : 안범준, 김미라, 조민정

제 보 자 : 박순이, 여, 69세

구연상황 : 제보자는 노래를 한 번 해 보겠다고 하면서 자진해서 다음 노래를 했다. 청중
들은 조용히 제보자의 노래를 들었다.

콩나물 같이-도~ 크-던 동무야~

무시씨(무우씨)인가 배차씨(배추씨)인가

에오타 골골이 다 헤쳤네

바람아 불-어라~ 구름아 밀어라

골골이 헤친 동무 한골로 다 밀어라

부모 탄로가

자료코드 : 04_18_FOS_20090214_PKS_PSI_0003

조사장소 : 경상남도 함양군 지곡면 개평리 상개평마을 마을회관

조사일시 : 2009.2.14

조 사 자 : 안범준, 김미라, 조민정

제 보 자 : 박순이, 여, 69세

구연상황 : 주변에서 웃으며 제보자에게 노래를 권유하자 부른 것이다. 청중들은 제보자
가 노래를 잘 부른다면서 칭찬하였다.

우리 부모- 날 설- 적에~ 죽신(죽순)나무를 원하시면

그 죽-신이 왕대되어 왕대 끝-에 학이 앉아

학은 점-점- 젊어온데 우리 부모는 늙으시네

신세 타령

자료코드 : 04_18_FOS_20090214_PKS_PSI_0004

조사장소 : 경상남도 함양군 지곡면 개평리 상개평마을 마을회관

조사일시 : 2009.2.14

조 사 자 : 안범준, 김미라, 조민정

제 보 자 : 박순이, 여, 69세

구연상황 : 다른 제보자들의 권유로 민요를 부르기 시작하였다. 혼자 산에 나물을 캐러
가거나 나무를 하러 갈 때 부르던 노래라고 하였다. 청중들도 재미있는 가사
라면서 모두 웃었다.

우리 아버지 날 놓라 말고 미꾸리나 만드시지~

미꾸리나 만들었으면 쌀보리나 담을 것을~

어이해서 나를 낳아서 요 고생을 시키는고~

모심기 노래

자료코드 : 04_18_FOS_20090214_PKS_PSI_0005

조사장소 : 경상남도 함양군 지곡면 개평리 상개평마을 마을회관

조사일시 : 2009.2.14
조 사 자 : 안범준, 김미라, 조민정
제 보 자 : 박순이, 여, 69세
구연상황 : 제보자는 이 노래를 불러보겠다 하면서 자진하여 노래를 불렀다. 청중들은 제
보자가 부르는 노래에 몰입하면서 칭찬을 아끼지 않았다.

오늘 해-는 다 졌는가~ 골-골-마다 연기 나네~

우리- 할-멈 어-디 가-고~ 연기-낼 줄~ 모르는고~

저- 건네라~ 잔솔밭에 새-간- 살로 가-고 없네

부모 연모요

자료코드 : 04_18_FOS_20090215_PKS_PSG_0001
조사장소 : 경상남도 함양군 지곡면 보산리 효산마을 마을회관
조사일시 : 2009.2.15
조 사 자 : 안범준, 김미라, 조민정
제 보 자 : 박승귀, 남, 66세
구연상황 : 조사자의 요청에 제보자가 다음 노래를 구연하였다. 치아의 상태가 좋지 못하
였지만 발음은 비교적 정확한 편이었다. 청중들은 박수를 치면서 제보자의 노
래에 호응하였다. 창부 타령 곡조로 부른 노래이다.

농창 농창 대추나무 초록-제비 앉아 운다

그 제비는 날캉 같이 한쪽 부모를 잃었던가

긴오가 천지 긴긴밤에 잠이 들어 못 오신데다

태자 밑에 열쇠가 없어 못 오시오 못 오시오

보고 싶네 보고 싶소 우리- 부모 보고 싶네

아니- 보면 안 될끼고 손톱 발톱 보고 젚다

얼씨구 좋다 절씨구 좋네 아니 노지는 못하리라

못 갈 장가 노래

자료코드 : 04_18_FOS_20090215_PKS_PSG_0002
조사장소 : 경상남도 함양군 지곡면 보산리 효산마을 마을회관
조사일시 : 2009.2.15
조 사 자 : 안범준, 김미라, 조민정
제 보 자 : 박승귀, 남, 66세
구연상황 : 제보자는 긴노래를 알고 있다고 하면서 자발적으로 구연하였다. 노래는 무척
         길이가 길었는데 가사를 잘 기억하였다. 청중들도 제보자의 기억력에 감탄하
         면서 노래를 경청하였다.

일구십팔 열여덟 살 먹어
앞집에 가서 꼬아 보고 뒷집에 가서 책력을 봐도
궁합에도 못 갈 장가 책력에도 못 갈 장가
내가 세-워 가는 장가 어느 누구가 말릴소냐
장가 짐을 차리 갖고
한 모랑이 돌아서니 까막 까치가 진동하고
두 모랑이 돌아서니 여우 한 놈이 발동하네
세 모랑이 돌아서니 비대 선 사람 쭉 나서나
두 손으로 주는 편지를 한 손으로 받아 보니
부고로다 부고로다 신부님 죽은 부고로다
앞에 가는 혼신애비 오던 길로 돌아서고
뒤에 오신 상갑사님 오던 길로 돌아서소
이양- 김에 나선 김에 내나 한번 가볼라요
동네 동네 다 지나가도 처가 동네만 남아 있고
골목 골목 다 지나가도 처가 골목만 남아 있네
한 대문을 썩 열고 들어서니 꽃쟁이는 꽃을 차고
두 대문을 열고 서니 널쟁이는 널을 개고
세 대문을 열고 보니 떡쟁이는 떡을 하고

네 대문을 열고 보니 가마꾼들이 발 맞춘다

왔소 왔소 나 여기 왔소 천리- 길로 나 여기 왔소

사우야 사우야 내 사우야 내 말 한마디 들어 봐라

장모 말씀 듣기 전에 신부방에 먼저 가요

신부- 방에 썩 들어서니

삼단 같은 머릴라큰 앞가슴에 사리 놓고

무슨 잠이 깊이 들어 나온 줄을 모르시나

같이 자자고 해 놓은 긴 베개 혼자 베고 가실라요

같이 덮자 해 놓은 이불 혼자 덮고 가실라요

같이 자자고 해 놓은 자리 혼자 자고 가실라요

간다 간다 나는 간다 오던 길로 나는 가네

형부 형부 우리 형부 이제 가면 언제 오요

뒷동산에 고목나무에 잎 피고 꽃 피면 내가 오요

자형 자형 우리 자형 이제 가면 언제 오요

동솥에다 삶아 놓은 강아지 봉봉 짖으면 내가 오지

형부 형부 사촌 형부 이제 가시면 언제 오요

삼년 묵은 꾀꼬리가 날개를 치면 내가 오지

매부야 매부 우리 사촌 매부 인제 가면 언제 오요

동솥에다 삶아 논 장닭이 날개를 치면 내가 오지

간다 가네 나는 갈래 오던 길로 나는 간다

얼씨구 좋고 절씨구나 좋구나 요로케 섧기는 나는 일생

총각 낭군 죽은 노래

자료코드 : 04_18_FOS_20090215_PKS_PSG_0003

조사장소 : 경상남도 함양군 지곡면 보산리 효산마을 마을회관
조사일시 : 2009.2.15
조 사 자 : 안범준, 김미라, 조민정
제 보 자 : 박승귀, 남, 66세
구연상황 : 제보자는 앞의 노래에 이어 자발적으로 다음 노래를 구연하였다. 앞의 노래와
달리 총각 낭군 먼저 죽는다는 노래이다.

진주- 남강 흐르는 물에 열무씨 씻는 저 처녀야

누구- 간장을 다 녹힐라고 저리 곱기도 잘생겼나

여보 총각- 그 말씀 마라 자도 용산 도라지 새미

세수하는 우리 언니 나보다도 더 잘났소

찾으러를 가세 찾으러를 가자 자도 용산을 찾어가자

빌립시다 빌립시다 냉수야 한 그릇 빌립시다

언제 봤던 님이라고 냉수야 한 그릇 빌릴소냐

겉에 그 물 좋지요 마는 속에야 속물이 나는 좋소

빌립시다 빌립시다 반지야 한 쌍을 빌립시다

언제 봤던 님이라고 반지야 한 쌍을 빌릴소냐

처녀- 보던 넉 달 만에 총각 낭군이 뱅이 들어

죽었단다 죽었-다네 총각 낭군이 죽었단다

딸아 딸아 막냉이 딸아 자도 용산 도라지 새미 세수하러 네 갔더냐

내 아니 갔소 내 아니 갔소 자도 용산 도라지 샘이 세수하러 내

아니 갔소

딸아 딸아 중간 딸아 자도 용산 도라지 새미 세수하러 네 갔더냐

내 아니 갔소 내 아니를 갔소 자도 용산 도라지 새미 세수하러 내

아니 갔소

딸아 딸아 맏이 딸아 자도 용산 도라지 새미 세수- 하러 네 갔더냐

내가 갔소 내가 갔소 자도 용산 도라지 새미 세수하러 내가 갔소

풀어- 쥐라 풀어를 쥐라 석자야 머리를 풀어 쥐라

언제 봤던 님이라고 석자야 머리를 풀어 줄까

끝을 풀까 중간을 풀까 고로- 고로 다 풀어도 꽃생이(꽃상여)는 안 떠났네

벗어 쥐라 벗어를 쥐라 석자야 속적삼 벗어 쥐라

언제 봤던 님이라고 석자야 속적삼 벗어 주리

속적삼을 벗어다가 꽃생이에다 걸쳐 놓고

동네 방네 다 돌아다녀도 꽃생이는 아니 가네

죽을 지니 가실라요 밥을 지으니 가실라요

고불고불 고부난 길에 화살같이도 달아난다

얼씨구 좋고 절씨구 좋네 아니 섧지를 못하리라

모심기 노래

자료코드 : 04_18_FOS_20090215_PKS_PSG_0004
조사장소 : 경상남도 함양군 지곡면 보산리 효산마을 마을회관
조사일시 : 2009.2.15
조 사 자 : 안범준, 김미라, 조민정
제 보 자 : 박승귀, 남, 66세
구연상황 : 조사자가 모심기 노래를 요청하자 제보자가 부른 것이다.

한-절~ 논에다가~ 신-나락을 부었더-니 잔~나락이 반치-로세

고라몬 저쪽에서 받아 줘야 되는 기라.

창부 타령

자료코드 : 04_18_FOS_20090215_PKS_PSG_0005
조사장소 : 경상남도 함양군 지곡면 보산리 효산마을 마을회관
조사일시 : 2009.2.15
조 사 자 : 안범준, 김미라, 조민정
제 보 자 : 박승귀, 남, 66세
구연상황 : 제보자가 자발적으로 이 노래를 구연하였다. 제보자는 구성진 목소리로 몸짓을
하면서 흥겹게 구연하였다. 청중들도 적극적으로 호응을 하면서 경청하였다.

삼가 햅천(합천) 늘어난 들판에 장기야 지고 가는 저 농부야
추진- 데랑 모를 심고 마른- 델랑 메물(메밀) 갈고
두렁 두렁 폽(팥)을 심어 폽 타작은 머슴이 하고
아들 형제는 공부를 하고 딸 형제는 베를 짜고
첩은 첩첩이 술 걸러 대고 본~ 댁은 바느질 하니
만쟁이가 늘어졌네
얼씨구 좋고 절씨구 좋네 아니- 노지는 못하리라

시누 올케 노래

자료코드 : 04_18_FOS_20090215_PKS_PSG_0006
조사장소 : 경상남도 함양군 지곡면 보산리 효산마을 마을회관
조사일시 : 2009.2.15
조 사 자 : 안범준, 김미라, 조민정
제 보 자 : 박승귀, 남, 66세
구연상황 : 제보자는 앞의 노래에 이어서 다음 노래를 가창하였다. 청중들은 계속 경청하였다.

수천당 세모시 나무 시누 올키가 군대를 매어
떨어졌다 떨어를 졌네 진주 남강에 떨어-졌다
공부-하는 오라버니 알장 살살 따라와서

앞에 빠진 제 동생은 건지는듯이 밀어넣고

뒤에 빠진 지 마누라는 밀어옇듯이 건져낸다

분통같은 요 내 얼굴이 물고기 밥이 웬말이요

오빠는 죽어 깨구리가 되고 나는 죽어 뱁새가 되어

만납시다 만납시다 칠월이라 칠석날에 대밭 속에서 만납시다

얼씨구 좋다 절씨구 좋네 아니 노지는 못하리라

노랫가락

자료코드 : 04_18_FOS_20090215_PKS_PSG_0001

조사장소 : 경상남도 함양군 지곡면 공배리 공배마을 마을회관

조사일시 : 2009.2.15

조 사 자 : 안범준, 정혜란, 김미라, 조민정

제 보 자 : 박쌍금, 여, 78세

구연상황 : 조사자의 요청에 제보자가 다음 노래를 가창하였다.

앞동산 달이 뜨고 오동추 한로 넘어가네

그때도 봄철이던가 사쿠라 꽃잎이 만발-했네

우-중에 우-비를 들고 학을 불-러라 극락 가자

(조사자 : 이 노래 뒤에 있습니까? 뒤에 있습니까?)

담안 고운 열매 따고 보니 앵두로세

앵두 따서 쟁반에 담고 임 오시기요 고대하요

얼씨구나 정도나 좋다네 어여나 목포가 좀 들어온다

(조사자 : 이거는 뭐할 때 부르는 노래입니까?)

(청중 : 그냥 놈서(놀면서) 부르는 노래지 뭐.)

놉서 부르는 노래.

농부가

자료코드 : 04_18_FOS_20090215_PKS_BOB_0001
조사장소 : 경상남도 함양군 지곡면 공배리 공배마을 마을회관
조사일시 : 2009.2.15
조 사 자 : 안범준, 정혜란, 김미라, 조민정
제 보 자 : 배옥분, 여, 83세
구연상황 : 제보자가 자발적으로 구연하였다. 민요의 곡조가 아니라 찬송가의 곡조에 가
까운 듯하다.

하느님 주신 우리나라 평평 노포가 왜 아닌가
노푸게 갈면 밭이 되고 야푸게 갈면 논이 된다
에에 에해야~ 상사디야

봄이 오면 소 몰아 상편 하편에 논밭 갈고
씨를 뿌려 덮어 놓으니 에루하 좋구나 싹이 났네
에에 에해야~ 상사디야

여름이 되면 비가 와서 아래 논 우편에 물 대 주고
모를 심어 에루야 좋구나 잘도 큰다
에에 에해야~ 상사디야

가을이 되면 추수하여 오곡 백곡을 쌓아 놓고
아들딸 남매 옹기종기 에루야 좋구나 풍년일세
에헤 에헤야~ 상사디야

풍년이 왔네 풍년이 와요 삼천리 강산에 풍년이 와
하느님 은혜에 감사하여 이렇게 노래를 불러 보세

모심기 노래

자료코드 : 04_18_FOS_20090215_PKS_BSD_0001
조사장소 : 경상남도 함양군 지곡면 보산리 효산마을 마을회관
조사일시 : 2009.2.15
조 사 자 : 안범준, 김미라, 조민정
제 보 자 : 백상동, 여, 76세
구연상황 : 조사자의 요청에 제보자가 모심기 노래를 구연하였다. 제보자는 목소리가 잘
나오지 않는다면서 노래를 길게 빼지 못했다.

다풀 다풀 타박-머리 해 다- 진데 어디 가노
저 건-네라 잔솔밭에 젖 묵으러 나는 가요

도라지 타령

자료코드 : 04_18_FOS_20090215_PKS_BSD_0002
조사장소 : 경상남도 함양군 지곡면 보산리 효산마을 마을회관
조사일시 : 2009.2.15
조 사 자 : 안범준, 김미라, 조민정
제 보 자 : 백상동, 여, 76세
구연상황 : 제보자가 앞서 부른 모심기 노래에 이어 자발적으로 불렀다. 제보자는 건강
상태가 좋지 않은지 호흡이 좋지 못하였다. 청중들도 제보자의 노래 솜씨가
예전 같지 못함을 안타까워 하였다.

도라지 도라지 산도-라지 심-심 산천에 백도라지
한두 뿌리만 캐어~도 대바구니 살살만 되노라
에헤야 데헤야 에헤야 에야라 난다 지화자 좋다
네가 내가 내 간장 스리살살 다 녹힌다

아이고, 안 된다.

도라지 캐로를 간다고- 우리 딸 삼형제 나가더니

총각 낭군 무덤에 삼오제 지내로 가는구나

에헤야 에헤야 에헤야 에야라 난다 기화자 좋다

네가 내 간장 스리살짝 다 녹힌다

사위 노래

자료코드 : 04_18_FOS_20090215_PKS_BSD_0003

조사장소 : 경상남도 함양군 지곡면 보산리 효산마을 마을회관

조사일시 : 2009.2.15

조 사 자 : 안범준, 김미라, 조민정

제 보 자 : 백상동, 여, 76세

구연상황 : 제보자가 자발적으로 이 노래를 구연하였다. 제보자는 건강 상태가 좋지 못하
였지만 적극적인 태도를 보였다. 청중들은 제보자의 노래를 경청하면서 적극
호응하였다.

진주 덕산 얼근 독에 찹쌀로나 지은 약주

딸- 키와 날 주신 장모 이 술 한잔 잡으시오

그 술라큰 자네가 묵고 내 딸이나 섬기 주게

섬길리요 섬길-리요 장모님 딸만큼 섬길리요

시누 올케 노래 / 남녀 연정요

자료코드 : 04_18_FOS_20090215_PKS_BSD_0004

조사장소 : 경상남도 함양군 지곡면 보산리 효산마을 마을회관

조사일시 : 2009.2.15

조 사 자 : 안범준, 김미라, 조민정

제 보 자 : 백상동, 여, 76세

구연상황 : 조사자의 요청에 제보자가 적극적인 태도로 구연하였다. 제보자는 차분하고 조용한 목소리로 노래를 불렀다. 제보자가 구연한 자료는 내용상 두 개의 노래가 하나로 합쳐진 것으로 보인다.

04_18_FOS_20090215_PKS_BSD_0004_s01 시누 올케 노래

농창 농창 베리 끝에 시누올키 꽃 꺾다가

떨어-졌네 떨어-졌네 낙동강으로 떨어졌네

우리 오빠 거동 보소 동생-을랑 밀쳐 놓고

지갱부터(자기 부인부터) 건질소냐

04_18_FOS_20090215_PKS_BSD_0004_s02 남녀 연정요

넘산 밑에 넘도령아 남산 밑에 남도령아

진산 밑에 진도령아 남산 밑에 남도령아

오만 나무 다 베여도 오죽설대랑 베지 마오

낚을라네 낚을-라네 낚시대로 낚을라네

낚아내면 능사로세 못 낚으면 낭사로네

능사 낭사 고를 맺아 풀리도록 살아 보세

나도 죽어 후세상엔 낭군부텀 섬기 볼래

쌍가락지 노래

자료코드 : 04_18_FOS_20090215_PKS_BSD_0005
조사장소 : 경상남도 함양군 지곡면 보산리 효산마을 마을회관
조사일시 : 2009.2.15
조 사 자 : 안범준, 김미라, 조민정
제 보 자 : 백상동, 여, 76세
구연상황 : 제보자는 자발적으로 다음 노래를 구연하였다. 제보자는 쌍가락지 노래의 전체를 부르지 못하고 일부분만 불렀다. 뒷 부분에 다른 노래의 사설을 붙여 불렀다.

동상 동–상 자는 방에 숨소–리가 둘이–로세

홍달 복숭 양오라베 거짓 말씀 말으시소

동남풍이 불어 풍지 떠는 소리로세

우리 동무 날 찾걸랑 연대 밑에 갔다 하소

삼단같이 얽힌 동무 부질없이 갈라지네

아리랑

자료코드 : 04_18_FOS_20090209_PKS_SHJ_0001
조사장소 : 경상남도 함양군 지곡면 개평리 개평마을 마을회관
조사일시 : 2009.2.9
조 사 자 : 안범준, 정혜란, 김미라, 이진영
제 보 자 : 송현자, 여, 84세
구연상황 : 조사자가 조사가 시작될 때부터 이 제보자에게 한 곡조 뽑아 달라고 부탁하
였으나 계속 거절했다. 그리고 조사가 끝나갈 때쯤 이 노래를 불렀다.

(조사자 : 아이고 드디어 부르십니까. 한번 불러 주십시오.)

아리랑 아리랑 아라리요~

아리랑 고개로 넘어간다

청천 하늘엔 잔별도 많고~

요 내야 가슴에 수심도 많다

아리랑 아리랑 아라리요~

아리랑 고개로 넘어간다

문경새재에 박달나무는~

큰애기 손질로 다 놀아간다

아리랑 아리랑 아라리요~

아리랑 고개로 넘어간다

문경새재에 박달나무는~
홍두깨 방망이로 다 놀아난다
아리랑 아리랑 아라리요~
아리랑 고개로 넘어간다

저기 저 산이 무슨 산이던가~
아리랑 고개로 넘어간다

우리가 요러다 죽어나지면~
어느야 친구가 날 찾아오나

모심기 노래 (1)

자료코드 : 04_18_FOS_20090208_PKS_SSD_0001
조사장소 : 경상남도 함양군 지곡면 창평리 창촌마을 마을회관
조사일시 : 2009.2.8
조 사 자 : 안범준, 정혜란, 문세미나, 이진영
제 보 자 : 심순동, 여, 82세
구연상황 : 조사자가 모심기 노래를 요청하자 제보자가 구연하였다. 청중들도 노래를 따라 부르면서 적극 호응하였다.

　　　서 마~지기 논-빼미는~ 반달~만 만침 남았네

　그리고 또,

　　　제-가~ 무슨 반달인-가~ 초승~달 달이 반달-이지

모심기 노래 (2)

자료코드 : 04_18_FOS_20090208_PKS_SSD_0002
조사장소 : 경상남도 함양군 지곡면 창평리 창촌마을 마을회관
조사일시 : 2009.2.8
조 사 자 : 안범준, 정혜란, 문세미나, 이진영
제 보 자 : 심순동, 여, 82세
구연상황 : 제보자가 모심기 노래에 이어 자발적으로 구연하였다. 제보자는 다음 노래가
　　　　　모심을 때 부르는 노래라고 하였는데 다른 마을에서 조사되지 않은 가사이다.

　　　평-풍~ 채이고 불- 쓴 방에~ 임도~ 아 앉고 나도나 앉네
　　　임의~ 물팍(무릎) 나 좀 베고 임도~이 있고 나도나 있- 네

　(청중 : 좋다.)

　(조사자 : 이건 뭐할 때 부르는 노래입니까?)
　모 심굴 때 부르는 노래.

창부 타령

자료코드 : 04_18_FOS_20090208_PKS_SSD_0003
조사장소 : 경상남도 함양군 지곡면 창평리 창촌마을 마을회관
조사일시 : 2009.2.8
조 사 자 : 안범준, 정혜란, 문세미나, 이진영
제 보 자 : 심순동, 여, 82세
구연상황 : 창부 타령을 한 소절 불러 보겠다고 하면서 제보자가 자발적으로 구연하였다.
　　　　　청중들은 모두 박수를 치면서 적극 호응하였다.

　　　노자 좋다 젊어서 놀아~ 늙고 병들면 못 노나~니
　　　화-무는 십일홍이오~ 달도 차-면은 기우나~니
　　　인생은 일장춘몽에 아니 노-지를 못 하리-라

(청중 : 잘하네. 하나도 안 잊어버리고 잘하네.)

(조사자 : 이거는 고마 부르는 노랫가락입니까?)

예, 노랫가락이라.

청춘가

자료코드 : 04_18_FOS_20090208_PKS_SSD_0004

조사장소 : 경상남도 함양군 지곡면 창평리 창촌마을 마을회관

조사일시 : 2009.2.8

조 사 자 : 안범준, 정혜란, 문세미나, 이진영

제 보 자 : 심순동, 여, 82세

구연상황 : 제보자는 자발적으로 다음 노래를 구연하였다. 청중들은 제보자가 노래를 잘
한다고 칭찬하면서 적극 호응하였다. 제보자는 이에 부응하듯이 더욱 신나게
구연하였다.

꽃같은 울~ 오래비~ 일본 동경 가고여~

앵두 같은 우리 올키 어~ 철골이 진다네~

철골이 진다고~ 편지를- 했더니~

답장이 오기를 어~ 살로(살러) 가라 하네

갈라네 갈라-네~ 나는 갈라네- 에~

아들딸 그리고~ 어허- 나는 갈라네

모심기 노래 (3)

자료코드 : 04_18_FOS_20090208_PKS_SSD_0005

조사장소 : 경상남도 함양군 지곡면 창평리 창촌마을 마을회관

조사일시 : 2009.2.8

조 사 자 : 안범준, 정혜란, 문세미나, 이진영
제 보 자 : 심순동, 여, 82세
구연상황 : 조사자가 모심기 노래를 요청하자 제보자가 부른 것이다.

　　　물꼬~ 철-철 흘려 놓고~ 주-인 양 양반 어-데로 갔-소

　응, 또 이번은 모르겠다.

　　　쪼막 도치(도끼) 걸머지고 소 잡아라고 가고 없네

　그라고,
　(청중 : 뭐 낮에도 가고 밤에도 가고)

　　　수건 수건 반 베나 수건~ 낮에 걸고 밤-에도 거네
　　　낮으로는 놀러- 가고~ 밤으~로 로는 잠 자-러 가네

　첩의 집에 가는 기라.

창부 타령

자료코드 : 04_18_FOS_20090215_PKS_YII_0001
조사장소 : 경상남도 함양군 지곡면 보산리 정취마을 838번지
조사일시 : 2009.2.15
조 사 자 : 안범준, 정혜란, 김미라, 조민정
제 보 자 : 양이임, 여, 81세
구연상황 : 제보자는 말없이 앉아 있다가 주변에서 노래를 권유하자 다음 노래를 부르기
　　　　　시작했다. 편안한 자세에 차분한 목소리로 구연하였다.

　　　노자 좋다 젊-어서 놀아 늙고 병들면 못 노-니라
　　　한 나이나 젊-었을 적에 먹고 쉬고 놀아- 보자

신세 타령

자료코드 : 04_18_FOS_20090215_PKS_YII_0002
조사장소 : 경상남도 함양군 지곡면 보산리 정취마을 838번지
조사일시 : 2009.2.15
조 사 자 : 안범준, 정혜란, 김미라, 조민정
제 보 자 : 양이임, 여, 81세
구연상황 : 제보자는 자발적으로 다음 노래를 가창하였다. 청중들은 제보자의 노래 솜씨
에 감탄하면서 박자를 맞추며 적극 호응하였다.

지리산에 박달나무는 홍두깨 방망이로 다 나-가고
뒷동산에 먹감나무는 한량들 칼집으로 다 나가고
우리 같-은 이십 대는 총각~ 품에서 놀아나고
그때 그 시절 어디로 가고 요 모양-이 되었느냐

모심기 노래 (1)

자료코드 : 04_18_FOS_20090215_PKS_YII_0003
조사장소 : 경상남도 함양군 지곡면 보산리 정취마을 838번지
조사일시 : 2009.2.15
조 사 자 : 안범준, 정혜란, 김미라, 조민정
제 보 자 : 양이임, 여, 81세
구연상황 : 제보자가 자발적으로 모심기 노래를 불렀다. 옆에 있던 청중인 노상림도 제보
자와 같이 불렀다.

서 마~지기- 논빼-미는~ 반달만 만침은 남았네
제가~ 무~슨- 반달인고~ 초승~달이 반-달이지

그기 모 심구는 노래라.

(청중 : 그믐달도 반달이네.)

모심기 노래 (2)

자료코드 : 04_18_FOS_20090215_PKS_YII_0004
조사장소 : 경상남도 함양군 지곡면 보산리 정취마을 838번지
조사일시 : 2009.2.15
조 사 자 : 안범준, 정혜란, 김미라, 조민정
제 보 자 : 양이임, 여, 81세

구연상황 : 노래를 부르지 않겠다고 사양하다가 조사자의 거듭된 요청에 다음 노래를 불
렀다. 제보자는 차분한 목소리로 노래를 길게 빼면서 불렀다. 청중들도 제보
자의 노래 솜씨에 놀라며 경청하였다.

새는~ 펄- 펄- 재~를 넘고~ 나에 가 갈길 천-리로세
천리야~ 제가 임이던가~ 제만 자- 가고 낙루한다

신세 타령

자료코드 : 04_18_FOS_20090215_PKS_YII_0005
조사장소 : 경상남도 함양군 지곡면 보산리 정취마을 838번지
조사일시 : 2009.2.15
조 사 자 : 안범준, 정혜란, 김미라, 조민정
제 보 자 : 양이임, 여, 81세

구연상황 : 제보자가 자발적으로 구연하였다. 평소에 자신의 신세를 한탄하면서 부르던
노래라고 하였다. 청중들도 노래에 깊이 공감하면서 경청하였다.

깊은 산중 고드름은 봄만 되면 녹아난데
내 가-슴에 맺힌 근심은~ 어느 시절에 풀리나냐

뭐 그런 노래나 부르지.

연정요

자료코드 : 04_18_FOS_20090215_PKS_YII_0006
조사장소 : 경상남도 함양군 지곡면 보산리 정취마을 838번지
조사일시 : 2009.2.15
조 사 자 : 안범준, 정혜란, 김미라, 조민정
제 보 자 : 양이임, 여, 81세
구연상황 : 조사자가 다른 노래를 요청하자 제보자가 잠시 가사를 생각하다가 구연하였
다. 제보자는 바른 자세로 앉아 차분한 목소리로 노래를 불렀다.

운붕 빚은 정각 숲에 새소리가 요란하다―

그 새소리를 듣고 보니 울언 임은 도승하네

임이 죽어 새가 되서 정각 숲으로 돌아왔나

임아 임아 무정한 임아 나 온 줄을 왜 모르냐

낮으로는 춘새 끝에 밤으로는 내 품안에

그―것도 부족해서 산 나무 위에 올라 앉아 니 모습만 치다본다

이리 감성 군담하고 저리 감성~ 군담하고

너 하는 군담 소리 내 가슴이 다 무너진다

도라지 타령

자료코드 : 04_18_FOS_20090215_PKS_YII_0007
조사장소 : 경상남도 함양군 지곡면 보산리 정취마을 838번지
조사일시 : 2009.2.15
조 사 자 : 안범준, 정혜란, 김미라, 조민정
제 보 자 : 양이임, 여, 81세
구연상황 : 청중들이 제보자가 노래를 잘 부른다면서 계속 권유하자 제보자가 이에 응하
여 구연하였다. 제보자는 싫은 내색 없이 즐겁게 노래를 불렀다.

도라지 도라지 도라―지~ 심심산천에 백도라지

한두 뿌래이만 캐면은~ 서방님 반찬만 되노라

에헤용 에헤용 에헤에용 어여라 난다 지화자 좋다

니가 내 간장 스리살살 다 녹아난다

시누 올케 노래

자료코드 : 04_18_FOS_20090215_PKS_YII_0008

조사장소 : 경상남도 함양군 지곡면 보산리 정취마을 838번지

조사일시 : 2009.2.15

조 사 자 : 안범준, 정혜란, 김미라, 조민정

제 보 자 : 양이임, 여, 81세

구연상황 : 조사자가 노래의 첫머리를 말하자 제보자는 알고 있는 노래라고 하면서 구연
하였다. 청중들은 박수를 조용히 치면서 제보자의 노래를 경청하였다.

농창 농창 벼리 끝에 시누 올케 꽃 꺾다가

떨어졌네 떨어졌네 낙동강에 떨어졌네

앞에 오는 날 제치고 뒤에 오는 올케 잡아

나도 죽어 후세상에 같은 임을 만날꺼다

노랫가락 / 그네 노래

자료코드 : 04_18_FOS_20090209_PKS_YSS_0001

조사장소 : 경상남도 함양군 지곡면 개평리 개평마을 마을회관

조사일시 : 2009.2.9

조 사 자 : 안범준, 정혜란, 김미라, 이진영

제 보 자 : 유순선, 여, 74세

구연상황 : 어린 시절 이야기를 하는 동안 갑자기 불렀다. 노래가 끝난 뒤 박수를 치며
조사자가 정 노래냐는 질문을 했고 제보자는 그렇다는 대답을 했다.

수-천당 세모시 낭근(나무에)~ 늘어진 가-지다 그네를 매어~

임이 뛰면 내-가나 밀고~ 내가 뛰면은- 임이 밀어~

임아 임아 줄 살살 밀어 줄 떨어-지면은 정 떨어진-다

모심기 노래 (1)

자료코드 : 04_18_FOS_20090208_PKS_YHJ_0001
조사장소 : 경상남도 함양군 지곡면 마산리 수여마을 마을회관
조사일시 : 2009.2.8
조 사 자 : 안범준, 정혜란, 김미라, 이진영
제 보 자 : 유휘자, 여, 72세
구연상황 : 제보자는 자발적으로 모심기 노래라고 하면서 구연하였다. 노래가 불리는 상
황을 설명해 주면서 구연했다. 청중들도 제보자의 노래를 유심히 들으면서 잘
부른다고 칭찬하였다.

이- 논~에-라 모-를 심-어~ 장에 나서 영-화로-세

우-리~ 동-생 곱-게-나 길러~ 갓-을 씌-워 영-화-로-세~

알-금 삼삼~ 고-우나 처-녀 채-소밭-에~ 왔-다-가 가네~

우리 모 숭굴 때 너무 지겹고 심심하면 이래 불렀어.

올- 때~ 갈- 때~ 빛-만 보-고~ 장-부 간-장 간장만 다 녹-히네

모심기 노래 (2)

자료코드 : 04_18_FOS_20090208_PKS_YHJ_0002
조사장소 : 경상남도 함양군 지곡면 마산리 수여마을 마을회관
조사일시 : 2009.2.8
조 사 자 : 안범준, 정혜란, 김미라, 이진영

제 보 자 : 유휘자, 여, 72세

구연상황 : 조사자가 모심기 노래의 첫머리를 유도하자 제보자는 알고 있는 노래라고 말하며 적극적으로 불러 주었다. 제보자는 소리를 주고 받는 상황을 설명하면서 구연하였다.

(조사자 : 서 마지기 논배미가 반달만치 남았구나 이런 노래도 있지 않습니까?)

그게 모 심는 노래라. 서 마지기 논배미가 다 심고 반달만치 남았구나. 그것도 불러줄까?

서 마지기 논빼미는~ 반-달-만큼 남-았-구나

요거는 일 절이고.

제-가~ 무-슨 반-달인가~ 초-승-달이 반-달이지

고거는 이 절이고.

다리 세기 노래

자료코드 : 04_18_FOS_20090208_PKS_YHJ_0003

조사장소 : 경상남도 함양군 지곡면 마산리 수여마을 마을회관

조사일시 : 2009.2.8

조 사 자 : 안범준, 정혜란, 김미라, 이진영

제 보 자 : 유휘자, 여, 72세

구연상황 : 조사자가 제보자에게 놀면서 부른 노래도 괜찮다고 불러 달라고 유도하자 그건 노래도 아니라며 읊조리듯이 불렀다. 노래로 불러 달라고 요청했지만 곡이 없이 그냥 했다고 하면서 구연하였다.

그건 노래도 아니라.

(조사자 : 그런 노래도 괜찮습니다. 놀이 놀면서 부른 것도 괜찮습니다.)

그걸 가락으로 할 수 있는가?

이거리 저거리 갓거리

진주 맹금 도맹금

짝발이 해양금

도래줌치 사래육

육도 육도 전라육

전라남도 조개육

하늘에 올라

제비 끄트머리 장도칼 [청중 웃음]

그건 그랴.

아리랑

자료코드 : 04_18_FOS_20090208_PKS_YHJ_0004
조사장소 : 경상남도 함양군 지곡면 마산리 수여마을 마을회관
조사일시 : 2009.2.8
조 사 자 : 안범준, 정혜란, 김미라, 이진영
제 보 자 : 유휘자, 여, 72세
구연상황 : 다른 제보자에게 조사자가 아리랑 같은 것을 알지 않느냐고 묻자, 제보자는
그건 요새도 하는 것이 아니냐고 했다. 그리고 가사를 읊어보자 조사자가 노
래로 불러 달라고 요청을 했다.

(조사자 : 아리랑 같은 노래는 잘 아시지 않습니까?)

아리랑?

(조사자 : 예, 아리랑도 괜찮습니다.)

그건 요새 하는 거 아니요?

(조사자 : 아, 그것도 괜찮습니다.)

아리랑 아리랑 아라리요 아리랑 고개로 넘어간다

(조사자 : 노래로 좀 불러 주십시오.)

아-리-랑- 아-리-랑 아-라-리-요~

아-리랑- 고-개-로 넘-어간다~

나-를 두-고 가시는 님은~

십-리-도~ 못- 가서- 발-병 난다~

나물 캐는 노래

자료코드 : 04_18_FOS_20090208_PKS_YHJ_0005
조사장소 : 경상남도 함양군 지곡면 마산리 수여마을 마을회관
조사일시 : 2009.2.8
조 사 자 : 안범준, 정혜란, 김미라, 이진영
제 보 자 : 유휘자, 여, 72세
구연상황 : 나물을 캐면서 불렀던 노래도 있지 않느냐고 제보자에게 물었다. 그러자 가만
히 있어 보라며 한참 생각을 한 후 다음 노래를 불렀다. 도라지 타령조로 구
연하였다.

(조사자 : 나물 캐면서 불렀던 노래 그런거 기억 안 나십니까?)

가만 있어 봐.

나물 캐러를 간다-고 요리 핑계 조리 핑계 대-더-니~

논두렁 밑에 앉-아서~ 시집갈 공론만 한-다-네

에-헤-요 에-헤-요 에-헤-에요~

어-야-라 난-다 지화자자- 좋-다

내가 내 간장 스리설설 다 녹힌다-

나물 캐러 간다고 요 핑계 저 핑계 대놓고 논두렁 밑에 앉아서 시집갈 공론만 한다 캐.

노랫가락

자료코드 : 04_18_FOS_20090208_PKS_YHJ_0006
조사장소 : 경상남도 함양군 지곡면 마산리 수여마을 마을회관
조사일시 : 2009.2.8
조 사 자 : 안범준, 정혜란, 김미라, 이진영
제 보 자 : 유휘자, 여, 72세
구연상황 : 제보자는 노랫가락이나 아무 노래나 괜찮냐며 조사자에게 물었다. 조사자가 괜찮다고 하자 바로 다음 노래를 불렀다.

마-산-서 백-마-를 타-고 진주 못등에 썩- 올라-서-니~

연-꽃은 만발-을 하-고 수양버-들-은 축 늘어졌네~

수양버들- 가-지 가지에 이내 몸 수-심도 가지- 가-지~

봄배추 노래

자료코드 : 04_18_FOS_20090208_PKS_YHJ_0007
조사장소 : 경상남도 함양군 지곡면 마산리 수여마을 마을회관
조사일시 : 2009.2.8
조 사 자 : 안범준, 정혜란, 김미라, 이진영
제 보 자 : 유휘자, 여, 72세
구연상황 : 제보자는 자진하여 다음 노래를 불렀다. 가사를 한참 기억하다가 생각이 나자 바로 구연하였다.

포록포록 봄배-추는 밤이슬 오기만 기다리고~

옥에 갇힌 춘향이-는 이도령 오기만 기다린다~

얼씨구 절씨구 지화자 좋다 아니에 놀지는 못하리라

(조사자 : 이 노래는 뭐 하시면서 부르는 노래예요?)
그냥 부르는 노래라, 그냥.

미인 연정요

자료코드 : 04_18_FOS_20090208_PKS_LJS_0001
조사장소 : 경상남도 함양군 지곡면 마산리 수여마을 마을회관
조사일시 : 2009.2.8
조 사 자 : 안범준, 정혜란, 김미라, 이진영
제 보 자 : 이재석, 남, 85세
구연상황 : 청중들이 제보자에게 노래를 불러보라고 하자 바로 다음 노래를 불렀다.

김씨 딸아 엄마 따라지 하 잘났다고 소문 듣고
한 번을~ 가도 못 볼레라 두 번을 가도 못 볼레요
삼~세-번 그 덕을 가니 식음 시키듯 정구댁
삼선버선 맵시도 좋기에 곱기에 곱기도 끼워 신고
무명-지라 단속곳은 성노에 주름을 잡아 입고
노방-조라 접저고리다가 대자 고름을 길게 달아
어깨 너머에다가 던져 놓고 아홉-가닥 땋은 머리에다가
쑥고사(갑사) 댕기를 반만 물려 발 뒷굼치에 어른어른
모시~적삼 홑적삼 안에 분통같-은 그 젖통이
많~이 보면-은~ 병이 날기고 정-들 만큼만 보고 가소
한-많은 처녀 몸- 치고야 총각 하나 심정을 못 녹히리

노랫가락

자료코드 : 04_18_FOS_20090215_PKS_LTS_0001
조사장소 : 경상남도 함양군 지곡면 공배리 공배마을 마을회관
조사일시 : 2009.2.15
조 사 자 : 안범준, 정혜란, 김미라, 조민정
제 보 자 : 이태순, 여, 78세
구연상황 : 제보자가 자발적으로 다음 노래를 구연하였다. 제보자의 목소리는 탁한 편이
지만 구성지게 노래를 불렀다. 청중들도 제보자의 노래를 따라 부르면서 적극
적으로 호응하였다. 노래의 내용은 여러 가지로 봄배추 노래, 남녀 연정 노래
가 이어져 있다.

마산서 백마를 타고 진주 못등에 썩 올라서니
연꽃은 봉지를 짓고 수양- 버들은 춤 잘 춘다
수양버들 춤 잘 추-는데 우리 인생은 춤 못 추리

새들새들 봄배차는 봄이슬 오기만 고대하여
옥에 갇힌 춘향이는 이도령 오기만 고대하여
얼씨구나 정도나 좋네 요롷게 좋으면은 논 팔겄

남산 우에 남도령아 주산 밑에 숫처녀야 나물 캐로나 아니 갈래
가기사 가지요만은 신도 없-고 칼도 없-소
남도령 줌치 탈탈터니 한 돈 반이 남았구나
한 돈 주고 신 사신고 반 돈 주고 칼 사담아
올라가면 올라가면 올개사리(올고사리) 느끈 느끈 끊어 담고
내리가면 늦개사리(늦고사리) 느끈 느끈 끊어 담아
물 좋고 경치 좋은데 점심밥을 먹을라니
남도령 밥은 쌀밥-이요 숫처녀 밥은 보리밥이라
숫처녀 밥은 남도령이 먹고 남도령 밥은 숫처녀 먹고
점심밥을 먹은 후에 백년언약을 맺었구나

얼씨구나 좋네 지화자 좋네 아니 노지는 못하리라

남녀 연정요

자료코드 : 04_18_FOS_20090215_PKS_LTS_0002
조사장소 : 경상남도 함양군 지곡면 공배리 공배마을 마을회관
조사일시 : 2009.2.15
조 사 자 : 안범준, 정혜란, 김미라, 조민정
제 보 자 : 이태순, 여, 78세
구연상황 : 조사자가 노래를 요청하자 제보자가 적극적인 태도로 구연하였다. 청중들도
제보자와 함께 박수를 치면서 노래를 불렀다.

울도 담도 없는 집에 맹지베(명주베) 짜는 저 처녀야

맹지베라 두다가 짜고 고개 슬끔 들어 봐라

아따 그 총각 꾀도 많아 그라다가 선볼라꼬 [청중 웃음]

모심기 노래 (1)

자료코드 : 04_18_FOS_20090209_PKS_JMB_0001
조사장소 : 경상남도 함양군 지곡면 개평리 개평마을 마을회관
조사일시 : 2009.2.9
조 사 자 : 안범준, 정혜란, 김미라, 이진영
제 보 자 : 정명분, 여, 82세
구연상황 : 마을회관에 앉아 있는 할머니 중 몇 명만 방으로 들어왔다. 조사자가 여러 종
류의 노래를 읊으면서 부를 줄 아느냐는 질문에 처음에는 잘 모르겠다고 하
다가 제보자 옆에 있던 청중이 부추겨서 부르기 시작했다. 앞부분을 부르고
뒷부분을 받아야겠다며 옛날엔 부르는 사람이 있으면 받는 사람이 있다는 이
야기까지 하면서 이어서 불렀다.

서 마-지-기 논-빼-미가~ 반- 달-만-큼 넘- 남-았-네~

제가 무-슨 반-달인고~ 초생-달-이 반-달이지~

모심기 노래 (2)

자료코드 : 04_18_FOS_20090209_PKS_JMB_0002
조사장소 : 경상남도 함양군 지곡면 개평리 개평마을 마을회관
조사일시 : 2009.2.9
조 사 자 : 안범준, 정혜란, 김미라, 이진영
제 보 자 : 정명분, 여, 82세
구연상황 : 앞에 모심기 노래를 한 편 부른 뒤 계속 불러 달라는 조사자의 요청에 응하
여 노래를 또 불렀다.

우리- 동생 곱게나 길러~ 갓을 씌-와 영화로세~
이 논-에다 모를 심어~ 장-잎 나서 영-화로세~

모심기 노래 (3)

자료코드 : 04_18_FOS_20090209_PKS_JMB_0003
조사장소 : 경상남도 함양군 지곡면 개평리 개평마을 마을회관
조사일시 : 2009.2.9
조 사 자 : 안범준, 정혜란, 김미라, 이진영
제 보 자 : 정명분, 여, 82세
구연상황 : 모심기 노래 2편을 부른 뒤 기억을 잘 한다는 주변사람의 말에 제보자가 한
곡 더 불렀다. 노래가 끝난 뒤 박수가 이어졌다.

오늘- 해-가 다 졌는-데~ 골-골마-다- 연기가 나네~
울-언 님은 어-데를 가고~ 연기 낼 줄 모-르는고~

청춘가 (1)

자료코드 : 04_18_FOS_20090209_PKS_JMB_0004
조사장소 : 경상남도 함양군 지곡면 개평리 개평마을 마을회관
조사일시 : 2009.2.9
조 사 자 : 안범준, 정혜란, 김미라, 이진영
제 보 자 : 정명분, 여, 82세
구연상황 : 모심기 노래를 연달아 3편을 이어 부른 후 제보자와 사적인 대화를 주고받다
가 청춘가를 조금 안다고 하면서 부른 것이다. 제보자, 청중, 조사자들이 함께
박수를 치면서 흥을 나눴다.

청춘만 되거라 이요~ 청춘만 되거라~
몇백 년이 가더래도 에~ 청춘만 되거라~

가는지 모르게 에효~ 내 청춘이 가고요~
오는지 모르게 에~ 백발이 왔구나~

우수 경첩에 이요~ 대동강 풀리고
정든 님 말소리에~ 내 가슴 풀린다

우리가 살면은 이요~ 몇백 년 살겠노~
먹고야 씨고야~ 살아나 갑시다

무정세월이 이요~ 덧없이나 가구요~
허송세월에 에~ 백발이 되었구나~

괄시를 말어라 이요~ 날 괄시를 말아라~
백발된 이 몸을 에~ 괄시를 말아라~

청춘가 (2)

자료코드 : 04_18_FOS_20090209_PKS_JMB_0005
조사장소 : 경상남도 함양군 지곡면 개평리 개평마을 마을회관
조사일시 : 2009.2.9
조 사 자 : 안범준, 정혜란, 김미라, 이진영
제 보 자 : 정명분, 여, 82세
구연상황 : 청춘가를 하나 부르고 다른 제보자가 노래를 부를까 싶어 이야기를 나누는
동안, 제보자가 기억을 되살려 다시 청춘가를 한 곡조 더 불렀다.

청춘 청춘아 이요~ 네 자랑 말-어-라~
청춘 청춘에 에~ 늘 청춘 아닐레라~

당신이 날만큼 이요~ 정-을 준다이면~
가시밭길 천리라도 에~ 발 벗고나 갈기라~

한강 물 흘러서 이요~ 바다로 가고요~
내 청춘 흘러서 에~ 백발이 되는구나~

청춘가 (3)

자료코드 : 04_18_FOS_20090209_PKS_JMB_0006
조사장소 : 경상남도 함양군 지곡면 개평리 개평마을 마을회관
조사일시 : 2009.2.9
조 사 자 : 안범준, 정혜란, 김미라, 이진영
제 보 자 : 정명분, 여, 82세
구연상황 : 연달아 '청춘가'를 9곡을 부른 후 다른 제보자가 더 노래를 하지 않자 제보자
가 다시 기억나는 노래를 불렀다.

꽃이 고와-도 이요~ 천추야 단절이요~
당신이 고와도 에~ 이삼십에 안쪽이라~

노자 좋-구나 이요~ 젊어서- 놉시다~
늙고야 병이 들면 에~ 못 노-나니라~

모심기 노래 (4)

자료코드 : 04_18_FOS_20090209_PKS_JMB_0007
조사장소 : 경상남도 함양군 지곡면 개평리 개평마을 마을회관
조사일시 : 2009.2.9
조 사 자 : 안범준, 정혜란, 김미라, 이진영
제 보 자 : 정명분, 여, 82세
구연상황 : 조사자가 노래들을 말하니 안 불러 보니까 다 잊어버린다며 여러 명이서 함께 부르면 조금 알겠는데 아무도 하지 않으려 하니까 못 부르겠다는 이야기를 했다. 그러던 중 제보자가 모심기 노래를 하나 불렀다.

다-풀-다-풀 타-박-머-리~ 해- 다 진-데 어-데를- 가노~
우리- 엄-마 산-소나 등에~ 젖- 먹-으-로 나는- 가네~

모심기 노래 (5)

자료코드 : 04_18_FOS_20090209_PKS_JMB_0008
조사장소 : 경상남도 함양군 지곡면 개평리 개평마을 마을회관
조사일시 : 2009.2.9
조 사 자 : 안범준, 정혜란, 김미라, 이진영
제 보 자 : 정명분, 여, 82세
구연상황 : 앞 노래를 다 부르고 다른 분들이 도라지 타령도 있을 거라는 이야기를 하는 사이 제보자가 바로 노래를 불렀다.

해 다 지-고 날 저문 날에~ 꽃-배 없-는 손아-가네~
꽃밸라컨 손에다 들고~ 소- 찾으-로 나 는 가네~

청춘가 (4)

자료코드 : 04_18_FOS_20090209_PKS_JMB_0009
조사장소 : 경상남도 함양군 지곡면 개평리 개평마을 마을회관
조사일시 : 2009.2.9
조 사 자 : 안범준, 정혜란, 김미라, 이진영
제 보 자 : 정명분, 여, 82세
구연상황 : 제보자는 갑자기 기억나는 노래를 부르기 시작했다. 여러 명서서 자기 흥에
　　　　　박수를 치고 정명분과 정순조가 번갈아 가며 계속 노래를 이어 나갔다. 청중
　　　　　도 '맞다 좋다 좋다'로 추임새를 넣으며 호응을 했다.

좋다 윤손아~ 뱃머리 눌러라~
보기 싫어 저 영감이 에~ 뒤따라 오는구나~

우리가 일하다가~ 죽어나지면-은~
어느 친구가 에~ 날 찾아 오겠누~

우리의 청춘은~ 장일 줄 아느냐~
하루 아침 풀잎에 에~ 이슬도 갔구나~

가지 많은 나무에~ 바람 잘 날 없고서~
자석 많은 이내 몸은 에~ 수심 잘 날이 없구나~

한 대 쪽쪽에~ 정 들여 놓고요~
이별이 잦아서 에~ 내 못 살겠구나~

청천 하늘에야~ 잔별도 많고서~
요내야 가슴은 에~ 수심 잘 날이 없구나~

이내- 노래가~ 정 노래가 아니라~
폴 속에 우러나온~ 치마 풀이다~

베 짜기 노래

자료코드 : 04_18_FOS_20090209_PKS_JMB_0010

조사장소 : 경상남도 함양군 지곡면 개평리 개평마을 마을회관

조사일시 : 2009.2.9

조 사 자 : 안범준, 정혜란, 김미라, 이진영

제 보 자 : 정명분, 여, 82세

구연상황 : 앞에 청춘가를 이어 부르다가 베틀 노래를 할 수 있는 분이 있느냐는 조사자
의 질문에 서로 기억이 나지 않는다고 했다. 그리고는 다른 분들에게 서로 해
보라고 권하다가 이야기로 넘어갔다. 이야기 구연이 끝난 뒤 제보자가 다음
노래를 시작했다.

헤야 에헤이야 에헤이야 에헤야 에루야 양산도라

양산도 큰아기 베 짜는 소-리~

질 가던 총각이 질 못 가게 됐네~

아헤-에야 에헤헤- 에헤야 에헤나 양산도라

청춘가 (1)

자료코드 : 04_18_FOS_20090209_PKS_JSJ_0001

조사장소 : 경상남도 함양군 지곡면 개평리 개평마을 마을회관

조사일시 : 2009.2.9

조 사 자 : 안범준, 정혜란, 김미라, 이진영

제 보 자 : 정순조, 여, 81세

구연상황 : 정순조 제보자는 아무 노래나 하면 되느냐고 질문을 했다. 그렇다고 하자 청
춘가를 한 곡조를 더 불렀다. 뒤에 정명분이 이어서 불렀다.

세월아- 네월아~ 아니 오고 가지를 말아요~

아까운 내 청춘 에헤에에이~ 다 늘어진고나~

세월이 가는 것은~ 원통치 않은데~

내 청춘 늙는 것이 에헤에에이~ 원통-하-구-나~

청춘가 (2)

자료코드 : 04_18_FOS_20090209_PKS_JSJ_0002
조사장소 : 경상남도 함양군 지곡면 개평리 개평마을 마을회관
조사일시 : 2009.2.9
조 사 자 : 안범준, 정혜란, 김미라, 이진영
제 보 자 : 정순조, 여, 81세
구연상황 : 제보자가 갑자기 노래를 하였고 중간에 추임새로 다른 분이 '잘한다'라는 소
리를 했다.

산골에- 흐르는- 물~ 산속을 누-리고~
눈에서 흐르는 물 에이~ 속 썩은 눈물이라~

권주가

자료코드 : 04_18_FOS_20090209_PKS_JSJ_0003
조사장소 : 경상남도 함양군 지곡면 개평리 개평마을 마을회관
조사일시 : 2009.2.9
조 사 자 : 안범준, 정혜란, 김미라, 이진영
제 보 자 : 정순조, 여, 81세
구연상황 : 제보자가 자연스럽게 다음 권주가를 불렀다. 노래를 부른 후 노래에 얽힌 이
야기를 했다.

서른 세 칸~ 기와진 집에~
제비동동- 저 선부(선비)야~
은잔에라 은잔 바쳐~ 놋잔에라 놋잔 바쳐~
그 술 한-잔 잡으시면~ 우리 언-니 백년상주~

부여 보소- 부여 보소 주춧돌에- 부여보소~

[가사와 관련된 설화를 구연하였다.]

아요, 저기 인자 형이가, 언니가 결혼을 했는데, 형부가 인자 행청에 들어섰을 때 술을 부서 그석 한다 아이요, 참 옛날 소리라.

그 술을 먹으면은 자기 언니가 백년상주가 된다 거기라. 독약을 탔던 게비이라 서모가. 말하자면 독약을 타서 저는 아니깐으로, 그 술을 못 묵고 저거 형부가 묵지 말고 주춧돌에 부어 보라 카더랴. 주춧돌이 갈라지더랴. 그렁께, 그래가 기둥을 뱅뱅 안고 돌면서 그러더라 카더래. 서모 밑에서 커서 서모가 그걸를 직일라고 독약을 탔던 모양이라.

(조사자 : 그 제목은 아시고예? 제목은 있습니까?)

응 제목이 인자, 서모가 말하자면은 서모가 들어와 가지고 옛날에 너무(남의) 어마이제, 자기 어마이는 죽고, 인자 그 딸을 키움시로 키워 갖고 사우를 볼라 쿠니까 날을 받아서 사우를 볼라 쿠니까, 옛날에는 집에서 술을 해 넣고 했다 아이요?

그랬는데 그 술에 독약을 타는 것을 봤던 가비라, 그기. 저거 형부를 못 묵그로 할라고 부어 보소 부어 보소 주춧돌에 부어 보소. 주춧돌에 술을 부니까 주춧돌이 갈라지더래야.

그 술을 먹었으면 어찌 됐을 기라요. 저거 새이가 그러니께로 상주가 안 되고 살았제.

연정요

자료코드 : 04_18_FOS_20090214_PKS_JJO_0001
조사장소 : 경상남도 함양군 지곡면 개평리 상개평마을 마을회관
조사일시 : 2009.2.14

조 사 자 : 안범준, 김미라, 조민정
제 보 자 : 정점옥, 여, 77세
구연상황 : 노래를 해석하면서 다른 제보자의 노래가 끝나자 부르기 시작했다. 제보자는 스스로 추임새를 넣어 가며 흥겹게 구연하였다.

저 건네-라 호주-뒤에 홀로 앉은- 백깐치(백까치)야
생전에를 못 보던 님은 너를 만연에 보려건만
사월이 봄-철-이든가 이불 밑-에서 꽃이- 피네
그뭄이 초승-이든가 베개- 모서리 둥근- 달 떴네
달이 뜨나- 꽃이- 피나 싫은 낭군을 어짜느냐

남녀 연정요 (1)

자료코드 : 04_18_FOS_20090214_PKS_JJO_0002
조사장소 : 경상남도 함양군 지곡면 개평리 상개평마을 마을회관
조사일시 : 2009.2.14
조 사 자 : 안범준, 김미라, 조민정
제 보 자 : 정점옥, 여, 77세
구연상황 : 앞의 노래에 이어 조사자가 노래 가사를 읊자 생각하여 노래를 불렀다.

남산- 밑에- 남도령-아 김산- 밑에 김도령아
오-만 나무 다- 베어도 오죽 석댈랑 베지 마라
올- 키와 내-년- 키와서 낙슷대로만 할련다
낚을란다~ 낚을란다~ 초당에 든 처녀를 낚을란다
낚고 보면 능사로다~ 못 낚-으면 상사-로다
능사- 상사 고를 맺어서 풀리-도록만 살아 본다

남녀 연정요 (2)

자료코드 : 04_18_FOS_20090214_PKS_JJO_0003
조사장소 : 경상남도 함양군 지곡면 개평리 상개평마을 마을회관
조사일시 : 2009.2.14
조 사 자 : 안범준, 김미라, 조민정
제 보 자 : 정점옥, 여, 77세
구연상황 : 조사자들이 읊는 가사를 생각하여 노래를 하였다.

　　　　울도- 담도- 없-는 집에~ 명주베 짜는 저-처녀야

　　　　명지베는 내 짜-줌세 요-내 품안에 잠들어라~

　　　　여보 당신 날- 언제 봤다고 긴긴 잠자리 하라 하요

못 갈 장가 노래

자료코드 : 04_18_FOS_20090214_PKS_JJO_0004
조사장소 : 경상남도 함양군 지곡면 개평리 상개평마을 마을회관
조사일시 : 2009.2.14
조 사 자 : 안범준, 김미라, 조민정
제 보 자 : 정점옥, 여, 77세
구연상황 : 제보자들이 노래를 안하자 조사자가 노래 가사를 약간 읊었더니 노래를 불렀
　　　　　다. 중간에 가사가 기억나지 않는지 청중들과 의논하여 다시 불러 주었다.

　　　　스물-아홉 서른아-홉 첫장가를 갈라 하네

　　　　구아배에도 못 갈- 장가 책력에도 못 갈 장가

　　　　내가 쎄와(우겨) 가는 장가

　　　　한 모랭이 돌아가니 까막까치가 진동한다

　　　　두 모랭이 돌아가니 곡소리가 진동한다

　　　　네 모랭이 돌아가니 재인(장인) 장모가 나서면서

[청중들과 한참 가사를 의논한다.]

　　사위 사위 내 사위야 울고야 갈 길을 왜 왔느냐~
　　들어가세 들어-가세 신부방으로 들어가세~
　　방문 열고 디다(들여다) 보니
　　삼단 같은 머리랑은 가심 위에다 얹어 놓고
　　둘이 덮자 해 놓은 이불 혼자 덮고 가고 없네

쌍가락지 노래

자료코드 : 04_18_FOS_20090214_PKS_JJO_0005
조사장소 : 경상남도 함양군 지곡면 개평리 상개평마을 마을회관
조사일시 : 2009.2.14
조 사 자 : 안범준, 김미라, 조민정
제 보 자 : 정점옥, 여, 77세
구연상황 : 조사자가 첫머리를 읊으니 제보자가 다음 노래를 부르기 시작했다.

　　쌍금-쌍금- 쌍가락지 수시떼기 밀가락지
　　호작-질로 닦아-내어 금도실로 닦아-내어
　　쌍금-쌍금 쌍-오래비 거짓-말씀 말으시오~
　　동지섣-달 설한-풍에 풍지 떠는 소리 옳소

모심기 노래 (1)

자료코드 : 04_18_FOS_20090214_PKS_JJO_0006
조사장소 : 경상남도 함양군 지곡면 개평리 상개평마을 마을회관
조사일시 : 2009.2.14
조 사 자 : 안범준, 김미라, 조민정

제 보 자 : 정점옥, 여, 77세

구연상황 : 노래가 끝나자마자 또 다른 노래를 시작했다. 앞의 노래와 같은 곡조로 불러
주었다. 그리고 다른 곡조로 부르기도 한다면서 한번 더 불러 주었다.

다풀-다풀~ 타박머리 해 다 진데 어디 가요~

첩의 집에 가거-들랑 내 죽는 꼴을 보고 가오~

모심기 노래 (2)

자료코드 : 04_18_FOS_20090214_PKS_JJO_0007

조사장소 : 경상남도 함양군 지곡면 개평리 상개평마을 마을회관

조사일시 : 2009.2.14

조 사 자 : 안범준, 김미라, 조민정

제 보 자 : 정점옥, 여, 77세

구연상황 : 이 노래를 부르겠다 하고 노래를 시작했다. 모심기 노래를 노랫가락으로 불러
주었다.

서 마-지기 논빼-미는 반-달만큼 남았구나~

네가 무슨 반-달이냐 초승달이 반달이지~

초승달만 반달이냐 그믐에 달도 반달이다~

신세 한탄가

자료코드 : 04_18_FOS_20090214_PKS_JJO_0008

조사장소 : 경상남도 함양군 지곡면 개평리 상개평마을 마을회관

조사일시 : 2009.2.14

조 사 자 : 안범준, 김미라, 조민정

제 보 자 : 정점옥, 여, 77세

구연상황 : 노래를 하기 전 내용에 대해 한번 읊어 보고 노래를 불렀다. 내용은 신민요에
속하는 것으로 보이며 노랫가락으로 불렀다.

하늘이 높-다 하여-도 삼사오 가니 서리를 주고~

일본- 동경이 멀-다 해도 우편국으로 편지 오고

황천-길이 얼마나 멀어서 한번 가시면 못 오시오

사랑가

자료코드 : 04_18_FOS_20090214_PKS_JJO_0009
조사장소 : 경상남도 함양군 지곡면 개평리 상개평마을 마을회관
조사일시 : 2009.2.14
조 사 자 : 안범준, 김미라, 조민정
제 보 자 : 정점옥, 여, 77세
구연상황 : 앞의 노래가 끝나자 이어서 창부타령 곡조로 다음 노래를 불렀다.

하늘같이 높-으-신 사랑 하해- 같이도 깊으신- 사랑

칠년대한 가문- 날에 빗발같이도 반긴 사랑

○○○○ 양귀비라 이도령-은 춘향-이라

푸른 것은 버들-이요 노런(노란) 것은 꾀꼬리라

황금 같은 꾀꼬-리는 장-다리밭으로 날아든다

바느질 노래

자료코드 : 04_18_FOS_20090214_PKS_JJO_0010
조사장소 : 경상남도 함양군 지곡면 개평리 상개평마을 마을회관
조사일시 : 2009.2.14
조 사 자 : 안범준, 김미라, 조민정
제 보 자 : 정점옥, 여, 77세
구연상황 : 계속해서 적극적으로 노래를 불렀다. 처음에는 기억나는 것이 없다고 하였으
　　　　　 나 조사자가 간청하자 구연하였다.

달을 따~서 금광 짓고 해를 따~서 안을 받-친

별 따서 수-실을 놓고 무지개로나 순을 둘-러

은하수로 끈을- 달아~ 울언 님을 주고 싶어요

연애 노래

자료코드 : 04_18_FOS_20090214_PKS_JJO_0011

조사장소 : 경상남도 함양군 지곡면 개평리 상개평마을 마을회관

조사일시 : 2009.2.14

조 사 자 : 안범준, 김미라, 조민정

제 보 자 : 정점옥, 여, 77세

구연상황 : 제보자는 다음 노래를 자진하여 부르기 시작했다. 바닥을 두드리며 흥겹게 구
연해 주었다.

울 밑-에다 우체국을 짓고요 헤~ 좋아

호박 넝쿨 잎에는 임소식 전한다 얼씨구 절씨구

우리야 연예는 솔방울 연예인데 헤~ 좋아

바람만 불-면은 고래와 떨어져 하노라 얼씨구 절씨구

청춘가

자료코드 : 04_18_FOS_20090214_PKS_JJO_0012

조사장소 : 경상남도 함양군 지곡면 개평리 상개평마을 마을회관

조사일시 : 2009.2.14

조 사 자 : 안범준, 김미라, 조민정

제 보 자 : 정점옥, 여, 77세

구연상황 : 제보자는 청중이 다음 노래를 권유하자 잠시 생각한 후에 노래를 불렀다. 청
춘가 가락으로 부른 해학적인 노래이다.

청치마 밑에다 소주병 달-고서~

걸음걸이 뽐-내다가 좋다- 다 떨어졌구나

다리 세기 노래

자료코드 : 04_18_FOS_20090214_PKS_JJO_0013
조사장소 : 경상남도 함양군 지곡면 개평리 상개평마을 마을회관
조사일시 : 2009.2.14
조 사 자 : 안범준, 김미라, 조민정
제 보 자 : 정점옥, 여, 77세
구연상황 : 조사자가 다리 세기 노래를 아느냐고 물어보자 제보자가 잘 알고 있다면서
　　　　　 구연하여 주었다.

이거리 저거리 갓거리

진주 맹근 도맹근

짝바리 해양금

도래 줌치 사래육

육도 육도 전라육

하늘에 올라 제비콩

정지문이 탈카닥

노랫가락 / 명사십리 해당화야

자료코드 : 04_18_FOS_20090214_PKS_JJO_0014
조사장소 : 경상남도 함양군 지곡면 개평리 상개평마을 마을회관
조사일시 : 2009.2.14
조 사 자 : 안범준, 김미라, 조민정
제 보 자 : 정점옥, 여, 77세

구연상황 : 제보자는 앞의 노래가 끝나자 다음 노래를 자진해서 불렀다.

명사-십리- 해당-화야 꽃 진-다고 서러워 마라

너는 훗-년 춘삼월 또 다-시도 오지만은

우리 인-생 한 번- 가면 다-시 오-지를 못한단다

시누 올케 노래

자료코드 : 04_18_FOS_20090214_PKS_JKN_0001
조사장소 : 경상남도 함양군 지곡면 개평리 상개평마을 마을회관
조사일시 : 2009.2.14
조 사 자 : 안범준, 김미라, 조민정
제 보 자 : 조기녀, 여, 71세
구연상황 : 제보자는 다른 사람의 노래를 거들면서 자신의 노래도 했다. 청중들은 유식한
노래라고 하면서 제보자의 노래를 경청하였다.

농창- 농창~ 벼리- 끝에~ 시누- 올케가 꽃 꺾다가

떨어-졌네~ 떨어졌어~ 지푼(깊은) 물에- 시누 떨어져

야푼(얕은) 데는 올케 떨어져 우리 오빠- 거둥- 보소

깊이 든~ 나를 두고 야피(얕게)- 빠진- 올케 건져

삼단 같은 구한 머리 물결 잡고 희롱하고

분통- 같은 요내 젖통- 잉어 밥으로 다 녹는다

나도 죽어 후-세상에 남자- 몸이 되어줄-리

창부 타령

자료코드 : 04_18_FOS_20090208_PKS_JYJ_0001
조사장소 : 경상남도 함양군 지곡면 덕암리 덕암마을 마을회관

조사일시 : 2009.2.8

조 사 자 : 안범준, 정혜란, 문세미나, 이진영

제 보 자 : 조용주, 여, 82세

구연상황 : 조사자가 방문의 목적을 설명하자 제보자가 자신이 노래를 한 곡 하겠다고 하였다. 이내 구성진 목소리로 가창하였다.

노-자 좋~다 젊-어~ 놉-시다~

얼-씨구~ 춥-나 더이 업나~

내- 품-에 들거라~ 얼씨구~

모심기 노래

자료코드 : 04_18_FOS_20090208_PKS_JYJ_0002

조사장소 : 경상남도 함양군 지곡면 덕암리 덕암마을 마을회관

조사일시 : 2009.2.8

조 사 자 : 안범준, 정혜란, 문세미나, 이진영

제 보 자 : 조용주, 여, 82세

구연상황 : 다른 제보자가 부르니 제보자도 불러 보겠다고 자진하였다. 청중이 7월인가 8월인가 부르라고 하자 제보자가 이에 응하여 곧바로 구연하였다.

7월-인가 8월- 인가 벌-초꾼이 만발했네

울언- 님은 어-데를 가-고~ 벌초할- 줄 모르-누~

다-풀~ 다-풀~ 다-박머리~ 해- 다 진데~ 어-데 가노~

울 어-머-니 산-소 등에~ 젖- 묵-으로 나는 가네

양산도 (1)

자료코드 : 04_18_FOS_20090208_PKS_JYJ_0003

조사장소 : 경상남도 함양군 지곡면 덕암리 덕암마을 마을회관
조사일시 : 2009.2.8
조 사 자 : 안범준, 정혜란, 문세미나, 이진영
제 보 자 : 조용주, 여, 82세
구연상황 : 분위기가 무르익자 제보자가 스스로 노래를 부르겠다고 하였다. 양산도 가락
　　　　　에 청춘가를 불렀는데 청중들이 모두 박수를 치면서 즐거워하였다. 조사자가
　　　　　듣기에도 정말 흥겹고 구성진 노래였다.

에-이-여~
노-자 좋구나 젊-어서 놀아~
늙고야- 병들면 못 노-나니~
에라 난다 떵떵거리라 그래도 못 놓것-네~
열-놈이 꼬꾸라져도 나 못 놓으리로구나~

에이여
내- 정 내- 정은 꼬지랑 빗자루로 싹싹 쓸어서
내 가슴에 넣고 없는 정을 있는 듯이 살아나 보자
에라 난다 둥개 디어라 그래도 못 놓-건네
능-기를 하-여도 나 못 노리로구나~

에헤이여~
갈-라믄 가-거라~ 너 하나뿐이가~
산 넘고 물 건너면 또 사람 있-다~
어야 난다 떵떵거리라 그래도 못 놓것네~
능기를 하여도 다 못- 노리로다~

도라지 타령

자료코드 : 04_18_FOS_20090208_PKS_JYJ_0005
조사장소 : 경상남도 함양군 지곡면 덕암리 덕암마을 마을회관
조사일시 : 2009.2.8
조 사 자 : 안범준, 정혜란, 문세미나, 이진영
제 보 자 : 조용주, 여, 82세
구연상황 : 어렸을 때 친구들과 같이 놀면서 노래를 불렀다고 한다. 주변에 있던 청중들
과 가사를 미리 맞추어 보고 확인한 다음에 구연하였다. 청중들은 제보자가
정말 노래를 잘한다고 칭찬을 무수히 하였다.

아침- 일기가 좋-아-서~ 빨-래 길을 갔-더-니~

모지고 악한 놈을 만나서 금짠디 베개 베고 잠들었네

에헤용- 에헤용- 에헤야~

어야라 난다 기화자자 좋다

내가 내 간장 스리살살 다 녹힌네~

남녀 연정요

자료코드 : 04_18_FOS_20090208_PKS_JYJ_0006
조사장소 : 경상남도 함양군 지곡면 덕암리 덕암마을 마을회관
조사일시 : 2009.2.8
조 사 자 : 안범준, 정혜란, 문세미나, 이진영
제 보 자 : 조용주, 여, 82세
구연상황 : 친구들과 같이 놀면서 노래를 많이 불렀다고 하면서 아는 노래가 있다고 하
면서 불렀다. 앞서 구연한 도라지 타령과 곡조는 동일하였다.

홍화-짝 범-나비 쌍쌍 양유청산에 꾀꼬리 쌍쌍

날짐생 길 벌어진 훨훨 날고야

요내 가슴 다- 타-도 한 푼에 벗-님도 나 몰라요~

에헤용~ 에헤용~ 에헤이야

어여라 난다 기화자자 좋-다

내가 내 간장 스리살살 다 녹힌다

화투 타령

자료코드 : 04_18_FOS_20090208_PKS_JYJ_0007

조사장소 : 경상남도 함양군 지곡면 덕암리 덕암마을 마을회관

조사일시 : 2009.2.8

조 사 자 : 안범준, 정혜란, 문세미나, 이진영

제 보 자 : 조용주, 여, 82세

구연상황 : 화투 타령을 아느냐고 물었더니 제보자는 웃으면서 부르기 시작하였다. 주변
에 청중들은 명창이라며 제보자를 추켜세웠다.

정월 솔이 솔솔-인가

이월 요-때에 맺아 놓고

삼월 사쿠라 산란한 마음~

사월 흑사리 허송되여

오월 난초 날-아든 나비~

유월 목단에 춤 잘 춘다

칠월 홍돼지 홀로- 앉아~

팔월 공산에 달이 돋아

구월 국화 굳은- 절개~

시월 단풍에 뚝 떨어졌네

얼씨구 좋네 저절씨구~

아니 놀지는 못하리라

쌍가락지 노래

자료코드 : 04_18_FOS_20090208_PKS_JYJ_0008
조사장소 : 경상남도 함양군 지곡면 덕암리 덕암마을 마을회관
조사일시 : 2009.2.8
조 사 자 : 안범준, 정혜란, 문세미나, 이진영
제 보 자 : 조용주, 여, 82세
구연상황 : 조사자가 첫 구절을 부르니 제보자가 기억난 듯 웃으면서 노래를 부르기 시
　　　　　작하였다. 그러나 일반적으로 알고 있는 정절 노래와 많이 다른 내용이었다.
　　　　　청중에서 다른 가사를 부르자 제보자는 다시 수정하여 노래를 이어 불렀다.

　　　쌍금- 쌍가-락지

　(청중 : 호작질로.)

　　　　수싯대-기 밀-가락지
　　　　호작-질로 어내어
　　　　금도치로 다듬-어서
　　　　초가산간 집을- 지어
　　　　양친-부모 모셔-다가~
　　　　천년-만년~ 살고지야

노랫가락

자료코드 : 04_18_FOS_20090208_PKS_JYJ_0009
조사장소 : 경상남도 함양군 지곡면 덕암리 덕암마을 마을회관
조사일시 : 2009.2.8
조 사 자 : 안범준, 정혜란, 문세미나, 이진영
제 보 자 : 조용주, 여, 82세
구연상황 : 청중에서 노래의 첫머리를 꺼내자 제보자가 알았다는 듯이 구연하였다. 여러
　　　　　명이 함께 박수를 치면서 분위기를 만들었다.

마-산서 백-마를 타고~ 진주- 못둑에 썩 올-라 서-니~

연꽃은 봉-지를 짓고~ 수양-버-들-은 춤 잘 춘다

수양버들 춤 잘 추나 우리 인생-은 춤 잘 춘다~

양산도 (2)

자료코드 : 04_18_FOS_20090208_PKS_JYJ_0010

조사장소 : 경상남도 함양군 지곡면 덕암리 덕암마을 마을회관

조사일시 : 2009.2.8

조 사 자 : 안범준, 정혜란, 문세미나, 이진영

제 보 자 : 조용주, 여, 82세

구연상황 : 제보자는 자발적으로 양산도 가락으로 노래를 불렀다. 청중들은 흥에 겨워 젓가락 등을 두드리면서 박자를 맞추었다. 제보자는 이 노래를 질굿내기라고 하였고 청중들은 양산도라고 하였다.

에헤이여~

가마 갈라네 내 돌아-가-네

어덜덜 거-리고 나 돌아간-다

어야라 난다 떵떵-거리라 그래도 못 놀겠네

능기를 하여도 나 못 노리로구-나~

에헤 이여~

내 정~ 내- 정은 꼬지랑 빗자루로 싹싹 썰어서

철교 다리에다가 넣-고

없는 정을 있는 듯이 잘 살아 보자

에허라 난다 둥개 뛰어라 그래도 못 놀겠네

능기를 하여도 나는 못 노리로구-나

양산도 (3)

자료코드 : 04_18_FOS_20090208_PKS_JYJ_0011
조사장소 : 경상남도 함양군 지곡면 덕암리 덕암마을 마을회관
조사일시 : 2009.2.8
조 사 자 : 안범준, 정혜란, 문세미나, 이진영
제 보 자 : 조용주, 여, 82세
구연상황 : 베를 짤 때 부르는 노래가 있었느냐고 노인들에게 물었다. 이에 제보자가 그
런 노래가 있다고 했으나 다 잊었다고 했다. 조사자가 양산도를 불러 달라고
요청하자 제보자는 흔쾌히 불러 주었다.

양-산도~ 큰-아기 베 짜는 소리~

질(길) 가는 총각이 오줌을 잘금 싼-다

에야라 난다 뚱덩거리라 그래도 못 놓건-네~

능-기를 하여도 나 못 노리로구-나~

길군악

자료코드 : 04_18_FOS_20090208_PKS_JYJ_0012
조사장소 : 경상남도 함양군 지곡면 덕암리 덕암마을 마을회관
조사일시 : 2009.2.8
조 사 자 : 안범준, 정혜란, 문세미나, 이진영
제 보 자 : 조용주, 여, 82세
구연상황 : 제보자는 앞의 노래에 이어 어머니가 부르시던 노래라고 소개하면서 구연하
였다. 크고 힘차게 구연하여 청중들이 모두 집중하였다. 청중들은 과거 제보
자의 어머니가 노래를 부르는 것을 들었다는 이야기를 나누며 추억에 잠겼다.

노-자 좋~다 젊-어 놉시다~

얼-씨구 춥~나 덥~나 내 품에 들거라~

얼-씨구 베~개가 없-으면~

에~ 내 폴(팔)을 베-어라~

얼-씨구~

(조사자 : 이 노래는 어머니께서 부르셨던 노래입니까? 이거는 무슨 노래입니까?)

이거는 질굿내기라고.

모심기 노래

자료코드 : 04_18_FOS_20090208_PKS_HKN_0001
조사장소 : 경상남도 함양군 지곡면 덕암리 덕암마을 마을회관
조사일시 : 2009.2.8
조 사 자 : 안범준, 정혜란, 문세미나, 이진영
제 보 자 : 한길님, 여, 73세
구연상황 : 제보자는 조용히 앉아서 다른 제보자들의 노래만 듣고 있다가 조사자의 요청
　　　　　에 못 이긴 듯 한 곡 불렀다. 차분하고 길게 사설을 뽑아서 불렀다.

서- 마~지-기~ 논-빼-미-는~ 반-달-만-치~는 남-았네~
제-가 무-슨 반-달인가~ 울언 님-이~ 반-달-이-지

화투 타령

자료코드 : 04_18_FOS_20090215_PKS_HCN_0001
조사장소 : 경상남도 함양군 지곡면 보산리 효산마을 마을회관
조사일시 : 2009.2.15
조 사 자 : 안범준, 김미라, 조민정
제 보 자 : 허칠남, 여, 74세
구연상황 : 조사자의 요청에 적극적인 태도로 구연하였다. 제보자는 단정히 앉아서 차분
　　　　　한 목소리로 노래를 불렀다. 청중들은 박수를 치면서 적극적으로 호응하였다.

정월 솔가지 송송한 마음

이월 매조다 맺어 놓고

삼월 사쿠라 산란한 마음

사월 흑싸리 허송했네

오월 난초 나던 나비

유월 목단에 앉았구나

칠월 홍돼지 홀로 누워

팔월 동산에 달 떠갔네

구월 국화 굳은 절개

시월 단풍에 다 떨어졌다

길군악

자료코드 : 04_18_FOS_20090215_PKS_HCN_0002
조사장소 : 경상남도 함양군 지곡면 보산리 효산마을 마을회관
조사일시 : 2009.2.15
조 사 자 : 안범준, 김미라, 조민정
제 보 자 : 허칠남, 여, 74세
구연상황 : 제보자가 자발적으로 이 노래를 구연하였다. 제보자는 박수를 치면서 흥겹게
부르려 했는데 목의 상태가 좋지 않았다.

에헤이여 간다 못 간다 얼마나 울어

오가다 저기 저 한강수로-구나

에헤이여 간다 몬 간다 얼마나 울어

오가다 저기 저 한강수로-구나

시집살이 노래

자료코드 : 04_18_FOS_20090215_PKS_HCN_0003
조사장소 : 경상남도 함양군 지곡면 보산리 효산마을 마을회관
조사일시 : 2009.2.15
조 사 자 : 안범준, 김미라, 조민정
제 보 자 : 허칠남, 여, 74세
구연상황 : 제보자가 자발적으로 이 노래를 구연하였다. 청중들은 제보자의 노래를 경청
하면서 적극 호응하였다.

성아성아 사촌성아

나 온다고 썽(화)내지마

쌀 한 되만 자지시면

성도 먹고 나도 먹제

누렁밥이 눌었으면

성 개 주지 내 개 주나

꾸중물이 남았으면

성 소 주지 내 소 주나

싸래기가 흘렀으면

성 닭 주지 내 닭 주나

성아 성아 사촌성아

성아 집은 잘 살아서

누룩 가시덤불 홀터 매고

요내 집은 못 살아서

노찌아로 담을 쌓다

환갑 노래

자료코드 : 04_18_FOS_20090215_PKS_HCN_0004
조사장소 : 경상남도 함양군 지곡면 보산리 효산마을 마을회관
조사일시 : 2009.2.15
조 사 자 : 안범준, 김미라, 조민정
제 보 자 : 허칠남, 여, 74세
구연상황 : 제보자가 자발적으로 이 노래를 구연하였다. 그러나 노래를 부르는 중간에 가사를 잊었다면서 중단하였다. 청중들이 주변에서 너무 떠들어서 소란스러운 분위기였다.

공자 맹자는 내 아들이오 우리 집 화초는 내 며느리
인정 자정 내 손자는 인정 자정 내 손자야

목화 따는 노래

자료코드 : 04_18_FOS_20090215_PKS_HCN_0005
조사장소 : 경상남도 함양군 지곡면 보산리 효산마을 마을회관
조사일시 : 2009.2.15
조 사 자 : 안범준, 김미라, 조민정
제 보 자 : 허칠남, 여, 74세
구연상황 : 제보자가 자발적으로 이 노래를 구연하였다. 제보자는 오래된 노래라고 하면서 흥겹게 불렀다. 청중들의 집중이 흐트러져서 계속 소란스러운 분위기였다.

한 개 합쳐 늘어난 들에 목화 따는 저 처녀야
너거 집이 어데라서 그 목화를 네가 따나
이런 골 어떤 골 잘던 골 샛는당 고금당 하련당
발성당 장발당 상박골 삼십때기가 내 집이라

태평가 (1)

자료코드 : 04_18_MFS_20090214_PKS_KIS_0001
조사장소 : 경상남도 함양군 지곡면 개평리 오평마을 마을회관
조사일시 : 2009.2.14
조 사 자 : 안범준, 김미라, 조민정
제 보 자 : 권임순, 여, 74세
구연상황 : 조사자의 요청에 제보자가 적극적인 태도로 구연하였다. 제보자가 흥겹게 노
        래를 구연하자 청중들도 박수를 치면서 적극적으로 호응하였다. 이 '태평가'
        (일명 : 닐리리야)는 해방 이후에 유행한 신민요로 굿거리장단으로 부르는 것
        이다. 경기민요의 하나로 분류된다.

짜증을 내어서 무엇 하나 성화를 받쳐서 무엇 하나

인생 일장춘-몽인데 아니 놀지는 못하리요

니나노 늴니리야 늴니리야 니나노~

얼싸 좋아 얼씨구나 좋다

범-나비 이리저리 솔-솔 꽃을 찾아서 날아-든다

태평가 (2)

자료코드 : 04_18_MFS_20090214_PKS_KIS_0002
조사장소 : 경상남도 함양군 지곡면 개평리 오평마을 마을회관
조사일시 : 2009.2.14
조 사 자 : 안범준, 김미라, 조민정
제 보 자 : 권임순, 여, 74세
구연상황 : 제보자는 앞에서 부른 바 있는 '태평가'를 다시 불렀다. 먼저 부른 노래와 사
        설이 약간 달라서 채록했다. 청중들은 박수를 치면서 제보자의 노래를 경청하

였다.

짜증을 내어서 무엇 허나 성화를 받쳐서 무엇 하나
속상한 일이 하도 많으니 놀기나 하믄서 살아 보세
니나노 닐리리야 닐리리야 니나노
얼싸 좋아 얼씨구 좋다
범나비 이리저리 풀풀 꽃을 찾아서 날아든다

육이오 노래

자료코드 : 04_18_MFS_20090208_PKS_LJS_0001
조사장소 : 경상남도 함양군 지곡면 마산리 수여마을 마을회관
조사일시 : 2009.2.8
조 사 자 : 안범준, 정혜란, 김미라, 이진영
제 보 자 : 이재석, 남, 85세
구연상황 : 조사자가 모심기 노래나 나무하는 노래를 유도하였으나 제보자는 감기가 걸
        려서 부르지 않겠다고 피했다. 그러다 군대 가서 심심해서 불러본 것이 있다
        며 불렀다.

군대 가서 내가 하도 심심해서 노래를 한번 부른 게 있는데.

육이오- 사변에 집 태우고~
꼬라지 생활이- 웬말이냐
인민을- 죽이는 인민-군아
모조리 잡아라 모택동이
우리-나-라 폭격-기가
골골마다 폭격하니-
하루라도- 속-히 손들어라~
건국투쟁에 힘을 쓰자

백두-산 연방에다가 태극기 꼽고
두만강 맑은 물에 칼을 씻자

(조사자 : 목소리가 참 좋으십니다.)
군대 가서 함 심심해서 불러 봤지.
(조사자 : 아 군대에서 배우신 노래입니까?)
응.

2. 함양읍

증편 한국구비문학대계 ● 경상남도 함양군

▮ 조사마을

경상남도 함양군 함양읍 교산리 두산마을

조사일시 : 2009.7.27

조 사 자 : 박경수, 문세미나, 이진영, 조민정

교산리는 함양읍에서 함양향교가 있는 주변 마을을 포함하고 있다. 이 교산리에는 원교(元敎)마을을 중심으로 그 북쪽에 위치한 두산(斗山)마을 남쪽에 위치한 봉강(鳳崗)마을, 그리고 근처의 학당(學堂)마을이 있다. 먼저 원교마을은 함양향교가 있는 마을로, 교동 또는 향교마을로 불리기도 한다. 200가구에 560여 명이 거주하고 있다. 그리고 원교마을의 북쪽에 위치한 두산마을은 '두무마을'로 불리기도 하는데, 콩도 심기 어려운 산 비탈 마을이라 하여 처음에는 두뫼라 했다가 점차 '두무'로 발음이 바뀌

교산리 함양유도회의 조사 현장

어 불리게 되었다고 한다. 이 마을에 조선 인조 때 남원 양씨들이 들어와서 살게 되었다고 하며, 2009년 1월 현재 77가구에 229명의 주민이 거주하고 있다. 봉강마을은 1리부터 4리까지 나뉘어져 있는데, 함양읍에서 학당마을과 함께 많은 주민들어 거주하고 있다. 학당마을 역시 4개의 리로 구성되어 있으며 함양읍의 중심지를 형성하고 있다.

조사자는 교산리의 2009년 7월 26일(일) 두산마을과 원교마을을 차례로 방문했으나 마땅한 제보자를 만나지 못했다. 두산마을에는 '뒷골양반'으로 통하는 분이 출타중이어서 만나지 못했으며, 원교마을은 농사를 짓지 않아서 노래나 이야기를 할 수 있는 사람이 없다는 마을 이장의 말을 확인해 주듯이 제보자를 만나는 데 실패했다. 그러다 다음 날인 2009년 7월 27일(월) 함양읍에 있는 함양유도회를 방문하여 설화를 조사했는데, 이때 교산리에 사는 양태규(남, 82세) 제보자를 만난 것이다. 미처 직접 확인하지 못했지만, 이 분이 두산마을에서 '뒷골양반'으로 불리는 분이 아닌가 하는 생각이 들었다. 양태규 제보자는 자신의 집안 이야기이기도 하다면서, 수동면 우명리라는 지명에 얽힌 남원 양씨들에 관한 이야기를 했다. 남원 양씨들이 너무 세도를 부리다 도리어 망하게 되었다는 이야기인데, 효리에서 잘 알려진 '칼바위' 이야기였다. 그런데 제보자의 이야기 중에 '칼바위'를 '쇠바우'라 하였으며, 우명리란 지명도 소가 엎드려 울음을 우는 형국이라는 설과 달리 '쇠바우'가 깨어져서 소가 울고 나왔다고 하여 붙여진 이름이라 했다. 그러자 이를 듣고 있던, 효리가 고향인 정경상(남, 68세)이 '쇠바우'가 아니라 '칼바위'라면서 자신이 알고 있는 이야기를 하기도 했다. 마을의 지명에 관한 이야기가 서로 다르게 전승되고 있는 면을 볼 수 있었다.

경상남도 함양군 함양읍 교산리 봉강1동

조사일시 : 2009.7.27

조 사 자 : 박경수, 서정매, 정혜란, 김미라

봉강마을 전경

봉강(鳳崗)마을은 북촌마을과 진고개마을을 합쳐서 부르는 이름이다. 북촌마을은 지금의 함양여중 뒤쪽의 마을을 일컫는데, 이는 함양의 북쪽에 위치하였다고 붙여진 이름이다. 그리고 진고개마을은 필봉산 기슭의 기왓골을 일컫는데, 예전에는 필봉산 기슭에 기와를 굽는 곳이 있어서 여기에 종사하는 사람들이 많아, 그들이 취락을 이루어 살았기 때문에 기왓골이라 불렀다. 그러나 옛날에 길이 포장되지 않았을 때 이 고갯길이 진흙탕이어서 길을 걸을 수 없을 정도였다고 한다. 이처럼 길이 질다고 하여 진고개라 불린다고 한다.

봉강마을은 약 70여 년 전 임승섭이란 지관이 '봉황이 알을 품고 있는 자리'라고 하여 '봉강'이라 이름을 지었다 한다.

봉강마을 뒤의 산을 문필봉이라 하는데, 지금은 필봉산이라 하여 산책로가 마련되어 있고, 산 위에는 함양읍민이 먹는 상수도가 저수된 탱크가 설치되어 있다. 그리고 지금의 함양중학교 터는 고려 초기의 용산사 터라고 전해져 오고 있는데, 원래 여기에 큰 절이 있었고 이곳에서 연화문와 당금동제 소형불상(蓮花紋瓦當金銅製 小形佛像)이 출토된 바가 있었다.

그리고 여기에서 관변으로 가는 들은 용산들이라고 한다. 함양중학교 근처에서 용산들에 이르는 곳은 삼국시대와 통일신라시대 때부터 취락이 형성되어 있었던 것으로 전해진다. 그래서인지 지금도 땅을 파면 옛날의 기와 조각들이 많이 출토되고 있다.

봉강마을은 총 4개의 마을 구역으로 나뉘어져 있는데, 제보자가 사는 봉강1리 마을은 총 180가구에 429명이 거주하고 있으며, 주요 특산물로는 양돈, 쌀, 배 등이 있다.

봉강마을은 직접 찾아간 것은 아니었다. 함양문화원에서 원장님과의 인터뷰 때 청중으로 다른 이의 제보를 듣던 중에 비슷한 일화가 있다며 정덕성(남, 70세) 제보자가 이야기를 구연해 준 것이다. 구연해준 내용은 유자광의 큰 고모와 작은 고모 이야기로, 유자광이 경상도관찰사가 되어 큰 고모네 집으로 인사를 하러 갔을 때 하대를 받았고, 이후 작은 고모네 집으로 인사하러 갔을 때는 환대를 받아, 큰 고모네 집은 이후 망하게 되고, 작은 고모네 집은 잘 살게 되었다는 전설을 구술해 주었다.

경상남도 함양군 함양읍 구룡리 원구마을

조사일시 : 2009.7.26
조 사 자 : 서정매, 이진영, 조민정

원구(元九)마을의 본래 이름은 원구룡(元九龍)마을이다. 원구룡마을은 옥녀봉 밑에서 아홉 마리의 용이 내려오는 형국이라 하여 구룡(九龍)이라고 이름을 지었으며, 구룡촌과 율목촌의 두 마을을 합해서 원구룡마을이라고 불렀다. 원구마을은 지금도 마을 옆으로 계곡물이 내려와 강을 이루고 있는데, 병자년 수해 때는 십여 호가 홍수에 매몰되었고, 그로 인해 수십 명이 사망하기도 하였다 한다. 그 이후에는 홍수를 피하기 위해 반달형으로 마을을 형성하고 있다.

최초에 누가 개척하여 취락을 이루었는지는 알 수 없으나, 삼백 여 년 전에 안악 이씨가 입향하여 지금까지 살아오고 있으며, 청송 심씨와 해주 정씨가 입향하여 살고 있다.

전라북도를 연결하는 국도 24번과 오도재로 연결되는 지방도 1024번의 교차지점 근처에 위치하고 있으며, 북쪽으로는 옥녀봉, 남쪽으로는 오도재 가기 전의 지안재 사이에 위치하고 있는 산골 마을이다. 그래서인지 원구마을은 골짜기의 지명을 딴 이름이 많은데, 고등방골, 굴뱅이, 독종골, 딘재이, 밤나무징이, 봇골, 옥녀봉, 원터골, 음다래미, 절터골 등의 지명이 있다.

현재 총 59가구에 135명이 거주하고 있으며, 주요 특산물로는 쌀, 밤, 양돈 등이 있다.

조사자 일행은 먼저 마을 이장에게 연락한 후 마을회관에 도착했다. 그러나 마을 사람들 대부분이 논, 밭으로 일을 하러 나가기 때문에, 마을회관에는 사람이 없었다. 하는 수 없이 다시 돌아갈려는 차에, 우연히 밖에 나와 있던 한 할머니를 만나게 되었고, 자초지정을 설명하니, 친구네 집으로 가 보자고 하였다. 거기에는 마을 어른들이 잘 모인다는 것이다. 일단 할머니를 차에 태우고, 계곡을 따라 300미터 쯤 둑길을 따라 가니, 또 다른 마을 군락이 있었는데, 같은 마을이라고 했다.

할머니의 친구네 집으로 들어가니 부부 내외만 있었다. 옆집의 할머니 한 분을 더 데리고 와서 집의 거실에 앉아 노래를 녹음하게 되었다.

동선임(여, 76세) 제보자는 처음에는 다른 분들이 더 잘 한다며 조사자들

원구마을 전경

을 안내했지만, 실제로는 많은 민요를 기억해서 부른 유능한 제보자였다.

　비록 마을의 전설에 대해서는 제보를 받지 못하였으나, 동선임이 제공해
준 민요의 편수는 상당히 많았다. 무려 37곡을 불러주었는데, '쌍가락지
노래', '다리 세기 노래' 등으로 다양했다. 제보자가 노래를 부르는 동안,
청중들 중 한 분이 녹음기를 들고 와서 제보자의 노래를 녹음하기도 했다.
그만큼 제보자의 노래 실력이 좋았다. 다양한 노래를 쉬지 않고 홀로 계속
불러주었고, 특히 밭 맬 때 부르는 서사민요를 여러 편 불러주었다.

경상남도 함양군 함양읍 백천리 척지마을

조사일시 : 2009.7.25
조 사 자 : 박경수, 문세미나

　척지(尺只)마을은 함양군 함양읍 백천리에 속한 마을이다. 이 마을은 뒤

척지마을 전경

로 가야시대 고분군이 발굴된 두드러기산이 있고, 앞으로는 넓은 들이 펼쳐져 있다. 마을 뒷산에는 구시골이 있는 개미고개, 넓고 평평한 바위에서 무명 씨를 가려내었다는 일명 명씨바위가 있다. 그런데 1980년에 이루어진 고분군 발굴(부산대학교 박물관에서 발굴)로 이 지역이 가야문화권에 속했음을 알 수 있게 되었고, 이 마을도 가야시대에 형성되었던 것으로 드러났다. 현재 고분군이 발굴된 자리에는 이화요업 공장과 한국전력회사의 변전소가 들어와 있다. 그리고 2009년 7월 현재 이 마을에는 92가구 179명의 주민이 살고 있으며, 쌀, 양파, 사과 등을 재배하고 있다.

이 마을은 함양읍과 수동면의 경계 지역에 위치하고 있는데, 마을 근처로 진주-대전간 고속도로가 지나고, 88고속도로와 연결되는 함양 I.C가 있다. 따라서 함양읍에서 이 마을로 가려면 함양 I.C 입구를 지나 본백마을을 거쳐 수동면과의 경계 지역에서 왼쪽으로 돌아 들어가면 만나게 된다.

조사자 일행은 2009년 7월 25일(토) 오전에 신관리 기동마을과 학동마을에서 조사를 한 다음, 12시 20분경에 이 마을을 방문했다. 마을회관에는 6명의 여성 노인들이 이야기를 나누고 있었다. 먼저 방문 목적을 말하고, 과거 '상여 소리'를 했던 홍순행 제보자를 만나고자 물었으나, 그 분은 이미 작고했다고 했다. 상여 소리를 조사하지 못한 아쉬움을 접고, 마을회관에 있는 노인들을 대상으로 구비문학 조사에 임했는데 노춘영(여, 70세) 제보자로부터 민요 7편과 설화 1편을 조사할 수 있었다.

경상남도 함양군 함양읍 삼산리 뇌산마을

조사일시 : 2009.7.26~27
조 사 자 : 박경수, 문세미나

뇌산(磊山)마을은 돌과 자갈이 많은 마을이라 하여 그렇게 부르게 되었다고도 하며, 마을 입구에 신선이 놀다가 하늘로 올라가지 못하고 돌로 변했다 하여 돌무더기 '뇌(磊)'자를 쓰고 뒷산의 산(山)을 합쳐서 부르게 된 마을 이름이라는 설도 있다. 이 마을이 고려시대부터 형성되었다고 하지만 사실을 확인할 수 없고, 완산 최씨가 이 마을에 먼저 들어와 취락을 이루었다고 한다. 그후 조선 중종 때 선산 김씨가 함양군수로 부임해 온 이후에 그 자손들이 이 마을에 살게 되었는데, 지금도 마을의 주성받이로 세력이 크다고 한다. 한때 이 마을은 160여 호가 넘는 큰 마을이었으나, 지금은 90여 호에 240여 명이 살고 있는 마을로 위축되었다. 그렇지만 이 마을은 옛부터 장수하는 사람이 많고, 윤택한 생활을 하는 사람들이 많다고 알려져 있다. 마을의 주업은 논농사이며, 밭농사로 콩과 밤을 심어 수확하기도 한다.

이 마을에는 석복(席卜)이라 하는 곳이 있는데, 본래 호랑이가 엎드린 형국의 자리라 하여 돌복이라 했으나, 그곳에서 점을 쳤다고 하여 명칭이

뇌산마을 마을회관

변했다고 한다. 이외 선바위가 있는 '선바웃골'이 있고, 마을 앞 소나무 숲의 큰 고목은 신라 때 최치원이 지팡이를 거꾸로 꽂아 놓았는데 거기서 싹이 나서 자란 나무라고 전해진다.

　조사자 일행은 2009년 7월 26일(일)에 오전에 교산리 두산마을과 원교 마을을 방문했으나 제보자 확보에 실패했다. 두산마을에는 노래와 이야기를 잘 한다는 '뒷골양반'이 출타중이어서 조사하지 못했고, 원교마을에서는 마을 이장에 따르면 농사를 짓는 분들이 없어 마땅한 제보자가 없다고 했다. 혹시나 하여 함양향교로 가보니 향교지를 만드는 일을 몇 분이 하고 있었는데, 함양유도회에 오면 이야기를 하는 분이 있다는 말을 전했다. 점심 무렵 상림공원으로 가서 병곡면 원산마을에서 온 분들을 대상으로 민요를 조사한 다음, 오후에 이은리 남산마을과 거면마을로 갔으나 주민들이 대부분 출타중이어서 조사에 실패했다. 다행히 오후 3시 경 뇌산마을로 가서 마을회관을 방문하니 여성 노인 4분이 있어 민요와 설화 조사를 하게 되었다. 이후 연락을 받거나 지나는 길에 여러분이 조사장소인 마을회관으로 나오게 되어 모두 민요 21편, 설화 4편을 구연해 주어 비교적 풍성한 조사를 할 수 있었다. 김상남(여, 81세)이 민요 2편, 배을님(여, 90세)이 민요 6편과 설화 1편, 이남순(여, 81세)이 민요 7편과 설화 3편, 정복순(여, 85세)이 민요 4편, 허계순(여, 84세)이 민요 2편을 구연했다. 제보자 모두 80세가 넘는데도 비교적 정정하게 민요와 설화를 구연했으며, 모두 밝은 표정을 하고 있어서 이 마을이 장수마을이란 점을 실감하며 조사했다.

다음 날인 2009년 7월 27일(월)에 조사자 일행은 함양유도회를 들렀다. 이곳에서 함양의 인물이나 지명에 얽힌 이야기를 잘 아는 분을 물었더니 함양유도회의 운영위원을 맡고 있으면서 뇌산마을에 거주하고 있는 김병오(남, 75세)를 추천했다. 김병오 제보자는 박문수, 유호인 등 인물에 관한 이야기를 한 다음, 백무동, 갓거리, 소구대 등 지명에 얽힌 이야기 등 5편의 설화를 구술했다. 그런데 전설은 단지 허구의 이야기일 뿐이며 사실과 다르다는 구술 태도를 보여주었다.

경상남도 함양군 함양읍 신관리 기동마을

조사일시 : 2009.7.23, 2009.7.25
조 사 자 : 박경수, 문세미나

기동(基洞)마을은 '텃골'로 불리는 함양군 함양읍 신관리에 속한 마을이다. 함양읍 시내에서 수동으로 가는 지방도로 조금 나오면 기동마을로 들어가는 길이 나온다. 이 길을 따라 0.5km 정도 안쪽으로 들어가면 기동마을을 만나는데, 위치상으로 관변마을의 뒤쪽이며 도로를 기준으로 학동마을의 반대편에 있다. 2009년 현재 43가구 110명이 거주하는 작은 마을

기동마을 마을회관

로, 주로 쌀, 콩 등을 재배하며 주민들이 생활하고 있다. 이 마을이 언제부터 형성되었는지는 정확하게 알 수 없지만, 조선 후기에 마씨가 들어와 처음 터를 잡고 살기 시작했다 한다. 이 이후 강씨, 정씨, 권씨, 박씨 등이 들어와 살면서 집성촌을 이루었는데, 거연대 아래 운양재(雲養齋)라는 서당이 있어 강학을 통해 학문을 숭상하는 마을이었다. 그런데 6·25 전쟁 때는 마을 사람들이 많은 피해를 입었다고 한다. 한편 이 마을의 뒤에는 기우제를 지냈다는 우제봉이 있으며, 마을 앞에는 옛날의 감옥이 있었다는 옥터가 있다.

조사자 일행은 2009년 7월 23일(목) 오전에 기동마을에 거주하는 이태식(남, 43세) 서상면장을 서상면사무소에서 만나 함양 관련 설화를 조사했다. 본래 7월 21일(화) 저녁 이태식 제보자를 자택에서 만나 설화 조사를 하기로 했으나, 제보자의 바쁜 일정 때문에 일정을 미루어 서상면사무소를 다시 찾아갔던 것이다. 이태식 제보자는 자신이 알고 있는 상림숲 관련 최치원 설화 3편, 함양의 열녀비 등 문화재와 지명 관련 설화 등을 합쳐서 14편의 설화를 구술했다. 함양의 문화재나 인물 관련 설화를 더 많이 알고 있었으나, 바쁜 공무를 잠시 멈추고 조사에 임한 사정을 고려하여 제보자를 대상으로 더 이상 조사하는 것은 무리였다.

2009년 7월 25일(토) 조사자 일행은 직접 기동마을을 방문했다. 마을회관에 들러 하종희(여, 78세) 제보자를 찾았으나 밭일을 나가서 만나지 못했고, 김임순(여, 87세) 제보자를 자택으로 방문하여 만나 조사를 했다. 나이가 든 탓에 근처 노인 한 분과 말동무를 하며 집에 있었는데, 어렵게 민요 4편과 설화 1편을 조사할 수 있었다. 김임순 제보자를 상대로 한 조사를 마치고 다시 마을회관으로 돌아왔는데, 마침 마을의 여성 노인들이 단체로 점심식사를 간다고 마을회관으로 모였다. 이들을 태울 차가 오는 동안 김호인(여, 70세) 제보자를 상대로 모찌기 노래와 모심기 노래를 조사했다. 제보자가 가창력이 뛰어났을 뿐만 아니라 민요를 많이 알고 있는 듯 했으나 얼마 되지 않아 제보자를 태울 차가 와서 조사를 마칠 수밖에 없었다. 기동마을 조사에 미련이 남은 조사자는 학동마을 조사 후에 백천리 척지마을, 본백마을에 들렀지만 미리 탐문한 제보자가 작고했거나 적당한 제보자를 만나지 못해 다시 기동마을을 방문했다. 다행히 하종희 제보자가 친구 한 분과 함께 집에 있었다. 제보자를 친구분과 함께 마을회관으로 모시고 와서 설화 4편을 조사했다. 특히 뱀이 인간으로 환생한 이야기를 할 때는 뛰어난 구연 능력을 발휘했다. 함양읍 시내에서 약간 떨어진 곳에 위치한 마을이라서 그런지 민요와 설화의 구연 능력을 갖춘 제보자를 여럿 만날 수 있었다.

경상남도 함양군 함양읍 신관리 학동마을

조사일시 : 2009.7.25.

조 사 자 : 박경수, 문세미나

학동마을 전경사진

　학동(鶴洞)마을은 한때 '신당골'이라 불렀던 마을이다. 본래 이 마을은 뒷산인 매봉산 아래에 옹기종기 모여 있는 마을의 형세로 볼 때, 학이 알을 품고 있는 형국이라 하여 학동이라고 했다. 그런데 일제는 1914년 행정구역을 통폐합하여 개편하면서 이 마을의 이름을 신당(新塘)이라 지었던 것이다. 마을 주민들은 1995년이 되어서야 비로소 일제가 지은 '신당' 대신에 '학동' 이름을 되찾게 되었다. 이 마을에 언제부터 사람들이 들어와 살기 시작했는지는 알 수 없으나, 처음에 경주 이씨가 들어와 마을을 형성하기 시작했고, 그 이후 여양 진씨, 경주 최씨 등이 들어와 마을의 주요 성씨를 이루게 되었다. 2009년 7월 현재 이 마을은 88가구 238명의 주민이 거주하는 비교적 큰 마을이다.

조사자 일행은 2009년 7월 25일(일) 함양읍 중에서도 함양 I.C 방면으로 가는 곳에 위치한 신관리와 백천리에 속한 마을을 조사할 계획으로 길을 나섰다. 먼저 신관리 기동마을을 방문했는데, 마을 노인들이 단체로 점심 약속을 하여 출타하는 바람에 구비문학 조사를 충분히 하지 못하고, 큰길에서 기동마을과 반대편에 있는 학동마을로 오게 되었다. 먼저 마을 이장인 김봉기 씨 댁을 찾아 구비문학 조사를 위한 협조를 구하고자 했다. 점심 무렵이어서 마침 마을 이장이 들일을 마치고 식사를 하러 집으로 왔기에 그에게 구비문학 조사 취지를 말하고, 미리 구비문학 제보자로 탐색한 진정호 씨 댁의 안내를 부탁했다. 그런데 마을 이장은 진정호 씨(남, 75세)를 진종옥 씨(남, 87세)인 줄 알고 먼저 진종옥 씨 댁에 조사자 일행을 안내했다. 일단 진종옥 노인을 만나 '떨어진 바위'로 알려진 대고대 전설을 조사한 후, 다시 마을 이장의 안내로 진정호 노인을 찾게 되었다. 진정호 노인은 함양읍의 상림공원에서 열리고 있는 산삼축제를 구경하기 위해 나서려던 참이었는데, 조사자 일행의 부탁으로 집 안에서 설화 2편과 민요 5편을 구연하게 되었다. 설화는 마을 앞에 있는 선돌에 얽힌 이야기와 학동의 유래담이었으며, 민요는 '모찌기 노래', '모심기 노래', '창부 타령', '노랫가락', '청춘가' 등이었다.

경상남도 함양군 함양읍 신천리 평촌마을

조사일시 : 2009.7.25.
조 사 자 : 박경수, 문세미나

평촌마을은 함양군 함양읍 신천리에 속한 마을로 2009년 7월 현재 50가구 130명이 거주하고 있다. 함양읍의 북쪽 변두리에 있는 마을로 읍내 마을치고는 작은 규모의 마을이다. 함양읍에서 지곡 방면인 북쪽으로 24

번 지방도로를 타고 가다 보면 후동마을 맞은편에 위치한 마을로, 도로에서 조금 안쪽으로 들어가면 만나게 된다. 마을은 들판으로 둘러싸여 있는데, 마을 주민들이 주로 쌀과 콩 등 농사를 짓고 있다.

조사자 일행은 2009년 7월 25일(토) 오후 3시 반경에 이 마을을 방문했다. 마을회관에 도착하니 6명의 여성 노인들이 회관에 있었다. 이들에게 조사의 취지를 설명하고 바로 구비문학 조사에 임했다. 먼저 설화 구연자로 사전에 탐문한 권애분을 찾았으나, 그 분은 병환으로 거의 기억을 하지 못하는 상태라고 했다. 그러면 다른 분이라도 아는 이야기가 있으면 좀 해달라고 하자, 노정순(여, 85세) 제보자가 친정아버지로부터 들은 것이라며 설화 2편을 구술했다. 1편은 시묘를 사는 사람 곁에 범이 함께 자면서 지켜준 이야기이고, 다른 1편은 제사를 늦게 지내는 바람에 혼신이 제사음식을 제대로 먹지도 못하고 나오게 되었다는 이야기로 제사는 제

평촌마을 마을회관

때 지내야 한다는 취지를 담고 있었다. 다른 여성 노인들은 이야기도 아는 것이 없고 민요를 부르지 못한다고 해서, 짧은 시간 조사를 마치고 마을을 떠나왔다.

경상남도 함양군 함양읍 신천리 후동마을

조사일시 : 2009.7.25.
조 사 자 : 박경수, 문세미나

후동마을 마을회관

후동(後洞)마을은 함양군 함양읍 신천리에 속한 작은 마을로 '뒷골'이라 불린다. 함양읍에서 24번 지방도로를 타고 지곡 방면으로 조금 가다보면 이 마을로 들어가는 길이 왼편으로 나 있다. 마을에 닿으면 뒤편으로 백암산의 등성이가 있고, 마을 앞에는 송정기라 부르는 소나무숲이 왼편의 저수지와 어울려 고즈넉한 풍광을 이룬다. 이 마을에 사람이 들어와 살던 때는 조선 정조 때부터라고 한다. 조씨, 정씨 등이 먼저 터를 잡고 살았는데, 이들 성씨들은 현재 거의 타지로 나가고 차씨를 비롯한 각성바지들이 모여서 살고 있다. 통계 자료에 의하면, 2009년 7월 현재 42가구 89명이 거주하고 있다.

조사자 일행은 2009년 7월 25일(토) 오후 3시 30분쯤에 이 마을과 큰 길을 사이에 두고 있는 맞은편 평촌마을로 가서 먼저 조사를 마친 후, 약 1시간 뒤인 오후 4시 반경에 이 마을로 왔다. 마침 차희정(여, 83세) 제보자가 서울에서 내려와 마을회관에 들렀던 차였다. 마을회관에 있던 7명의 노인들이 그를 반갑게 맞이하며 방에 모이자, 조사자 일행은 조사 취지를 설명하고 조사를 시작했다. 조사판을 쉽게 끌기 위해 모심기 노래부터 부탁했는데, 정말남(여, 71세)이 기억을 더듬으며 어렵게 조금 부르고는 더 이상 민요를 부를 사람이 없었다. 차희정 제보자가 중간에 시묘살이가 없어진 이야기를 재미있게 했다. 다른 이야기를 더 부탁했으나 그만 되었다며 바쁜 기색을 보였다. 후동마을 조사를 미흡한 대로 끝내고 마을을 빠져 나왔다.

경상남도 함양군 함양읍 용평리 용평1리

조사일시 : 2009.7.27.
조 사 자 : 박경수, 서정매, 정혜란, 김미라

용평마을은 1리, 2리, 3리, 4리, 5리의 다섯 리로 나뉘어 있을 만큼 인구 수가 많고 함양읍에서는 상당히 큰 마을이다. 용평마을뿐만이 아니라 함양의 학당마을과 봉강마을, 이 세 개 마을이 모두 다섯 리로 나뉘어 있다.

용평마을은 1988년 9월 20일의 함양군 조례에 의거하여, 원래는 하동

(下洞) 1, 2, 3, 4, 5구로 있던 것을 용평 1, 2, 3, 4, 5리로 행정명칭을 변경하면서 오늘에 이르게 되었다.

용평마을은 함양읍을 가로질러 함양제일고등학교와 함양제이고등학교 사이에 흐르고 있는 위천수의 북쪽편에 위치하며, 위천수의 남쪽에는 이은리가 있다. 용평마을에는 큰 전설은 없으나, 아랫마을인 이은리에는 김종직이 유자광을 피해 왔다는 이은대(吏隱臺)가 있다. 이은대란 글자 그대로 관리가 숨어 있던 곳이란 뜻으로, 조선 성리학의 대가이며, 영남학파의 종조였던 김종직이 자주 찾았던 곳이기도 하다. 또 경상남도유형문화재 제32호인 함양 이은리석불도 있다.

제보자가 거주하는 용평1리는 208가구에 457명이 거주하고 있으며, 주요 특산물은 쌀이다. 용평1리 마을회관은 2003년 5월 20일에 신식 건물로 준공되어, 마을사람들이 많이 이용하고 있으며, 매 2일과 7일마다 5일장이 서고 있어 장날마다 사람들로 북적인다.

함양문화원에서 이루어진 구비문학 조사 모습

용평마을에 거주하면서 함양문화원 원장으로 근무하고 있는 김성진(남, 74세) 제보자를 문화원으로 직접 찾아가 설화를 제공 받았다. 제보자는 함양문화원장으로 재직하고 있을 뿐 아니라 함양향토사 연구소장을 겸임하고 있었고, 이 외에도 국사편찬위원회 자료조사위원이며, 독립기념회 자료수집위원 등으로 활동하고 있었다. 더군다나 함양의 전설과 민요, 인물 등과 관련한 책을 편찬하기도 하여, 지역 사회의 문화와 역사 발전에 많은 공헌을 하고 있었다.

제보자는 청백리 양관선생, 유호인, 박문수, 이서구 군수, 충신 이지활, 연산군을 모신 충신 표연말, 유자광, 이억년과 이백년, 박실 등 주로 인물 전설을 구술해 주었다. 차분한 어투로 함양읍 전체에 분포하는 설화의 전반적인 상황을 설명해 주기도 했다.

경상남도 함양군 함양읍 웅곡리 웅곡마을

조사일시 : 2009.7.25.
조 사 자 : 서정매, 이진영, 조민정

'곰실'이라고 불리는 웅곡(熊谷)마을은 함양읍 소재지에서 서쪽으로 약 6킬로미터 거리에 있는 조그마한 분지로, 경상남도와 전라북도의 경계를 이루고 있는 마을이다. 옛날엔 함양군 원수면에 속했던 동리였다. 서리산 (오봉산)이 주위를 감싸고 있는 이 마을은 옛날 곰이 살았다고 해서 '곰실'이라고 이름했다 한다. 또 일설에는 이 마을 지형이 곰의 형상을 한 지형이라고 하여 붙여졌다는 말도 있다. 현재 마을 주민들은 '곰실'이라는 지명을 더 많이 사용한다.

행정기록상 1914년 일제가 행정구역을 개편할 때에 석복면에 편입되어 있던 이 곳을 웅곡리라고 이름을 붙였다고 한다. 취락을 이루기 시작한 것은 언제부터인지 잘 알 수 없지만, 이곳 사람들은 임진왜란 이후에 마

웅곡마을 전경

을이 형성되었다고 한다.

곰실(熊谷)마을은 이 분지에 흩어져 있는 양지땀(陽村)과 음지땀(陰村), 그리고 새터(新村)의 세 자연부락을 모두 합쳐서 부르는 이름이다. 곰실마을은 1957년에 석복면이 없어지면서 함양읍에 편입되었다.

웅곡마을에는 곰터라고 하는 골짜기가 잇다. 마을 뒤에 범이 살고 있었는데 그 범을 잡은 골짜기를 범장골이라 부른다. 또한 퉁소 모양으로 생긴 골짜기는 퉁소골, 날근사라는 절이 있었던 곳은 날근터로 불린다.

고동바위는 새터의 동쪽에 있는데, 고동처럼 시커멓게 생겼으며, 날씨가 궂을 때는 처량한 울음소리를 낸다고 하는 전설이 전해진다.

곰터골에서 흐르는 물은 웅곡천의 하류에서 식기소를 형성했는데, 반석 가운데가 식기모양으로 생겼다고 해서 '식기소'라고 한다. 식기소 바로 밑에는 용소가 있으며, 용소에 얽힌 전설이 있다. 또한 해마다 마을에서

당산제를 지내고 있다. 그리고 고동아씨 이야기, 호랑이 이야기 등 마을에서 생겨난 전설도 많이 있다.

최초에 입향 시기는 임진왜란 전후라고 하는데, 이 골짜기에 처음 들어와 개척한 씨족은 합천 이씨라고 한다. 근대에는 경주 정씨, 화순 최씨, 삼척 박씨, 하동 정씨 등 각 성씨가 모여 살고 있다.

현재 총 62가구에 180명의 주민들이 거주하고 있으며, 주요 특산물로는 쌀, 밤, 사과 등이 있다.

곰실마을은 오후 1시경에 예고 없이 방문을 하였다. 이 마을의 마산댁이 노래를 잘 부른다고 해서 찾아갔는데, 막상 만나보니, 마산댁은 일본에서 살다 왔기 때문에 옛날 노래는 잘 못하고 신식노래를 잘 부른다고 하였다. 다행히 이장 댁 뒷집에 마을주민들이 모여서 놀고 있다고 하여, 그곳으로 가 보았다. 마을사람들이 모여서 술잔을 나누면서 노래를 부르고 있었기 때문에 쉽게 조사가 이루어졌다.

할머니들만 모여 있었기 때문인지 마을의 전설에 관해서는 조사하지 못하였고, 민요만을 제공 받았다. 정호임(여, 74세), 장경남(여, 81세), 강복점(여, 79세), 김묘남(여, 72세), 김언자(여, 68세), 박연이(여, 80세) 등이 '모심기 노래'를 비롯하여 '노랫가락', '양산도', '각설이 타령', '범벅 타령' 등 다양한 민요를 불러 주었다

경상남도 함양군 함양읍 죽곡리 죽곡마을

조사일시 : 2009.7.26.
조 사 자 : 서정매, 이진영, 조민정

대실이라 불리는 죽곡(竹谷)마을은 원래는 함양군 원수면(原水面)에 속해 있던 마을이다. 마을 뒤의 주변에 큰 대밭이 있기 때문에 죽곡이라 이름이 붙여졌다. 1914년 행정구역 개편에 따라 석복면에 편입되었다가,

1957년 함양읍으로 편입되었다. 마을의 산세를 보면, 옹곡리에 있는 서리산의 준령이 떨어진 조양봉의 와우령 밑에 자리하고 있다. 와우령이란 말 그대로 소가 누워있는 형국이라 하여 붙여진 이름이다. 천령봉 동쪽에서는 서에서 동으로 계곡이 흘러서 위천으로 들어가며, 병담정사를 비롯하며 차군정, 칠리정, 반송정, 송계정, 육모정 등의 정자가 있고, 정려비와 유허비가 있다. 용소폭포와 식기소, 봉황대, 문선대 들의 유원지가 있고, 대야평 송림이 마을 앞에 있다.

어분골에 있는 읍바우는 집채만큼 큰 바위가 마치 절을 하는 것처럼 엎드려 있다고 해서 붙여진 명칭이며, 동쪽의 질매골은 질매(길마)의 형국이라 하여 붙여진 이름이다. 죽곡 남쪽에는 물고개가 있는데, 웅골리 용산 밑에서 고개 너머로 물을 끌어와 농업용수로 쓰고 있다. 마을 동편에는 송계정 서쪽으로는 차군정이 있다. 또한 사리실에는 칠리정이 있다.

죽곡마을에 처음 입향한 씨족은 알 수 없으나, 육백 여 년 전에 청주

죽곡마을 전경

한씨 형제가 충청도 청주에서 들어와 그 후손들이 살아 왔다고 전하고 있다. 또한 오백 여 년 전에는 경주 김씨가 전라도 송동리 아촌에서 입향하여 현재 16대를 살아오고 있다. 그리고 진양 강씨가 백 오십 여 년 전에 합천 대양에서 입향하여 살아오고 있다.

현재 133가구에 373명의 주민들이 거주하고 있으며, 주요 특산물로는 쌀, 밤, 시설채소 등이 있다. 산골 마을이지만, 함양 시내에서 차로 5분 거리에 있다.

마을 입구의 정면에 노모당과 마을회관이 골목길을 사이에 두고 나란히 위치하고 있다. 죽곡마을에 도착한 시간은 오전 10시 경으로, 마을회관 앞에는 할아버지 몇 분이 앉아 있었지만 노모당으로 가는 것이 더 좋겠다며, 조사자들을 노모당으로 안내하였다. 마침 노모당에는 많은 할머니들이 점심 식사를 준비하며 담소를 나누고 있었다.

노모당에서 박복희(여, 75세), 정죽희(여, 82세) 등이 시집살이에 얽힌 민담과 다양한 민요를 제공했다.

죽곡마을 노모당에서 1차로 조사를 하고 난 뒤, 그 다음날에 마을의 역사나 유래, 전설에 대해서 많이 알고 있다는 마을의 최고 연장자인 김명호 할아버지를 방문하였다.

김명호(남, 91세) 제보자는 많은 연세에 비해서 매우 정정하고 기억력이 상당히 좋은 편이었다. 그는 옛날 오래된 가사나 시, 좋은 글귀를 비롯하여 여행을 가서 느낀 점을 가사로 지어서 책으로 만들어 보관하고 있었다.

그가 제공해 준 노래로는 '모찌기 노래', '모심기 노래', '애원성', '베틀 노래', '상여 소리' 등이 있으며, 마을의 지명이나 함양의 주요 유적에 대한 유래담 등 설화 9편을 구술해 주었다.

경상남도 함양군 함양읍 죽림리 내곡마을

조사일시 : 2009.7.26.
조 사 자 : 서정매, 이진영, 조민정

내곡마을 전경

　죽림리에는 여러 가지로 불리는 자연마을들이 있다. 죽림리를 가로지르
는 도로를 기준으로 위쪽에는 윗거리실, 윗땀, 안땀, 안거리실 등이 있고,
아래쪽에는 아랫거리실, 아랫땀, 바깥땀, 바깥거리실 등이 있다. 현재 도
로가에 서 있는 표지판의 이름에는 안거리실과 바깥거리실로 표기되어
있는데, 행정구역상으로는 내곡마을과 외곡마을로 불린다. 안거리실에는
노모당이 들어서 있고, 바깥거리실에는 마을회관이 들어서 있는데, 주로
노모당에서 많이 모이는 편이고, 마을 주민들이 다 모일 일이 있을 때에
는 마을회관을 이용한다고 했다.
　죽림리에는 여러 명칭의 바위들이 있다. 내곡마을(안거리실)에 있는 함

양 박씨의 집안에는 배바위가 있다. 이 집에 사는 사람들은 이 바위를 복바위라 부르며, 이 바위 덕분에 잘 살고 있는 것으로 생각하고 있다. 또한 여기서 30m쯤 떨어진 곳에도 100여 년 동안 4대째 주인이 바뀌어 살아온 남평 문씨의 집에도 바위가 있는데, 이를 문씨집 바위라 부른다. 이 외에도 죽림리의 뒷산인 오봉산에는 정상에서 서쪽 방향으로 300m쯤을 가면 해발 850m 지점에 돼지바위가 있다. 이 돼지바위의 명칭은 함양이 고향이며, 현재 경남도의회의 문정섭 의원이 지은 것이라 한다.

죽림리의 오봉산은 함양에서는 서리가 내린다고 하여 서리산, 또는 상산이라고도 하는데, 도의 경계가 되는 산이어서 남원 등지에서는 봉우리가 다섯 개여서 오봉산이라 부른다. 오봉산에는 서기 1368년 고려 말 우왕 6년에 이성계 장군이 황산벌 대첩에 앞서 장병 5천을 매복시킨 '큰골'이 있으며, 거기서 왜군을 대파한 곳으로 능선 중간에 '장군대좌'라는 지명이 아직 남아 있다. 또한 현재 전라북도와 경상남도의 경계 지점이에 신라와 백제의 경계로 삼았던 팔령산성이 있다. 함양의 옛 이름인 '천령'의 명칭은 이 산의 한 봉우리 이름에서 유래되었다.

죽림리에는 총 55가구에 116명이 거주하고 있으며, 주요 특산물로는 쌀, 밤 등이 있다.

내곡마을에는 미리 연락을 하지 않고 방문을 하였지만, 마을의 중심에 우뚝 자리잡고 있는 노모당에 항상 마을 주민들이 모여서 식사를 한다는 소문을 들은 터라, 점심 식사를 하는 시간인 12시 경에 도착을 하였다. 그런데 이미 점심식사는 11시 반 경에 끝낸 터였고 모두들 앉아서 쉬고 있는 중이었다. 18명 정도의 노인들이 모여 있었는데 부엌과 문 옆에는 할머니들이 많이 앉아 있었고, 방의 안쪽 편에는 할아버지들이 모여 있었다.

설화부터 조사가 시작되었는데, 강석남(여, 61세)이 처녀 귀신에게 잡혀갈 뻔 했던 오빠 이야기, 할아버지가 술을 먹은 뒤 도깨비와 씨름한 이야기, 어머님을 찾기 위해 엿장수가 되어 전국을 돌다가 결국 어머니를 찾은 이야기 등을 제보해 주었다. 이 외에도 꽤 많은 며느리 이야기도 제공해 주었다. 제보자의 이야기 구연이 끝나자 주민들 대부분이 모두들 기다렸다는 듯이 '모심기 노래' 등 다양한 민요를 불러 주었다.

경상남도 함양군 함양읍 죽림리 상죽(상수락)마을

조사일시 : 2009.7.24
조 사 자 : 서정매, 문세미나, 이진영, 조민정

상죽마을 전경

상죽마을은 경남 함양군의 오봉산과 삼봉산 중턱 팔령치 바로 아래에 자리 잡고 있다. 또한 전라남도와 경상남도를 연결하는 팔령재와 팔령산성이 전라도와 경상도의 경계를 이루는 곳에 있는 마을이다.

오봉산과 삼봉산의 산새가 좋아서인지 수량 또한 풍부하여, 마을회관이 있는 큰길가에는 계곡물이 흘러내리는 도랑이 정비되어 있다. 또한 상죽마을에는 죽염의 창시자인 인산 김일훈 선생의 집이 위치해 있는데, 마을 주민들은 모두가 죽염을 먹는 것이 일상화가 되어 있다고 한다.

현재 82가구에 204명의 주민이 거주하며, 주요 특산물로는 콩, 밤, 쌀 등이 있다.

죽림리는 24번 국도변에 위치하는데, 산길 쪽이 상수락마을이며, 도로변에 붙어 있는 마을이 하수락마을이다.

조사자 일행은 1시 경에 상죽마을에 도착했는데, 마침 복날이라 마을회관에 모인 노인들이 백숙을 들고 있었다. 원래는 점심을 먹고 나면 바로 일을 하러 가는데, 하루 종일 비가 온 터라 일을 하러 가지 않고 쉬는 중이었다. 마을회관은 조립식 건물로 부엌과 연결된 방과 안방 두 군데로 나뉘어져 있었는데, 안방에는 할아버지들이 주로 앉아 있고, 부엌방은 할머니들이 앉아서 식사도 준비하며 얘기를 나누고 있었다.

구비문학 조사는 먼저 할아버지들이 모여 있는 안방에서 시작되었다. 술도 한 잔씩 하고 있는 터라 노래를 부르고 싶어하는 것을, 일단 마을 유래나 전설 등이 있으면 먼저 얘기를 하고 노래를 녹음하겠다고 했더니, 할머니들은 부엌방에서 노래를 부를 준비를 미리 하고 있는 눈치였다. 김역록(남, 78세), 이덕우(남, 71세) 등 남성 제보자들은 지역 관련 전설 등 다양한 설화를 제공해 주었으며, 김재순(여, 81세), 김덕순(여, 73세), 김학순(여, 71세) 등은 다양한 종류의 민요를 가창해 주었다. 특히 여성 제보자들을 대상으로 한 조사에서는 제보자들이 노래를 부를 때면 모두가 박수를 치며 큰 소리로 따라 불러서 매우 흥겨운 분위기가 되었다. 따라서 노래판의 분위기에 따라 양산도, 노랫가락, 창부 타령 등의 창민요가 주로 불렸다.

경상남도 함양군 함양읍 죽림리 시목마을

조사일시 : 2009.7.24
조 사 자 : 서정매, 문세미나, 이진영, 조민정

시목(柿木)마을은 옛날에 두동이라고 하였다. 현재 수원 백씨의 정각에 있는 두은정 기문에는 두동으로 기록되어 있다. 또 일설에는 남계 표연말 선생께서 상을 당했을 때 시묘를 하였다 하여, 시묘골로 불렀다가 현재 시목이라고 부르게 되었다고 한다.

풍수지리상으로는 서하면의 동문산이 마주 보여 화재가 자주 일어난다고 하여, 이를 방지하기 위해 마을 앞에 못을 파고 물버들 나무를 심어 화재를 예방했다는 전설이 있다. 지금도 마을 앞의 못은 메워져서 마을 수호목인 두 그루의 물버들 나무만 남아 있다.

정유재란 당시, 황석산에 주둔하고 있는 아군을 속이기 위해, 왜구들이 황석산 맞은편 고개에서 소수를 다수로 보이게 하기 위해, 고개를 넘어갔다가 다시 돌아오고를 되풀이하여 위장전술을 썼다고 한다. 그래서 이 고개를 회(回)넘이 고개라고도 부른다. 이 외 중방동에서 서하면의 황산리를 넘어가는 재를 꼬부랑재라고 부른다.

시목마을은 조선 선조 때에 수원 백씨가 처음으로 들어와 살게 되었고, 그 뒤에 여러 성씨들이 들어와 살고 있다고 한다. 현재 39가구에 87명의 주민들이 거주하고 있으며, 주요 특산물로 콩, 산머루, 고추, 쌀 등을 재배하고 있다.

시목마을은 오후 4시 경에 예고 없이 찾아간 곳이었다. 마을 입구에 들어서자, 마침 복날이어서 마을회관의 마당에서 백숙을 삶고 있었고, 마을 노인들이 대부분 마을회관과 마당에서 담소를 나누고 있던 터였다.

인사를 건네고, 조사 취지를 말한 후 마을회관의 큰 방에서 자리를 잡고 녹음에 들어갔다. 노래를 녹음하는 동안 옆방에서 더 시끄럽게 화투를 처서 녹음에 약간의 방해를 받기도 했다. 다행히 제보자들의 적극적인 참여로 녹음을 잘 마칠 수 있었다. 처음에는 화투를 치고 있던 방의 분위기 때문인지 노랫소리를 크게 내지 않았지만, 시간이 지나갈수록 손뼉을 치고 박수를 치며 노래를 부르고, 또 일어나 춤을 추는 청중도 있어 분위기가 점점 흥겹고 화기애애하게 되었다.

총 5명의 제보자로부터 민요를 조사할 수 있었다. 노귀남(여, 79세), 서억순(여, 65세), 오남이(여, 68세), 임점순(여, 84세), 조분임(여, 64세)으로부터 '모심기 노래' 등 일노래를 비롯하여 노랫가락, 밀양 아리랑, 진도 아리랑 등 유흥적인 창민요를 다양하게 제공받았다.

시목마을 마을회관

강복점, 여, 1931년생

주 소 지 : 경상남도 함양군 함양읍 웅곡리 웅곡마을
제보일시 : 2009.7.25
조 사 자 : 서정매, 이진영, 조민정

　강복점은 1931년 생으로 유림면 서주리
회동마을에서 태어났다. 학교는 다니지 못
했으며, 18세 때 함양읍 웅곡리 웅곡마을로
시집을 와서 현재까지 살고 있다. 올해 79
세로 양띠이며, 택호는 회동댁이라 불린다.
　남편은 15년 전에 작고하였고, 남편과의
사이에 2남 4녀의 자식을 두었다.
　마른 체형이며, 약간 긴 커트 파마머리를
하고 있었다. 부끄러움이 많아서 주로 다른 제보자의 노래를 듣는 편이었
는데, 시간이 지나면서 분위기가 무르익자 손뼉을 치며 즐거워하였다. 구
연해준 노래는 모심기 노래인데, 노래는 짧았지만 가사 내용이 독특했다.
점심참이 늦어오면 아기의 젖참도 늦어온다는 내용이다.

제공 자료 목록
04_18_FOS_20090725_PKS_KBJ_0001 모심기 노래

강석남, 여, 1949년생

주 소 지 : 경상남도 함양군 함양읍 죽림리 내곡마을
제보일시 : 2009.7.26
조 사 자 : 서정매, 이진영, 조민정

강석남은 1949년 생으로 함양군 백전면 양백리 동백마을에서 태어났다. 24세 때 함양군 함양읍 백천리 중촌마을로 시집을 왔고, 13년 전에 죽림리 내곡마을(안거리실)로 이사를 와서 지금까지 살고 있다. 올해 61세로 소띠이며, 택호는 백전댁이라 불린다. 남편은 3년 전에 작고하였고, 남편과의 사이에 1남 4녀의 자식을 두었다.

예전부터 지금까지 농사를 지으면서 살아가고 있다.

작은 얼굴에 짧은 파마머리를 하였으며, 연초록 몸빼(일 바지)에 빨강색 체크 남방을 입고 있었다. 제보한 노래는 시집을 온 후 친구들과 일하면서 많이 불러서 알게 되었고, 또 마을 어른들이 부르는 것을 듣고 불러보게 된 것이라 하였다.

제보자는 조사에 임하여 솔선수범하여 노래와 이야기를 구연해 주었고, 조사자들이 조사를 마치고 나갈 때에도 마당까지 일부러 나와서 배웅해 줄 정도로 정이 많았다.

제공 자료 목록
04_18_MPN_20090726_PKS_KSN_0001 처녀 귀신에게 홀릴 뻔 했던 사람
04_18_MPN_20090726_PKS_KSN_0002 도깨비와 씨름한 사람
04_18_FOS_20090726_PKS_KSN_0001 다리 세기 노래
04_18_FOS_20090726_PKS_KSN_0002 너냥 나냥

김덕순, 여, 1937년생

주 소 지 : 경상남도 함양군 함양읍 죽림리 상죽마을(상수락마을)
제보일시 : 2009.7.24
조 사 자 : 서정매, 문세미나, 조민정, 이진영

김덕순은 1937년 생으로 전라북도 남원시 산내면에서 태어났다. 올해 73세로 소띠이며 중턱댁이라는 택호로 불린다. 19세 때 함양군 함양읍 죽림리로 시집을 왔다. 남편 신기태(77세)와는 2남 2녀의 자식을 두고 있다. 자녀들은 모두 외지에서 살고 있어서, 현재 상수락마을에서는 남편과 둘이서 농사를 지으며 살고 있다.

학교는 다닌 바가 없다고 한다. 짧은 파마머리에 꽃무늬 흰 티를 입고 있는데, 피부가 고운 편이었다. 다른 사람들이 부르는 노래를 손뼉을 치면서 따라 부르기도 하다가 조사자의 요청에 4편의 노래를 불러 주었다. 주로 20세 때 시집을 와서 듣고 배운 것이라고 하였다.

제공 자료 목록

04_18_FOS_20090724_PKS_KDS_0001 권주가
04_18_FOS_20090724_PKS_KDS_0002 양산도
04_18_FOS_20090724_PKS_KDS_0003 노랫가락
04_18_FOS_20090724_PKS_KDS_0004 창부 타령

김말남, 여, 1936년생

주 소 지 : 경상남도 함양군 함양읍 죽림리 하죽마을(하수락마을)
제보일시 : 2009.7.24
조 사 자 : 서정매, 문세미나, 조민정, 이진영

김말남은 1936년 생으로 경상북도에서 태어나 초등학교를 졸업하였다. 올해 74세로 쥐띠이며, 널빗댁이라는 택호로 불린다. 1952년 20세가 되던 해에 함양군 함양읍 죽림리 하수락으로 시집을 와서 현재까지 살고 있다. 남편은 4년 전에 작고하였고, 남편과의 사이에 3남 1녀의 자식을 두었다.

제보자는 원래 하수락마을에 살고 있는데, 우연히 상수락마을에 놀러 왔다가 노래를 부르게 되었다며 웃었다. 단정한 짧은 파마머리에 흰 티를 입고 있었다. 목소리가 곱고 목청이 높아서 노래를 잘 부르는 편이었다. 제공해 준 노래는 젊었을 때 친구들과 일하면서 많이 불렀던 것이라고 했다.

제공 자료 목록

04_18_FOS_20090724_PKS_KMN_0001 진도 아리랑
04_18_FOS_20090724_PKS_KMN_0002 밀양 아리랑
04_18_FOS_20090724_PKS_KMN_0003 노랫가락

김명호, 남, 1919년생

주 소 지 : 경상남도 함양군 함양읍 죽곡리 죽곡마을
제보일시 : 2009.7.25
조 사 자 : 서정매, 조민정, 이진영

김명호는 1919년생으로 함양군 함양읍 죽곡리 죽곡마을에서 태어나서 자라고 결혼하여, 지금까지 계속 살고 있는 토박이이다. 현재 91세로 양띠이며, 부인과 함께 살고 있으며, 3남 4녀의 자식을 두고 있다. 나이가 91세임에도 불구하고 매우 정정하고 건강하였다. 아직 병원에는 다닌 적이 거의 없을 정도로 건강하다고 한다. 젊었을 때는

마을에서 호랑이 할아버지라고 불릴 만큼 무섭고 엄했는데, 자식들에게도 매우 엄한 편이었다고 한다.

일제 강점기 때부터 자필로 책을 만들어 글을 쓰고 시를 써온 한학자이다. 여행을 다녀오거나, 기념일에 맞추어 시를 짓거나, 또는 마을의 아름다운 모습을 가사로 남기는 등 모든 생각이나 행동을 글로 다 적어놓을 정도로 꼼꼼하다. 마을에 대한 설명을 해 달라는 조사자의 요청에 거의 응해 주었고, 또 상세하게 이야기를 해 주었다.

제공해 준 노래로는 '모찌기 노래', '모심기 노래', '애원성', '베틀 노래', '상여 소리' 등이 있는데 '애원성'과 '베틀 노래'는 노래라기보다는 가사를 읊어주는 식으로 불러주었고, 모찌기·모심기 노래는 긴 소리로 음을 길게 빼면서 불러 주었다.

제공 자료 목록

04_18_FOT_20090725_PKS_KMH_0001 화주대와 죽곡마을의 유래
04_18_FOT_20090725_PKS_KMH_0002 산 고개 너머로 물길을 만든 물고개
04_18_FOT_20090725_PKS_KMH_0003 상련대에 어머니를 모신 최치원과 나무에 걸어둔 호미
04_18_FOT_20090725_PKS_KMH_0004 외가를 망하게 한 유자광과 이은대
04_18_FOT_20090725_PKS_KMH_0005 월명이 애인을 기다리다 죽은 월명총
04_18_FOT_20090725_PKS_KMH_0006 영원스님이 득도한 영원사
04_18_FOT_20090725_PKS_KMH_0007 벽송스님이 도를 깨친 오도재
04_18_FOT_20090725_PKS_KMH_0008 쌀새미와 마적도사
04_18_FOS_20090725_PKS_KMH_0001 모찌기 노래
04_18_FOS_20090725_PKS_KMH_0002 모심기 노래
04_18_FOS_20090725_PKS_KMH_0003 애원성
04_18_FOS_20090725_PKS_KMH_0004 베틀 노래
04_18_FOS_20090725_PKS_KMH_0005 상여 소리

김묘남, 여, 1938년생

주 소 지 : 경상남도 함양군 함양읍 웅곡리 웅곡마을
제보일시 : 2009.7.25
조 사 자 : 서정매, 조민정, 이진영

김묘남은 1938년생으로 부산에서 태어났다. 24세 때 결혼하여 부산에서 살다가 5년 전부터 함양군 함양읍 웅곡리 웅곡마을로 이사와 현재까지 살고 있다. 올해 72세이고 범띠이며, 부산댁이라 불린다. 현재 마을에서 남편 오석근(72세)과 함께 살고 있으며, 슬하에 1남 3녀의 자식을 두었다.

볼륨 있는 짧은 파마머리에 다홍색 꽃무늬 남방을 입고 있었다. 긍정적인 성품으로, 목소리가 시원하며, 웃음이 많고 적극적이었다. 다른 제보자가 노래를 불러주면 함께 박수를 치며 부르기도 하였다. 제공해 준 노래는 주로 어렸을 때 주위에서 듣고 배운 것이라고 했다.

제공 자료 목록

04_18_FOS_20090725_PKS_KMN_0001 진주 난봉가
04_18_FOS_20090725_PKS_KMN_0002 너냥 나냥
04_18_FOS_20090725_PKS_KMN_0003 양산도
04_18_FOT_20090725_PKS_KMN_0001 며느리의 참았던 방귀 힘

김병오, 남, 1935년생

주 소 지 : 경상남도 함양군 함양읍 삼산리 뇌산마을
제보일시 : 2009.7.27
조 사 자 : 박경수, 문세미나

김병오는 1935년 을해생으로 올해 75세이다. 본은 뇌산마을의 주성받이인 선산이다. 부인은 4년 전에 작고하였으며, 슬하에 2남 3녀를 두고 있다. 함양군 유림면 유평리 옥산마을에서 태어나 19살 때 결혼하여 21살 때 쯤 현재 거주하고 있는 함양읍 삼산리 뇌산마을로 왔다. 이후에 30대 중반인

1960년부터 10년간 진주에서 산 적이 있다. 현재 함양유림회의 운영위원을 맡고 있다.

조사자 일행은 2009년 7월 27일(월) 함양 유도회의 회관을 방문하여 제보자를 만났다. 그곳에서 조사의 목적과 취지를 말하니, 회관에 있는 분들이 모두 제보자를 지목하며 이야기를 들으면 된다고 했다. 그런 만큼 짧은 시간에 설화 7편을 구술할 정도로 설화 구연 능력을 지녔다. 처음에는 뇌산마을과 관련된 이야기를 시작했다가, 박문수, 유호인, 함양군수를 지냈던 최연손 등 인물에 관한 이야기를 한 다음, 백무동, 갓거리, 소구대 등 지명에 얽힌 이야기를 했다. 이 중 채록한 설화는 5편이다. 설화를 구술할 때는 사실과 전설의 차이를 강조하며, 사실을 강조하는 이야기의 구술 태도를 보여주었다.

제공 자료 목록

04_18_FOT_20090727_PKS_KBO_0001 시집(詩集)을 불태워 파직 당하고 집안이 망한 함양군수
04_18_FOT_20090727_PKS_KBO_0002 무신란으로 도망간 사람들을 나오게 한 박문수
04_18_FOT_20090727_PKS_KBO_0003 백 명의 무당을 죽인 송감사와 백무동
04_18_FOT_20090727_PKS_KBO_0004 도덕바위에서 잉어를 잡아 임금께 올린 유호인
04_18_FOT_20090727_PKS_KBO_0005 호랑이가 엎드린 형국의 돌북마을과 소구대

김상남, 여, 1929년생

주 소 지 : 경상남도 함양군 함양읍 삼산리 뇌산마을
제보일시 : 2009.7.26
조 사 자 : 박경수, 문세미나

김상남은 1929년 함양군 지곡면 개평리 개평마을에서 태어났다. 올해

나이는 81세로 뱀띠이며, 택호는 개평댁이다. 남편은 이미 작고했으며, 슬하에 2남 1녀가 있다. 20살 때 현재 살고 있는 함양읍 삼산리 뇌산마을로 시집을 왔으며, 논 10마지기를 지으며 살아왔다. 지금은 집에서 혼자 생활하고 있다. 뇌산마을로 시집온 후한 번도 마을을 떠난 적이 없다고 했다.

마을회관에서 시작된 노래가 처음에는 어렸을 때 부르는 동요로 시작되었는데, 조사자가 모심기 할 때 부르는 노래를 해보라고 하자 제보자가 나서서 불렀다. "달이 떴네"로 시작되는 노래와 "뻐꾹새야"로 시작되는 노래 2편을 불렀다. 나이 탓인지 건강이 좋지 않아 보였으며, 노래를 부르는 목소리에 힘이 없었다. 노래는 어릴 때 들어서 알게 된 것이라 했다.

제공 자료 목록
04_18_FOS_20090726_PKS_KSN_0001 달이 떴네
04_18_FOS_20090726_PKS_KSN_0002 뻐꾹새 노래

김성진, 남, 1936년생

주 소 지 : 경상남도 함양군 함양읍 용평리 용평1리
제보일시 : 2009.7.27
조 사 자 : 박경수, 서정매, 정혜란, 김미라

김성진(金聲鎭)은 본은 김녕이며, 1936년 갑술년 생이다. 합천군 대병면 대지리에서 태어나 15세 때 서울로 이주하여 공부를 하였다. 경기대학교 국어국문학과를 졸업하고, 30대에 함양읍의 교사로 발령 받아 내려왔다. 당시로서는 상당히 늦은 31세 때 7살 연하인 부인을 만나 결혼하여 2남

1녀를 두었는데, 현재 아들은 울산과 함양 에서, 딸은 서울에서 거주하고 있다.

제보자는 함양중학교와 함양여자중학교에 서 국어 교사로 근무를 하였고, 정년퇴임 후 함양문인협회 회장을 맡고 있다. 그 외 에도 향토사연구소장, 국사편찬위원회 자료 조사위원, 독립기념회 자료수집위원 등으로 있으면서 지역사회의 문화와 역사 발전에 많은 공헌을 하고 있다. 현재는 함양문화원의 문화원장으로 재임중이며, 함양의 전설과 민요, 인물 등과 관련한 책을 편찬하기도 했다.

제보자는 친근한 인상을 가지고 있었지만, 국어 교사로서 오랜 교직 생 활을 해 왔기 때문인지 꼼꼼해 보이는 면도 있었다. 그래서인지 이야기를 구술할 때 매우 차분한 어조로 학생들에게 설명하듯 이야기를 구연해 주 었다.

제공 자료 목록

04_18_FOT_20090727_PKS_KSJ_0001 청백리 양관 선생

04_18_FOT_20090727_PKS_KSJ_0002 시를 잘 지어 성종에게 낭패를 받은 유호인

04_18_FOT_20090727_PKS_KSJ_0003 임금에게 잉어를 바치러 간 유호인

04_18_FOT_20090727_PKS_KSJ_0004 이진사와 며느리의 소문을 해결해 준 박문수

04_18_FOT_20090727_PKS_KSJ_0005 귀신의 소원을 들어준 이서구 군수

04_18_FOT_20090727_PKS_KSJ_0006 충신 이지활

04_18_FOT_20090727_PKS_KSJ_0007 연산군을 모신 충신 표연말

04_18_FOT_20090727_PKS_KSJ_0008 고모 댁을 망하게 한 유자광과 피바위

04_18_FOT_20090727_PKS_KSJ_0009 이진사와 구진정

04_18_FOT_20090727_PKS_KSJ_0010 이억년의 무덤과 이백련의 백련정

04_18_FOT_20090727_PKS_KSJ_0011 아버지를 살린 효자 박실

김언자, 여, 1942년생

주 소 지 : 경상남도 함양군 함양읍 웅곡리 웅곡마을
제보일시 : 2009.7.25
조 사 자 : 서정매, 이진영, 조민정

　김언자는 1942년 생으로 함양읍 뇌산마을에서 태어났다. 19세 때 웅곡마을로 시집을 와서 현재까지 살고 있다. 올해 68세로 말띠이며, 뇌산댁이라 불린다.

　남편은 15년 전에 작고하였고, 슬하에 6명의 아들이 있으며, 현재 농사를 지으며 살고 있다.

　살결이 희고 고운 편이며 짧은 파마머리에 진주목걸이를 하고 있었다. 구연해 준 노래는 주로 17~18세 때 어른들로부터 들었던 노래이며, 친구들과 같이 부르면서 자연스럽게 습득했다고 한다.

　자장가, 각설이 타령을 불러 주었다. 특히 각설이 타령은 현대의 역사를 담고 있으면서, 매우 해학적으로 표현된 것이어서, 청중들 모두가 듣고 재미있어 했다.

제공 자료 목록
04_18_FOT_20090725_PKS_KUJ_0001 높임말을 잘 못 쓴 며느리
04_18_FOT_20090725_PKS_KUJ_0002 똥 묻는 손
04_18_FOS_20090725_PKS_KUJ_0001 자장가
04_18_MFS_20090725_PKS_KUJ_0001 각설이 타령

김영록, 남, 1932년생

주 소 지 : 경상남도 함양군 함양읍 죽림리 상죽마을(상수락마을)

제보일시 : 2009.7.24

조 사 자 : 서정매, 문세미나, 이진영, 조민정

　김영록은 1932년 생으로 함양군 함양읍 죽림리 상수락마을에서 태어나 결혼하여 지금까지 계속 살고 있는 토박이이다. 올해 78세로 원숭이띠이다. 슬하에 4형제를 두었으나, 부인은 31년 전에 작고하여 오랫동안 혼자 살고 있다. 현재 벼농사를 비롯하여 콩 등의 밭농사를 함께 하고 있다.

　얼굴이 둥글고 몸집이 크며, 목청도 큰 편이었다. 손짓을 크게 하면서 이야기를 구술했다. 노래의 가사를 잘 기억하는 편으로, 노래를 부르면서 박수도 치고, 분위기를 즐겁게 유도하는 등 적극적으로 자료를 제공해 주었다.

제공 자료 목록

04_18_FOT_20090724_PKS_KYR_0001 임금이 된 청년과 비오새가 된 임금

04_18_FOT_20090724_PKS_KYR_0002 소의 발자국이 있는 쇠발바위

04_18_FOT_20090724_PKS_KYR_0003 머슴들이 절을 털어서 망한 절골의 절터

04_18_FOT_20090724_PKS_KYR_0004 아지발도가 죽은 황산 피바위

04_18_FOT_20090724_PKS_KYR_0005 이성계를 죽이려고 한 퉁두란

04_18_FOT_20090724_PKS_KYR_0006 이야기를 사 와서 부자 된 영감

04_18_FOS_20090724_PKS_KYR_0001 창부 타령

04_18_FOS_20090724_PKS_KYR_0002 한자 노래

04_18_FOS_20090724_PKS_KYR_0003 양산도

김윤덕, 여, 1938년생

주 소 지 : 경상남도 함양군 함양읍 죽림리 내곡마을

제보일시 : 2009.7.26

조 사 자 : 서정매, 이진영, 조민정

김윤덕은 1938년 생으로 함양군 함양읍 죽림리 죽림마을 중 윗거리실에서 태어나 20세 때 결혼하여 지금까지 계속 살고 있는 토박이이다. 올해 72세로 호랑이띠이며, 택호는 죽림댁이라 불린다. 남편은 5~6년 전에 작고하였고, 남편과의 사이에 3남 3녀의 자식을 두고 있다.

짧은 파마머리를 하고 있는 제보자는 반 버선을 신고, 초록색 체크 몸빼(일 바지)에 붉은색 체크남방을 입고 있었다.

제보자는 생각이 나면 나는 대로 민요를 불러 주었다. 노래를 한 곡 부르고는 부끄러운 듯 이제 그만 부르겠다고 했지만, 조사자가 첫 소절을 알려주고 아는지를 물으면 웃으면서 계속 불러 주었다. 그만큼 아는 노래가 많고 기억력도 좋은 편이었다.

제보자는 청중들과 함께 박수를 치면서 노래를 불러 주었다. 원래 노래 부르는 것을 좋아한다고 하였다. 제공해 준 노래는 주로 젊었을 때 일하면서 친구들과 함께 부르다가 습득한 것이라고 했다.

제공 자료 목록

04_18_FOT_20090726_PKS_KYD_0001 꾀 많은 머느리
04_18_FOS_20090726_PKS_KYD_0001 모심기 노래
04_18_FOS_20090726_PKS_KYD_0002 쌍가락지 노래
04_18_FOS_20090726_PKS_KYD_0003 밀양 아리랑
04_18_FOS_20090726_PKS_KYD_0004 도라지 타령
04_18_FOS_20090726_PKS_KYD_0005 창부 타령
04_18_FOS_20090726_PKS_KYD_0006 권주가
04_18_FOS_20090726_PKS_KYD_0007 사위 노래

04_18_FOS_20090726_PKS_KYD_0008 그네 노래
04_18_FOS_20090726_PKS_KYD_0009 화투 타령

김임순, 여, 1922년생

주 소 지 : 경상남도 함양군 함양읍 신관리 기동마을
제보일시 : 2009.7.25
조 사 자 : 박경수, 문세미나

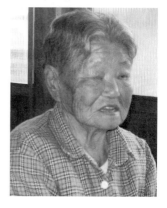

김임순은 1922년 개띠 생으로 함양읍 삼
산리 뇌산마을에서 태어났다. 올해 나이는
88세이며, 택호는 뇌산댁이다. 16년 전 작
고한 남편과의 사이에 2남 4녀가 있다. 16
살 때 함양읍 신관리 기동마을로 시집을 와
서 지금까지 계속 살고 있다. 나이가 많아
서인지 한쪽 눈이 완전히 감겨져 있는 상태
였으며, 다리가 불편하여 거동을 할 수 없
었다. 또한 귀가 어두워서 귀에 가까이 대고 큰 소리로 말을 해야 알아들
었다. 학교에 다닌 적은 없으며, 야학으로 일본어를 조금 배웠다고 했다.

조사자는 박종섭 선생이 3년 전 이 마을을 조사한 자료의 목록에서 제
보자의 제보 자료를 알고 직접 제보자의 집을 방문했다. 몇 년 사이에 많
이 아프고 기억력도 없어졌다고 하며 민요 구연을 꺼렸다. 조사 취지를
다시 말하면서 제보자를 설득하여 민요 4편과 설화 1편을 조사하여 3년
전보다 더 많은 자료를 조사할 수 있었다. 민요로 '모심기 노래' 2편, '꽃
노래', '권주가' 1편을 불렀으며, 설화는 착한 마음 때문에 부자가 된 사
람 이야기를 짤막하게 한 것이었다. 옛날에 어른들로부터 전해 들어서 배
운 노래와 이야기라고 했다.

제공 자료 목록

04_18_FOT_20090725_PKS_KIS_0001 구렁이 도움으로 부자 된 사람

04_18_FOS_20090725_PKS_KIS_0001 모심기 노래 (1)

04_18_FOS_20090725_PKS_KIS_0002 모심기 노래 (2)

04_18_FOS_20090725_PKS_KIS_0003 노랫가락 / 꽃 노래

04_18_FOS_20090725_PKS_KIS_0004 권주가

김재순, 여, 1929년생

주 소 지 : 경상남도 함양군 함양읍 죽림리 상죽마을(상수락마을)

제보일시 : 2009.7.24

조 사 자 : 서정매, 문세미나, 이진영, 조민정

김재순은 1929년 생으로 함양군 함양읍 죽림리 죽림마을에서 태어나 자랐다. 이후 빈대궐터(촉동)에서 살다가 다시 고향 근처인 상수락마을로 이사를 왔다. 올해 81세로 뱀띠이며, 빈대궐댁이라는 택호로 불린다. 학교는 다닌 적이 없으며, 16세 때 시집을 와서 현재까지 상수락마을에서 살고 있다. 남편은 24년 전에 작고하였고, 남편과의 사이에는 3남 2녀의 자식을 두고 있다. 모두 외지로 나가 살고 있으며, 홀로 농사를 짓고 있다.

흰머리지만 숱이 많은 짧은 머리에 체크무늬 남방과 몸빼를 입고 있었다.

처음에는 소극적이었으나 분위기가 무르익을수록 적극적으로 참여하여 노래를 불러 주었다. 특히 기억나지 않는 노래도 한 번 기억해 보겠다고 하면서 노래를 부를 정도로 열정이 있었다. 술도 한 잔 하면서 다른 제보자들이 노래를 부를 때는 손뼉도 치고 호응을 하면서 즐거워하였다. 다른

제보자보다 많은 노래를 불러 주었다.

제공 자료 목록

04_18_FOT_20090724_PKS_KJS_0001 며느리의 참았던 방귀 힘

04_18_FOS_20090724_PKS_KJS_0001 모심기 노래

04_18_FOS_20090724_PKS_KJS_0002 노랫가락 (1) / 봄배추 노래

04_18_FOS_20090724_PKS_KJS_0003 화투 타령

04_18_FOS_20090724_PKS_KJS_0004 노랫가락 (2)

04_18_FOS_20090724_PKS_KJS_0005 청춘가

04_18_FOS_20090724_PKS_KJS_0006 창부 타령

04_18_FOS_20090724_PKS_KJS_0007 지게 노래

김학순, 여, 1939년생

주 소 지 : 경상남도 함양군 함양읍 죽림리 상죽마을(상수락마을)

제보일시 : 2009.7.24

조 사 자 : 서정매, 문세미나, 이진영, 조민정

김학순은 1937년생으로 함양읍 뇌산마을에서 태어나 자랐고, 19세 때 죽림으로 시집을 와서 현재까지 살고 있다. 올해 71세로 토끼띠이며, 뇌산댁이라는 택호로 불린다. 현재 상수락마을에서 남편 김재영(75세)과 함께 살고 있으며, 남편과의 사이에 4남 3녀의 자식을 두었다. 학교는 다닌 바가 없으며, 현재 벼농사를 짓고 있다.

짧은 파마머리에 꽃무늬 티를 입고 있었고, 앞니가 금니였다. 제보자는 노래 가사를 생각하다가 문득 떠오르면 갑자기 노래를 불러 주었다. 제보해 준 노래는 시집와서 일하면서 친구들과도 부르고 어른들께도 들으면서 배워 불렀다고 한다. 적극적인 성품으로, 손뼉을 치면서 흥겹게 불러

주었다.

제공 자료 목록

04_18_FOS_20090724_PKS_KHS_0001 도라지 타령

04_18_FOS_20090724_PKS_KHS_0002 다리 세기 노래

04_18_FOS_20090724_PKS_KHS_0003 노랫가락 / 그네 노래

04_18_FOS_20090724_PKS_KHS_0004 창부 타령

김호인, 여, 1941년생

주 소 지 : 경상남도 함양군 함양읍 신관리 기동마을

제보일시 : 2009.7.25

조 사 자 : 박경수, 문세미나

김호인은 1941년 뱀띠 생으로 함양군 유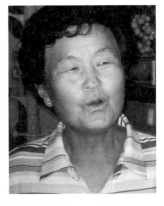
림면 대궁리 재궁마을에서 태어났다. 올해
나이는 호적과 달라 70세이며, 택호는 재궁
댁이다. 남편은 범띠 생으로 2살 위이며, 함
양읍 신관리 기동마을에서 농사를 지으면서
살고 있다. 남편과의 사이에는 3남 4녀가
있는데, 모두 객지에 나가 살고 있다고 했
다. 23세 때 기동마을로 시집을 와서 지금
까지 살고 있는데, 나이에 비해 얼굴이 고와서 많이 젊어 보였다.

제보자는 단체로 점심을 먹으러 가기 위해 기동마을에 들렀는데, 차가
오기 전에 잠시 모심기 노래와 모찌기 노래 3편을 불렀다. 목소리가 맑았
으나, 모심기 노래와 모찌기 노래 중 일부의 사설을 제대로 기억하지 못
했다. 이들 노래는 어른들이 하는 것을 듣고 자연스럽게 배운 것이라고
했다.

제공 자료 목록

04_18_FOS_20090725_PKS_KHI_0001 모심기 노래
04_18_FOS_20090725_PKS_KHI_0002 모찌기 노래 (1)
04_18_FOS_20090725_PKS_KHI_0003 모찌기 노래 (2)

노귀남, 여, 1931년생

주 소 지 : 경상남도 함양군 함양읍 죽림리 시목마을
제보일시 : 2009.7.24
조 사 자 : 서정매, 문세미나, 이진영, 조민정

노귀남은 1931년에 함양군 백전면 대안
리에서 태어났다. 올해 나이 79세로 양띠이
며 택호는 안골댁이다. 50세가 되던 해에
남편이 작고하여, 29년 동안 홀로 지내며
살아왔다. 남편과의 사이에 2남 2녀의 자녀
를 두었으며, 농사를 지으며 살고 있다.

짧은 파마머리에 하늘색 물결무늬 남방을
입고 있었다. 노래의 사설을 잘 기억했으며,
진지하면서도 차분하게 노래를 불러 주었다.

제공 자료 목록

04_18_FOS_20090724_PKS_NGN_0001 망부가(亡夫歌)
04_18_FOS_20090724_PKS_NGN_0002 양산도
04_18_FOS_20090724_PKS_NGN_0003 못갈 장가 노래
04_18_FOS_20090724_PKS_NGN_0004 남녀 연정요
04_18_FOS_20090724_PKS_NGN_0005 병든 서방 노래
04_18_FOS_20090724_PKS_NGN_0006 백발가
04_18_FOS_20090724_PKS_NGN_0007 권주가
04_18_FOS_20090724_PKS_NGN_0008 모심기 노래

노승남, 여, 1935년생

주 소 지 : 경상남도 함양군 함양읍 죽림리 내곡마을
제보일시 : 2009.7.26
조 사 자 : 서정매, 이진영, 조민정

노승남은 1935년 생으로 함양군 함양읍
웅곡리 웅곡마을에서 태어나 살다가 19세
때 함양읍 죽림리 내곡마을 윗거리실로 시
집을 와서 지금까지 살고 있다. 올해 75세
로 돼지띠이며, 새마을댁이라는 택호로 불
린다. 남편은 16년 전에 작고하였고, 남편과
의 사이에 2남 8녀로 많은 자식을 두었다.
현재 농사를 지으면서 살아가고 있다.

짧고 둥근 파마머리에 꽃무늬 몸빼에 꽃무늬 티를 입고 있었으며, 편한
자세로 앉아 노래를 불러 주었다. 제공해 준 노래는 젊었을 때 주로 일하
다가 친구들과 함께 부르면서 습득한 것이라고 했다.

제공 자료 목록
04_18_FOS_20090726_PKS_NSN_0001 모심기 노래
04_18_FOS_20090726_PKS_NSN_0002 댕기 노래
04_18_FOS_20090726_PKS_NSN_0003 창부 타령

노정순, 여, 1925년생

주 소 지 : 경상남도 함양군 함양읍 신천리 평촌마을
제보일시 : 2009.7.25
조 사 자 : 박경수, 문세미나

노정순은 1925년 함양군 백전면 생골에서 태어났다. 택호는 생골댁이
며, 올해 85세로 소띠 생이다. 제보자는 17세 되던 해에 함양읍 신천리

평촌마을로 시집을 와서 지금까지 살고 있
는데, 남편은 제보자가 26세 되던 해에 작
고하였다고 했다. 남편과의 사이에 두 아들
을 두었으며, 모두 객지에 나가 살고 있다.
현재는 제보자 홀로 농사를 지으면서 살고
있다.

제보자의 외양은 기골이 커서 남자처럼
보였으며, 나이에 비해 젊어 보였다. 노래는
잘 모른다고 하며 설화 2편을 구술했다. 시묘살이하는 사람과 함께 자며
지켜준 범 이야기와 제사를 제 시간에 지내야 한다는 뜻이 담긴 이야기였
다. 이들 이야기는 제보자가 20살 쯤 되었을 때 친정아버지로부터 전해
들었던 것이라고 했다.

제공 자료 목록

04_18_FOT_20090725_PKS_NJS_0001 시묘 사는 사람과 매일 같이 잔 범
04_18_FOT_20090725_PKS_NJS_0002 제사에 밤 한 개만 먹은 혼신

노춘영, 여, 1940년생

주 소 지 : 경상남도 함양군 함양읍 백천리 척지마을
제보일시 : 2009.7.25
조 사 자 : 박경수, 문세미나

노춘영은 1940년 함양군 휴천면 운서리
에서 태어났다. 올해 나이는 70세로 용띠이
며, 택호는 운서댁이다. 20살 때 결혼을 했
으며, 32살 때 남편과 함께 함양읍 백천리
척지마을로 와서 농사를 짓고 살고 있다.

남편과의 사이에 4남 2녀의 자식을 두었는데, 모두 외지에 나가 살고 있다고 했다.

표정은 밝은 편이었으며, 구비문학의 취지를 잘 이해하고 적극적으로 조사에 임했다. 민요 7편과 설화 1편을 구연했다. 민요 중에는 길쌈을 할 때 불렀던 '잠 노래' 등이 있었는데, 나이에 비해 민요를 많이 알고 있었다. 설화 1편은 도둑으로 몰린 아버지를 재치로 구한 딸에 관한 이야기였다.

제공 자료 목록

04_18_FOT_20090725_PKS_NCY_0001 도둑으로 몰린 아버지를 재치로 구한 딸

04_18_FOS_20090725_PKS_NCY_0001 잠 노래

04_18_FOS_20090725_PKS_NCY_0002 베 짜기 노래

04_18_FOS_20090725_PKS_NCY_0003 칠순 노래

04_18_FOS_20090725_PKS_NCY_0004 화투 타령

04_18_FOS_20090725_PKS_NCY_0005 노랫가락 (1) / 그네 노래

04_18_FOS_20090725_PKS_NCY_0006 아기 어르는 노래

04_18_FOS_20090725_PKS_NCY_0007 노랫가락 (2) / 꽃 노래

동선임, 여, 1934년생

주 소 지 : 경상남도 함양군 함양읍 구룡리 원구마을

제보일시 : 2009.7.26

조 사 자 : 서정매, 조민정, 이진영

동선임은 1934년생으로 함양군 마천면 추성리 추성마을에서 태어났다. 16세 때 함양읍 구룡리 원구마을로 시집을 와서 살았다. 한때 부산시 남구 우암동 부산외국어대학교 근처에서 살다가 고향을 못잊어서 다시 원구마을로 돌아왔다고 했다. 올해 76세로 개띠이며, 택호는 부산댁이다.

남편은 제보자가 43세 때 작고했다. 젊은 나이에 남편을 잃고 오랫동안 홀로 살아왔다. 남편과의 사이에 3남 4녀의 자식을 두었다.

짧은 파마머리에 얼굴이 통통하고 덕스러운 얼굴을 하고 있었다. 부끄러움이 많아서 처음에는 노래를 부르지 않을 것처럼 보였으나, 이런 저런 노래를 아는지 물으면 바로 해당 노래를 불러 주었다. 기억력이 상당히 좋을 뿐만 아니라 노래 실력 또한 수준급이었다. 혼자서 무려 37곡이라는 많은 곡을 불러 주었는데, 가사가 긴 밭 매는 노래까지 잘 기억하여 불러 주었다. 노래를 부르다 기억이 잘 나지 않으면 바로 가사를 낭송하듯 읊어 주는 등, 적극적으로 민요 조사에 잘 응해 주었다.

제공 자료 목록

04_18_FOS_20090726_PKS_DSI_0001 쌍가락지 노래
04_18_FOS_20090726_PKS_DSI_0002 다리 세기 노래
04_18_FOS_20090726_PKS_DSI_0003 담 넘새 노래
04_18_FOS_20090726_PKS_DSI_0004 동애따기 노래
04_18_FOS_20090726_PKS_DSI_0005 아기 어르는 노래 (1) / 불매 소리
04_18_FOS_20090726_PKS_DSI_0006 아기 어르는 노래 (2) / 알강달강요
04_18_FOS_20090726_PKS_DSI_0007 아기 재우는 노래 / 자장가
04_18_FOS_20090726_PKS_DSI_0008 모심기 노래
04_18_FOS_20090726_PKS_DSI_0009 삼 삼기 노래
04_18_FOS_20090726_PKS_DSI_0010 베틀 노래
04_18_FOS_20090726_PKS_DSI_0011 청춘가 (1)
04_18_FOS_20090726_PKS_DSI_0012 꼴 베는 총각 노래
04_18_FOS_20090726_PKS_DSI_0013 시집살이 노래 (1)
04_18_FOS_20090726_PKS_DSI_0014 못 갈 장가 노래
04_18_FOS_20090726_PKS_DSI_0015 밭매는 노래
04_18_FOS_20090726_PKS_DSI_0016 감 장수 노래
04_18_FOS_20090726_PKS_DSI_0017 권주가
04_18_FOS_20090726_PKS_DSI_0018 주초 캐는 처녀 노래
04_18_FOS_20090726_PKS_DSI_0019 창부 타령
04_18_FOS_20090726_PKS_DSI_0020 노랫가락 (1) / 청춘가 (2)

04_18_FOS_20090726_PKS_DSI_0021 화투 타령

04_18_FOS_20090726_PKS_DSI_0022 노랫가락 (2) / 그네 노래

04_18_FOS_20090726_PKS_DSI_0023 곶감 깎는 노래

04_18_FOS_20090726_PKS_DSI_0024 시누 올케 노래

04_18_FOS_20090726_PKS_DSI_0025 남녀 연정요

04_18_FOS_20090726_PKS_DSI_0026 종지 돌리는 노래

04_18_FOS_20090726_PKS_DSI_0027 댕기 노래 (1)

04_18_FOS_20090726_PKS_DSI_0028 방귀 노래

04_18_FOS_20090726_PKS_DSI_0029 시집살이 노래 (2)

04_18_FOS_20090726_PKS_DSI_0030 시집살이 노래 (3)

04_18_FOS_20090726_PKS_DSI_0031 너냥 나냥

04_18_FOS_20090726_PKS_DSI_0032 댕기 노래 (2)

04_18_FOS_20090726_PKS_DSI_0033 첫날밤에 아기 낳은 처녀

04_18_FOS_20090726_PKS_DSI_0034 꼬부랑 이야기 노래

04_18_MFS_20090726_PKS_DSI_0001 공출 노래

04_18_MFS_20090726_PKS_DSI_0002 해방 노래

04_18_MFS_20090726_PKS_DSI_0003 전쟁 노래

박복희, 여, 1935년생

주 소 지 : 경상남도 함양군 함양읍 죽곡리 죽곡마을
제보일시 : 2009.7.24
조 사 자 : 서정매, 조민정, 이진영

박복희는 1935년 생으로 함양군 마천면
에서 태어났다. 올해 75세로 돼지띠이며, 택
호는 마천댁이다. 18세 때 결혼하여 함양읍
죽곡리 죽곡마을로 이사 와서 현재까지 살
고 있다. 남편은 1년 전에 작고하였고, 남편
과의 사이에 2남 4녀의 자식을 두었다. 자
식들은 모두 외지로 나가 살고 있었으며,

현재 혼자서 논농사와 밭농사를 짓고 있다.

짧은 파마머리에 단정한 옷차림을 하고 있으며, 꼼꼼하고 야무진 얼굴로 선한 인상이었다. 부끄러움이 많으면서도 아는 노래나 이야기가 있으면 적극적으로 구연하였다. 웃음이 많아서 이야기를 하는 도중에도 몇 번씩 웃기도 하였다. 다른 제보자가 노래를 부르면 박수를 치면서 함께 부르기도 하는 등 조사에 적극 참여해 주었다.

제공 자료 목록

04_18_FOT_20090724_PKS_PBH_0001 호식 당할 팔자
04_18_FOT_20090724_PKS_PBH_0002 시아버지께 높임말을 잘못 쓴 며느리
04_18_FOT_20090724_PKS_PBH_0003 며느리의 참았던 방귀 힘
04_18_FOS_20090724_PKS_PBH_0001 모심기 노래
04_18_FOS_20090724_PKS_PBH_0002 도라지 타령
04_18_FOS_20090724_PKS_PBH_0003 아리랑
04_18_FOS_20090724_PKS_PBH_0004 밀양 아리랑
04_18_FOS_20090724_PKS_PBH_0005 노랫가락 (1) / 그네 노래
04_18_FOS_20090724_PKS_PBH_0006 댕기 노래
04_18_FOS_20090724_PKS_PBH_0007 노랫가락 (2)
04_18_FOS_20090724_PKS_PBH_0008 보리타작 노래
04_18_FOS_20090724_PKS_PBH_0009 화투 타령
04_18_FOS_20090724_PKS_PBH_0010 너냥 나냥
04_18_FOS_20090724_PKS_PBH_0011 꿩 노래
04_18_FOS_20090724_PKS_PBH_0012 종지 돌리는 노래

박연이, 여, 1930년생

주 소 지 : 경상남도 함양군 함양읍 웅곡리 웅곡마을
제보일시 : 2009.7.25
조 사 자 : 서정매, 조민정, 이진영

박연이는 1930년 생으로 함양군 병곡면 소현마을에서 태어났다. 17세

때 함양군 웅곡리 웅곡마을로 시집을 오게 되어 현재까지 살고 있다. 올해 80세로 말 띠이며 택호는 정근제댁이라 불린다.

남편은 13년 전에 작고하였고 슬하에 5남 2녀의 자식을 두었다.

피부는 검은 편으로 인상이 좋으며, 짧은 파마머리에 하늘색 윗옷을 입고 있었다. 현재 농사를 지으면서 살고 있는데, 구연해 준 노래는 주로 어릴 때 마을에서 어른들이 부르는 것을 듣고 따라 부르다보니 습득이 되었다고 한다. 기억력이 좋은 편이어서 많은 노래를 불러 주었다.

제공 자료 목록

04_18_FOS_20090725_PKS_PYE_0001 모심기 노래

04_18_FOS_20090725_PKS_PYE_0002 노랫가락 / 그네 노래

04_18_FOS_20090725_PKS_PYE_0003 사발가

04_18_FOS_20090725_PKS_PYE_0004 남녀 연정요

04_18_FOS_20090725_PKS_PYE_0005 화투 타령

04_18_FOS_20090725_PKS_PYE_0006 범벅 타령

04_18_FOS_20090725_PKS_PYE_0007 아기 어르는 노래 / 불미 소리

04_18_FOS_20090725_PKS_PYE_0008 아기 재우는 노래 / 자장가

04_18_FOS_20090725_PKS_PYE_0009 님 그리는 노래

방옥순, 여, 1922년생

주 소 지 : 경상남도 함양군 함양읍 죽림리 내곡마을

제보일시 : 2009.7.26

조 사 자 : 서정매, 조민정, 이진영

방옥순은 1922년 생으로 함양읍 죽림리 내곡마을에서 태어나서 자랐다

가 15세 때 결혼하여 이웃마을인 죽림마을
로 시집을 갔다. 그러다 부산에서 30년 정
도 살다가 12년 전에 다시 고향인 내곡마을
로 들어와 지금까지 살고 있다. 올해 88세
로 개띠이며 택호는 남원댁이라 불린다.

남편은 지금으로부터 46년 전인 제보자
의 나이 42세 때에 작고하여, 46년 동안 홀
로 살아 왔다. 남편과의 사이에 3남 3녀의
6남매 자식을 두었다.

제보자는 독실한 기독교 신자였다. 하루도 빠짐없이 교회를 다니는데,
제보자의 집을 찾아 방문했을 때도 교회에 가고 없어서 두 번 걸음하여
만났다. 제보자는 마을에서 이야기와 노래를 잘 한다고 소문이 나 있었으
나, 그동안 나이가 많이 들고, 또 교회에 나가면서 신앙생활을 너무 열심
히 하다 보니, 종교적인 것 외에는 관심이 없는 터여서 이야기와 노래를
많이 잊어버린 것 같았다. 겨우 설화 1편과 민요로 '모심기 노래' 몇 편을
들을 수 있었다.

구연해 준 노래는 '모심기 노래'인데, 노래로 부르기보다는 가사를 읊
어주는 편이 많았다.

제공 자료 목록
04_18_FOT_20090726_PKS_POS_0001 꼬부랑 이야기
04_18_FOS_20090726_PKS_POS_0001 모심기 노래

배을님, 여, 1920년생

주 소 지 : 경상남도 함양군 함양읍 삼산리 뇌산마을
제보일시 : 2009.7.26
조 사 자 : 박경수, 문세미나

배을님은 1920년 함양읍 삼산리 뇌산마
을에서 태어났다. 올해 나이는 90세로 원숭
이 띠이다. 택호는 곰내댁이다. 9년 전 작고
한 남편과의 사이에 2남 3녀가 있다. 15살
때 결혼을 했으며, 계속 이 마을에서 살았
다. 지금은 나이가 많고 몸이 아파서 집에
간병인이 있는 상태라고 했다. 그래도 나이
에 비해 말을 잘 알아듣고, 목소리도 좋았
다. 성격도 잘 웃는 모습으로 보아 쾌활하고 적극적인 편으로 느껴졌다.
젊었을 때 노래를 잘 부른다고 소문이 났다고 했다. 생각나는 민요 6편을
부르고, 약샘에 관한 이야기 1편을 했다. 민요는 옛날에 어른들이 부르는
것을 듣고 알게 된 것이라고 했다.

제공 자료 목록

04_18_FOT_20090726_PKS_BEL_0001 대풍창을 낫게 한 약샘

04_18_FOS_20090726_PKS_BEL_0001 아기 어르는 노래 / 알캉달캉요

04_18_FOS_20090726_PKS_BEL_0002 동애따기 노래

04_18_FOS_20090726_PKS_BEL_0003 풀국새 노래

04_18_FOS_20090726_PKS_BEL_0004 잠자리 잡기 노래

04_18_FOS_20090726_PKS_BEL_0005 이갈이 노래

04_18_FOS_20090726_PKS_BEL_0006 두꺼비 집 짓기 노래

서억순, 여, 1945년생

주 소 지 : 경상남도 함양군 함양읍 죽림리 시목마을

제보일시 : 2009.7.24

조 사 자 : 서정매, 문세미나, 이진영, 조민정

서억순은 1945년 생으로, 함양군 유림면 웅평리 웅평마을에서 태어났
다. 18세 되던 해에 함양읍 죽림리 시목마을로 시집와서 지금까지 계속

살고 있다. 올해 나이 65세로 닭띠이며 민
평택이라는 택호로 불린다. 남편과의 사이
에 2남 3녀를 두고 있으며, 현재 남편과 함
께 벼농사를 짓고 있다.

짧은 파마머리에 시원해 보이는 하늘색
티를 입고 있었다. 기억력이 좋으며 매우 적
극적인 성격으로 많은 노래를 불러 주었다.

제공 자료 목록

04_18_FOS_20090724_PKS_SUS_0001 모심기 노래

04_18_FOS_20090724_PKS_SUS_0002 아기 어르는 노래

04_18_FOS_20090724_PKS_SUS_0003 노랫가락

04_18_FOS_20090724_PKS_SUS_0004 다리 세기 노래

04_18_FOS_20090724_PKS_SUS_0005 종지 돌리는 노래

04_18_FOS_20090724_PKS_SUS_0006 댕기 노래

양태규, 남, 1928년생

주 소 지 : 경상남도 함양군 함양읍 교산리 두산마을

제보일시 : 2009.7.27

조 사 자 : 박경수, 문세미나, 이진영, 조민정

양태규는 1928년 생으로 올해 82세이다. 본은 남원이다. 부인은 5년 전
에 작고하였고 슬하에 5남을 두고 있다. 함양읍 교산리 두산마을에서 태
어나서 현재까지 거주하고 있다. 초등학교를 졸업하였다.

조사자는 제보자를 2009년 7월 27일(월) 함양유도회 회관에서 만났다.
함양유도회를 방문하여 인사를 한 후, 조사의 취지를 말하고 함양의 인물
이나 지명에 관한 이야기를 아는 분이 있으면 해달라고 하자 제보자가 나
서서 이야기를 했다. 제보자는 자신의 집안인 남원 양씨에 관한 이야기면

서, 수동면 우명리라는 지명이 왜 우명리가 되었는지 그 유래를 말한다며 이야기를 했다. 이야기 중에 '쇠바우'가 깨어져서 소가 울고 나왔다고 하여 우명리가 되었다고 하자, 이를 듣고 있던 정경상(남, 68세)이 '쇠바우'가 아니라 '칼바위'라면서 자신이 알고 있는 이야기를 하기도 했다.

제공 자료 목록
04_18_FOT_00090727_PKS_YTG_0001 중 괄시하다 망한 우명리 효리의 남원 양씨

오남이, 여, 1942년생

주 소 지 : 경상남도 함양군 함양읍 죽림리 시목마을
제보일시 : 2009.7.24
조 사 자 : 서정매, 문세미나, 이진영, 조민정

오남이는 1942년 함양읍 죽림리 시목마을에서 태어나 21세에 시목마을에 사는 남편과 결혼하여 지금까지 계속 살고 있는 토박이이다. 올해 나이 68세로 말띠이며 택호는 아니댁이라 불린다. 남편과의 사이에 2남 3녀의 자녀가 있다. 그러나 현재 남편은 2년 전에 중풍으로 쓰러져 지금까지도 집에서 홀로 간호를 하고 있다. 신앙심이 투철하여, 교회에 다니면서 남편의 병이 빨리 낫기를 매일 기도하고 있다고 했다.

짧은 파마머리에 하늘색 티를 세련되게 입고 있다. 꼼꼼하고 야무진 인상으로 보였다.

다른 제보자가 노래를 부를 때나 자신이 노래를 부를 때에도 박수를 치면서 적극적으로 구연해 참여했다.

제공 자료 목록

04_18_FOS_20090724_PKS_ONI_0001 양산도
04_18_FOS_20090724_PKS_ONI_0002 도라지 타령
04_18_FOS_20090724_PKS_ONI_0003 너냥 나냥
04_18_FOS_20090724_PKS_ONI_0004 청춘가
04_18_FOS_20090724_PKS_ONI_0005 양산도
04_18_FOS_20090724_PKS_ONI_0006 다리 세기 노래
04_18_FOS_20090724_PKS_ONI_0007 숨바꼭질 노래

이남순, 여, 1929년생

주 소 지 : 경상남도 함양군 함양읍 삼산리 뇌산마을
제보일시 : 2009.7.26
조 사 자 : 박경수, 문세미나

이남순은 1929년 함양군 함양읍 삼산리 뇌산마을에서 태어났다. 올해 나이는 81세로 뱀띠이다. 택호는 멀미댁이라 했다. 남편은 20년 전에 작고했으며, 슬하에 4남을 두었다. 18살 때 결혼을 했으며, 농사를 지으며 지금까지 살아왔다. 현재는 혼자 농사를 짓고 있다.

나이에 비해 건강해 보였으며 표정이 밝아 성격도 호탕해 보였다. 민요 7편과 설화 3편을 구연했다. 민요는 '모찌기 노래', '모내기 노래' 외에 '다리 세기 노래', '밀양 아리랑', '타박네 노래' 등을 불렀으며, 설화는 육담의 우스개 이야기 2편과 은혜 갚은 두꺼비 이야기를 했다. 민요는 모심기를 할 때

어른들이 부르는 것을 듣고 배웠던 것이라 했다.

제공 자료 목록

04_18_FOT_20090726_PKS_LNS_0001 남편으로 오인하여 바깥사돈 방에 간 부인

04_18_FOT_20090726_PKS_LNS_0002 괜히 일어나서 뺨만 맞네

04_18_FOT_20090726_PKS_LNS_0003 은혜 갚은 두꺼비

04_18_FOS_20090726_PKS_LNS_0001 다리 세기 노래

04_18_FOS_20090726_PKS_LNS_0002 모심기 노래 (1)

04_18_FOS_20090726_PKS_LNS_0003 모심기 노래 (2)

04_18_FOS_20090726_PKS_LNS_0004 모찌기 노래

04_18_FOS_20090726_PKS_LNS_0005 잠 노래

04_18_FOS_20090726_PKS_LNS_0006 타박네 노래

04_18_FOS_20090726_PKS_LNS_0007 밀양 아리랑

이덕우, 남, 1939년생

주 소 지 : 경상남도 함양군 함양읍 죽림리 산죽마을(상수락마을)

제보일시 : 2009.7.24

조 사 자 : 서정매, 문세미나, 조민정, 이진영

이덕우는 1939년생으로 함양읍 죽림리 상수락마을에서 태어나 결혼하여 현재까지도 계속 살고 있는 토박이이다. 올해 71세로 토끼띠이며, 현재 부인과 함께 살고 있으며, 슬하에 2남 1녀의 자식을 두었다. 중학교를 졸업하였으며, 평생 농사를 지으며 살고 있다.

숱이 많은 흰머리에 청바지와 줄무늬 티를 입었으며, 차분하고 조용한 성격이었다. 옛날에 마을 어른들께 들었던 이야기라고 하면서 장군대장 묘 이야기를 차분하게 구술해 주었다.

제공 자료 목록
04_18_FOT_20090724_PKS_LDW_0001 장군이 난다는 장군대장 묘와 기우제

이태식, 남, 1957년생

주 소 지 : 경상남도 함양군 함양읍 신관리 기동마을
제보일시 : 2009.7.23
조 사 자 : 박경수, 정혜란

이태식(李泰植)은 본은 전주이며, 1957년 닭띠로 함양군 함양읍 운림리에서 태어났다. 30살 되던 해인 1987년에 역시 공직에 있던 5살 연하의 부인과 결혼했으며, 슬하에 1남 1녀를 두었다. 함양읍 운림리에서 계속 살다가 현재의 거주지인 함양읍 신관리 기동마을 715번지에 이사를 왔다. 부인은 현재 함양군청에 근무하고 있다고 했다.

제보자는 고교를 졸업한 1977년부터 공직생활을 시작했다. 공직생활을 하는 가운데 군복무를 마치고 경상대 사학과를 졸업했다. 그는 함양군 마천면을 거쳐 유림면에서 공무원으로 근무를 했으며, 결혼을 한 1987년부터 2008년 3월까지 함양군청에서 근무를 하였다. 그리고 2008년 3월부터 현재까지 서상면 면장으로 있으면서 서상면의 발전에 힘쓰고 있다. 제보자는 특히 함양군청에서 문화관광계 일을 하면서 함양의 역사와 문화에 많은 관심을 가지고, 고교 때 스승이기도 한 김성진 함양문화원 원장 등과 함께 함양의 문화재를 조사, 발굴하여 도록을 넣은 책을 만들기도 했다. 오늘날의 함양 문화재 조사는 당시 조사한 자료를 근간으로 한 것이라고 했다.

조사자는 서상면 조사를 시작하기 전에 2009년 7월 20일(월) 오전에

서상면사무소에 들러 면장에게 인사를 하고 협조를 구하고자 했다. 그런데 서상면장으로 인사를 나눈 분이 바로 제보자였는데, 함양군의 구비문학 조사에 깊은 관심을 가지고 서상면 조사에도 많은 협조를 해주었다. 그리고 문화재 발굴 일을 하면서 함양의 지명과 인물, 문화재 등에 얽힌 이야기를 제보자가 많이 알고 있다고 생각하고 이틀 뒤 저녁에 제보자의 집에서 만나서 이야기를 듣기로 했다. 그러나 당일 제보자의 바쁜 일정 때문에 만나지 못하고, 서하면을 조사하는 첫날인 2009년 7월 23일(목) 오전에 시간을 내어 서상면사무소 면장실에서 제보자를 만나 이야기를 듣게 되었다. 상림 숲에 얽힌 고운 최치원 이야기를 비롯하여 주로 지명이나 열녀비 등 유적과 연관된 이야기 14편을 구술했다. 그런데 대부분의 이야기가 제보자가 알고 있는 내용을 설명하는 방식으로 이루어져서 이야기로서의 서사적 구성력은 약간 부족했다.

제공 자료 목록
04_18_FOT_20090723_PKS_LTS_0001 상림 숲을 조성한 최고운
04_18_FOT_20090723_PKS_LTS_0002 상림 숲의 미물을 쫓은 최고운의 축문
04_18_FOT_20090723_PKS_LTS_0003 최고운이 금호미로 식수를 한 상림 숲
04_18_FOT_20090723_PKS_LTS_0004 시비를 해결했던 시비전거리
04_18_FOT_20090723_PKS_LTS_0005 일본으로 흘러가는 지리산의 기를 죽게 한 부연정
04_18_FOT_20090723_PKS_LTS_0006 도선 스님이 득도한 오도재 금대암
04_18_FOT_20090723_PKS_LTS_0007 호랑이 잡고 남편 구한 부인
04_18_FOT_20090723_PKS_LTS_0008 백정을 자청해서 소 간을 구해 부모 살린 조효자
04_18_FOT_20090723_PKS_LTS_0009 과객들을 구제해준 선비와 과객선정비(過客善政碑)
04_18_FOT_20090723_PKS_LTS_0010 상인들에게 선행을 한 보부상 하경순과 포선불망비
04_18_FOT_20090723_PKS_LTS_0011 의병장 문태서와 장수삼절(長水三節)
04_18_FOT_20090723_PKS_LTS_0012 선조의 피난길을 안내했던 장만리와 동호마을
04_18_FOT_20090723_PKS_LTS_0013 함양의 삼대 명당자리
04_18_FOT_20090723_PKS_LTS_0014 육십령 고개의 유래

임봉태, 남, 1925년생

주 소 지 : 경상남도 함양군 함양읍 죽림리 내곡마을
제보일시 : 2009.7.26
조 사 자 : 서정매, 이진영, 조민정

임봉태는 1925년 생으로 죽림리 안거리
실에서 태어나 결혼하여 지금까지 살고 있
는 토박이이다. 올해 85세로 소띠이며, 부인
과 함께 살고 있으며, 부인과의 사이에 3남
2녀의 자식을 두었다.

초등학교를 졸업하였고, 현재 몸이 불편
하여 오른쪽 다리에 의족을 찼다. 그렇지만
무척 밝고 웃음이 많았고, 마을회관에도 자
주 온다고 했다.

머리에 두건을 쓰고 있었으며, 청색 체크 반바지에 가로줄 무늬의 아이
보리색 티를 입고 시계를 차고 있었다. 담배를 좋아하는지 윗옷 주머니에
담배가 들어 있었다.

다른 제보자들이 노래를 부르거나 이야기를 하면 웃으면서 즐거워하였
다. '다리 세기 노래'를 불러주었는데, 다른 지역에서 들어보지 못한 독특
한 내용을 담고 있었다.

제공 자료 목록
04_18_FOS_20090726_PKS_LBT_0001 다리 세기 노래

임점순, 여, 1925년생

주 소 지 : 경상남도 함양군 함양읍 죽림리 시목마을
제보일시 : 2009.7.24
조 사 자 : 서정매, 문세미나, 이진영, 조민정

임점순은 1925년 함양군 지곡면 공배마
을에서 태어났다. 올해 나이 84세 범띠로
택호는 본동댁이라 불린다. 원래 고향이 시
목마을은 아니지만, 딱히 부를 만한 택호가
없어서 본동댁이라 하였다 한다. 30세가 되
던 해에 죽림리 시목마을로 시집을 와서 현
재까지 살아오고 있는데, 결혼을 하고 아기
가 들어서지 않아서 많이 힘들어 하다가,
33세가 되어서야 첫 딸을 낳았다고 한다. 그러나 남편은 50년 전에 작고
하여 제보자는 34세의 젊은 나이에 혼자가 되어 오랫동안 홀로 지내며
자식을 키우며 살아왔다. 작고한 남편과의 사이에 1남 3녀를 두었고, 모
두 외지에서 살고 있어서, 현재 혼자서 벼농사를 지으며 살고 있다.

연분홍 체크 몸빼에 흰 블라우스를 입고 있었다. 백발에 짧은 생머리를
하였고, 피부와 자태가 매우 고왔다.

차분하면서도 적극적으로 조사에 참여해 주었는데, '모심기 노래', '베틀
노래' 등 기능요와 '노랫가락'을 비롯하여 다양한 창민요를 불러 주었다.

제공 자료 목록
04_18_FOS_20090724_PKS_LJS_0001 모심기 노래
04_18_FOS_20090724_PKS_LJS_0002 노랫가락 (1)
04_18_FOS_20090724_PKS_LJS_0003 한자 노래
04_18_FOS_20090724_PKS_LJS_0004 창부 타령
04_18_FOS_20090724_PKS_LJS_0005 노랫가락 (2) / 그네 노래
04_18_FOS_20090724_PKS_LJS_0006 이별 화초 노래
04_18_FOS_20090724_PKS_LJS_0007 베 짜기 노래
04_18_FOS_20090724_PKS_LJS_0008 밀양 아리랑
04_18_FOS_20090724_PKS_LJS_0009 진도 아리랑

장경남, 여, 1929년생

주 소 지 : 경상남도 함양군 함양읍 웅곡리 웅곡마을
제보일시 : 2009.7.25
조 사 자 : 서정매, 이진영, 조민정

장경남은 1929년 생으로 함양군 함양읍
웅곡리 웅곡마을에서 태어나 자랐으며 결혼
하여 현재까지 살고 있었다. 15년 전에는
부산에서 10년 동안 살다가 다시 곰실마을
(웅곡)로 들어왔다고 한다. 올해 81세로 뱀
띠이며, 택호는 생골댁이다.

남편은 15년 전에 작고하였으며, 남편과
의 사이에 3남 2녀의 자식을 두었다.

작은 체구에 가지런히 쪽을 진 흰 머리에 연분홍 남방을 입고 있었다.
연세에 비해 얼굴이 무척 고왔다. 목청이 좋아서 노래를 부를 때 음도 잘
맞추고, 손동작을 사용하면서 불러 주었다.

제공 자료 목록
04_18_FOS_20090725_PKS_JKN_0001 모심기 노래
04_18_FOS_20090725_PKS_JKN_0002 도라지 타령
04_18_FOS_20090725_PKS_JKN_0003 의암이 노래
04_18_FOS_20090725_PKS_JKN_0004 청춘가
04_18_FOS_20090725_PKS_JKN_0005 쾌지나 칭칭나네
04_18_FOS_20090725_PKS_JKN_0006 못된 신부 노래

정덕성, 남, 1940년생

주 소 지 : 경상남도 함양군 함양읍 교산리 봉강1동
제보일시 : 2009.7.27
조 사 자 : 박경수, 서정매, 정혜란, 김미라

정덕성(鄭悳成)은 본은 동래이며, 1940년
생으로 함양군 함양읍 구룡리에서 태어났다.
21세 때 동갑인 부인과 만나 결혼하여 슬하
에 2남 3녀를 두고 있다. 자녀들은 모두 객
지에서 거주하고 있고 현재는 부인과 둘이
서 생활하고 있다.

1977년에 현재 거주지인 함양읍 교산리
로 옮겨와 지금까지 살고 있다.

함양 제일고등학교를 졸업하고, 방송통신대학 행정학과 1기생으로 입
학하였으나 여러 사정으로 휴학을 하고 3기 때에 졸업을 하였다. 제일고
등학교에서 서무과장직으로 정년퇴임을 하고 현재는 함양문화원에서 문
화원 감사를 맡고 있다.

숱이 많은 짧은 흰머리에 청색 체크 남방을 입고 있었다. 느긋하고 여
유로운 모습으로 앉아서 다른 제보자의 이야기를 잘 들어주면서 도와주
었고, 다른 제보자의 이야기를 듣던 중에 비슷한 이야기가 있다며, 유자
광의 작은 고모 이야기를 구술해 주었다.

제공 자료 목록
04_18_FOT_20090727_PKS_JDS_0001 유자광을 잘 대해 홍한 작은 고모댁

정말남, 여, 1939년생

주 소 지 : 경상남도 함양군 함양읍 신천리 후동마을
제보일시 : 2009.7.25
조 사 자 : 박경수, 문세미나

정말남은 1939년 함양군 백전면 서백마을에서 태어났다. 택호는 서백댁
이다. 올해 나이는 71세로 토끼띠이다. 23살 때 함양읍 신천리 후동마을로

시집왔는데, 현재는 4살 위(75세)인 남편과 함께 농사를 지으면서 살고 있다. 슬하에 3 남 3녀를 두었다. 백발에 허리가 굽은 모습이 나이보다 연로하고 몸이 불편해 보였다. 건강이 좋지 않아 이도 빠졌다고 한다.

모심기 노래의 각편들을 기억나는 대로 했는데, 어린 시절 모를 심으면서 불렀던 노래라고 했다. 그러나 목소리에 힘이 없어 제대로 모심기 노래를 살리지 못했으며, 노래의 사설을 잘 기억하지 못해 청중들의 도움을 받아 겨우 부르고 마쳤다.

제공 자료 목록
04_18_FOS_20090725_PKS_JMN_0001 모심기 노래

정복순, 여, 1925년생

주 소 지 : 경상남도 함양군 함양읍 삼산리 뇌산마을
제보일시 : 2009.7.26
조 사 자 : 박경수, 문세미나

정복순은 1925년 함양군 병곡면 월암리 월암마을에서 태어났다. 올해 나이는 85세로 소띠이며, 덤바위댁이라 불린다. 작고한 남편과의 사이에 4남 3녀가 있다. 20살 때 함양읍 삼산리 뇌산마을로 시집왔으며, 남편과 논밭 일을 하며 지내다 지금은 혼자 농사를 짓고 있다.

나이에 비해 얼굴이 매우 고왔으며, 표정

이 밝아 보였다. 다른 사람이 부르는 노래를 오랫동안 듣고 있다가, '삼팔선 노래'라고 하며 불러도 되느냐고 해서 노래판에 끼어들었다. 이후 세태를 반영하는 노래 1편과 노랫가락을 들려주고, '종지 돌리는 노래'를 설명하면서 읊조리듯이 불렀다. 나이 탓으로 목소리가 약간 탁하고 힘이 없었지만 노래의 곡을 살려 부르려고 애를 썼다. 이들 노래는 젊었을 때 어른들이 부르는 것을 듣고 자연스럽게 배운 것이라고 했다.

제공 자료 목록

04_18_FOS_20090726_PKS_JBS_0001 청춘가
04_18_FOS_20090726_PKS_JBS_0002 종지 돌리는 노래
04_18_MFS_20090726_PKS_JBS_0001 삼팔선 노래
04_18_MFS_20090726_PKS_JBS_0002 세태 노래

정호임, 여, 1936년생

주 소 지 : 경상남도 함양군 함양읍 웅곡리 웅곡마을
제보일시 : 2009.7.25
조 사 자 : 서정매, 이진영, 조민정

정호임은 1936년 생으로 함양군 백전면 평촌마을에서 태어났다. 초등학교를 5학년까지 다니고는 중퇴했다. 이후 17세에 웅곡마을로 시집을 와서 현재까지 살고 있다. 올해 74세로 쥐띠이며, 택호는 평촌댁이라 불린다.

현재 남편과 함께 살고 있으며, 아들 한 명이 있다.

짧은 파마머리에 하늘색 꽃무늬 남방을 입고 있었으며, 긍정적인 성품으로 밝은 미소를 지녔다. 처음에는 조사에 소극적이었으나, 다른 제보자들이 노래를 부르며 분위기가 무르익자 조심

스레 노래를 불러 주었다.

제공 자료 목록

04_18_FOS_20090725_PKS_JHI_0001 모심기 노래

04_18_FOS_20090725_PKS_JHI_0002 아기 재우는 노래

04_18_FOS_20090725_PKS_JHI_0003 아기 어르는 노래

04_18_FOS_20090725_PKS_JHI_0004 돼지 붕알 노래

04_18_FOS_20090725_PKS_JHI_0005 강강술래

04_18_FOS_20090725_PKS_JHI_0006 양산도

진정호, 여, 1935년생

주 소 지 : 경상남도 함양군 함양읍 신관리 학동마을
제보일시 : 2009.7.25
조 사 자 : 박경수, 문세미나

진정호(陳正浩)는 유양 진씨로 을해년인 1935년 함양군 함양읍 이은리에서 태어났다. 올해 나이 75세로 돼지띠이다. 부인과는 두 살 차이(73세)로 23세 되던 1957년에 결혼했으며, 슬하에 3남 1녀를 두었다. 군 제대 후인 1960년부터 함양읍 신갈리 학동마을에서 계속 살았는데, 현재는 부인과 둘이서 학동마을에서 생활하고 있다. 자식들은 함양읍에 사는 둘째를 제외하고 첫째는 부산, 막내는 경기도 파주에서 살고 있다고 했다.

조사자 일행이 2009년 7월 25일(토) 마을 이장의 안내로 먼저 진종옥 씨 댁을 들렀다가 다시 제보자의 집에 들렀다. 그런데 제보자는 부인과 함께 함양읍에서 열리는 산삼축제 구경을 간다고 짐을 챙겨 막 나서려던 참이었다. 조사자가 제보자가 노래를 잘 한다는 소문을 듣고 이곳까지 찾

아왔으니 민요 몇 곡이라도 들려주고 가면 안 되겠느냐고 부탁하여 어렵게 제보자를 대상으로 구비문학 조사를 하게 되었다. 제보자는 집 안으로 조사자 일행을 안내하고는 정좌를 한 다음, 먼저 설화 2편을 구술한 다음 민요 5편을 불렀다. 역시 민요를 부를 때는 자신감이 있었으며, 스스로 흥을 내어 박수를 치며 불렀다. 표정이 매우 밝고 외양도 깔끔해 보였다. 부인은 청중으로 제보자의 구연을 가끔 거들기도 했다.

제공 자료 목록

04_18_FOT_20090725_PKS_JJH_0001 여자의 말에 걸어가다 멈춘 선돌과 당그래산
04_18_MPN_20090725_PKS_JJH_0001 본래 이름 되찾은 학동마을
04_18_FOS_20090725_PKS_JJH_0001 모찌기 노래
04_18_FOS_20090725_PKS_JJH_0002 모심기 노래
04_18_FOS_20090725_PKS_JJH_0003 청춘가
04_18_FOS_20090725_PKS_JJH_0004 노랫가락
04_18_FOS_20090725_PKS_JJH_0005 창부 타령

진종옥, 남, 1923년생

주 소 지 : 경상남도 함양군 함양읍 신관리 학동마을
제보일시 : 2009.7.25
조 사 자 : 박경수, 문세미나

　진종옥(陳鍾玉)은 여양 진씨로 계해년인 1923년 함양읍 신관리 학동 마을에서 태어났다. 올해 나이는 87세로 세 살 아래(84세)인 부인, 그리고 아들 가족과 함께 살고 있다. 제보자는 16살(1939년) 때 중국으로 건너가 잠시 살다가 1945년 해방이 되면서 귀국했으며, 25살 때인 1948년에 결혼을 하여 현재의 집에서 계속 살고 있다. 슬하에는 3

남 3녀를 두었다. 한때 마을의 노인회장을 지냈으며, 키가 크고 기골이 큰 편으로 나이에 비해 매우 젊어 보였다.

조사자 일행은 학동마을 이장의 안내로 제보자 댁을 찾아갔다. 사실은 조사자가 진정호(남, 75세)를 만나고자 이장에게 안내를 부탁했는데, 이장은 진정호를 이름이 유사한 제보자로 착각하여 제보자의 댁을 안내했던 것이다. 어떻든 조사자는 마을 이장의 소개로 제보자를 그의 집 현관 앞에서 만나게 되었는데, 이 마을에 잘 알려진 전설로 '떨어진 바위' 이야기를 묻자 선 채로 간략하게 이야기를 구술해주었다. 다른 이야기는 갑자기 물으니 생각이 안 난다고 하고, 민요는 모두 잊어버렸다고 하여 설화 1편만 조사하고 제보자의 집을 나섰다.

제공 자료 목록
04_18_FOT_20090725_PKS_JJO_0001 물에 떠내려가다 여자 말에 멈춘 대고대 바위

차희정, 여, 1927년생

주 소 지 : 경상남도 함양군 함양읍 신천리 후동마을
제보일시 : 2009.7.25
조 사 자 : 박경수, 문세미나

차희정은 1927년 함양군 함양읍 신천리 후동마을에서 태어났다. 올해 나이는 83세이며, 토끼띠이다. 18세 되던 해인 1945년에 경남 김해로 시집갔다가 부산에서 30년을 살았으며, 다시 경기도 부천에 올라가서 28년을 살고 있다고 했다. 독실한 기독교인으로 교회를 초등학교 5학년 때부터 다녔으며, 외할아버지께서 교회를 운영하였다고

했다. 오래전 작고한 남편과의 사이에는 1남 2녀가 있는데, 아들이 부천에서 고등학교 교사를 하고 있다고 했다.

초등학교를 졸업했으며, 매우 세련되고 깔끔함 외모가 도시 생활을 하는 할머니의 모습을 그대로 보여주었다. 조사자 일행이 왜 여기에 왔는지 챙겨 묻고, 또 조사 보조원이 제보자 사항을 물어서 카드에 적자, 제대로 적었는지 확인을 하는 등 꼼꼼한 면모를 보여주었다. 제보자는 마침 고향에 내려온 날 마을회관에 들렸다가 조사자 일행을 만나게 되었다. 다른 사람이 부르는 '모심기 노래'를 조용히 듣고 난 후, 시묘 살이가 없어진 내력을 이야기한다며 흥미 있게 이야기 1편을 구술했다. 나이 열 서너 살 때 친정어머니에게 들은 이야기라 했다.

제공 자료 목록
04_18_FOT_20090725_PKS_CHJ_0001 남의 부인 범한 범인 잡고 시묘살이 없앤 원님

하성조, 여, 1930년생

주 소 지 : 경상남도 함양군 함양읍 죽곡리 죽곡마을
제보일시 : 2009.7.24
조 사 자 : 서정매, 조민정, 이진영

하성조는 1930년 생으로 함양읍 죽곡리 죽곡마을에서 태어나 18세 때 같은 마을에 살고 있던 남편과 결혼하여 지금까지 죽곡마을에서 살고 있는 토박이이다. 올해 80세로 말띠이며, 택호는 대실댁이다. 현재 남편 박우석(85세)과 함께 살고 있으며, 슬하에 세 명의 아들이 있는데, 그 중 큰아들은 지금 인도네시아에서 살고 있다.

마른 체형에 커트머리를 하고 있었으며, 색이 고운 붉은 티를 입었다. 제보자는 옆에 있는 친구가 노래를 부르면 조용히 같이 따라 부르기도 하다가 분위기가 무르익어가자 노래를 몇 곡 제공해 주었다. 제공해 준 노래는 젊었을 때 일하면서 친구들과 같이 부르거나, 또는 마을 어른들에게 들으며 따라 부르게 된 것이라고 했다.

제공 자료 목록

04_18_FOS_20090724_PKS_HSJ_0001 다리 세기 노래
04_18_FOS_20090724_PKS_HSJ_0002 아기 어르는 노래 (1)
04_18_FOS_20090724_PKS_HSJ_0003 종지 돌리는 노래
04_18_FOS_20090724_PKS_HSJ_0004 아기 어르는 노래 (2) / 불미 소리
04_18_FOS_20090724_PKS_HSJ_0005 아기 재우는 노래

하종희, 여, 1932년생

주 소 지 : 경상남도 함양군 함양읍 신관리 기동마을
제보일시 : 2009.7.25
조 사 자 : 박경수, 문세미나

하종희는 1932년 원숭이띠로 함양읍 신관리 기동마을에서 태어났다. 올해 나이는 78세이며, 택호는 소실댁이다. 15년 전 작고한 남편과의 사이에 4남 1녀가 있으며, 현재 혼자서 기동마을에서 살면서 밭농사를 짓고 있다. 17살 때 결혼한 이후 이 마을을 떠나 산 적이 없다고 했다. 머리가 희끗희끗했지만 나이에 비해 젊어 보였으며, 차분  하면서도 청중의 관심을 끌도록 흥미진진하게 이야기를 구술하는 모습이 좋은 설화 구연자로서의 조건을 갖추고 있었다.

조사자는 기동마을을 재차 들렀을 때 제보자의 집을 방문하여 만났다. 그런데 제보자가 마을회관에 볼 일이 있다 하여, 친구 한 명과 함께 마을 회관으로 와서 설화를 조사했다. 마을회관 중간 마루에서 여성 노인들이 윷놀이를 하여 소란했던 까닭에 옆방으로 자리를 옮겨 지명전설 2편을 비롯한 4편의 설화를 들었다. 특히 실수로 뱀을 찌른 스님과 인간으로 환생하여 원한 갚으려 한 뱀 이야기는 우여곡절의 구성을 잘 갖춘 긴 이야기였다. 이들 설화는 12살 되었을 때, 할아버지와 외할아버지로부터 들어서 알게 된 것이라 했다.

제공 자료 목록
04_18_FOT_20090725_PKS_HJH_0001 시묘를 살았던 심막골
04_18_FOT_20090725_PKS_HJH_0002 자신이 장가간 줄도 모르는 바보
04_18_FOT_20090725_PKS_HJH_0003 '용가미'란 아이가 죽은 용가마골
04_18_FOT_20090725_PKS_HJH_0004 스님에게 원한 갚으려 한 뱀

허계순, 여, 1926년생

주 소 지 : 경상남도 함양군 함양읍 삼산리 뇌산마을
제보일시 : 2009.7.26
조 사 자 : 박경수, 문세미나

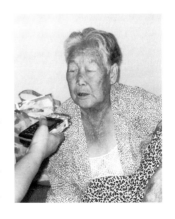

허계순은 1926년 함양읍 난평리 신기마을에서 태어났다. 올해 나이는 84세로 호랑이띠이며, 택호는 신기댁이다. 작고한 남편과의 사이에 3남 4녀가 있다. 15세 되던 해 현재의 함양읍 삼산리 뇌산마을로 시집와서 한 번도 이곳을 떠나본 적이 없다. 조사장소인 마을회관에 늦게 왔지만, '산타령' 2곡과 '쌍가락지 노래'를 불러 주었다. 연세가 많은 탓

에 목소리가 탁했으나 노래의 홍은 살아 있었다. 젊었을 때 할머니들에게 배웠던 노래라고 했다. 다리가 불편하여 지팡이에 의지해서 걸음을 걷었다.

제공 자료 목록
04_18_FOS_20090726_PKS_HGS_0001 산타령
04_18_FOS_20090726_PKS_HGS_0002 쌍가락지 노래

허분조, 여, 1938년생

주 소 지 : 경상남도 함양군 함양읍 죽곡리 죽곡마을
제보일시 : 2009.7.24
조 사 자 : 서정매, 조민정, 이진영

허분조는 1938년 생으로 함양읍 죽곡리 죽곡마을에서 태어나 자랐고, 같은 마을에 살던 남편을 만나 결혼하여 지금까지 살고 있는 죽곡마을의 토박이이다. 올해 72세로 범띠이며, 택호는 정치댁이라 불린다. 현재 마을에서 남편과 함께 살고 있으며, 남편과의 사이에 2남 5녀의 자녀를 두었다. 자녀들은 모두 외지에서 살고 있다.

단정한 짧은 파마머리에 흰 남방을 입고 있었다. 옆에 있는 친구가 노래를 부르면 조용히 같이 따라 부르다가, 점심시간이 되어서 국수를 만드는 중에 부엌에서 선 채로 일하면서 노래를 불러 주었다. 제공해 준 '도라지 타령'은 젊었을 때 친구들과 같이 부르기도 했는데, 마을 어른들이 부르는 것을 들으며 따라 부르며 알게 된 것이라고 했다.

제공 자료 목록
04_18_FOS_20090724_PKS_HBJ_0001 도라지 타령

화주대와 죽곡마을의 유래

자료코드 : 04_18_FOT_20090725_PKS_KMH_0001
조사장소 : 경상남도 함양군 함양읍 죽곡리 죽곡마을 김명호씨 자택
조사일시 : 2009.7.25
조 사 자 : 서정매, 조민정, 이진영
제 보 자 : 김명호, 남, 91세
구연상황 : 마을의 전설이나 설화를 얘기해 달라고 하자 '화주대'라는 것이 있다며 이야
기를 구술해 주었다.
줄 거 리 : 화주대는 동네를 화합하게 한다는 의미를 가진 일종의 솟대로 북쪽을 쳐다보
도록 위치시켜 놓았다. 그 앞에서는 양반이라도 말을 타고 와도 말에서 내려
야하고 시집오는 새색시도 가마에서 내려 세 발 걸은 후 다시 가마를 타러
가야 했다. 또한 죽곡마을을 '질매재'라고도 부른다. 소가 길마에다 짐을 실
었는데, 길마를 깨어 놓은 자리라 하여 '질매재'라고 부르게 되었다. 또 다른
유래로 길이 새로 들어서기 전에 길이 길마같이 생겼다고 하여 '질매재'라고
부른다는 것이 있다. 그리고 화주대 앞에 있는 들은 정지해서 내려야 한다고
'정지들'이라고 부른다.

　화주대라는 것이 다른 게 아이고, 화할 화(和)자, 기동 주(住)자, 집 대
(臺)잔데, 동네를 화하게 한다는 의미라. 그래.

　거는 뭐이냐, 요새 가면 이런 데는 몰라도, 뭐 한 부락에 가면 지금도
화주대를 이런 높으단한 나무를 세워놓고, 우에다가 나무로 가지고 기
러기를 떡 세 개를 맨들아서, 저 북쪽을 쳐다 보구로 해, 그거를. 남쪽
쳐다보게 하지 않고. 북쪽을 쳐다 보구로, 우에다가 기러기 세 마리를
맨들아서, 요리, 요리, 요리, 저 북쪽을 쳐다보도록 맨들어 논 것을 화주
대라고 해.

　그래, 거기는 어떻게 하느냐, 외래객이 오면은, 거기에다가 내려오면 반

드시 아무리 양반이라도 말을 타고 와서 내리야 해. 그 화주대 앞에서는 내리가지고, 시집 오는 새악씨도 가매이 타고 오다 그 가매이 내라 놓고, 가매이 밖에서 나와서 화주대를 지내가지고 세 발을 나와가지고, 다시 가매 타러 들어가는 기라. 양반 동네는 그래야.

(조사자 : 아, 양반 동네에만 있는 것이구나.)

하모, 없는 것이 없어.

그러면은 우리 동네 여기 이름이 질매재. 저 고개 싹 넘어오는 저게 등구나무 있는데, 거기가 이름이 질매재라.

(조사자 : 질매제?)

질매재. 왜 저 질매제냐? 소가 짐을 싣고, 질매('멍에'나 '길마'의 방언)에다 짐을 싣고 왔어, 이전에는, 소가. 그 질매를 갖다가 깨 난, 깨 논(깨어 놓은) 자리라, 거가. 질매를 해서 깨 논 자리라 해서 질매재라.

또 그라고, 그전에 요새는 신작로가 지어난 게 이리 있지만, 이전에는 질매처럼 생겼어, 질매가 꼬부랑 했거든. 짐 실을 때 꼬부랑 해 가지고, 여기 짐 싣고, 저기 짐 싣고 소가 이리 있는데, 꼬부랑, 그 고개가 이전에 꼬부랑 했어. 그래서 질매같이 생겼다고 질매제.

또 거기서 소리통이라고, 소리통 샘이 있었는데,

(조사자 : 소리통?)

소리통. 소리통이 어째냐면은 고 여가(거기가) 새끼노들이라고 있어, 새끼노들.

(조사자 : 새끼노들?)

이름이 새끼노들, 또 소리통, 또 여기 가면 항성골. 항성골. 소리가, 소리 나. 모가지에 소리 난다고 항성골.

또 요 가면은 정지들.

(조사자 : 정기?)

응. 정지들. 정지하는 기라. 사람이 오면 정지해라, 이기라.

(조사자 : 아, 정지들.)

거기 여 밥 하는 정지가 아이고, 오면 일단 거(거기에) 정지해라 이 기야(이런 말이라).

(조사자 : 아, 서라.)

화주대 거기가 정지들이라. 요 '정지하는 들'이라 이 말이라, 일단 '내리라' 이 말이라. 정지해 가지고 들오라(들어오라), 인자 그 들 이름이 정지들이라. 거(그것이) 정지한다는 그 들이라.

(조사자 : 절 이름입니까?)

들 이름이 정지들이라. 정지들, 그래, 정지들. 거게서 일단 사람이 내려가지고 정지해 가지고 들어오는 들이다. 이래서 정지들이다 이래가지고 정지들이라.

그러면 이제 소가, 암소가, 점도록(하루 종일) 되서 고단해서 실컷 자고 나니까, 새끼고 뭐고 정신이 없는 기라. 실컷 자고난께 새끼가 없어. 그래서 소를, 새끼 찾는 과음(고함)을 질렀어. '아~', 막 '음마' 이러니까 항성제라 항성. 목 항(項)자, 소리 성(聲)자. 소 울음소리가 항성이라. 그래 항성, 그래서 동네 골짜기가 항성골이라.

과음을(고함을) 지르니까, 인제 송아시가(송아지가), 이제 여기 여서 새끼도 인제 그서 송아시가 새끼 놓는데, 거기서 '음메' 하고 대답을 하는 기라. 그래서 소리통이라, 소리통. 송아지 소리, 소리통, 소리통. 그래서 송아시가 애미가 찾는 소리를 대답해 준다고 케서 소리통이라, 소리통. 송아지가 '음메~' 이런다고 해서, 그 이름이 소리통. 그래서 우리 부락의 판국에 대한 사기라.

그래 인자 웃마을, 아랫마을 있거든 인자. 소가 우엣말둑 아랫말둑이라. 소가 우엣말둑에 맸다가, 아랫말둑에 맸다가 하는, 소에 대한 부수라. 저 우에 마을 가면 웃말, 여기는 아랫말 그랴. 그래서 여기가 웃말둑, 아랫말둑, 이래 한 기고,

또 새미라는 것은 새미. 소꼬래이(소 꼬리), 소꼬래이, 우미.

(조사자 : 우미.)

아, 소꼬래이를 우미라고 하거든. 우리 한국말로 변역하면 소새미라, 소미. 소꼬랭이 새미라는 들이름이 있고.

또 저건네 들이 웃동네, 저 큰 들이 짐삭이야, 짐삭.

(조사자 : 짐삭.)

짐삭 짐을 거기다가 풀었다 이 말이라. 짐을 싣고 와서 짐을 풀었다. 짐삭.

또 요로 가면 방울골, 올라가면 방울골 (조사자 : 방울.) 아, 방울골, 소가 방울 따라 흔들흔들 방울 소리가 난다고 해서 방울골. (조사자 : 방울골.)

또 쇠질금터. 소 외장에 갖다 맨 께, 거가 소가 질 같다 이 말이라. 막 지지고 볶고, 오줌 누고, 똥 누고.

또 질금터, 쇠질금터가 있고. 그래, 우리 동네, 소에 대한 부수이름이 강대골, 여참, 구시골, 그래 여, 골짜기 이름이 저 여참.

(조사자 : 여참은 뭡니까?)

여참이라고 카는 이름이 있어. 여참이라 카는 것은 여물간. 소여물간을 여참.

또 여 가면, 요리 여 가면, 노모당 골목으로 가다 보면 그 이름이 구시골이라. 구실골.

소 먹는 구실을(구유를) 갖다가 구실이라 그러거든,

구실골, 여참, 방울골, 질금터. 항성골, 쇠질금터, 새끼노들, 소리통 이런 것이 소에 대한 부수 개념 지명을 가지고 있어.

산 고개 너머로 물길을 만든 물고개

자료코드 : 04_18_FOT_20090725_PKS_KMH_0002
조사장소 : 경상남도 함양군 함양읍 죽곡리 죽곡마을 김명호씨 자택
조사일시 : 2009.7.25
조 사 자 : 서정매, 조민정, 이진영
제 보 자 : 김명호, 남, 91세
구연상황 : 마을 지명에 관한 유래를 자세히 설명하고는, 또 다른 지명인 물고개에 관한
이야기를 들려주었다. 91세라는 나이가 믿기지 않을 정도로 기억력이 대단히
좋았고, 설명도 아주 자세했다.
줄 거 리 : 옛날에 하늘에서 내리는 비와 냇물이 아니면 농사를 짓지 못했다. 그런데 가
뭄이 와서 모두가 고심하고 있을 때, 어느 원이 서리가 맺힌 곳에 가서 도랑
을 파라는 꿈을 꾸고는 직접 가서 돌을 세우고 도랑을 만들었다. 그곳이 물고
개이다.

물이 고개를 넘어가는 물 고개 이런데, 그게 전설이라.

옛적에 어느 시대이는 몰라도, 우리가 시대도 모르고 모르는데, 물고개
라는 하는 문자가 나온 것이, 어째서 물고개냐.

저 고개 넘어 들이, 저 큰 너른 들이 있었는데, 그 들이 그 당시에는 하
늘에서 내려오는 물, 냇물에서 받는 물 아니면 농사를 못 지었어. 요새는
지어서 파가서 하지만은, 그때는 천연수 아이면 농사를 못 지었는데. 그
때 그 들이 전체가 하늘만 쳐다보고 비 오구만 바래야면 안돼야. 그래서
고심을 하께, 그때 어떤 원인지는 몰라도, 어떤 원에서 꿈을 꾸니까,

"고 내일 아무제 아무제 가면은 서리가 맺혔다. 그 서리발을 찾아 가가
지고 도랑을 내라."

이런 그 현몽이 있었어, 꿈에. 그래서 그 원이 직접 나와 가지고 그 보
니까, 서리빨이 쪼르르르 있어. 그래 인자, 돌을 세워가지고 도랑을 맨들
어서 나온 것이 물고개라.

그래 그 고개가 산모랭이, 산이 쭉쭉 이리논께, 모랭이가 이게 쑥 들어
갔다가 쑥 나왔다가, 쑥 들어왔다가 쑥 나왔다가 이러이께. 산모랭이를

따라 내기 때문에, 그래 들판이라 하면 빠르겠지마는, 산 고개를 끌어가

지고 나오니까는.

(조사자 : 꼬불꼬불하게)

하모, 아주 저 산 밑에 도랑이 났어. 그래서 물 도랑 길이가 한 3키로

가 돼. 3키로. 3키로, 도랑이 3키로나 돼.

근데 그 모랭이가 열 두 개라. 모랭이가 열두 고개를 해 가지고, 그 길

로 넘어 가면은 그것이 전설이라.

상련대에 어머니를 모신 최치원과 나무에 걸어둔 호미

자료코드 : 04_18_FOT_20090725_PKS_KMH_0003
조사장소 : 경상남도 함양군 함양읍 죽곡리 죽곡마을 김명호씨 자택
조사일시 : 2009.7.25
조 사 자 : 서정매, 조민정, 이진영
제 보 자 : 김명호, 남, 91세

구연상황 : 사직당에 대한 이야기를 구연한 뒤 최치원의 효성에 관련된 상련대와 호미이
        야기를 구연해 주었다. 기억력이 굉장히 좋아서 아주 자세하고 알기 쉽게 이
        야기를 구연해 주었다.

줄 거 리 : 최치원이 함양 태수로 있을 때 어머님을 상련대에 모셨으나, 개미와 모기, 개
        구리 울음 소리 때문에 어머님이 괴로워하자, 최치원의 신령으로 개미의 어금
        니를 빼고, 모기의 입을 삐뚤게 하고, 개구리의 입을 막아 버렸다. 또한 최치
        원이 나무를 심고는 호미를 걸어두고 갔다는 전설이 있다.

그래서 함양 태수로 이짝서는(이쪽에서는) 군순데(군수인데), 태수로 가

계시면서 제방사업을 해 가지고 숲을 십리장성을 맨들랐고, 이 최치원 어

마이께서 불심이 대단해 가지고, 항상 그래 갖고 나와서 딱 보니까, 백전

면 백운산 가보니까 중국에서 본 산이랑 똑 같더라 카는 기라, 중국에서

본 산이랑. 그래, 백운산이라고 하는 것을 갖다가 자기 어마이를 갖다가,

거 갖다가 토굴을 딱 지어놓고 수양하라고 모셨더래야.

모셨는데, 인자 여름에 항상 자기 어마이, 그때는 걸어 댕깄지 뭐. 어데 타고 다닐 것도 없고, 위에 30리나 되는 길을 갖다가 만날 댕기고 했단 말이야, 어마이 생각해서. 근데 하루에 한 번씩은 못 다니지만은 그 며칠 만에 한 번씩 왔다 갔다, 어마이도 보면 안타까와. 항상 저녁 때 내리왔다 갔다 한께 너무 고단해서.

그래 상련대라고 하는 문자도, 거게가 터가 상련대라고 카는 데가 경치가 굉장히 좋아. 암벽이 쪽 이리 바리 올라가면, 한 메다(미터) 수로 한 30메다(미터) 돼. 30메다(30m)되는 높은 바우가 쪽 이리 와 거창하게 섰는데, 그 우에다가 터가 조그만한 데다가 조그만한 암자를 지어 놓은 기 상련대라. 상련대라고 하는 절인데, 상련대라고 하는 이름을, 최고운 선생님이 상련대라는 이름을 지었어.

(조사자 : 아, 상련대, 상련대 이야기.)

웃 상(上)자, 연꽃 련(連)자, 상련대라고 불렀는데, 자기 어마이를 거(거기에) 모시 놓고, 상련대에다가 모시 놓고, 그래서 왔다갔다 했어.

그래쌌케 어마이가,

"야, 이 이거 고생스럽다. 나도 고생스럽고 너도 고생스럽다."

"나가 그러면 아래로 내려가야 되겠다."

그래서 그라믄,

"아이고, 그러면 내려오십시오."

그래가 숲을 다 맨드러 놓고 난 뒤에 모시다가. 상림 가면은 사운정이라고 하는 절이 있어. 사운정.

(조사자 : 사운정.)

생각 사(思)자, 구름 운(雲)자, 사운정이라고 하는 정자가 지금 있어. 그 사운정이라고 하는 정자를, 이전에는 사운정이라고 카는 걸 안 했는데, 사모정, 생각하는, 사모할 모(慕)자, 사모정이라고 이름 뒤에, 사운정이라는 이름을 고쳤는데, 그 때 사모정이라고 카는 것은 자기 어마이를 거기다가 모셨어. 모시가지고, 그래 인자 항상 자기 어마이를 생각하는 뜻으로 사모정이라고 그랬는데, 그래 있은께네로 거게 막 모기가 물어 쌌고, 7, 8월이 되어가니까 막 개구리 소리도 질러 쌌고, 시끄러워서 못 지내겠다 이거야.

"어찌해야 되겠노?" 하니까,

"예, 그래요."

그래, 효성이 지극해노니(지극하니), 어떻게 됐대지 참, 아이, 그 소리 듣고 마 모기도 고마 오기는 와도 모기가 물지를 안 해아. 또 개미도, 개미. 개미가 막 언덕 밑에 살았는데, 개미가 지금도 있어요, 있기는. 그래 새까마이, 조그마하이, 새까맣이 조그마하이, 반들반들하이 되는데, 그 개미가 일절 사람을 침범을 안 해. 그 많던 개구리가 개굴개굴 시끄러워 쌌는데, 일절 개골개골. '오곡오곡' 이 소리 말고는 '개굴개굴' 소리를 안 해.

그래서 최고운 선생님이 그 신령으로 개구리 입을 막고, 모기 입을 비틀어뜨리고. 개미, 개미 아금니를(어금니를) 뺐다 이런 전설이 있습니다.

그래서 개미가 앵기들어가지고(달라붙어서), 사람 물도 안 하고, 또 사람에게 오도 안 하고, 또 모기도 그렇다 캐서 '앵앵' 소리만 나지, 모기가 사람에게 앵겨들지도 안 하고, 그러한 전설이 있어.

개구리도 저 들판에, 너른 들에서 개굴이가 막 어띠기(어찌나) 시끄럽게 '개굴개굴 개굴개굴', 일절 '개굴개굴' 소리가 없고 '오고곡 오고곡 오고곡' 이 소리밖에 안 해아.

그래서 최고운 선생 신령으로 가지고, 개구리의 입을 막았다, 모기도 입을 비틀어 뜨렸다, 개미 입도 쪼글쳤다(쪼그라들게 했다), 이런 전설이 있어요.

그래서 이 어른이, 전설이, 나무로 심었던 호맹이가, '호미를 가지고 나무를 숨겄다' 해 가지고, '호미를 어느 나무에다 걸어놓고 가셨다'는 이런 전설이 있는데, 일 년에 운동회나 어떤 대회가 있으면 그 종목이 하나 들어가, 금호미 찾기.

(조사자 : 금호미? 금으로 된 호미 찾기.)

금호미라고 캐. 금호미 찾기 이래놓고, 그 말하자면, 선생이 어디다가 뭘 묻어놔. 묻어가 학생들보고 그걸 찾으라고 해 놓고는, 만약에 그걸 찾은 사람은, 종이 써 놓은 걸 찾은 사람은, 호미 찾는 그 방식이라.

근데 선생 혼자만 딱 알고, 어디 저 나무 밑에다가, 그 밑에 어데 엄한 (엉뚱한) 데다가 숨겨놓고, 학생들이 마지막 판에, 운동하고 나면, 인자 우리도 그랬어. 그 운동장, 거기서 운동했구만.

그 밑에 운동장이라고 하는 데가 있어서 거서 했는데, 국민핵교 때, 마지막에 '호미 찾기'다 이래가지고 '호미 찾아 오이라.' 이라는데.

그래 가지고 온 막 그 숲을 다 헤치가지고, 어짜다가 저 하나 찾는 기라. 일등이 있고 이등이 있고 삼등이 있는 기라. 그래, 일등은 공책 주고 이등은 연필 주고,

(조사자 : 삼등은 뭐예요? 지우개 주나?)

그런, 그런 놀이가 있었어.

(조사자 : 그런데 금호미, 아니, 금호미 아니고, 그 호미를 누가 걸었습니까? 최치원 선생이 걸었기 때문에 그걸 기리기 위해서?)

전설이 그래야. 최치원 선생님이 이 나무를 심고, 자기가 마지막에, 어디로 갔냐 하면 합천 가야산으로 들어가셨다는 말이 있어. 가야산으로 가시면서, 호미를 거기다 걸어놓고 나갔다. 그래가 호미찾기 운동회도 하고, 그래 전설이 나와.

그래 이 어른은 '신선이 되었다' 이런 말이, 가야산 신선대에서 하늘로 올라가 신선이 되었다. 죽었단 말이 없어.

외가를 망하게 한 유자광과 이은대

자료코드 : 04_18_FOT_20090725_PKS_KMH_0004
조사장소 : 경상남도 함양군 함양읍 죽곡리 죽곡마을 김명호씨 자택
조사일시 : 2009.7.25
조 사 자 : 서정매, 조민정, 이진영
제 보 자 : 김명호, 남, 91세

구연상황 : 조사자가 옛날에 마을에서 전해 내려오던 전설이나 어른들께 들었던 재미있
　　　　　는 이야기가 있으면 해달라고 하자, 제보자는 생각을 해보더니 다음 이야기를
　　　　　했다. 제보자는 유자광을 '유자겸'으로 인지하여 구술했다.
줄 거 리 : 유자겸의(실제 인물은 유자광임) 외할머니가 경상군수가 된 유자겸을 무시하
　　　　　자 화가 난 유자겸이 욕심많은 외할머니의 집안을 망하게 만들었다. 그리고
　　　　　유자겸이 쓴 현판을 김종직이 떼어 버리자 화가 난 유자겸이 당시 관리들을
　　　　　잡게 했다. 이때 관리들이 도망을 가 숨었던 곳을 이은대라고 한다.

　유자겸이라고 하는 양반이 유정승 아들이라. 유정승 아들인데, 그 양반
이 본부인한테서 나온 아들이 아이고, 요새 같으면 종이라, 종. 심부름을
해주고 밥을 해주는 종, 그 여자한테서 나왔어. 그 유래를 말할라고 하면,
그 역사가 한이 없고.

　유자겸이라 하면 힘이 장사요 키도 크고, 전설이 그랴. 하루에 하루 길
을 천리 길을 갔다 와, 하루에 천리 길을. 천리가 어디냐면은, 서울서 신
의주가 천 리. 서울서 제주도가 천 리,

　저저저 삼천리를 뭐라고 말하냐면은, 신의주 천 리, 동래, 부산 동래 천
리, 제주도 천 리, 그래 삼천리라. 그래 삼천리라 하는 기라, 길이 삼천리
가 길이 삼천리가 아이고. 서울에서 동래 제주도로 가는 천 리, 그래서 삼
천리라. 그래 삼천리 강산이라고 하는 기라.

　그래서 그 당시에 인자 유자겸이가 니 운동도 아이고, 글도 배우도 한
사람도 아이고, 그 서자가 되다 보니까 천대받는 기라.

　집안에서 아무도, 나가가지고 자기가 큰 사람이야, 아주 이름난. 그래서
서울로 가가지고 그 자랑을 해 가지고. 그 당시 어떤 사람이냐 할 것 같

으면은, 대 폭군 연산, 연산주당이라, 연산주. 폭군 연산주당 당시에 그 당시에 그 정승을 했어, 정승.

정승이 되가지고 자기 외갓집이, 자기 집도, 자기 집터 외갓집도 아인 데(아닌데), 자기 큰 어머이의 친정이라. 자기 큰 어머이. 자기 큰 어머이 친정이 여기 함양에 조 덕곡, 그 어른의 웃대 어른의 집안이라. 조덕곡 선생의 어른, 조 진사 댁인데. 그 어른들이 저 수여라고 카는 데가 있어. 지곡면 수여, 무내미라고 하는 데가. 무내미라고 카는 거기 살았는데, 자기 인자, 외갓집이 거 살았어. 인자 외할머이가 거 살았어, 외할머니가. 유자겸이 저거 외할머니가 거 살았는데.

자기가 경상 감사를 하고 내려왔어, 경상 감사. 경상남도 감사를 떡해 가지고, 경상 감사면은 경상남도, 경상북도 다 통원을 하는 감사라. 경상감사머는 임금 다음에 가는 사람이라, 그렇게 높은 어른이 됐다 이 말이야.

그래서 그 당실에는 정치가 요새는 자유당, 무슨 당, 이래 있지만은, 그때는 학파. 배울 학(學)자, 학파. 영남학파, 호남학파, 충청학파, 경기학파, 그런 학파가 있었어, 선비들이. 그래서 그 학파들이 정권을 잡으면은 자기네들 부하들 인용하고, 그래서 그 시대라.

그 시대에 경상학파가 그 당시에 정부를 했을 때라. 정부를 할 땐데, 이거 역사가 길다. 길다 길어도 괜찮아?

(조사자 : 예.)

그래서 그때에 경남학파에서 제일 높은 어른 같으면은 점필제라는 분.

(조사자 : 점필제 김종직.)

점필제 그 어른이 학파에 우두머리에서도 당수. 그 어른이 제자를 전국에다 넣어가지고 학파 할 때, 그래서 이 어른이 함양 원으로 내려오셨었어, 내직을 그만두고. 인자 점필제 그 어른이 함양에 내려와 본께, 유자겸이 글씨가 거 있는 기아(있는 거야), 학사루에.

그래, 유자겸이가 어쩔 수가 있었냐 하면은, 그 당시에 인자 경상감사
했다고, 저거 할매 쳐다보러 자랑할라고 내려왔어. 내려와가지고, 저 저
수여, 무냄이라 물이 넘어간다고 해서 무넘이라, 물을 넘어 간다, 물을 넘
어간다고 물넘이. 우리 지방 사투리가 그래. 그래 거기 가니까, 저거 할머
니가, 유자겸이가 떡 인자 관복을 떡 차려입고, 막 관대를 떡 지고 이래가
지고,

"할머니."

부른다 이 말이라.

"그래. 뉘고?"

그때는 양반 집 문이 요만해 가지고 모가지만 이리 내다 비고 짝 벌어
져. 그때 문은 크다란 문도 아이고. 그때 문도 딱 열면은 그게 요래가지
고, 문턱이 높아가지고, 목만 바깥에 내고, 몸이 안 보이그로, 양반집이
그리 배우는 거야. 그래,

"외할머니." 한께, 문을 이리 열어본께, 그래 외손자라. 그래 이놈이 뭐
라고 하냐면은

"할머니, 제, 자겸이가 왔습니다."

인사를 떡 하고,

"그러면 어쩔꼬요? 우리 집안 예로 인사를 드릴까요? 그러면 우리 사
회, 현재 정치하는 관례로 인사를 드릴까요?"

인자 이래 물은 기라. 관례라 할 것 같으면 옷을 전부 갖춰 입고, 방에
들어가서 인사를 하는 기고, 자기 풍습관례로 하라고 하면은 그것을 벗어
야 돼, 싹 벗어버려야 돼. 싹 벗고 하는데,

"네 이놈, 그게 무슨 소리고? 관례로 할 게 아이고, 우리 가례로 해라."

그래, 억장이 무너지는 기라. 그래서 거기서 그만 싹 벗고, 투고도 이거
뭐 관도 하복관도 싹 벗어놓고, 저고리 적삼만 딱 입고. 그 여여, 하인이
덕석을 하나 갖다가 매다가 두루루 펴다 준께, 덕석 위에 거게 꿇어 앉아

가지고, 할머니 저 문을 열어 놓고, 이리 쳐다보고 있으니, 덕석에서 막 큰절을 막 하는 기라.

"할머니, 들어가도 되겠습니까?"

하이끼네, 방에도 못 들어오게 하고, 마루에 앉아서 할머이하고 둘이 얘기하고,

그래 인자 오면서,

"아이, 할머이, 제가 여기 들어오면서 보이, 여기 참 눈에 걸리는 게 있습디다."

"뭐이고?"

"여기 와 보니까, 저기 바우가 아주 몹쓸 바우가 하나 있고, 제 저 잘록하이 저게 아주 흉합니다, 여, 할머니가 늘 고관대장으로 내려오시고, 또 부자로 꼭 할라고 하면은, 그 잘록 하이 그것을 끊어 버려야 되겠습디다. 또 그라고 바우도 깨야 되겠습디다."

이라이께, 그 여자들 욕심이 말이라, 부자 되겠다고 하이께로, 아, 그마 학을 쓰고 마, 그래마 바우를 깨고 그 잘록하이를 끊고 했다 말이지.

그래 이게 뭐이냐 하면은 그 자리가 학수라, 학수.

(조사자 : 학수.)

음. 학 학자, 학머리라. 학이 날라가는 그 형국인데, 그 학의 모가지를 잘라삐렸단 말이라. 학이 놀래가 죽어버렸다 이 말이라. 또 고 밑에 있는 그 바우 그것은 복바우라, 복바우. 복이 우루루 들어오는 복바우를 깨삐렸으이, 아이, 깨자마자 거서 피가 올라와, 막. 그래서 부지기로 쫓아서 흙을 갖다 덮어가, 지금도 그 바우가, 바우 가운데 흙모디이가 짠득짠득 풀이 나 있어, 지금도.

그래서 그 자기가, 하도 마 심장이 상해 가지고 보복을 한 기라. 그래, 보복을 해 가지고, 집구석 몽땅 망해삐려가지고.

그래 요 오니까, 자기가 지나갔다고 표석을 썩 써 붙여 놓고 났는 기라.

그래서 저 군수가 쓱 보니까,

"아, 이놈, 숭악한 놈. 저 글자에다가 저기 내삐리라."고. 그래 고마 현판을 떼다가 내삐맀단 말이라. 그래 고마 내삐려가지고, 그 뒤에 인자 감사를 왔단 말이라. 온께로, 글씨가 없다 이 말이라. 그래, 이것을 막 다 잡아 직일라 하는 기라.

그래서 인자, 그때는 인자 군서기, 이것을 인자 군서기를 갖다가 아정 리(吏)로 쓴 기라, 아정 리자, 잉. 그래서 그 아정을 전부다 잡아 직일라고 하니까, 거 천지(모두가) 안 죽을라고 거기가 수복이라. 그래서 이은대라. 아정 리(吏)자, 숨을 은(隱)자 그래서 이은대라. 그래서 이은대라는 이 말이 생겼다 이 말이라.

월명이 애인을 기다리다 죽은 월명총

자료코드 : 04_18_FOT_20090725_PKS_KMH_0005
조사장소 : 경상남도 함양군 함양읍 죽곡리 죽곡마을 김명호씨 자택
조사일시 : 2009.7.25
조 사 자 : 서정매, 조민정, 이진영
제 보 자 : 김명호, 남, 91세
구연상황 : 제보자는 앞의 이야기에 이어 다음 이야기를 시작했다.
줄 거 리 : 신라 시대에 경주에서 두부장사를 하던 사람이 하숙집 수하인으로 있던 월명과 사랑을 나누었다. 그런데 고향에서 어머니가 아프다는 전보를 받고는 월명에게 기다리고 있으라 하고는 고향으로 갔다. 아픈 어머니가 이내 돌아가셔서 장례를 지내게 되었다. 월명은 그런 사실을 모른 채 경주를 바라보며 기다리다가 결국 죽고 말았다. 마을사람들이 월명의 묘를 만들어 주었는데, 그것이 월명총이다.

어째서 월명촌이냐?

신라 시대에 월명이라고 하는 아이가, 요새 같으면 하숙집 수하인으로

있었어. 그래, 경주 있다던 왕래 상인이 거기다가 주인을 부쳐놓고, 두부 장사를 하고 묵고 살고 있는데, 그래 전설로 내려오는 소리가 그래야.

그래 한 번, 고향에서 전보가, 전령이 오기를, 어머이가 이동하시고 제산하다고, 그래, 어머이가 아프다고 하는데, 그래 안 가볼 수가 있는가.

그래, 인자 거 있을 때는 월명이 하고 그 인자 사이가 가까워졌어, 밥도 서로 주고, 오래 있다가 보니까. 그래 인자, 사랑을 나누고 살았던 모양이라. 그래서 인자 월명이한테,

"아이고, 내가 생각하니까 어머이가 병환이 나셨다 하는데, 어머이 병환을 보러 가야 되겠다. 병환이 낫으면, 갔다가 올끼니까. 거 있으라."

이래놓고. 그러니까 병환이라는데 안 갈 수가 없고, 인자 갔다 이 말이라. 그래서 여게, 경주가 어디랴, 여기 천 리 길이나 되는데. 그래 가지고 어마이가 아파서 대단하다 이 말이지. 그러고는 어마이가 고만 세상을 베릿대아(버렸더라). 세상을 베렸는데, 세상을 베리고 다 처리 우랄라 한께, 묏자리 지냈다 이 말이라.

그래 인자, 약속한 대로 한께, 그 저 뭐 애인을 기다릴라고 한께네로, 그래 인자 산에 올라가가지고 항상 저(저 쪽) 경주를 바라보고 망향을 했어.

그러다가, 그러다가 월명이가 시름 죽어뻐렸어. 그래 동네사람들이 거기다가 묘를 썼는데, 이름이 월명의 묘라 이거라.

(조사자 : 그래서 총.)

아, 그래서 월명의 묘다.

영원스님이 득도한 영원사

자료코드 : 04_18_FOT_20090725_PKS_KMH_0006

조사장소 : 경상남도 함양군 함양읍 죽곡리 죽곡마을 김명호씨 자택
조사일시 : 2009.7.25
조 사 자 : 서정매, 조민정, 이진영
제 보 자 : 김명호, 남, 91세
구연상황 : 조사자가 계속 재미있는 이야기가 있으면 해달라고 하자 제보자는 생각을 해
보더니 다음 이야기를 꺼냈다.
줄 거 리 : 영원스님은 동래 범어사의 스님이다. 절 쪽으로 돌아보지 말라고 했다. 영원
스님이 이를 잊고 돌아보자 스승님이 뱀으로 변하게 되었다. 이후 지리산으로
가서 10년을 수행한 후 스승님이 생각이 나서 범어사로 갔다. 그곳에서 뱀으
로 변해 있던 스님을 찾아서, 꼬박 3년을 시봉하였다. 3년의 시봉 후에 뱀은
스스로 돌에 머리를 박아 자결을 하였고, 영원스님은 그때 인생의 무상함을
느끼고 되었다. 이후 영원스님이 있던 절은 영원사라고 부르게 되었다.

전에 영원 스님이라고 카는 스님이 살았다고, 그 호를 따라서 영원사라
고 지었는데, 전설이 그래야.

그 영원 스님이 어디 스님이냐, 동래 범어사 스님이야. (조사자 : 부산
에.) 부산에 동래 범어사 스님인데, 그 스님 밑에서 공부를 하다가 스님이
인자,

"마침 공부가 됐으니까, 나가서 고마 살아라."

그래 스님이 후차내뺐어(쫓아내버렸어). 전설이 그래야. 그러니까 갑자
기 스님이 가라고 하니까, 어쩔 도리가 없는 기라. 그래 뭐, 보따리 싸 짊
어지고 가야지. 가다가 뭐라고 하냐면은 스님이,

"뒤돌아보지 말아라. 뒤를 돌아보면 안 된다. 뒤돌아보지 말고 가거라."

이래 전설을 받았다. 명령을 받아놓고 걸낭을 해 짊어지고 기가 맥히는
기라. 갈 길이 없는 기라. 다시 행방도 없제, 갈 길도 없제. 발길 닿는 대
로 가는 판인데. 몇 채 있던 절 스님이 생각이 나가지고, 저 밑에 내려 가
다가, 돌아보지 말라고 했는데, 무의식중에 돌아봤다 이 말이야.

그런께네 스님이, 주장자를 짚고 떡 차리보더마는, 난데없이 큰 구렁이
가 생기더래야. 큰 마 시커만 먹구렁이가 되더래야. '아이고, 돌아보지 말

라 캤는데 돌아봤다.' 이제 자책을 했는데, 그래 인자 가도 못 하겄고, 가라 칼 데도 있나, 그래 인자 발길 닿는 대로 내려오니까, 경상도 지리산으로 왔던 모양이제.

지리산으로 와가지고 토굴를 파고 그따가 이제 움막을 지어놓고, 공부를 열심히 인자 하는데. 그래 인자 전설이 그랴. 그 영원이가 하루는 한 8년쯤 되가지고, 8년이 됐는가? 세월 가는 줄도 모르는데, 그래 인자 저는 공부를 잉가이(어지간히) 했다 싶어서, 다른 데로 갈댁기라고(갈려고) 건들건들 걸낭을 해 짊어지고 산골 어느 마을 모팅이에 들어오니까, 어느 한 늙은이가 머리가 뽀얀 늙은이가 앉아서, 바우 위에 앉아가지고 이, 고기를, 낚시질을 하고 있어.

"이놈에 낚시는 고기가 물 때가 됐는데 안 무네. 또 던지고, 또 던지고, 아 이놈이 됐는데, 안 되네."

이렇게 훈담을 해.

"아이고, 이놈들. 내가 벌써 8년째 하는데 안 되네, 8년째 해도 안 되네. 이것을 더 이 년 더, 십 년을 채워야 되는가베, 안 되네."

그래 가지고 영원이가 깜짝 놀랜 기라.

"아하, 나보고 하는 소린갑다."

내가 이거 올해 팔 년을 했는데, 십년을 못 채우고 여기 스님 영혼이와가 이러는 갑다 싶어가지고, 깜짝 놀래가지고 도로 바랑을 짊어지고 올라갔다는 기라.

올라가가지고 인자 돌아보니까, 바우만 있지 사람도 없고 아무 것도 없어. 아, 그래서 신이 인자, 신의 조화로 인해 가지고, 신이 화신이 돼가지고 그랬던고 몰라.

그래서 올라가서 '영원이 영원사 도통을 했다' 이런 소리가 들기는데, 그래 인자, 십 년을 채우고 나서 궁금하다 이 말이라. '아이고 스님, 나보고 돌아보지 말라고 했는데, 돌아봐서 어떻게 되는가' 싶어서, 큰 뱀이 되었는가, 어떻든가 싶어서 범어사 갔더란다.

그래 법당에서 본게 없고, 그 아래 질가(길 가)에 가도 없고, 아이구, 스님이 어찌되었는가 싶어서 물어도 모른다고 하고. 그래 인자 도랑을 뺑 돈께네로, 큰 법당에 가니까 뱀이 이래가지고 이래 처다보고, 그래 영원을 보고 새를(혀를) '슈슈슉' 내면서 이렇게 반가워 하더라. 아이고 스님, 엎드리가지고,

"아이고 스님, 죄송합니다. 진작에 올 걸 그랬습니다."

그래 꼬랭이 '탈탈탈' 털더라 이 말이랴.

그래서 절이라고 하는 데는 음식이 남아서 안 돼. 남아도 못 묵고, 저 묵을 만치 먹으면 다시 얻어 묵도 못하고, 먹을 만큼 해. 그래 발우 공양을 하는 기라. 딱 지가 묵을 만큼 받아가지고, 넘어가면 묵도 못하고, 넘지를 안 해.

그래서 받아가지고 자기가, 그래 인자, 자기 스님한테 가는 기라, 비암한테. 그래 가가지고, 그 자기 밥을 가져다가 떠서 그 앞에 쪼로로, '낼름 낼름 낼름 낼름' 이리 묵는 기라. 그래 3년 동안을 시봉을 했다는 기라, 뱀을. 그래, 3년 동안을 쭉 하고 나니까,

"아이고 스님, 인자 허물을 벗으십시오."

그래, 눈물을 소르르 흘리더래. 그래서 자기가 스스로 머리를 주춧돌로 탁 고마 자결을 해서 죽어삐더래야, 뱀이. 그래 비암을 옆에 사람한테, 다른 사람 눈에는 뵈지도 않는 기라. 거짓말이라고 하는데, 자기 혼자만 눈에 보이는 기라.

그래서 인자 뱀이 죽었는데, 그 뱀을 자기 걸망 속에다가 밀어 여(넣어)가지고, 짊어지고 저 판 밖으로 나가가지고 화장을 했어, 화장. 버드나무를 채여서 화장을 했어. 그래 묻어주고, 그 길로 세상이 참 무상하다, 무상을 느낀 기라 인자.

세상사 만사가 무상하다. 이기 허망한 기라. 그래 무상해도 인자 자기

이름을 따가지고 영원사라 그래 했다는 이야기가 있어.

벽송스님이 도를 깨친 오도재

자료코드 : 04_18_FOT_20090725_PKS_KMH_0007
조사장소 : 경상남도 함양군 함양읍 죽곡리 죽곡마을 김명호씨 자택
조사일시 : 2009.7.25
조 사 자 : 서정매, 조민정, 이진영
제 보 자 : 김명호, 남, 91세
구연상황 : 오도재의 유래와 벽송사, 벽송스님의 전설에 관해 구연해 주었다. 굉장히 자
　　　　　세하게 순서대로 유래를 설명을 해 주었다.
줄 거 리 : 전라도 군산의 원님이 백성들을 다스리면서 스스로 뉘우침이 있어서 머리를
　　　　　깍고 지리산 강정마을로 오게 되었다. 그는 광주리를 만들어 파는 노부부의
　　　　　집에서 계속 머물다가 다시 길을 떠나게 되었다. 오도재 근처에서 자신이 묵
　　　　　었던 집의 영감이 부르는 소리를 듣고 내려가다가 갑자기 도를 깨우치게 되
　　　　　었다. 그곳을 오도재라 한다. 알고 보니 영감은 도사였고, 그 도사로부터 벽송
　　　　　이라는 호를 받게 되었다.

　요 아래 가면은 벽송사라고 있어.

　(조사자 : 벽송사, 예.)

　벽송사는 대찰인데, 벽송사는 뭐 오도재라고 카는 재 이름이 하나 있
어, 요 여기 마천 들어가면.

　어째 오도재냐?

　벽송사 그 시님(스님)이 전라도 군산, 군산에, 아따 이름을 잊어버렸
다, 원이라 원. 이전에 원으로, 이름이 유, 아이고 유 머시긴데, 이름을
잊어먹었다. 그런데 가만히 원으로, 의원님은 여기지 말고, 군수하고 와
있거든.

　일절 그때는 원이 행정, 사법 전부다 자기가 다 관여를, 직접 관여했어.
요새는 다 사법관이 따로 있고, 행정관이 따로 있고, 뭐 다 있지만은, 그

때는 전부 종합해 가지고, 원이 다 처리한 기라. 사행(사형) 줄 사람 사형 주고, 징역 갈 사람 징역 주고, 방면할 사람 방면하고, 원이 마음대로. 시방 지방자치 한 기라.

그래서 가만히 생각하니까는 원 하면서 백성들이 하루는 가만히 본께 네로, 잘 못한 기라. '허허, 이거 참 이거이 사람 그라는 건 참 못할 짓이다.' 해 가지고, 그래 가지고 자기가 고마 머리를 깎고, 뛰쳐나온 것이 지리산 부락으로 왔던 모양이라.

지리산으로 와가지고, 벽송사 밑에는 강정, 강정마을이라고 하는 동네가 있어, 강정마을. 지금도 강정마을이라고 있어.

(조사자 : 강정마을.)

강정마을. 어째서 강정마을이냐? 노부부가, 노부부 두 분이 저 산에 싸리나무, 싸리나무 알제?

(조사자 : 네, 빗자루 만드는.)

싸리나무를 베다가, 껍데기 베끼가지고, 광주리라고 있어, 광주리. 그릇. 광주리라고 하는 것을 엮어가지고 갔다 팔아.

팔아가지고 묵고 살아 먹고 사는 노부부가 있었는데, 그래 그 양반이 있는 동네를 광주리 만드는 동네라고 해서 강정마을이라, 강정마을 이름이.

(조사자 : 강청마을? 강청마을 아닙니까?)

강정마을. 마천 가면 강정마을이라 카는 데가 있어.

(조사자 : 강청 아니고요?)

마천 강정마을. 그래서 간다고 간 것이 인자 이 양반이, 강정마을한테 찾아가가지고 갔던 모양이라. 그래 가가지고 노부부한테 가서,

"나 공부를 좀 하러 왔는데, 공부를 하면 어짜면 되고, 어디 가서 공부하면 좋겠습니까?" 하니까,

"공부는 넘이 시켜서 하는 것도 아이고, 지가 지 공부 하는 기지. 넘이(남이) 시키가지고 공부되는 게 아이고, 공부를 지가 지 맘으로 공부를 해야 된다."

인자 그래. 그러면 그란께,

"그러면 오늘 갈 수도 없고, 그러면 여기 붙어서 공부 좀 하고 가면 어떻겠습니까?"

"아, 그거는 가는 것도, 오는 것도 지 자유지. 가고 싶다고 가는 것도, 오라 한다고 오는 것도 아이다. 니가 가고 싶으면 가고, 오고 싶으면 오고, 있고 싶으면 있어라, 내(내가) 가라(가라는) 소리도 안 한다."

인자 그렇게 한께, 그러니까 그 이튿날부터 뭐 하라고 하냐면은,

"저 산에 가서 싸리나무를 조(주워) 오라."

카는 기라, 싸리나무를. 싸리나무를 주우다 놓으면 이리 비끼(벗겨) 놓으면은, 광주리 만들면 노부부가 이리 이고 가서, 마천 장에 갔다가 팔고, 인자 이래 묵고 살고.

아이 한 달이 있어도 뭐 이런 말, 저런 말 하나. 아이 간다고 하면, 갈라면 가고 오고 하는 건 지 맘이지. 내가 가란 말을 할 줄 안 하고. 이래가지고 아니 거서 말이지 인자 그 한 번은 몇 차가 됐던고 몰라. 몇 차가 됐던고, 그래 자기 인자 그 무슨 저 수지품을(소지품을) 갖다가 짊어지고, 옷이니 뭣이니 뭐 이런 걸 짊어지고, 꺼떡꺼떡 인자 저리 인자, 저리 간다고 간께, 그래 인자 오도재까지 올라갔던 모양이라.

(조사자 : 네.)

그래 그 영감이 가음을(고함을) 질러보니께네로, 영감이야. 아따 이름이 뭐이더라?

"아무거시야, 너 이놈아, 저 너 뒤를 함 돌아 봐라."

그리 쫓아서 내리 와보니까, 방금 그 영감이,

"이리 오이라."

그래서 그 가다가 도를 깨달았어.

(조사자 : 아, 고 순간에.)

도를 깨서 오도라.

(조사자 : 깨달을 오(悟)자.)

오도재라 이름을 그래 진 기야(지었던 거야). 그래서 그 광주리 맹그는
(만드는) 양반이 도사였었어. 도사가 밑에서 그래 놓으시가지고, 그분이
인자 벽송이라고 하는 호를 주가지고 벽송, 벽송, 벽송스님이라.

쌀새미와 마적도사

자료코드 : 04_18_FOT_20090725_PKS_KMH_0008
조사장소 : 경상남도 함양군 함양읍 죽곡리 죽곡마을 김명호씨 자택
조사일시 : 2009.7.25
조 사 자 : 서정매, 조민정, 이진영
제 보 자 : 김명호, 남, 91세
구연상황 : 앞의 이야기에 이어 쌀새미 전설과 마적도사에 관한 설화를 구연해 주었다.
　　　　　긴 이야기임에도 불구하고 거침없이 얘기를 할 정도로 기억력이 좋은 편이다.
줄 거 리 : 용류담 밑에서 매일 식구들 먹을 만큼만 쌀이 나왔다. 해암도사의 절에 어떤
　　　　　공양주가 쌀이 더 나오기를 바라는 마음에 꼬챙이로 쑤시자 물만 나오게 되
　　　　　었다. 이후 그 곳은 쌀새미로 불리게 되었다. 그리고 해암도사는 용류담에서
　　　　　용마를 데리고 있었다. 어느날 용류담에서 너무도 시끄러운 소리가 나서 해암
　　　　　도사는 용마의 소리를 듣지 못했다. 해암도사가 겨우 용마를 탔으나, 용마가
　　　　　미끄러지면서 발이 부러져 죽게 되었다. 지금도 그 자리에 가면 말의 발자국
　　　　　이 남아 있다. 마적이라는 이름이 그래서 생겨났고, 해암도사는 이후 마적도
　　　　　사라고 불리게 되었다.

용류담이라고 하는 건, 우에서 내리 와서 물이 많아 그런 게 아니고,
바닥에서 물이 마, 거창하게 올라와 이기.

인자 거기 용소가 물이 많아가지고 빠져 내려오는 그기 인자, 그게 마

적도사라고 하는 것이 있거든. 요새는 인자 마적도산데, 아따 그 뭣이고, 그래서 그 절에 가면은 그 절에서는 식량이 없어.

고 용류담 밑에 내려오면, 고 식구 될 만치 쌀이 쏙 나와. 쌀이 쏙 나오면 고거 가져다가 밥을 해 주고, 또 손님 하나 오면 손님하나 묵어야 되는 쌀이 고만치 나오고.

그래, '그놈을 갖다 밥을 해줬다, 공양을 그리 해 먹었다' 그런 전설이 있는데, 해암이라 해암. 해암도사라. 주지가 해암도산데, 그래 하루는 인자 공양주가, 밥 하는 이 사람을 공양주라고 하는 기라. 공양주가 가서, 쌀이 하도 허망해야 '이까지고(이것 가지고) 우리 식구가 먹겠냐' 싶어서, 쌀 좀 더 내오라고 꼬쟁이로 콕 쑤시뿌더래야. 찌른께, 쌀은 안 나오고 물이 쪼로록 나오더라. 그래서 쌀샘이라, 쌀샘이.

(조사자 : 쌀샘이.)

아, 고가 쌀샘이라. 쌀 나오는 구녕인데, 쑤시니까 물이 나와 버리가 이놈에 쌀샘이가 됐뿠어.

그래서 인자 물이 많아가지고, 그러니까 그걸 항상 연락을 어째 하냐면은, 용마가 있었는데, 용마, 내나 그 저 용류담에 있는 용마가. 오라 카면 나와가지고, 사람 채이면 후탁 또 넘겨주고, 또 오면 거서 또 이렇게 넘겨주고.

이렇게 인자, 해암도사를 그리했는데, 하루는 갔다 온께네로, 막 뇌성벽력을 해 가지고, 물이 막 거창하게 뇌성벽력을 해 가지고, 막 말이 그 스님 올까 싶어서 그리 울어 싸도, 뇌성벽력 소리에 아무것도 안 하고, 물소리에 아무것도 안 하고, 그래서 있다가 고마 말이 이자 와서 이제 집어탔는데, 물이 하도 많고 이래 막 뛰라, '아오' 하면서 훌딱 뛰어 내려가다가 고마, 바우에 발이 폭 부러져버렸어.

발이 부러져갖고 고마 죽어버렸고, 해암도사는 고마 떨어져가지고 정신도 못 차리가지고, 그래 가지고 말이 마 죽어삐리가지고, 그 말이 지하로 마 둥둥 떠내려 가삐리고.

그래서 해암도사가 그 뒤에 호를 마적도사라고 이름을 이리 지었어. 마적. 말 마(馬)자, 자취 적(跡)자. 지금도 가면은 말 바쿠 두 개 가 팍, 그기 온 바위 구멍이 뚫펴 버렸어.

(조사자 : 어디, 어디에요?)

용류담.

(조사자 : 용류담에 있는.)

마천 들어가는데, 용류담이라 카는 용소가 있어.

(조사자 : 용소에 있는 바위에)

아, 바위 반석에.

(조사자 : 예, 반석에.)

폭 디딘 자국이 있어서.

(조사자 : 자국이 있어서.)

그래 가지고 마적이라, 마적. 그래 그 해암도사 호꺼정(호의 이름까지도) 마적도사라 이런 이름을.

(조사자 : 해암도사를 마적도사라고 하였다.)

아, 그래 마적도사라고 이랬어. 그래 그런 전설이 있어 마천에.

며느리의 참았던 방귀 힘

자료코드 : 04_18_FOT_20090725_PKS_KMN_0001
조사장소 : 경상남도 함양군 함양읍 웅곡리 웅곡마을 가정집
조사일시 : 2009.7.25
조 사 자 : 서정매, 조민정, 이진영
제 보 자 : 김묘남, 여, 72세
구연상황 : 재미있는 이야기를 해 달라고 하니까, 며느리 방귀 뀌는 이야기를 해 주었다. 얘기를 듣는 중간에 청중들은 모두 크게 웃었다.

줄 거 리 : 며느리가 시집을 가서 마음대로 방귀를 못 뀌니까 얼굴빛이 노래졌다. 이를 본 시어머니가 편히 방귀를 뀌라고 했다. 며느리는 시아버지와 시어머니에게 기둥을 잡으라 하고는 방귀를 뀌었더니 온 집이 다 날아가 버렸다.

며느리가 얼굴이가 노라이(노랗게) 이래서러(이래서), 시어마이가,

"야야, 니 며느리가 얼굴이 왜 그렇노?" 카니까,

"방구를 못 뀌서 그렇다." [일동 웃음]

"그래, 그라면 마, 방구를 뀌뿌라." 하더라 카네.

"그라면 뀌는데, 시아바시는 기둥 잡고, 시오머시도 뭐 잡고, 잡아라." 카이끼네(하니까), 방구를 덜덜덜 뀌니깐 마, 집이 다 날라가고 마, 그렇더라 카이.

시집(詩集)을 불태워 파직 당하고 집안이 망한 함양군수

자료코드 : 04_18_FOT_20090727_PKS_KBO_0001
조사장소 : 경상남도 함양군 함양읍 함양유도회 회관
조사일시 : 2009.7.27
조 사 자 : 박경수, 문세미나
제 보 자 : 김병오, 남, 75세
구연상황 : 앞서 묘 자리 이야기를 한 제보자에게 조사자가 이 지역 인물에 관한 이야기로 아는 것이 없느냐고 물었다. 그러자 제보자는 잠시 생각을 하는 이 이야기가 생각이 났는지 이야기를 시작했다.
줄 거 리 : 함양 고을에 유호인이라는 유명한 학자가 있었다. 그 사람이 거창현감으로 있을 때 중국에서 소동파 시집을 가져와서 정리를 하여 책을 내었다. 그 책을 퇴직을 하면서 당시 함양군수인 최연손에게 맡겼다. 그런데 최연손은 함양 선비들이 찾아와 그 책을 복사를 하겠다고 하여 귀찮아서 그만 불태워 버렸다. 이 일로 상소를 받아 파직이 되고, 또 영조 연간에 무신란이 있을 때 반란군을 도왔다 하여 그 집안이 망하게 되었다.

요거는 사기가 완전히 나와 있거든. 저 연산군, 연산군하고 요 저 중종

하고 고 연간이라.

고 연간인데, 그 양반 군수로 있던 고 양반 아바이가 군수로 있었는데, 여게 우리 고을에 유호인(兪好仁, 1445~1494, 조선 전기의 문인)이라 카는 유명한 학자가 있거든.

(조사자 : 네, 그 분, 그 분에 얽힌 이야기 참 많던데요.)

응, 그 분이 거창현감으로 계실 적에, 저 뭐꼬 저저 중국에 소동파 시 겉은 거 이런 거 유명한 시집[1]을 가져 와가지고 정리를 자기가 해 가지고, 자기가 퇴직을 하면서 여 군수 그 사람한테 맽겼던 모냥이라.

맽깄는데, 그기 있는 줄 알고 함양에 선비들이 그걸좀 복사좀 하자고 자꾸 그래 싸이께네, 한둘이 아이고 귀찮거든. 고마 불태아삣단(불태워 버렸단) 말이라. 그기 그런 일이 있어가지고 중종 때 함양 선비들이 상소까지 한 기 나와, 기록에.

그런 사람이, 그 사람이 함양군수로 있다가 저 그 삼급, 삼등 베실(벼슬)이 되는 저 와 삼등까지는 당산관 아인가배. 그런 베실을 가지고 있던 사람인데, 여 상소문이 그래 올라가고 하니께네(하니깐), 어찌된 판인고 함양군지에도 그 사람 하는, 최연손(崔連孫, 연산군과 중종 연간에 군수를 지냄.)이라 카는 양반인데, 군지에는 그저 군수한 기록이 없어. 뺏빘는 모냥이라. 상소 올라가고 파직을 시키비린께 그런가봐, 어째 그렇고 없어.

없는데, 여하간 고 집안이 그래 가지고 여게서 쭉 내려오거다가 그 뒤에 영조 때, 그 뭐꼬 무신란이라고 있었제.

(조사자 : 네.)

그때에 그 집에서 부자로 사이께네, 여게 혁명군이라고 할까, 반란군이 그 집에 가서 이 그석을 많이 얻었던 모냥이라. 군량미. 그래 가지고 나중 박문수니 뭐 오유민이 이런 양반이 와가지고 이 평장을 시킬 적에 그 집

---

1) 실제로는 성종조에 간행한 『황산곡시집』이다. 유호인이 발문을 쓰고 함양군수였던 최한후(崔漢侯)가 책임을 맡았다.

부터 마 덮칬거든. 그래서 평지박산(풍비박산)이 되가지고 자손이 하나도 없어. 다 오데로 갔는지 그런 실정이라.

무신란으로 도망간 사람들을 나오게 한 박문수

자료코드 : 04_18_FOT_20090727_PKS_KBO_0002
조사장소 : 경상남도 함양군 함양읍 함양유도회 회관
조사일시 : 2009.7.27
조 사 자 : 박경수, 문세미나
제 보 자 : 김병오, 남, 75세
구연상황 : 조사자가 박문수에 관한 이야기가 없느냐고 하자, 제보자가 이 이야기를 해주었다.
줄 거 리 : 무신란이 일어났을 때, 함양 주민들이 산골짝으로 도망을 갔다. 박문수가 나서서 골목을 혼자 다니면서 숨어 살지 말고 나오게 했다. 박문수의 말을 듣고 진정이 되어 사람들이 밖으로 나와서 살게 되었다.

박문수가 무신란이 일어나가지고 주민을 다 잡아들일라 카이께네, 마 거게 가담 됐거나 안 됐거나, 뭐 저 가자 이놈의 카고, 끄끼가(끌려서) 가야 할 판이께네 고마 도망을 가삤는 기라.

저저 오디(어디) 유도로로 다 산으로 골짝으로 도망을 갔삤렀는데, 그 때에 박문수가 아무도 안 데리고 혼차 댕기면서,

"그 괜찮으께네 나오니라. 나오니라." 해 가지고, 조금 진정이 됐다 카는 이런 말이 전하고 있지. 마 특별한 뭣은 없고.

(조사자 : 다 잡아 들이라 한 사람이 누굽니까? 박문수입니까?)

아니지, 관아지 관아.

(조사자 : 아, 관아에서 함양에.)

저 동네가 역적 동네다 이래가지고, 그때에 고 난리를 일받은(일으킨) 사람이 안의에 정희량이라 카는 사람이 이인제라 카는 사람하고 고 사람

하고 둘이서.

이쪽 난민 쪽에서는 동계선생 그 저 증손잔가 되지. 그분이 여서 일어 났거든. 저쪽에서는 무관이고 이 양반은 남인의 하나 문인이 있었었거든. 그래 가지골랑 합작을 해 가지골랑.

(조사자 : 그 하는 바람에 남명선생 문하생이 많이.)

아이가 아이가, 하모 그렇게 남인이 그때 고마 완전히 고마.

(조사자 : 그때 그 이야기네요 인자.)

그때에 고 박문수가 그때 사람이거든.

(조사자 : 박문수가 그때 사람이니까, 이제 괜찮다.)

"아, 나오니라. 농사짓고 살아라. 와 논을 물쿠고(묵히고) 마 집을 버리 고 와 그 골짜기 가서 파전(破田)생활을 하노. 나오이라 나오이라."

담길로 댕겨감서 설득했다는 이런 말이 전하고 있어.

백 명의 무당을 죽인 송감사와 백무동

자료코드 : 04_18_FOT_20090727_PKS_KBO_0003
조사장소 : 경삼남도 함양군 함양읍 함양유도회 회관
조사일시 : 2009.7.27
조 사 자 : 박경수, 문세미나
제 보 자 : 김병오, 남, 75세
구연상황 : 조사자가 함양 지명에 얽힌 이야기가 없느냐고 하자, 제보자가 이 이야기를 해주었다.
줄 거 리 : 옛날에 경상감사를 했던 송감사가 있었다. 마천에 무당이 많이 있었는데, 농 민들을 혹세무민하여 곡식을 빼앗았다. 이 일을 알고 송감사가 백 명의 무당 을 잡아서 죽였다. 백무동이라는 이름이 그렇게 해서 지어졌다.

저 마천 가면, 거 감사가 송감사라고 있었어. 경상도 송감사가 있었는 데, 거게 가이케네 하도 무당이 많이 끓어가지고 막 지금 이상으로 거기가 사람이 끓었던 모냥이라.

농민들이 혹세무민이라, 백주(일부러) 쓸데없이 이기 무슨 소리를 해가지고 끌어들여서 그 어렵게 사는 사람 곡식 떼매로 뺏군다(빼앗는다) 이래가지고, 한 백 명을 때려죽있다 이래가지고, 그래 가지고 척살이라. 척살을 했다 이래가지고, 그래서 지금 백무동이라 카거든.

(조사자 : 아 그래가 백무동.)

백명의 무당이 끓었다. 그 장사가 잘 되이께 무당이 끓을 수밖에.

(조사자 : 그래서 백무동이구나.)

도덕바위에서 잉어를 잡아 임금께 올린 유호인

자료코드 : 04_18_FOT_20090727_PKS_KBO_0004
조사장소 : 경상남도 함양군 함양읍 함양유도회 회관
조사일시 : 2009.7.27
조 사 자 : 박경수, 문세미나
제 보 자 : 김병오, 남, 75세
구연상황 : 제보자는 앞에서 여러 이야기를 하던 중에 유호인에 대한 이야기가 생각이 났는지 다음 이야기를 해주었다.
줄 거 리 : 성종 때 유요인이라는 유명한 학자가 있었다. 이 사람은 임금을 매우 섬겼다. 하루는 함양의 도덕바위에서 낚시를 하는데, 큰 잉어를 낚았다. 이 잉어를 성종 임금의 밥상에 오르도록 축지법을 써서 임금이 먹게 했다.

그래, 큰 베실(벼슬)에, 높은 자리는 못 앉아도 글로써는 이 저 국내 어느 누구도 대항할 수 없을 정도에 유명한 학자썼거든.

(조사자 : 예, 유호인 선생님이?)

하모. 그런데 그 어른이 또 임금을 을매나(얼마나) 섬겼던지 여기서, 독, 방금 무슨 바위?

(조사자 : 도덕바위.)

아, 도덕바위 거게서 잉어를 낚아가지고, 낚시질로 잉어를 낚아가지고, 지금 생각할 때 축지법이라 카는 그거 안 쓰고는 절대 불가능한 소리가 나오는 기라.

그 이튿날 아침에 그 임금, 성종 임금의 밥상 우에 잉어가 올라가게꾸롬(올라가게끔) 쫓아 올라가는 기라.

아, 그런 전설이 있는데, 그기 현실적으로 가능한 이야긴가 말이야. 그거는 어려운 소리고 그러니까 하나의 전설이제.

여하간 도덕바위라 카는 것이 거서 잉어를 낚아가지고 임금님 밥상에 그석했는데, 한 분 더 이야기하면 거 올라가께네, 벌써 갖다 드릴라고 보이께네 썩어삐러서 못 갖다 드렸다는 말도 있고, 뭐. [웃음]

그런 말도 있는데, 여하간 밥상에 올라가게꾸롬 이 어른이 그렇게 신경을 쓴 양반이라. 그래 그 도덕바위가 그래 유명해.

호랑이가 엎드린 형국의 돌북마을과 소구대

자료코드 : 04_18_FOT_20090727_PKS_KBO_0005
조사장소 : 경삼남도 함양군 함양읍 함양유도회 회관
조사일시 : 2009.7.27
조 사 자 : 박경수, 문세미나
제 보 자 : 김병오, 남, 75세
구연상황 : 제보자는 앞의 갓거리 등 지명 이야기에 이어 또 지명 이야기가 있다고 하면서 이 이야기를 했다.
줄 거 리 : 최고운 선생이 물길을 돌렸다는 강 옆의 산 밑에 이상하게 생긴 바위가 있다. 이곳이 소구대라 한다. 근처에는 백연서원도 있고 기우제를 지낸 천신당도 있다. 그런데 이 이상하게 생긴 바위가 있는 마을을 호랑이가 엎드린 형국이라 하여 돌북이라 했다. 나중에 이 바위를 소구대라 했는데, 바위 위에 소구대라고 새겨져 있다.

또 고 밑에 소구대라 카는 기 있거든. 소구대가, 강이 뭐냐 이렇게 저 산 밑으로 저리 흘렀었는데, 최고운이 와가지고 요리 돌리께네, 거가 대가 이상질(이상하게) 생겼고 거석하거든.

(조사자 : 뭣이 생겨요?)

대가, 이상 대. 대라고 알지? 이상질이 생기고 한께네, 이름을 소구대라고 이름을 진 거라.

저쪽에는 아까 여 말하는 양미리 선생, 아 그 저 그 양반은 개묘가 거 있고, 여기는 지금 함양군에서 그 전에 고쭉(그 쪽)에 그 저 백연서원(栢淵書院)도 있었고, 이쪽에 나오면은 천신당이라고 하늘한테다가 우리가 기우제겉은 거 이런 거 안 지내는가배. 그때 거기는 천신당이 거 있었고.

아, 또 그리고 거게가 대가 이래 나오니깐 바우가 이상질이 생겨가 있거든. 그런께 동네 이름이 그 맨 처음 뭐라 캤니라, 돌북 이래 놨어 돌북. 돌북이라 하는 거 호랑이가 이래 엎디리가 있는 형국이거든. 돌북이라 캤는데, 뒤에 어른들이 어째했는지 소구대라 해가, 지금 바우에 소구대라고 새기가 있어.

청백리 양관 선생

자료코드 : 04_18_FOT_20090727_PKS_KSJ_0001
조사장소 : 경상남도 함양군 함양읍 교산리 함양문화원
조사일시 : 2009.7.27
조 사 자 : 박경수, 서정매, 정혜란, 김미라
제 보 자 : 김성진, 남, 74세
구연상황 : 제보자는 함양문화원장으로 함양의 설화를 많이 알고 있는 분이다. 제보자는 차분한 어조로 이야기를 구술해 주었다.
줄 거 리 : 조선 성종 때 양관선생은 문과시험에 떨어지는 바람에 벼슬을 포기하고 학문에만 힘쓰려 했다. 그러나 어머니의 바람으로 무과 시험에 합격하여, 평안북

도 덕천군수로 발령받았다. 임기를 삼 년 마치고 돌아오는데 괴나리봇짐뿐이었다. 우연히 이를 본 암행어사가 봇짐 안을 살펴보니, 두보시집, 학 그림, 거문고, 삼베 홑이불만이 들어 있었다. 암행어사는 양관선생의 청렴함에 감탄하여 임금님에게 이를 알렸다. 임금은 양관선생을 청백리로 봉림하고, 나룻터에서 괴나리봇짐을 들고 있는 그림을 어전에 걸어놓고 모든 관리들에게 본 받으라 명했다.

양관 선생은 조선 성종 때의 관리입니다.

에, 이 분은 열심히 공부를 해 가지고 문과를 쳤는데, 그 떨어졌는데, 그래서 포기하고 학문만 할려고 했는데, 자기 어머니가 홀어머닌데,

"내가 너를 기른 것은, 그래도 벼슬을 하라고 내가, 그것이 소원인데 니가 게으르면 되겠느냐."

그래서 그 효자가 되어가지고, 자기 어머니 뜻을, 그 받들기 위해서 고마 무과를 친 거야. 무과. 무과 시험을 쳐가지고 합격을 했는데, 그래서 관직에 나갔어요.

그래서 옛날에는 그, 에, 무과 출신은 문과 출신들이 상당히 그 얕잡아 봤거든. 그래서 천대를 했단 말입니다.

그래서 관리로 나갔는데, 저 북쪽 변방에만 다닌 거야. 중앙정부에는 있지 못하고. 이래가지고 이제 한 번은 그 덕천군수로 나갔는데, 덕천은 지금의 평안북도입니다. 군수를 삼 년 동안 하고, 임기가 삼 년인데, 삼 년 동안 하고 돌아오는데, 이 괴나리 봇짐 하나 짊어지고 나왔어요.

그래서 이제, 그때 마침 그 암행어사가 이제 청천강이죠, 청천강 나룻터에서 건너는데 거서 만나가지고. 하도 이상하거든. 도대체 다른 사람은 마차에 바리바리 싸가지고 가는데, 괴나리봇짐 하나 짊어지고 나가니까. '도대체 이것은 무엇을 가져가느냐?' 그래서 이야기를 살살 하다가

"그 봇짐을 한 번 풀어 보자."

그래서 봇짐을 풀어보니까 무엇이 있는가 하면, 두보 시집, 학 그림, 또

그 담에 거문고, 삼베 홑이불, 이 네 가지밖에 없는 거야. 그래서 참 삼년 동안 군수를 했는데 얼마나 깨끗하게 했느냐. 그래서 이제 암행어사가 임금에게 그 상소를 올렸어요.

그래서 임금님이 굉장히 감탄을 하고, 이 사람을, 그 군수는 사실은 청백리, 옛날에 청백리라 하면 2급, 3급 이상 되야 청백리가 되는데, 이분을 청백리 안에 봉림하고 올리고, 이 분의 그림을 화공한테 시키고 그림을 그리라고 했어요.

괴나리봇짐 짊어지고 나룻터에서 배 타는 그림을 그려가지고, 어전 벽에 걸어 놓고, 거기다 자기가 또 글을 써 넣어가지고 임금님이 선조 임금님이, 아니 선조가 아니고 성종이지. 성종 임금님이 글을 써가지고 거 붙여 놓고, 인쟈 그 시골에 그 관리들이 발령을 받아가지고 임금님에게 인사하고 들어오면,

"너도 가서 저 사람처럼 하고 오너라."

그렇게 하고 중앙 정부에 있는 관리들에게도 가끔 가다가,

"당신들도 이 사람처럼 좀 일을 하라."

이런 식으로 그 표본을 삼았다는, 에, 그러한 이야기가 있습니다.

그게 이제, 양관의 청백리 이야긴데, 또 양관의 청백리 시가 있습니다. 시가 있는데, 자기가 3년 동안 에, 그 군수를 하고 돌아가는데, '그 덕천 땅에서 난 그 삼베 홑이불, 이것을 가져가는 것이 굉장히 부끄럽다.' 하는 그러한 뜻의 시가 있어요.

왜 그러냐 하면, 그 시집도 거서 나온 게 아니고 다른 데서 인쇄한 것을 사가지고 온 거고, 거문고도 거서 만든 게 아이거든. 거 뭐, 시골 군에서 만든 게 아니고, 거문고도.

또, 하나는 뭐입니까. 학 그림. 그 화공이 그린 거니까, 그게 뭐, 그 지방의 유명한 화공이 있다, 그건 다른 데서 사온 건데. 삼베 홑이불은 거기서 베를 짜가지고 만든 홑이불이니까, '그것까지 내가 가져가는 것이 부

끄럽다.' 하는 시가 있어요.

그 시가 그 내용을 그 우리말로 풀이하면 요렇습니다.

내 마음 맑은 하늘에 비추어 보아
추호도 본연의 가림이 없고자 하였네
돌아갈 행장을 차려보니 도리어 부끄럽나니
삼베 이불도 역시 덕천 밭에서 나왔도다

이러한 시지요. 고(거기) 한문을 번역한 그러한 신데, 이러한 그 시를 한 수 남긴 것이 있어요.

그만큼 깨끗하게 관리를 살았다는 그러한 이야기입니다. 그게 양관 선생의 청백리 이야기지요.

시를 잘 지어 성종에게 홍패를 받은 유호인

자료코드 : 04_18_FOT_20090727_PKS_KSJ_0002
조사장소 : 경상남도 함양군 함양읍 교산리 함양문화원
조사일시 : 2009.7.27
조 사 자 : 박경수, 서정매, 정혜란, 김미라
제 보 자 : 김성진, 남, 74세
구연상황 : 유호인에 관한 일화가 두 가지가 전해지는데, 그 하나를 먼저 들려주었다. 함양의 자랑으로 생각하고 있었고, 매우 차분한 어조로 이야기를 구술해 주었다.
줄 거 리 : 글을 잘 쓰는 유호인이 서울 나들이를 갔다. 선비들이 호당으로 들어가는 것을 보고 함께 들어가려 했으나, 홍패가 없어 출입을 제지받았다. 어쩔 수 없이 다시 돌아가려는데 정원이 아름다워 구경을 하다가 궁전 깊숙이 들어가게 되어 성종 임금과 마주치게 되었다. 자초지정을 들은 성종이 유호인의 실력을 보기 위해 글을 짓게 하였다. 성종은 유호인의 글 솜씨에 감동을 하여 즉석에서 홍패를 내려주게 되었고, 유호인은 당당하게 성균관에 들어갈 수 있었다.

역시 성종 임금 때의 관리였습니다. 대개 유호인 선생, 대개 대부분의 다른 분은 유명해도 그 이야기가 설화가 한 가지 뿐인데, 이 분은 두 가지라요. 왜 그러냐 하면, 당대의 삼절이라고 그랬어요, 이 분을. 다시 말하면 시를 가장 잘 쓰는 사람, 성종 이래에. 그 다음에 문장에 아주 능통한 사람, 부모에게 굉장히 효도하고, 임금에게 아주 충성심이 강한 사람이에요.

그래서 성종임금이 굉장히 사랑한 그러한 분이다. 아, 성종 임금이 지극히 사랑한 분이 두 분인데, 한 분은 매개 조이선생. 이 분 저쪽 함안인가, 그 출신이죠. 매개 조이 선생. 그리고 한 분은 대개 유호인 선생.

이분은 관직은 별로 높지 않았는데, 임금에게 지극히 충성해서 임금이 아주 좋아하고. 또 성종 임금이 굉장히 또 문학을 좋아했거든. 글을 좋아해서 이 분이 시만 쓰면은 칭찬하고 상을 내려주고 그럴(그럴) 정도로 이분의 글이, 시가 유명했어요. 그래서 이 분의 그 이야기가 두 가지.

하나는 임금에 대한 충성에 관한 이야기고, 하나는 글을 잘 한다는 그런 이야기 두 가진데, 충성에 대한 그 이야기는 여기서 잉어를 잡아가지고 서울 임금에게 바친다고 가지고 간 그런 이야기고, 그 담에 글을 잘 쓴다는 이야기는 여(여기) 호당에 들어간다는 이야긴데, 고(그) 이야기를 지금 말씀 드리겠습니다.

이 곳 시골 선비가 서울 나들이를 갔는데, 에, 하루는 그 인제 궁정 앞에서 얼쩡거리니까, 많은 선비들이 그 호당으로 몰려가고 있거든요. 그 성균관이 되겠지. 몰려가고 있어서 '나도 선비니까 저기 같이 가도 안 되겠나' 해서 따라갔습니다. 그런데 들어가는 입구에서, 그 홍패가 있어야 들어가거든. 그게 하나의 출입증이지. 그런데 이거는 촌에서 온 시골뜨기가 홍패가 있을 수가 있어요? 홍패는 임금이 내려준 건데, 그래서 그 제지를 당했습니다.

나오다가 보니까 아주 아름다운 그 정원이 있어가지고, 그 정원에 매혹 돼가지고 그 아름다움을 구경하러 들어간거야. 그게 이제 궁중인데, 자꾸 들어가다 들어가다 보니까 궁중에 그만 깊숙이 들어간 거예요. 그래 성종임금이 가마를 타고 그 자기 관리들을 거느리고 나오다가 보니까, 웬 촌놈이 하나 궁정에서 얼쩡거리거든. 그래서,

"네 이놈. 니가 감히 누구관대 감히 이 궁궐에 들어왔느냐?"

그래서 당황해 가지고 숨을 데도 없고, 어쩔 수 없이, 궁이라야 숨을 데가 있어야. 일단 막 무릎을 꿇고 가서,

"살려주십시오." 하고 빈 거야. 그런께,

"니가 누구냐?" 하고 저은 거야.

"네. 저 시골 아무개, 이제 저 함양에서 올라온 시골 선비입니다. 그래서 호당에 이렇게 선비들이 들어가기 때문에, 나도 선비이기 때문에 따라 들어가다 제지를 당하다보니, 이렇게 참 아름다운 곳이 있어서 나도 모르게 이까지(여기까지) 들어왔습니다."

이러니, 그러니까 이제 임금님이 말씀하기를,

"그럼 너도 선비라 하면 글 한 수 쓸 수 있겠구나."

"네, 잘하지는 못해도 조금은 합니다."

"그러면 내가 앞에 한 절을 지을 테니까 니가 따라 뒷 구절을 지어라." 한 거예요.

그래 가지고 임금이 뭐라고 했냐 하면,

"금옥비보 양심보(金玉非寶良臣寶)."

다시 말하면 금과 옥이 보배가 아니라 어진 신하가 보배로다. 성종 임금은 이 그 굉장히 그 글을 잘 했기 때문에, 그래도 신하를 사랑한 거죠. 그래서 즉석에서 금방 이 유호인이,

"일월비명 성주명(日月非明聖主明). 해와 달이 밝은 것이 아니라 어진 임금님이 밝사옵니다." 이러니까 임금이 탄복을 한 거야.

"아, 참 잘 지었다."

그래서 '선비들을 과거시험을 봐서 선비를 골라 쓰는 것은, 훌륭한 사람을 골라 쓰기 위해서 과거시험을 보는 거니까, 이것보다 잘 쓰는 사람이 나오겠느냐.' 그래서 즉석에서 과거합격증을 써 주고 홍패를 만들어서 줬어.

"너도 거(거기) 들어가라."

했어. 그래 가지고 그래서 유호인이 나와가지고 그 호당으로 뛰어가가지고, 그 홍패를 보여 주면서,

"나도 홍패 받았다."고 하면서 들어가니, 다른 사람이 굉장히 어리둥절할 거 아니야.

"어째서 받았나?"

"나도 임금님에게 과거를 봐서 내기 임금님에게서 홍패를 받아서 왔다." 하는 그런 이야긴데, 그만큼 시를 잘 쓴다는 것을 나타내는 이야기가 되겠습니다.

임금에게 잉어를 바치러 간 유호인

자료코드 : 04_18_FOT_20090727_PKS_KSJ_0003
조사장소 : 경상남도 함양군 함양읍 교산리 함양문화원
조사일시 : 2009.7.27
조 사 자 : 박경수, 서정매, 정혜란, 김미라
제 보 자 : 김성진, 남, 74세
구연상황 : 홍패 이야기를 하고는 물론 이것도 지어낸 이야기라면서, 유호인의 잉어 이야기가 있다면서 이어서 구연해 주었다. 굉장히 차분한 어조로 이야기를 하였다.
줄 거 리 : 함양의 선비 유호인이 낚시를 하다 큰 잉어를 잡아서 임금에게 바치러 한양으로 올라갔다. 여관에 짐을 풀고 잠시 밖을 둘러보다 길을 잃었다. 마침 시찰을 나온 임금을 만나, 유호인은 임금인지도 모르고 궁궐에 가서 술을 한 잔 먹으며 형제의 연을 맺고 잠을 자게 되었다. 다음 날 아침 용포를 입은 모습

을 보고 그제서야 임금인 것을 알고 깜짝 놀랐다. 임금은 그의 청렴한 마음을 높이 사서 벼슬과 상을 내려 주었다.

(조사자 : 원장님, 그럼 아까 잉어 바친 이야기는 어떤 이야긴지?)

아, 예. 유호인 선생이 그만큼 충성심이 강하다는 것을 나타낸 건데, 아까 홍패 이야기도 사실은 아니죠. 이야기를 지어낸 거죠. 구비문학이죠. 왜냐하면 이 분도 문과급제를 봐 가지고 합격해 가지고 벼슬했지, 그런 식으로 한 건 아니거든요. 물론 이 잉어 이야기도 실제라고 하기에는 좀 믿기 어려운 이야기지만은, 그만큼 충성심이 강하다는 거죠.

이분이 함양 상림 고 뒤에 보면, 마을이 있습니다. 에, 죽관이라. 죽림 죽관이라고 하는 그 마을이 있는데, 여기 살았는데 고 앞이 바로 이제 냇물이거든.

거기에 이제 옛날에 도덕바위라 해 가지고 바로 아주 경치가 좋고, 밑에 소가 있어가지고, 깊은 그러한 소가 있었는데, 이제 공부를 하다가 가끔 가다가 낚시를 나갔나? 그러한 사람입니다.

그래서 어느 날 저녁 때가 되어가지고 낚시를 나갔는데, 에, 낚시질을 드리우고 있는데, 낚시가 '어쿠나' 하고 댕겨서, '이제 큰 놈을 낚겠다.' 하고 끌어올렸어요.

끌어올리니까 월척의 잉어가 낚인 거예요. 사실은 이 냇물에서 월척의 잉어가 있을 리가 없거든. 그런데 그 자기도 하도 놀라워서,

'이것은 틀림없이, 에, 신이 나에게 다른 뜻으로 준 것이다. 나로 하여금 이 잉어를 잡아 먹어라고 준 것은 아니다,' 이래가지고, '이것은 틀림없이 임금에게 갖다 바쳐야 되겠다.' 이래가지고 그걸 동이에 넣어가지고 이걸 짊어지고, 서울에 임금님에게 드릴 끼라고(거라고) 올라갔습니다.

지금 같으면 뭐, 서울에 세 시간이면 올라갑니다, 고속도로로.

그러나 옛날에는 적어도 십 오 일 이상 걸렸습니다. 보름 이상 걸렸어

요. 그래 이놈을 짊어지고 가다가 자고 가다가, 자고 짊어지고 서울을 갔는데,

저녁 때가 되어서 서울 남대문 밖에 가가지고, 여관을 정해 가지고 내려놓고, 여관에서 자고 아침에 이제 임금에게 갖다 바칠 거라고 생각하고, 그 날 저녁에 이제 서울 구경을 나간다고, 캄캄한데 어두운 데 구경을 나갔습니다.

그런데 촌놈이 인제 서울 가가지고 그 화려한 바닥에 서울바닥을 돌아다보니 길을 잃어버렸어요. 그래서 사방을 헤매는데, 몰랐어요. 그래서 이제 옛날에도 통행금지가 있었어요. 통행금지가 있어서 밤 열 시가 넘으면 통행금지가 있는데, 그래서 그 이제 인경이 울려서 통행금지가 됐는데, 이 갈 때도 없고 길거리에 서 있는 거죠.

그때 성종 임금이 이제 민정을 시찰하기 위해서 서울 거리에 돌아다니다가 만난 거예요.

"그래, 당신이 누구관데 이렇게 밤에 길거리를 헤매느냐?" 하니까, 이유호인이,

"예, 나는 시골 선빈데 이러이러해서 서울에 올라왔습니다. 그러니 그래서 지금 여관을 찾지 못하고 헤매고 있습니다."

임금이 생각해도 참 놀랍거든. 임금을 주기 위해서 이렇게 올라왔으니까. 그래서 인자 임금이 유호인이 임금에게,

"당신은 도대체 누구십니까?"

그러니까,

"아, 나는 북촌에 사는, 이 씨 성을 쓰는 사람이오."

이렇게 얘기 한 거요.

"그래서 당신이 오늘 저녁에 지금 여관을 찾기는 어려울 테니까, 우리 집에 가서 하루 저녁 같이 자고 내일 찾아 가시오."

그래서 초면이지만 갈 때가 없으니까 하는 수 없이 따라 간 거요. 따라

갔는데, 이제 뭐 이진사인 줄 알고 따라갔죠. 갔는데, 대문을 들어갔는데 으리으리하게 막 큰 대문을 들어 간 거죠. '아 진사란 놈이 이렇게, 굉장히 큰 부잣집에 사는구나.' 그래 들어가서 방에 앉아서 이야기를 하면서 인자 술상이 나왔어요. 술상이라 노니까(술상이라 보니), 막 큰 그 상에다가, 으리으리한 상에다가, 식기 금밥그릇, 은수저 이런 게 막 나오니까, 거기다가 생전 구경도 못한 음식이 꽉 차 나오니까, 거기서 유호인이 화를 낸 거라.

"당신이 진사 정도 되는 사람이 이렇게 호화롭게 산다면, 얼마나 임금에게 임금의 뜻을 거스리고 백성들의 피를 빨아 먹었겠느냐! 나는 당신의 이러한 음식을 먹지 못하겠다, 가겠다."

이라고 일어선 기라.[일동 웃음]

그래서 임금이 '아이고, 참' 속으로, 그래가 거기서 이래 사정을 한 거야.

"아이고 제가 잘못했습니다. 일단은 앉으시오, 다시 차려오겠다."

그래서 그 술상을 내라가지고 다시 술상을 이제 막걸리 파티로 벌려가지고 [웃음을 참으며] 상을 차려 와가지고, 둘이서 주거니 받거니 이제 이야기를 하면서, 그래서 뭐, 형제 소리를, '형제의 의를 맺자.' 하면서, 그래 맺어놓고 잠을 잔 거예요.

그래 이제 대취해서 자는데, 자다가 일어나니까 새벽이라요. 본께, 옆에 이진사가 없거든. 이게 또 어디 갔나 싶어가지고, 살째기 문틈으로 내다 보니까, 밖에서 이제 아침 조례를 하는 거야 그래, 맨 앞에 거.

[조사자 웃음]

(청중 : 떡 앉아 있지. 하하.)

그야말로 그 임금의 그, 용포를 입고, 성종 임금이.

"하이고, 이제 내가 죽을 죄를 졌다. 큰일 났다."

벌벌 떨고 있는데, 임금이 아침 조례를 마치고 들어왔어요. 들어오니까

그 막 엎드려 가지고,

"죽을 죄를 지었다. 살려 줍소."

하니까, 그러니까 임금이 일으켜 가, 괜찮다며 [웃음] 그 장소에서 임금님이,

"우리 형제의 연을 맺었으니까 앞으로 잘 지내자." 하면서, 그 벼슬을 줘가지고 관직에 나갔다 하는 이러한 이야긴데, 이것도 하나의 지어낸 이야긴데, 이것은 그만큼 충성심이 강한 선비였다.

이래가지고 유호인이 글을 써가지고, 임금이 맡으며, 칭찬을 하고 상을 내려주고, 이 굉장히 자기 부모에게 효성이 지극해 가지고, 자기 아버지가 돌아가시고 이제 홀어머니와 있을 때, 어머니 봉양하라고 쌀이라든지, 해산물이라든지, 소금 같은 것, 마 이런 것을 상으로 내려주고, 이래가지고 부모 공경하라고 이러고.

이렇게 했던 것이 왕조실록에도 다 나와 있습니다.

(조사자 : 네.)

이 분이 한 번을 보면 임금님의 왕명을 거역해요.

그 관리 지금 제가 이름을 모르겠습니다만, 상소를 해 가지고 그 분을 갔다가 들어내야 한다 이랬는데, 임금이 굉장히 사랑하는 사람이거든. 임금님이 유호인을 시켜가지고 자기 편지를 갖다가 유호인한테 관리한테 갖다 주라고,

"내가 그 분을 배척했는데 내가 갈 수 없다."

거역하니까,

"임금이 명령했는데, 왜 안 가느냐?"

세 번인가, 네 번인가 해도 거역을 했어요. 임금의 명령을 거역했어요. 그래 가지고 유호인을 끌어다가 벌을 주라고 했는데, 다른 신하들이, 그러니까 다른 신하들에게도 굉장히 존경을 받은 택이죠.

"그 분은 참 훌륭한 분인데 벌을 주면 안 됩니다. 그 분이 한 일이 나

쁜 일이 아니고 타당한 겁니다.”

이래 사정을 해 가지고 임금이 또 용서를 해 줬어요. 그런 일들이 있는
데, 그만큼 임금이 사랑했고, 이 분이 돌아가시고 나서, 임금이 쌀과 소금
과 해산물과 또 그 시체 싸는 창호지, 이런 걸 전부 내려가지고 그걸로
초상을 했어요.

이 분이 얼마나 가난했느냐 하면, 이 분이 글을 많이 썼는데, 그 시집
을 못 냈는데, 그 분이 가난하니까, 그 분 아들도 가난할 거 아이요. 아들
도 그 대과에 급제하고, 동생도 대과에 급제한 사람이라. 그런데 그 시집
을 못 내가지고, 아들의 친구들이 돈을 모아가지고, 그분의 시집을 내줬
어요.

그 이 분이 묘를 썼는데, 묘비에 쓰일 돈이 없으니까 후임 군수로 와가
지고 합천군수를 했는데, 후임 군수가 자기가 그 시비 비문을 써가지고,
그 분 비를 씌워줬다 하는 게 이야기가 있습니다.

그만큼 아주 그 가난하고 청백한 청백리로서, 임금의 사랑을 받은 충신
이요 효자였다는 것이 바로 이 유호인의 이야기가 되겠습니다.

이진사와 며느리의 소문을 해결해 준 박문수

자료코드 : 04_18_FOT_20090727_PKS_KSJ_0004
조사장소 : 경상남도 함양군 함양읍 교산리 함양문화원
조사일시 : 2009.7.27
조 사 자 : 박경수, 서정매, 정혜란, 김미라
제 보 자 : 김성진, 남, 74세
구연상황 : 유호인에 대한 두 가지 이야기를 하고 난 뒤, 또 박문수와 이진사 댁 며느리
          이야기를 알고 있는지 묻고는 바로 이야기를 해 주었다.
줄 거 리 : 마을의 외딴 집에 이진사가 며느리와 둘만 살고 있었다. 마을에서는 이 둘이
          함께 살림을 차리고 사는 것으로 소문이 나 있었다. 박문수가 알아보기 위해

일부러 그 집으로 가서 이틀 밤을 자고, 사흘 밤이 되는 새벽에 이진사로 변장하여 며느리의 손목을 잡고는 숨었다. 영문을 모르는 며느리는 시아버지가 그렇게 한 줄 알고 울고만 있어서, 며느리와 이진사의 소문의 진상을 알게 되었다. 이후 암행어사 출두를 하여 군수와 관리들에게 이런 사람들을 더욱 보호하지는 않고 헐뜯는 것에 대해 매우 꾸짖고는 누명을 해결하였다.

박문수와 그 이진사의 며느리 이야기인데, 이진사가 그 마을의 외딴 집에 살았어요. 근데 자기 아내가 죽고, 자기 아들이 죽었습니다. 근데 그 집이 외딴 집이고 가에 대밭이 가려 있고 이렇게 살았는데, 어쩔 수 없이 저 며느리와 이진사가 같이 산 거죠.

그러니까 이것이 이야기에 나올 만도 하지요. 지금 같으면 그럴 수 없고, 양반이 그럴 수는 없는데. 그래서 이제, 젊은 과부 며느리와 나이 많은 시아버지가 같이 살고, 인제 그 뽕을 따가지고 누에고치를 생산해 가지고 자기 생업을 계속 한 거죠. 근데 뭐, 하인들을 시킨 것도 아니고, 며느리하고 사는데 하인을 데리고 살 처지가 못 되고 하니까, 자기 며느리하고 같이 일을 하는데, 마을에 소문이 퍼지기를,

"이진사가 며느리하고 산다."

이래 소문이 퍼진 거야, 그 참 억울한 누명을 쓴 거지.

근데 이제, 그 박문수가 암행어사로, 경상도 암행어사로 내려 올라니까, 자기 집안의 친척 한 사람이 자기한테 인사하러 와가지고, 그런 이야기를,

"경상도 함양 땅에 가면, 이진사라는 사람이 며느리하고, 젊은 며느리하고 사는 이진사라는 사람이 있는데, 그 분을 한 번 찾아보시오."

이런 거야. 세상에 그럴 수가 있느냐, 옛날에 조선시대에는 유교 도덕이 그리한데, 감히 그 시아버지와 며느리가 같이 살 수 있느냐.

이래서 그걸 이제 박문수가 염두에 두고, 경상도 함양 땅을 넘어 왔는데, 그래서 물어 물어서 이진사의 집을 찾아 간 거요. 찾아 가가지고 대문에 들어가며, 이제 저녁 때 들어갔겠죠. 주인 계시냐고 물으니까, 주인이

나와가지고

"하룻밤 자고 갈 수 없겠습니까. 지금 어디 갈 때도 없고 이러니까 좀 재워 주십시오."

"아이고 손님, 그렇게 하라."

고. 이래가지고 사랑방에다가, 문간방이죠. 문간방에다가 재이는 거예요. 그래서 밥도 상을 극진히 차려 가지고, 자기가 손수 들고 나와서 차려서 대접을 하고, 저녁을 먹고 나서도 그 박문수하고 같이 앉아서 대화를 나누다가, 늦게 올라가서 자기 방으로 들어가고.

박문수는 이제 그때부터 살핀 거라. '자, 어디로 들어가는가 보자.' 하니까, 자기 방을 갖다가, 자기 방은 이쪽 건넛방이고, 자기 며느리 방은 안방이고, 이제 대청마루가 있고 그렇겠지요. 떨어져 있는 이런 형탠데. 밤에 잠을 안 자고 문틈으로 박문수가 며느리 방으로 가는 것을 보려고, 밤새도록 밤샘을 한 거지. 그런데 새벽에 첫 닭이 우니까, 그 이진사가 문을 열고 나오거든요. 나오더니 신을 신더니 마당으로 나와가지고 쭉 나와서 집 주위를 한 바꾸(바퀴) 쭉 돌고 다시 들어오는 기라. '아하, 그래서 누가 엿볼 놈이 없는가, 둘러 보는가 보다.' 마, 이래 생각을 하고 이제 있었는데, 들어와가지고 이제 마루에 앉더니, 담배, 담뱃대에 담배를 피워 물고, 에, 이제 담뱃대를 마루로 [치는 흉내를 내며] 톡톡 치는 거라.

그러니까 조금 있으니까 며느리 방에 불이 켜지고, '아 이제 들어 갈란가 보다.' 하고 있는데, 조금 있으니까 며느리가 술상을 들고 나오는 거라. 그래서 마루에 앉아 가지고 이제, 이진사가 술을, 그 막걸리를 한 잔 하고, 이래가지고 이제 다시 집 주위를 쭉 돌아서 이래가지고 자기 방으로 들어가는 거라. 그래도 이게 하도 의심스러워서, 하여튼 박문수는, 어사는 밤샘을 한 거죠. 그런데 일체 그런 기미가 없어.

그래서 '아하, 지난밤에는 그랬는데, 오늘밤에는 아니네.' 그 이튿날에도 또 그렇게 보는 거죠. 그 이튿날에도 또 보니까 여전히 그렇게 하거든.

그래서 그 왜 그렇게 하느냐 하니까, 자기 며느리 방에 이제 누에고치를 키우는 거예요. 누에를 기르는데, 누에 기르는 방에 막걸리를 놔두면 그게 뭐 소독이 된다네요. 그래서 거 놔두고, 아침에 한 바꾸 도는 것은, 역시 자기는 자기 며느리에 대한 이제 하나의, 며느리를 보호하기 위해서, 어떤 불량배가 없는가 하고 돌아보는 거지. 이래 돌아보는 건데 그러고 나고.

그래서 며느리는 인제, 며느리를 깨우는 것은 새벽에 이제 누에고치 밥을 줘야 되니까, 인자 마루에서 톡톡 치는 거는 것은 누에고치 밥을 주라고, 자기 며느리 깨우기 위해서 그라는 거라. 그리고 자기는 막걸리를 한 발 하고 자기는 들어간 거다. 그런 것.

그런데 사흘 째 이제 되어서 그런데, 사흘 째 되어서도 전연 그런 기미가 없는 거요. 그래서 이제 그 박문수한테 이제 자기가 또 이야기, 대화를 한 거지.

"이 마을에 이러한 소문이 떠도는 모양인데, 왜 그런 이유를, 이유가 있느냐?"고 물으니까 그러니까, 이진사가 눈물을 툭툭 흘리면서,

"참 내가 박복해서 이렇게 아내를 일찍 잃고, 또 자식까지 잃어버리고 며느리와 살고 있는데, 이렇게 누에고치를 기르고, 이렇기 있기 때문에 또 며느리."

아, 사흘째는 그게 아니다. 사흘 째 되는 날은 그 거시기 뭐꼬, 이진사가 나오기 전에 이제 박문수가 어사가 가서 이진사 모양으로 꾸며가지고, 이제 가짜배기로 이진사 복을 해 가지고 가가지고 두드려가지고 그런 거죠. 두드려서 그래 가지고 그래서 그 자기 며느리가 술상을 들고 나올 때, 그때 방문을 열고나올 때 자기가 가서 손목을 꽉 잡은 거야. 며느리 손목을 잡으니까, 며느리가 그만 비명을 지르면서, 술상을 거서 엎어버리고 방문을 확 닫고, 방문을 걸어 잠그고, 그래 안에서 울고 있는 거야.

그래 박문수는, 인제 엉겁결에 그래 가지고 며느리를 그랬으니까 들킬

까봐, 빨리 나와서 이제 사랑방에 가서 엿보고 있는 거지. 그러니까 인제 뒤에 시아버지가 나와가지고, 또 보고 있으니까 방에서 훌쩍훌쩍 울고 있는 거야.

그래 밖에서,

"야가, 왜 그렇게 우느냐? 뭣 때문이냐?"

근데 자기, 인제 며느리는 자기 시아버지가 그런 줄로 알고 있거든, 지금도. 그러니 말도 안하고 울기만 하고 있는데, 시아버지는 답답한 기라.

'아, 또 어떤 불량배가 와서 그런 게 아닌가' 하고 답답해 하고 있는데, 그래서 그러고로 되 가지고 날이 샜는데, 날이 새고 나서, 박문수 어사가 그 주인을 불러가지고,

"왜 그러느냐?"

그 사연을 물으니까, 막 이러이러하다 그런 이야기를 했어요. 그래서,

"내가 박복해서 자식을 일찍 보내고, 아내를 일찍 보내고, 자식을 보내고, 이렇게 며느리와 이렇게 먹고 살다 보니까, 이렇게 누에고치를 하는데, 내가 박복해서 그렇게 마을 사람들한테 그러한 누명을 받는 거 아이가(아닌가)."

그래서 인제, 박문수 어사가 거기서 그 내용을 안 거거든.

"아하 마을에서 이놈들이 헛소문을 퍼뜨리는구나."

이래서 어사출두를 한 거지. 그 집에서 자기 신하들 전부 숨어 있던 신하들을 모은 거지. 그래서 오라 해 가지고,

"전부, 마을에 노인들, 양반들 전부 잡아들여라."

그리고 이 고을의 군수하고 관리들이나 다른 마을에서도 사람들을 불러들인 거지. 불러들여가지고 마당에 앉혀놓고, 전부 꿇어앉으라고 했지. 이제 어사출두를 했으니까 그래서,

"이런 수가 있겠느냐, 이런 사람을 보호해 줘야지. 이렇게 해 가지고, 헐뜯어서 되겠느냐."

이래가지고 굉장히 꾸짖고. 그 뒤부터 마을 사람들은 다시는 그러한 일을 하지 않았다는 그런 이야기입니다. 뭐, 박문수 이야기는 고을마다 가면 마치 유명한 어사가 되어가지고 많이 있을 거라 생각합니다.

귀신의 소원을 들어준 이서구 군수

자료코드 : 04_18_FOT_20090727_PKS_KSJ_0005
조사장소 : 경상남도 함양군 함양읍 교산리 함양문화원
조사일시 : 2009.7.27
조 사 자 : 박경수, 서정매, 정혜란, 김미라
제 보 자 : 김성진, 남, 74세
구연상황 : 이진사와 며느리의 소문을 해결해 준 박문수 이야기를 하고 난 뒤, 이어서 이서구 군수 이야기를 해 주었다. 차분한 어조로 재미있게 이야기를 해 주었다.
줄 거 리 : 옛날 함양에 군수로 부임하는 사람마다 첫 날 밤을 보내고 죽었다. 연속해서 계속 그런 일이 일어나자 아무도 함양군수로는 오지 않으려는데, 이서구가 자원을 해서 함양군수로 오게 되었다. 그리하여 첫 날 저녁 관아 전체에 곳곳에 불을 밝혀서 낮처럼 환하게 만들어 놓았는데, 갑자기 바람이 불면서 촛불이 꺼지고는 굉장히 큰 키에 갑옷을 입은 귀신이 나타났다. 얘기를 들어보니, 고려시대 때 대장을 지낸 함양 여씨의 시조인 여림청이란 사람인데, 묘가 허물어졌음을 알려주었다. 그래서 다음날 묘에 봉분을 다시 만들고 정리를 하고, 해마다 그 묘를 관리하게 하였다.

이서구 군수 이야기.

여기서는 그 함양의 토성이 함양 박씨, 함양 여씨, 함양 오씨 세 개가 함양 토성입니다. 옛날 고려시대부터.

그래서 함양 여씨의 시조가 여림청이라고 하는데, 여림청. 고려시대 대장군을 지낸 분입니다. 고려 후기가 되겠죠. 그런데 함양서 죽어서 그 분의 묘가 여, 휴천면 그 무슨 마을이오. 아, 이모마을. 아 마을이름을 여림청이라 하는데, 이모마을인데 그 마을에 가면 무덤이 있습니다.

무덤이 있는데 그분이 오래되어가지고 그분의 후손이 상당히 귀하거든, 지금도 안 많습니다. 여씨들이, 함양 여씨가 안 많습니다. 그래서 후손들이 여기 아마 없었던 모양이지. 그 묘가 묻어가지고 오래되어 헐어가지고 엉망이 된 거죠.

그런데 그 당시에 함양군수로 부임하는 사람마다 첫 날 밤에 요절을 했어요, 죽었어. 군수로 오는 사람마다 고마 첫날 저녁만 되면 죽고, 죽고, 죽어나. 그래서 함양군수로 올 사람이 없는 기라. 다 겁이 나서, 그러면 인쟈 죽으러 가는 거니까.

그런데 이서구라는 사람이 '내가 한 번 가 봐야 되겠다.' 그 분이 아마, 이서구가 아마, 군수보다 더 높은 벼슬을 했을 겁니다. 그런데 '내가 함양 군수로 가 봐야 되겠다' 하는 그러한 거를, 제가 자원을 해 가지고,

"제가 함양 군수로 가겠습니다."

해 가지고, 자원해서 왔습니다. 와서 그 날 저녁에, 인제 그 군, 그 관아에 사방에다가 촛불을, 수 천 개를 켜 놓은 거지. 훤하게 대낮같이, 지금 같으면 전기를 켜 놨겠지만, 촛불을 켜 놓고, 자기는 마루에 버티고 앉아서 밤새도록 '도대체 어떻게 되는 건가.' 기다리고 있는 거지.

그런데 이제 한밤중이 되자, 바람이 쓱 불더니 촛불이 싹 다 꺼져 버린 거야, 바람에. 그 뭐 아무리 담대한 사람이라도 무서워지겠지. 그런데 이제 이서구는 '아 이제 사건이 벌어지려나 보다.' 했는데, 바람이 썩 불더니 자기 앞에 큰 그 뭐, 팔 척이 되는, 구 척이 되는. 지금 같으면 팔 척, 구 척이 아무것도 아니지만, 옛날에는 그 굉장히 큰 거지. 그 대장이 갑옷을 입고 쫙 나타난 거요.

자, 그래서 뭐 이제 그 귀신 귀신이지. 그러니까 담 작은 사람은 결국은 심장마비가 되어서 죽은 거지.

(청중 : 놀래서 죽은 거지.)

이서구는 거기서 이제 어쩔 수 없이, 그 대장 그러한 형태로 갑옷을 입

고 섰으니까, 자기가 무릎을 꿇고 앉아서,

"누구시며, 어떤 일이십니까?"

이제 이리 물은 거지. 그러니까 이제 그 귀신이 말한 거지.

"내가 함양 여씨의 시조인 여림청이란 사람인데, 고려 시대 내가 대장을 지냈다. 그런데 내 묘가 지금 전부 허물어져가지고, 내 뼈가 지금 들어나고 사방으로 흩어질 지경이다. 그런데 오는 군수마다 내 묘를 좀 손을 봐달라고 이야기를 하려고 나타나면, 나타날 때마다 이렇게 죽어버리니 내가 소원을 이룩하지 못했다. 그런데 오늘 당신은, 어찌 그래도 대담하게 있어서 당신에게 내가 부탁을 해야 되겠다." 해 가지고,

"내 묘를 좀 봉분을 다시 만들고 좀 정리를 해 달라. 그러면 내가 당신을 해치지 않고 도울 것이다."

이런 식으로 해 가지고 거기서 이서구는 자기가 그 귀신에게 약속을 한 거죠.

"제가 날이 새면 분부대로 하겠습니다."

이래가지고 귀신이 갔어요. 그래서 이제 군 관아에 있는 관리들이나 주변사람들이 전부 다 '오늘 아침에 시체를 하나 치워야 될 기다.' 하고 아마 가마때기를 메고 온 사람도 있겠지. 전부 들어오니까, 아, 이서구 군수가 탁 버티고 앉았거든.

그래서 인자 그 많은 사람들 모아놓고 관리들 모아놓고 이야기를 한 거야.

"당신들 이제 여기서 몇 리쯤 남쪽으로 가면 어디쯤에 무덤이 있을 것이다. 가서 그 무덤을 봉분을 크게 만들고 다시 완전히 무덤을 정리하라. 그래 해놓고 나한테 보고를 해라."

이래가지고, 그 무덤을 완전히 정리하고,

"젯상을 준비하라."

해 가지고, 이제 그 앞에서 제물을 차려놓고 제사를 지내고, 자, 이서구

의 제사를 지내기 위해서 논을 몇 마지기를 내어가지고, 관청에서 내가지고, 그걸 내가지고,

"해마다 이 전답에 들어가는 토지를 가지고 제사를 지내 줘라."

이런 거야. 그래서 그 뒤부터 그 묘가 관리되고, 제사를 지내고 잘 되었다는 그러한 내용의 이야기가, 이서구 군수의 이야기가 되겠습니다.

충신 이지활

자료코드 : 04_18_FOT_20090727_PKS_KSJ_0006
조사장소 : 경상남도 함양군 함양읍 교산리 함양문화원
조사일시 : 2009.7.27
조 사 자 : 박경수, 서정매, 정혜란, 김미라
제 보 자 : 김성진, 남, 74세
구연상황 : 함양군수를 자청한 이서군 군수 이야기를 들려준 다음 이어서 이지활에 관한 이야기를 구연해 주었다. 차분하고 침착한 어조로 재미있게 이야기를 구술해 주었다.
줄 거 리 : 이지활은 조선시대의 충신으로, 단종 대왕이 강원도로 유배를 가서 사형을 당하자, 두 임금을 섬기지 않는다는 생각으로, 현감 직을 그만두고 백전에서 살다가 거창의 박유산으로 가서 임금이 계신 북쪽을 바라보다 죽었다. 이후 백전마을에서는 사당을 지어 이지활을 모셨다. 임진왜란 때 외놈들이 쳐들어 왔을 때 이 마을의 부녀자들을 지켰다. 이후 병곡면의 송호서원에서 이지활을 모시고, 강원도 영월의 단종 묘의 비석에도 이름을 새겨 넣었다.

그 이지활은 성주 이씨, 이만리의 후손입니다. 본래 성주 이씨 하면은 다섯 명의 형제가 있었는데, 그 이름 외우기가 참 묘해서 쉽죠. 이백년, 이천년, 이만년, 이억년, 이조년. 그 고려 시조에 나오는 '이화에 월백하고' 하는 이조년은 막내입니다. 그런데 여기 함양에는 이백년 그 맏둥이하고 맏형하고, 넷째 아들 이억년이 함양에 와서 살다가 여기서 돌아가셨어요. 그런데 이분은 이만리인데, 이만리 후손이 살았거든요. 여기 백전이

라는 데서 살았습니다.

살았는데, 이 그 이름이 이지번? 이지활이지, 그 손자가 이지활이고. 이지활은 열네 살 때 향시를 봐가지고 진사가 되었습니다. 자기 할아버지는 이조판서를 지냈어요. 그런데 그 후손이라요.

열네 살 때에 진사가 되어가지고, 열여덟 살에 운봉 현감을 지냈습니다. 요 재 넘으면 전라도 땅에 지금 운봉이라는 곳이 있거든. 옛날에 거기가 현입니다. 거기 현감으로 발령을 받고 갔는데, 거기서 5년 동안 근무를 했어요.

그런데 무슨 일이 일어났냐고 하면, 그 무슨 정란이고? 그 사육신 사건, 그 무슨 정란인데, 그 사육신 사건이 일어나서, 그 뒤에 그 완전히 그 단종대왕이 저 쪽 그 강원도로 유배를 갔다가, 거기서 사약을 받고 사형을 당하지 않습니까.

그러고 나서 이지활은 자기도 단종 신하거든. 단종 때 군수로 있었으니까. 그래서 불사이군의 정신, '선비는 충신은 두 임금을 섬기지 않는다.' 그래서 그 현감 직을 그만두고, 나와서 백전에서 살았습니다.

살다가, 거게 살다가, 이제 몇 년을 살다가 어디로 갔다면, 거창에 가면 박유산이라고 있어요. 박유산에 들어가서 거기서 북쪽을 바라보고 울다가, 아침으로 북쪽을 바라보고, 재배를 하고 이러다가 그 산 속에서 죽었습니다. 그 박유산이라는 산이, 신라시대에 그 박유라는 그 신라의 충신이, 신라가 망하고 그 산에 들어와서 거기서 죽었습니다. 그 산이 박유산인데, 이지활도 거기서 충신이 그래 가지고 죽었습니다.

그게 이제 이지활인데, 요 백전에, 자기 고향에 이지활이 죽고 나서 사당을 지었는데, 그 묘는 지금 그 거창에 덕유산에 있고, 사당을 지었는데, 임진왜란 때 왜놈들이 쳐들어 와서 갔습니다. 갔는데 그 미처 남자들은 빨리 갈 수 있으니까 전부 다 피난을 갔는데, 여자들하고 아이들은 그 사당 안에다가 몰아 넣어놓고 문을 잠가버리고 피난을 가버렸어요.

그래서 이제 왜놈들이 와 보니까 사당이 있는데, 사당에서 사람 소리가 나거든. 그래서 왜놈들이 그, 그 집을 갖다가 나무를 갖 놓고 불을 질렀어. 불을 지르고 보니까, 하늘에서 갑자기 소나기가 쏟아져가지고 불이 꺼져 버렸어요.

그래서 왜놈들이 이제, 그건 안 되겠다 싶어서, 일본 나라 말이제. 나무를 더 많이 갖다가 쌓아놓고 불을 지르니까, 이제는 빗물이 떨어 지는 게 아이라 피가 툭툭 떨어져서 왜놈들이 겁을 먹고 그 불을 끄고 그 문을 열어보니까, 아, 문을 열지 않고, 참 그 사당에 자기들이 절을 하고 도망을 갔다는 그런 얘기입니다.

그러니까 충신의 사당이기 때문에, 그. (청중 : 지켜준 것이지.) '지켜준 것이다'라는 이야기가 있는 거지요.

그게 이지활에 대한 이야긴데, 지금 고 병곡이라는 곳에 가면 후손이 살고, 지금 송원서원이제? 그 송호서원이라는 서원을 지어 놓고, 그 서원에 지금 이지활 선생하고, 또 그 '이 어',

(조사자 : 네.)

이 어가 세종대왕의 열두째 아들, 여기 귀향을 왔다가 새우섬에서 죽었지요. 그 분하고 그분의 손자 이지분이라는 분이 뒤에 그 관직을 그만두고 나와 가지고 자기가 학문만 했는데, 세 분을 송호서원에 모시고 있습니다.

그러한 분이 이지활인데, 벼슬은 비록 낮지만은 그래도 조선시대에는 그 분을 생육신으로 안 넣었는데, 뒤에 이분을 알고, 이 분을 갖다가 저쪽 강원도 영월이죠? 영월 그 단종 묘에 거기에 이름을 새겨 넣었습니다. 거기에 이지활이 들어가 있습니다. 그래 가지고 충신으로서 제사를 지내지는 그런 분이 되겠습니다.

연산군을 모신 충신 표연말

자료코드 : 04_18_FOT_20090727_PKS_KSJ_0007
조사장소 : 경상남도 함양군 함양읍 교산리 함양문화원
조사일시 : 2009.7.27
조 사 자 : 박경수, 서정매, 정혜란, 김미라
제 보 자 : 김성진, 남, 74세
구연상황 : 충신 이지활에 대한 일화를 구술해 준 뒤, 이어서 또 다른 충신인 표연말에
　　　　　대해서 이야기해 주었다. 차분하고 명확한 어투로 자세하게 구술해 주었다.
줄 거 리 : 조선시대 표연말이 연산군을 모시고 있었다. 너무도 놀기를 좋아하는 임금이
　　　　　어서 항상 충언을 아끼지 않았다. 연산군이 그런 표연말을 좋아할 리는 없었
　　　　　다. 어느 날 신하들과 함께 한강에서 뱃놀이를 하게 되었는데, 표연말도 함께
　　　　　타고 있었다. 그 와중에도 연산군에게 충언을 드리자, 화가 난 임금은 표연말
　　　　　을 강물에 빠뜨렸다. 신하들이 건져내자 연산군은 표연말에게 물에서 뭘 보았
　　　　　냐고 묻자, 표연말은 중국의 유명한 신하인 굴원을 보았으며, 훌륭한 임금을
　　　　　모시고 있으니 좀 더 모시다 오라고 하였다고 했다. 이 말을 듣고 기분이 좋
　　　　　아서 웃고 말았다.

　표연말은 에, 여기 수동면 저 위에서 고 바로 안의(안의면) 돌아가는 모
롱이가 있습니다. 고 바로 돌아가기 전에 마을이 있는데, 상백마을인데,
거기에 살았습니다.

　자기 선조가 서울에 살다가, 그 내려와 살다가, 후손들은 인제 거창으
로 왔죠. 근데 지금 그 후손이 경북 성주인가 어딘가, 경북에 살고 있습
니다.

　이 분이 역시 성종 때 충신으로 있다가, 일을 하다가, 연산군이 되어서
임금이 되어서, 연산군의 신하가 되어가지고 대사간이 되었습니다. 대사
간은 임금의 곁에서 관리들이나 임금의 잘못하는, 그런 잘못을 깨우쳐 주
는 그런 역할을 하거든요.

　그런 충신인데, 연산군이 뭐 폭군이란 사실은 다 아는 사실인데, 놀기
를 좋아하고 이래서, 항상 곁에서 임금에게 충고를 줍니다.

"임금이 그렇게 하면 안 됩니다. 백성들을 다스려야 성군이 될 수 있고, 백성들을 사랑해서 정치를 잘해야 된다." 고 깨우칠 때마다 연산군은 미워하겠지. 못난 사람이 되니까, 간신을 가까이 하고 충신을 멀리 하는 거 아닙니까? 그래서 미워하게 되겠지요.

그런데 하루는 연산군이 신하들과 같이 한강에 가서 뱃놀이를 하게 되었어요. 거기 표연말도 같이 타고 간 거죠. 배 우(위)에서 또 임금에게 간언을 하였습니다.

"임금님, 이렇게 타락된 놀이를 하면 임금으로서 성군이 될 수 없습니다. 그래서 훌륭한 임금이 되려면 정치를 잘 해야 합니다. 돌아가셔야 합니다."

얼마나 연산군이 미웠겠어. 그래서 표연말을 강물에 밀어 넣어서 강물에 죽으라고 빠뜨렸습니다. 그런데 인제 다른 신하들이 그걸 붙들어서 건져 올렸지요. 그래 인제 건져 올렸는데 그 임금이 물었습니다.

"네 이놈 네가 물에 빠져서 무엇을 봤느냐?"

이러니까 표연말이 말하기를, 예 물 속에 가서 내가, 에, 또 이것 참 가끔 가다 자꾸 깜박거려서, 중국의 그 유명한, 이름이 뭐니라?

(조사자 : 굴원이.)

굴원이.

"제가 물에 빠져서 굴원이를 보았습니다."

그러니까,

"그럼, 이놈아, 굴원이가 니한테 뭐라더냐?"

"네, 굴원이가 말하기를, 나는 어리석은 임금을 모셔서 일찍 내가 물에 빠져 죽었습니다. 그러나 당신은 어질고 훌륭한 임금을 뫼시고 있으니까, 나보다 더 임금을 열심히 받들고 있다가 천천히 저승으로 나한터로 오거라. 이렇게 이야기를 합디다."

이래 이야기를 하니까, 연산군도 아주 어처구니가 없고, 또 자기를 성

군이라 그러니까 그 말은 듣기 좋아가지고, 허허 웃고 말았다는 그런 이
야기가 있습니다.

고모 댁을 망하게 한 유자광과 피바위

자료코드 : 04_18_FOT_20090727_PKS_KSJ_0008
조사장소 : 경상남도 함양군 함양읍 교산리 함양문화원
조사일시 : 2009.7.27
조 사 자 : 박경수, 서정매, 정혜란, 김미라
제 보 자 : 김성진, 남, 74세
구연상황 : 표연말에 대한 이야기가 끝나고, 조사자가 다시 제보자에게 유자광 이야기를
알는지 물었더니, 바로 이야기를 해 주었다. 모르는 것이 없을 정도로 함양의
역사나 전설에 대해서 잘 알고 있었다.
줄 거 리 : 얼자로 태어난 유자광이 어릴 때부터 관직을 갈 수가 없으니 나쁜 일은 도맡
아 하고 다녔다. 나중에 청년이 되어, 한양으로 올라가서, 대담한 거짓말로 임
금 앞에 가게 되었다. 처음 문지기 벼슬을 받게 되었는데, 워낙 윗사람에게
잘 해서 벼슬이 계속 올라가게 되었다. 결국 경상도의 관찰사가 되어 함양의
고모댁에 들러 인사를 하러 갔다. 고모에게 유자광의 현재 직분을 무시하고
종의 신분으로만 대했다. 이에 화가 난 유자광이 뒷산의 맥을 자르고 바위를
깨면 큰 인물이 나고 부자가 된다고 거짓말을 하고 갔다. 고모는 처음에는 그
말을 듣지 않았지만, 귀가 솔깃하여 결국 바위를 깨고 산의 맥을 자르게 되었
다. 고모 댁은 이후 점점 가난해 지면서 그 마을까지 망해버렸다. 그 깨진 바
위에 가면 지금도 피가 묻은 자국이 있어서 피바위라 부른다.

유자광 이야기는 뭐 여러 가지가 있는데, 그 김종직이하고 무오사화 일
어날 때, 그런 빌미가 된 이야기도 있고, 또 고모댁 이야기도 있는데.

유자광이는 본래 남원 사람이거든요. 자기 아버지가 유 뭣인데, 내가
이름이 근데, 경주의 무슨 판관인가 했어요. 하고, 지금 그런 사람인데.

유자광이 아버지가 어느 날 낮에 낮잠을 자고 있는데 꿈을 꿨어요. 꿈
을 꾸니까 하늘에 해가 날아오더니, 자기 뱃속으로 확 들어가 버리네. 그

러니까 길몽이지, 그래 이제 태몽이라.

그래서 옛날에 꿈을 꿔가지고, 길몽을 해 가지고 그걸 발설을 하면 효과가 없다지요. 그래서 발설도 하기 전에, 말도 안 하고 자기 안방으로 자기 부인이 있는 안방으로 들어가서, 자기 부인을 잡고 대낮에 수작을 하려고 하니까, 말도 안 하고 자기 아내가, '이 영감이 미쳤나 말이야. 대낮에 무슨 짓이냐.' 이래가지고 쫓아냈습니다. 그러니 말은 할 수 없고, 그래 부득이 나오다 보니까 부엌에서 여종이 밥을 하고 있거든. 그래서 부엌에 들어가서 여종을 끌어안고 마, 그 수작을 해 버린 거지. 그러니 잉태된 거야. 그리 난 게 유자광이거든.

그래서 유자광을 얼자라고 한다. 우리가 아들을 적자, 서자. 얼자라고 얘기하는데, 적자는 본 부인 몸에서 난 거고, 서자는 세컨드한테서 난 거고, 얼자는 종의 몸에서 난 걸 얼자라고 하거든.

(청중 : 제일 안 좋은 기라.)

그래서 서자도 벼슬을 할 수가 있는데, 얼자가 벼슬 할 수가 있어요? 그래 유자광이는 어려서부터 아주 나쁜 짓은 독으로 많이 했습니다. 처녀들이 물 지고 가면 물동이에 돌 던져 물 구녕 내고, 또 안 그라면, 이 새총을 쏘아가지고 그 처녀들 그 맞히고, 이래가지고 저녁으로 남의 물건 훔쳐가고, 이런 식으로 나쁜 짓은 많이 해서 굉장히 부모에게 미움을 받았는데, 아주 간신이라요.

근데 인제 서울에 갔는데, 청년이 되어 서울에 갔는데, 서울에 방이 붙었어요. 그 당시에 그 호랑이가 서울에 나타나서 대낮에 사람을 물고 도망을 가고 하는, 그런 일들이 있어서 임금이 방을 써 붙였습니다. 호랑이를 잡는 사람은 소원대로 뭘 해주겠다.

유자광이가 그놈을 보고 소문을 퍼뜨려 난 기라. 유자광이란 놈은 맨주먹으로 호랑이를 두들겨 잡고 하룻밤에 천리를 달릴 수가 있다. 아, 이제 그 이야기가 퍼져가지고 임금의 귀에까지 간 거야.

임금이 생각하길, '대체 그놈이 어떤 놈이기 때문에 하룻밤에 천리를 가고, 맨주먹으로 호랑이를 잡는가?'

"그 놈 당장 잡아들여라."

그래 궁정에 불려간 거요. 임금님 앞에 가서 이노무 자석이 담대하게 거짓말을 하거든.

"네, 임금님. 저 그럴 수 있습니다."

그래, 임금이 가만히 생각하니까, 참, 그놈이 대가 차단 이거지. '호랑이는 못 잡더라도 저 정도라면 뭐라도 안하겠느냐.' 이래가 뭘 시켰냐면은 동대문 문지기, 이게 거기가 성이니까, 성에 문지기를 시키는 거라.

근데 이놈이 하도 간사니까 자기 웃사람한테 잘해 가지고 자꾸 자꾸 벼슬이 올라갔는 기야. 그래 가지고, 나중에 의종 때, 의종 때 거 남이장군을 모함해 가지고, 역적으로 몰아가지고 그 공신이 된 거 아이라.

공신이 되면 벌을 잘 못 주거든, 나라에서도. 이랬는데, 유자광이가 자꾸자꾸 벼슬이 올라가지고, 관찰사가 되어가지고, 경상도 관찰사가 되어가지고 경상도로 왔는데, 자기 고모집이 '지곡면 수여'라 카는 마을이었어.

그래서 '내가 여기 온 김에, 내가 고모님을 뵙고 가야 되겠다.' 해서 가가지고 대문에 들어섰는데,

"고모님, 내가 마루에 올라가서 절을 할까요? 마당에서 절을 할까요?"

상놈이니까, 감히 마루에서 절 할 수 없거든. 그러니 저거 고모가 자리를 내 던지고,

"이놈아, 네가 어찌 마루에서 절을 하노, 바닥에서 하라." 하고 자리를 던졌어. 그래서 마당에서 절을 한 거요. 자기가 그래도 관찰산데, 이 정도 되면 용서해 줄 줄 알았는데, 그래 안 해준 거야, 그러니 괘씸한 거지, 고모가. 그래서 고모한테 말을 하는 기라.

"참, 이 마을, 이 터가 좋은데."

앞에 저 산이 뺑 둘려있거든,

"산 맥을 자르고."

마을 앞에 그 바위가 있었어요.

"저 바위를 깨어 버리면, 이 마을에 더 부자가 되고 더 훌륭한 사람이 나오겠다." 한 거야. 고모가 처음에 생각하기는, '저놈 자식 하는 소리 괜히 헛소리로 들었는데.' 여자가 가만히 생각해 보고 생각해 보니까, 그럴 듯도 하거든.

그래서 마을 인부를 데려가지고, 동원을 해 가지고, 그 맥을 잘랐어요. 자르니까, 산 맥을 자른 데서 허연 김이 나오고, 학이 세 마리 나와서 북쪽으로 날라가 버렸어요. 근데 자기 마을 앞에 바위를 깨 버리니까, 바위에서 피가 나와서 흘렀어요.

지금도 그 냇가에 가면 고 바위에 피바위라고, 피가 뻘거이 묻은 바위가 있을 기라. 이라고 나서, 자기 고모집이 차츰 망해져 버리고, 마을까지 완전히 망해버렸어요. 지금은 마을에 집도 한 채 없고, 그 위에 있는 마을은 그 당시에는 그 하인들이 살던 마을이랍니다.

그게 수여마을이라고 하는데, 그 앞에 가면 사간정이라는 정자가 있었는데, 그 임금에게, 그 사람이 대사간을 지냈거든요. 사간의 벼슬을 그슥을 받은 기라. 거기서 그게 교서를 받은 거지. 그래서 사간정이란 정자를 짓고 있었는데, 그 앞에 인제 빨간 피바위가 있고.

근데 거 인자 정자도 없어지고, 마을도 없어지고, 지금 피바위에 사간정이란 글씨만 남아 있고, 바위만 벌거이 있는 그런 형탠데. 그래서 마을이 망했다. 그런 유자광의 심술로 인해서 망했다 하는 그러한 이야기가 되겠습니다.

이진사와 구진정

자료코드 : 04_18_FOT_20090727_PKS_KSJ_0009
조사장소 : 경상남도 함양군 함양읍 교산리 함양문화원
조사일시 : 2009.7.27
조 사 자 : 박경수, 서정매, 정혜란, 김미라
제 보 자 : 김성진, 남, 74세

구연상황 : 유자광과 피바위 이야기를 들려준 뒤, 함양의 구진정에 관한 전설을 아는지
물었더니, 바로 이야기를 시작하였다. 차분한 어조로 이해하기 쉽게 구술해
주었다.

줄 거 리 : 함양의 사근마을에 구진정이라고 하는 우물이 있다. 이진사가 당파에 몰려 함
양에 귀향을 왔는데, 까막섬의 주모와 살게 되어 아들을 4명이나 낳았다. 그
러나 이미 서울에도 아들 오형제가 있었다. 귀양살이 때 서울의 부인은 죽었
고, 귀양이 끝나고 오형제를 귀양했던 함양으로 데리고 왔으니 결국 9형제가
되었다. 이 9형제를 주모가 우물물을 퍼서 키웠는데, 모두가 진사에 합격을
했다. 이 우물을 구진정이라고 불렀다.

요, 사근마을에 가면은 '구진정'이라고 하는 우물이 있습니다. 지금 수
동중학교 교정 뒤에 있는데, 지금은 그 우물이 메이고 사용을 안 하지요.

그런데 그 구진정에 대한 이야긴데, 함양에 저쪽 까막섬이라고 하는데,
'오도'라고 하는 데가 있거든요. 거기에 인자 이진사라고 하는 사람이 아
무 나쁜 짓도 안했는데, 당파에 몰려가지고 귀향을 왔는데, 이 분은 하도
사람이 좋아가지고, 인심을 써가지고, 이 지역 사람들도 그 사람이 뭐 하
는 일은 다 눈감아주고 이래서, 저녁이 되면 놀러를 나갔는데.

이제 고게서(거기에서) 까막섬에서 사근까지는 이키로(2km), 삼키로, 이
키로 넘어 될 겁니다. 삼키로 정도 되는데, 이제 그 주막집에 가서 술을
먹고 갔는데, 감히 귀향 온 사람이 그런 짓을 할 수가 없지요. 그런데 이
게 그 술집 주모하고 눈이 맞아가지고 서로 살게 됐어요. 그 뭐 사실은
정식으로 산 건 아니지. 그냥 비밀리에 정을 통하게 되었는데, 그러자 이
제 자기 귀향 온 연수가 차가지고 귀향에서 풀려났는데, 서울에 있는 자

기 아내는 귀양 온 사이에 죽고, 아들이 오형제가 있었어요.

그래 고마 그 아들도 이리 데리고 온 거요. 그리고 여기 있는 주모한테서 낳은 아들이 네 사람이라요. 그래서 아홉 명의 아들이 있었는데, 이 아홉 명의 아들이 그 자기 아내가 술장사를 해 가지고 팔아가지고, 전부 열심히 공부를 시켜가지고 전부 진사 시험에 합격을 했어요.

그래서 이 우물물을 퍼가지고 장사를 해 가지고 또 물을 먹고, 아들 아홉을 갖다가 진사를 만들었다고, 아홉 명의 진사를 만들었다고 해 가지고 구진정이라는 이러한 우물 이야기가 나오는데.

그 진사가 누구를 표본을 삼았냐 하면, 조선 태종 때의, 태종의 심복인데, 신하들이 전부 빗발치게 상소를 해서 저 사람 저 놈을 쫓아내야 한다, 죽여야 한다.

(조사자 : 이숙번.)

예, 이숙번. 맞아요. 이숙번이가 그 태종 이방원이죠. 이방원이 왕이 되기를 도와준 사람이거든. 이방원이를 사실 왕으로 만든 사람이거든.

그래서 왕이 그 공신을 만들고 점점 계급이 좋아져가지고 높아지고 그랬는데, 나중엔 너무 교만해 가지고, 임금의 명령도 안 듣고, 집에 있어서 임금이 나오래도 안 나오고, 이래가(이렇게 해서) 다른 신하들이,

"저 놈 죽여야 된다, 저 놈 놔두면 안 된다, 나라 팔아먹을 놈이라고."

이런 빗발치는 상소에 의해서 어쩔 수 없이 임금도 함양의 오도로 귀양을 보냈어. 그 기록에는 아마 그 무슨, 지역이 무슨 지역이고. 지계동이라고 했거든. 산청과 하나의 경계가 되어가지고 지계동이라고 했는데, 혹은 까막섬이라고도 하고, 오도라고도 하고, 까마귀 오(烏)자를 써서 오도(烏島)라고 하는데, 여기를 와서 피난을 하고 아니 귀양을 하고 있다가 몇 년 후에 다시 올라갔지요. 복직을 했는데.

'이숙번을 그 모델로 해 가지고, 여 구진정 이야기가 나온 것이 아닌가?' 마, 이런 생각이 들어가는데, 이숙번이가 와서 했다는 것은 함양에

그, 우리 그 역사를 보면, 향토사를 보면, 이숙번의 시가, 함양에 와서 쓴 시가 하나 있습니다. '사근역'이라고 하는 시. 그게 하나 남아 있는데, 그 래서 이숙번이 함양에서 귀양을 살았다. 먼저 그 드라마 할 때도 함양으 로 귀양 오는 게 나옵디다. 뭐 그런 이야기입니다.

이억년의 무덤과 이백련의 백련정

자료코드 : 04_18_FOT_20090727_PKS_KSJ_0010
조사장소 : 경상남도 함양군 함양읍 교산리 함양문화원
조사일시 : 2009.7.27
조 사 자 : 박경수, 서정매, 정혜란, 김미라
제 보 자 : 김성진, 남, 74세
구연상황 : 이진사와 구진정 이야기를 구연해 주고 난 뒤에, 이백년과 이억년이 살았던 마을에 대한 이야기를 들려주었다. 이야기를 연속으로 많이 한 터라 목이 많 이 쉬었지만, 차분하게 구연해 주었다.
줄 거 리 : 문정리 문하마을에 이억년이 도정정사를 지어 학문을 가르쳤다. 죽고 난 뒤 도정정사가 있었다고 해서 도정마을로 불렸으나 지금은 문상마을이라고 한다. 이억년의 무덤은 문하마을 좌측에 위치하는데, 세월이 지나 훼손이 많이 되어 다시 봉분을 쌓고 비를 세웠다. 이백년은 이억년이 살았던 윗 마을에서 있었 다. 그 마을을 백련동이라 부르며, 백련정이라는 정자와 함께 마을의 유래를 설명해 놓은 비가 함께 있다.

고는 고 요쪽 지리산 밑에 가면 문정이라는 마을이 있습니다. 문정리라 고 하는데, 가면 문정도 하정, 상정, 또 백년마을, 뭐 또 여러 개 마을이 문정린데, 백년마을이 있고, 문정마을이 있는데.

고려 말에 나라가 어지럽거든. 어지럽고 중국 놈들이 원나라가 굉장히 간섭이 심했잖아요. 사실은 고려도 후기에 가서는, 하나의 식민지적인 그 런 형태로 왕비도 전부 강제로 원나라의 여자를 왕비로 삼아야 되고 이 런, 왕자들을 갖다가 볼모로 보내고.

이런 식이었는데, 그래서 나라가 어지럽고 관리를 그만두고 이백년과 이억년이 함양으로 내려와가지고, 이쪽에 인자 유림면 그 화촌이라는 마을에 살다가, 고(거기) 문정이라는 마을로 들어왔습니다. 그 당시에는 탄촌이라 하지요.

거기 역사 기록에는 그렇게 나오는데, 거 들어가 살아서, 이억년이 고게 무슨 정? (청중 : 그 새로 지은, 전에부터 있던 정자, 그 복원한 데 그거 말하는 겁니까?) 아니 고, 문정 위에 마을 그 이름 뭐야, 뭐예? 올라가가지고.

(청중 : 문정, 문정이 아니고 그 뭐이라?)

(조사자 : 원장님, 도정이요?)

아, 도정. 아, 네 그래서 그 이억년이 그 도정정사를 지어가지고 학문을 가르치고 하다가 죽었다는 그러한 이야기가 있습니다.

나와 있고, 이백년은 그 위에 지금은 백년동이라고 있어요. '그 마을에서 살다가 죽었다' 이래가지고, 그 마을 이름을 백년동이라고 했는데, 그래서 지금은 고정이 아니고, 뭐라 했노? (청중 : 도정.) 도정정사가 있던 곳이라 해서 마을 이름이 도정입니다. 도정마을이고 해서 이런데.

그래서 이 분들이 그 이억년이 살았던 마을은 밑에 문정,

[직원에게 물으며] 하정이라 그라나?

(청중 : 네?)

아랫마을, 문정 아랫마을.

(청중 : 하정이제.)

웃 마을하고, 문정 우에(위에) 마을하고 문정 밑에 마을하고?

(청중 : 어, 그냥 문상, 문하라고.)

아, 문상, 문하라고. 그래. 문하마을 그 옆에 가면 골짜기가 있죠. 문상마을에서 고 내려오면 건너편에 보입니다. 푹 꺼진 데. 거기다 집을 지어가지고 이억년이 살았어요. 살다가 이억년이 죽어가지고 이억년의 무덤

은 지금, 문하마을 조 좌측에, 지금 가면 무덤을 크게 해 놔서 비를 세워 놨어요.

거기에 무덤이 있었는데, 그 후손들도 몰랐어요. 그래서 몇 년 전에 그 내가 그슥해 가지고 신문에 나와 가지고 이래가지고, 후손들한테 자기 종친에 알려가지고, 그 비를 세우고 그 봉분을 새로 크게 만들어 놨습니다. 그게 이제 이억년의 무덤이고,

이백년은 백년동이라고 가면, 인제 그 백년동이라는 마을의 유래를 갖다가 그 비를 만들어 해 놨어요. 그 물레방아 앞에 가면, 그 도로변에 물레방아 있는데, 거 비를 해 놓고, 거기다가 이제 이조년의 시조. 함양 출신인 그 조승숙의 시를 갖다가 두 개를 양쪽에다 시비를 큰 거 세워놓고, 마을 도로 아래쪽에 보면 정자를 지어가지고 백년정이라고 이래 만들어 놨습니다.

그분들이 여기 와서 살았던 이야기가 되겠지요.

아버지를 살린 효자 박실

자료코드 : 04_18_FOT_20090727_PKS_KSJ_0011
조사장소 : 경상남도 함양군 함양읍 교산리 함양문화원
조사일시 : 2009.7.27
조 사 자 : 박경수, 서정매, 정혜란, 김미라
제 보 자 : 김성진, 남, 74세
구연상황 : 조사자가 박자안의 일화에 대해 이야기를 해 달라고 요구하자 바로 이야기를 시작하였다. 많은 구연을 연속으로 하여 목이 많이 쉬었지만, 차분한 어투로 이야기를 구연해 주었다.
줄 거 리 : 고려 말 조선 초에 함양 박씨 후손인 박자안이 왜놈들에게 군사기밀을 누설하여, 사형에 처해지게 되었다. 그런데 열 살밖에 안된 아들 박실이 임금의 아들인 이방원에게로 가서 살려달라고 요청을 하였다. 어린 나이에 그 효성에 감탄을 한 이방원은 태조 이성계에게 간청을 하여 박자안의 목숨을 살렸다.

고려 말기, 조선 초에 인물로서, 함양 박씬데, 함양 박씨 후손이 박자안이라는 사람이 있었습니다. 그리고 그의 아들이 박실인데, 이분에 대해 나오는 그러한 하나의 이야기가 되겠습니다.

박자안은 왜구들이 고려 말기에는 자주 침범을 했거든. 특히 요 영남지방, 요 우리 경상남도에, 남해 쪽, 남해안 일대는 뭐 아주 매 달, 뭐 몇 번씩 쳐 들어오는 이러한 그, 그러했어요. 그러한 때입니다.

그래서 이 박자안은 왜구들이 갔다가 쳐들어오는 것을 격퇴해 가지고, 그 공으로 경기 연에 절제사가 되었습니다. 그래서 1389년에 원수가 되었고, 아니 원수인 박이와 함께 대마도를 정벌하게 되었어요.

삼백여 척의 배를 거느리고 가지고 가서 정벌을 한, 이런 일을 한 사람입니다. 1393년 경상 그 좌도, 좌도, 우도가 있는데 수군 도 절제사가 되었지요. 이듬해 전라도 도절지사에 올랐고, 경상 전라도 안문소를 거쳐가지고, 1400년에 문하평이라 하는 그러한 벼슬을 했습니다. 그 명나라에 다녀와서 1408년에 좌군도 총제로서, 전라도, 충청도, 경기도, 삼도수군절제사가 되었지요.

절제사가 되었는데 [웃음], 다 할려고 하다 보니까 [웃음]. 태조 때입니다, 태조. 태조 때, 자안이 경상 전라도 안문소로 있을 때입니다.

그 왜인이 자제 그 항복을 해 가지고, 이제 그 고려에 이제 붙은 게 되겠죠. 에, 그런데 이, 그 박자안이 이 왜놈들한테 그 이야기를 하다가 군사 기밀을 누설했어요. 그래서 이제 군사기밀을 누설하면 옛날엔 그 사형에 처하는 그런 일이 되는데,

이래서 사형에 처하게 됐는데, 자기 아들 박실이, 에, 그때는 태조 때니까, 태종이 임금 되기 전이죠. 태종에게 가가지고, 태종에게 사정을 한 거지요.

"우리 아버지가 죽게 되었으니 살려주소."

그 아들이 사정을 한 기라, 울면서 사정을. 그때가 아마 열 살 정도 되

었을 때 되겠지. 태종이 가만 생각해보니 너무나 효자거든, 그 어린 것이 자기 아들이 살려달라고 사정을 해서.

그래서 이제 그 태종이, 그 당시에는 태종이 아니라 방원이죠. 방원이 자기 아버지한테 가서 이야기를 넣습니다.

"본의 아니게 죄를 범했는데 이분이 참 충신입니다. 그러니까 사연을 가지고 이번엔 용서를 해주라."고 사정을 해서 그래서 이성계가 그걸 용서를 해 줬어요. 그래서 이제 박실한테 그 용서가 되었다는, 마침 그 사형하는 날이거든. 사형장에 끌려가가지고, 지금 그 사형수를 갖다가 목을 자르기 위해서 칼집에 나와가지고 춤을 추고, 칼에 옻칠을 해서 춤을 추고 있는 중입니다.

그런데 이제 급하거든. 빨리 그 사람을 보내가지고 신하를 시켜가지고 말을 타고 임금에게 그걸 사형을 그만두라고 보내는데, 가다가 말이 넘어 져가지고 고마 다리가 부러졌어. 이래가지고 자기가 갈 수 없고, 다른 사람을 시켜가지고 지금 갔습니다. 가니까 지금 사형을 시키려고 하거든. 그래서 먼 데서, 잠깐 중단을 하라고 이래가지고 가가지고, 자기 아버지를 살린 아들이 바로 박실입니다.

높임말을 잘 못 쓴 며느리

자료코드 : 04_18_FOT_20090725_PKS_KUJ_0001
조사장소 : 경상남도 함양군 함양읍 웅곡리 웅곡마을 가정집
조사일시 : 2009.7.25
조 사 자 : 서정매, 이진영, 조민정
제 보 자 : 김언자, 여, 68세
구연상황 : 재미있는 이야기를 해 달라고 요청을 하자, 옛날에 많이 들었던 얘기라면서 며느리가 높임말을 잘못 쓴 우스개 이야기를 해 주었다.
줄 거 리 : 며느리가 시집을 가서, 시댁 어르신들께 높임말을 쓰다 보니까, 시댁에 기르

고 있는 송아지와 개에게도 높임말을 써 버렸다.

옛날에, 저기 뭐고 며느리가 시아바이한테 존중말 한다 카는 기, 존중말 한다 카는 기, 인자 저게 뭐꼬, 송아치까지 존중한 기라. 송아치가 막 뛰어 나와가지고, 가마떼기를 막 둘러 씌고, 막 뛰 대니께,

"야야."

구시로끼로 막 쫓아대니께네, 시아바이가 하는 말이,

"야야, 저게 무슨 소리고?" 한께,

"아버님, 송치씨가 꺼치씨를 씌우시고 도랑치를 댕기시니 개아씨가 보오시고 짖으시오." 이라더랴. 그러니까 시아바이한테 존경말을 하는 기, 전부 인자 송치씨한테, 송아치한테까지 다 존경말을 하는 기라. 습관이 되어갖고는, 습관이 돼서.

똥 묻는 손

자료코드 : 04_18_FOT_20090725_PKS_KUJ_0002
조사장소 : 경상남도 함양군 함양읍 웅곡리 웅곡마을 가정집
조사일시 : 2009.7.25
조 사 자 : 서정매, 이진영, 조민정
제 보 자 : 김언자, 여, 68세
구연상황 : 제보자는 말을 잘못 높혀 쓴 며느리 이야기를 하고 난 뒤, 또 다른 재미있는 얘기가 있는지 물었더니, 이어서 하나 더 해 주겠다며 한 것이다. 이야기가 재미있어서 듣고 난 뒤 조사자와 청중들 모두가 소리를 지르며 웃었다.
줄 거 리 : 며느리가 화장실에 가서 본 일을 보고 짚으로 항문을 닦는데 똥이 손에 묻었다. 똥이 묻은 손으로 시아버지 밥상을 차려서 들고 가는데, 시아버지가 똥 묻은 손을 보며 그것이 무엇이냐고 울었다. 며느리는 급한 김에 된장이라고 말하고 핥아 먹었다.

옛날에 시아바이가, 저기 며느리가 인자 화장실을 갔다가, 옛날에는 짚

으로 갔다고 똥구멍을 이래 닦은께로, 손에 인자 똥이 묻어갖고 와서, 상을 이리 인자, 시아바이 밥상을 들고 가니까, 노라이(노랗게) 묻히 묻은께,

"야야, 그기 니 손에 그게 뭐냐?" 이란께노,

"아버님, 된장이올씨다." 하면서 싹 홀타(핥아) 묵더래요.

임금이 된 청년과 비오새가 된 임금

자료코드 : 04_18_FOT_20090724_PKS_KYR_0001
조사장소 : 경상남도 함양군 함양읍 죽림리 상죽(상수락)마을 상수락마을회관
조사일시 : 2009.7.24
조 사 자 : 서정매, 문세미나, 이진영, 조민정
제 보 자 : 김영록, 남, 78세
구연상황 : 아는 얘기가 참 많아서 하나씩 들려주었다. 마침 백숙을 먹고 있던 터라 밥상 앞에서 얘기를 해 주었다. 목청이 굵고 커서 큰 목소리로 손짓을 하며, 재미나게 이야기를 해 주었다.
줄 거 리 : 어떤 남자가 어느 날 면장이 밥 먹는 것을 보고 "저 밥을 한 달만 먹으면 하늘을 날겠다."고 호언장담을 하였다. 면장이 정말인가 싶어 그를 불러다가 밥을 먹였다. 29일 되던 날, 군수가 그 소식을 듣고 와서, 자신의 밥을 한 달간 먹어 보라고 하여 군수의 밥을 먹게 되었다. 또 29일이 되던 날에 임금이 그 소식을 듣고 찾아와서 "내 밥을 한 달간 먹여 줄테니, 한 번 날아보라."고 하였다. 임금에게로 가서 한 달간 밥을 먹고 약속한 날이 되어 날아보겠다고 산으로 갔다. 어떤 세 사람이 외투를 두고 서로 입으려고 다투는 것을 보았다. 알고 보니, 이 외투는 하늘을 나는 옷이었다. 그 사람은 세 사람에게 다투지 말고 자기에게 외투를 달라고 하여, 그 옷을 받고 임금에게로 날아갔다. 감탄을 한 임금이 그 옷과 임금 자리를 바꾸자고 했다. 임금은 너무 흥분한 나머지 그 옷을 입고 내리는 방법을 물어보지도 않은 채 바로 날아가 버렸다. 임금은 혹시 비라도 오면 날개가 젖어서 못 날지 않을까 하여 "비오~ 비오~." 라고 계속 외쳤다. 그러다 임금은 결국 '비오새'가 되었고, 그 청년은 임금이 되어 잘 살았다.

면장이 밥을 잘 묵더라(먹더라). 그래서 인자 이놈이 가가 면장 상을 본

께네 반찬이나 이런 거는 해 묵더라. 그래서 '내가 저 놈의 밥을 한 달만 먹으면 날겠다'고 이랬대, 날겠다고. 그런께 가만히 가서 보니까, 면장이 그 놈을 오라쿤(오라고 한) 기라. 사람을 오라 쿤께 갔어. 간께,

"너 내 반찬을, 내 밥 한 달을 먹으면 난다 켔제?"

"예, 날겠어요."

이런께네,

"그러면 너 가만히 앉아서 한 달을 너 먹일께 날아 봐라."

그래 이제 사람들을 불러 앉혀 놓고는 한 달을 먹인 기라. 한 달을 믹인께(먹이니까) 이놈이 한 달 스물 아흐레를 딱 묵으니까, 군수가 불러 닥친 기라.

"아라, 니 이러면 안 먹어서, 면장 밥을 한 달 먹으면 난다 했제? 그러면 내가 나는 군순데, 그러면 너 한 달 놀고 먹일 텐께 날겠나?"

"예 날지요."

이놈이 이랬어. 그래서 또 한 달을 군수가 또 믹인 기라. 군수가 또 믹이니까, 이놈이 있다가 가만히 보니까 그 놈이 난다 카거든. 이 소문이 난 기라. 그래 인자 도지사가 오라 했는 기라, 그러면 인자 도지사로 인자 간 기라.

도지사가,

"너 이놈은 그 군수 밥을 한껏 먹으면 난다 했담서?"

"예, 날지요."

이놈이 이랬는 기라.

"그라면 내가 군수보다 내가 반찬이 더 한께 내 밥을 한 달 너한테로 믹일 테니 날래?"

"예, 날겠습니다."

(청중 : 어찌나 잘 묵고 살았네.)

그러고 보니까 이놈이 자꾸 인자 그냥, 그러면 또 고을에 이장이라고

하면, 여 시방은 요라면 그 인자 저 머고, 그 거시기 뭐이고, 지사가 오라 고 한 기라. 지사.

"내가 뭐 도지사보다, 내가 거시기보다 더 높은께, 그럼 한 달 먹으면 날래?"

"예, 날지요."

이놈이 그러고저러고 본께, 높은 사람이 자꾸 불러다 부르니까, 꼭 스물 아흐레만 먹으면 높은 사람이 오라고 한 기라. 그러면 인자 간 기라, 가서 꼭 묵으면 난다 칸 기라.

"그럼, 날지요."

이놈이 차차 차차 이제 높은 사람이 오라고, 오라고 해서 묵고 난께네, 나중에 대통령이, 인제 임금이 오라고 한 기라. 그 놈을 스물 아흐레만 먹으면. 그 임금한테 갔어. 임금한테 가니깐 임금이,

"너 이러면 아무개 지사한테서 한 달 묵으면 난다 캤담서?"

"예, 날지요."

그 앞에 가서 임금보고. 임금한테 가갓고는, 임금이,

"그러면 내가 너 한 달을 놀고 먹일 텐께 날겄나?"

"예, 날지요."

이놈이 인자 장담을 한 기라. 그런께 인자 임금이 한 달 놀고 방에 딱 한 달 놀고 먹인 기라. 그러면 한 달 딱 된께, 너 아무거지 이름을 들먹이 면서

"너 한 달 묵었으면 날래?"

"예, 날지요."

한 달 딱 된께, 대통령, 임금님 앞에, 시방 대통령, 임금님 앞에 간 기 라.

"임금님, 저 날아서 여기서 나가끼요(나갈까요)? 날아서 들어 오끼요(들 어 올까요)?"

이러거든. 가만히 이놈이 임금이 여기서 나가라 하면 못 보거든.

"너가 날아서 들어 오니라."

이랬는 기라. 이놈이 마, 그때는 잘 먹고 논께 뭐, 힘도 좋고 그런 기라. 확 골짜기 인자 산에 인자 막 올라간 기라. 여, 여 여만에 가면, 여, 산 봉산 골짜기까지 올라가 갖고는 날뱅이처럼 날라고. 한께, 어떤 놈들이, 서 놈에서(세 명이서) 오바를, 서 놈이서,

"네가 하니, 내가 하니."

이리 오바를. 그래서 인자,

"너거 거 뭐하노?"

"이 오바를 입으면 나는데, 이 오바를 서이서 서로 할라 칸다."

서로 할라 카거든.

"그러면 너거 서이서 서로 할려고 하면 나를 도라."

이런 기라. 그래서 이놈이 오바를 한 번 얻었어. 그러면 인자,

"이것을 오바를 입고는 어떻게 하면 나노?"

이래 물은 기라. 그러면,

"딱딱 이래 잠구면, 오바 단추를. 잠구면 세 개를 마지막 잠그면 풍 난다고."

그라더래. 그러면

"또 내릴 적에는 어떻게 내리노?"

이런께,

"그러믄 딱딱 이래 끌러면 딱 널찐다."

그래서 딱 그래 한 기라. 이놈을 갖고 왔어. 갖고 와갖고, 이놈을 저 산 오르막에 가갖고는, '딱딱' 오바 단추를 잠근께 풍 난 기라(날랐는 거라). 그래 임금님한테 가 갖고는 날아왔다고 막 과암을(고함을) 지르거든. 과암을 지른께, 임금님이 대번에 보니까 그놈이라.

아, 그럼 임금이,

"이거 혹시 니가 날았나?"

"예, 날았습니다."

"그러면 어떻게 할까요?"

아, 이놈이 날아 논께,

"야, 오바 그거하고 나 임금님하고, 임금 벼슬하고 바꾸자"

이래 된 기라. 이 나는 게 얼마나 좋았던지. 그래 갖고는 이기 인자 고만,

"그러면 그러자."고. 그래, 오바를 벗어서 준 기라. 임금은 어떻게 좋아라났던지. 이놈을 입고는 마 딱딱 잠그고 날아 가 버렸어.

(조사자 : 아이고, 내리는 거는 모르고?)

응, 내리는 거를 모르고. 아, 이거를 임금이 내리는 거를 이제 가서 안 물어 봤는 기라. 내리는 걸 물어보도 안 하고. 아, 이놈이 가만히 생각해 보니까 만날 날아만 다닌다. 날아만 다니께네, 내리는 걸 알아야제. 내리는 걸 모른께, 이놈이 비 오면 날개 죽지가 무거우면 내릴까 싶어서, '비 오~ 비오~' 한 기라. 응, 비오 비오 한께, 그래 가지고 이것이 비오새가 되버렸어, 비오새가. 응, 그래서 비오새가 그래가 난 기라(생긴 것이라). 비오새가.

비가 오야, '비오~ 비오~' 비만 오라. '비오~ 비오~' 이런께.

그래 가지고는 이게 내리지도 못하고 비오새가 되버리고, 이 사람은 이거 해 묵고 잘 살았어.

소의 발자국이 있는 쇠발바위

자료코드 : 04_18_FOT_20090724_PKS_KYR_0002
조사장소 : 경상남도 함양군 함양읍 죽림리 상죽(상수락)마을 상수락마을회관
조사일시 : 2009.7.24

조 사 자 : 서정매, 문세미나, 이진영, 조민정
제 보 자 : 김영록, 남, 78세
구연상황 : 조사자가 마을에서 전해 내려오는 전설에 대해서 이야기를 해달라고 하자 제
보자가 쇠발바우 이야기를 해 주었다. 마을 뒤쪽 산의 바위에 찍혀 있는 소
발자국에 관한 이야기이다.
줄 거 리 : 옛날 함양읍에서 머슴들이 남의 집에 얹혀살면서 소를 데리고 나무도 해 나
르고, 풀도 베어 나르고 하였다. 그런데 산에서 소가 일을 하다가 쉬는데 바
위를 밟았다. 지금도 소의 발자국이 남아 있어서 그곳을 '쇠발바우'라고 부
른다.

쇠발바우 이야기가, 쇠발바우, 여기가 쇠박바우 산거리라고 있어. 산
거리.

쇠발바우가 가 어째서 쇠발바우냐 하면은, 이기 인자 그전에는 저 읍에
서, 함양읍에서 머슴들이 넘의 집에서 삼선(살면서), 이저 실터바리라고
했어. 실터바리.

'실터바리'란 거는 이 인제 소를 에다가 큰 질매를 얹혀 갖고, 그래 갖
고 나무도 해 나르고, 요놈의 풀도 베 나르고 그래. 인자 그런 기라.

그러면 여기 인자 저 머꼬, 거시기 범바우 안이라고 있어, 범바우. 범바
우 위에 가서 만날 거 가서 쉬는 기라. 그래 가지고 인자, 이 사람들이,
머슴들이 거 가서 나무도 해 오고 풀도 베어 오고. 이러면 인자 읍에까지
갖고 오고 그런데. 거(거기서) 일하면 소가 쉬갖고 있다가 바우를 밟았어
요. 그래 가지고 그 쇠발바우라.

(조사자 : 바위를 밟아서 바위가 떨어졌습니까?)

하모, 바위 위에 쇠발이 있지. 딱 쇠발자국이 있다.

(조사자 : 아, 바위 위에 소발자국이 있다.)

하모, 거기 쇠발바우.

머슴들이 절을 털어서 망한 절골의 절터

자료코드 : 04_18_FOT_20090724_PKS_KYR_0003
조사장소 : 경상남도 함양군 함양읍 죽림리 상죽(상수락)마을 상수락마을회관
조사일시 : 2009.7.24
조 사 자 : 서정매, 문세미나, 이진영, 조민정
제 보 자 : 김영록, 남, 78세
구연상황 : 조사자가 마을에서 전해 내려오는 전설에 대해서 이야기를 해달라고 하자 제
　　　　　보자가 잠시 생각하다가 이야기를 했다.
줄 거 리 : 옛날 마을의 절터에 절이 있었는데, 여자 중이 살았다. 그런데 머슴들이 와서
　　　　　절을 털고 절골의 신중과 놀아나는 바람에 절골의 절이 망해버렸다. 또 빈대
　　　　　가 너무 많아서 사람이 살 수 없게 되어 절이 망했다는 설도 있다.

　여기 인자 절골이 있는데, 절골은 어째서 절골이라고 하면은, 절골 그
인자 그 전에 절골 절터가 있었어. 있었는데, 저 머슴들이 와갖고, 거 인
자 신중이, 거 인자 요로믄 여자 중이, 절골 절터가 있어. 시방 거 가면.
있는데, 머슴들이 뜯어 먹어사서, 그러믄 뭐 이야기하면은 그 머슴 오야
봉이 거 와서 인자 작은 머슴, 큰 머슴. 막 오야붕이 거 가갖고,

　"너거 내 나무도, 내 거시기, 다 해도라."

　이러면, 인제 다 해 실어주면, 그 머슴 오야봉은 그 요라면 절터 가갖
고, 절골 신중하고 털어먹고 놀고 그러더랴. 그래 갖고, 그래 갖고 이 절
골 절터가 망해버렀어. 머슴들이 뜯어 먹어사서.

　(조사자 : 네, 뭐 때문에 망했다고요?)

　(청중 1 : 빈대 땜시로 망했던가?)

　(청중 2 : 빈대 때문에 망했다네. 지금으로 말 할 꺼 같으면 진딧물.)

　(조사자 : 진딧물, 왜요?)

　(청중 2 : 그기 많아가지고 사람을 온몸을 뇌 두는가, 막 뜯어 먹으니
깐.)

　(조사자 : 절에 빈대가 워낙 많아가지고 사람이 살 수 없었단 말이군요.)

아지발도가 죽은 황산 피바위

자료코드 : 04_18_FOT_20090724_PKS_KYR_0004
조사장소 : 경상남도 함양군 함양읍 죽림리 상죽(상수락)마을 상수락마을회관
조사일시 : 2009.7.24
조 사 자 : 서정매, 문세미나, 이진영, 조민정
제 보 자 : 김영록, 남, 78세

구연상황 : 절터 이야기를 하고 난 뒤, 또 다른 전설이 있는지 물었더니, 아지발도 이야기가 있다면서 재미나게 이야기를 들려주었다. 목소리가 크고 우렁찰 뿐 아니라 손짓도 크게 하여 실감나게 이야기를 들려주었다. 청중들도 이야기하는 중에 설명을 더 해 주기도 하였다.

줄 거 리 : 일본의 아지발도가 조선을 침범하려고 할 때에 그 누이가 아직 때가 아니라고 가지 말라고 했다. 아지발도는 방정맞다고 누이를 죽였는데, 누이가 새가 되어 날아가면서 '황산'을 조심하라고 했다. 한편 사명당이 일본의 침범을 미리 알고 있었다. 그래서 할머니께 황산에서 팥죽장사를 하게 하고는 일본 병사들을 기다리고 있었다. 마침 일본의 아지발도가 쳐들어 왔는데, 할머니에게 황산을 물었더니, 황산은 없고 왕산만 있다고 거짓말을 하였다. 그런 줄로만 알고 안도를 하던 아지발도는 이성계와 서로 활을 겨누게 되었는데, 아지발도는 이성계의 투구를 쏘고, 이성계는 아지발도의 목젖을 쏘아서 죽였다. 결국 아지발도는 황산의 바위에서 피를 토하고 죽었는데, 바위에 피가 묻었다. 이 바위를 황산 피바위라고 부른다.

이것이 인자 그전에 응, 일본 아그발대(아지발도[2])라고 있어. 아그발대가 요러면 처음에는 두루 외자더래. 이리도 외자, 저래도 외자더래. 뺑 둘. 아그발대가.

근데 인자 아그발대가 여 인자 조선을 침범 할라고 나올 적에, 지금 누부가(누이가) 있는데, 지금 누부가,

"아중(아직) 생각이 안 찼은께 가지 말라."고 했는데, 아그발대가 이 방정맞은 계집년이 지랄한다고 칼로 고마 모가지를 쳐 죽이삐렀어. 저거 누를. 저거 누(누나)가 '포롱' 하고 날아가서, 새가 되어 날라감서,

---

2) 14세기 당시 고려에 침입한 왜구의 장수

"너 황산을 조심해라." 이러더랴.

그래 인자 조선 치러 나오는데 그래 인자 저기 인자 이라믄, 이 인자 이 사람이, 여 여기 뭐고 부산서 배를 타고, 이래서 오는데, 걸어서 그때는 말을 타고 온께네. 저거 누이가 죽으면서 '황산을 조심해라' 그랬은께.

여기 거시기가 뭐꼬 저, 그 뭐이고 저저 이름을 모르겠다. 거 있는데 이기 인자 뭐고, 그 아그발대가 오는 줄 알았어. 그 사람이 뭐, 거시기 뭐고 거 신나무를 거꾸로 작대기 꼽아 놓고 와 논 거, [갑자기 기억난 듯] 세명당(사명당). 세명당이.

그래갖고는, 저 뭐꼬 표충사에 사는 할마이를 하나 폴죽장사를(팥죽장사를) 함서, 저 왕산에다가 딱 인자 폴죽장사를 하라 한 기라.

(조사자 : 무슨 장사요?)

폴죽, 폴죽.

(청중 : 팥죽, 팥죽.)

팥죽이나 폴죽이나, 하모 팥죽. 그래 인자 아그발대 요기 통드라이 그 뭐꼬. 아그발대가 오거든. 아그발대가 온께, 오다가 인자 그 팥죽장사 할매한테 물었는 기라.

"팥죽장사 할매, 할머이 할머이, 여 황산이 어디요?"

이래 물은께,

"나 여기서 팔십 살 묵도록 넘게 살아도 황산은 모르오, 왕산은 있소."

그러더랴. 그래,

"그럼 왕산은 어디오?"

"산천 밑에 왕산이 있소."

"왕산은 여기 지나왔소"

이래나이(이렇게 말하니) 아, 그럼 놓은 기라, 마음을. 황산 있고, 왕산 있고 이래. 여 산청 밑에 왕산이 있어. 그리고 또 여기 내려오믄, 여, 저 전라도 내려 가면은 이기 인자, 거시기 뭐고, 그 황산이고, 그거는 황산인

데. 그러면,

'운무가 된 저 팔령재(경상남도와 전라남도를 연결하는 재) 적토마를 접어 타고 제갈령 선생을 찾아간다.' 이게 팔령재라. 이게 마 팔영제인데, 그럼 그 인자 성 쌓은 데가 있어. 성도 쌓고. 그 여 선단동이라고. 그 선단동에서 성을 쌓았는데.

그런데, 아 이게 인자 맘을 놓은 기라. 마음을 놓은께 통도라이(퉁두란3))하고 이성계하고 황산에서 딱 본께, 이 아그발대 이놈이 내리온 기라. 이기 마, 비늘이 확 있어서, 아그발대가 비늘을 콱 있어서, 이 촉, 이 뭐 꼬, 활을 쏘아야 들어가지도 않애.

근데 인자, 이놈이 이성계가 넘어 온 걸, 저 뭐 아그발대가 그 넘어 온 걸 탁 보고 투구를 쐈삐맀는 기라, 투구를.

(청중 : 아그발대 이야기지, 아그발대를 쏘고, 이성계는 목구녕을 쐈다는 이야기지, 전설로.)

그런께 인자 투구를 팍 쏘니께, 그놈이 인자.

(청중 : "이 바람이 와 이리 세노?" 하노마는.)

"바람이 와 이래 세노?" 하고, 통드래이가, 통드래일가 이성계보다 활을 더 잘 쏜 기라.

통드래이가 고놈은 딱 가보고 목젖을 여 아— 한께(입을 벌려서 '아' 하는 것), 이 투구를 탁 쏘니까, 투구가,

"어이, 이 바람, 바람, 세다."

입을 딱 벌린 끼네, 여 목젖을 보고 쏜 기라. 목젖을 보고 탁 쏘니까, 이기 맞았어. 아그발대가.

맞아갖고 거기가 인자 이놈은 세올이라. 세올인데, 인자 여 세올이를 가갖고 말하고, 그래 논께 황산 피바우(피바위)가 있어. 시방 거기 가서

---

3) 고려 말 여진족 출신의 장수로 이성계를 도와 개국공신이 됨. 한국명은 이지란(李之蘭, 1331~1402)

피를 토하고 죽었어. 그래서 인자 황산이라.

(조사자 : 근데 아그발대가 뭡니까?)

(청중 : 일본 장수. 일본 사람 중에서 '아지발대'라고 있어.)

아그발대라는 사람이 일본 왕이라.

(조사자 : 아지발대. 일본 장수 이름이네요.)

일본에 장수 이름 '아지발대'라고.

이성계를 죽이려고 한 퉁두란

자료코드 : 04_18_FOT_20090724_PKS_KYR_0005
조사장소 : 경상남도 함양군 함양읍 죽림리 상죽(상수락)마을 상수락마을회관
조사일시 : 2009.7.24
조 사 자 : 서정매, 문세미나, 이진영, 조민정
제 보 자 : 김영록, 남, 78세
구연상황 : 아지발도가 피를 토하고 죽은 피바위 이야기를 하고는, 또 이성계에 관련된 이야기가 있다며 들려주었다. 목소리가 크고 우렁차서 방에 소리가 울릴 정도였다.
줄 거 리 : 퉁두란이 이성계가 서로 싸워서 이길려고 기싸움을 할 때였다. 어느 날 이성계가 화장실에서 용변을 보고 있는데, 퉁두란이 활을 세 개나 쏘았다. 다행히 이성계가 손으로 활을 잡았다. 너무도 화가 나서 복수할 기회를 노리던 차, 퉁두란이 낮잠을 자는데 가서 수염을 뽑아 버렸다. 화가 난 퉁두란이 부엌에서 칼을 가져와 이성계를 죽이려 했으나, 장난을 친 거라고 하여 결국 놓아주었다. 세월이 지나 이성계는 벼슬을 했지만, 퉁두란은 벼슬을 하지 못하고 죽었다.

통드래이(퉁두란이)가 왕을 한 번 살아 먹을라고, 여거 통드래이가 용구방아에 나왔더래야. 통드래이가 산을 넘어 온께, '이성계 조기(저것이) 뭔데 나를,' 근데 이게 통드래이는 이성계를 군사로 삼을라 쿠고, 저 이성계는 통드래이를 군사로 삼을라 칸 기라. 그 밑에 제자를.

그런데 이노무 자석이 이성계가, 이성계가 그 화장실에 가서 똥을 눈께, 통드래이가 저, 이성계 그놈을 직이삘라고 활을 고마 보고 쏜 기라. 그러니까 아이, 이성계가 똥을 누는데 화살이 들어오거든. 탁 고마 거머잡은 기라. 거머잡아도 그리 세게 거머 잡았어.

"장난을 해도 무식하게 그래 하노?"

그러더라 이성계가. 그래,

"무슨 장난을, 아이 똥 누는데 무슨 놈의 활을 쏘고 있어."

그러면서 딱 거머잡고. 햐, 그 놈의 새끼, 아, 참. 그 활 그놈을 똥 누는데 대고 쏘았는데, 안 맞고 고마 이성계가 화살을 잡은 기라. 세 개. 연거푸서 세 개가 들어오더래. 세 개를 고마 딱 잡은 기라.

"아이, 장난을 쳐도 무작하이 장난을 치노."

그래. 아하, 저, 참. 내가 에레이, 통드래이가 누워 잠을 자는데, 아무래도 저기이 이성계가 저 위에 올라가더래. 한 번 낮잠을 자더라 해.

이 용마가 있더랴, 용마가. 여기 딱 있는데, 용마가 이제 야를 보고는 저걸 뽑아야 하는데, '어떻게 뽑으꼬?' 싶은고.

(청중 : 용마가 용수, 용수 수염을 뽑았지.)

그래서 한 번은 누워 자더래, 낮잠을. 그래서 그것을 마 딱 잡고 싹 뽑아버렸데. 뽑아 놓으니까 이놈이 고마 통드래이 이놈이 고마 어느직에(어느 순간에) 마 부엌에 가서 칼을 가지고 와서 찔러 쥑이뿌렀다. 이성계를 찔러 죽이라고 하더래.

"아야야, 야 장난이다 장난, 내가 장난했다."

그람서(그러면서) 마 붙잡은 기라. 장난을 하다 붙잡은께,

"이노무 자석, 내가 널 죽이삐러야 된다."

그러더랴, 이성계를. 장난했다고 자꾸 이기 마 빈 기라(빌었는 거라). 이성계가 통드래이한테. 통드래이가 그만 이거 뭐 수염을 뽑아 버렸은께. 그런께 막 자꾸 마 빌고 마, 붙잡고 막 사정을 한께, 그러고 난제(나중에)

그마 하도 여러 번 하이 고마 놔줬버렸더래.

그래 가지고 서로 살아갖고, 이성계가 그래 해 묵고, 통드래이는 고마 몬 해 묵고 말았지.

이야기를 사 와서 부자 된 영감

자료코드 : 04_18_FOT_20090724_PKS_KYR_0006
조사장소 : 경상남도 함양군 함양읍 죽림리 상죽(상수락)마을 상수락마을회관
조사일시 : 2009.7.24
조 사 자 : 서정매, 문세미나, 이진영, 조민정
제 보 자 : 김영록, 남, 78세
구연상황 : 이성계와 퉁두란의 이야기를 한 뒤에 또 생각이 난 이야기가 있어서 연이어 들려주었다.
줄 거 리 : 영감과 할머니가 함께 살고 있었다. 할머니가 영감께 이야기를 사가지고 오라면서 떡을 한 광주리 해서 보내었다. 영감이 떡을 짊어지고 가는데 흰 머리 영감과 검은 머리 영감이 일을 하고 있었다. 알고 보니 검은 머리 영감이 아버지고 흰 머리 영감이 아들이었다. 나이가 들면서 다시 검은 머리가 난 것이다. 그래서 떡을 함께 먹으면서 배운 얘기를 집으로 가져와서 얘기를 하니, 도둑이 들어왔다가 도망을 가게 되고, 그 얘기를 다른 이들에게도 계속 하다보니 부자가 되었다.

그 옛날에 어떤 놈은 또, 그 부자 된 사람 이야기 해줄게.

(조사자 : 아, 부자 이야기, 예.)

참, 이놈이 부자라 잘 사는데, 영감 할멈이 있다 가서,

"영감, 어디 가서 얘기를 좀 사가지고 오라." 카더래.

(청중 : 뭐, 어제도 밥 얻어 먹으로 왔더마는.) [청중 모두 웃음]

"어디 가서 저 뭐꼬, 이야기를 좀 사가지고 오라."

고 이러더래. 그래 가지고 이야기를 사가지고 오라고 하니까, 그래 인자 이노무 떡을 한 당세기(광주리) 해 주더랴.

이놈을 짊어지고 영감이 간다. 간께, 아 어떤 사람하고, 하얀 영감하고 새카만 영감하고 논을 갈더랴. 논을 가니, 그래 갖고,

"야이, 이노무 자석아, 이 미련한 자석이 어디 그쪽으로 소를 이끄노?"

서울 시장터를 무이기가 잡았는데, 그래 이기 가다 본께네, 그래 가만히 보니까, 아이 하얀 영감이, 새카만 사람이 머리 새카만 사람이 '야 이놈아 저놈아.' 하거든.

에레이, 빌어먹을. 거기서 마, 떡을 한 당새기 끌러 놓고는,

"어찌 당신은 머리가 하얗고, 소 있던 사람은, 쟁기질한 사람은 머리가 새카만데, 어째 이놈한테는 하냐?"고 이런께, 머리 새카만 사람은 저거 아버지고, 머리 하얀 사람은 아들이더래.

(조사자 : 아, 왜 그럴까요?)

하얀 사람, 근데 인자 오래 살아가지고, 저거 아버지가 새로 머리가 새카맣게 났더래야. 저거 아버지가. 그래 인자,

"와 무이기 같이 미련한 놈이라고 했노?"

이러이끼네(이렇게 말하니까), 서울 이 궁궐을 지으면, 이 궁궐을 지으면 넘어 가더래야. 궁궐을 지으면 넘어가고, 넘어가고. 그래 이거야 참, 그래 인자,

"와 그거야 무어개가 터 잡았는데 그러요?" 한께네. 학터인데, 서울이 학터인데, 죽기를(날개죽지를) 누지리지도 안 하고, 죽지를 안 누지르고, 거기다가 집을 지으니께네, 이놈이 넘어 갈삐께네. 궁궐을 지면 넘어 간다 이기라. 그래 가지고 누질러갖고 집을 지으니까 거시기 하더래.

그래 가지고 이놈이 인자 그래 갖고 이 사람이,

"어 그러면 떡이나 먹자."

떡을 깨서리를 하더래. 이 영감이 깨서리를 하니까, 까마구가 '훙' 날아들거든. 근께,

"훙 날아드는구나, 그려."

그래 인자 그러더니 또,

"뚤레뚤레 하는구나, 그려."

그래 인자 또,

"찌우시 엉금엉금 들어오는구나, 그려, 엉금엉금."

"찌우시 내미다(내밀어) 보는구나, 그려."

저기서 까마귀란 놈이 지우시(기웃이) 내비다 본께,

"꼭 찍어 다리구나 그려." 그런께, 그놈 떡 깨서리 한 거를 꾹 찍어 다렸제, 꾹 찍어 다래 주나니, 그래 인자 고것만 가지고 그만 가라 카더 래야.

"홍 날아드는구나, 그려."

아 이놈이 그래 저거 집에 가서 만날 영감, 할매가,

"그래, 홍 날아드는구나."

그려. 그런께,

"그 놈, 뚤레뚤레 하는구나."

그려.

"또 엉금엉금 들어오는구나."

그려. 그래,

"찌우시 내미다 보는구나."

그려. 그래 인자,

"콕 찍어 다려주는구나."

그려 하니까, 고만 도둑놈이 금방 가뻐리더래. 도둑놈이 도둑질을 하고 담벼락을 넘어 홍 날아든께,

"홍 날아드는구나." 그려. 그래 인자, 또 인자 엉금엉금 들어온께,

"엉금엉금 들어오는구나."

그려. 그래 인자 또 있다가 조금 있으면 엉금엉금 들어간께, 그 소리를 하더래야. 그래서 찌우시 내미다 봤더래.

"찌우시 내미다 보는구나."

그려. 그래 고마 콕 찍어 다린께,

"콕 찍어 다리는구나."

그려. 하니께 고마 도망가삐리더랴. 그런께 도로 도둑질을 하는 놈이 고마 그랴. 고마 그래 가지고 이야기를 사가지고 그 사람이 부자가 되더 랴. 그 얘기만 만날 한께.

꾀 많은 며느리

자료코드 : 04_18_FOT_20090726_PKS_KYD_0001
조사장소 : 경상남도 함양군 함양읍 죽림리 내곡마을 안거리실노모당
조사일시 : 2009.7.26
조 사 자 : 서정매, 이진영, 조민정
제 보 자 : 김윤덕, 여, 72세
구연상황 : 옛날 며느리 이야기 있으면 해 달라고 하니, 재미있는 이야기가 있다며 들려 주었다. 청중들도 이야기를 재미있게 듣다가 이야기 중간에 맞장구를 치곤 하 였다.
줄 거 리 : 시어머니가 며느리에게 다른 집 며느리는 도둑질을 잘 해 오는데, 너는 왜 안 하는냐고 했다. 며느리가 그 말을 듣고 남의 집에 널어 놓은 명주 베를 걷어 와 시어머니께 갖다 드렸다. 오후가 되자 동네에서 조사를 하러 왔는데, 놀란 시어머니가 어쩔 줄을 모르고 안절부절했다. 며느리는 시어머니께 감당도 못 하면서 왜 물건을 가져오라고 했냐고 하며, 명주천을 물에 담군 뒤 솥에다가 넣고 그 위에 쌀을 안쳐 불을 때었다. 조사를 하러 온 사람들도 불을 때고 있 는 밥솥에 명주천이 있을 거라는 생각을 못하고 그냥 돌아갔다.

옛날에, 옛날이야기거든 예. 시어머니가 며느리를 봤는데, 며느리를 보 고,

"야야, 다른 며느리들은 다 도둑질을 해 오는데, 너는 와 그런 걸 할 줄 모르노?"

그랬거든. 그러니까 이 며느리가, 저 명지 베 축축 널어 놓은 걸, 넘의 집에 가서 착착 걷어다 줌서, 시어머니한테 갖다 줬어.

자, 갖다 줬거든. 그런께 인자, 그러자 이제 낮에 걷어와는게, 저 동네 밑에서, 조사를 해서 쳐들어오는 기라, 찾을라고. 그러니까,

"아이구 야야, 이걸 어짜꼬? 이걸 어짜꾸나? 이걸 어짜꾸나?" 하고 발발 매더래야.

"어머니, 그거 가축도(감당도) 못하면서 가져 오라 해요?"

딱 며느리가 그라더랴. 며느리가 꽤도 많제.

(청중 1 : 하모.)

물에다 탁 담가가지고(담가서), '잠상 잠상' 요렇게 [손으로 치며] 탁 해 가지고, 솥 밑구녕에다, 세발 솥, 솥 밑구녕에다 탁 놓고, 벌써 저게 올라 오는데, 고마 우에다 쌀을 안치고 불을 때삐맀어. [청중들 모두가 신통한 듯 웅성거림] 그런께 못 들컸더란다, 못 들키더란다.

(청중 1 : 아이고, 며느리 꾀 많네.)

(청중 2 : 장하다.)

아이고, 그래 며느리보고,

"아이구, 야, 너 참 장하다."

시어머니가 그라더래야.

"감당도 몬함서(못 하면서) 어머니, 가져오라 캤어요?"

카면서 뒤에 갖고마. 그 꾀도 많제, 그쟈? 명주 베에다가 물을 묻혀갖고 (묻혀서) 마, 솥에다 딱 안치 놓고, 우에다 쌀을 안치갖고 불을 떼거든. 그러니 불 때는 솥에 있으리란 생각을 안 하잖아, 찾으러 온 사람들이. 그러니까 꾀가 많은 거라.

구렁이 도움으로 부자 된 사람

자료코드 : 04_18_FOT_20090725_PKS_KIS_0001
조사장소 : 경상남도 함양군 함양읍 신관리 기동마을 김임순 자택
조사일시 : 2009.7.25
조 사 자 : 박경수, 문세미나
제 보 자 : 김임순, 여, 88세
구연상황 : 조사자가 제보자에게 알고 있는 재미있는 이야기를 없느냐고 묻자, 잘 기억이
　　　　　 나지 않는다고 했다가 다음 이야기를 구술했다.
줄 거 리 : 옛날에 매우 가난하게 사는 사람이 어떻게 하면 잘 살게 될까라며 걱정했다.
　　　　　 이 말을 들은 구렁이가 시를 써서 주었다. 글에서 말한 대로 열두 대문을 열
　　　　　 고 들어가니 쌀과 나락이 가득 했고, 사람들이 그것을 져내고 있었다. 조금만
　　　　　 갖고 있으면 잘 살겠다고 생각했지만, 그냥 집으로 돌아왔다. 그런데 집으로
　　　　　 돌아오니 그것들이 자신의 집으로 와 있었다. 그래서 가난한 사람은 부자로
　　　　　 살게 되었다.

　하도 없어서,

　"오짜몬 살기가 될꼬?" 했디만, 구러이(구렁이)가 시로 글을 써서 주
더랴.

　그래서 그 대문에 열 두 대문인데, 열면 대문이고 열면 대문이고, 참
열고 들어가께네로 참 부자로 잘 사는데, 막 나락 가마니고 쌀가마니고
깍(꽉) 찼더라요.

　그래 마음에, '아이고 저 놈 나좀 주면 내가 살겠다.' 싶으디만은, 자꾸
져내더랴. 져내서 돈이고 뭣이고 한정도 없더랴. 그랬디이, 그래 있다가
오이께네로 전부 자기네 집으로 다 왔더랴. 그래 잘 살더라요. [웃음]

　(조사자 : 아, 할머니 이야기가 재미있네. 부자로 살다가.)

　그것도 제 복이지.

　(조사자 : 그렇죠. 복이죠.)

며느리의 참았던 방귀 힘

자료코드 : 04_18_FOT_20090724_PKS_KJS_0001
조사장소 : 경상남도 함양군 함양읍 죽림리 상죽(상수락)마을 상수락마을회관
조사일시 : 2009.7.24
조 사 자 : 서정매, 문세미나, 이진영, 조민정
제 보 자 : 김재순, 여, 81세

구연상황 : 조사자가 마을에서 전해 내려오는 전설이나 어렸을 때 들었던 이야기가 있으
면 이야기를 해달라고 하였다. 방귀 뀐 얘기도 괜찮다고 하니, 제보자가 웃으
면서 들었던 얘기라면서 해 주었다.

줄 거 리 : 며느리가 시집을 와서 얼굴이 샛노랗게 변하니, 시아버지와 시어머니가 무척
걱정을 했다. 그래서 왜 그러느냐고 물었더니 방귀를 못 뀌어 그랬다고 하고
소원대로 방귀를 뀌고 싶다고 말했다. 그래서 소원대로 하라고 했더니 아버님
은 상을 잡고, 어머님도 무거운 것을 잡으라고 했다. 그리고 나서 갑자기 방
귀를 뀌는데, 얼마나 센지 시부모가 이리 저리 날라 가버려서 큰 일이 날 뻔
하였다.

며느리가 하도 얼굴이 거시기 해서, 오비댁이 전에 삼삼 이야기를 잘하
거든, 그래.

"너 얼굴이 왜 그러냐? 왜 그러냐?" 한께,

"나 한 가지 소원이 있는데요" 근께,

"뭐시냐? 너 소원대로 해라." 인자 그런께는,

"그러믄 나 소원대로 할래요."

"니가 그래 갖고 되겠나? 얼굴 거시기 하구로 해야지."

그러면,

"아버님, 아버님 상 좀 잡고, 어머님 뒤에 뭐 거석 잡으시오." 캐삼
시로,

"앞 뒤로 잡으시오" 그러면,

"그러믄 우짤라고 그러나?" 하니께, 방구를 뀐께로 아버님이 저 짝으로
달아나고 시엄마는 또 이리 달아나뿌고, 저리 가뿌고, 다들 달아나뿌고.

며느리 방구에 도려 난리가 났뺐다고. 나 논께,

"아이고 고마 해라, 아이고 고마 해라. 인자 다 뀌고 고마 해라, 고마 해라."라고, 전에 오비댁이 그래 이야기를 했어.

시묘 사는 사람과 매일 같이 잔 범

자료코드 : 04_18_FOT_20090725_PKS_NJS_0001
조사장소 : 경삼남도 함양군 함양읍 신천리 평촌마을 마을회관
조사일시 : 2009.7.25
조 사 자 : 박경수, 문세미나
제 보 자 : 노정순, 여, 85세
구연상황 : 조사자가 제보자에게 옛날에 들었던 이야기로 호랑이 이야기 같은 것이 있으면 해달라고 하자, 제보자가 어린 시절 들었던 이야기라면서 해 주었다.
줄 거 리 : 옛날에 어머니가 죽어 시묘살이를 하는 남자가 있었는데, 범이 매일 곁에 와서 같이 잠을 잤다. 어느 날 범이 나타나지 않았는데, 꿈에 선몽을 하여 자신이 덫에 걸려 있으니 구해 달라고 했다. 먼 산청까지 가니, 실제 범이 덫에 걸려 있는데, 동네사람들이 잡으려는 순간이었다. 고함을 치며 자신의 범이라고 하여 구해 주었다. 그 후로 범은 다시 시묘살이하는 곳에 와서 같이 잠을 자며 그 사람을 지켜 주었다.

나도 들은 소리라.

(조사자 : 들은 이야기 괜찮습니다.)

저게 여 범정지라 크는 데 있거든요. 여 범정지라 카는 데 있어. 거서 인자 옛날에 누가 인자 어머이(어머니)가 세상 베렀어. 거서 시모(시묘)를 살고 있는데, 범이 저녁으로 꼭 거 와서 같이 잤디야. 그 인자 그 아들이 시모를 살고 있인께, 그 와서 같이 꼭 자.

거게서 자고 있었는데, 하루 저녁에는 범이 안 오더랴. 범이 안 와서 새벽(새벽) 됐는데, 막 꿈에 막,

"내가 저게 도태(덫)가 걸렸응께, 나를 좀 찾으러 오라."고 막 그리 마

꿈에 선몽을 하더라. 그래 이 사람이,

(조사자 : 도태가 뭡니까? 아, 덫, 덫에 걸려서, 아 아.)

그래 인자 그 사람이 고마 마 밤에 고마 마 카안(까마득한) 산청 매미 배꺼지 찾아 쫓아갔더라. 그래 강께 대체 도태가 걸리갖고 막 동네사람이 잡을라고, 막 거서 이 사람이 강께, 막 잡을라고 우- 섰더라. 그래 막 그 사람이 막,

"그거 내 범이라고." 막 괌(고함)을 지르고 못 잡았고. 그래 데꼬 왔다고 안 햐. 그 소린 들었어 내가.

(청중 : 산청 매범에서.)

아, 산청 매범에서.

(조사자 : 그래 호랑이가 그래 덫을 풀고 안자 은혜를 어떻게 값았나요?)

은혜를 인자 그랑께 그 머, 또 저녁으로 거 와 잤지, 머 같이.

(조사자 : 호랑이가 계속 와가지고.)

(청중 : 사람도 호랑이가 같이 지켜서 있다.)

하모, 같이 지켜서.

(조사자 : 같이 지켜준다고.)

응 지켰어. 같이 그래.

옛날에 그래 이얘기 있더라고.

제사에 밤 한 개만 먹은 혼신

자료코드 : 04_18_FOT_20090725_PKS_NJS_0002
조사장소 : 경상남도 함양군 함양읍 신천리 평촌마을 마을회관
조사일시 : 2009.7.25
조 사 자 : 박경수, 문세미나

제 보 자 : 노정순, 여, 85세
구연상황 : 조사자가 옛날에 들었던 이야기 중에 또 다른 이야기가 없느냐고 묻자, 제보
자는 아버지께 들었던 이야기라며 이 이야기를 해주었다.
줄 거 리 : 옛날에 어떤 사람이 소 장사를 하고 밤에 돌아오는데, 마을 입구에 웬 노인이
앉아 있었다. 왜 여기 앉아 있느냐고 묻자, 오늘 자신의 기일인데 새벽이 되
어 닭이 울어서 더 있지 못하고 밤 한 개만 급히 빼어서 나왔다고 했다. 제사
는 너무 일찍 지내도 안 되고, 너무 늦게 지내도 안 된다.

제사에 우리 아버지가 그래 사.

제사를 지내는 초저녁에 저게 지내야 되지 새벽에 지내면 안 된대. 그
래서 그래,

"와 그래요?"

그랑께, 저 와 덕실, 덕실 들어가는 입구에, 옛날에 인자 뉘가 제사가
돌아오는데, 뉘가 머 속, 어데 무슨 장사를 갔다오다 봤다나? 그래 허헌
노인이 하나 밤에 그 덕실 들어가는 입구에 거기 앉았더랴. 그래 소 장사
를 갔다 오다 그랬다나 어쨌다나, 그래서 인자,

"웬 어르신이 여기 이래 앉았냐고?" 그란께,

"내가 밤새도록 오늘 저녁 내 기일인데, 밤새도록 오다본께, 여 온께
저 동네가 긴데, 닭이 울어삐리서 내가 몬 들어가고, 여게가 이렇게 앉았
다." 그라더래.

"그래서 돌아가야 되겠다." 그람서,

"밤을, 아 내가 집에 들어간께, 고마 제사는 다 지내삐렀더래. 다 지내
서, 그래 내가 고마 밤을 이렇게 갖고 나왔다."고 그람서, 접시에다 밤을
이래 담았는데, 밤 한 개를 쏙 빼서 거 앉자 묵고, 그래 인자, 그란께 또
밤이 없어졌겠지, 거서 한 개만 빼 묵었은께. 그래서,

"그래 나는 고마 돌아간다." 그러더랴, 제사는 못 얻어 묵고. 그렇다고
또 그런 이약(이야기)도 해쌓대.

(조사자 : 너무 일찍 지내면 안 되는데.)

그래 너무 일찍 초저녁에 일찍 지내몬 안 된다 근냐. 그래 너무 늦게 지내도 새벽 닭이 운께 못 들어갔제, 멀어서 마 늦게 가서.

(청중 : 지금은 다 일찍 지내.)

그런께.

(청중 : 12시 안에만 지내면 된다 캐.)

그래 쌓더라고.

(조사자 : 옛날에는 자시에 11부터 1시 사이 그래 지냈죠?)

12시 넘어서도 지내고.

(청중 : 지금은 9시에도 지내고, 10시에도 지내고.)

도둑으로 몰린 아버지를 재치로 구한 딸

자료코드 : 04_18_FOT_20090725_PKS_NCY_0001
조사장소 : 경상남도 함양군 함양읍 백천리 척지마을 마을회관
조사일시 : 2009.7.25
조 사 자 : 박경수, 문세미나
제 보 자 : 노춘영, 여, 70세
구연상황 : 조사자가 제보자에게 먼저 재미있는 이야기가 있으면 해달라고 부탁하자, 처음에는 아는 이야기가 없다고 했다. 조사자가 다른 마을에서 들은 이야기로 재치로 아버지를 장가 보낸 이야기를 하자, 제보자가 비슷한 이야기가 생각이 났는지 이 이야기를 들려주었다.
줄 거 리 : 가난한 양반 집 아버지가 딸을 데리고 잘 사는 상놈 집에 가게 되었다. 상놈 집 평상에 놋그릇이 많이 널려 있어, 아버지가 몰래 망태기에 담아 가려고 했다. 망태기에 든 놋그릇이 무거워 그만 땅에 떨어져 소리를 내고 말았다. 도둑으로 몰려서 난처하게 된 상황에서, 아버지가 그렇게 하면 정승 감사가 나온다고 해서 일부러 그렇게 했다고 딸이 말을 돌려댔다. 딸의 말에 아버지가 도둑을 면하고, 딸은 후일 재산을 모으고 정승 감사를 낳아 잘 살았다.

양반이 저게 못 살고, 상놈이 억수로 잘 살았더래요.

[조사자가 녹음기를 가까이 대자] 이거 한동 녹음할라꼬?

(조사자 : 네, 괜찮아요.)

그래 그랬는데 딸을 델꼬(데리고) 억수로 머던(멀던)갑세 가이께네, 인자 요 가게 자기가 된 기라요. 상놈의 집에, 팽상(평상)에 막 놋그릇이 뻔질뻔질 널쳐 있응께, 옛날 덜금에 보이 큰 망태가 있더라요.

우리 어마이(어머니)가 그걸 써, 시어마이가 써. 그래 인자 그놈을 내려 갖고 그놈을 심켜가(숨겨서) 갈라꼬, 이놈의 저게 거시기 새며느리, 저거 아부지가 인자 말하자면 양반이지. 상놈집에서.

그래서 고마 집어가다가 무겁어서 놋그릇이 탁 엎어진께네 막 이놈이 도둑 잡자고 막, 인자 집안에 사람들이 싹 다 나왔더래. 나온께,

"그래 아이고 우리 아부지가 정승 감사 저게 손자 나온다 캐서, 방패로 그랬다."고 그래 마 딸이 훌륭한 벗어 냄기더란다. 그래 갖고 저거 아부지 도둑놈 면하고, 그 여자가 말대로 그 살림 삭 몇 억 되는 자손('재산'이라 해야 할 말을 이렇게 함) 다 쟁기고 대대로 정승 감사 아들을 놓더라요.

그래가 도독놈 면하고, 아바이 도독놈 면하고, 자기 훌륭한 사람 되고, 그래 갖고 머머 지고 엎어졌은께 놋그릇 비미 소리나겄어, 옛날에 망태에다가. 그래가 어쩨 했노 됨박을 해 갖고 싹 엎어진께 파싹 하더라 캐. 그래 그기 끝이라.

호식 당할 팔자

자료코드 : 04_18_FOT_20090724_PKS_PBH_0001
조사장소 : 경상남도 함양군 함양읍 죽곡리 죽곡마을 죽곡마을노모당
조사일시 : 2009.7.24
조 사 자 : 서정매, 조민정, 이진영

제 보 자 : 박복희, 여, 75세

구연상황 : 조사자가 마을에 호랑이와 관련된 얘기가 있으면 해 달라고 하니까, 제보자는 부끄러워하면서 이야기를 구술해 주었다. 점심 시간이어서 국수를 준비하고 있던 터라, 도마에서 칼질하는 소리도 함께 들렸다.

줄 거 리 : 한 방에 친구들과 함께 일렬로 누워 자는데, 호랑이가 문 옆의 사람은 물어 가지 않고, 가운데와 안쪽에 있는 사람을 물고 갔다. 즉 호식 당할 팔자가 있는 사람은 방 안쪽에 자고 있어도 결국은 잡혀 간다.

호랭이가, 막 아도 업고 가고, 인자 이래 졸졸하이(일렬로) 한방에 이리 누워 자는데, 한방.

(조사자 : 한방에 애기하고 어른하고?)

인자 막 친구들도 요리 조르르하이 누워 자는데, 가운데 사람, 안에 사람을 물고 가고 그라더래야.

(조사자 : 가운데 사람을 물고 가더라고요?)

하모. 문 앞에 사람 안 물고 가고.

(조사자 : 왜 가운데 사람을 물고 갔을까요?)

모르지, 와 그라는 고. 저 안에 사람을 물고 가더래야.

(조사자 : 네?)

(청중 : 호랑이 밥에 치이서 그랴.)

(조사자 : 호랑이 밥에?)

음. 호랑이 지가 '지 묵을 상'이라서. 안 물고 갈 사람은 아무리 많이 있어도 안 물고 가고, 호식할 사람들은 물고 가고, 호식할 사람은.

(청중 : 그래, 아기를 가운데 닙히지(눕히지) 마란 말이 안 있소.)

옛날에 말이 있어. 애기는 가에 닙히라(눕혀라). 부부간에 자도 애기는 가에 닙히고, 부부간은 한테 자고, 그런 기라.

시아버지께 높임말을 잘못 쓴 며느리

자료코드 : 04_18_FOT_20090724_PKS_PBH_0002
조사장소 : 경상남도 함양군 함양읍 죽곡리 죽곡마을 죽곡마을 노모당
조사일시 : 2009.7.24
조 사 자 : 서정매, 조민정, 이진영
제 보 자 : 박복희, 여, 75세
구연상황 : 우스운 이야기가 있으면 해 달라고 하니, 재미있는 이야기가 있다며 들려주
었다.
줄 거 리 : 며느리가 시집을 가서 시아버님께 말을 높이려고 하였다. 감자를 삶아 놓고
시아버지에게 "감자 집어 다리러 오이소."라고 했다. 감자 잡수시러 오라는
말을 몰라서 이상하게 말한 것이다.

옛날 사람이 하나 시집을 가 갖고, 저 감자를 저 삶아 놓고,

"아버님, 감자 집어 다리로 오시소."

[웃으면서] 그랬는 기라. 며느리가 시아바이를 보고 조심이 없어가지고,
말 할 줄을 몰라서 그런가.

"아버님 감자 집어 다리로 오시오." 그러고(그렇게 말을 하고).

(조사자 : 감자 뭐라고?)

감자 삶아 논 거 잡수로 오란 소리를, 집어 다리로 오라 카더래야.

(조사자 : 집어? 집어 먹으로 오라고?)

응. 집어 먹으로 오라고. 시아버지한테.

[웃으며] 시아버지가 어려운긴데.

며느리의 참았던 방귀 힘

자료코드 : 04_18_FOT_20090724_PKS_PBH_0003
조사장소 : 경상남도 함양군 함양읍 죽곡리 죽곡마을 죽곡마을 노모당
조사일시 : 2009.7.24

조 사 자 : 서정매, 조민정, 이진영
제 보 자 : 박복희, 여, 75세
구연상황 : 조사자가 다른 재미난 이야기가 없느냐고 묻자, 제보자는 또 하나 해보겠다고
　　　　　하면서 이야기를 시작했다. 이야기가 재미있는 내용이어서 제보자 스스로 이
　　　　　야기를 하면서 웃곤 하였다.
줄 거 리 : 옛날에 며느리가 시집을 와서 방귀를 마음대로 뀌지를 못하자 얼굴이 노랗게
　　　　　변하였다. 시어머니가 걱정되어 방귀를 뀌라고 했더니, 일하는 머슴에게 기둥
　　　　　을 잡으라 하고는 아주 큰 소리로 방귀를 뀌었다. 그 이후로는 얼굴빛이 괜찮
　　　　　아졌다.

　　옛날에 며느리가 노라이(노랗게) 해 가지고 있더래아.

　　"그래 어찌서 너 그리 노라노?" 근께(그러니까),

　　"방구를 몬 껴서, 방구를 참아서 그리 노랗다." 카더래아.

　　"그러면, 방구를 끼라." 한께, 옛날에 인자, 일해 묵는 머슴들이 있거든.
머슴은 기둥을 잡으라 카고 싸. 그래 갖고 방구를 '팡' 끼더래야. [소리내
어 웃음] 그렁께 인제, 얼굴이 안 노래지더래. 방구를 그래 끼고 난께.

　　옛날에는 시집가면 시아바이 앞에, 시어마이 앞에 방구 몬 끼거든.

　　(청중 : 몬 꼈제.)

　　예. 방구 끼면 쫓아내, 며느리를.

　　(조사자 : 아, 그렇습니까?)

　　하모, 지금은 팡팡 끼도.

꼬부랑 이야기

자료코드 : 04_18_FOT_20090726_PKS_POS_0001
조사장소 : 경상남도 함양군 함양읍 죽림리 내곡마을 바깥거리실 내곡마을회관
조사일시 : 2009.7.26
조 사 자 : 서정매, 조민정, 이진영
제 보 자 : 방옥순, 여, 88세

구연상황 : 조사자가 제보자에게 옛날에 들었던 재미난 이야기가 없느냐고 제보자에게
        물어보니 웃으면서 하나 해보겠다고 해서 한 이야기이다.

줄 거 리 : 꼬부랑 할머니가 꼬부랑 작대기를 짚고 꼬부랑 고개를 넘어가다 꼬부랑 똥을
        누니, 꼬부랑 개와 와서 먹어버리자 꼬부랑 작대리고 꼬부랑 개를 치니, 개가
        "꼬부랑 캥, 꼬부랑 캥" 하였다.

　　꼬부랑 짝대기를 짚고, 꼬부랑 고개를 넘어가니, 꼬부랑 개가 와서, 꼬
부랑 똥을 참, 잘 몬했네. [웃음]

　　꼬부랑 할머니가, 꼬부랑 재를 넘어가니, 꼬부랑 똥이 매려바서(마려워
서), 꼬부랑 똥을 누니, 꼬부랑 개가 와서, 꼬부랑 입으로, 집어 먹어묵삐
리(먹어버렸다).

　　꼬부랑 짝대기로 [파리채로 바닥을 치며] 톡 꼬부랑 작대기로 때리 준
께, '꼬부랑 깽, 꼬부랑 깽.' 하고 가더라네. [웃음]

대풍창을 낫게 한 약샘

자료코드 : 04_18_FOT_20090726_PKS_BEL_0001
조사장소 : 경상남도 함양군 함양읍 삼산리 뇌산마을 마을회관
조사일시 : 2009.7.26
조 사 자 : 박경수, 문세미나
제 보 자 : 배을님, 여, 90세
구연상황 : 조사자가 이 마을에 전해져 내려오는 재미있는 이야기가 없냐고 묻자, 제보자
        가 약샘에 관한 이야기를 하기 시작했다.
줄 거 리 : 옛날에 마을에 샘이 있었다. 병이 있는 사람이 이 샘에서 목욕을 하면 병이
        나았다. 대풍창에 걸린 사람도 목욕을 하고 나서 병이 나았다. 그래서 이 샘
        이 약샘이 되었다. 지금은 샘을 관리하지 않고 두어 엉망이 되어 있다.

　　(조사자 : 누가 그 어째가 병이 났는, 약샘 이야기, 에.)

　　거 가서 목욕을 하고, 그란께네로 거서 병이 낫더래요.

　　(조사자 : 목욕을 하니까 약샘에서.)

예. 그래서 거가 약샘이가 되었더래요. 옛날에.

(청중 : 아주 옛날이지.)

(조사자 : 아주 옛날에?)

하모.

(조사자 : 누가 많이 아팠던 모양이지요?)

아이 그기 인자 옛날에, 옛날에 노인들이 그래 썼데요. 그 와 그석 병, 대풍창('나병'을 한방에서 이르는 말).

(조사자 : 대풍창.)

예. 거게 장근(계속) 거서 목욕을 한게 낫더래요. 그래서 그기 약샘이래요. 그런데 지금은 샘이도 얄구지(얄궂게) 돼가 있어.

(조사자 : 그기 어데, 동네 어디쯤 있습니까?)

저게 동네 넘어서, 산 너머 가모 애복(제법) 가야 되요.

(청중 : 샘물도 건드리싸서 얄구지 되가.)

막 얄구지 모도 사람이 손을 대싸서. 그래, 물은 장근 항상 많이 나요, 물이.

(조사자 : 물은 마이 나는데 지금.)

그런데 저게 샘물을 막 얄구지 해났어, 지금.

중 괄시하다 망한 효리의 남원 양씨

자료코드 : 04_18_FOT_20090727_PKS_YTG_0001

조사장소 : 경상남도 함양군 함양읍 함양읍유도회

조사일시 : 2009.7.27

조 사 자 : 박경수, 문세미나, 이진영, 조민정

제 보 자 : 양태규, 남, 82세

구연상황 : 조사자가 함양군 마을이나 인물에 관하여 아는 이야기가 있으면 해달라고 하자, 제보자가 자신의 집안에 관련된 이야기라고 하며 시작했다. 우명리란 마

을 이름이 생기게 된 내력과 우명리 효리 양씨들이 망하게 된 이야기였다. 그렇지만 단지 전설일 뿐이며 믿을 수는 없다는 점을 강조했다. 제보자가 이야기를 마치자 함양유도회의 회장을 맡고 있으면서 효리가 집인 정경상(남, 68세) 제보자는 자신이 아는 이야기와 다르다며 다시 이야기를 하기도 했다.

줄 거 리 : 함양군 수동면 우명리에 남원 양씨들이 들어와 살게 된 지 600년이 넘었다. 옛날에는 일로당 양관 선생 등 유명한 분들이 많았다. 이분들이 있고 난 이후 남원 양씨들이 세도를 믿고 좀 과하게 행동했다. 하루는 동냥을 온 탁발승을 묶어서 혼을 내었다. 그런데 그 중은 도사 중이었다. 계속 이렇게 하면 백성들이 살기 힘들겠다고 생각하여 우명리 효리의 양씨 집안을 망하게 해야 되겠다고 생각했다. 그래서 마을 앞에 있던 왕대를 모두 베게 하고, 쇠바우라는 바위를 깨게 하였다. 그러자 바위에서 소가 울면서 나왔다고 해서 마을 이름이 우명리가 되었다. 그후 우명리 효리의 남원 양씨들이 망하고 잘 되는 사람이 없게 되었다.

어 함양군이 생기고 난 뒤에 각, 열한 개 면이 있었거든요. 근데 함양, 지금은 함양읍으로 되어 있지만은 예전에는 석복이라 했었고, 12개 면이 있었는데, 고 중에, 12개 면 중에 수동면이라 쿠는 데가 있어요.

그 한 가지 인자 뭐 그 전에 우리 행교지니 면읍지 같은 데가 나와 있지만은, 수동면 우명리라 쿠는 그 마을의, 말하자면 생기고 난 그 본 의도를 갖다가 내가 얘기할라고 그러는데, 수동면 우명리라 쿠는 그곳이 오째서 생겼느냐? 이거 인자 저는 남원 양갑니다. 양간데, 우리 말하자면 선대에서 함양으로 입향(入鄕)하신 제가 한 600년 넘어 되요.

근데 고 뒤에 인자 후손들이 일로당(逸老堂)이라 쿠는 그 호를 가지고, 물 관자 물댈 관(灌)자 해 가지고 양관(양관(梁灌, 1437~1507))이라 쿠는, (조사자 : 아 예, 저 알고 있습니다.) 그분이 나시고, 고담에(그 다음에) 손자 또 구조람이 나시고 그러했는데. 그 일로당이 나고 구조람이 나고 할 전에의 것은 수동면 우명리라 쿠는 데가 뭐신지 몰랐었어요.

몰랐는데, 우리가 듣기로는, 우리가 듣기로는 그래 그 양가들 중에서 그 선생이 두 분이 나셨는데, 그 분들이 어 인자 한참 득세를 하고 있을 때 너무나 욕심에 치우쳐가지고, 그 득세를 하는 그 바람에 고만 참 권세나 펴볼까 싶어서 요새 같으면 그만 좀 그 뭐 권력을 좀 남용을 하다시피 그래서 했어요.

그래 가지고 일로당이라 쿠는 분은 이주목사 뭐 저저저 덕천군수 여러 가지로 외지에 돌았고 그래서 그 분들이 다 가고 난 뒤에 한창 세도를 펴다 보니까, 이건 제 욕심도 아이고 자랑도 아닙니다. 그냥 전설 이야기인데.

그래 하로 어느 날 그 참 중이 한 분이 오셔가지고, 그 인자 그 선생 집 앞에 와서 대문간에 서서 목탁을 치면서 탁발을 하러 왔어요. 탁발을 하로 가서 시주를 해달라고 그런 뜻으로 탁발을 하러 왔는데, 그래 그 당시만 해도 양반 양반 싸면서 그 뭐 권세를 갖다 내뿜는 거 아입니까?

흥, 그래 그저 '새복(새벽)부터 그저 중놈이 와서 양반집에 와서 재수없구로 말이지 그런다'고 말이지 저놈 보고,

"갖다 묵어라."

이래가지고 결박을 져가지고, 우리 후손들한테 들려주는 기 인자 그 소리지. 그래가 꺼꿀로(거꾸로) 달아 매가지고 그 꼬치(고추)를 갈아 꼬칫물을 갖다 코에다가 들고, 그 사람이 할 일이라요? 죽는 기지 뭐, 과히 뭐. 그냥 맹물도 모를 낀데 거꾸로 달아 맨 것도 뭐 할 낀데, 그래 가지고 머리에는 어떻게 했느냐 하면은 주머니를 인자 베로 주머니를 지단한(길게) 짚어가지고 그따가(거기에다) 콩을 옇는 기라. 콩을 넣어다가 거다 물을 줘요. 콩이라는 거는 금방 붓거든요. 막 이래 막 부피가 커진다 말입니다. 머리에다가 씌우다가 물을 부었비지 고마. 콩이 불어면서 커지고 머리는 쪼아지면서 머리가 아픈기거든요. 아무 죄 없는 중을 그렇게까지 혹독하게 막 그 저 말하자면 대했단 이말이지.

그래 [민망한 듯이 웃으며] 여러분 듣는데 미안하고 부끄럽지만은, 그래 인자 그 중이 사정을 하는 거야.

"아이고 쉰님, 그 목숨만 살려주시면은 곧 시대 고마 그저 내직으로 외

직보다도 내직으로 그석해 가지고 아주 고마 벼슬도 아주 크게 하시고 집 안이 번창하구로 해줄긴께 아는 건 없지만은 내가, 저 천상 저 날좀 살려 주이소."

그래 사정을 하니깐 뭐라 쿠느냐 하면은,

"그라몬 풀어주라."

그 풀어주니까 그 서, 현재 효리라고 돼 있는데, 마을을 죽 둘러보니까 이대로 놔뒀다가는 까딱하면 큰일 나겠어요. 그야말로 뭐뭐 백성들을 갖 다가 못살게 구는 그런 그석이 날상(나올상) 싶어서 그래 인자 그 중이 마 도사지. 도사가 생각하기를, '이래가지고 놔두서는 안 되겠다. 양가들 전 부 망하구로 해삐리야 되겠다.' 그래 가지고 현재 남계수가 흐르고 있습 니다. 북에서 남쪽으로 죽 흐르고, 남계수가 상당히 큽니다. 고 건너편에 보면은 공배리라고, 지곡면 공배리라고 있고 또 도촌리라고 있어요.

그 보니 옛날에는 그저 대가, 아주 왕대가 카상이('대단히'의 뜻인 듯 함) 났더랍니다. 그래서 현재 이름도 인자 지곡면 도촌리 죽지평이라고 있어요. 대가지들이라고, 대가지들이라 그래. 지금은 대 한 포기도 없지 요. 그래 가지고,

"대를 전부 베야 됩니다."

중이 하는 말이.

"저거 놔두면요 앞에 전망도 뭐 베리고(버리고) 아무 것도 다 안 됩니 다. 저거 베야 됩니다."

그래 노니까 머리에, 아, 과연 그럴상 싶어요. 그래서 뭐뭐 돈도 있고 세도도 있고 하니깐,

"와 그 뭐, 대 베라."

그래 대를 벨 때 하늘도 울고 소나기도 오고 우박이 떨어지고 그랬답 니다, 전설로 봐서는. 그래 인자 그 지금 수동에서 안의로 가는 길쪽에 보 면은 쇠바위라 카는 바우가 있어요. 산 끄트머리제. 그 도로가에 있는데,

"바위도 그 저저 저래가 안 됩니다. 저 이번에 머시 안 좋고 놔두몬 안 됩니다. 저것도 깨시오."

그래서 석공 데려다 거서 막 깼어요 인자.

(조사자 : 쇠바우를?)

애, 쇠바우라 쿠는데. 그 쇠라 카는 거는 소 우(牛)잔데, 옛날에는 어른들이 소를 갖다가 '이놈의 쇠야!' 이람서 쇠라 캤거든, 쇠. 그라고 그러께 쇠바우는 우암이라는 말이거든요. 쇠바우.

그래서 그걸 깨니까 지금 분들은 그걸 믿지를 않을 끼라요. 우리도 그 안 믿키는데. 거서 바위를 깼는데 거 소가 나오겄어요? 소가 나와가지고 그래서 울면서 어두로 갔느냐 하면 가상 들로 산으로 해서 갔다 이기라. 동북정으로 해서. 그전에는 그리 인자 그저 우명리라는 소리를 없었는데, 소가 나와가지고 울고 갔다 이래가지고 우명리, 수동면 우명리, 시방도 현재는 우명립니다.

(조사자 : 그래서 우명리가 됐네요.)

우명리 효우촌 이래가지고, 효도 효(孝)자 하고 벗 우(友)자 하고 효우촌 전설이 나왔거든요. 지금까지는 그런데 효리까지는 지금까지도 그렇게 말하고 있습니다.

고기 한 가지 마 전설입니다. 내 이 자랑도 아니고, 지금 그 시방도 참 마을이 좋습니다.

(조사자 : 마을이 그렇게 바위를 자르고 이래가지고 마을이 좀 안 좋아졌거나, 이렇진 않았어요?)

그 뒤로는 우리 양가들 아무 것도 시방 난 게 없습니다, 아무도.

(조사자 : 아, 그 뒤로 좀 안 좋게 됐네요.)

야, 그렇게 망했다고는 알아요. 오백 년, 오백 년 지난 뒤에도, 지금도 인자 쪼끔 인자 뭐 저 재력으로 쪼끔 돈 번 사람 있기는 있지만은 벼슬로는 아무것도 한 사람 없어요. 장관 하나도 없고 도지사 하나도 없어.

남편으로 오인하여 바깥사돈 방에 간 부인

자료코드 : 04_18_FOT_20090726_PKS_LNS_0001
조사장소 : 경상남도 함양군 함양읍 삼산리 뇌산마을 마을회관
조사일시 : 2009.7.26
조 사 자 : 박경수, 문세미나
제 보 자 : 이남순, 여, 81세

구연상황 : 조사자가 다른 마을에서 들었던 우스개 이야기를 해주자, 제보자가 우스운 이
　　　　　야기가 있다며 이 이야기를 했다. 청중들이 이야기를 들으면서 웃음바다를 만
　　　　　들었다.
줄 거 리 : 옛날에 남편은 아랫방에 자고 부인은 윗방에서 자는데, 남편이 살구씨를 불면
　　　　　부인이 아랫방으로 가서 남편을 만나곤 했다. 하루는 바깥사돈이 와서 자는데
　　　　　등에 무엇이 베겨 끄집어 내어 보니 살구씨였다. 살구씨를 살펴보다 구멍이
　　　　　뚫어져 있어 그것을 부니 사돈댁이 남편이 오라는 신호로 알고 바깥사돈이
　　　　　있는 방으로 갔다.

　옛날에, 이기 저 인자 옛날에는 저게 부부간에 함께 안 자고 아랫방에,
저게 서방님은 아랫방에 자고, 인자 마느래(마누라)는 웃바이(윗방)에 자
고 그라는데, 이누무 것(이놈에 것) 아들이 있고 저게 영감이 저게 신랑이
자면서, 복숭씨 옛날에 와 살구씨, 그놈을 혹 불면 소리가 홱 안 나는가
배. 그걸 인자 홱 불면 인자 마느래를 내리오라 카는 기라. 거기 인자 전
달이라. [웃음]

　그래서 인자 홱 불면 내려가고 이랬는데, 하루 저녁에 바깥사돈이 와서
잤는데, 바깥사돈이 와서 자는데 바깥사돈이 머이 배기더라. 그래서 이래
본께 그기 살구씨가 구녕(구멍)이 뚤버지가(뚫어져서), [웃음] 그놈 배기더
라. 그래 그놈을 주어갖고 혹 분께네로 안사돈이 내려왔더라. [일동 웃음]
그런 수가 있더래요.

　(조사자 : 그집 큰일 났네 우짜노.)

　우째, 뭐 사돈인데 올라가야지. 그런 이바구 있어, 옛날에.

괜히 일어나서 뺨만 맞네

자료코드 : 04_18_FOT_20090726_PKS_LNS_0002
조사장소 : 경상남도 함양군 함양읍 삼산리 뇌산마을 마을회관
조사일시 : 2009.7.26
조 사 자 : 박경수, 문세미나
제 보 자 : 이남순, 여, 81세
구연상황 : 조사자가 또 우스운 이야기가 없느냐고 하자, 제보자는 그런 이야기가 더 없
        다고 했지만 잠시 후 다음 이야기를 꺼냈다.
줄 거 리 : 옛날에 한 방에서 아들들이 자고 있는 중에 신랑 각시가 볼 일을 보았다. 아
        들 한 명이 자다가 일어나 앉자, 신랑이 놀라 그 아들 뺨을 때렸다. 그러자
        누워 자던 아들이 "누워서 봐도 실컷 보는데 괜히 일어나서 뺨만 맞네."라고
        했다.

옛날 사람한테 그러더랴.

아들 쭉 늫히 놓고 신랑 각시 저게 볼일을 본께, 아들이 쭉, 하나는 일
나 앉았는데, [웃으며] 일나 앉아서 치라(쳐다) 보고 앉았는데, 고마 일나
가 앉아, 신랑이 쳐다본께는 아가 일나 앉았더래요, 옆에. 뺨을 고마 쌔리
주뺐대(때려 버렸대). [웃음]

(청중 : 뭐하러 누워서 봐도.)

그래서 봐요. 고마 뺨을 쌔리주뿌린께 누웠는 놈이,

"누서 봐도 실컷 잘겐데('볼겐데'라고 할 말을 잘못 함) 일나갖고 뺨만
맞네."

이라더래. [일동 웃음]

(청중 : 그건 새근이 있네.)

(조사자 : 가만히 누자면 될낀데, 괜히 일나가지고.)

가만 누서 쳐다보면 될낀데, 일나 앉았거든. 그런게 누운 놈이,

"누서 봐도 실컷 볼낀데 일나갖고 뺨만 맞네." [일동 웃음]

(조사자 : 아이고 재미있네.)

은혜 갚은 두꺼비

자료코드 : 04_18_FOT_20090726_PKS_LNS_0003
조사장소 : 경상남도 함양군 함양읍 삼산리 뇌산마을 마을회관
조사일시 : 2009.7.26
조 사 자 : 박경수, 문세미나
제 보 자 : 이남순, 여, 81세
구연상황 : 제보자는 앞의 우스개 이야기를 마치고, 다음 은혜 갚은 두꺼비 이야기를 했
다. 이야기를 마치자 청중이 짐승도 공을 안다고 하면서 제보자의 이야기에
공감하기도 했다.
줄 거 리 : 옛날에 새어머니가 들어와서 자기 딸에게는 일을 시키지 않고 전처 딸에게만
일을 시켰다. 하루는 밑이 빠진 항아리를 주며 물을 채우게 했다. 아무리 해
도 물이 채워지지 않았다. 그런데 매일 밥을 먹을 때 두꺼비 한 마리에게도
계속 밥을 주었다. 두꺼비가 그 은혜로 항아리의 구멍난 곳을 등으로 막아 물
을 채우게 했다.

콩쥐 팥쥐매이로(팥쥐처럼) 옛날에 인자 어마이가 죽고, 딸을 하나 놔
놓고 죽고, 인자 새로 어마이가 들어왔는데, 또 그게 딸을 하나 낳았더랴.

거서 놓고 그랬는데, 아이 이놈의 저거 딸은 안 시키고 장근(계속) 전처
딸 그것만 시키더래.

"물을 여다 부라(부어라)." 카고, 밑독아지에다가 구녁(구멍)을 뚤버(뚫
어)놓고 물을 여다 부라 칸게 그게 차요? 장근 흘러버리제.

(조사자 : 뭐 한다고 흘러버려?)

아, 깨놓고. 구녕(구멍)을 뚫어서 깨놓고 물 안 개피라고(고이라고). 장
근 여다 부도 고마 물이 안 차는 기라.

그래서 안 찬께, 장근 밥을 해 갖고 묵음서(먹으면서) 물 여다 붓는 사
램이, 뚜깨비(두꺼비)가 하나 있는데, 뚜꺼비를 갖다가 밥을 줬더래 장근.
밥을 줘서 키왔는데.

(청중 : 그 집 큰애기가?)

그래서 하모. 그랬는데 그래 인자 물을 저게 여다 부도 물이 안 찬께,

뚜깨비가 그 물 구녁 뚤븐(뚫은) 데다 구녁을 딱 등더리(등판)에다 막아갖고 있어서 물이 항거썩(가득) 차더라. 그래서 항거썩 채와 논께, 저게 서모가 이거 우째서 물이 찾는고 싶어서 디다(들여다) 본께, 뚜깨비가 딱 막아갖고 있더라.

(청중 : 그래 짐승을 밥을 준께 공을.)

하모. 짐승도 인자 은혜를 그래 하더래요, 뚜깨비가. 그런 수도 있더래, 옛날에.

장군이 난다는 장군대장 묘와 기우제

자료코드 : 04_18_FOT_20090724_PKS_LDW_0001
조사장소 : 경상남도 함양군 함양읍 죽림리 상수락마을 마을회관
조사일시 : 2009.7.24
조 사 자 : 서정매, 문세미나, 조민정, 이진영
제 보 자 : 이덕우, 남, 71세
구연상황 : 김영록 제보자의 이야기가 길게 이어지고 난 후, 듣고 있다가 문득 생각이 나서 장군대장 묘를 쓰는 이야기를 해 주었다. 마을에서도 모두가 아는 이야기여서 모두가 경청을 하며, 맞장구도 치고 설명도 해 주었다.
줄 거 리 : 장군대장 묘를 쓰면 자손이 장군이 된다고 해서 왜정 때부터 해방 직후 몇 년 동안 묘를 쓰고, 파내고를 반복하였다. 또 비가 안 오면 무제를 지내면 비가 온다고 하여, 함양 읍민 모두가 묘를 파내고 제사를 지냈다.

장군대장이라고 있어.

(조사자 : 장군대장 이야기.)

네, 그 묘를 쓰면은 그 자손들이 장군이 나온다고 해 갖고, 묘를 일정 때부터 시작해서 해방 직후에 몇 년 동안 늘 묘를 갖다가 쓰고 또 파내고, 거 물을 무제라고도 해 가지고, 비 안 오며는 제사를 지내며는 함양군 내에 비가 온다 해 갖고 함양 읍민들이 전부 다 거(거기에) 와서 막 묘를

파내고 이래 썼어, 거게.

그래 가지고 인자 늘 그리 하다가, (조사자 : 장군묘?) 장군. 장군대장이라고 카나? 뭐라 쿠더라? (청중 : 장군대장.) 응, 장군대장, 거 (청중 : 오봉산이라고 하는 데가 있어.) (조사자 : 오봉산 장군대장.) 하모, 그 상봉에 그런 자리가 하나 있다 이기라.

근데 그 자리에다 묘를 쓰면은, 시체를 갔다 넣으면은, 뼈따구를 갔다 넣으면은, 그 자손들이 장군이 난다고 해 갖고, 아무도 모르게 밀봉을 해 갖고 하고, 또 시멘으로도 묘를 못 파구로 이래 샀다 이기라.

그런데 그것이.

(청중 : 무제를 내가 알고 있기로도 두 번 이상 뭐.)

하모, 그래 가지고 묘를 쓰가지고 파 내고, 파 내고 그래했는데 인자, 그것이 그때는 하나의 그 아무것도 모르고 전설로 생각해 갖고는, 장군대장이라고 산이 좋은 산이 있으며는 무제를 지낸다. 이래갖고 지냈는데, 지금 세상에는 기압골이 흘러가면서 비가 오잖아요. 그러끼네 요즘에는 누가 묘를 썼든가 말았든가 간섭도 안 하고, 글로마(그것으로 그만) 끝나버리고 지금까지 인자 말아버렸어.

(청중 : 묘를 파러 갈 거 같으면 대개(보통) 가물 때 가거든, 가물 때.)

(조사자 : 가물 때.)

(청중 : 하모, 가물 때 가서 무제 지낸다고. 이 골짝 사람들 싹 다 옵니다. 함양 읍내 사람들도 와서 다 무제를 지내고. 내려오면 비를 맞는 기라.)

상림 숲을 조성한 최고운

자료코드 : 04_18_FOT_20090723_PKS_LTS_0001
조사장소 : 경상남도 함양군 서상면 면사무소 면장실
조사일시 : 2009.7.23

조 사 자 : 박경수, 정혜란
제 보 자 : 이태식, 남, 53세
구연상황 : 조사자는 제보자에게 함양군에 관한 이야기를 생각나는 대로 편안하게 말해
　　　　　　 달라고 부탁했다. 그러자 제보자가 상림공원에 얽힌 고운 최치원의 이야기부
　　　　　　 터 시작했다.
줄 거 리 : 함양의 상림공원은 숲과 관련된 이야기가 있다. 신라 때 최고운 선생이 함양
　　　　　　 태수로 함양에 왔다. 함양에 오니 하천이 범람해서 숲을 조성하기로 했다. 그
　　　　　　 런데 사람들을 시켜서 둑을 쌓았지만, 홍수로 무너져 버렸다. 그래서 최고운
　　　　　　 이 대운사 밑에 있는 용수에 가서 축문을 써서 기도를 했다. 그러자 용이 나
　　　　　　 타나 물길을 다른 곳으로 가게 하여 숲을 조성할 수 있었다.

함양에 보면은 인제 그 상림공원이 있는데 상림공원 조성과 관련되는
이야기들 여러 차례 들어서 알고 있습니다만은, 고운 선생에 얽힌 설화라
고 할까요. 내려오는 그런 이야기들.

(조사자 : 예, 있어요.)

근데 고 중에 숲을 조성할 당시에 그 내려오는 어떤 이야기를 보면은
고 함양이라는 지명 자체가 중국의 지명 함양하고 같은, 머금을 함(含)자
를 옛날에 신라 때는 썼거든요.

(조사자 : 아, 예 맞습니다.)

그러고 인자 그 위천 카는 게 위수, 구평, 위구평 카는 고게 중국에 있
는 거하고 같은 지명을 가지고 있는데, 공자 사당도 서상에 있고, 구평들
이 있고 뭐 이런 겁니다.

그런데 매년 그 고운 선생이 함양 태수로 와서 보니까, 이 하천이 범람
하고 해서 숲을 조성하겠다 카는 말씀으로 숲을 조성했는데, 이 국민들
부역을 시켜 하는 게 인력에 한계가, 요즘처럼 장비가 있는 게 아니니까.

인자 자기가 도저히 안 돼서 홍수가 억수같이 지면서 비가 억수같이
오는데 뭐 제방 쪼금 축조하면 도로 무너져버리고, 하천길이 저쪽 왼쪽으
로 갔다가 오른쪽으로 갔다가 들을 쓸고 갔다가 이런 식으로 문제가 되니

까 안 돼서, 대운사 밑에 있는 용수라는, 남강 수위가 바람이 되는 곳이 있습니다. 거기에 올라가서 축문을 외고 기도를 해서 저거를 하니까, 마 용이 홍수 속에서 휘몰아쳐가 다니다 보니까 물길이 갈쳐져가지고 제방을 축조하는데 도움을 줬다.

그거는 고운 선생께서 저 이 백성을 사랑하고 아끼는 그런 마음에 감복한 그런 걸로 해서 축조하게 되었다 카는 그런 말씀이 있습니다.

(조사자 : 그래서 상림.)

예 숲을 조성하는 그런 계기가 됐다 카는 고런 이야기가 전해 내려오는 게 있습니다.

상림 숲의 미물을 쫓은 최고운의 축문

자료코드 : 04_18_FOT_20090723_PKS_LTS_0002
조사장소 : 경상남도 함양군 서상면 면사무소 면장실
조사일시 : 2009.7.23
조 사 자 : 박경수, 정혜란
제 보 자 : 이태식, 남, 53세
구연상황 : 제보자는 상림공원의 숲과 관련된 최고운 선생의 이야기를 한 다음, 바로 이어서 상림 숲에 얽힌 또 다른 이야기를 했다.
줄 거 리 : 상림 숲이 조성된 뒤, 어느 날 최고운 선생의 어머니가 숲에서 쉬게 되었다. 그런데 갑자기 뱀이 나타나는 바람에 놀라서 기겁을 했다. 최고운 선생은 이를 알고 다시는 이곳에 뱀, 개구리, 개미 등이 나타나지 못하도록 축문을 써서 외웠다. 그 이후 천년이 지난 지금까지 상림 숲에 이런 미물들이 나타나지 않고 있다.

그 다음에 인제 또 그 숲과 관련되는 이야기, 인자 고운 선생의 어떤 효성 부분인데, 이 양반이 그 우리 역사에 사료에도 나옵니다마는, 원체 이 학문에 밝고 저거하는 어른이니까, 우리가 저쪽에 토황소 격문같이 글을 잘 쓰고 문장가시니까.

하루는 고운 선생 어머니가 숲을 조성해 놓고 그늘에서 쉬시는데 뱀이 나타나가지고 깜짝 놀라서 기겁을 하셨답니다.

그 내용을 아시고 고운 선생이 그 축문을 외가, '다시는 이곳에는 미물인 뱀과 개구리, 개미는 나타나지 말아라.' 하고 축문을 외고 난 뒤에, 지금까지 천년이 지난 지금까지도 그기 나타나지 않았다라고 하는, 그런 게 있는데.

현대에 와서 아직 밝혀진 건 아닙니다만은 거기에 있는 나무들이 때죽나무를 비롯해 가지고 독성을 가지고 있는 나무들이 미물들을 접근하는 것을 막아서 그랬던 게 아닌가 이런 것도 있고.

(조사자 : 아 상림 숲에?)

예, 예.

최고운이 금호미로 식수를 한 상림 숲

자료코드 : 04_18_FOT_20090723_PKS_LTS_0003
조사장소 : 경상남도 함양군 서상면 면사무소 면장실
조사일시 : 2009.7.23
조 사 자 : 박경수, 정혜란
제 보 자 : 이태식, 남, 53세
구연상황 : 제보자는 상림 숲에 얽힌 최고운 이야기를 계속 했다. 앞의 이야기를 마치자 바로 이어서 이 이야기를 했다.
줄 거 리 : 옛날에 최고운 선생이 상림 숲의 마지막 나무를 심으며 식제를 할 때, 금호미로 식제를 하고 숲 어딘가에 걸어 두었다. 이후 함양에서 천령문화제를 하면서 보물찾기 중에 이 금호미 찾기 행사를 넣었다. 이는 사람들이 숲을 보아도 그냥 보지 말고 나무를 아끼고 사랑하는 마음을 갖도록 하기 위한 것이다.

또 재미가 있는 것은 고운, 저 선생이 어떤 효행을 인자 선양하기 위한 그런 부분일 기고, 아까는 백성을 사랑하는 마음일 것이고, 또 하나는 숲을 길이 보전하고 사람들이 찾기 만들고자 하기 위한 어떤 만들어낸 이야기인지 설화인지는 모르겠습니다만은.

그 마지막 나무를 식제를 할 때, 금호미로 가지고 나무를 식제를 하고 그 호미를 숲 나무 어딘가에 걸어두었다.

(조사자 : 아, 금호미를?)

예, 그래서 옛날에는 그 천령문화제라고도 했고, 이 옛날에 함양의 이름이 천령군이었기도 했으니까, 그것을 기리기 위해서 그걸 할 때마다 보물찾기를 하는 중에 금호미 찾기, 그런 행사를 수 십 년간 상림에서 진행되어 왔고. 그 사람들이 숲을 지나고 나무들을 바라볼 때에 그냥 바라보지 않고 그런 것을 위해서 한 번 더 보고 느끼고 감상하도록 만든 그런 예지가 있지 안했느냐, 그런 또 재밌는 이야기가 있습니다.

시비를 해결했던 시비전거리

자료코드 : 04_18_FOT_20090723_PKS_LTS_0004
조사장소 : 경상남도 함양군 서상면 면사무소 면장실
조사일시 : 2009.7.23
조 사 자 : 박경수, 정혜란
제 보 자 : 이태식, 남, 53세
구연상황 : 조사자가 지명과 관련된 이야기가 없느냐고 하자, 제보자는 함양읍에 있는 시비전거리의 유래에 대한 이야기를 했다.
줄 거 리 : 함양읍의 시가지 변에 시비전거리가 있다. 예전에 사람들이 사소한 문제로 논쟁이 붙었을 때 지혜로운 사람들이 이곳에서 시비를 해결해 주고 중재해 주었다. 그래서 이곳을 시비전거리라 하게 되었다.

지명하고 연계된 이야기로 본다 그러면은 함양읍 고 위천이 내려오는 시가지 변에 시비전거리라고 하는 지명이 있습니다. 시비전거리.

(조사자 : 시비정거리?)

예, 시비전거리라 카는 긴데. 고게 이자 옛날 함양읍성 바로 앞 조금 지난 그 동네 장터 쪽 주변에 있는 그 마을을 시비전거리라고 주변에서 지칭해서 있었는데, 옛날 사람들이 어떤 사소한 문제로 논쟁이 붙거나 이래했을 때에 그걸 해결해 주고 중재해 주는 장소가 그쭉(그쪽)이다.

그래서 거기서 사람들이 모이면 지혜로운 사람들이 그런 쌍방의 이야기를 듣고 그것을 해결해 주고 했는 것이라고, 그런 지명으로 시비전거리, 뭐 그런 고것도 있어요.

일본으로 흘러가는 지리산의 기를 죽게 한 부연정

자료코드 : 04_18_FOT_20090723_PKS_LTS_0005
조사장소 : 경상남도 함양군 서상면 면사무소 면장실
조사일시 : 2009.7.23
조 사 자 : 박경수, 정혜란
제 보 자 : 이태식, 남, 53세
구연상황 : 제보자는 앞의 지명과 관련된 시비전거리의 이야기를 한 후에 바로 이어서 이 이야기를 했다.
줄 거 리 : 지리산은 우리나라의 영산으로 친다. 마천에서 발원한 지리산의 물이 남강을 거쳐 현해탄으로 흘러가자, 민족의 정기가 일본으로 흘러간다고 생각했다. 그래서 그 기를 죽이기 위해 마천면 실상사 입구에 부연정(釜淵亭)이란 정자를 세웠다. 이 부연정은 가마솥 부자, 못 연자를 쓰는데, 가마솥에서 물을 끓여서 기를 죽이기 위해서이다.

산내 실상사 관련해서 보면은, 우리나라는 지리산을 우리의 영산으로 치고, 모태산으로 치는 그런 게 좀 안 있습니까?

그렇다 보니까 그 실상사에서 마천에서 발원한 물이 남강을 거쳐서 동해안으로 현해탄으로 빠져나가는 이런 그걸 가지고, 민족 정기가 일본으로 가는, 흘러간다 이래가지고, 그런 것을 맥을 끊겠다 카는 그런 의미로 가지고 고 가면은, 고 마천 경계 초입에 보면은 실상사 경계되는 지역에 부연정(釜淵亭)이라는 정자가 있습니다. 가마 부(釜)자를 쓰고, 못 연(淵)자를 써서.

거기서 가마솥에서 물을 끓여가지고 기를 죽여가지고 보내는 그런 형상을 끼고 있다는 그런 부분도 또 재미가 있는 고게 있고.

도선 스님이 득도한 오도재 금대암

자료코드 : 04_18_FOT_20090723_PKS_LTS_0006
조사장소 : 경상남도 함양군 서상면 면사무소 면장실
조사일시 : 2009.7.23
조 사 자 : 박경수, 정혜란
제 보 자 : 이태식, 남, 53세
구연상황 : 제보자는 지명에 얽힌 이야기를 계속했다. 앞의 부연정 이야기에 이어 이 이야기를 했다.
줄 거 리 : 지리산에는 도를 깨우친 곳이라는 오도재가 있다. 이 오도재에 도선 스님이 득도했다는 금대암이라는 절이 있다. 이 절에는 나한존자를 모시는데, 지혜의 영기가 흐르는 곳이다. 이곳에서 사법고시 등 공부를 한 사람들이 많이 성공하여 국가를 위해 일을 했다. 지리산 주변에서 이 금대암이 가장 명당 터다.

오도재 카는 게, 도를 깨우친 곳, 덕을 얻은 곳, 깨우침을 얻은 곳이라 해서 오도재다.

그렇게 명명이 지어진 기 아마 도선이 아마, 지리산 암구에 금대암이라는 절이 있습니다. 금대라는 절 자체가 부처님의 그 유대를 금대라고 이야기하는 그런, 지리산을 바라보기에 아주 그 명당의 자리에서 기도하고 득도하는 자리로서 그 암자를 지었다.

그러고, 거기에는 불상을, 다른 불상을 모시는 게 아니고 나한불상을 모십니다.

(조사자 : 나한불상?)

예, 십나한 구나왕 십팔나한 싸코 하는 나한존자.

(조사자 : 아, 나한존자?)

예, 그런게 나한존자를 그는(그곳에는) 모시는데, 그런 이유가 거기에는 다른 영기가 흐르는 것이 아니라 지혜의 영기가 흐르는 곳이다.

그래서 거기에 예전에 보면은 사법고시 공부를 한다든지 이런 공부하는 사람들이 많이 찾고, 거기서 공부한 분들이 사시나 행시나 이런 데 많이 붙어서 국가에 중추 역할을 한 그런 곳으로 알려져 있고, 그런 것만큼 또 지리산 주변에서 가장 터가 좋은 곳이 금대다. 금대 밑에 암국은, 전국 삼안 국 중에 하나로서 국태민안을 바라는 그런 절로써 움직여졌다 카는 그런게.

(조사자 : 옛날에는 거기서 도선 스님이 깨우침을 얻고?)

예, 예.

호랑이 잡고 남편 구한 부인

자료코드 : 04_18_FOT_20090723_PKS_LTS_0007
조사장소 : 경상남도 함양군 서상면 면사무소 면장실
조사일시 : 2009.7.23
조 사 자 : 박경수, 정혜란
제 보 자 : 이태식, 남, 53세
구연상황 : 제보자는 앞의 이야기에 이어 안의면 안심마을에 가면 열부비가 있다고 하며 이 이야기를 했다.
줄 거 리 : 함양군 안의면 안심마을에 가면 열부비가 있다. 안심계곡이 있는 밭에서 부부가 일을 하고 있는데, 호랑이가 내려와서 남편을 물었다. 급한 김에 호미로 내리찍은 것이 호랑이 눈을 찍어 호랑이가 도망가고 남편을 살렸다. 이를 기리기 위해 열부비를 세웠다.

안의 안심마을에 가서 보면은 열부비가 있습니다. 열부비가 있는데, 고 거는 뭐냐 하면 호랑이 잡은 아주머니 이야기입니다.

안심계곡 용추계곡이 계곡이 깊고 산이 그 기백산, 금황산, 금언산 해서 그 큰 계곡, 큰 산 밑에 큰 계곡들이까, 아마 호랑이들이 득실거렸던 모양입니다.

그래서 밭에서 아저씨가 일을 하는데 호랑이가 물고 저거를 하니까, 옆에서 가까이서 일하던 아주머이가 호미 들고 일하다가 고마 달겨들어서, 신랑을 구하기 위해서 막 내리찍은 게 호랑이 눈을 찍어서 호랑이를 퇴치하고 신랑을 구했더라고 하는.

그 담력 이런 것을 기리기 위한 비를 있는 것이, 안심에 가면 재미있는 설화로 그게 남아져 있고, 그게 후손들이 그걸 기리기 위해서 비를 세와 놓은 게 있습니다.

(조사자 : 호랑이 잡고 남편 구하고?)

예. 참 그 갸날픈 여인네로서 행치 못할 그런 용기를 그기 또 선양하는 고런 비가 되어져 있고.

백정을 자청해서 소 간을 구해 부모 살린 조효자

자료코드 : 04_18_FOT_20090723_PKS_LTS_0008
조사장소 : 경상남도 함양군 서상면 면사무소 면장실
조사일시 : 2009.7.23
조 사 자 : 박경수, 정혜란
제 보 자 : 이태식, 남, 53세
구연상황 : 제보자는 앞의 열부비 이야기를 한 후, 잠시 뒤 이 이야기가 생각났는지 이야기를 했다.
줄 거 리 : 함양군 안의면 향교에서 거창 쪽으로 가다 보면 하천 변에 조효자비 또는 조백정비라 일컫는 비가 있다. 옛날에 한 가난한 집안 선비가 있었는데, 아버지

가 병이 들었다. 아버지 병을 낫게 하려고 백방으로 노력했지만 소용이 없었다. 누군가 소의 간을 백 개를 먹이면 낫는다는 말을 들었다. 선비는 백정을 자청하여 일하면서 소의 간을 구해다 아버지를 공양했다. 그랬더니 아버지 병이 나았다. 이를 기념하기 위해 효자비를 세웠다.

안의향교가 있는 데서 거창 쪽 방향으로 하천 변에 가서 보면은 버린 듯이 조그만한 비석 하나가 있습니다. 이름하여서는 좋게 이름하면 조효자비고, 사람들에게 일컬어져 내려오는 것은 조백정비라고 그럽니다.

그거는 왜 그러냐 하면은, 선비 집안이 하도 가난한 집안이었는 모양인데, 고 아버지가 뱅이 들어서 백방으로 의술을 구해보고 약을 구해보고 해도 퇴치가 되지 않고 힘이 드니까, 어찌할 길이 없고 하는데, 어느 누구의 이야기를 들으니까,

"소의 간을 이런 것을 백 개를 구해서 먹이면은 나을 것이다." 카는 어디 누군가의 이야기를 듣고, 이 사람이 그 자기가 소를 잡아서 부모를 공양할 길은 없고, 고 백정을 자청해서 소를 잡고 하는 데 가서 일을 해주고, 그 간을 구해다가 아버지를 공양해서 그 부모님의 생명을 살렸더라고 하는, 그런 본 일화를 남기기 위한.

(조사자 : 아버지 살릴려고 자기가 백정이 되어서, 아-.)

예. 그래서 인자 좋게 말하면 조효자비고, 사람들이 일컫기는 조백정비다. 해서 그런 파비가 되는 그런 비가 있는 것이 되겠고.

과객들을 구제해 준 선비와 과객선정비

자료코드 : 04_18_FOT_20090723_PKS_LTS_0009
조사장소 : 경상남도 함양군 서상면 면사무소 면장실
조사일시 : 2009.7.23
조 사 자 : 박경수, 정혜란
제 보 자 : 이태식, 남, 53세

팔정치라고 하는 데 가면은 또 이 과객선정비(過客善政碑)가 있는 곳이
있습니다.

(조사자 : 과객?) 네, 과객선정비.

(조사자 : 과객선정비. 그게 어디 있는가요?)

함양에서 남원으로 가는 길목 국도변에 조고만하게 있는 것이, 함양읍
조동마을에 그 선산 김씨 문중의 어른인데, 옛날에 좀 잘 살고 하셨던 모
양입니다. 그런데 그 길목이 어디냐 하면은 옛날 팔정치라고 하는, 바로
그 길목인데, 거기에서 넘어가면 팔정치이기 때문에 호남과 영남을 잇는
길목에 고거 주막거리가 있고.

옛날에 그 조선시대 때 볼 거 같으면 역사가 있던 곳입니다. 그 말들
키우고 저게 하고 있는 고게 인자 사근역하고 그쪽에 역하고 우리 함양
의 몇 개 역들이, 사근역 같은 경우는 경상남도를 중심으로 하는 고찰방
이었고.

거기는 인자 조그마한 역사가 있던 그런 곳인데, 그러다 보니까 영호남
을 교류하는 많은 사람들이 다니고 하지만은, 옛날에는 우리가 먹는 기
귀하고 어려운 사람들이 많으니까 다 궁핍하고 기진맥진할 때에, 그 선산
김씨 문중에서 그 길을 다니는 어렵고 힘들어서 그 배 고파서 힘 드는 사
람들마다 구제를 해줬던 모양이지요.

구제를 해주고 좋은 일 많이 해주니까, 그 이후에 그런 과객들이 그 집
안을 기리고 그 분을 기리기 위해서 조그마한 비를 세운 것이 과객비가

거기에도 있고, 안의 쪽에도 내가 하나 또 있는 걸로 알고 있습니다. 안의 쪽에도.

상인들에게 선행을 한 보부상 하경순과 포선불망비

자료코드 : 04_18_FOT_20090723_PKS_LTS_0010
조사장소 : 경상남도 함양군 서상면 면사무소 면장실
조사일시 : 2009.7.23
조 사 자 : 박경수, 정혜란
제 보 자 : 이태식, 남, 53세
구연상황 : 제보자가 비석 이야기를 하면서 자연스럽게 이 이야기를 했다.
줄 거 리 : 안의면에 상무좌우사(商務左右使) 포선불망비(布善不忘碑)가 있다. 옛날에 하경순이란 사람이 상무좌우사로 시장 관리를 하는 보부상 일을 하고 있었다. 그런데 이 분은 착취를 하는 사람이 아니었고, 주변 상인들을 많이 구제하는 선행을 했다. 주변 상인들이 이 분의 선행을 기리기 위해 포선불망비를 세웠다.

안의 쪽에 와서 보면 상무좌우사(商務左右使) 포선불망비(布善不忘碑) 카는 게 하나 있습니다. 상무좌우사 포선불망비라 카는 거는 뭐냐 하면은 조선시대 보부상 이야기입니다.

(조사자 : 아, 보부상 예예.)

보부상 이야기가 그 우리 역사책 중에서는 몇 군데 기록이 남아져 있고 자료들이 있는데, 위당이나 이런 쪽으로 있고, 경기 쪽도 있고, 우리 여기 서부 경남 중심에서는 과연 그런 게 있었을까 잘 몰랐었습니다.

근데 시장 옛날 거리에 가서 보면 그 포성비가 있어서 조사를 해 보니, 그거 자체도 내나 그 하경순이란 사람이 에 거기에서 상무좌우사로서 시장 관리를 하는, 시장에서 업무 돈을 또 돈으로도 좀 빌려주기도 하는, 급전 빌려주고 받기도 하고 시장 관리도 하고 자릿세도 받고 하는 이런 상전 업무를 관리했던 사람인 거 같은데.

옛날에 우리 그 역사 드라마나 이런 데서 보면은 그 만단 착취하고 이런 부분들이 많이 나오고 하는데, 이 분은 그 주변 상인들을 구제해 주기 위해서 많은 선행을 한 걸로 그래 돼 있습니다. 그래서 주변 상인들이 그 분을 기리기 위해서 포선불망비를 세와주는 일이 있었습니다.

의병장 문태서와 장수삼절(長水三節)

자료코드 : 04_18_FOT_20090723_PKS_LTS_0011
조사장소 : 경상남도 함양군 서상면 면사무소 면장실
조사일시 : 2009.7.23
조 사 자 : 박경수, 정혜란
제 보 자 : 이태식, 남, 53세
구연상황 : 조사자가 지역의 중요 인물에 관한 이야기가 없느냐고 하자, 제보자는 이 이야기를 했다.
줄 거 리 : 함양에는 충효의 인물이 많다. 서상면 장구지에서 태어난 문태서 의병장이 그런 인물 중 한 사람이다. 덕유산 호랑이로 불리며 의병들을 규합하여 독립운동을 했다. 왜병의 무기를 탈취하고 이원역을 폭파하기도 했다. 이분은 덕유산을 중심으로 의병 활동을 했기 때문에 나중에 논개, 황희 정승과 함께 장수삼절로 일컫게 되었다.

함양이라는 지역 자체가 지리적으로 상당히 사람들이 선행하기도 하고 충과 효가 얽혀 있는 곳이기도 하고 하는 것은 볼 수 있는 것은, 함양 서상에 논개 묘가 있어가지고 한 것도 논개의 외가가 그 서상 밑에 서하 쪽이라고 하는 그런 것도 있고.

그래서 그 지역에서 그런 인물이 나는 곳도 있고, 또 한 마을에 우리 최고 의병으로 치시는 문태서(文泰瑞, 1880~1913년) 의병장이 나신 곳도 서상 장구지이기도 하고.

그래서 이분은 덕유산의 호랑이라 해 가지고 동에 번쩍 서에 번쩍하면서 심지어는 경기 이원역까지도 폭파를 시키고 중간중간에 왜군들의 그어떤 구제소라 그럴까요, 그런 곳을 습격을 해서 무기를 탈취를 해서 의병들이 활동할 수 있도록 하는, 그런 일을 한 걸로 봐서는 우리 사료에도 보면은 잘 나타나지 않고, 일본 사람들의 어떤 기록에 의해서 보면 이 사람 이름이 열다섯 가진가 열여섯 가진가 나오잖아요.

그런께 가명을 써 가면서 곳곳에서 의병들을 쳐부수고 의병을 규합을 하고, 왜구들을 쳐부수고 의병을 규합하고 독립 운동하는 이런 전사들이.

(조사자 : 그분 성함이?)

어재 문태서.

(조사자 : 어재 문태서.)

어재 문태서 장군입니다. 덕유산 호랑이라고 합니다. 그래서 그 분을 장수군에서는 장수 삼절로 치고 있습니다. 주 활동을 한 데가 덕유산을 중심으로 했기 때문에 여 함양이 서상이 남덕유산이 있는 곳이고 그 너머에가 북덕유산 장수 쪽이고, 그러니까 덕유산을 중심으로 활동을 많이 하고 적상산까지 활동도 하고, 많이 하셨기 때문에 그런 이야기가 있는 곳으로 얽혀져 옵니다.

덕유산 장수 쪽에서는 저 삼절을 논개하고, 논개가 생가지가 있는 곳이 바로 장개니까, 순전리. (조사자 : 그 장수 쪽입니까?) 예, 장숩니다. 그런데 지금 현재 논개 묘소가 있는 함양군 서상면 거 금당리 방지마을, 바로 우에 방지에서 전라도로 넘어가는 고개가 민잰데, 민재를 바로 넘으면은 바로 그 주촌리 해 가지고 논개 생가가 있던 곳입니다.

그래서 아마 그분의 생가하고 논개하고 황희 정승하고 이 세 분을 장수에서는 장수 삼절로 치고 그 의를 기리고 그런 것을 볼 수가 있습니다.

선조의 피난길을 안내했던 장만리와 동호마을

자료코드 : 04_18_FOT_20090723_PKS_LTS_0012
조사장소 : 경상남도 함양군 서상면 면사무소 면장실
조사일시 : 2009.7.23
조 사 자 : 박경수, 정혜란
제 보 자 : 이태식, 남, 53세
구연상황 : 제보자의 이야기는 지명과 관련된 인물 이야기로 계속 이어졌다. 이 이야기
　　　　　역시 동호 장만리의 호를 따서 이름이 붙여진 동호마을에 관한 것이었다.
줄 거 리 : 옛날 안의현일 때 원악동, 심진동, 화림동을 안의 삼동이라 했다. 이 중에서
　　　　　화림동 계곡에 인동 장씨들의 집성촌인 동호마을이 있다. 이 마을은 선조가
　　　　　의주로 피난을 갈 때 선조를 안내했던 동호(東湖) 장만리(章萬里)가 태어난 곳
　　　　　으로, 후에 선조가 장만리가 기거하도록 녹을 주었다. 이후 이 마을은 장만리
　　　　　의 호를 따서 동호마을이라 했다.

앞으로 이쪽 화림동 계곡, 안의 삼동이 원악동, 심진동, 화림동입니다.
옛날에 여기 서상, 서하, 안의, 거창 쪽에 가서 볼 거 같으면 마리, 위천,
북상, 이게 전부 안의현의 관할이었기 때문에. 안의 쪽에서도 계곡이 수
려하고 좋은 곳을 삼동이라 해 가지고 화림동, 화림동은 지금 안의 소재
지에서 서하를 거쳐서 서상 거쳐서 장개로 넘어가는 길의 화림동입니다.
그 다음에 심진동은 거기에서 옛날 대지가 있던, 대지면이 있던 그 용추
계곡, 고기 심진동.

(조사자 : 심진동.)

그 다음에 원악동은 거창의 위천 수승대가 있는 서상에서 넘에(넘어)가
가지고 거망산 넘어서 거창 쪽으로 넘어가는 그 계곡, 그 마리로 넘어가
는 그 계곡을 원악동이라 그럽니다.

그 인자 삼 계곡 중에서 화림동 쪽에 보면은 충효의 어떤 기질이 많이
보입니다. 보이는 것은 바로 그 서하에 가서 볼 거 같으면은 그 장씨들,
집성촌이 있는 기 동호마을이 있습니다.

그 동호(東湖)가 왜 그 동호냐 하면은 그 선조 임금이 의주로 피난 갈

때에 그 선조 임금을 안내했던 그 신하였던 동호(東湖) 장만리(章萬里), 장만리를 이제 그 난이 끝나고 나서 임금께서 그 이 녹을 주고 전을 주었던 곳이 동호 장만리가 기거하도록 만들어 놓은 곳이 있기 때문에 그곳을 동호마을이라 하고. 장만리의 비를 짓고 정자를 짓고 그 있는 곳이 바로 동호마을입니다. 예, 그 그 인동 장씨들 집성촌에 가면 동호마을에 있다.

함양의 삼대 명당자리

자료코드 : 04_18_FOT_20090723_PKS_LTS_0013
조사장소 : 경상남도 함양군 서상면 면사무소 면장실
조사일시 : 2009.7.23
조 사 자 : 박경수, 정혜란
제 보 자 : 이태식, 남, 53세
구연상황 : 제보자가 지명에 얽힌 이야기를 하다가 잠시 쉰 후에 명당에 관한 이야기를 했다.
줄 거 리 : 함양에는 일 개평, 이 효리, 삼 대빵이라는 삼대 명당 마을이 있다. 일 개평은 지곡면 개평으로 일두 정여창의 생가가 있는 하동 정씨 마을이고, 박사가 스물 다섯이나 나온 집안도 있다. 이 효리는 수동면 효리로 남계서원이 있는 곳이다. 삼 대빵이는 백전면 대방마을로 백운산의 기가 모아지는 곳으로 장군이 많이 난 곳으로 알려져 있다.

일 개평, 그 다음엔 저 이 효리, 삼 대빵이.

삼 대빵이라는 말은, 일 개평은 지곡 개평을 일두 정여창 선생의 생가가 있고, 하동 정씨들이 세거를 해서 사는 그곳이고. 그리고 효리라는 것은 수동 효리를 말하는 것입니다.

그러니까 일두 선생의 그 후손 선대에서 보면은 정씨들이 그쪽에 많이 세거를 하고 터를 잡고 후손들이 많이 번창을 했습니다. 그래서 그런 연유로 인해 가지고 그 어느 문중에서는 한 집안의 아들 딸 며느리 사위 해

가지고 박사가 스물다섯까지도 나온 집안이 있고, 이런 것처럼 그 효리에 는 저게 많이 난다.

효리가 그 왜 그러냐 하면 우리나라에서 뭐 최초의 서원이 소수서원이 고, 둘째 서원이 남계서원 아입니까?

(조사자 : 남계서원, 예.)

명종 때 남계서원인데, 남계서원을 중심으로 해 가지고 고 뒤쪽이 효리 거던. 그러니까 선비들이 모여 살고 옛날부터 그 터를 잡은 것은 좋은 명 당이기 때문에 자리를 안 잡았을까 싶은 부분이고.

거 대뼁이라고 카는 그 부분은 백전 대방(백전면 백운리 대방마을) 신 총조를 말합니다. 거기는 바로 백운사 밑입니다. 그러니까 결국은 지리에 서 내려가는 맥 중에서 그 백운산에서 발원한 기를 모아가지고 있는 곳이 대평이 아닌가 이런 생각인데, 대평 쪽에 올라가서 산허리에서 이렇게 흘 러가는 물세를 보면 물이 흘러갈 때 흘러가는 물이 보이지 않아야 된다고 그러는데, 좌우로 산이 이렇게 포개 놓은 듯이 겹쳐갖고 한 남원 쪽으로 남쪽으로 바라보며 막아갖고 계곡이 어디로 흘러가는지를 모릅니다. 흘러 가는 개천의 모습을.

그래서 그쪽 지역에 명당이 많고, 거게 옛날에 거 대안 쪽에 백 장군들 같은 경우는 한 집안에 별이 아홉 개가 나고.

(조사자 : 그쪽에는 장군들이 많이 나는.)

장군들이, 군인들이 나는 그런 곳으로 또 이렇게 알려져 있는 곳이기도 그리 하고.

육십령 고개의 유래

자료코드 : 04_18_FOT_20090723_PKS_LTS_0014

조사장소 : 경상남도 함양군 서상면 면사무소 면장실
조사일시 : 2009.7.23
조 사 자 : 박경수, 정혜란
제 보 자 : 이태식, 남, 53세
구연상황 : 제보자가 다른 이야기 중에 육십령이라는 말을 하자 조사자가 육십령에 대한
　　　　　이야기에 대해 요구했다.
줄 거 리 : 옛날 서부 경남에서 호남을 거쳐 한양으로 갔는데, 호남을 가는 길목에 육십
　　　　　령이 있다. 이 고개는 험난해서 굽이굽이 육십 굽이를 넘어가야 해서 육십령
　　　　　이라 하기도 하고, 험난한 고개에 산적들이 출몰해서 육십 명의 사람들이 모
　　　　　여서 고개를 넘었다 하여 육십령이라 하기도 했다.

(조사자 : 육십령에 관한 머 이야기가 있던데, 그 육십 명의 장정이 있
어야.)

여기서 한양으로 가는 영남 쪽에서 이쪽 서부 경남 쪽에서 가는 길목
이 이쪽이고, 육십령 고개를 지나야만이 호남을 거쳐서 서울로 가는 길이
되다 보니까, 여기에 주막거리가 형성이 자연스럽게 된 거로 전해져 내려
옵니다.

근데 인자 육십령이라 카는 고개가 육십 고개를 돌아쳐서 이렇게 엄청
험난하기 때문에 굽이굽이 육십 굽이라고 해서 육십령이라고 하는, 고런
설이 지금 하나가 전해져 있는 기 있고.

또 하나는 고개가 험난하다 보고 옛날에 우리가 어렵었기 때문에 산적
들이 많이 출몰을 하고 지나다니는 과객들을 많이 괴롭혔기 때문에, 적은
숫자로는 이 고개를 넘을 수 없고, 주막거리에서 적어도 육십여 명 사람
들이 모여서 집단으로 이 고개를 넘어갔다. 그래서 육십령이라고 하는 지
명으로 일컬어 온 것으로 지금 전해져 내려오고 있습니다.

유자광을 잘 대해 흥한 작은 고모댁

자료코드 : 04_18_FOT_20090727_PKS_JDS_0001
조사장소 : 경상남도 함양군 함양읍 교산리 함양문화원
조사일시 : 2009.7.27
조 사 자 : 박경수, 서정매, 정혜란, 김미라
제 보 자 : 정덕성, 남, 70세
구연상황 : 앞선 제보자가 유자광의 큰 고모 이야기를 끝내자마자, 이와 비슷한 작은 고
모 이야기도 있다며 이 이야기를 해주었다. 이야기는 조금 짧은 내용이었지만
차분하게 구연을 해 주었다.
줄 거 리 : 유자광은 산청에 작은 고모님이 계셨는데, 관찰사가 되어 두 고모네 집을 찾
아뵈었다. 그러나 큰 고모네 집에서는 하대를 받았고, 작은 고모네 집에 가서
는 후하게 대접을 받았다. 이후 작은 고모댁인 민씨는 잘 살았지만, 큰 고모
댁은 망하였다.

산청에는 그 작은 고모님이 계셨는데, 그도 내나 이제 관찰사가 되어가
지고 큰 고모집에 가가지고 아주 하대를 받고, 산청을 가니까 산청 작은
고모님은,

"아이구, 우리 관찰사님 오셨다."고, 고마 버선발로 쫓아 나와서 마루까
지, 저거 마당까지 내려왔어요.

그래 가지고 산청, 그는 고모부가 민씨라, 작은댁이, 작은 그 고모님 댁
이. 그래서 거 가가지고는 대접을 잘 받고 해 가지고,

"아이구, 제가 인사를, 고모님 어디서 할까요?"

"아이구, 이 사람아, 방으로 와서 인사를 해야지."

그래 가지고 방에 들어와가지고, 인사를 하고 후대를 받았는데, 그래
그 뒤에 산청 민씨는 잘됐는데, 방금 말한 그 큰 고모댁은 망했다는 그런
전설이 있습니다.

여자의 말에 걸어가다 멈춘 선돌과 당그래산

자료코드 : 04_18_FOT_20090725_PKS_JJH_0001
조사장소 : 경상남도 함양군 함양읍 신관리 136번지(학동마을 진정호 자택)
조사일시 : 2009.7.25
조 사 자 : 박경수, 문세미나
제 보 자 : 진정호, 남, 75세

구연상황 : 조사자가 이 마을에 전해오는 전설로 바위에 얽힌 이야기를 아느냐고 하자, 선돌과 당그래산 이야기를 했다.

줄 거 리 : 옛날 함양이 생길 때 돌이 걸어가고 있었다. 그런데 어떤 아주머니가 "돌이 걸어간다"고 하자 그만 그 자리에 멈추고 말았다. 그 바위가 바로 선돌인데, 지금도 부채처럼 서서 논 가운데 있다. 그리고 함양에 당그래산이 있는데, 이 산도 걸어가고 있는데, 어떤 여인이 "산이 걸어간다."고 하자 그만 방정맞다 고 하여 그 자리에 서고 말았다. 산은 함양에 있지만 당그래 자루가 전라도로 가서 전라도에 부자가 많이 나게 되었다.

전설에 그 저 모르지만, 전설에 얘기를 들어보믄예, 그 선돌이 이 함양이 거슥 생길 때에 걸어왔대요, 그 돌이요.

(조사자 : 그 돌이.)

그래서 걸어오는데 뭐 어떤 아주무이가,

"돌이 걸어온다."고 그런께 고마 거 주저앉았다 캐요. 섰다 캐. 지금도 서 있습니다. 똑 부채매이로(부채처럼) 이래 해 가지고.

(조사자 : 부채처럼.)

넙떡하이(넙적하게) 이래 서갖고 있는데, 고게 넘어올라 캐서 누가 이 래 좀 거슥으로 반가쳐('받쳐'의 뜻인 듯함) 났던데. 지금도 서 있어예.

(조사자 : 그 선돌이, 음.)

그기 선돌인데, 여 여 저 요 함양에 요 보면, 여 당그리산이라고 옛날 에 있습니다, 방죽 앞에. 요 지금 저 학원 옆에 고기 당그리산인데, 여 그 전에 한들 이기 갱지(경지) 정리하기 전에는 수군지라 카는데, 하림숲이 이꺼징(여기까지) 내려왔었거든예.

지금 자 숲을 새로 개량했습니다.

(조사자 : 창녕숲4)이 여까지.)

여꺼징 내려왔었는데, 거는 참 큰, 아주 이 큰 무법이 하나 섰었어요.

근데 고 집에 사람이 살았었는데, 인자 거 사람이 살면서 그 산이 걸어 왔대요, 당그리산 그기(그것이).

(조사자 : 당그리산이.)

예. 당그리산이라는 기 걸어 왔는데, 당그리 자루가 전라도로 갔다 캐서, 전라도가 부자가 많이 난데요. 함양 껄 다 끌어가갖고.

(조사자 : 아하, 아.)

그 산이 걸어와서 지금 물통구 모티이(모퉁이)라 요 딱 양쪽에 산이 있고, 개울이 지금 흘러가거든요. 이수수가. 고가 딱 막아삐면, 함양 요가 지금, 지금 전부 바다나 못이 됐삐렀을 낀데, 그서도(그곳에서도) 고마,

"아이구 저 산이 걸어온다."

그런께, '아이구 방정시럽다.'고 고마 거 딱 섰어. 그리 당그리산이 돼삐렀대요.

(조사자 : 당그리산이 됐다고.)

그래 당그리산이가 저래 원붕 쪽으로 저리 있거던. 도구통 똑 당그리산 맹구로(당그리산처럼) 생깄는데, 지금은 도로를 내면서 막 짤라, 짤라삐리고 이래싼게 그렇지, 전에는 똑 우리가 옛날에 와 나락 널어놓고, 나무로 맹기는, 이리 끌어댐서(끌어대면서) 너는 거 안 있습니까? 고래 생깄었거든, 그래 당그래산이라.

(조사자 : 당그래산.)

당그래산. 당그래, 끌어댕기면서 요래 생겼다 캐서 당그래산인데, 그 산이 지금 도로 2차선 내고 이래 자꾸 파들인께 인자, 형태는 그렇게 안 치

---

4) 하림숲을 잘못 말함.

다보지. 그 머 집도 짓고 머 다 그래 놓은께. 그래 선돌은 가보실라면, 지금 요 도로가 좋웅께 한분 가보시면 참 좋아요.

　(조사자 : 그 저 바깥쪽으로 이래 가면.)

　예. 저 저 보모 저 그래 지금 저 뭐꼬 도살장이 있거든예. 요 크게 진 도살장인데 2층 기기, 고 고도 함양서 옮길 깁니더. 옮길라고 지금 계획을 하고 있는데, 바로 그 옆에 있어요. 선돌이 섰어요, 논 가운데. 커요. 똑 부채매구로 해 갖고 똘방하이(둥그스름하게) 생깄는데 커요.

물에 떠내려가다 여자 말에 멈춘 대고대 바위

자료코드 : 04_18_FOT_20090725_PKS_JJO_0001
조사장소 : 경상남도 함양군 함양읍 신관리 2581번지(학동마을 진종옥 자택)
조사일시 : 2009.7.25
조 사 자 : 박경수, 문세미나
제 보 자 : 진종옥, 남, 87세
구연상황 : 제보자에게 학동마을에 전해져 오는 전설이 있느냐고 하자, 일명 '떨어진 바우'라고 하는 대고대에 얽힌 이야기를 했다. 제보자가 집 현관에 나와서 선 채로 이야기를 구술하다 보니 말이 좀 빨랐다. 물에 떠내려가다 멈춘 바위 이야기를 하면서도 사실보다는 그저 전설일 뿐이다라는 생각을 거듭 말했다.
줄 거 리 : 옛날에 큰 홍수가 져서 강에 큰 바위가 떠내려가고 있었다. 건너 마을에 사는 한 여인이 그 바위를 보고 "너럭바우가 떠내려 온다."고 말하자, 큰 바위가 그 자리에 그만 멈추고 말았다. 그 바위가 현재 '떨어진 바우'라 말하는 대고대 바위이다.

　(조사자 : 옛날에 무슨 바우예?)

　떨어진 바운데, 그 지금 현재는 뭐라면 대고대라고 있어.

　(조사자 : 대고대, 예예.)

　그런데 시방도 어떻게 되, 나 있어 방구가. 대고대가 있는데, 우리가 그 전에 학교 당길 때 그리 저 소풍을 마이 갔다고. 갔는데 그런 전설에 그

말이 한탯물(큰물로 '홍수'의 의미)이 졌는데, 강에 바우가 떠내려 오는 걸 그 건네 사람이 마주 자,

"너럭바우가 떠내려 온다." 한께, 그래 마 안떠내려오고 서 버렸어.

(조사자 : 아, 그 말 하는 바람에.)

하, 여자가 그럭 카는 바람에. 말은 그 말이 있는데, 우리는 그때 결루일 때는(경위를 따져 볼 때면) 그런 식으로 우리가 가만 생각하머 그거는 어느 전설이지. 그 큰 바우가 그래 떠내려 올 리는 만무한 [웃으며] 기고. 그 떨어져 나온 바우를 갖다가 옛날에 그런 전설을 누가 짔지(지었지). 우찌 바우가 떠내려 올 수가 있나? 그래 큰 바우가. 물에 보통 바우는 떠내려 와요.

(조사자 : 그래 어떤 여자가 떠내려 온다고?)

요거 저 바우가 떠내려 온다니께 딱 서.

(조사자 : 딱 그래로 서 버렸다.)

서 버렸다고 하는데, 그래 그거는 인자 모도 옛날에 이야, 말하자면 이야기, 이야기에 지나지 못한 기고.

남의 부인 범한 범인 잡고 시묘살이 없앤 원님

자료코드 : 04_18_FOT_20090725_PKS_CHJ_0001

조사장소 : 경상남도 함양군 함양읍 신천리 후동마을 마을회관

조사일시 : 2009.7.25

조 사 자 : 박경수, 문세미나

제 보 자 : 차희정, 여, 83세

구연상황 : 조사자가 알고 있는 이야기를 해달라고 부탁하자, 잠시 기억을 더듬은 후에 이 이야기를 시작했다. 이야기를 마치자 조사자와 청중들 모두 이야기를 잘 한다며 칭찬을 했다.

줄 거 리 : 옛날에 한 효자가 시묘살이 삼년을 하고 집으로 돌아왔다. 그런데 부인이 아

기를 낳아서 키우고 있었다. 어떻게 된 일이냐고 묻자, 밤중에 당신이 왔다가 간 후 아이가 생겼다고 했다. 남편은 삼년 동안 한 번도 집에 내려온 적이 없다고 하자, 부인은 스스로 부정한 죄를 탓하여 목숨을 끊어 버렸다. 남편은 부인이 억울하게 죽자, 고을 원에게 송사를 했다. 원님이 지혜를 발휘하여 상을 지내지 않은 상복을 가져오라 하여 그 상복을 찾았다. 그런 후 큰 기가 보이는 꿈을 꾸고는 그 꿈을 해몽하는 사람을 불러 물으니, 붉은 홍에 클 대, 깃대 기라 하여 범인의 이름이 홍대기라 했다. 그래서 홍대기를 찾아 범인을 잡았다. 이런 억울한 일이 있은 후 시묘살이가 없어졌다.

옛날에 효자지, 효잔께 시묘살이를 하지, 효자가 아니면 시묘살이 안 합니더.

아주 효자가 있었대요. 그 사램이 인자 어머니가 돌아가셨는데, 시묘살이 했대요, 삼 년을. 삼년을 시묘살이 하는데, 삼년을 그렇게 집에를 못 온대요, 시묘살이 할 동안에는. 삼년 동안을 거서 묵고 자고, 거서 자기가 밥해 묵고, 빨래 다 거서 빨아 입지, 동네랑은 집에를 못 내려왔대요, 삼년 동안은.

그랬는데 하루는 인자 삼년을 마치고 집에를 오니까, 마누래가 애기를 낳아 니피(눕혀) 놨더래요, 애기 없었는데, 애기 다 컸는데. 그래서 마누래 보고,

"너거 저 아가 우짠 애기고?"

어데 이웃집 아 데려 봐주는가 싶어서 그라니까,

"내가 낳았는데 와? 당신이 아무 날에 와서 애기 있었잖아, 애기 낳잖아."

그라고 그라더래요. 그래 자기가 온 적이 없는 기라. 삼년을 동네 와 보지도 않했는데 애길 놔 낳았으니까. 아 참, 기맥힐 일이지요. 그래 갖고는 이 여자가 그 소리를 듣고는,

"나는 온 적이 없다."

그런데 당신이 제복 청태구간하고, 제복 입고 그래 왔더래요. 시묘살이 하는 그 행동 고대로 왔더래요. 그렁께네 긴 줄 알았지 뭐. 근데 옛날 사

람 불도 없어서 얼굴도 안쳐다 봤을까? 밤에.

(조사자 : [웃으며] 모르지요.)

얼굴을 안 봤길래 모르제, 얼굴 봤으면은 자기 남편 아닌 걸 왜 몰라. 그래 갖고는 돌아갔대요 고마 그날 밤에. 그래서 애기가 있어가지고 애기를 낳았는데, 놔놓고 난께 남편이 왔더래요. 그래서,

"그래 우짠 애기고?" 그라니까,

"당신이 와서 애기 났다." 이란께, (청중 : 시묘살이 하는데?)

"나는 온 적이 없다. 삼년 동안 내려온 적이 없다." 이랬지. 그런께 여자가 그 소리 들디, 한참 하더만은 부엌에 가서 칼로 가지고 목을 맞아 죽어뺐더래요, 목을 찔러서.

그런께 남편은 시묘살이 한다고 그라고, 자기는 부정을 해논께네, 그래 죽어뺐더래요. 이러고 이 남편이 하도 억울해서 옛날에 관아에 가서 머 그걸 했더래요.

(청중 : 지 남자가 아니고 딴 남자가 왔던가?)

그렇치 머. 그런께 여자가 죽어삐렸지.

(청중 : 저거 남자라고 그게 인자.)

저거 남편인 줄 알았는데, 그래 관아에 가서 고발했대요. 그러니까 옛날 원님이더래, 원, 원, 고을 원이지. 그래 인자 이 원이 찾을라고 애를 쓰고, 원수 갚아줄라고 애를 쓰고 인자 그라다가, 꾀를 가만히 냈대요.

인자 밤에, 제복, 제사 안 지낸 제복, 참 사람 안 죽은 제복, 사람 죽었일 때 주로 맨들잖아 그거를.

"사람 초상에 안 맨든 제복을 가져 오너라."

막 그걸 냈대요, 광고를 냈대요. '그걸 가지고 오면 상금 얼마를 준다.' 그렇게 냈대요. 그러니까 그놈 가(가지고) 온 사람이 하나 있더래요. 그래서 갖다 주면서,

"우째서 이거러 초상도 아인데 이걸 해서 입었노?" 그란께,

"그래, 필요해서 하나 해 입었다." 그라더래요. 그래가 갖다주고 이름을 알아야 뭐 어짜지. 그래 그라고 말았뿌고, 제복은 찾았고. 그래 갖고 또 인자 꿈에, 원님 꿈을 꾸니까 꿈에 큰 빨간 기가 보이더래요, 기가. 꿈에 인자 자기가 선몽을 하더래요. 그 원이 찾아줄라 애를 쓰니까, 그래 선몽하는 사람 대다가 선몽을 했대요.

"큰 기가 밤에 보이는데 어떻게 하노?" 이란께네, 그래 인자 홍이니까, 붉은 긴게 홍(紅)이고 성이. (조사자 : 붉으니까.) 붉으니까 홍(紅)이고, 붉을 홍 홍이고, 또 큰게 큰 대(大)고. 기는 인자 기. 홍대기. (조사자 : 아, 홍대기.) 홍대기를 찾았대요. 이름을 고렇게 찾았대요. 기를 맞차가지고, 그래 홍대기를 광고를 내니까 딱 오더랍니다. 대번 찾았답니다. 그 원이 참 유명한 원이라요, 원님이.

(조사자 : 범인을 잡았네요.)

범인을 잡았지요. 그래 갖고 굴복을 시키가지고 그래 갖고 범인을 찾아 갖고 원수를 갚아 주더래요.

(청중 : 아 만든 사람 찾아서?)

아. 그런데 요기 인자 저거 남편 시묘살이 하는 줄 알고, 청대옷, 제복을 입고, 그래 그 집 방을 드갔어. 그런게 그놈이 홍대기라 카는 그놈이라. 그래 꿈에 그렇게 선몽을 해주더래요, 원님 꿈에다가. 그래 빨간 큰 기로 보이더래요 고마.

그런게 고걸 가지고 딱 그 꿈 해몽하는 사람 있지요? 그 사람 대리다 딱 해몽한께 그렇게 해주더래요. 그러이까 그 이름 고마 딱 나오더래요.

그렇게 옛날에 그런 일이 있었대요.

(조사자 : 아, 할무이 이야기 잘 하시네.)

[웃으며] 나도 옛날에 들은 얘긴데.

(조사자 : 그런 거 이야기 해주시면 됩니다.)

그라고 나서 인자 시묘살이가 없어졌대요. 그러고 나서는 시묘살이 없애삐라 그래서 없어졌대요.

(청중 : 이야기 참 잘 한다.)

시묘를 살았던 심막골

자료코드 : 04_18_FOT_20090725_PKS_HJH_0001
조사장소 : 경상남도 함양군 함양읍 신관리 기동마을 마을회관
조사일시 : 2009.7.25
조 사 자 : 박경수, 문세미나
제 보 자 : 하종희, 여, 78세
구연상황 : 앞의 용가마골 이야기가 끝나고, 조사자가 시묘골에 대한 이야기를 묻자, 제보
자는 시묘골이 아니라 심막골이라 하며 다음과 같이 간단히 유래를 구술했다.
줄 거 리 : 옛날에 어떤 사람이 아버지가 세상을 버리니 무덤 옆에 삼년 동안 움막을 짓
고 지냈다. 그래서 그 골짜기가 심막골이라 하게 되었다.

(조사자 : 그 저 시묘골, 시묘 사는 시묘골.)

심막꼴.

(조사자 : 어, 심막골.)

심막골이라 카는 데는 인자, 그래 아바이(아버지)가 또 자기 아바이가
세상 베리고 난께, 삼년을 비를, 비가 오나 눈이 오나 젖(곁)에 가서 움막
을 지(지어)놓고 들어앉아서, 그래 시묘를 사드래. 그래 아들이 효자 한다
고, 효도한다고.

(조사자 : 효도한다고.)

효도한다고. 그런 골짝도 있고. 이 뭐.

(조사자 : 동리도 모르고, 그 사람이?)

그 사람은 모르죠. 얘기도 그래만 들어논께.

(조사자 : 그래서 인자 심박골이 됐네요 그죠?)

응.

자신이 장가간 줄도 모르는 바보

자료코드 : 04_18_FOT_20090725_PKS_HJH_0002
조사장소 : 경상남도 함양군 함양읍 신관리 기동마을 마을회관
조사일시 : 2009.7.25
조 사 자 : 박경수, 문세미나
제 보 자 : 하종희, 여, 78세
구연상황 : 제보자는 앞의 이야기를 마치고 다음 이야기를 했다. 앞의 긴 이야기와 달리
　　　　　짧게 이야기가 끝났다.
줄 거 리 : 어떤 바보가 장가를 갔다. 처갓집에 가서 잠을 자고 와도 부인을 몰랐다. 하
　　　　　루는 부인이 물을 이러 가니까 부인인 줄 모르고 장가온 집이 어디냐고 물었
　　　　　다. 자신이 장가간 집도 몰랐다.

몰라 중간 중간에 머 쪼개(조금) 아는 그기제.

(조사자 : 장개(장가)를 갔는데 어째 부인을 몰라요?)

장개를 가서 자도, 자고 저거 집에 갔다 와도 부인을 모르더라. [조사자
웃음] 부인이 물 이로(이러) 간께,

"요거 어제 자, 보소 보소, 여 자네 장가온 집이 어던 집인교?"

그라더래, 그 처갓집을 못 찾아가서.

(조사자 : 못 찾아가지고.)

그런 사람도 있다고 그런 얘기를 해줘.

(조사자 : 자기가 장개간 집도.)

몰라갖고, 자기 부인한테다 그래 묻더래. 부인이 물 이로 간다고 간께.

그런 바보도 있다고 이야기를 해 주더라고, 그런께, '너거(너희)는 그래
바보 노릇 하지 마라.' 이 뜻이제.

(조사자 : 네. 그렇겠죠.)

'용가미'란 아이가 죽은 용가마골

자료코드 : 04_18_FOT_20090725_PKS_HJH_0003

조사장소 : 경상남도 함양군 함양읍 신관리 기동마을 마을회관

조사일시 : 2009.7.25

조 사 자 : 박경수, 문세미나

제 보 자 : 하종희, 여, 78세

구연상황 : 조사자가 몇 년 전에 이 마을에 다른 분이 이야기 조사를 나왔을 때 제보자가 한 이야기를 다시 한 번 해보라고 권유했다. 그러자 다음 이야기를 했다.

줄 거 리 : 용가마골은 처음부터 그런 이름이 아니었다. '용가미'란 아이의 할아버지가 죽자, 아버지가 할아버지의 묘가 작다고 하며 그곳에서 흙을 모아 묘를 크게 만들었다. '용가미'의 어머니가 매일 아침 아버지에게 점심을 갖다 주고 오라며 도시락을 싸 주었다. 그것을 들고 아버지에게 갖다 주면, 아버지는 밥을 남겨서 아이에게 주었다. 하루는 아이를 시켜 도시락을 보냈는데, 아버지가 힘이 너무 들고 배가 고파서 밥을 다 먹어버렸다. 아이는 집에 가면 어머니가 밥을 남겨놓는다고 거짓말을 했다. 그러고는 그만 아이가 기절하여 죽고 말았다. 이 일이 있고 난 후에 이 골짜기가 용가미골로 불리게 되었다.

용가마골이라 카는 데가 요 건네 저게 복판 저기거든요. 그런데 거게 옛날에 용가마골이 아이고, 옛날에 지금 40년도 더 됐어, 세상 베린(버린) 제가. 그 노인네가 한 분 우리 외할아버지인데,

"너거 동네 거게 용가마골이 있제?" 이라길래,

"용가매골이 아니고, 할아버지, 용가마골 그라던데." 그랑께,

"그래도 거기가 용가미골이라 카는 데다."

그 할아버지가, 자기 할아버지가, 용가미 저거 할아버지가 세상 베렀는데, 저거 아버지가, 무덤이 작다 카면서 아침부터 가서 흙을 주어다가 자꾸 묘를 키우더래. 그리 키운께, 인자 저거무이(자기 어머니)가 있다가,

"아적(아침)부터 밥도 안 묵고 가서 엎어지겠다. 너 밥좀 갖다 드리라."

그라면서 도시락에다 밥을 싸 주더란 기라. 그래 인자 한 이틀 사흘 갖다 줬는데, 가주 가면 옛날에는 쌀이 귀한께, 밥을 해 갖고 도시락에 담아 보

내면 꼭 반틈(반쯤) 쪼깨(조금) 더 묵꼬는 남가갖고 아를 주더래. 그 아를 주니께 그거 얻어 묵는 재미로,

"엄마, 쌔게(자꾸) 밥해줘. 아버지 갖다 주구로."

그래 싸서 또 하루 아침에 인자 밥을 보냈는데, 그날사(그날은) 말고 대고(힘들고) 배가 고파갖고 마저 싹 씰어(쓸어) 먹고 난께, 아가 있다가, 아한테다가,

"너 저게 밥 안 묵고 왔어?" 이란께,

"밥 안무서(안 먹어서) 집에 가몬 엄마가 밥 남가(남겨) 놓는다고. 너거 아부지 갔다주고 오라 캤어." 그러쿤께,

"그랴. 그럼 집에 가서 묵어라." 카고는, 마자 싹 씰어 문께(먹으니까) 아가 매인 눈으로 히떡 넘어 가더랴. 그래서 놀래갖고 가서 이리,

"와이라노?" 이람서 일으신께(일으키니까),

'흐' 겇더만은(하더니만) 고마 아가 장구라져(기절해 넘어져서) 죽어삐더래. 그래서 인자 저가부지가(자기 아버지가) 말이,

"아이고 내가 한 숟가락만 덜 묵고 줄걸. 목 죽이 끊어져서 죽었는 가배."

그람서 저거 아부지가 기가 멕히서 있더래. 그래서 그 꼴짝(골짜기)에 전에는 용가미골이 아인데, 그래 아 그리 죽는 바람에, 인자 아가 그석해서 그리 죽었다고 인자 전국에 어디 소문이 난께,

"용가미골이라꼬, 그 골짝을. 이름을 용가미를 따라라." 캄서, 용가미골이라고 그리.

(조사자 : 용가매?)

용가미. (조사자 : 용가미골. 본래는 용가미골인데?)

용가미골이 아이고 본래는 무신 골이라 카는고, 그를 큰골 작은골 해서 불렀는데, 아 죽고 나서는 용가미골로 변했댜.

그래 역사가 그런 골짜기다 이람서, 우리 할아버지가 이야기를 해 줬

어, 옛날에. 그래서 들었거든.

스님에게 원한 갚으려 한 뱀

자료코드 : 04_18_FOT_20090725_PKS_HJH_0004
조사장소 : 경상남도 함양군 함양읍 신관리 기동마을 마을회관
조사일시 : 2009.7.25
조 사 자 : 박경수, 문세미나
제 보 자 : 하종희, 여, 78세
구연상황 : 제보자는 조사자의 요청에 따라 앞의 지명에 얽힌 이야기를 한 다음, 다시 조
          사자가 사람으로 환생한 뱀 이야기를 해 달라고 하자 이 이야기를 했다. 친구
          한 분이 제보자의 이야기를 관심있게 경청하며 이야기 구술이 자연스럽게 이
          루어지는데 도움을 주었다.
줄 거 리 : 강원도의 어떤 절에 있는 스님이 동냥을 다니다 부모를 잃고 울고 있는 아이
          를 만났다. 스님은 그 아이를 절에 데려다 키우며 동자승으로 만들었다. 하루
          는 대청소를 하면서, 동자승에게 풀을 베도록 했다. 그런데 동자승이 풀을 베
          면서 실수로 뱀을 낫으로 찌르게 되었다. 그러자 그 뱀의 몸속에서 작은 뱀이
          나와 어디론가 갔다. 그 뱀을 따라가니 어느 오두막에서 가난하게 살아가는
          신혼부부의 방문 사이로 들어갔다. 스님은 돌아와 인도환생을 잘 하도록 기도
          를 했다. 스님은 아기가 태어나기 전에 그 오두막을 찾아가서 그동안의 이야
          기를 하고 먹을 것을 주며 자신이 그 아이를 데려가서 키워야 한다고 했다.
          젊은 부부가 아기를 낳았을 때 스님이 다시 가서 아이를 데려가야 한다고 말
          했다. 젊은 부부는 스님의 청을 거절했지만 아이가 이상하게 스님이 가면 기
          절을 했다. 그런데 스님과 젊은 부인이 이야기를 나누다 두 사람이 옛날에 부
          모를 잃고 길에서 헤어진 남매임을 알게 된다. 그래서 젊은 부부는 아이가 스
          님을 따라 가려고 하는 것도 있고 해서 어쩔 수 없이 스님이 데려가서 키우
          는 것을 허락했다. 이 아이는 스님의 보살핌으로 글도 배우고 무술도 배우며
          잘 자랐다. 그런데, 이 아이가 성년이 되자 하루는 도끼를 들고 스님을 죽이
          려고 했다. 이를 미리 눈치챈 스님은 벽장에 피해 있었다. 스님은 그 아이에
          게 그동안의 자초지종을 모두 이야기했다. 그 이후 그 아이는 자신이 뱀에서
          인간으로 태어나게 한 스님을 오히려 고맙게 생각하고 지극정성을 다해 스님
          을 따랐다. 그 후 그 아이는 그 절을 크게 키웠다.

저게 옛날에 전라도 조 머 광주, 강안도(강원도), 강안도 그 무신 절이라 카노? 그 절 이름이 잊어뿠어. 지금도 그 절터에 절이 있다 카던데.

그런데 그 절에 스님이 조그만한 아이를 인자 이리 구굴(구걸) 하로 댕기다 본께, 아이가 골목에 울고 댕기드래. 그래,

"너 와 그라이 이랑께, 와 이래 울고 댕기냐?" 한께,

"엄마가 나를 놔두고 나갔는데 암만 찾아도 없다." 카더라. 그런께 인자 그 아이를, 해는 넘어가서 어둡어짓는데 놔뚜고 올 수가 없어서, 산골이고 한께, 그래 인자 스님이 데리꼬 갔다는 기라요, 그 절에, 자기 절로. 데려다 놓고는 거식이 해도 찾아오는 사람도 없고, 인자 그래논께 스님들이 그 아를 갖다가 거다갖고(거두어서) 믹이고 키왔는가배요.

그래이 머 한 달 두 달도 아이고 일년 가고 이년 가도 아무도 찾는 사람이 없더래. 부락 부락에 구걸하로 댕기도 그런 아 봤냐 하는 사람도 없고. 아 잊이뻐렸다고도 안 하고, 그러니까 우짤 수 없이 절에서 키왔는데, 절에서 키왔는데, 그 아이를 인자 한 열 여나무 살 넘기(넘게) 된께, 우짜는고이노(어쩌는가 하면) 저 스님이 장구 인자 너 청소해라 머 해라 시키고, 그란께 인자 절에 고마 행자로 데꼬 있었제.

그런께 이 아이가 영리하던개비라(영리하던가 보더라). 어깨 너머로 이리 넘어다 봐도 스님 하는 시늉을 다 하고 그래 배우더래. 그래 배왔는데 그 한분은 그 인자 그래 스님이,

"너 저게 오늘 나캉 대청소를 하자. 저 그라모 절 가에로 풀을 다 베라. 우리는 부처님 닦고 절에 안에 싹 모두 썰고(쓸고) 닦고 청소하고. 우리하고 같이 오늘은 대청소를 하자." 이랬는데, 그래 그 아이가,

"예, 풀은 내가 다 깎을께요." 카고는 풀은 인자 도랑에 깎고, 스님들은 안에 청소를 하는데, 풀을 한참 깎다가 본께, 고마 대거든(힘들거든). 이렇게 손으로 베다본께 댄께, 이놈아가 낫으로 할할 요리 뿌린께, 낫에 보니 뭣이 찐득하이 이리 올라오는 데 본께 배암(뱀)겉더래. 그래 배암겉은데

낫틀 이래 본께 낫테 피가 뻘거러이(빨갛게) 묻었더래, 피가. 배암을 쪼샀는가 보제.

(조사자 : 실수로.)

실수로 인자. 그런께 인자, 저 몰래 지은 죄가 크다 그 뜻인 게비라요. 그래 그래 갖고 인자 피가 묻어 나온께 아가 깜짝 놀램서 낫츨 놓고 이리 풀을 흩인께(헤치니까) 뱀이 동가리가 났거든. 동가리가 나서 배암이 나서 굼부더래(굴러가더래) 그 자리서.

그라디 배암 저게 입에서 머이 쪼깬한(조그마한) 배암 요만한 기 나오디만은, 조끄만 기 나오디 상구 질(길)로 올라가서 길만 따라서 가더래요. 그랑께, '저기 배암 혼인가 본데, 내가 저걸 어도로(어디로) 가는지 뒤따라 가보자.' 싶어서 상구(계속) 고 배암을 따라간께, 한 동네 지내서 또 두 동네채 또 넘어서 고개, 재 고갤 넘어서 상고 가더래. '아이고 얄궂어라. 오델 가는지 조렇기 쪼깨한 기 잘 가노?' 싶어서, 이 아가 상구 인자 고걸 따라갔는데, 따라가다 본께 아주 큰 대문 집에, 부잣집인가 문앞헤(문 앞에) 대문집이 인자 큰데, 빼꼼히 디다(들여다) 보고 있더래.

저도 그 근동에 가서 인자 고짝은(그쪽에는) 못 따라가고, 근동에 가서 가마이 쳐다보고 있은께, 이 배암이 들어갈라 카다가 안 들어가고 살짝 흔듧서 또 더 가더라네요. 그래 인자 그 뒤를 또 따랐데요. 또 따라간께, 동네 제일 끄트머리 가가지고는 한 집에 본께, 저우(겨우) 방 하나 정지 하나, 머 오막살이가 하나 있는데, 오막살이가 있는데, 그 집에 문앞헤 가 갖고는 가만이 요리 목구녕을 치키들고 있디, 그 배암이 상구 그 집으로 들어가더래요.

그래 그 집에 들어가갖고는 그라자 들어가자 인자 해가 넘어가삐리고 어둑빠리 드는데, '어둡운데 저 배암이 우짜는고 보고 내가 가야지' 싶어서, 그래 인자 문앞에 어디 저게 골목에서 가마이 고 배암만 눅눅히 쳐다보고 있은께, 배암이 섬돌에 딱 가갖고 딱 있더만은 그래 인자 방 하나까

고, 정지고까장 오두맥이 집에, 그 방에 불을 빼하이, 옛날에는 전기가 없은께 호롱불 요리 써놓은 거, 빼하이 써갖고 있은께, 한참 있인께 불을 꺼삐더래, 방에서.

불을 끄고난께, 이 배암이 문 새로 쏙 들어가삐더래, 방으로. '아! 요 집에 태이나는 갑다. 요 집에 인자 저 와서 태어나는 갑다.' 싶어갖고, 그래갖고 인자 거 들어갔더래. 그 집에 들어갔는데, 들어가고 난께, [잠시 먹을 것을 내놓자 옆 사람에게 먹으라고 하면서 잠시 소란하게 됨]

그래 갖고 배암 들어가는 거 보고는 인자, 스님들은 또 찾을 거 아인가요? 이 사람은 죄만 저지르고 낫튼 내뚜고(놔두고) 오데 갔은께, 이래 놓고 오데 갔는가 싶어 스님들이 찾을까이 걱정이 되갖고. 저는 인자 뒤에서 온다고 온 기, 저거 절에 왔죠. 절에 와갖고 들어간께 스님들이,

"오데 갔다 오냐?" 카더래.

"그래 요만저만하고 내가 배암을 실수로 쪼샀는데, 그래 배암 입에서 쪼끄만한 배암이 또 나오디만은 그게 오데까정(어디까지) 자꾸 질 따라가걸래 상구 그 배암 따라 갔다왔다."고. 그래,

"그 배암이 우째더냐?"고 묻길래,

"부잣집에 안 들어가고 도로 돌아나와서 오돌매기(오두막)로 갔는데, 그 방에 들어가는 걸 보고 왔다."고 그랑께,

"그러냐."고. 그래 인자 그라고 나서 고 이튿날 자고 나서 그때부텀 그 아가 장금 좋은 곳으로 가고. 좋게 태어나서 인생이 되라고 절에 부처님 앞에 기도를 했대요. 날시금(날마다) 기도를 하고 그란께 큰스님들도,

"아, 네 말이 맞다." 이람서 기도를 해주고 좋은 데로 태어나라고. 그래 인자 그 이튿날 그 집에를 가갖고 귀뜸 해줄라고,

"이 집에 엊저녁에 동자를 데려다 줬인께, 애기가 태어날끼요."

간께, 신혼부부 둘이 사더래. 까장 신혼부부 둘이 삶서 없어가지고 오도매기 고래갖고 살더래. 그래 인자 그 사람이,

"애기를 우찌 데려다 저게 데려다 줬다고 그런 소리 하냐?"고 하니,

"언지(언제) 한 달 넘으면 저게 기미가 다를끼라고. 그럴 때는 정신껏 몸을 애끼고 좀 보호해서 애기를 잘 낳으라고. 낳기만 하몬 내가 싹 밑천 대서 공부시키고 무술도 갈치고 큰사람으로 맨들긴께, 그래 하라."고 부탁을 한께,

"그래 두고 봐야 아제(알지)." 이러카더래, 그 젊은 사람들이. 자기도 애기도 하나도 없고 이런께. 두고봐야제 그런제(그렇게 한 때) 그러구로 한 삼 개월 되갖고는 또 인자 갔던가벼. 바랑을 지고 구굴(구걸)을 함서 가니, 가갖고 쌀을 인자 바랑에다가 좀 얻어갖고 가니께 참 가난하더래.

"이거 갖고 밥 해묵고, 잘 지내라."고 쌀 그 집에 다 부(부어) 주고, 얻은 쌀을. 부 줌서,

"틀림없지요? 애기 태어났지요?" 칸께, 그래 입덧한 얘기를 하고, 꿈 얘기를 하더라는 기라요.

"꿈에 그래 배암이 뵈이고, 큰 종이 나타나서 보이더라."고 그런 얘기를 하더래요.

"그래 그런께 보라고, 내가 절에서 애기를 보내줬인께, 우째튼 잘 놔서 키와야 된께, 낳기만 하모 내가 다 키울낀께, 고마 아무 걱정 말고 순산이나 하구로 하라고."

그래 인자 부탁해놓고, 인자 아 틀림없이 있다는 건 알고 왔지. 알고 인자 와갖고 그때부터 절에서 마 아침저녁으로 꼭 기도를 함서 크게 잘 태어나고 건강하게 태어나라고, 인자 부처님 앞에서 기도를 하는데.

그래 인자 기도를 해주고 그런께, 그러면 자기도 도시 열 달 되면 낳을 끼다 싶어갖고, 열 달 되서 낳을 달 되가지고는, 사방에 댕기면서 쌀을 바랑에다 한 바랑 해서 얻어 지고 그래 또 그 집을 찾아 갔더라. 간께, 배가 불러서 곧 순산하겠더래. 그래 애기를 낳겠더래요. 그래서 인자,

"아이고 이거 쌀 받아서 가만히 놔돘다가(놓아 두었다가) 애기 낳으몬

식량 하라."고. 그래 또 부 주고, 그래 와가지고는 그 자기가 딱 짚은께 한 일주일 안에 낳겄더라네요. 그래서 인자 낳고 나몬 또 갈라고, 그래 날을 짚어 본께 한 일주일만 있으면 낳겄다 싶어서. 그래 또 구걸해서 또 좀 동냥을 해다가 막 이래서 돈을 장만해서 쪼깨(조금) 놓고, 놔두고 애기 옷이라도 해입히고록 할라고 내뚜고는, 또 구걸해 갖고 한 바랑에다가 하나 해 갖고 짊어지고, 돈 쪼깨 갖고, 인자는 낳았을 기다 싶어서 그래 미역쫌 사고, 그래 갖고 그 집엘 또 찾아갔디야, 그 스님이.

그랑께, 그 동자 스님이 쪼깬할(조그만) 제 그란께 그때는 아홉 살이나 여나무 살 묵은 사람이, 그랑께 절에서 행자라고 불렀는데 아주 어린께, 행자라고 부르고 이란께,

"우리 행자 어데 갈라꼬?" 이라몬,

"그래 요만저만 갔다 와야 된다." 그러더래.

"아이고 너는 기억이 좋다. 우찌 안 잊어삐리고 그래 생각하노."

"내가 죄를 저질렀는데 우짤 도리가 없다고. 내가 업을 쪼깨라도 벗자면 그래 해야 않되겠나?" 캄서, 그래 인자 미역을 한 나물 사고 쌀 그놈 짊어지고 간께, 애길 낳았더래요. 그래 애기를 낳았는데,

"언제 났냐?" 칸께,

"한 삼일 됐다."고. 삼일 됐다 카는데 뭐 들어가갖고, 그래 쌀이랑 가지고 간께, 을마나(얼마나) 없는 사람이 반갑겄어요. 미역하고 쌀하고 막 갖다 주고, 그래 인자 돈을 쫌 주면서,

"이것 갖고 베를 사다가 옷을 해입히라."고 이람서 또 돈 맨들어놓은 것도 다 주고 그래, 그래 갖고는 올라칸께, 올라고 일어서이,

"잘 있으라고, 애기 잘 키우라고, 몇 일 후에 삼 치레이나 가고 나면 내가 데릴로 오마."고 그러쿠고 나선께, 아가 까뿍 장그라지더래, 죽을라 카대. 그런께,

"아가 와이라냐?" 캄서,

"스님 스님, 우리 아가 와 이라느냐고?" 이란께, 그래 스님이,

"와그라는데." 이람서 머리를 이래 만진께,

"이래 아가 인자 난(놓은) 기 인자 삼일 됐다." 카는 기, 입이 뻥긋뻥긋 있는 시늉을 함서 고마 안 울고 개한터래(괜찮더래). 그래 또 갈라고 일어선께,

"아이구 개한타고, 개한으께 젖이나 잘 먹이고 키우라고."

일어설라 카모 고마 아가 또 히떡 넘어가는 시늉을 하고. 그래 인자 스님이 이래 만지면서,

"약속한다고. 내가 삼주만 지내면 델러(데리러) 올긴께 잘 있으라고."고 머리를 씨다듬고 그래 갖고 나온께 개안터라네. 그래 인자 놔뚜고 왔대요, 절에를 또.

그래 삼주를 인자 다 가도록 기도를 하고, 그래 갖고 절에서 스님들 시 갖고는(시켜서는) 인자 옷을 한 벌 해 갖고 가서 입히 갖고 데려올라꼬. 그래 가니께 아이 아가 막 푸릇푸릇한 기 포동포동하이 이쁘게 자라나더래. 그래 인자,

"델로(데리러) 왔다." 칸께,

"아이고 이런 애기를 젖을 멕이 키아야지, 스님이 데꼬 가면 어짜나?"

그람서 좀 크걸랑 데꼬 가지 안 된다고, 안 줄라 카더래. 줄라 하겠어요? 그 모처럼 아들 처음으로 놔갖고 그런데. 그래 인자 스님이,

"그래도 그 절에 데려다가 키와야 된다고." 그란께, 그래 인자 저 나문(남은) 부모님들이 그라더래.

"다믄(다만) 세 살이라도 묵으몬 하지만은 그냥 보낼 수는 없다고. 인자 삼칠 간 걸 젖을 믹이야지, 어짜고 데꼬 가께냐고(가겠느냐고). 다믄 세 살이라도 믹이야 되지 안 되겠냐고." 그래 갖고는 이얘기를 하는데, 내나 그 저게 행자 저거 누님이더래. 남매가 컸는데, 남매가 이래 있는데, 저거 무이가(자기 어머니가) 하도 묵기 거석한께, 오데 동냥을 하러 갔는가, 밥

을 얼로 가고 나갔는데, 이 남매가 인자 저거매가 안 온께 찾아 나갔다가, 쪼깨할 때 찾아 나가갖고는 질을 잊이삐리갖고,

"누부는 이짝으로 가고, 이짝으로 나는 어무이 있는가 가보께. 너는 저짝 길로 가서 요리 올라가."

인자 그란기(그건 것이) 서로 갈라지삐가 서로 둘이 다 고아가 되삐기라(되어버린 것이라). 저거매는 인자 머 양식이라고 구해라고 나가고 난 뒤에 이놈의 아 두 개 다 잊이삐린 기지. 저거 누(누나)도 잊어삐리고, 그런께 인자 이 헤이, 그때 헤어져 논께 서로 누인가 동생인가 모르는 기라. 인자 쪼깬할 때 헤어져 논께.

그래 남을 이만저만하고 그 인자 행자가 찌깬할 때 우리 어무이 찾아 나왔다가 질을 잃어갖고 질에서 울고 대인께(다니니까), 스님이 델고 가서 절에서 나를 이래 키왔는데, 내가 그래 풀 베다가 요만저만하다 죄를 저질러서 그래 그리 됐다는 얘길 싹 한께, 가만히 여자가 생각하디,

"그라몬 자기가 내 동생 아이까 혹시?" 그러쿠더래. 그런께 고래 헤어져 놓은께, '나도 동상을 잊었는데' 싶어서,

"나도 네 살 때, 나는 한 댓 살 됐었는데, 어무이를 잃어삐리갖고 그때 여섯 살인가 일곱 살인가 됐는데 어무이를 잊어삐리고 그 질로 못 찾고 동상도 잊어삐리고 못 찾았다. 그런데 스님은 그래라도 풀리지만은 나는 오다가다가 이래도 저래도 못하고 댕긴께, 어떤 사람이 우리 집에 가서 나는 아도 없인께, 우리 집에 가서 내 신발 한 분 해주고 내가 밥 주께 가자 그람서 울고 댕긴께, 그래 가자 캐서 그래 그 집에 가서 어찌어찌 사다가, 그 집에 그래 머슴 사는 아가 착하다꼬 둘이 결혼시켜 줘서, 주인 네가. 갤혼(결혼)시켜 줘서 그래 살았는데, 저 양반도 참 고상(고생) 마이 하고 어리서부터 머슴살이로 넘의집 밥을 얻어먹고 있었는데, 주인 아줌마 아저씨가 참 좋은 사람이라서 그래 둘이 갤혼시켜서 그래조서(그렇게 해주어서) 인자 둘이서 이제 먹고 산다."고 이란다고 그라더래.

"그러면 틀림없이 우리 누, 누다."

이 사람 마음에도 그렇고, 저그 누는 인자 틀림없이 우리 동생이다는 걸 아는데, 이 스님은 그래도 어룽추룽한 기라. 나가 다섯 살 안쪽에 막 그래 되논께, 그런가 저런가 몰라서. 그래 인자 가도(그 아이도) 그러냐고 그라면,

"성이 머시냐고 아느냐?"고 이란께,

"그래 나는 성도 모른다."고, 그때 뭐 말도 재우(겨우) 떰뻑떰벅 해도 무슨 소린고도 못 알아 듣고 했는데, 성도 모른다고 이런께네, 그래 그 여자가,

"내 성이, 우리 아버지 성이 주가다."

겉더래. 주가다 그럼서,

"틀림없이 네가 우리 아버지 얼굴을 좀 탁했다고. 네가 저 내하고 남매 간 기 틀림없는갑다."고. 그라고 이야기를 해 갖고, '그라몬 우리 누가 틀림없는가?' 이 사람도 인자 그리 여기고. 그래 가서 인자 절에 가서 기도를 하고 그러구로 있다가, 꼭 세 살 안으로 안 준다 카고, 못내 보낸다 칸께, 그러구로 그 댕이면서 자꾸 구걸해다가 식량도 대주고 이, 애를 쓴 기라, 절에 인자 그 행자가.

그래 그석하다 본께, 인자 아가 그러구로 서너살 먹는데, 고마 뭐 온데(온갖 곳에) 쫓아 댕기고 똘방똘방하이 건강하거든. 그래 가갖고 한 번 간께 아가 누(누워)잔다 카면서 낮잠을 자는데, 가서 요래 디다(들여다) 본께, 참 예쁘게 생기고 관상을 본께 마 아주 큰 사람 되겠더라네. 이 행자가 볼 때는 스님 밑에 많이 배우고 어깨 너머로 배아논께 영리하고, 그래 인자 그래도 머 안 줄라 카고 그석한께, 좀 때도 묻고 키아야 되겠다 싶어 왔다 갔다 한께. 그러구로 서너 살 됐는데 한분은 가서,

"이래갖고 있으면 수명만 짤라질란가 모르고, 부처님 앞에서 커야 된께, 야를 보내야 된다."고 이란께,

"그래 누님이 이해를 하고 그래야제. 보고 싶으면 절에 자주만 오모 될 꺼 아니냐고. 어데로 갈 꺼 아이고 절에 있을낀께, 그라라(그렇게 하라)고." 그래 삼서 그래도 대답을 안 하더라. 저거 누도 그렇고 자형도 그렇고, 고마 우째든지 그라라 소리를 허락이 안 떨어지는데, 아가 이래 앉았는데,

"그러모 어쩔 수 없이 단, 담에 메칠 있다가 대리러 오까?" 이러쿰서 일어서모 아가 고마 뒤로 히떡 넘어감서 장고라지더라. 그런께 인자 우쩔 수 없이 또 가서 일바침서(일으켜 세우면서),

"와이라노? 와이라노?"이라고 만치주모(만져주면) 싱긋이 웃고, 앉았고, 앉았다가 또 간다고 일어서모 고마 쭉 뻗어갖고 누갖고 도골도골 궁굴고.

"보라고 대꼬 있어야, 큰 일 나모 우짤끼냐고. 나 딸리 보내는 기 낫다."고 이란께, 그런게 아무리 생각해도 일어서모 고마 아가 죽을라 칸께, 그 인자 우쩔 수 없이 저그 누가 있다가,

"잘 키울 수 있겠나?"

"키우는 거는 잘 믹이고 잘 키우자고 부처님이 도와줄 낀데, 부처님 도랑(도량)인데, 비미 그석하겠느냐고." 이러쿰서, 그래 또 인자 꼭 저거 자형이 허락을 안 한께,

"나도 바쁘다고. 이래갖고 있을 게 아이라 우리 스님들이 기다리고 걱정한다." 캄서 메칠 있다 오던지 그람 그래야 되겠네 그라면서 일어선께, 고마 아가 쭉 뻗어 누갖고 일나도 안 하고 마 뻐드럭거린께, 그래 나가는 사람을 부르더래. 저거 자형이 인자 들어와 보라고. 그래 들어가서 젖에(곁에) 앉은께, 안 그란겉이 일어나더라는 기라 아가. 그람서 고마 그 스님한테 딱 보듬끼갖고 떨어지도 안 할라 카더래. 그러이,

"아 해오는 걸 보라고. 이 아가 어떤 안중 아냐고? 자형이 이거 아무 거슥을 몰라서 그렇지, 보통 아가 아인데, 내가 꼭 절에서 키와야 될 아이라고. 그래도 낳기는 누나 자형이 낳았지만은 내가 이 집으로 보내줬고,

그런께 이 아는 키우기는 내가 키우되, 자형이나 누나가 보고 싶으면 날 마중이라도 왔다 가몬 될 거 아니냐고. 돈 드는 거 아니고, 그냥 와서 얼굴이라도 쳐다보고 가면 된께, 천상 내가 데꼬 가야 되겠다고. 오늘 안 데꼬 가면 안 되겠다고." 그랑께,

"그래 그라몬 어떻게 보듬고 가겠냐고 그까정(거기까지)."

"보듬고 가는 게 아니고 내가 업고 딱 업고 가몬 머 한참이몬 가는데."

그람서, 가자 나 따라 가자 한께 등허리에 딱 올라붙거든. 그러니 인자 딱 뭉치서 저게 띠 도라(달라) 캐갖고 자기가 딱 홀까(훝쳐서) 업고, 바랑 앞에 대고 걸어, 걸어갖고는 퍼 넘게 간께, 뒤에서 막 윗어삼성(웃으면서) 업히 가더래.

(조사자 : 머 해사면서요?)

그 아가 웃어삼서.

(조사자 : 아ー 웃어사면서.)

업히감서 어마야고 불러도 안 보고 아빠 생각도 안 하고 고마 노래 불러감서 등허리 업히갖고.

(조사자 : 희한하네요.)

스님 등허리에 업히갖고 감서 흥얼흥얼 노랠 부르면서 업히 갔는데, 그래 인자 절에 데려다 놓고는 키운께 이 아가 참 잘 크더래요. 부연 아가 잘 크고 잘 먹고 건강한께, 이 스님들도 마 자꾸 기도를 해서 막 거식이 해주고.

그래 인자 그러구로 그 아가 고마 한 여나무 살 묵었는데, 그런께 저거 외삼촌이 한 스물 댓 살 되고. 저거 외삼촌이 인자 그러구로 크게 스님이 돼갖고 관상도 잘 보고 머 육갑을 잘 짚는데, '저놈의 아가 한 분은 나한테 방문을 할낀데.' 그거 만날 고민은 그기거든. 배암을 쪼사 직잊은께, 원수가 졌은께. '그러긴데 그거로 어떻게 해서 타일러 주나. 저 해석을 시키 줘야 저 깨우칠 낀데.' 그 고민을 하고 있는 차에 아가 여나무 살 인자

되고 이런게, 혼차 고민만 하고 얘기를 몬해주고. '네가 배암이었는데 요만저만하고 이야기를 하몬 우찌 생각할란고' 싶어 말을 못하는 기제.

그래 말을 못하고 있는데 그라자 나가 한 열댓 살 되간게, 한 분은 눈이 실실 내리는데 겨울에 바깥에 저래 앉아, 저게 저 도치(도끼) 그걸 갖다가 쓱쓱 갈고 있더래, 이 아가. 그래 인자 저거 외삼촌인데도, 옆에 가서,

"뭣 할라고 그라이?" 한께,

"스님 날이 춥어지고 눈이 내린께 나무를 좀 해야 지어(저)야 되는데 나무가 얼마 없어요. 가서 장작 쫌 해올라고요."

그라더래. 그래서,

"아이고 그래. 그런데 쪼깨씩 해 갖고 와, 무겁고 한데. 많이 지고 오다가 자빠져 다치면 안된께 쪼끔만 해서 갖고 오이라. 그라모 나는 몸이 피곤하고 방에 가서 한숨 누자면 좋겠는데." 그란께,

"스님 방에 가 주무세요."

그러더래. 그래 인자 도치 가는 거 보고, 낫도 옆에 갖다 놓고 톱도 갖다 놓고 그래 놓고는 아가 도치를 싹싹 갈아쌌더래. 그래서 인자 방에 들어옴서 가만히 생각한께, '아하 나무하러 가 나한테 오늘날 방문을 할 것이다.' 날 일자로 본께 몇 월 며칠 짚은께 그래 나오더라 싶어서, 이 스님이 자기 요를 딱 깔아 놓고 베갤 놓고, 옷을 갖다가, 호박을 세 개를 머리인테 갖다 놓고, 중간에 놓고 또 화같이 해놓고, 스님 저짝 호박 따놓은 거를 동게동게 갖다놓골랑, 거따가 자기 옷을 한 불 갖다가 우에는 호박을 다 덮어서 저고리를 덮어 놓고, 바지는 알로 요래 덮어서 거석해 놓고는, 발 요래 오그리고 있는 거 매이로 얼굴은 사람매이로 해놓고 그래놓고 이불을 폭 덮어 놓고 누 자는 거매이로 그래놓고는 이 벽장이 있더래.

조그만한 벽장이 책 여놓고 하는 벽장이 있는데, 그래 벽장 안에 쏙 들어가갖고 딱 요래갖고 앉았었대. 오글시고(오므리고) 앉았인께, 앉아서 거

인자 꼭재이고(꼽아서) 그거 몇 년 됐는고 그것도 꼭재이고 몇 달 됐나 그 것 다 꼭재이서 본께, '틀림없이 오늘 저것이 마음이 다르다. 그런께 사람 도 머 백년이 가면 여시가 돼서 백여시가 되니 우짜느니 하듯이, 이 배암 도 사람 인도환상(인도환생)을 했는데, 그래도 그 허물을 다 몬 벗으인께, 허물 벗고 그 그석할라고 원수 갚을라고 할 날짜구나' 싶었더래.

그래서 벽장 안에 가만히 요래 갖고 앉아인께, 한참 있인께 문을 사르 르 열고 들어오더라네. 들어오는데 벽장 새로 요리 내다본께, 그 조카가 들어오더래, 방으로. 들어오는데 다른 거는 아무것도 안 갖고, 톱이랑 낫 이랑 거 내뚜고 톱, 저게 도치만 딱 요래 거머지고(감아쥐고) 딱 거머지고 요래갖고 문 사르르 열고 들어오더래. '아 저놈이 맞다. 내가 날 잘 짚었 다.' 싶었더라고. 그래 인자 가만히 앉아서 우짜는가 볼라고 내다본께 도 찌를 옆에 딱 놓디만은 막 큰 절을 세 번을 하더래. 그 넙히 누었는데 대 고, 인자 죄송하다는 뜻이지.

자기 인자 고만치 키와줬는데 오짠지 보면 밉고 딱 쪼싸 직이버리부면 싶으고 만날 고만 품은 안떨어지더래. 그런께 인자 가서 절을 함서, '나를 이렇게 키와주고 귀하게 여기고, 참 그 많이 묵으라 카고 따시게 입히 주 고 하는데, 와 내 마음이 이런고 모르겠다.' 싶어갖고는 죄송하다 카면서 큰 절을 세 번을 하디만은, 고마 도치를 딱 들디만은,

"죄송해요 스님. 용서하세요. 좋은 곳으로 가세요. 죄송합니다." 이람서 도치로 대가리 있는 데다가 딱 쪼슨께, 호박이 안에 도찌가 팍 꼽히고, 옷 도 이래 따라서 꼽힌께, 탁 놓고는 고마 거 탁 엎치갖고(엎드려가지고),

"죄송해요 용서하세요. 이런 못된 놈이 오데 있겠냐." 카면서 막 통곡 을 하고 우더래. 움서 막 스님이야고 고래겉이 부르더라네요. 스님이야꼬, 막 자꾸 스님 스님 좋은 곳으로 가라 캄서 죄송하다 캄서 부르고 이란께, 그래 인자 한참 부르고 울고 막 그래쌌는데, 가만히 있다가 벽장 문을 사 르르 쪼깨 엶서.

"행자야! 와그라니? 나 여(여기) 있다." 이란께, 퍼떡 이리 고개를 들고 쳐다봄서,

"어! 스님이 어찌 거서 나타나냐?"고, 억! 그람서 놀래갖고,

"스님이 거 누잘라 칸께 잠이 안 오걸래 벽장 안에 여서 누잔다. 거서 누잣다 카고 인자 책을 베고 누잔께, 잠에 잠질에 거석한께 니가 자꾸 스님이라고 불러싸서 그래 놀래서 일어났제." 그람서 인자 일어난게,

"아이고! 스님 죄송하다." 캄서 막 이래 내려오라고 보듬, 이래 손을 벌리더래. 그래 인자 내려와갖고 호박 젵에 앉아갖고, 그래 인자 첨에부텀 자기가 그 절에 스님이 데꼬 와서 그란께 키운 거, 그런 얘길 다 함서,

"풀 깍다가 요만조만하고 배암을 쪼샀는데, 그리 돼서 그래 인자 배암이 넘어가걸래 상구 따라갔디 갤국(결국) 난제(나중에) 알고본께 남매간에 내 누 집으로 가서, '내가 그래 니 생질이다. 난 너 외삼촌이다. 그걸 모르고 우리가 이적지 살았다. 그런데 너거, 내가 너 외삼촌이라.' 그란께 그래 배암을 쪼사서 이러저러한데, 참 내가 너 보기 미안하다."

홀목을 붙잡은께.

"아이고, 내가 외삼촌 덕에 배암이 인도환생을 해서 이래 됐은께, 이 공을 어째 할까냐." 캄서, 고맙다 캄서 고마 덥석 안꼴랑,

"우리 외삼촌 덕에 내가 이렇게 훌륭한 사람이 됐다고. 배암이 이래 되다이." 캄서 그짝에 고마 저거 외삼촌을 고마 하늘님겉이 모시더래. 그래 갖고 외삼촌 말이다 카면 뭣이든지 찬송이고, 그 외삼촌을 그리 우받고 (위로 받들고), 그란께 저거매(자기 엄마), 저거 아부지가 와서 그러구로 왔다 갔다 함서.

"그렇게 그래 된 줄 모르고 우리는 안 줄라 캤디 일찍 주기 잘 했다."고 그람서 그래 댕기갖고, 그 사람들이 키와갖고 그 저 절이 아주 고마 남매 절인데, 그란께 남매간에 고마 절을 갖다가 아주 거식해 돼.

옛날에 스님들은 자꾸 나가 많아 세상 베리고 이래도, 그 남매가 그석

함서 저거 인자 그랑께 생질이. 왔다 갔다 주구매(자기 어머니)가 그란께, 주구매도 그서 알지만은, 그 스님 때문에 제가 크게 됐다고 그 공을 평상을 내가 우째 하겠냐 캄서 그렇게 외삼촌을 우받드랴.

(조사자 : 강원도 인자 어느 절에, 그래 가지고.)

그래서 그 절이 안중도(아직도) 그 터에 절은 있대. 꼭 그리 그럼서, 그저 아가 고마 무슨 스님인데, 그 스님이 돼갖고는 그렇기 착하게 저거 외삼촌을 모시고 있다가, 그 절을 갖다가 그 인자 생질이 딱 책임지고 절을 키와 나가더래. 이게 내 집이다 카민서.

(조사자 : 할무이 이야기 참 재미나네.)

처녀 귀신에게 홀릴 뻔 했던 사람

자료코드 : 04_18_MPN_20090726_PKS_KSN_0001
조사장소 : 경상남도 함양군 함양읍 죽림리 내곡마을 안거리실노모당
조사일시 : 2009.7.26
조 사 자 : 서정매, 이진영, 조민정
제 보 자 : 강석남, 여, 61세
구연상황 : 조사자가 마을에서 전해 내려오는 전설이나 어렸을 때 들었던 이야기가 있으
　　　　　면 이야기를 해달라고 하자 제보자가 잠시 생각하다가 이야기를 한 것이다.
줄 거 리 : 오빠가 늦은 저녁에 백전에서 함양으로 오는 차를 놓쳐서 평전이라 하는 돌
　　　　　무덤을 걸어서 오는데, 처녀 귀신을 만났다. 그 처녀는 오빠를 잡아 끌고, 가
　　　　　려 했지만 오빠는 따라가지 않으려고 실랑이를 벌이고는 겨우 집으로 돌아왔
　　　　　다. 그때 오빠는 물에 들어갔다 나온 사람처럼 온 몸이 땀으로 젖어 있었다.
　　　　　알고 보니 평전이라는 곳은 원래 처녀 귀신이 나오는 곳이었다.

　저는요, 이리 나이가 몇 살 안 됐어도, 오빠하고 내하고 한 5년 차이가
나거든요. 차이가 나는데, 어느 날 오빠가 백전에서 함양을 왔는데, 차를
타고 왔었는데, 차를 떨가뺐어(놓쳐 버렸어). 그때 옛날에 사이찌 마이(많
이) 했을 적에.

　그래 갖고 이제, 차를, 늦은 시간이라 차가 없어갖고, 백정 평전이라 하
는 돌무덤을 오는데, 어디 거기가 원래는 처녀 귀신이 산다는 얘기만 들
었지 그런 걸 몰랐는데, 진짜로 헛깨비였는가, 어쨌는가, 처녀 귀신이 나
타 났더랩니다.

　그래 가지고, 그 옛날에 오빠가 삼베 저고리 적삼을 어머니가 했던 걸
그걸 입고 오셨는데, 그래서 한참을 따라 가다보니, 오빠가 정신이 빠짝
들더랩니다. 그때 나이 얼마 안 돼서. 그랬는데, 정신이 바짝 들고 보니까,
‘아, 여기가 처녀 귀신이 나오는 데다’ 싶어서, 그 처녀는 잡아끌꼬, 오빠

는 안 따라 갈라고 얼마나 애를 써갖고, 인자 헤집고 집을 왔는데,

실제로 인자 나는 오빠가 왔길레, 나는 인자 저녁을 차려주기 위해서 문을 열고 나왔거든. 나왔는데예, 오빠가 딱 물에 풍당 잡았다가 건져 나온 사람처럼 몸이 그렇게 돼버렸어. 그러니까 땀으로, 놀래서.

(청중 : 아이고, 놀래갖고.)

아이고, 실제로 그랬어. 그래 가지고 진짜 이 옷을 벗어내는데, 물로 짜도 짜져도 짜, 땀이 그만치. 그래 그 처녀 귀신한테 홀키 가갖고, 귀신에 홀키 가갖고.

그래 갖고, 그 뒤로는 살기 아이라, 무슨 그 함양에 회의를 가더래도 다시는 밤길은 안 걸어요. 안 걸어. 거기를, 밤길을 안 걸어. 그 길을 그 길을 밤길을 안 걸어.

그래, 지금은 도로가 잘 났지만은 지금도 가면 그 돌무덤 있는데 거기는, 진짜 함양 평전이라고 하는데, 거기는 무서운 데라.

(조사자 : 함양 평전.)

평전, 평전. 거기가 하모, 평전이라고 하는 데는 옛날부터 처녀 귀신이 나타났다고 하는데, 실제로 우리 오빠가 그걸 당했던 기라. 그런데 오빠라는 사람은, 미신도 안 믿고, 아무 것도 믿는 사람이 아이라. 그런데 그래 가지고 그런 그것을 격어서, 저는 그걸 봤어요.

도깨비와 씨름한 사람

자료코드 : 04_18_MPN_20090726_PKS_KSN_0002
조사장소 : 경상남도 함양군 함양읍 죽림리 내곡마을 안거리실노모당
조사일시 : 2009.7.26
조 사 자 : 서정매, 이진영, 조민정
제 보 자 : 강석남, 여, 61세

구연상황 : 친오빠가 함양 평전에서 처녀 귀신에게 홀려서 죽을 뻔 한 일을 구술해 준
뒤, 이 외에도 집안의 할아버지가 실제로 격은 이야기가 있다며 구연해 주었
다. 목소리가 시원하고 차분하여 청중들도 재미있게 이야기를 들었다
줄 거 리 : 외할아버지가 술을 먹고 마을로 오는 길에 도깨비를 만났다. 도깨비가 씨름을
하자고 해서 씨름을 해서 이기고는 허리끈으로 나무에 도깨비를 묶어놓았다.
다음날 다시 가 보니, 도깨비는 없고 수수비짜루 몽둥이가 매어져 있었다.

옛날에 우리 엄마가 들은 소리는, 할아버지, 외할아버지가 술을 많이
잡수시고 참 그 할아버지가 자존심이 참 세답니다. 셌었는데, 그 고개가
호랑이도 나오고, 도깨비도 나오고 하는 그런 고개였는데, 그런 고개였었
는데, 할아버지가 떡 술을 딱 잡숫고, 그래 갖고 오시니까는 어디서 그,

“씨름을 하자.” 카더래요. 씨름을 하자 캐서,

“그래, 인자 오늘 니가 이기나, 내가 이기나.” 이라면서(이러면서) 씨름
을 하게 되었는데, 할아버지가 씨름해 가지고, ‘내가 어쨌든 요놈을 잡아
야 되겠다’ 캐 갖고.

할아버지가 옛날에 매는 그 혁띠가 아니고, 바짓 저고리 입으면, 지금은
인자 저, 벼(베)로 갖고 만든 허리띠 안 있습니까? 허리끈 안 있습니까?

(청중 : 아이고, 하믄.)

허리끈을 가지고, 나무에다가 창창 짜매다가, 볼끈 쪼매 놓고,

“아하, 오늘 내가 이놈을 잡았구나.”

인자 그래놓고 인자, 할아버지가 집으로 와가지고, 그 인자 잠을 자고,
주무시고, 그 이튿날 가 보니까, 그 보한(하얀) 그 허리끈에 빗자루 몽댕
이가 나무에 볼끈, 따닥 매여가 있더랍니다. [청중들이 얘기를 듣고 신기
한지 웅성거린다.]

그래서 그 도깨비는 그 헛깨비가 아니라, 그 빗자루 몽댕이에. 옛날에
는 여자들이 인자 이, 불을 뗄 적에, 빗자루가 수수 빗자루 있지 않습니
까? 수수비짜루를 보면 여자들이 주로 내리 깔고 앉다 보면은 여자들은

그 생리를 안 합니까? '생리를 하니까 그 생리가 묻어서 나가면은 그게 어째서(어찌 되어서) 도깨비가 됐다.' 그런 전설이 있어요.

본래 이름 되찾은 학동마을

자료코드 : 04_18_MPN_20090725_PKS_JJH_0002
조사장소 : 경상남도 함양군 함양읍 신관리 136번지(학동마을 진정호 자택)
조사일시 : 2009.7.25
조 사 자 : 박경수, 문세미나
제 보 자 : 진정호, 남, 75세
구연상황 : 조사자가 학동마을의 유래에 대해서 묻자, 바로 다음 이야기를 했다.
줄 거 리 : 학동마을은 본래 들을 보며 학이 날아오는 형국이라 하여 붙여진 이름이다. 그런데 일제강점기 때 일제가 신당마을로 이름을 바꾸어 버렸다. 지금부터 2, 30년 전 마을 사람들이 여럿이 군청에 가서 마을 이름을 되찾게 해달라고 했다. 결국 몇 년 전부터 학동마을이란 본래의 이름을 되찾게 되었다.

(조사자 : 여기는 그 왜 학동, 학동마을은 뭐.)

옛날에는 이게 저 머꼬 왜 학동이라 카몬, 요 우리 칠대조 산소가 바로 동네 뒤에 있습니다. 고 산이, 요 학이 날라오는 행국(형국)이라, 학이 날라서 한들을 쳐다보메 학이 날아온다, 그래서 학동이라고 그래 짔답니다.

그런데 일정 때 내려와서는 여를 신당이라고 이리 했뻤거든. 일본 사람들이 와가지고는 개명을 해삐렀어요. 그리고 이걸 찾은 지가 한 이, 삼십 년 됐일 겁니다.

(조사자 : 원래 이름을.)

군에 가서 여서, 모도 여럿이 사람인데 가갖고 거석인데 그래 인자 학동마을로, 학동마을 된 지도 몇 년 됐습니다, 본명을 찾은 지가.

(조사자 : 옛날에는 신당마을이였는데, 일제시대 때.)

네, 일정 때 신당이라고 이래 지었거든.

(조사자 : 지금은 학동마을, 다시 찾으셨네.)

네, 본명을 찾을라고.

(조사자 : 일본 사람들이 옛날에는 전부 다 마을을 부락이라고 바꾸고 안 그랬습니까?)

네. 그래서 그랬습니다.

모심기 노래

자료코드 : 04_18_FOS_20090725_PKS_KBJ_0001
조사장소 : 경상남도 함양군 함양읍 웅곡리 웅곡마을 가정집
조사일시 : 2009.7.25
조 사 자 : 서정매, 이진영, 조민정
제 보 자 : 강복점, 여, 79세
구연상황 : 제보자는 부끄러움이 많아서 노래를 부르지 않으려고 하였지만, 조사자의 요
청에 용기를 내어 불러 주었다. 일반적으로 부르는 모심기 노래의 사설과 달
리 점심 참이 늦으면 아기가 먹을 젖의 참도 늦어진다는 내용이다.

늦어가네 늦어가네 점심 때가 늦어가네-
점심 때가 늦어가면 우리 애기 젖참 늦어가네

다리 세기 노래

자료코드 : 04_18_FOS_20090726_PKS_KSN_0001
조사장소 : 경상남도 함양군 함양읍 죽림리 내곡마을 안거리실노모당
조사일시 : 2009.7.26
조 사 자 : 서정매, 이진영, 조민정
제 보 자 : 강석남, 여, 61세
구연상황 : 옛날 노래를 불러달라고 하자, 그걸 어떻게 지금까지 기억하느냐고 했다. 다
리 세기 노래도 괜찮다고 하니, 제보자가 바로 다음 노래를 시작하였다.

이거리 저거리 갓거리
진주 남강 또맹강
짝바리 희양강

사래줌치 사래육

육도 육도 칠라육

하늘에 올라 벼루대 콩

너냥 나냥

자료코드 : 04_18_FOS_20090726_PKS_KSN_0002
조사장소 : 경상남도 함양군 함양읍 죽림리 내곡마을 안거리실노모당
조사일시 : 2009.7.26
조 사 자 : 서정매, 이진영, 조민정
제 보 자 : 강석남, 여, 61세
구연상황 : 옛날에 많이 불렀던 노래 중 혹시 너냥 나냥을 아는지 물었더니, 모두가 안다
며 각자 부르기 시작했다. 함께 맞춰서 노래를 불러달라고 하여, 다시 노래를
시작하였다. 노래의 후렴구는 모두 알았지만, 가사를 잘 생각하지 못해 잠시
주춤했다가 다시 불렀다.

너냥 내냥 두리둥실 놀-고요

밤이 밤이나 낮이 낮이나 참사랑이로~구나

[잠시 노래가 헷갈려 쉬고]

아침에 우는 새는 배가 고파~ 울고요

저녁에 우는 새는 임이 기러바(그리워) 운다

너~냥 내~냥 두리둥실~ 놀고요

밤이 밤이나 낮이 낮이나 참사랑이로~구나

권주가

자료코드 : 04_18_FOS_20090724_PKS_KDS_0001
조사장소 : 경상남도 함양군 함양읍 죽림리 상죽(상수락)마을 상수락마을회관
조사일시 : 2009.7.24
조 사 자 : 서정매, 문세미나, 조민정, 이진영
제 보 자 : 김덕순, 여, 73세
구연상황 : 다른 분들이 노래를 부르기 시작하자 제보자도 따라서 노래를 부르기 시작했다. 조사자의 요청에 제보자는 스스로 박수를 치면서 흥겹게 불러 주었다.

받으시오 받으~세요 이 술- 한잔을~ 받으세요-

이 술-은~ 다름이 아-니라 묵-고 노-자는 동배주~요

양산도

자료코드 : 04_18_FOS_20090724_PKS_KDS_0002
조사장소 : 경상남도 함양군 함양읍 죽림리 상죽(상수락)마을 상수락마을회관
조사일시 : 2009.7.24
조 사 자 : 서정매, 문세미나, 조민정, 이진영
제 보 자 : 김덕순, 여, 73세
구연상황 : 권주가를 먼저 부르고 난 뒤 바로 이어서 양산도를 불러 주었다. 부끄러움이 많아서 서로 노래를 불러 보라고 하던 중에 문득 생각이 났는지 바로 노래를 불러 주었다.

함양 산천- 물레방아~ 물을 안고~ 돌~고~

우리 집에~ 우런 님은~ 나를 안고 돈~다

에헤라- 놓아라 나 못놋겄~네~

열 놈이 꼬부라져~도 그래도 못노리로-구~나

노랫가락

자료코드 : 04_18_FOS_20090724_PKS_KDS_0003
조사장소 : 경상남도 함양군 함양읍 죽림리 상죽(상수락)마을 상수락마을회관
조사일시 : 2009.7.24
조 사 자 : 서정매, 문세미나, 조민정, 이진영
제 보 자 : 김덕순, 여, 73세
구연상황 : 노래를 부를수록 목청이 시원하게 트이는 듯 했다. 박수를 치면서 흥겹게 불러주었는데, 주위 청중들도 아는 노래여서인지 함께 따라 불렀다. 제보자가 노래 부르는 사이에 청중들은 '잘한다'라는 추임새도 넣고, 또 아는 노래면 큰 소리로 함께 불러 주었다.

청천 하늘에~ 잔별도 많고~야~

요내 가슴에~ 에~헤 수심이 많아요-

우리가 이러다가~ 자지라지면은~

어느- 친구~가 에헤 날 찾아오겠~나~

창부 타령

자료코드 : 04_18_FOS_20090724_PKS_KDS_0004
조사장소 : 경상남도 함양군 함양읍 죽림리 상죽(상수락)마을 상수락마을회관
조사일시 : 2009.7.24
조 사 자 : 서정매, 문세미나, 조민정, 이진영
제 보 자 : 김덕순, 여, 73세
구연상황 : 김덕순 제보자가 주축이 되어 노래를 시작하자 청중들 모두가 박수를 치며 큰소리로 함께 따라 불렀다.

시들새들~ 봄배-추는~ 밤이슬 오기만 기대하고-

옥에- 갇힌- 춘향-이는~ 이도령 오기만 기대하네-

진도 아리랑

자료코드 : 04_18_FOS_20090724_PKS_KMN_0001
조사장소 : 경상남도 함양군 함양읍 죽림리 상죽(상수락)마을 상수락마을회관
조사일시 : 2009.7.24
조 사 자 : 서정매, 문세미나, 조민정, 이진영
제 보 자 : 김말남, 여, 74세
구연상황 : 이 마을에서는 주로 어떤 아리랑을 부르는지를 물었더니, 진도 아리랑을 불러
주었다. 제보자와 청중들 모두가 함께 불렀다.

아리아리랑 쓰리쓰리랑 아라리가 났~네~
아~리랑 음음음 아라리가~ 났네-
문경-세제는 웬 고~갠가~
구부야 구비구비야 눈물이~ 나네-
아리아리랑 쓰리쓰리랑 아라리가 났~네
아~리랑 음음음 아라리가~ 났네-

청천하늘에 잔별도 많고
요내야 가~슴엔 희망도 많다
아리아리랑 쓰리쓰리랑 아라리가 났~네~
아리랑 음음음~ 아라리가~ 났네-

밀양 아리랑

자료코드 : 04_18_FOS_20090724_PKS_KMN_0002
조사장소 : 경상남도 함양군 함양읍 죽림리 상죽(상수락)마을 상수락마을회관
조사일시 : 2009.7.24
조 사 자 : 서정매, 문세미나, 조민정, 이진영
제 보 자 : 김말남, 여, 74세
구연상황 : 진도 아리랑을 부르고 난 뒤 혹시 밀양 아리랑은 부를 수 있는지 물었더니,

바로 이어서 불러 주었다. 청중들도 모두 함께 박수를 치면서 불렀다.

날 좀 보소~ 날 좀 보소~ 날 쪼게 보소~

동지섣달 꽃 본 듯이~ 날 쪼게 보소~

아리아리랑 쓰리쓰리랑 아라리가 났~네

아리랑 고개를 날 넘겨 주소

정든 님이 오셨는데 인사를 못~해~

행주치마 입에 물고 입만 방긋~

노랫가락

자료코드 : 04_18_FOS_20090724_PKS_KMN_0003
조사장소 : 경상남도 함양군 함양읍 죽림리 상죽(상수락)마을 상수락마을회관
조사일시 : 2009.7.24
조 사 자 : 서정매, 문세미나, 조민정, 이진영
제 보 자 : 김말남, 여, 74세
구연상황 : 김말남 제보자가 먼저 노랫가락을 부르니, 청중들이 모두 따라서 불렀다. 모두 박수를 치면서 즐거워하며 노래를 불렀다. 노래를 계속 끊어지지 않도록 연이어 불러주어 분위기가 더욱 화기애애하고 흥겨웠다.

나 요리 한다고 숭보지 말어라~

너거 딸 조치나 에헤~ 얌전히 키워라~

우리 동네 서부장군 다녀라 가고야

요내 손발이~ 에헤~ 천불이 나느냐

십오야~ 밝은 달은~ 임 없는 탓이오~

요내 몸 달 떠~서 에이헤~ 임 없는 탓이로다~

술 먹고 싶으면~ 떠온 물 마시~지~

돈 없는 술집에는~ 에이혜~ 왜 왔던~고~

노잔데(놀자 하는데) 좋더라~ 노잔디 좋더-라~
우리같은 청춘은~ 에이혜~ 노잔데 좋더~라~

한 가지만 괴로와도~ 못 산다 하는~데~
임 괴로와 돈 괴로와~ 에~혜 다 상관없어~요~

청치마 밑에서~ 내주는 담배는~
가랑잎 같에~도- 에-혜 맛만 있더~라~

오갈피 나무에~ 삐죽새 울고~요~
어둠캄캄 빈 방안에- 에~혜 나 홀로 누웠구나

모찌기 노래

자료코드 : 04_18_FOS_20090725_PKS_KMH_0001
조사장소 : 경상남도 함양군 함양읍 죽곡리 죽곡마을 김명호씨 자택
조사일시 : 2009.7.25
조 사 자 : 서정매, 조민정, 이진영
제 보 자 : 김명호, 남, 91세
구연상황 : 모심기 노래를 불러달라고 하니, 처음엔 이 나이에 무슨 노래를 부르냐고, 꼭
         불러야 되는지를 한 번 더 묻고는 차분하게 굉장히 긴 소리로 노래를 해 주
         었다. 모찌기 노래, 모심기 노래를 모두 구분하여 불러 주었다.

들어내세 들어내세 이 모자리를 들어내세

한강에다 모를 두어~ 모쪄내기 난감도 하네
석상에다 상추를 심어~ 들어내기 난감도 하네-

모심기 노래

자료코드 : 04_18_FOS_20090725_PKS_KMH_0002
조사장소 : 경상남도 함양군 함양읍 죽곡리 죽곡마을 김명호씨 자택
조사일시 : 2009.7.25
조 사 자 : 서정매, 조민정, 이진영
제 보 자 : 김명호, 남, 91세
구연상황 : 모찌기 노래를 부르고 난 뒤에 다음 모심기 노래를 불러 주었다. 메모를 하는
생활습관으로 예전에 가사를 모두 자필로 적어 둔 것을 보여주기도 하였다.
바르게 앉은 자세에서 오른손으로 무릎 장단을 치면서 긴 소리로 불러주었는
데, 노래를 부르고 나서는 노랫가사에 대한 설명도 해 주었다.

물꼬는 철철 넘기두고~ 주인 양반은 어디를 갔나
문어 전~복 오려들고 첩의 방~에 놀러를 갔네

이 논에다가 모를 심어~ 금실금실 영화로세
우리 동생 곱게도 길러~ 갓을 씌워서 영화로세

서 마지~기 논빼미가~ 반달만치 넘 남았네
제가 무~슨 반달일까~ 초생달이 반달이제

오늘 해~가 다 졌는가~ 골골마다 연기가 나네
울언 님은 어디를 가고 연기낼 줄 모르는가

다풀다풀 다박머리~ 해 다 진 데 어디를 가나
우리 엄마 산소등에~ 젖 묵으로 나는 가요

서울 가~신 도련님아~ 우리 도령은 왜 안오시나
오시거든 오네만은 과거 낙~방에 들려오요

평풍~ 치고 불선방에 이내 소리 얼른도 하네
임의 소~리 얼른도 하니 유자산이 진동도 하네

애원성

자료코드 : 04_18_FOS_20090725_PKS_KMH_0003
조사장소 : 경상남도 함양군 함양읍 죽곡리 죽곡마을 김명호씨 자택
조사일시 : 2009.7.25
조 사 자 : 서정매, 조민정, 이진영
제 보 자 : 김명호, 남, 91세
구연상황 : 애원성 노래라고 하면서 불러 주었다. 여성의 힘든 시집살이의 마음이 잘 담
         겨있는 가사이다. 가사는 명확하게 불러주었으나, 노랫소리의 음정은 정확하
         지 않았다. 처음에는 노래로 시작하였으나, 점점 가사 위주의 4. 4조로 읊어
         주었다.

물레야 뱅뱅뱅뱅 네 잘 돌아라~

이내 도령님은 밤이실도 맞는다

잠도 와서 자라카고

임도 와서 자라는데

모기조차 뜯어먹네

전깃다리 묶은 산달

시어마니 기침 소리

조리던 눈이 번~쩍 띤다

이삼모티 삼고나니

시름시름 날이 세네

에헤야 에헤야

베짜는 아가씨

시름이 이렇구나

베틀 노래

자료코드 : 04_18_FOS_20090725_PKS_KMH_0004
조사장소 : 경상남도 함양군 함양읍 죽곡리 죽곡마을 김명호씨 자택
조사일시 : 2009.7.25
조 사 자 : 서정매, 조민정, 이진영
제 보 자 : 김명호, 남, 91세
구연상황 : 애원성 노래를 불러주고는 이어서 베틀노래를 불러 주었다. 음정이 정확하지
가 않았지만 가사는 명확하게 불러 주었다. 노랫가락의 선율로 부르는 듯 했
으나, 부를수록 노래라기보다는 가사를 읊어주는 식으로 불러 주었다.

낮에 짜면은 일광단이요~ 밤에 짜면은 월광단이라

에헤이야 에헤이야 에헤이야

베짜는 아가씨가 사랑노래 베틀에 수심만 지노라

상여 소리

자료코드 : 04_18_FOS_20090725_PKS_KMH_0005
조사장소 : 경상남도 함양군 함양읍 죽곡리 죽곡마을 김명호씨 자택
조사일시 : 2009.7.25
조 사 자 : 서정매, 조민정, 이진영
제 보 자 : 김명호, 남, 91세
구연상황 : 상여 소리를 아는지 물었더니, 바로 노래로 불러 주었다. 노래를 불러주고는
노래 가사에 대한 설명을 자세히 해 주었다.

어기여- 어-화로~

어화리넘-차 어화-로

어허이 기여~어허이어-

어~기넘차 어화너-

그 소리라. 그 의미가 그 의미가 있어. 무슨 소린고 '여기에 여기에 상

여로 돌아가 꽃길로 모시오, 이 꽃 속 길로 고개 넘어서 천별하세 이 소리라.' 그 소리라.

"어기여 어화로 어화리넘차 어화로" 의미가 '여기 상여로 돌아가 꽃길로 모시오, 이 꽃 속 길로 고개서 천별하세.'

진주 난봉가

자료코드 : 04_18_FOS_20090725_PKS_KMN_0001
조사장소 : 경상남도 함양군 함양읍 웅곡리 웅곡마을 가정집
조사일시 : 2009.7.25
조 사 자 : 서정매, 조민정, 이진영
제 보 자 : 김묘남, 여, 72세
구연상황 : 진주남강요를 불러주었는데, 청중들이 귀 기울여 듣고 있다가 노래가 끝나자 모두 크게 박수를 치며 환호했다.

시아머시 하시는 말씀 어루 아가 며늘아가

진주- 남강을 빨래 가라 진주 남-강- 빨래~ 가니

물도- 좋고 돌도 좋네 흰 빨래 희기~ 씻고

깜둥 빨래는 깜게 씻고

[잠시 가사를 생각한 후에]

고개를 살푼 들어보니

하늘같은 서방님이 백상같은 말을 타고 본동만동 지나가네

집이라고 찾아오니~ 시오마시 하시는 말씀

어루 아가 며늘아가 아릿방을 내리가 봐

아릿방을 내리~가니 기상 첩을 옆에 두고

니 묵으라 내 묵~으라 서로 권주를 하고 있네

어떡큼 심장이 상하이 웃방으로~ 올라와서
석자 수건 목에다 걸고 낭군님 낭군님 불렀더니
모질고도 독한 년아 그만 일에 숨이 가나
너캉 나캉은 백년이오 기상 첩은 삼년이오

너냥 나냥

자료코드 : 04_18_FOS_20090725_PKS_KMN_0002
조사장소 : 경상남도 함양군 함양읍 웅곡리 웅곡마을 가정집
조사일시 : 2009.7.25
조 사 자 : 서정매, 조민정, 이진영
제 보 자 : 김묘남, 여, 72세
구연상황 : 너냥 나냥을 아는지 물었더니 그런 노래가 있었다며, 제보자와 청중이 모두
함께 박수를 치며 불러 주었다. 너냥 나냥을 부르고 난 뒤, 오늘 별 노래를
다 불러본다고 즐거워하며 웃었다.

너냥-나냥-두리둥실 놀-고요
낮이낮이나 밤이밤이나 참사랑이로~구나
아침에 우는 새는 배가 고파~ 울고요
저녁에 우는 새는 임이 그리워 운다
너냥- 내~냥 두리둥실 놀고요
낮이낮이나 밤이밤이나 참사랑이로~구나

양산도

자료코드 : 04_18_FOS_20090725_PKS_KMN_0003
조사장소 : 경상남도 함양군 함양읍 웅곡리 웅곡마을 가정집
조사일시 : 2009.7.25

조 사 자 : 서정매, 조민정, 이진영
제 보 자 : 김묘남, 여, 72세
구연상황 : 제보자의 고향이 양산이어서인지 양산 읍내 물레방아로 시작하는 노래를 불러 주었다. 모두가 아는 노래여서 박수를 치며 큰 소리로 함께 불러주었다. 청중 중에 왜 함양 읍내라 하지 않고 양산 읍내라고 했냐며 약간 언짢아 하기도 했다.

양산 읍내 물레방아는 물을 안고 돌~고
우리집의 서방님은 나를 안고 돈~다
에헤라 놓여라 아니나 못 놓~것~네
능지를~ 하여~도 나는 못 놓겠~네

달이 떴네

자료코드 : 04_18_FOS_20090726_PKS_KSN_0001
조사장소 : 경상남도 함양군 함양읍 삼산리 뇌산마을 마을회관
조사일시 : 2009.7.26
조 사 자 : 박경수, 문세미나
제 보 자 : 김상남, 여, 81세
구연상황 : 다른 사람이 노래를 부르는 것을 지켜보고 있던 제보자에게 조사자가 노래를 해볼 것을 부탁했다. 그러자 노래 가사가 잘 기억나지 않는다고 하면서 읊조리듯이 다음 노래를 불렀다. 노래는 노랫가락 곡조였다. 노래를 마친 제보자에게 조사자가 노래를 잘 한다고 부추기자 매우 수줍어하면서 웃었다.

달이 떴네 달이나~ 떴네~ 이불 밑-에서 달이 떴네
달이 뜨나 밸(별)이나 뜨나 싫은 님~을 어짜란-고

뻐꾹새 노래

자료코드 : 04_18_FOS_20090726_PKS_KSN_0002
조사장소 : 경상남도 함양군 함양읍 삼산리 뇌산마을 마을회관
조사일시 : 2009.7.26
조 사 자 : 박경수, 문세미나
제 보 자 : 김상남, 여, 81세
구연상황 : 조사자가 뻐꾸기 노래를 아느냐고 하자, 제보자는 "뻐꾹새야"로 시작되는 이
　　　　　노래를 기억하여 불렀다. 사실은 산에서 우는 뻐꾸기 소리를 흉내내는 노래를
　　　　　불러달라고 한 것인데, 제보자는 이와 관련 없이 '뻐꾹새'로 시작되는 노래를
　　　　　기억하여 부른 것이다. 이 노래는 모심을 때 부른다고 했다.

　　　뻐꾹-새야~ 우지 마라~ 청춘과부가 심회(심회(心懷))가 난다-
　　　심회 날기 무엇인가- 살로(살러) 가면 그뿐이제

자장가

자료코드 : 04_18_FOS_20090725_PKS_KUJ_0001
조사장소 : 경상남도 함양군 함양읍 웅곡리 웅곡마을 가정집
조사일시 : 2009.7.25
조 사 자 : 서정매, 이진영, 조민정
제 보 자 : 김언자, 여, 68세
구연상황 : 자장가를 불러 주었다. 어릴 때 아기를 재우면서 불렀던 노래라고 하였다.

　　　자장자장 자장개야
　　　우리 아기 잘도 잔다
　　　뒷집 개도 짖지 말고
　　　앞집 개도 짖지 말고
　　　꼬꼬닭아 울지 마라
　　　우리 애기 잘도 잔다

머리 끝에 들은 잠이

눈 속으로 내리오면

눈 속 끝에 들은 잠이

눈 안으로 들어 간다

창부 타령

자료코드 : 04_18_FOS_20090724_PKS_KYR_0001
조사장소 : 경상남도 함양군 함양읍 죽림리 상죽(상수락)마을 상수락마을회관
조사일시 : 2009.7.24
조 사 자 : 서정매, 문세미나, 이진영, 조민정
제 보 자 : 김영록, 남, 78세
구연상황 : 목청이 크고 시원하다. 문득 다음 노래가 생각이 났는지 바로 불러 주었다.
소리를 길게 빼기도 하면서 흥겹게 불러 주었다.

마-산서 백-마를 타고~ 진-주 부정을 썩 올라서니

연꽃은 봉지를 짓고 수양버들은 춤 잘 춘다-

얼씨구- 좋다 절-씨구 아니 노지는 못하리라-

한자 노래

자료코드 : 04_18_FOS_20090724_PKS_KYR_0002
조사장소 : 경상남도 함양군 함양읍 죽림리 상죽(상수락)마을 상수락마을회관
조사일시 : 2009.7.24
조 사 자 : 서정매, 문세미나, 이진영, 조민정
제 보 자 : 김영록, 남, 78세
구연상황 : 제보자의 목소리가 우렁차고 컸다. 옛날에 한자 배울 때 부르던 노래라고 했
다. 청중들도 듣고 있다가, 노래가 끝날 무렵에 박수를 치며 즐거워했다.

하늘천 천 따~지 땅~에~ 집 우자로 마- 집을~ 지어

날 일자 영창을- 열어~ 달 월-자-로 마~ 반만 열-어-

우중에 오시난 손님 별 진 잘 숙

양산도

자료코드 : 04_18_FOS_20090724_PKS_KYR_0003

조사장소 : 경상남도 함양군 함양읍 죽림리 상죽(상수락)마을 상수락마을회관

조사일시 : 2009.7.24

조 사 자 : 서정매, 문세미나, 이진영, 조민정

제 보 자 : 김영록, 남, 78세

구연상황 : 제보자는 노래를 부르면서 흥을 내어 즐겁게 노래를 불러 주었다. 청중들이
박수를 치며 장단을 맞추어 주었다.

함양 산천- 물레방아~ 물을 안고~ 돌~고~

우리집에 우런 님도 나를 안고- 돈~다~

아서라 말어라 대작거리를 말아~라

모심기 노래

자료코드 : 04_18_FOS_20090726_PKS_KYD_0001

조사장소 : 경상남도 함양군 함양읍 죽림리 내곡마을 안거리실노모당

조사일시 : 2009.7.26

조 사 자 : 서정매, 이진영, 조민정

제 보 자 : 김윤덕, 여, 72세

구연상황 : 모심기 노래를 불러 달라고 하자, 청중들도 다 알고 있어서 함께 불러 주었
다. 부르다가 문득 가사가 생각나지 않을 때는 조사자가 앞 부분을 일러주기
도 하였다. 길게 빼어서 불러 주었다.

방실방실 웃는 임은 못다 보고 해 다 졌네

물꼬는 철철 물실어 놓고 주인 양반 어데 갔노
문에야 전복 손에 들고 첩의 방에 놀로 가네

[가사가 끊어져서 조사자가 앞구절을 일러줌]

무신년의 첩이간데 밤에 가고 에이 낮에 가노
낮으로는 놀러 가고 낮으로는 잠자러 가네

다풀다풀 타박머리 해 다 진데 어~데 가노
우리야~ 엄마 산소야 등에~ 젖 묵~으로 나는 가네

쌍가락지 노래

자료코드 : 04_18_FOS_20090726_PKS_KYD_0002
조사장소 : 경상남도 함양군 함양읍 죽림리 내곡마을 안거리실노모당
조사일시 : 2009.7.26
조 사 자 : 서정매, 이진영, 조민정
제 보 자 : 김윤덕, 여, 72세
구연상황 : "쌍금 쌍금 쌍가락지"로 시작하는 노래를 아는지 물었더니 바로 불러 주었다. 가사를 잘 기억하고 있었다. 듣고 있던 청중들도 모두 즐거워하며 박수를 치며 장단을 맞추었다.

쌍금-쌍금- 쌍가락지 수싯-대로~ 밀가락지
호작질로 닦아내야
먼 데 보니 달이~로다 곁에 보니 처녀로세~
저 처녀라 자는- 방에 숨소리가~ 둘이로다
홍덜 복숭 오라버니 거짓말을 말아 주소

동남풍이 디리 불어 문풍지 떠는~ 그 소리요

매미 새끼 넘는 방에~ 꽁나 새끼를 그린 방에

참새같이 나 하나요

밀양 아리랑

자료코드 : 04_18_FOS_20090726_PKS_KYD_0003
조사장소 : 경상남도 함양군 함양읍 죽림리 내곡마을 안거리실노모당
조사일시 : 2009.7.26
조 사 자 : 서정매, 이진영, 조민정
제 보 자 : 김윤덕, 여, 72세
구연상황 : 양산도의 가사를 밀양 아리랑의 선율로 불러 주었다. 후렴구도 아리랑으로 받
아 불렀다. 몇 몇의 청중이 부르고 난 뒤에 웃긴 했지만, 대부분은 그렇게 부
르면서도 이상하게 생각하지 않았다.

함양 산천 물레방아 물을 안고 돌고~

우리집에 우런 님은~ 나를 안고 돈다~

아리아리랑 쓰리쓰리랑 아라리가 났네

아리랑 고개로~ 넘어~간~다~

도라지 타령

자료코드 : 04_18_FOS_20090726_PKS_KYD_0004
조사장소 : 경상남도 함양군 함양읍 죽림리 내곡마을 안거리실노모당
조사일시 : 2009.7.26
조 사 자 : 서정매, 이진영, 조민정
제 보 자 : 김윤덕, 여, 72세
구연상황 : 양산도를 부르고 난 다음, 조사자가 도라지 타령도 하느냐고 하자 제보자는
도라지 타령도 부르자고 했다. 청중들이 더 즐거워하며 함께 불러 주었다. 제

보자는 도라지 타령을 모르는 사람이 어디 있느냐며 불러 주었다. 모두가 손뼉을 치며 즐거운 마음으로 불러 주었다. 다 함께 부르다 보니, 가사가 섞이기도 하였다.

도라지 도라지 백도라지 심신삼천에 백도라지
한두 뿌링이만 캐어도 양방구 스리스리만 나는데
에헤이용 에헤이용 에헤이용
지화자 좋~다
네가 내 간장 스리살살 다 녹힌다

도라지를 캐로를 간다고~ 요리 핑기 조리 핑기~ 되더니
울타리 밑에 가 앉아서 시집갈 궁리만~ 해노라
에헤이용 에헤이용 에헤이용
어야라 난다 지화자자자자 좋다
네가 내 간장을 스리살살을 다 녹힌다

석탄백탄 타는데~ 연기만 몰~속 나고요
요내 가슴 타는~데 연기도 김도 아니 난다~
에헤이용 에헤이용 에헤이용~
어야라 난다 지화자자자자 좋~다
네가 내 간장을 스리살살을 다 녹힌다

창부 타령

자료코드 : 04_18_FOS_20090726_PKS_KYD_0005
조사장소 : 경상남도 함양군 함양읍 죽림리 내곡마을 안거리실노모당
조사일시 : 2009.7.26
조 사 자 : 서정매, 이진영, 조민정

제 보 자 : 김윤덕, 여, 72세
구연상황 : 창부 타령의 선율에 맞추어 부른 노래이다. 이 가사를 아무도 몰라서인지 모
　　　　　두 듣기만 하였다. 청중들은 노래는 함께 부르지 않았지만, 즐겁게 박수를 치
　　　　　며 장단을 맞추었다.

　　사랑의 액자를 수를 놓여
　　정든 님 오시면은 드릴~라고
　　요내 품 안에다가 간직했네~

　　임은 점점 오시지를 않고~
　　요내야 손수건이나 내어 보자-
　　사랑에 액자는 간 곳이 없고~
　　이별의 숫자만 남아 있네-

권주가

자료코드 : 04_18_FOS_20090726_PKS_KYD_0006
조사장소 : 경상남도 함양군 함양읍 죽림리 내곡마을 안거리실노모당
조사일시 : 2009.7.26
조 사 자 : 서정매, 이진영, 조민정
제 보 자 : 김윤덕, 여, 72세
구연상황 : 조사자가 젊었을 때 불렀던 노래나 노랫가락, 청춘가가 생각나면 불러달라고
　　　　　하자 제보자가 부르기 시작한다.

　　잡으시-오- 잡으-시오~ 이 술- 한 잔을 잡으시오-
　　이 술 한 잔 잡으~시면 천년- 살 것을 만년을 사오

사위 노래

자료코드 : 04_18_FOS_20090726_PKS_KYD_0007
조사장소 : 경상남도 함양군 함양읍 죽림리 내곡마을 안거리실노모당
조사일시 : 2009.7.26
조 사 자 : 서정매, 이진영, 조민정
제 보 자 : 김윤덕, 여, 72세
구연상황 : 권주가를 부르고 난 뒤, 이어서 사위 노래를 불러 주었다. 청중들이 모두 즐
거워하며 박수를 치면서 노래를 경청하였다. 제보자는 노래를 다 부르고나자
부끄러운 듯이 이제 안 부른다고 하며 웃었다.

찹쌀 백미 삼백석에 앵무-같이도 가린 사위

진주 덕산 꽃둑 우에 구슬-같이도 가린 사위

은~술잔 놋술~잔에 정종 약주를 부여놓고

이 술 한 잔 자네가 들고~ 내 딸 많이~ 심기주게(섬겨주게)-

심기리다 심기~리다~ 빙모님 딸님을 심기리다

그네 노래

자료코드 : 04_18_FOS_20090726_PKS_KYD_0008
조사장소 : 경상남도 함양군 함양읍 죽림리 내곡마을 안거리실노모당
조사일시 : 2009.7.26
조 사 자 : 서정매, 이진영, 조민정
제 보 자 : 김윤덕, 여, 72세
구연상황 : 그네 노래를 기억하느냐고 물으니, 바로 불러 주었다. 청중들도 예전에 많이
불렀던 노래여서인지 작은 소리로 함께 불러 주었다.

수천당 세모시에 낭게~ 늘어진 가지다 군데를(그네를) 매여~

임이 뛰면 내-가나 밀고 내가 뛰-면은 임이~ 밀어

임아 임아 줄 살살 밀어 줄 떨어지면은 정 떨어진다

떨어지면 줄 떨어졌제 깊이 든 정이 떨어질소냐

화투 타령

자료코드 : 04_18_FOS_20090726_PKS_KYD_0009
조사장소 : 경상남도 함양군 함양읍 죽림리 내곡마을 안거리실노모당
조사일시 : 2009.7.26
조 사 자 : 서정매, 이진영, 조민정
제 보 자 : 김윤덕, 여, 72세
구연상황 : 조사자가 화투노래의 첫 구절 가사를 읊조리자 제보자는 생각난 듯 부르기
시작했다. 청중들도 익히 잘 아는 노래여서 큰 소리를 내지 않고 작은 소리로
함께 불러 주었다.

정월 솔갱이 살살- 띠어

이월- 매주에 맺아놓고

삼월 사쿠라 산란~한 마음

사월 흑사리에 홀로 앉아~

오월 난초 날았던 나비

유월- 목단에 춤을 춘다

칠월 홍돼지 홀로~ 누워

팔월 명월만 기다리네~

구월 국화 꽃자랑 말어라~

시월 단풍에 다 떨어진다~

오동 장농이 값 많다 해도

비오리 삼십오에 당할소냐

모심기 노래 (1)

자료코드 : 04_18_FOS_20090725_PKS_KIS_0001
조사장소 : 경상남도 함양군 함양읍 신관리 기동마을 김임순 자택
조사일시 : 2009.7.25
조 사 자 : 박경수, 문세미나
제 보 자 : 김임순, 여, 88세
구연상황 : 제보자는 처음에 이런 노래를 무엇에 쓰느냐고 하면서 노래를 부르기를 한참
         이나 주저했다. 조사자가 조사 취지를 거듭 설명한 후 모심기 노래를 불러달
         라고 하자 이 노래를 했다.

서-마-지-기 논빼-미-는~ 반-달~만-치 넘-남았네-
제-가~ 무~신 반-달-일-래~ 초승-달~이 반달-이~제

모심기 노래 (2)

자료코드 : 04_18_FOS_20090725_PKS_KIS_0002
조사장소 : 경상남도 함양군 함양읍 신관리 기동마을 김임순 자택
조사일시 : 2009.7.25
조 사 자 : 박경수, 문세미나
제 보 자 : 김임순, 여, 88세
구연상황 : 제보자는 앞의 모심기 노래를 부른 후, 이 노래가 생각난 듯이 자진해서 노래
         를 불렀다.

정말로 좋다- 정~말로~ 좋다~ 오늘- 일~기-가 요렇게 좋으나
요렇-기만 좋거나더만~ 평상(평생) 살아도 안 늙겠네-

노랫가락 / 꽃 노래

자료코드 : 04_18_FOS_20090725_PKS_KIS_0003

조사장소 : 경상남도 함양군 함양읍 신관리 기동마을 김임순 자택

조사일시 : 2009.7.25

조 사 자 : 박경수, 문세미나

제 보 자 : 김임순, 여, 88세

구연상황 : 조사자가 제보자에게 아는 노래를 계속 불러달라고 하자 이 노래를 불렀다. 노랫가락 곡조로 불렀다.

꽃 좋-다 탐-내지 말고 모진 손질로 꺾지를 마~라

그- 꽃을 꺾고나 보니 꽃이 아니라 임이로~세

권주가

자료코드 : 04_18_FOS_20090725_PKS_KIS_0004

조사장소 : 경상남도 함양군 함양읍 신관리 기동마을 김임순 자택

조사일시 : 2009.7.25

조 사 자 : 박경수, 문세미나

제 보 자 : 김임순, 여, 88세

구연상황 : 조사자가 제보자에게 권주가를 잘 불렀다는 것을 알고 있다고 하면서 노래 부르기를 청하자, 이 노래를 불렀다.

이청- 저청- 양청안에 이 술 한 잔만 받으시오

부연- 술은 자네가 들고 내 딸- 하나만 잘 거천하게(잘 챙겨서 지내게)

모심기 노래

자료코드 : 04_18_FOS_20090724_PKS_KJS_0001

조사장소 : 경상남도 함양군 함양읍 죽림리 상죽(상수락)마을 상수락마을회관

조사일시 : 2009.7.24

조 사 자 : 서정매, 문세미나, 이진영, 조민정

제 보 자 : 김재순, 여, 81세
구연상황 : '모심기 노래'를 예전에 많이 불렀다며 긴소리로 불러 주었다. 모두들 경건하
게 듣는 분위기였는데, 들으면서 이 노래가 '모심는 노래'라고 한 마디씩 하
였다. 81세의 나이에 모처럼 긴소리로 불러서인지 다 부르고 난 다음에 숨이
가파서 못 부르겠다며 웃었다.

다풀-다풀 타박머리~ 해 다~ 진~데 어디 간고
울~ 어머니 산소등에~ 젖 묵~으~로 나가네-

물꼬는~ 철~철 흘려놓~고 바깥주인 어디 갔소-
문에~ 전복~ 오래이(오려) 들고~ 첩의 집에 놀로 갔네

무신년의 첩이건데 밤에~ 가고 낮에 간고
밤으~로는 자로 가고 낮으로는 놀로 가네-

이 논~에다 모를 심궈~ 금실금~실 영화로~세-
우리- 동상 곱게 키워~ 갓을~ 씌워 영화로~세-

노랫가락 (1) / 봄배추 노래

자료코드 : 04_18_FOS_20090724_PKS_KJS_0002
조사장소 : 경상남도 함양군 함양읍 죽림리 상죽(상수락)마을 상수락마을회관
조사일시 : 2009.7.24
조 사 자 : 서정매, 문세미나, 이진영, 조민정
제 보 자 : 김재순, 여, 81세
구연상황 : 모심기 노래를 부르고 난 뒤 노랫가락을 불러 주었다. 분위기가 무르익으면서
노래가 술술 나오는 듯했다. 이 노랫가락의 사설은 모심기 노래의 사설로도
불린다.

시들새들 봄배추는~ 봄비- 오기만 기다리고
옥에 갇힌 춘향~이는 이도령 오기만 기다린다

화투 타령

자료코드 : 04_18_FOS_20090724_PKS_KJS_0003
조사장소 : 경상남도 함양군 함양읍 죽림리 상죽(상수락)마을 상수락마을회관
조사일시 : 2009.7.24
조 사 자 : 서정매, 문세미나, 이진영, 조민정
제 보 자 : 김재순, 여, 81세
구연상황 : 조사자가 화투 타령의 첫 구절 가사를 읊조리며 아는지 물어보자, 그런 노래
는 누구나 다 안다며 바로 불러 주었다. 듣고 있던 청중들도 잘 한다며 추임
새를 넣었다.

정월 솔갱이 솔솔한 마음~

이월 매조에 맺아 놓고

삼월 사꾸라 산란한 마음~

사월 흑싸리 흔들어 놓고

오월- 난초 나는 나비~

유월 목단에 춤 잘 추네

칠월 홍돼지 홀로 누여

팔월 공산에 달 솟았네

구월~ 국화 굳었던 마음~

시월 단풍에 다 떨어졌네

동지- 섣달에 오셨던 손님

섣달 눈비에 그쳤다요

노랫가락 (2)

자료코드 : 04_18_FOS_20090724_PKS_KJS_0004
조사장소 : 경상남도 함양군 함양읍 죽림리 상죽(상수락)마을 상수락마을회관
조사일시 : 2009.7.24

조 사 자 : 서정매, 문세미나, 이진영, 조민정

제 보 자 : 김재순, 여, 81세

구연상황 : 청춘가를 부르고 난 뒤에 노랫가락을 불러 주었다. 분위기가 점점 무르익으면서 유희요를 많이 불러 주었다. 계속 노래를 불러주는 김재순 제보자를 보며 청중들은 오늘 인기가 좋다며 모두 즐거워하였다.

술은 술술~이~ 잘 넘어 가는~데~

찬물아 냉수는~ 입 안에 동구~나~

저 건네라 남산 앞에~ 나무 베는~ 남도령아-

오만 나무 다 베~여도~ 오죽-설댈랑 베지 마오-

올- 키워 내년을 키워~ 낚싯대로나 후아잡아

선창 밖에 물이 들어 옷감에라 든 처녀를

낚는다면 열녀가 되고~ 못 낚는다면은 상사가 되어-

열녀- 상사 큰 연을 맺아 연-풀이 되도록 살아보세~

청춘가

자료코드 : 04_18_FOS_20090724_PKS_KJS_0005

조사장소 : 경상남도 함양군 함양읍 죽림리 상죽(상수락)마을 상수락마을회관

조사일시 : 2009.7.24

조 사 자 : 서정매, 문세미나, 이진영, 조민정

제 보 자 : 김재순, 여, 81세

구연상황 : 조사자가 젊었을 때 불렀던 노래나 노랫가락, 청춘가가 생각나면 불러달라고 하자 제보자가 부르기 시작한다.

널 보고- 날 봐라~ 너 따라 나 살겠나~

어리숙한 여자가~ 에-헤 너따라 나 살~제~

우리가 살면은~ 몇 백년 살것냐~

많이나 살면은 에~헤 한오백년 살끼라~

창부 타령

자료코드 : 04_18_FOS_20090724_PKS_KJS_0006
조사장소 : 경상남도 함양군 함양읍 죽림리 상죽(상수락)마을 상수락마을회관
조사일시 : 2009.7.24
조 사 자 : 서정매, 문세미나, 이진영, 조민정
제 보 자 : 김재순, 여, 81세
구연상황 : 제보자가 앞의 노래에 이어 부른 것이다.

눈비 온다고 일어나랴

병이- 들어 죽기 전 부모~ 약 한 첩 쓴다고 일어나랴-

송첩-같은 곧어난 절개 내 맘이 맞는다 허락하리

비록 내 몸은 기상(기생)일망정 절개나조차도 어쩔쏜가

얼씨구 좋고 절씨구 좋고 너 아-니라도~ 임 있다네-

지게 노래

자료코드 : 04_18_FOS_20090724_PKS_KJS_0007
조사장소 : 경상남도 함양군 함양읍 죽림리 상죽(상수락)마을 상수락마을회관
조사일시 : 2009.7.24
조 사 자 : 서정매, 문세미나, 이진영, 조민정
제 보 자 : 김재순, 여, 81세
구연상황 : 노래로 부르지 않고 그냥 가사를 읊어주었다.

영감 잡놈 지게는 따듬독을 지어서 참빗다구로 쫓고

총각 낭군 지게는 솔나무 지게로 매타서

오동나무 지게 지고 내리막으로 쫓는다

도라지 타령

자료코드 : 04_18_FOS_20090724_PKS_KHS_0001
조사장소 : 경상남도 함양군 함양읍 죽림리 상죽(상수락)마을 상수락마을회관
조사일시 : 2009.7.24
조 사 자 : 서정매, 문세미나, 이진영, 조민정
제 보 자 : 김학순, 여, 71세
구연상황 : 도라지 타령을 아는지 물었더니, 바로 불러 주었다. 제보자가 노래를 부르자
옆에 있던 청중들도 박수를 치며 함께 불러 주었다.

도라지 도라지 백도라지 심신삼천에 백도라지
한두 뿌링이만 캐어도 대바구니 반신만 되노라―
에혜용 에혜용 에혜혜~용
어이여라 난다 지화자자 좋다
네가 내 간장 사리살살 다 녹힌다―

석탄― 백탄~ 타는~데~는 연기만 퐁~퐁 나는~데―
요내― 가슴~ 타는~데~는 연기도 짐도 아니 난다―
에혜이용 에혜이용 에혜~이용
어여―라 난~다 지화자자 좋~다
네가 내 간장 스리살살 다 녹힌다―

다리 세기 노래

자료코드 : 04_18_FOS_20090724_PKS_KHS_0002
조사장소 : 경상남도 함양군 함양읍 죽림리 상죽(상수락)마을 상수락마을회관
조사일시 : 2009.7.24
조 사 자 : 서정매, 문세미나, 이진영, 조민정
제 보 자 : 김학순, 여, 71세
구연상황 : 도라지 타령을 불러주고 난 뒤 바로 이어서 조사자의 유도에 따라 다리 세기

노래를 불러 주었다. 이 노래도 모두가 아는 것이어서인지 다함께 불러 주었다.

이거리 저거리 각거리
진주맹근 도맹-근
짝바리 해양-근
도래 줌치 사래육
육도 육도 철룡 육
하늘에 올라 제비콩

노랫가락 / 그네 노래

자료코드 : 04_18_FOS_20090724_PKS_KHS_0003
조사장소 : 경상남도 함양군 함양읍 죽림리 상죽(상수락)마을 상수락마을회관
조사일시 : 2009.7.24
조 사 자 : 서정매, 문세미나, 이진영, 조민정
제 보 자 : 김학순, 여, 71세
구연상황 : 다리 세기 노래를 부른 뒤에, 그네 노래를 아는지 물었더니 바로 불러준 노래
이다. 청중들도 박수를 치면서 모두가 함께 불러 주었다.

수천당~ 세모시- 낭개~ 늘어진 가지에 그네를 매~어-
임이 뛰면 내가나~ 밀고 내가- 뛰면은 임이 민다-
임아 임아 줄- 살살 밀어 줄 떨어-지면은 정 떨어진다-
줄이사 떨어질-망정 깊이 든- 정을 떨어질소냐-

창부 타령

자료코드 : 04_18_FOS_20090724_PKS_KHS_0004
조사장소 : 경상남도 함양군 함양읍 죽림리 상죽(상수락)마을 상수락마을회관

조사일시 : 2009.7.24

조 사 자 : 서정매, 문세미나, 이진영, 조민정

제 보 자 : 김학순, 여, 71세

구연상황 : 노래의 앞구절을 얘기하니 기억이 난 듯 바로 불러 주었다. 제보자뿐만이 아
니고 청중들도 모두 박수를 치며 노래를 불렀다. 즐거움이 가득한 분위기였다.

노세 노세 젊어서 놀아 늙고 병들면 못 노~나~니

아무럼 십일홍이요 달도 차-면은- 기우나~니-

모심기 노래

자료코드 : 04_18_FOS_20090725_PKS_KHI_0001

조사장소 : 경상남도 함양군 함양읍 신관리 기동마을 마을회관

조사일시 : 2009.7.25

조 사 자 : 박경수, 문세미나

제 보 자 : 김호인, 여, 70세

구연상황 : 조사자가 제보자에게 모심기 노래를 해보라고 권하자, 옛날에 젊었을 때 모를
심으면서 많이 불렀다면서 다음 노래를 시작했다.

유-월~ 유월이 둘-이라서~ 첩-을~ 팔-아~ 부채 사-네~

후-세~월~이- 돌아-오~지~ 첩~의 생-각~ 절-로 난다-

모찌기 노래 (1)

자료코드 : 04_18_FOS_20090725_PKS_KHI_0002

조사장소 : 경상남도 함양군 함양읍 신관리 기동마을 마을회관

조사일시 : 2009.7.25

조 사 자 : 박경수, 문세미나

제 보 자 : 김호인, 여, 70세

구연상황 : 조사자는 제보자에게 모심기 전에 모를 쪄야 한다고 하면서 모찌기 노래를

해볼 것을 권하자, 제보자는 다음 노래를 시작했다. 그러나 아쉽게도 메기는 소리만 하고 마쳤다.

한-강~에다~ 모-를- 부어~ 모 쩌내~내기- 난감하-다~

모찌기 노래 (2)

자료코드 : 04_18_FOS_20090725_PKS_KHI_0003
조사장소 : 경상남도 함양군 함양읍 신관리 기동마을 마을회관
조사일시 : 2009.7.25
조 사 자 : 박경수, 문세미나
제 보 자 : 김호인, 여, 70세
구연상황 : 조사자가 모를 찔 때에도 여러 가지 노래를 부르지 않느냐고 하면서 제보자에게 다른 노래를 불러볼 것을 권유하자 다음 노래를 불렀다.

들어~내-세~ 들-어~내~세~ 이- 못자-리 들-어내세~
남의~ 가-락~ 세- 가래~로~ 날 냄(남)-겨-듯이 들어내-세-

망부가(亡夫歌)

자료코드 : 04_18_FOS_20090724_PKS_NGN_0001
조사장소 : 경상남도 함양군 함양읍 죽림리 시목마을 시목마을회관
조사일시 : 2009.7.24
조 사 자 : 서정매, 문세미나, 이진영, 조민정
제 보 자 : 노귀남, 여, 79세
구연상황 : 차분한 목소리로 불러 주었다. 가사가 애절하여, 듣고 있던 청중이 가사에 대한 설명을 하였다. 이 때문에 노래가 한 번 끊기기도 했지만, 제보자는 바로 이어서 마지막 구절까지 불러 주었다.

저 건네라 초당 안에 딱주 캐는 신하들아

너거 남편 어디~ 가고 해가 져~도 아니 오노
우리~ 남편 산청 땅~에 배를 띄와 동쪽강으로 놀러 갔다
그 당시로 가노면은 언-제나 올라더노
동솥에다 안치는 장닭 꼬꼬 소리 하면 온다더라
그만해도 안 오면은 언제 가고 온다더노
왕대밭에 꽃이 피몬 그 꽃 피면 온다더요

양산도

자료코드 : 04_18_FOS_20090724_PKS_NGN_0002
조사장소 : 경상남도 함양군 함양읍 죽림리 시목마을 시목마을회관
조사일시 : 2009.7.24
조 사 자 : 서정매, 문세미나, 이진영, 조민정
제 보 자 : 노귀남, 여, 79세
구연상황 : 제보자가 노래를 시작하자 청중들도 모두 박수를 치며 함께 불러 주었다.

함양 산청 물레방아 물을 안고~ 돌고~
우리집에 울언 님은 나를 안고 도~네
에루와 놓여라 아니나 못 놓것네
능게를 하여도 나는 못 놓것네
에헤-이~요~

못 갈 장가 노래

자료코드 : 04_18_FOS_20090724_PKS_NGN_0003
조사장소 : 경상남도 함양군 함양읍 죽림리 시목마을 시목마을회관
조사일시 : 2009.7.24

조 사 자 : 서정매, 문세미나, 이진영, 조민정
제 보 자 : 노귀남, 여, 79세
구연상황 : 밭 맬 때 불렀던 노래를 불러달라고 요청하자 불러 주었다. 서사적인 내용으로 노래를 부르다가 잠시 멈추어 설명을 하는 방식으로 구연해 주었다.

앞집에서 책력 보고 뒷집에서 궁합 보고
책력에도 못 갈 장개 궁합에도 못 갈 장개
지가 세와 가는 장개
하루 저녁을 자고~나니 편지 왔네 편지 왔네
한 손으로 받아보니 두 손으로 펴어보니
부고로세 부고로세 신부 죽은 부고로세

그래도 인자 지가,

내가 세와 가는 장개~

장개를 갔어.

한 모랭이 돌아~가니 여수 새끼가 진동하고
두 모랭이를 돌아가니 피랭이 씬놈이 흔배흔배

가지 마라고.

가지 마오 가지 마오 신부~가 죽었구나
이왕지라 가는 장개 지가 씌와서 가는 장개
한 대문을 열고 들어가니 널쟁이가 널을 짜고
두 대문을 들어가니 줄 쟁이가 줄을 드리고

저게, 사우를 오라 캐애[오라고 했어].

사우 사우 내 사우야~ 울고 갈 길을 머하러 온고

그래도 본다 카거든.

들어-가 보세 들어~가 보세
삼단같은 네 머리는 반수부치 흘러놓고
둘이 벨라고 해논 베개 혼자 베고 가고 없네

남녀 연정요

자료코드 : 04_18_FOS_20090724_PKS_NGN_0004
조사장소 : 경상남도 함양군 함양읍 죽림리 시목마을 시목마을회관
조사일시 : 2009.7.24
조 사 자 : 서정매, 문세미나, 이진영, 조민정
제 보 자 : 노귀남, 여, 79세
구연상황 : 제보자가 다음 노래를 부르기 시작하자 청중들도 낮은 소리로 함께 불러 주었다.

~ 나무에 나무 베는 남도령아
오만 나무를 다 베~어도 오죽설댈랑 베지 마오
올 키-우고 내년- 키와 낙숫대-를 후알라요
낚을라요 낚을라요 옥동의 처녀를 낚을라요
낚는다면 열녀로고 못 낚는다면은 상사로세
상사 영사 고를 맺어 골 풀리더락만 살아보세

병든 서방 노래

자료코드 : 04_18_FOS_20090724_PKS_NGN_0005
조사장소 : 경상남도 함양군 함양읍 죽림리 시목마을 시목마을회관
조사일시 : 2009.7.24

조 사 자 : 서정매, 문세미나, 이진영, 조민정
제 보 자 : 노귀남, 여, 79세
구연상황 : 제보자는 조용한 목소리로 다음 노래를 불러 주었다. 처음에는 청중들이 박
　　　　　수를 쳤으나, 노래의 내용이 너무 슬퍼서인지 박수를 그치고 조용히 들어주
　　　　　었다.

　　　시집가는- 삼일만에~ 서방님-이 병이 들어

　　　비내 팔아~ 반지 팔아~ 심신약을 지어 놓고

　　　천놋화로에다 얹어 놓고 몹씰 놈의 잠이 들어

　　　서방님 숨진 줄을 몰랐구나

백발가

자료코드 : 04_18_FOS_20090724_PKS_NGN_0006
조사장소 : 경상남도 함양군 함양읍 죽림리 시목마을 시목마을회관
조사일시 : 2009.7.24
조 사 자 : 서정매, 문세미나, 이진영, 조민정
제 보 자 : 노귀남, 여, 79세
구연상황 : 진지한 분위기에서 민요 조사가 이루어졌다. 제보자의 목소리가 매우 작아서
　　　　　청중들도 모두 조용히 노래를 들었다. 제보자는 앞의 노래에 이어 다른 노래
　　　　　가 생각이 났는지 또 불러 주었다.

　　　이팔청춘 소년~들아 백발을 보고~ 윗들 마라(웃지 마라)~

　　　어제 아래 소년이더니~ 백발~ 되기가 천하 쉽네~

　　　어데가 찾을꼬 어데가 찾을~고~

　　　요내 청춘을 에-이헤~ 어데가 찾을~고~

권주가

자료코드 : 04_18_FOS_20090724_PKS_NGN_0007
조사장소 : 경상남도 함양군 함양읍 죽림리 시목마을 시목마을회관
조사일시 : 2009.7.24
조 사 자 : 서정매, 문세미나, 이진영, 조민정
제 보 자 : 노귀남, 여, 79세
구연상황 : 제보자가 권주가를 부르기 시작하자 청중들도 이 노래를 알고 있어서인지 조
금 큰 목소리로 함께 불러 주었다. 경직된 분위기가 조금씩 풀리고 있었다.

받으시오 잡으~시오~ 이 술 한 잔을 받으시오
이 술은 다름이 아니라~ 먹고~ 노-자는 권주~가요

모심기 노래

자료코드 : 04_18_FOS_20090724_PKS_NGN_0008
조사장소 : 경상남도 함양군 함양읍 죽림리 시목마을 시목마을회관
조사일시 : 2009.7.24
조 사 자 : 서정매, 문세미나, 이진영, 조민정
제 보 자 : 노귀남, 여, 79세
구연상황 : 권주가에 이어서 모심기 노래를 불러 주었다. 청중들은 박수나 맞장구를 치지
는 않고 진지하게 들어주었다.

땀-북땀-북 밀수제비~ 사우상에 다 올랐네
아버지도 그 말 마소 일 되다고 건져 줬소
우리 할멈 어~디가고 건져줄- 줄 모르는고

모심기 노래

자료코드 : 04_18_FOS_20090726_PKS_NSN_0001

조사장소 : 경상남도 함양군 함양읍 죽림리 내곡마을 안거리실노모당
조사일시 : 2009.7.26
조 사 자 : 서정매, 이진영, 조민정
제 보 자 : 노승남, 여, 75세
구연상황 : 옛날에 모 심었을 때 불렀던 노래를 기억하는지 물었다. 서로 가사를 읊고 있
는 중에 제보자가 불쑥 노래를 시작하였다. 긴노래로 모두가 함께 불렀다.

우리야군정 손 세우소 실참에가 늦어가네

실참 때만 안 늦어도 애기젖이 늦어가네

서 마지기 논빼미는~ 반달~만치 넘 남았네

제가야~이 무슨 반달인고~ 초승달도 반달이지

댕기 노래

자료코드 : 04_18_FOS_20090726_PKS_NSN_0002
조사장소 : 경상남도 함양군 함양읍 죽림리 내곡마을 안거리실노모당
조사일시 : 2009.7.26
조 사 자 : 서정매, 이진영, 조민정
제 보 자 : 노승남, 여, 75세
구연상황 : 홍갑사 댕기 노래를 아는지 물었더니 모두가 알고 있는 듯 박수를 치면서 불
러 주었다. 그런데 너무 많은 사람들이 불러서 가사가 섞여져서 알아듣기 힘
든 부분도 있었다. 아리랑의 선율로 불러 주었다.

칠라당 팔라당 홍-갑사 댕기~

고운 때도~ 아니 묻어서 날-받이 왔-네-

날일랑 받아서 구석에 넣고

부시래기 상토 받고 낙누를(낙루를) 한다

창부 타령

자료코드 : 04_18_FOS_20090726_PKS_NSN_0003
조사장소 : 경상남도 함양군 함양읍 죽림리 내곡마을 안거리실노모당
조사일시 : 2009.7.26
조 사 자 : 서정매, 이진영, 조민정
제 보 자 : 노승남, 여, 75세
구연상황 : 댕기 노래를 부른 뒤, 이어서 다음 노래가 생각이 났는지 불러 주었다. 창부
타령의 곡조에 가사를 얹어 노래를 불러 주었다.

새들새들 봄배~차는(봄배추는) 밤이슬 오기만 기다리고
옥에 갇힌 춘향~이는 이도령 오기만 기다리고

잠 노래

자료코드 : 04_18_FOS_20090725_PKS_NCY_0001
조사장소 : 경상남도 함양군 함양읍 백천리 척지마을 마을회관
조사일시 : 2009.7.25
조 사 자 : 박경수, 문세미나
제 보 자 : 노춘영, 여, 70세
구연상황 : 조사자는 제보자가 앞서 구연한 이야기 외에 다른 이야기를 하지 못해 노래
판을 유도했다. 먼저 옛날에 길쌈을 하면서 불렀던 노래를 불러달라고 하자,
잠이 와서 잠을 쫓기 위해 불렀던 노래가 있다면서 이 노래를 불러 주었다.

잠아 잠아 오-지를 마라
이삼 삼아서 베 나갖고(베를 놓아서)
울 아부지 술값 주고
술값 주고 남는 것은
우리 동생 책값 주고
책값 주고 남는 걸랑

우리 살림 가지고 살자

베 짜기 노래

자료코드 : 04_18_FOS_20090725_PKS_NCY_0002
조사장소 : 경상남도 함양군 함양읍 백천리 척지마을 마을회관
조사일시 : 2009.7.25
조 사 자 : 박경수, 문세미나
제 보 자 : 노춘영, 여, 70세
구연상황 : 조사자가 또 다른 노래를 청하자, 가사를 기억해보고 부르겠다며 잠시 기억을
가다듬은 후에 이 노래를 불렀다.

베짜는 아가씨

사랑 노래 베틀 노래 불러나 보세

늙은이가 짜면 하비단이요

젊은이가 짜면은 모비단이요

모비단 하비단 다 제치놓고

서방님 와이샤스 베어 보세

얼씨구 좋다 절씨구나 좋아

이렇게 좋다가는 딸 놓러 가세

칠순 노래

자료코드 : 04_18_FOS_20090725_PKS_NCY_0003
조사장소 : 경상남도 함양군 함양읍 백천리 척지마을 마을회관
조사일시 : 2009.7.25
조 사 자 : 박경수, 문세미나
제 보 자 : 노춘영, 여, 70세

구연상황 : 조사자가 제보자에게 노래를 잘 한다면 다른 노래도 아는 것이 있으면 불러 달라고 하자, 역시 가사를 한참 생각한 후에 이 노래를 불러 주었다. 노래는 노랫가락조로 했으며, 청중들이 손으로 바닥을 치면서 장단을 맞추어 주었다.

평생 부부 내 부부야

군자 소자 내 아들아

백년 소자 내 메늘아

백년 손님 내 사우야

팽상(평생) 수자 내 딸이야

옥동자걸은 내 손자야

새복(새벽)별걸은 외손자야

칠십년을 살고나 나니

오늘날로 영화 왔소

얼씨구 좋다 절씨구나 좋다

만손님을 거느리고

청주야 약주 아니하고

연만하기만 노다 가소

칠십년을 살고나 나니

나의 인생은 다 댔구나

화투 타령

자료코드 : 04_18_FOS_20090725_PKS_NCY_0004

조사장소 : 경상남도 함양군 함양읍 백천리 척지마을 마을회관

조사일시 : 2009.7.25

조 사 자 : 박경수, 문세미나

제 보 자 : 노춘영, 여, 70세

구연상황 : 조사자가 화투 타령을 아느냐고 하면서 노래를 청하자, 처음은 잘 모른다고

했으나 거듭 노래를 청하자 이 노래를 불렀다.

정월 솔갱이 솔씨를 받아

이월 매자(매조)에 맺아 놓고

삼월 사쿠라 산란한 마음

사-월 흑사리 흑쓰러졌네

오월 난초 나던 나비

유월 목단에 춤 잘 치고

칠월 홍돼지 홀로- 누여

팔-월 공산에 달 솟았네

구월 국화 굳었던 몸이

시월 단풍에 뚝 떨어졌네

십이월이라 눈비가 와서

소독소독(소복소복) 다 덮었네

노랫가락 (1) / 그네 노래

자료코드 : 04_18_FOS_20090725_PKS_NCY_0005
조사장소 : 경상남도 함양군 함양읍 백천리 척지마을 마을회관
조사일시 : 2009.7.25
조 사 자 : 박경수, 문세미나
제 보 자 : 노춘영, 여, 70세
구연상황 : 조사자가 노랫가락을 불러보라며 그네 노래의 앞 사설을 읊조리자, 제보자는
　　　　　잘 아는 노래인 듯 바로 노래를 불렀다.

수천당(추천당) 세모시 낭개(나무에) 늘어진 가지에다 군대(그네)

를 매어-

임이 뛰면- 내가나- 밀고 내가- 밀면은 임이 밀고-

임아 임아~ 줄 살살 밀어~ 줄 떨어지면은 정 떨어진-다~

아기 어르는 노래

자료코드 : 04_18_FOS_20090725_PKS_NCY_0006
조사장소 : 경상남도 함양군 함양읍 백천리 척지마을 마을회관
조사일시 : 2009.7.25
조 사 자 : 박경수, 문세미나
제 보 자 : 노춘영, 여, 70세
구연상황 : 제보자에게 애기를 어를 때 부르는 '알캉달캉 노래'를 불러달라고 하자, 제보
자는 할머니가 손자에게 그런 노래를 부르는 것을 보았다면서 잠시 기억을
더듬고는 다음 노래를 불러 주었다. 그러나 가사를 부분적으로 기억하고, 전
체 가사를 기억하지는 못했다.

알캉달캉 서울 가서
밤 한 톨을 주가

저거 손자 덱고(데리고) 이라대.

껍디길랑 애비 주고
흰올라끈 애미 주고
너랑나랑

달캉달캉 너랑나랑 둘이 묵짜(먹자) 그것빼이 모르겠다.

노랫가락 (2) / 꽃 노래

자료코드 : 04_18_FOS_20090725_PKS_NCY_0007
조사장소 : 경상남도 함양군 함양읍 백천리 척지마을 마을회관

조사일시 : 2009.7.25

조 사 자 : 박경수, 문세미나

제 보 자 : 노춘영, 여, 70세

구연상황 : 제보자가 이제 더 이상 노래가 생각이 나지 않는다면서 노래를 그만 부르려
했다. 노랫가락으로 부르는 노래 한 가지만 더 불러달라고 하자 이 노래를 기
억하여 불러 주었다.

꽃-좋다 탐내들~ 말고 넘의 꽃을야 손댈소냐-

잘 꺾으면 백년아- 열녀 못 꺾으면은 백년아 원수-

가을도 봄철이든가 한여울 밑에서 꽃이 피-네-

꽃이 피나~ 입이요~ 피나 싫은 님을 어떻기 하-요-

쌍가락지 노래

자료코드 : 04_18_FOS_20090726_PKS_DSI_0001

조사장소 : 경상남도 함양군 함양읍 구룡리 원구마을 가정집

조사일시 : 2009.7.26

조 사 자 : 서정매, 조민정, 이진영

제 보 자 : 동선임, 여, 76세

구연상황 : 기억력이 무척 좋은 제보자였다. 처음에는 다른 사람이 더 잘 할 거라며, 청
중이 하는 말을 듣고만 있었으나, 청중을 기억을 잘 못하자, 이런 가사가 아
니냐며, 노래를 얘기하듯이 한치의 망설임도 없이 술술 읊어주었다.

쌍금쌍금 쌍가락지

수싯대기 밀가락지

호작질로 닦아 내서

먼 데 보니 달일래라

옆에 보니 처녈래라

저 처자가 자는 방에

숨소리가 둘이구나

홍돌 복숭 양오라바니

거짓 말씸 말아 주소

동남풍이 내리 불어

풍지 떠는 소릴래라

동남풍이 내리 불어

풍경 떠는 소릴래라.

다리 세기 노래

자료코드 : 04_18_FOS_20090726_PKS_DSI_0002
조사장소 : 경상남도 함양군 함양읍 구룡리 원구마을 가정집
조사일시 : 2009.7.26
조 사 자 : 서정매, 조민정, 이진영
제 보 자 : 동선임, 여, 76세
구연상황 : 쌍금쌍금 노래를 읊어주고 난 뒤, 바로 이어서 다리 세기 노래를 불러 주었다. 기억력이 무척 좋아서 마치 어제 불렀던 것처럼 시원한 목소리로 들려주었다.

이거리 저거리 갓거리

진주맹근 도맹근

짝발로 해양근

도래 줌치 사래육

육자 육자 전라육

지겟골이 홀치기

낭랑 끝에 깐치집

담 넘세 노래

자료코드 : 04_18_FOS_20090726_PKS_DSI_0003
조사장소 : 경상남도 함양군 함양읍 구룡리 원구마을 가정집
조사일시 : 2009.7.26
조 사 자 : 서정매, 조민정, 이진영
제 보 자 : 동선임, 여, 76세
구연상황 : 다리 세기 노래를 부르고 난 뒤, 이어서 어렸을 때 놀면서 부르던 노래를 불
러달라고 하니, 다음 노래를 불러 주었다.

울- 넘세 담- 넘세
애기나 칭칭 담- 넘세

동애따기 노래

자료코드 : 04_18_FOS_20090726_PKS_DSI_0004
조사장소 : 경상남도 함양군 함양읍 구룡리 원구마을 가정집
조사일시 : 2009.7.26
조 사 자 : 서정매, 조민정, 이진영
제 보 자 : 동선임, 여, 76세
구연상황 : 놀이를 하면서 불렀던 노래를 기억하는지 물었더니, 여러 명이서 한 사람씩
떼어 내는 동애따기 놀이를 하면서 부른 노래를 불러 주었다. 놀이에 대한 설
명도 함께 해 주었다.

동애 따세 동애 따세
못 따니라 못 따니라
우리 동애 못 따니라

아기 어르는 노래 (1) / 불매 노래

자료코드 : 04_18_FOS_20090726_PKS_DSI_0005
조사장소 : 경상남도 함양군 함양읍 구룡리 원구마을 가정집
조사일시 : 2009.7.26
조 사 자 : 서정매, 조민정, 이진영
제 보 자 : 동선임, 여, 76세
구연상황 : 아기를 어르며 하는 불매 소리를 아는지 물었더니, 바로 불러 주었다. 모르는
         노래가 없을 정도로 애기만 하면 거의 다 알고 있을 정도로 기억력이 좋았다.

불매 불매 이 불미가 니 불민고
경상도 대불미
불으락 딱딱 불으락 딱딱

아기 어르는 노래 (2) / 알강달강요

자료코드 : 04_18_FOS_20090726_PKS_DSI_0006
조사장소 : 경상남도 함양군 함양읍 구룡리 원구마을 가정집
조사일시 : 2009.7.26
조 사 자 : 서정매, 조민정, 이진영
제 보 자 : 동선임, 여, 76세
구연상황 : 아기 어르는 노래를 부르고 난 뒤, 이어서 알강달강 노래를 불러 주었다. 4. 4
         조의 음보로 된 것이어서, 처음에는 노래로 시작하였으나, 뒤에는 가사를 읊
         어주는 형태로 구연했다.

달캉달캉 서울 가서
밤 한 톨이 주어다가
챗독 안에 여 났더니
들랑새가 다 까묵고
한 톨이가 남았는디

껍데길랑 애비 주고

비늘라큰 에미 주고

알캉달캉 우리 선희하고

딱 갈라 묵자 알캉달캉

아기 재우는 노래 / 자장가

자료코드 : 04_18_FOS_20090726_PKS_DSI_0007

조사장소 : 경상남도 함양군 함양읍 구룡리 원구마을 가정집

조사일시 : 2009.7.26

조 사 자 : 서정매, 조민정, 이진영

제 보 자 : 동선임, 여, 76세

구연상황 : 자장가를 불러달라고 부탁을 하자, 이렇게 불렀다며 다음 노래를 불러 주었다.

자장 자장

우리 애기 잘도 잔다

엄마 품에 잘도 잔다

멍멍 개야 짖지 마라

꼬꼬 닭아 울지 마라

자장 자장 우리 애기

엄마 품에 잘도 잔다

모심기 노래

자료코드 : 04_18_FOS_20090726_PKS_DSI_0008

조사장소 : 경상남도 함양군 함양읍 구룡리 원구마을 가정집

조사일시 : 2009.7.26
조 사 자 : 서정매, 조민정, 이진영
제 보 자 : 동선임, 여, 76세
구연상황 : 모심기 노래를 불러달라고 했더니, 옆에 있던 청중도 함께 불렀다. 노래를 부
르고는 가사에 대한 설명도 함께 해 주었다. 처음에는 긴 노래로 불러주었으
나, 점점 읊어주듯이 불러 주었다.

서 마지기 논빼미가 반달만치 넘 남았네
제가 무신 반달인가 초승달이 반달이지

물꼬는 철철 흘러간데 우리집 주인 어데 갔소
문어 전복 에워야 들고 첩의 집에 놀러갔네

무슨 년의 첩이길래 밤에 가고 낮에 간고
밤으로는 자러 가고 낮으로는 놀러 가네

다풀다풀 다박머리 해 다 진데 어디 가냐
우리 엄마 산소등에 젖 묵으로 내가 가요

삼 삼기 노래

자료코드 : 04_18_FOS_20090726_PKS_DSI_0009
조사장소 : 경상남도 함양군 함양읍 구룡리 원구마을 가정집
조사일시 : 2009.7.26
조 사 자 : 서정매, 조민정, 이진영
제 보 자 : 동선임, 여, 76세
구연상황 : 삼 삼는 노래를 아는지 물었더니, 이런 것이라며 바로 불러 주었다. 옆에 있
던 청중도 기억이 났는지 함께 불러 주었다. 청춘가 곡조로 불렀다.

금삼가래는~ 손 씌워 삼고서~
울언 님 품안에- 좋-구나 잠자로 갈라~네~

베틀 노래

자료코드 : 04_18_FOS_20090726_PKS_DSI_0010
조사장소 : 경상남도 함양군 함양읍 구룡리 원구마을 가정집
조사일시 : 2009.7.26
조 사 자 : 서정매, 조민정, 이진영
제 보 자 : 동선임, 여, 76세
구연상황 : 모심기 노래를 불러주고 난 뒤, 이어서 베틀 노래를 불러 주었다. 조사자가
　　　　　 요청하는 노래마다 모두 다 알고 있어서 노래를 부르는 데 거리낌이 없었다.

　　　베틀을 놓세 베틀을 놓세

　　　옥난간에다 베틀을 놓세

　　　바람 잡아 잉애 달고

　　　구름을 잡아서 가슴 두고

　　　밤에 짜면 월강단이오

　　　낮에 짜면은 하비단이라

　　　월강단 하비단 짜여나 갖고~

　　　서방님 와이샤스나 지어나 보세

　　　베짜는 아가씨 사랑 노래 수심만 지노라

청춘가 (1)

자료코드 : 04_18_FOS_20090726_PKS_DSI_0011
조사장소 : 경상남도 함양군 함양읍 구룡리 원구마을 가정집
조사일시 : 2009.7.26
조 사 자 : 서정매, 조민정, 이진영
제 보 자 : 동선임, 여, 76세
구연상황 : 베틀 노래를 불러준 뒤 이어서 청춘가 가락에 맞추어 다음 노래를 불러 주었
　　　　　 다. 여러 내용의 노래를 연속으로 불러 주었다.

울타리 밑에다~ 우체국 짓고서-

가락같은 버들나무 좋구나 전봇대 세우고~

호박넝쿨 전화줄도 좋구나 임소식 듣는~다~

산중에 큰애기 삼 삼아서 이고~서~

총각을 보고서 옆걸음을 치는구나~

총각을 보고~서~ 옆걸음 쳤느냐~

바람이 불어서~ 좋구나 옆걸음 쳤지요~

꼴 베는 총각 노래

자료코드 : 04_18_FOS_20090726_PKS_DSI_0012

조사장소 : 경상남도 함양군 함양읍 구룡리 원구마을 가정집

조사일시 : 2009.7.26

조 사 자 : 서정매, 조민정, 이진영

제 보 자 : 동선임, 여, 76세

구연상황 : 조사자가 옛날에 들었던 민요나 일하면서 불렀던 노랫가락, 청춘가가 생각이
　　　　　나면 불러달라고 하자 제보자는 웃으면서 다음 노래를 부르기 시작했다.

울 넘에 담 넘에 꼴비는 총각

눈치만 있걸랑 떡 받으러 오이라

떡을랑 받아서 굴레를 치고

문고리 잡고서 아리달달 떤다

시집살이 노래 (1)

자료코드 : 04_18_FOS_20090726_PKS_DSI_0013

조사장소 : 경상남도 함양군 함양읍 구룡리 원구마을 가정집

조사일시 : 2009.7.26

조 사 자 : 서정매, 조민정, 이진영

제 보 자 : 동선임, 여, 76세

구연상황 : 꼴 베는 총각 노래를 부르고 난 뒤, 이어서 시집살이 노래를 불러 주었다. 이
노래는 예전에 많이 불렀던 노래여서인지 옆에 있던 청중도 큰 소리로 함께
불러 주었다.

성아 성아 사촌성아

시집살이 어떻더노

중우벗은 시아제를

해라 하까 하소 하까

말하기가 정 어렵고

조그만한 두리판에

수저 놓기가 정 애렵고

동글동글 수박 씻기

밥 담기도 정 어렵데

못 갈 장가 노래

자료코드 : 04_18_FOS_20090726_PKS_DSI_0014

조사장소 : 경상남도 함양군 함양읍 구룡리 원구마을 가정집

조사일시 : 2009.7.26

조 사 자 : 서정매, 조민정, 이진영

제 보 자 : 동선임, 여, 76세

구연상황 : 앞의 시집살이 노래를 불러주고 난 뒤, 이어서 긴 가사로 된 노래를 불러 주
었다. 청중은 박수를 계속 치면서 노래를 경청하였다.

앞집에 가서 책력 봐도 책력에도 못 갈 장개

뒷집에 가서 궁합을 봐도 궁합에도 못 갈 장개

지가 세워 가는 장개 어느 누가 말릴소냐
그럭저럭 날이 와서 장개 치를 채렸더니
한 모랭이 넘어가니 피랭이 쓴 놈이 올라옴서
받으시오 받으시오 편지 한 장을 받으시오
한 손으로 받은 편지 두 손으로 피여보니
아하- 불쌍- 신부씨가 죽었구나
아부지는 이 말 타고 아부지 탄 말은 내가 타고
돌아서소 돌아서소 오던 질로 돌아서소
한 모랭이 넘어가니 여수 새끼 팽팽하고
두 모랭이 넘어가니 까막깐치가 진동한다
한 대문을 열고 보니 나락섬이 노디로다
두 대문을 열고 보니 평풍써니 노디로다
셋째 대문 열고 보니 말도 매고 소도 매고
넷째 대문 열고 보니 조그만한 처남 아기
오늘 오는 새 매부야 좋기사도 좋지만은
계모 일생 우리 누님 자는듯이 가고 없소
조그만한 처남 아가 너거 누야 계신 방이
우데 이쩜(이쯤) 있다더냐 도란도란 돌아가서
골방문을 열어 보소 골방문을 열고 보니
산당같은 머리는 가슴에다 붙어놓고
새별같은 요강은 발질만치 밀치 놓고
명주비단 한 이불은 둘이 덮자고 밀치 놓고
잠든듯이 가고 없네 사우 사우 오지 말게
자네 속이 우울한들 이 내 속만 하것는가
장모님도 그 말씀 마소 두 사람이 좋다 해도
첫사랑만 하다리요

밭 매는 노래

자료코드 : 04_18_FOS_20090726_PKS_DSI_0015
조사장소 : 경상남도 함양군 함양읍 구룡리 원구마을 가정집
조사일시 : 2009.7.26
조 사 자 : 서정매, 조민정, 이진영
제 보 자 : 동선임, 여, 76세
구연상황 : 밭 매는 노래를 불러주었는데, 임과 함께 서로 마주보며 밭을 맨다는 가사이다.

한 골 매고 두 골~ 매고~

삼세 골~을~ 매다 보니-

임의 갓골을 마주 매니~

마주 매다 보~니~

우런 님을 만낸구나

감 장수 노래

자료코드 : 04_18_FOS_20090726_PKS_DSI_0016
조사장소 : 경상남도 함양군 함양읍 구룡리 원구마을 가정집
조사일시 : 2009.7.26
조 사 자 : 서정매, 조민정, 이진영
제 보 자 : 동선임, 여, 76세
구연상황 : 제보자는 밭 매는 노래를 불러준 뒤에 이것도 노래가 된다면서 불러 주었다.

아이고 답답 감 장수야

외지 말고~ 감 팔아라

웬수노무 시누 애기

감 도라고야 짱짱 운데

웬수노무 시오~마니

역대 쇳대를 갖고 갔네

권주가

자료코드 : 04_18_FOS_20090726_PKS_DSI_0017
조사장소 : 경상남도 함양군 함양읍 구룡리 원구마을 가정집
조사일시 : 2009.7.26
조 사 자 : 서정매, 조민정, 이진영
제 보 자 : 동선임, 여, 76세
구연상황 : 공출 노래를 부르고 난 뒤에 권주가를 아는지 물었더니, 바로 노래를 불러 주
　　　　　었다. 권주가는 장모에게 술을 권하면서 부르는 것이라고 했다.

　　받으시오 들으나시오
　　막난딸 키워서 나아준 장모 이 술~ 한 잔을 들으시오
　　그 술을 자네가 묵고 내 딸 하나만 섬기주소

　　받으시오 들으나시오 이 술 한 잔을 들으시오
　　이 술이 다름이 아니라 먹고 놀자는 동백주요

주초 캐는 처녀 노래

자료코드 : 04_18_FOS_20090726_PKS_DSI_0018
조사장소 : 경상남도 함양군 함양읍 구룡리 원구마을 가정집
조사일시 : 2009.7.26
조 사 자 : 서정매, 조민정, 이진영
제 보 자 : 동선임, 여, 76세
구연상황 : 조사자가 청춘가를 불러달라고 요구하자 제보자는 웃으면서 노래를 불러 주
　　　　　었다. 워낙 아는 노래가 많아서 무슨 노래를 부를까를 고민하며 불러 주었다.

　　강원도라 금강산 밑에 주초 캐는 저 처녀야
　　너의 집은 어데다 두고 해 다 진데 주초 캐냐
　　나의 집을 아실라면은
　　저 건너라 구월산 밑에 초가산간 내 집이요

오신다면은 대장부라도 못 오시면은 졸장부라

창부 타령

자료코드 : 04_18_FOS_20090726_PKS_DSI_0019
조사장소 : 경상남도 함양군 함양읍 구룡리 원구마을 가정집
조사일시 : 2009.7.26
조 사 자 : 서정매, 조민정, 이진영
제 보 자 : 동선임, 여, 76세
구연상황 : 주초 캐는 처녀 노래를 불러주고 난 뒤에 이어서 창부 타령을 불러 주었다.

푸릇푸릇 봄배추는 밤이슬 오기만 기다리고

옥에 갇힌 춘향이는 이도령 오기만 기다린다

우리집의 서방-님은 날 오기만 기다린다

얼씨구나 좋네 절시구 좋네~ 요렇게 좋다가 못 놀겠네

노랫가락 (1) / 청춘가 (2)

자료코드 : 04_18_FOS_20090726_PKS_DSI_0020
조사장소 : 경상남도 함양군 함양읍 구룡리 원구마을 가정집
조사일시 : 2009.7.26
조 사 자 : 서정매, 조민정, 이진영
제 보 자 : 동선임, 여, 76세
구연상황 : 청춘가로 넘어가는 노래라면서 불러 주었다.

노자 젊어서 놀아~ 늙어지면은 못 노~나니-

나의 청춘은- 어데를 가고~ 누구 백발을 가지고 왔~냐-

화투 타령

자료코드 : 04_18_FOS_20090726_PKS_DSI_0022
조사장소 : 경상남도 함양군 함양읍 구룡리 원구마을 가정집
조사일시 : 2009.7.26
조 사 자 : 서정매, 조민정, 이진영
제 보 자 : 동선임, 여, 76세
구연상황 : 화투 타령을 아는지 물었더니, 바로 이런 것이라면서 불러 주었다. 제보자가
노래를 부르는 동안 청중들은 박수를 치며 즐겁게 들어주었다.

정월 솔갱이 속속들이 든 정~

이월 매조에 맺어 놓고

삼월 사꾸라 산란한 마음~

사월 흑사~리 흐트러지고

오월 난초 나는 나비~

유월 목단~에 춤 잘 추고

칠월 홍돼지 홀로나 누워

팔월 공산에 달 밝았네

구월 국화 굳으난 마음~

오동지야 섣달에 뚝 떨어진다

노랫가락 (2) / 그네 노래

자료코드 : 04_18_FOS_20090726_PKS_DSI_0022
조사장소 : 경상남도 함양군 함양읍 구룡리 원구마을 가정집
조사일시 : 2009.7.26
조 사 자 : 서정매, 조민정, 이진영
제 보 자 : 동선임, 여, 76세
구연상황 : 화투 타령을 부르고 난 뒤에 이어서 노랫가락으로 부르는 그네 노래를 불러

주었다. 워낙 잘 알려진 노래여서인지 청중도 작은 목소리로 함께 불렀다.

수천당 세모진 나무 늘어진 가지다 그네를 매~어
내가 뛰면 임이야~ 밀고 임이 뛰면은- 내가~ 밀고
임아 사랑아 줄 살살 밀어 줄 떨어지면은 정 떨어진다
줄이야 떨어지~겠지 깊이든- 정이 떨어나~질까

곶감 깎는 노래

자료코드 : 04_18_FOS_20090726_PKS_DSI_0023
조사장소 : 경상남도 함양군 함양읍 구룡리 원구마을 가정집
조사일시 : 2009.7.26
조 사 자 : 서정매, 조민정, 이진영
제 보 자 : 동선임, 여, 76세
구연상황 : 앞의 그네 노래를 부르고 난 뒤에, 곶감 노래는 없는지 물었더니, 바로 이어
서 불러 주었다. 후렴구를 어랑 타령으로 불러 주었다.

등구 마천- 큰애~기는 곶감 깎으러 다 나가고
화개 영산 큰애기는- 알~밤 줍기로 다 나간다
어랑어랑 어거야 연산홍이로구~나

시누 올케 노래

자료코드 : 04_18_FOS_20090726_PKS_DSI_0024
조사장소 : 경상남도 함양군 함양읍 구룡리 원구마을 가정집
조사일시 : 2009.7.26
조 사 자 : 서정매, 조민정, 이진영
제 보 자 : 동선임, 여, 76세
구연상황 : 곶감 깎는 노래를 불러주고 난 뒤에 이어서 불러 주었다. 모심기 노래에도 나

오는 가사로, 낭군을 그리워하는 마음이 담겨 있다. 청중은 노래를 부를 때마다 박수를 치며 장단을 맞추었지만, 노래와 속도가 맞지 않자, 중간쯤부터 박수를 치지 않았다.

낭창낭창 벼리 끝에~ 시누올-키- 꽃끈으로~ 가였더니
난데없는 비가 와서 낙동강에 쏟아졌네
우리 오라비 거동 보소 옆에 동상 밀치 놓고
먼데야 올키 홀목 잡네 나도 죽어서 후세~상에
낭군부터 섬길라네
삼단같은 이내 머리는 물살을 잡고 희롱하고
분칠-같은 이내- 몸은~ 고기밥이 되어가네

남녀 연정요

자료코드 : 04_18_FOS_20090726_PKS_DSI_0025
조사장소 : 경상남도 함양군 함양읍 구룡리 원구마을 가정집
조사일시 : 2009.7.26
조 사 자 : 서정매, 조민정, 이진영
제 보 자 : 동선임, 여, 76세
구연상황 : 제보자는 노래를 부르다가 끝 부분에 가서 갑자기 다른 노래의 가사와 헷갈렸다. 제보자는 부분의 헷갈린 가사를 이야기식으로 설명해 주었다.

저 건~네라 남산~ 위에 나무 베는 저 남도령
오만 나무 다 베~여도 오죽설대를 베지 마소
금년 키우고 내년을 키워~ 낚싯대를 후워 잡아

선창 앞에 물이 들면은 작은 처녀는 빠지고 큰 처녀는 낚는다. 15세 처녀는 다 빠지고 18세 처녀는 건진다.

종지 돌리는 노래

자료코드 : 04_18_FOS_20090726_PKS_DSI_0026
조사장소 : 경상남도 함양군 함양읍 구룡리 원구마을 가정집
조사일시 : 2009.7.26
조 사 자 : 서정매, 조민정, 이진영
제 보 자 : 동선임, 여, 76세
구연상황 : 예전에 둥글게 앉아서 종지를 치마 밑으로 돌리면 술레가 종지를 가진 사람
을 찾는 놀이에서 불렀던 노래를 불러 주었다. 짧은 가사이면서도 느린 템포
로 불러 주었다.

돌-아간다 돌-아간다
종지 종지 돌-아간다
못 찾니라 못 찾니라
우-리 종지 못- 찾니라

댕기 노래 (1)

자료코드 : 04_18_FOS_20090726_PKS_DSI_0027
조사장소 : 경상남도 함양군 함양읍 구룡리 원구마을 가정집
조사일시 : 2009.7.26
조 사 자 : 서정매, 조민정, 이진영
제 보 자 : 동선임, 여, 76세
구연상황 : 종지 돌리는 노래를 부르고 난 뒤, 댕기 노래를 불러 주었다. 남녀 연정의 이
야기를 담은 서사민요이다. 청중은 박수를 치면서 장단을 맞추었다.

울 아부지 장에 가서
한냥을 주고 접은 댕기
두냥을 주고야 접은 댕기
우리 올키 눈치 댕기

우리 오빠 호랑 댕기

성 안에다 널뛰다가

성 밖으로 떨어졌네

군아 군아 서당군아

줏은 댕기를 나를 주소

주기사도 주지만은

평풍 치고 불 쓴 방에

줏은 댕기를 너를 주마

방귀 노래

자료코드 : 04_18_FOS_20090726_PKS_DSI_0028

조사장소 : 경상남도 함양군 함양읍 구룡리 원구마을 가정집

조사일시 : 2009.7.26

조 사 자 : 서정매, 조민정, 이진영

제 보 자 : 동선임, 여, 76세

구연상황 : 댕기 노래를 부른 뒤에, 방귀 노래를 아는지 물었더니, 바로 불러 주었다. 처음에는 노래로 불렀으나, 중간에 가사가 기억나지 않자 그냥 가사로만 읊어 주었다. 박수를 치던 청중도 제보자가 갑자기 기억을 못하자 옆에서 가사를 일러 주기도 하였다.

시아바이 방구는 호랑 방구

시아머이 방구는 앙살 방구

서방님 방구는 덮을 방구

시누애기 방구는 연지 방구

며느리 방구는 도둑 방구

시집살이 노래 (2)

자료코드 : 04_18_FOS_20090726_PKS_DSI_0029
조사장소 : 경상남도 함양군 함양읍 구룡리 원구마을 가정집
조사일시 : 2009.7.26
조 사 자 : 서정매, 조민정, 이진영
제 보 자 : 동선임, 여, 76세
구연상황 : 며느리가 시집살이가 힘들어서, 시아버님께 밥상을 차려 드리고는 바랑을 지
고 집을 떠난다는 내용을 담은 서사민요이다. 노래를 부르고 난 뒤에 노래 가
사에 담긴 뜻을 설명해 주었다. 노래를 부르는 동안 청중이 계속 박수를 치며
장단을 맞추어 주었다.

올라감서 올개아리 내려감서 늦개아리

다불다불 꺾어다가 새피같은 장에다가

아각자각 볶아갖고 시아바님 밥상을 채리 놓고

도란도란 돌아가서 골방문을 열어- 놓고

한 폭 거든 전대 집고 두 폭 거든은 바랑 집고

관동 깐치 쩔쩔같고 우리 친정 동냥 가세

동냥 왔소 동냥 왔소 이 집 주인 동냥 왔소

우리 올키 썩나섬서 도상하네 도상하네

우리 시누 도상하네 같은 사람 쌨느니요

시집살이 노래 (3)

자료코드 : 04_18_FOS_20090726_PKS_DSI_0030
조사장소 : 경상남도 함양군 함양읍 구룡리 원구마을 가정집
조사일시 : 2009.7.26
조 사 자 : 서정매, 조민정, 이진영
제 보 자 : 동선임, 여, 76세
구연상황 : 시집살이 노래를 불러주고 난 뒤, 또 다른 시집살이 노래를 불러 주었다. 모

두가 며느리가 힘들게 시집을 사는 내용이 담겨 있는 노래이다. 청중은 노래가 끝날 때까지 박수를 치며 장단을 맞추었다.

시집가던 사흘만에~ 시금창 밑에다 대나무 숨궈
삼시조조 물을 줘서 삼세모디를 피웠~더니
한 모디는 눈물 담고 한 모디는 편지 담고
세 모디에~ 설음 담아 친정-집으로~ 보냈더니
울 아부지 썩 나섬서 아하 불쌍 내 딸 애기
서런 시접을 사는구나 아랫방-에- 하인들아
내 딸- 애기를 뫼오니라 우리 올키 썩나섬서
못 가니오 못 가니오 내 말 없이 못 가니오
저도 간께 그렇던가 나도 온께 그렇더라
놋접시기 구실을 담아 쟁그락고 쟁그락고
조무랭이 알밤 담아 옹굴-지고도~ 옹굴져라

너냥 나냥

자료코드 : 04_18_FOS_20090726_PKS_DSI_0031
조사장소 : 경상남도 함양군 함양읍 구룡리 원구마을 가정집
조사일시 : 2009.7.26
조 사 자 : 서정매, 조민정, 이진영
제 보 자 : 동선임, 여, 76세
구연상황 : 제보자는 시집살이 노래를 부르고 난 뒤, 조사자가 너냥 나냥 노래를 요청하자 선뜻 다음 노래를 불러 주었다. 노래를 다 부르고는 그동안 뜻을 잘 모르고 불렀고 지금도 잘 모르겠다고 하자, 옆에 있던 청중이 가사에 담긴 뜻을 설명해 주었다.

우리댁 서방님은 왼쪽판에를 갔는데
공산아 명월아 사칠팔로만 불어라

너냥 내냥 두리둥실 놀고요

밤이밤이나 낮이낮이나 참사랑이로구나

우리댁 서방님은 명태잡이를 갔는데

바람아 강물아 석달열흘만 불어라

너냥 내냥 두리둥실 놀고요

밤이밤이나 낮이낮이나 참사랑이로구나

댕기 노래 (2)

자료코드 : 04_18_FOS_20090726_PKS_DSI_0032
조사장소 : 경상남도 함양군 함양읍 구룡리 원구마을 가정집
조사일시 : 2009.7.26
조 사 자 : 서정매, 조민정, 이진영
제 보 자 : 동선임, 여, 76세
구연상황 : 제보자는 앞의 노래를 부른 뒤 아리랑의 선율에 맞추어 다음 노래를 불러 주었다. 청중은 박수를 치며 장단을 맞추어 함께 불러 주었다.

칠라당 팔라당 홍갑사 댕기

고운 때도 아니 묻어 날받이 왔네

울-넘에 담-넘에 꼴비는 총각

눈치만 있거든 떡 받아 묵어라

떡일랑 받아서 굴레를 치고

문고리 잡고서 바리발발 떤다

첫날밤에 아기 낳은 처녀

자료코드 : 04_18_FOS_20090726_PKS_DSI_0033
조사장소 : 경상남도 함양군 함양읍 구룡리 원구마을 가정집
조사일시 : 2009.7.26
조 사 자 : 서정매, 조민정, 이진영
제 보 자 : 동선임, 여, 76세
구연상황 : 댕기 노래를 불러준 다음, 이것은 이야기로 들어야 된다며, 이야기로 시작을
했다가 중간에는 4음보의 운율에 맞추어 노래조로 읊어 주었다.

　　장가를 간께 첫날 저녁에 아를(아기를) 놓더랴. 처녀가 아를 놓으니까
인자 평풍 뒤에서 애기가 울어. 애기가 운께 장모가, 사우가 갈라고 해.
갈라고 싸 짊어진께,

　　　　사우 사우 왔거들랑 아 이름을 짓고 가라

켔어. 그래서,

　　　　그 애기는 숨은 애기 당신의 딸은 한양 잡년
　　　　가요 가요 나는 가요 오던 질로 나는 가요

하고 와삐맀어.

꼬부랑 이야기 노래

자료코드 : 04_18_FOS_20090726_PKS_DSI_0034
조사장소 : 경상남도 함양군 함양읍 구룡리 원구마을 가정집
조사일시 : 2009.7.26
조 사 자 : 서정매, 조민정, 이진영
제 보 자 : 동선임, 여, 76세
구연상황 : 꼬부랑 이야기를 들려달라고 하였더니, 노래하듯이 재미있게 구송해 주었다.

청중들도 어릴 때 많이 불렀다며 모두 웃었다.

꼬부랑 할마이가

꼬부랑 작대기를 집고

꼬부랑 길을 올라가다가

꼬부랑 똥을 누는디

꼬부랑 개가 물어서

꼬부랑 작대기로 때리팽께

꼬부랑 깽깽

꼬부랑 깽깽 간다고

모심기 노래

자료코드 : 04_18_FOS_20090724_PKS_PBH_0001
조사장소 : 경상남도 함양군 함양읍 죽곡리 죽곡마을 죽곡마을 노모당
조사일시 : 2009.7.24
조 사 자 : 서정매, 조민정, 이진영
제 보 자 : 박복희, 여, 75세
구연상황 : 모심기 노래를 불러달라고 요청하자, 서슴치 않고 바로 불러 주었다. 그런데 기억이 잘 나지 않아서 몇 번씩 노래가 끊어지곤 했다. 또한 노래를 부르는 중에 설명을 해서 노래가 끊어지기도 했다. 주위 청중들은 낮은 소리로 노래를 따라 불렀다.

이 논에다 모를 숨궈 감실감실 영화로세

해 다 지고 어둡은데 곱게 입고 어데 가요

신랭이 인제 작은 어매한테 가는데,

놀로 가시면 나 죽는 꼴 보고 가소

서 마~지기 논빼미가~ 반달만~치 더 남았네

제가 무슨 반달인가~ 초승~달이 반달이제
들어내세 들어내세 이 모~자~리 들어내세
다풀다풀 다박머리~ 해 다~ 진~데 어데 가노
울 어머니 산소등에~ 젖 먹으로 나는 가요

도라지 타령

자료코드 : 04_18_FOS_20090724_PKS_PBH_0002
조사장소 : 경상남도 함양군 함양읍 죽곡리 죽곡마을 죽곡마을 노모당
조사일시 : 2009.7.24
조 사 자 : 서정매, 조민정, 이진영
제 보 자 : 박복희, 여, 75세
구연상황 : 도라지 타령을 불러달라고 하며, 조사자가 노래의 앞부분을 제시하니 바로 불러 주었다. 청중들도 모두 아는 노래여서인지 함께 불러 주었다.

석탄 백탄 타는데~ 연기만 폴~폴 나고요
요내 가슴 타는데~ 연기도 짐~도 아니 난다
에헤이용 에헤이용 에헤-이용
어야라 난다 지화자자 좋다
네가 내 간장 스리살살 다 녹힌다

도라-지 도라지~백도~라지 심심산천에 백도라지
한두- 뿌링이만 캐어~도~ 서방님 반찬만 되노라
에헤이용 에헤이용 에헤-이용
어야라 난다 지화자자 좋다
네가 내 간장 스리살살 다 녹힌다

아리랑

자료코드 : 04_18_FOS_20090724_PKS_PBH_0003

조사장소 : 경상남도 함양군 함양읍 죽곡리 죽곡마을 죽곡마을 노모당

조사일시 : 2009.7.24

조 사 자 : 서정매, 조민정, 이진영

제 보 자 : 박복희, 여, 75세

구연상황 : 조사자가 아리랑을 불러달라고 하자, 별 걸 다 시킨다며 부끄러워했지만 즐거
운 표정으로 불러 주었다. 두 번째로 부른 아리랑에서는 가사가 재미있어서,
청중들이 노래가 끝나자 모두 웃었다.

아리랑 아리랑 아라리요~

아리랑 고개~로 넘-어간다

나를 버리고 가시는 임은~

십-리도 못 가고 발-병 난다

아리랑 땅딸구 돈닷돈 잃고~

맹맹한 계집만 호적바람 낸다

밀양 아리랑

자료코드 : 04_18_FOS_20090724_PKS_PBH_0004

조사장소 : 경상남도 함양군 함양읍 죽곡리 죽곡마을 죽곡마을 노모당

조사일시 : 2009.7.24

조 사 자 : 서정매, 조민정, 이진영

제 보 자 : 박복희, 여, 75세

구연상황 : 아리랑을 부르고 난 뒤, 또 다른 아리랑을 불러달라고 했더니, 밀양 아리랑을
불러 주었다. 그런데 가사는 양산도의 가사로 불러주어서, 청중들이 함께 부
르면서 양산도의 선율로도 불러서 노래가 잠시 끊어지기도 했지만, 제보자는
이내 밀양 아리랑의 후렴구로 노래를 마무리하였다.

함양 산천~ 물레방아~물을 안고 돌고~

우리집의 우런 님은 나를 안고 돈다

아리아리랑 스리스리랑 아라리가 났네~

아리랑 고개로 날 넘겨주소

노랫가락 (1) / 그네 노래

자료코드 : 04_18_FOS_20090724_PKS_PBH_0005

조사장소 : 경상남도 함양군 함양읍 죽곡리 죽곡마을 죽곡마을 노모당

조사일시 : 2009.7.24

조 사 자 : 서정매, 조민정, 이진영

제 보 자 : 박복희, 여, 75세

구연상황 : 조사자가 그네 노래의 앞부분을 제시하자, 그건 다 아는 노래라고 하면서 청중들과 함께 노래를 불러 주었다.

수천당 세모시 낭게 늘어진 가지에 그네를 매~어-

임이 뛰면 내가나 밀고 내가 뛰-면은 임이 밀어

임아 임아 줄 살살 밀어 줄 떨어-지~면은 정 떨어~진다

댕기 노래

자료코드 : 04_18_FOS_20090724_PKS_PBH_0006

조사장소 : 경상남도 함양군 함양읍 죽곡리 죽곡마을 죽곡마을 노모당

조사일시 : 2009.7.24

조 사 자 : 서정매, 조민정, 이진영

제 보 자 : 박복희, 여, 75세

구연상황 : 댕기 노래를 불러달라고 요청하자, 청춘가 곡조에 맞추어 다음 노래를 불러 주었다. 노래를 부르고 나서는 이 노래의 내용에 대한 설명도 하였다.

총각이 뜨다준~ 홍갑사 댕기는~

고운 때도 아니 묻어 에~헤 날받이 왔구~나~

노랫가락 (2)

자료코드 : 04_18_FOS_20090724_PKS_PBH_0007
조사장소 : 경상남도 함양군 함양읍 죽곡리 죽곡마을 죽곡마을 노모당
조사일시 : 2009.7.24
조 사 자 : 서정매, 조민정, 이진영
제 보 자 : 박복희, 여, 75세
구연상황 : 굉장히 흥겹고 즐거운 분위기가 된 가운데, 노래를 불러 주었다. 청중들은 제
보자의 노래를 들으면서 손뼉을 치며 웃었고, 또 다른 청중은 큰 소리로 함께
불러 주었다.

노자 좋다 젊어서 놀아~ 늙어 병들면 못 노~나니

아무렴 십일홍이요~ 달도 차~면은 기우하니

보리타작 노래

자료코드 : 04_18_FOS_20090724_PKS_PBH_0008
조사장소 : 경상남도 함양군 함양읍 죽곡리 죽곡마을 죽곡마을 노모당
조사일시 : 2009.7.24
조 사 자 : 서정매, 조민정, 이진영
제 보 자 : 박복희, 여, 75세
구연상황 : 조사자가 보리타작하면서 노래를 부르지 않았냐고 물어보니 그런 노래가 있
었는데 다 잊어먹었다고 하지만, 부르기 시작한다.

때리라 뚜드리라

에-오-

여기 때리라

저기도 때리라

에-호-

제수씨 앞에도

보리가 있고

에-오-

에-오-

화투 타령

자료코드 : 04_18_FOS_20090724_PKS_PBH_0009
조사장소 : 경상남도 함양군 함양읍 죽곡리 죽곡마을 죽곡마을 노모당
조사일시 : 2009.7.24
조 사 자 : 서정매, 조민정, 이진영
제 보 자 : 박복희, 여, 75세
구연상황 : 화투 타령을 불러달라고 하니, 바로 불러 주었다. 청중도 함께 큰 소리로
        불렀다. 끝 부분에서 가사를 잊어서 잠시 멈칫 했지만, 이내 이어서 불러
        주었다.

정월 솔갱이 솔숲에 앉아~

이-월 매조로 맺아 놓고

삼월 사쿠라 산란한 마음~

사월 흑사리에 흔들었네

오월 난초 나비가 되어~

유월~ 목단에 앉았구나

칠월 홍돼지 홀로 누워~

팔월~ 공산에 달 밝았네

구월 국화 맺었던 절개~

시월~ 단풍에 떨어졌네

너냥 나냥

자료코드 : 04_18_FOS_20090724_PKS_PBH_0010
조사장소 : 경상남도 함양군 함양읍 죽곡리 죽곡마을 죽곡마을 노모당
조사일시 : 2009.7.24
조 사 자 : 서정매, 조민정, 이진영
제 보 자 : 박복희, 여, 75세
구연상황 : 조사자가 젊었을 때 불렀던 노래나 노랫가락, 청춘가가 생각나면 불러달라고
하자 제보자가 부르기 시작한다.

너냥 내냥 두리둥실 놀~고요

밤이밤이나 낮이낮이나 참사랑이로~구나

아침에 우는 새는 배가 고파~ 울-고요

저녁에 우는 새는 임이 기럽아~ 운다

꿩 노래

자료코드 : 04_18_FOS_20090724_PKS_PBH_0011
조사장소 : 경상남도 함양군 함양읍 죽곡리 죽곡마을 죽곡마을 노모당
조사일시 : 2009.7.24
조 사 자 : 서정매, 조민정, 이진영
제 보 자 : 박복희, 여, 75세
구연상황 : 조사자가 또 다른 노래를 불러달라고 하니, 이것은 노래가 아니라면서 청중
과 함께 불러 주었다. 산에서 꿩을 보았을 때 꿩 소리를 흉내내어 부르는 동
요이다.

껄-껄- 장-서방

자네 집이 어딘가

퐁당퐁당 넘어가면

북덕집이 내 집이네

종지 돌리는 노래

자료코드 : 04_18_FOS_20090724_PKS_PBH_0012

조사장소 : 경상남도 함양군 함양읍 죽곡리 죽곡마을 죽곡마을 노모당

조사일시 : 2009.7.24

조 사 자 : 서정매, 조민정, 이진영

제 보 자 : 박복희, 여, 75세

구연상황 : 꿩 노래를 부르고 난 뒤, 어릴 때 놀면서 불렀던 종지 돌리는 노래를 기억하는지를 물었더니, 바로 느린 속도로 다음 노래를 불러 주었다.

돌아간~다 돌-아간~다

깍쟁이 한 쌍이 돌~아간-다

모심기 노래

자료코드 : 04_18_FOS_20090725_PKS_PYE_0001

조사장소 : 경상남도 함양군 함양읍 웅곡리 웅곡마을 가정집

조사일시 : 2009.7.25

조 사 자 : 서정매, 조민정, 이진영

제 보 자 : 박연이, 여, 80세

구연상황 : 모심는 소리를 불러달라고 했더니, 재촉하지 말고 가만 있어 달라고 하더니, 가사가 생각이 나자 긴 소리로 불러 주었다. 부르고 난 다음에는 하도 안 불러봐서 잘 모르겠다며 수줍어 했다.

서 마~지기 논빼미는 반달~만치야 남았네

제가야 무신 반달인고~ 초승~달~이야 반달~이지

초승~달~만 반달이냐~ 그믐~달도야 반달~이~지

노랫가락 / 그네 노래

자료코드 : 04_18_FOS_20090725_PKS_PYE_0002

조사장소 : 경상남도 함양군 함양읍 웅곡리 웅곡마을 가정집

조사일시 : 2009.7.25

조 사 자 : 서정매, 조민정, 이진영

제 보 자 : 박연이, 여, 80세

구연상황 : 모심기 노래에 이어서 그네 노래를 불러 주었다. 노래를 하기 전에는 수줍어
했으나 막상 부를 때는 큰 소리로 시원하게 불러 주었다. 노래가 끝나자 청중
들도 모두 즐거워하며 박수를 쳤다.

수천당 세모시 낭게 늘어진 가지에다 그네를 매~어-

임이 뛰면 내가나 밀고 내가 뛰-면은 임이~ 민다-

임아 임아 줄 살살 밀어 줄 떨어~지-면은 정 떨어-진~다

줄이사 떨어질망정 깊이든 정이 떨어질~소~냐-

사발가

자료코드 : 04_18_FOS_20090725_PKS_PYE_0003

조사장소 : 경상남도 함양군 함양읍 웅곡리 웅곡마을 가정집

조사일시 : 2009.7.25

조 사 자 : 서정매, 조민정, 이진영

제 보 자 : 박연이, 여, 80세

구연상황 : "석탄 백탄" 하며 부르는 노래를 아는지 물었더니, 제보자와 청중이 모두 큰
목소리로 함께 불러 주었다. 노래를 부르고 난 다음에는 옛날엔 노랫가락을

제법 잘 불렀다며, 이제 기억이 나는 듯 당당하게 말을 하였다.

석탄 백탄 타는~데~ 연기만 모리몰싹 나는데

요내 가슴 다 타~도~ 연기도 짐도 아니 나네

에헤이용 에헤이용 에헤이용

어야라 난다- 지화자자 좋~다

네가 내 간장 스리살살 다 녹힌다

남녀 연정요

자료코드 : 04_18_FOS_20090725_PKS_PYE_0004
조사장소 : 경상남도 함양군 함양읍 웅곡리 웅곡마을 가정집
조사일시 : 2009.7.25
조 사 자 : 서정매, 조민정, 이진영
제 보 자 : 박연이, 여, 80세
구연상황 : '저 건네라 남도령아'라고 노래의 앞부분을 제시하자 바로 노래를 불러 주었
다. 목이 조금 쉰 듯 했으나 잘 불러주었고, 부르는 동안 청중들도 모두 귀
기울여 듣고 박수를 쳐 주었다.

저 건네라 남산~ 밑에~ 나무 베는~ 남도령아-

오만 나무 다 베~어도~ 오죽-설대일랑 베지 마오

올해 키와 내년- 키와~ 낙숫대를 후할라네

창 밑에라 물이 들어 옷방추를 낚을란다

낚는다면 열녀로다 못 낚는다면은 상사로다

열녀- 상사 골을~맺어 골골이-더락만 살아보세

화투 타령

자료코드 : 04_18_FOS_20090725_PKS_PYE_0005
조사장소 : 경상남도 함양군 함양읍 웅곡리 웅곡마을 가정집
조사일시 : 2009.7.25
조 사 자 : 서정매, 조민정, 이진영
제 보 자 : 박연이, 여, 80세
구연상황 : 조사자가 화투 타령을 불러달라고 하자, '정월 솔갱이로 시작한다'며 불러 주
     었다. 화투 타령은 일반적으로 많이 불렀던 노래여서 청중들도 박수를 치면서
     큰 소리로 함께 불러 주었다. 다 부르고 난 뒤에는 흡족하였는지, 서로 잘 한
     다며 즐거워하였다.

정월 솔갱이 솔씨를 받아

이월 매조에 맺아 놓고

삼월 사쿠라 산란한 마음

사월 흑사리가 허송하다

오월 난초 나는 나비

유월 목단에 앉았구나

칠월 홍돼지 홀로 누워

팔월 공산에 달 솟았다

구월 국화 굳었던 마음

시월 단풍에 다 떨어졌네

오동지 섣달에 오시는 님이

섣달 뒤에 못 오시나

범벅 타령

자료코드 : 04_18_FOS_20090725_PKS_PYE_0006
조사장소 : 경상남도 함양군 함양읍 웅곡리 웅곡마을 가정집

조사일시 : 2009.7.25

조 사 자 : 서정매, 조민정, 이진영

제 보 자 : 박연이, 여, 80세

구연상황 : 조사자가 젊었을 때 불렀던 노래나 노랫가락, 청춘가가 생각나면 불러달라고
하자 제보자가 부르기 시작한다.

범벅-이야 범벅이야~ 버물에 버물인 범벅이야

이도령은 햅쌀 범벅 김도령은 찹쌀 범벅

버물에 버물에 범벅이야

이때 마침 이도령이 양생문을 살푼(살짝) 열고

내가 왔다 문 열어라

용평감사 가신다더니 어찌 그리도 속히 오요

도중에-서- 도사를 만나 고목 두지가(고목 뒤주가) 탈났단다

이년삼년 쓰던 두지가 탈났단 말이~ 웬 말이요

이때 마-침- 김도령이~ 고목두지서 썩나섬선

[가사를 잊어버려서 잠시 머뭇거리다가]

고목두지가 탈났단다.

이년삼년 쓰던 두지가 탈났단 말이~ 웬 말이요

에라 요년 요망한 년 새끼서발만 챙겨갖고

고목두줄 걸머쥐고 뒷동산 깔막으로 올라가라

그때 마침 김도령이 고목두지서 썩나섬서

당신도 남의 집 귀동자요 나도 남의 집 귀동자요

십분 용서만 해 주소서 요번에도 요랬는데

후일에도 또 한다면 대동강에서 목을 매요

아기 어르는 노래 / 불미소리

자료코드 : 04_18_FOS_20090725_PKS_PYE_0007
조사장소 : 경상남도 함양군 함양읍 웅곡리 웅곡마을 가정집
조사일시 : 2009.7.25
조 사 자 : 서정매, 조민정, 이진영
제 보 자 : 박연이, 여, 80세
구연상황 : 범벅 타령을 부르고 난 뒤, 아기 어르는 노래를 불러 주었다. 청중들이 듣고
　　　　　있다가 빠진 가사를 얘기하면서 이렇게도 불렀다면서 얘기를 해 주었다.

　　불미 불미야
　　이 불미가 네 불민고
　　경-상도 대불민가
　　전-라도 소불민가
　　불매 불매 불매야

아기 재우는 노래 / 자장가

자료코드 : 04_18_FOS_20090725_PKS_PYE_0008
조사장소 : 경상남도 함양군 함양읍 웅곡리 웅곡마을 가정집
조사일시 : 2009.7.25
조 사 자 : 서정매, 조민정, 이진영
제 보 자 : 박연이, 여, 80세
구연상황 : 아기 어르는 노래를 부르고 나서 이어서 자장가를 불러 주었다. 자장가라서
　　　　　그런지 청중들도 모두 조용히 들어주었다.

　　자장자장 자장개야
　　우리 아기 잠 잘 잔다
　　자장자장 자장개야
　　앞집 개야 짖지 마라

멍멍개야 짖지 마라

꼬꼬닭아 울지 마라

님 그리는 노래

자료코드 : 04_18_FOS_20090725_PKS_PYE_0009
조사장소 : 경상남도 함양군 함양읍 웅곡리 웅곡마을 가정집
조사일시 : 2009.7.25
조 사 자 : 서정매, 조민정, 이진영
제 보 자 : 박연이, 여, 80세
구연상황 : 다른 제보자의 노래를 듣고는 기억나는 노래가 있다며 다음 노래를 불러 주
었다.

새들새들 봄배추는 밤이슬 오기만 기다리고

옥에 갇힌 춘향이는 이도령 오기만 기다린다

모심기 노래

자료코드 : 04_18_FOS_20090726_PKS_POS_0001
조사장소 : 경상남도 함양군 함양읍 죽림리 내곡마을 바깥거리실 내곡마을회관
조사일시 : 2009.7.26
조 사 자 : 서정매, 조민정, 이진영
제 보 자 : 방옥순, 여, 88세
구연상황 : 제보자는 이미 마을에서 노래와 이야기를 잘한다고 소문이 나 있었다. 그러나
독실한 기독교 신자여서 처음엔 찬송가를 불러 주려고 할 정도였다. 조사의
취지를 이야기하자 그제서야 모심기 노래를 들려주었다. 노래를 부르고 나면
항상 웃었다.

물꼬는 철철 흘려 놓고 주인 양반 어데 갔노

(조사자 : 어디 갔습니까? 주인 양반이?)

문어 전복 오려들고 영남 숲으로 놀러 갔다

오늘 해가 다 졌는가 골골마다 연기나네
우리 할멈 어데 가고 연기날 줄 모르는가

다풀다풀 다박머리 해 다 지는데 어디 가니
울 어머니 산소등에 젖 먹으로 나는 가요

땀북땀북 밀수재비 사우 상에 다 올랐네
아부지도 그 말 마소 일한다고 건져 줬소
우리 할멈 어디 가고 말국서기 더 우섭네

아기 어르는 노래 / 알캉달캉요

자료코드 : 04_18_FOS_20090726_PKS_BEL_0001
조사장소 : 경상남도 함양군 함양읍 삼산리 뇌산마을 마을회관
조사일시 : 2009.7.26
조 사 자 : 박경수, 문세미나
제 보 자 : 배을님, 여, 90세
구연상황 : 조사자가 가사를 조금 불러주면서 노래를 부탁했더니, 기억이 잘 나지 않는다
면서 사설을 읊조리듯이 해주었다. 그리고 다른 아기 어르는 노래를 부탁했더
니, 시방은 그런 것은 하지 않는다고 하면서 사설만 조금씩 읊조리고 말았다.

처음에 그걸 밤 서 말이라 쿠는가 한 말이라 쿠는가 그래. 그래 갖고,

[읊조리듯이]
쳇독 밑에 여 놨더니
머리 검은 새앙지(새앙쥐)가

들락날락 다 까묵고

한 토리 남은 것은

껍질락은 애비 주고

비늘은 할미 주고

살은 우리 성지(형제) 다 갈라 묵자

알캉달캉

동애따기 노래

자료코드 : 04_18_FOS_20090726_PKS_BEL_0002
조사장소 : 경상남도 함양군 함양읍 삼산리 뇌산마을 마을회관
조사일시 : 2009.7.26
조 사 자 : 박경수, 문세미나
제 보 자 : 배을님, 여, 90세
구연상황 : 조사자가 다른 노래를 듣고 싶다고 청하자, 잠시 가사를 기억할 시간을 달라
고 하더니 노래를 시작했다. 동애따기 놀이를 하면서 부르는 노래이다.

에이- 동애 따세-

이 동-애가~ 뉘 동앤고

정상(경상)-감사 내 동애-네

넝추리(넝쿨이) 싱-싱 못 따느니

넝추리 싱-싱 못 딴 동애

우리 둘이 다 따내세

기(귀)가 찔기 못 따느니

기가 찔기 못 따는 동애

우리 둘이 다 따냄새

동애 동애 동애 따자

풀국새 노래

자료코드 : 04_18_FOS_20090726_PKS_BEL_0003
조사장소 : 경상남도 함양군 함양읍 삼산리 뇌산마을 마을회관
조사일시 : 2009.7.26
조 사 자 : 박경수, 문세미나
제 보 자 : 배을님, 여, 90세
구연상황 : 조사자가 산에서 풀국새 소리를 흉내 내며 부르는 노래가 있지 않느냐고 물
으며, 풀국새 노래를 해보라고 하자 제보자가 말로 노래를 설명하듯이 했다.

풀꾹- 풀꾹-

[말로 설명하듯이] 그라문,

제 집 자석 다 죽는다

그라문,

내일 모래 장이다
걱정 마라 풀꾹- 풀꾹-
내일 모레 쌀 팔아 갖고 온다고

(조사자 : [웃으며] 재미나네요.)

잠자리 잡기 노래

자료코드 : 04_18_FOS_20090726_PKS_BEL_0004
조사장소 : 경상남도 함양군 함양읍 삼산리 뇌산마을 마을회관
조사일시 : 2009.7.26
조 사 자 : 박경수, 문세미나
제 보 자 : 배을님, 여, 90세
구연상황 : 조사자가 잠자리를 잡을 때 부르는 노래가 있지 않느냐고 하자, 웃으면서 이

노래를 불렀다.

잠자리 꼴-꼴
붙은 자리 붙어라
멀리 가면 죽는다

이갈이 노래

자료코드 : 04_18_FOS_20090726_PKS_BEL_0005
조사장소 : 경상남도 함양군 함양읍 삼산리 뇌산마을 마을회관
조사일시 : 2009.7.26
조 사 자 : 박경수, 문세미나
제 보 자 : 배을님, 여, 90세
구연상황 : 조사자가 이빨이 빠지면 지붕에 던지면서 어떻게 소리를 하느냐고 하자, 제보
자가 다음 노래를 읊조리듯이 했다.

앞녁 새야 웃녁 새야
헌 이빨 물어가고
새 이빨 도라

두꺼비 집 짓기 노래

자료코드 : 04_18_FOS_20090726_PKS_BEL_0006
조사장소 : 경상남도 함양군 함양읍 삼산리 뇌산마을 마을회관
조사일시 : 2009.7.26
조 사 자 : 박경수, 문세미나
제 보 자 : 배을님, 여, 90세
구연상황 : 조사자가 어릴 때 모래로 집을 지으면서 부르는 노래를 해 보라고 하자, 다음
과 같이 읊조리듯이 했다.

두껍아 두껍아

헌 집은 너 하고

새 집은 나 도라(나를 달라)

모심기 노래

자료코드 : 04_18_FOS_20090724_PKS_SUS_0001

조사장소 : 경상남도 함양군 함양읍 죽림리 시목마을 시목마을회관

조사일시 : 2009.7.24

조 사 자 : 서정매, 문세미나, 이진영, 조민정

제 보 자 : 서억순, 여, 65세

구연상황 : 매우 느린 속도로 노래를 불러 주었다. 모심기 노래의 선율로 부르지는 않고
거의 읊어가듯이 노래를 불러 주었다.

울 어머니~ 산소 옆에 능금 배가 열었~는데~

한 개 따서 입에 옇고~ 두 개 따서 입에 옇~네~

못 묵껬네~ 못 묵껬어~ 눈물이~ 나서 못 묵껬~네-

아기 어르는 노래

자료코드 : 04_18_FOS_20090724_PKS_SUS_0002

조사장소 : 경상남도 함양군 함양읍 죽림리 시목마을 시목마을회관

조사일시 : 2009.7.24

조 사 자 : 서정매, 문세미나, 이진영, 조민정

제 보 자 : 서억순, 여, 65세

구연상황 : 형님과 동생이 이야기를 하는 것처럼 가사 내용이 이루어져 있다. 강의 징검
다리를 건너면서 조심해서 건너오라는 내용을 담고 있는데, 아기에게 걸음마
를 가르칠 때 부르는 노래라고 했다. 두 번을 불러주었는데, 한 번은 느린 템
포로 거의 읊듯이 불러주었고 두 번째는 경쾌한 2박자로 불러 주었다.

알캉달캉 성님아~

오냥 동상 내나

살푼-살푼 건너라~

알캉달캉 성님아

허드령 구녕에 빠질라

오냐 동상아 니나

살푼살푼 건너라

노랫가락

자료코드 : 04_18_FOS_20090724_PKS_SUS_0003
조사장소 : 경상남도 함양군 함양읍 죽림리 시목마을 시목마을회관
조사일시 : 2009.7.24
조 사 자 : 서정매, 문세미나, 이진영, 조민정
제 보 자 : 서억순, 여, 65세
구연상황 : 차분하게 노랫가락을 불러 주었다. 부르다가 끝 부분에 가서 갑자기 가사가 생각이 나지 않자, 조사자가 앞 구절을 얘기하니 다시 기억이 나서 이어서 불러 주었다. 또 다른 노랫가락은 가사는 알지만 노래가 생각이 나지 않아서인지 가사를 읊어주었다.

네모 반듯 장판방에 십육도 전기를~ 걸어~ 놓고~

임은 앉아~ 글씨를 씌고~ 나는 앉아~ 수를 놓고

닭아 닭아 울지~ 마라~ 네가 울면은 날이 샌다~

날이 새면 [가사를 잊어버림]

나도 모르겠다.

날이 새면 임도 떠나 다시는 못 보겠네

진주라 진다리 밑에 배차 씻는 저 처녀야

곁에 곁잎은 다 제쳐놓고 속에 속대를 나를 주오

당신이 날 언제 봤다고 곁에 곁잎을 다 제쳐놓고 속에 속대를 달
라 하오

오늘 보면은 초면이요 내일 보면은 구면이요

다리 세기 노래

자료코드 : 04_18_FOS_20090724_PKS_SUS_0004
조사장소 : 경상남도 함양군 함양읍 죽림리 시목마을 시목마을회관
조사일시 : 2009.7.24
조 사 자 : 서정매, 문세미나, 이진영, 조민정
제 보 자 : 서억순, 여, 65세
구연상황 : 어렸을 때에 많이 불렀던 다리 세기 노래를 불러 주었다. 노래를 시작하자 듣
고 있던 청중들도 함께 불러 주었다.

이거리 저거리 갓거리

진주맹근 도맹근

짝바리 해양근

도래 줌치 사래육

육도 육도 전라육

하늘에 올라 제비콩

진산 잡아 묵는

목이 맺혀 킹캥

종지 돌리는 노래

자료코드 : 04_18_FOS_20090724_PKS_SUS_0005
조사장소 : 경상남도 함양군 함양읍 죽림리 시목마을 시목마을회관
조사일시 : 2009.7.24
조 사 자 : 서정매, 문세미나, 이진영, 조민정
제 보 자 : 서억순, 여, 65세
구연상황 : 종지 돌리는 노래를 기억하는지를 물었더니 바로 구연해 주었다. 노래를 듣고
있던 청중이 아직도 그 노래를 기억하고 있느냐고 놀래며 감탄하였다. 같은
가사를 두 번 반복하여 불러 주었다.

돌아간다 돌아간다
종지기가 돌아간다
알로 울로 돌아간다

돌아간다 돌아간다
종지기가 돌아간다
알로 울로 돌아간다

댕기 노래

자료코드 : 04_18_FOS_20090724_PKS_SUS_0006
조사장소 : 경상남도 함양군 함양읍 죽림리 시목마을 시목마을회관
조사일시 : 2009.7.24
조 사 자 : 서정매, 문세미나, 이진영, 조민정
제 보 자 : 서억순, 여, 65세
구연상황 : 노랫가락으로 첫 구절을 시작하였으나, 아리랑의 곡조에 바뀌어져 불렀다.

칠나당- 팔나당~ 홍갑사 댕~기~
군-때도- 아니 묻~고~ 날받이 왔-네~

양산도

자료코드 : 04_18_FOS_20090724_PKS_ONI_0001
조사장소 : 경상남도 함양군 함양읍 죽림리 시목마을 시목마을회관
조사일시 : 2009.7.24
조 사 자 : 서정매, 문세미나, 이진영, 조민정
제 보 자 : 오남이, 여, 68세
구연상황 : 제보자는 처음에 청춘가의 가락으로 부르다가 후렴구에 가서는 다시 양산도 가락으로 불러 주었다. 흥이 많은 제보자여서 스스로 박수를 치며 흥겹게 불러 주었다.

청춘 하늘에~ 잔별도 많~고~

요네야~ 가슴~에 수심도 많~네~

에여라 누여라~ 아니나 못 놓~것~네~

능지를 하여~도 나는 못 놓겠네~

도라지 타령

자료코드 : 04_18_FOS_20090724_PKS_ONI_0002
조사장소 : 경상남도 함양군 함양읍 죽림리 시목마을 시목마을회관
조사일시 : 2009.7.24
조 사 자 : 서정매, 문세미나, 이진영, 조민정
제 보 자 : 오남이, 여, 68세
구연상황 : 제보자가 도라지 타령을 시작하니, 청중들도 함께 불러 주었다. 청중들이 각자의 개성으로 노래를 부르다보니, 후렴구에서는 여러 소리가 섞이게 되었다.

도라지 도라지 백도라지~ 심심산천에 백도라지~

한두- 뿌리만 캐어도~ 대바구니 반실만 되노~라

에헤이용~ 에헤이용 에헤~이용~

어이야라 난다~ 지화자 좋~다~

네가 내 간장 스리살살 다 녹힌다

너냥 나냥

자료코드 : 04_18_FOS_20090724_PKS_ONI_0003
조사장소 : 경상남도 함양군 함양읍 죽림리 시목마을 시목마을회관
조사일시 : 2009.7.24
조 사 자 : 서정매, 문세미나, 이진영, 조민정
제 보 자 : 오남이, 여, 68세
구연상황 : 제보자가 '너냥 나냥'을 부르기 시작하자 청중들도 이 노래를 안다면서 함께
　　　　　 불렀다.

　　　　너냥 나냥~ 두리둥실~ 높~아서

　　　　밤이밤이나 낮이낮이나 참사랑이로~구나

　　　　너냥 네냥 둘이 둥실~ 놀고요~

　　　　밤이밤이나 낮이낮이나 참사랑이로~구나

　　　　아침에 우는 새는 배가 고파서 울~고요

　　　　밤중에 우는 새는 임이 기리봐 운다

　　　　네냥 내냥 둘이 둥실~ 놀~고요

　　　　낮이낮이나 낮이낮이나 참사랑이로~구나

청춘가

자료코드 : 04_18_FOS_20090724_PKS_ONI_0004
조사장소 : 경상남도 함양군 함양읍 죽림리 시목마을 시목마을회관
조사일시 : 2009.7.24
조 사 자 : 서정매, 문세미나, 이진영, 조민정
제 보 자 : 오남이, 여, 68세
구연상황 : 제보자는 스스로 손뼉을 치면서 흥겹게 청춘가 가락에 맞추어 여러 노래를
　　　　　 연속으로 불러 주었다.

　　　　지리산 산상봉에 애홀로 선 나~무~

날캉 같이도 저~ 애홀로 섰구~나~

서방님 허리를 서담쑥 안고~서~
가지를 말라고~ 어~허~ 난 너를 안 보~마~

청춘만 되거라~ 소년만- 되거라~
한백년 살도~록~ 에헤~ 청춘만 되거~라~

괄세를 말어라~ 괄세를 말어~라~
사람은 괄세를~ 어허이 내거리 말어라~

청춘 하늘에~ 에이요~ 잔별도나 많고서~
요네야 가슴에~ 얼씨고 근심도 많구나

돌려라 돌려라 청춘가로 돌려라~
요마이나 할 적에~ 얼~씨구 청춘가로 돌려~라~

~뽕 따로 가세
임도 보고 뽕도따~고 뽕이나 먹고~ 가세

양산도

자료코드 : 04_18_FOS_20090724_PKS_ONI_0005
조사장소 : 경상남도 함양군 함양읍 죽림리 시목마을 시목마을회관
조사일시 : 2009.7.24
조 사 자 : 서정매, 문세미나, 이진영, 조민정
제 보 자 : 오남이, 여, 68세
구연상황 : 스스로 손뼉을 치면서 흥겹게 양산도를 불러 주었다. 그러나 목소리는 크지
         않았다. 노래를 부르면서 숨이 찼는지 부르면서도 몇 번 씩 멈추곤 했는데,
         노래를 다 부르고는 이제는 숨이 차서 못하겠다고 하는 등, 쑥스러운 마음을

보였다.

함양 산청 물레방아~ 물을 안고~돌고~

우리집에 우런 님은 나를 안고 도~네~

에헤라 누여라~ 나는 못 놓컷~네~

능지를 하여도 나는 못 놓리로-구~나~

다리 세기 노래

자료코드 : 04_18_FOS_20090724_PKS_ONI_0006
조사장소 : 경상남도 함양군 함양읍 죽림리 시목마을 시목마을회관
조사일시 : 2009.7.24
조 사 자 : 서정매, 문세미나, 이진영, 조민정
제 보 자 : 오남이, 여, 68세
구연상황 : 어렸을 때 많이 불렀던 다리 세기 노래를 즐거운 목소리를 불러 주었다.

이거리 저거리 갓거리

진도맨도 또맨도

짝발로 해양근

도르매 줌치 사루육

육구 육구 찔레육구

당산에 먹을 가자

업어질 똥 말 똥

숨바꼭질 노래

자료코드 : 04_18_FOS_20090724_PKS_ONI_0007
조사장소 : 경상남도 함양군 함양읍 죽림리 시목마을 시목마을회관

조사일시 : 2009.7.24
조 사 자 : 서정매, 문세미나, 이진영, 조민정
제 보 자 : 오남이, 여, 68세
구연상황 : 어렸을 때 많이 불렀던 숨바꼭질 노래를 불러 주었다.

꼭꼭 숨어라 머리카락 보인다
꼭꼭 숨어라 옷자-락이 보인다

다리 세기 노래

자료코드 : 04_18_FOS_20090726_PKS_LNS_0001
조사장소 : 경상남도 함양군 함양읍 삼산리 뇌산마을 마을회관
조사일시 : 2009.7.26
조 사 자 : 박경수, 문세미나
제 보 자 : 이남순, 여, 81세
구연상황 : 조사자가 어릴 때 다리를 세는 놀이를 하면서 불렀던 노래가 마을마다 다르
더라고 하며 불러 보라고 하자, 제보자가 다리 세는 동작을 하며 이 노래를
했다.

(조사자 : 마을마다 다르던데.)
아유 이래요 [다리를 실제로 뻗으며] 이리 다리를 이리 둘이서 뻗어놓고

이거리 저거리 갓거리
진주맹근 또맹근
짝바리 희양근
도래줌치 사례육

그렇지 뭐. [웃음]
(조사자 : 육도 육도)

육도 육도 전라육

하늘에 올라 제비콩

모심기 노래 (1)

자료코드 : 04_18_FOS_20090726_PKS_LNS_0002

조사장소 : 경상남도 함양군 함양읍 삼산리 뇌산마을 마을회관

조사일시 : 2009.7.26

조 사 자 : 박경수, 문세미나

제 보 자 : 이남순, 여, 81세

구연상황 : 조사자가 옛날에 모심을 때 불렀던 노래를 해달라고 하자, 제보자가 이 노래
를 시작했다. 그런데 메기는 소리를 넣고 잠시 멈추어서 조사자가 받는 소리
의 사설을 말하면서 그 사설을 받아 다시 불렀다.

서 마~지~기 논빼미~가~ 반달-만-침 남았구-나-

제가~ 뭐신- 반달인-고- 초승~달~이 반달이-지-

초승달~이~ 반달인-가~ 그믐-달~도 반달-이네-

모심기 노래 (2)

자료코드 : 04_18_FOS_20090726_PKS_LNS_0003

조사장소 : 경상남도 함양군 함양읍 삼산리 뇌산마을 마을회관

조사일시 : 2009.7.26

조 사 자 : 박경수, 문세미나

제 보 자 : 이남순, 여, 81세

구연상황 : 조사자가 모 심을 때 부르는 다른 노래도 있지 않느냐며 "물끼 철철" 하며
부르는 노래를 청하자, 제보자는 "참, 꼴꼴하라 하네"라며 웃고는 다음 노래
를 했다.

물꼬는~ 청-기청-기~ 철철철 넘어-가-는데~ 우-린- 님~은 어-디를 갔-노-

(조사자 : 문어야 전복 손에 들고 첩의 방에 놀러 갔네.)

문에- 전~복- 오리~ 들고~ 첩의- 방- 방에 놀러- 갔-소~

(청중 : 옛날 노래가 좋아 보제.)

(조사자 : 낮으로는 놀러 가고.)

낮이로~는- 놀로 가고~ 밤-으-로~는 자로 가요- [웃음]

(조사자 : 무신 첩이 대단킬래 낮에 가고 밤에 가노 그지예. 빠졌다.)

무신 여러- 첩이관대~ 밤에- 가~고 낮에 가요 [웃음]

모찌기 노래

자료코드 : 04_18_FOS_20090726_PKS_LNS_0004
조사장소 : 경상남도 함양군 함양읍 삼산리 뇌산마을 마을회관
조사일시 : 2009.7.26
조 사 자 : 박경수, 문세미나
제 보 자 : 이남순, 여, 81세
구연상황 : 조사자가 모심기 전에 모찌기를 해야 하지 않느냐고 하며 모찌기를 할 때 부르는 노래를 요청하자, 제보자가 이 노래를 했다. 그러나 아쉽게도 메기는 소리만 하고 중단하고 말았다.

들어-내-세~ 들어내-세~ 이 못-자-리 들어-내-세~

잠 노래

자료코드 : 04_18_FOS_20090726_PKS_LNS_0005
조사장소 : 경상남도 함양군 함양읍 삼산리 뇌산마을 마을회관
조사일시 : 2009.7.26
조 사 자 : 박경수, 문세미나
제 보 자 : 이남순, 여, 81세
구연상황 : 조사자가 베틀에 베를 짤 때 불렀던 노래를 불러달라고 하자, 제보자가 베를 짜면서 잠이 오면 부르는 노래라고 하며 다음 노래를 시작했다.

    잠-아 잠아- 오지 마라~ 시어마니 눈에 난다-
    시어마~니 눈에 나면- 이모 눈에 아주 난다-
    이모- 눈에 아주 나면~ 동네- 눈~에 절로 난다

타박네 노래

자료코드 : 04_18_FOS_20090726_PKS_LNS_0006
조사장소 : 경상남도 함양군 함양읍 삼산리 뇌산마을 마을회관
조사일시 : 2009.7.26
조 사 자 : 박경수, 문세미나
제 보 자 : 이남순, 여, 81세
구연상황 : 조사자가 "타박타박 타박머리" 하며 시작하는 노래가 있지 않느냐고 하자, 제보자는 다음 노래를 기억하여 부르기 시작했다. 그러나 노래 중간에 가사를 잘 기억하지 못하고 중단하자 청중들이 함께 부르며 제보자의 기억을 도왔다. 그래도 제보자는 끝까지 노래를 다 부르지 못하고 중단하고 말았다.

    다풀다풀

  잊어부렀네 내. [바로 기억하여 다시 노래로]

    다박머리~
    해 다- 진데- 오데 가노- 해 다- 진데

그라고 뭐라 카노? (청중 : 울어머니 산소등에.) 아.

울 어머니~ 산소에라~ 젖 묵으로 나는 가요-

밀양 아리랑

자료코드 : 04_18_FOS_20090726_PKS_LNS_0007

조사장소 : 경상남도 함양군 함양읍 삼산리 뇌산마을 마을회관

조사일시 : 2009.7.26

조 사 자 : 박경수, 문세미나

제 보 자 : 이남순, 여, 81세

구연상황 : 조사자가 이곳에서는 밀양 아리랑은 부르지 않았냐고 물었더니, 청중들은 밀양 아리랑은 잘 부르지 않는다고 했다. 그렇지만 제보자는 밀양 아리랑을 조금 안다고 하며 다음 아리랑을 노래를 시작했다.

아리 아리랑 쓰리 쓰리랑 아라리가 났네~

에 아리랑- 고개로 넘어간다-

니가 잘나 내가 잘나 그 누가 잘나~

건방진 큰 애기 제 잘났네- [웃음]

다리 세기 노래

자료코드 : 04_18_FOS_20090726_PKS_LBT_0001

조사장소 : 경상남도 함양군 함양읍 죽림리 내곡마을 안거리실노모당

조사일시 : 2009.7.26

조 사 자 : 서정매, 이진영, 조민정

제 보 자 : 임봉태, 남, 85세

구연상황 : 다리 세기 노래를 불러 주었다. 가사가 일반적으로 알려진 것과는 조금 달라서 청중들이 듣고 웃기도 하면서 무척 재미있어 하였다.

이거리 각거리 갓거리

갓거리 맹근 도맹근

짝바리 해양근

도래 줌치 사래육

육도 육도 천라목

하늘에 올라 제비콩

똘똘 몰아 장도칼

아가 아가 불때 오이라

너하고 나하고 담배 묵자

목이 막혀 치 캥

모심기 노래

자료코드 : 04_18_FOS_20090724_PKS_LJS_0001
조사장소 : 경상남도 함양군 함양읍 죽림리 시목마을 시목마을회관
조사일시 : 2009.7.24
조 사 자 : 서정매, 문세미나, 이진영, 조민정
제 보 자 : 임점순, 여, 84세
구연상황 : 모심기 노래를 제보자가 부르기 시작하자 청중들 모두가 함께 불러 주었다.
　　　　　길게 빼어서 부르는 소리로 계속 가사를 이어 나갔다.

오늘 해는 다 되간가 골골마다 연기가 나네~

우리- 할멈 어데- 가고~ 연기-낼 줄 모르는고

서 마지기 논빼미는~ 반달만~큼 남았구나

지가 무신 반달이냐~ 초승~달이 반달이지

초승~달만 반달인가 그믐달도 반달이지

다풀다풀 타박머리~ 해 다 진~데 어데를 가노
울 어머니 산소나 등에 젖 묵으로 나는 가요

노랫가락 (1)

자료코드 : 04_18_FOS_20090724_PKS_LJS_0002
조사장소 : 경상남도 함양군 함양읍 죽림리 시목마을 시목마을회관
조사일시 : 2009.7.24
조 사 자 : 서정매, 문세미나, 이진영, 조민정
제 보 자 : 임점순, 여, 84세
구연상황 : 제보자가 노랫가락을 부르기 시작하자 청중들도 모두 아는 노래여서인지 함
께 불러 주었다. 그러나 진지한 분위기에서 노래를 불러 주었다.

~같은 고운 방에 임도 앉고서 나도 앉아
이 보물 박 땡기~ 베고는 임도 방실~ 나도 방실
대롱박에 앉인- 보리 날라감~서 불꺼여라

진주같이 너른 들에 목화 따는~ 저 처녀야~
누구 간장을 녹힐라고 저리~ 곱게 생겼는고
우러 집에 우리 형은~ 유월 복숭 꽃일레라

한자 노래

자료코드 : 04_18_FOS_20090724_PKS_LJS_0003
조사장소 : 경상남도 함양군 함양읍 죽림리 시목마을 시목마을회관
조사일시 : 2009.7.24
조 사 자 : 서정매, 문세미나, 이진영, 조민정
제 보 자 : 임점순, 여, 84세
구연상황 : 조용하고 차분한 목소리로 노랫가락 조로 다음 노래를 불러 주었다. 청중들도

박수는 치지 않고 조용히 제보자의 노래를 들었다.

하늘천 땅따지 땅에 집우~자로만 집을 지어
날일자 영창문에다~ 달월자로만 달아 놓고-
제방 쪽 임-을 만~나서 별진 잘~수록 놀아~ 볼까

앞동산 봄춘안-자요~ 뒷동-산에는 푸를도청~자
가지가지 고단한 자요 굽이-굽이는 내천자라
동자야 술 가득 부어~ 빠질~홍자는 탁안주다

창부 타령

자료코드 : 04_18_FOS_20090724_PKS_LJS_0004
조사장소 : 경상남도 함양군 함양읍 죽림리 시목마을 시목마을회관
조사일시 : 2009.7.24
조 사 자 : 서정매, 문세미나, 이진영, 조민정
제 보 자 : 임점순, 여, 84세
구연상황 : 제보자가 창부 타령 곡조로 다음 노래를 부르자 청중들도 박수를 치며 함께
불렀다. 그러나 소리가 박수가 그리 크지는 않았고 낮은 소리로 함께 불러 주
었다.

좋네 좋네 젊-어서 노세 늙고 병들며는 못 노~나니
화무는 십-일홍이요 달도 차면은 기우~나니
인생 일장춘몽이라~ 아니나 놀고 무엇하면
아니나 쓰고~ 뭣 하것노

노랫가락 (2) / 그네 노래

자료코드 : 04_18_FOS_20090724_PKS_LJS_0005
조사장소 : 경상남도 함양군 함양읍 죽림리 시목마을 시목마을회관
조사일시 : 2009.7.24
조 사 자 : 서정매, 문세미나, 이진영, 조민정
제 보 자 : 임점순, 여, 84세
구연상황 : 그네 노래는 예전에 많이 불렀던 노래여서인지 청중들도 자신있게 함께 불러
주었다. 제보자는 청중과 음정이 맞지 않은 상태에서 계속 불러 주었다. 끝부
분에서 가사가 틀렸으나, 다시 고쳐서 불러 주었다.

추천당 세모시 낭게 늘어진 가지다 그네를 매어
임이 뛰면 내~가나 밀고 내가~ 뛰~면은 임이 밀고
임아 임아 줄 살살 밀어~ 줄 떨어지면은 정 떨어진~다
줄이야 떨어질망정 깊이든 정이나 떨어지지- 마~오

이별 화초 노래

자료코드 : 04_18_FOS_20090724_PKS_LJS_0006
조사장소 : 경상남도 함양군 함양읍 죽림리 시목마을 시목마을회관
조사일시 : 2009.7.24
조 사 자 : 서정매, 문세미나, 이진영, 조민정
제 보 자 : 임점순, 여, 84세
구연상황 : 제보자는 노랫가락으로 다음 노래를 부르자, 청중들은 모두 조용히 듣고 있었
다. 잠시 후 한 청중이 박수로 장단을 맞추어 주었다.

저 건네라 금초당 밑에 백년 화초를 심었~더니
백년화초 간- 곳이 없고~ 이별- 화초가 만발했~네

베 짜기 노래

자료코드 : 04_18_FOS_20090724_PKS_LJS_0007
조사장소 : 경상남도 함양군 함양읍 죽림리 시목마을 시목마을회관
조사일시 : 2009.7.24
조 사 자 : 서정매, 문세미나, 이진영, 조민정
제 보 자 : 임점순, 여, 84세
구연상황 : 베 짤 때 부르는 노래를 아는지 물었더니 바로 불러 주었다. 작은 목소리로
　　　　　조용하게 불러주었고, 청중들도 조용히 노래를 들어주었다.

　　낮에 짜면 일광단이요 밤에 짜면 월광단이라

　　월광단 일광단 이 베를 짜서~ 누구- 의복을 맨들란고

　서방님 의복을 맨든다고 캤어.

밀양 아리랑

자료코드 : 04_18_FOS_20090724_PKS_LJS_0008
조사장소 : 경상남도 함양군 함양읍 죽림리 시목마을 시목마을회관
조사일시 : 2009.7.24
조 사 자 : 서정매, 문세미나, 이진영, 조민정
제 보 자 : 임점순, 여, 84세
구연상황 : 처음에는 밀양 아리랑으로 불러주었으나, 후렴구에서는 본조 아리랑으로 곡
　　　　　조가 바뀌었다. 노래가 흥겨워서인지 청중들이 이전과는 다르게 흥겹게 박수
　　　　　를 치며 장단을 맞추어 주었고, 노래하는 사이에 추임새를 넣기도 했다.

　　날 좀 보소~ 날 좀 보소~ 날 좋게 보소~

　　동짓 섣날~ 꽃 본듯~이 날좀 보소~

　　아리랑 아리랑 아라리요~

　　아리랑 고개로~ 넘어간다

나-를 버리고 가시는 임은~

십-리도 못 가서 발병이 났네~

진도 아리랑

자료코드 : 04_18_FOS_20090724_PKS_LJS_0009

조사장소 : 경상남도 함양군 함양읍 죽림리 시목마을 시목마을회관

조사일시 : 2009.7.24

조 사 자 : 서정매, 문세미나, 이진영, 조민정

제 보 자 : 임점순, 여, 84세

구연상황 : 진도 아리랑을 불러 주었다. 그런데 후렴구에서는 본조 아리랑으로 바뀌었다.
가사도 조금씩 바꾸어 부르기도 했다. 진도 아리랑과 밀양 아리랑, 본조 아리
랑의 구분을 하지 않고 불러 주었다.

아리 아리랑 쓰리 쓰리랑 아라리가 났네~

아~리랑 응응응 아라리가~났네~

아라린가~ 지랄인가~ 용천인가~

얼마나 좋으면은 요지랄을 한고~

아리 아리랑 쓰리 쓰리랑 아라리가 났네~

아~리랑 고개를 나를 넘어-갔네-

나를 버리고 가시는 임은~

십-리도 못 가서 발병 난다

모심기 노래

자료코드 : 04_18_FOS_20090725_PKS_JKN_0001

조사장소 : 경상남도 함양군 함양읍 웅곡리 웅곡마을 가정집

조사일시 : 2009.7.25

조 사 자 : 서정매, 이진영, 조민정
제 보 자 : 장경남, 여, 81세
구연상황 : 모심기 노래를 불러달라고 하자 다른 제보자가 부르는 것을 보고 받아서 불
렀다. 처음에는 무척 느리게 불렀으나, 부르면서 조금씩 속도가 빨라졌다. 가
사 내용이 좋아서 청중들도 모두 귀 기울여 들어주었고, 노래가 끝난 뒤 모두
박수를 쳤다.

다풀다풀 타박머리 해 다 진데 어데 가노~

울 어머니 산소등에 젖 묵으~로 나는 가요-

가지~ 마라 가지 마라~ 너거 어머~니 온다더라

언제- 지금~ 온다디요

큰 솥에 안친 밤이 싹이 나믄 온다더라-

동솥에의 안친 닭이 활개 치믄 온다더라

울 어머니 보거들랑 젖 묵어서 울더라 하소

울 아부지 보거들랑 팔이 시려 온다 하소서

도라지 타령

자료코드 : 04_18_FOS_20090725_PKS_JKN_0002
조사장소 : 경상남도 함양군 함양읍 웅곡리 웅곡마을 가정집
조사일시 : 2009.7.25
조 사 자 : 서정매, 이진영, 조민정
제 보 자 : 장경남, 여, 81세
구연상황 : 나물 캐러 가면서 불렀던 노래가 있느냐고 묻자, 바로 도라지타령을 불러 주
었다. 제보자가 노래를 부르고 나서 청중들은 박수를 쳐 주었다.

도라지 도라지 도라지~ 심심산천에 백도라지

한두- 뿌리만 캐어도 바구니 반섬만 되노~라

에헤이용 에헤이용 에헤-이용

어야라 난다 지화자자 얼싸 좋구나 네가- 내 간장 다 녹는다

의암이 노래

자료코드 : 04_18_FOS_20090725_PKS_JKN_0003
조사장소 : 경상남도 함양군 함양읍 웅곡리 웅곡마을 가정집
조사일시 : 2009.7.25
조 사 자 : 서정매, 이진영, 조민정
제 보 자 : 장경남, 여, 81세
구연상황 : 진주 남강 노래를 아는지를 물었는데, 같은 진주 남강으로 시작하는 의암이
　　　　　노래를 불러 주었다. 의암이는 진주 기생 논개를 말한다.

진주 남강 이애미는 우리 조선을 섬길라고
팔-대 강산 목을 안고 진주 남강에 떨어졌네

청춘가

자료코드 : 04_18_FOS_20090725_PKS_JKN_0004
조사장소 : 경상남도 함양군 함양읍 웅곡리 웅곡마을 가정집
조사일시 : 2009.7.25
조 사 자 : 서정매, 이진영, 조민정
제 보 자 : 장경남, 여, 81세
구연상황 : 제보자는 '지리산 산상봉에'로 시작하는 노래가 기억난다며 불러 주었다. 이
　　　　　후 계속 노래가 생각이 났는지 연속으로 불러주었고, 청중들도 모두 함께 박
　　　　　수를 치며 따라 부르기도 했다. 모두 청춘가 가락으로 부른 것이다.

지리산 산상봉~에 홀로 선 나무~
날과- 같이도~ 좋다 에홀로 섰구나~

물도 좋고 경치도 좋은데~ 옷평구 짓고서

키 크고 곧은 남기- 좋~다 전봇대 세워라

임 소식 들을라면 호박넝쿨로 임 소식 듣고~

물 있는 강가에는 괴기가 춤을 추고
화류개에 난 여자는 에헤~ 나날이 춤춘~다

참고 살고서~ 물도 산도 에헤~에헤~
누구를 볼라고 좋다 나 여기 왔는~고

무정한 기차야~ 제발로 가더라~
산란한 이 내 마음 좋~다 또 산란하노라

저기 가는 저 버스~ 날 실고 가거~라~
신작로 끝나더라 좋~다 날 실고 가여라

세월아 멈춰라 오고 가지를 말아라
아까운 내 청춘 좋다 다 늙어지는구나

쾌지나 칭칭나네

자료코드 : 04_18_FOS_20090725_PKS_JKN_0005
조사장소 : 경상남도 함양군 함양읍 웅곡리 웅곡마을 가정집
조사일시 : 2009.7.25
조 사 자 : 서정매, 이진영, 조민정
제 보 자 : 장경남, 여, 81세
구연상황 : '쾌지나 칭칭나네'를 불러달라고 하니, 강강술래와 가사만 다르게 해서 불러
주었다. 주위 청중들이 가사도 가르쳐 주기도 하였다. 노래를 부르고 난 뒤에
이런 식으로 하면서 장구와 꽹과리를 깽가깽가 쳤다면서 설명도 해 주었다.

쾌지나 칭-칭 노-세

노-세- 칭-칭칭~ 노세

우리군정 잘도 한다

칭-칭~칭 노세

솔밭에는 굉이도 총총

칭-칭~칭 노세

대밭에는 모디도 총총

애지나 칭칭 노세

남산에는 자갈도 많다

칭-칭~칭 노세

에이나 칭칭 노세

우리 군정 잘~도 한다

칭-칭칭 노세

[청중이 가사를 가르쳐주며]

노세 노세 젊어서 노세

칭-칭칭 나세

쾌지나 칭칭 노세

못된 신부 노래

자료코드 : 04_18_FOS_20090725_PKS_JKN_0006

조사장소 : 경상남도 함양군 함양읍 웅곡리 웅곡마을 가정집

조사일시 : 2009.7.25

조 사 자 : 서정매, 이진영, 조민정

제 보 자 : 장경남, 여, 81세

구연상황: 밭 맬 때 부르는 노래로, 서사적인 내용을 담은 노래여서 가사가 긴 노래이다. 처음에는 4. 4조로 잘 불러주었으나 뒷부분에 갈수록 내용은 기억하지만, 노래가사가 기억이 안 나자, 청중이 여기 저기서 가르쳐 주니 다시 기억이 나서 이어서 불러 주었다.

까만 창골 큰 선배가 진주 담성에 장개 가서
해산했네 해산했네 첫날 저녁 해산했네
문 우에는 연꽃이오 평풍 넘어 핀 옷이오
요강 꼭지 틀어 안고 아가 트는 소래로다ー
가네 가네 나는ー 가요~ 오던 질로 나는 가네
재인 장모 쓱 나섬서 사우 사우 내 사우야
어제 왔던 내 사우가 오늘 가기가 웬일인고
이것저것 다 냅두고 자게 딸은 행실 보소
어제 왔던 새자형 오늘께기 웬일이요
이것저것 다 냅두고 너거 누이 행실바라
짓고 가오 짓고 가오 아가 이름 짓고 가요
아가 애비는 엇다가 두고 아기 이름을 내가 지어
신고 가소 신고 가소 이바지에다 신고 가소
내사 싫다 내사 싫다 이바지도 내사 싫다
아가 이름은 숨은 개고 네 이름은 잡년이다

모심기 노래

자료코드 : 04_18_FOS_20090725_PKS_JMN_0001
조사장소 : 경상남도 함양군 함양읍 신천리 후동마을 마을회관
조사일시 : 2009.7.25
조 사 자 : 박경수, 문세미나
제 보 자 : 정말남, 여, 71세

구연상황 : 조사자가 제보자에게 모심기 노래를 부탁하자, 잘 기억이 나지 않지만 부르긴 했다면서 모심기 노래를 시작했다. 첫 편을 부르고 생각나는대로 부른다고 하며 연달아 기억을 더듬으며 불렀다.

오늘- 해가 다- 됐는가 골골-마-다 연기나-네
우리 할멈- 어디를 가고 연기낼 줄을 모르는가

이 논에다- 모를 심어~ 감실감실 영화로세-

물꼬 철철- 물 실어 놓고~ 주인 양-반 어데 갔-소~

등넘에다 첩을 두고 그라나?

등넘에다 첩을 두고 첩의 방에 가고 없네

(청중 : 첩이란 기 뭣이길래.)

첩에란 기 뭣이길래 밤에 가-고 낮-에 가요

(청중 : 아이고 잘 부른다. 잘 한다.)
(조사자 : 낮으로는)

밤으로는~ 잠자로 가고 낮으로는 놀로 가-네~

(조사자 : 잘 하시네요.)

청춘가

자료코드 : 04_18_FOS_20090726_PKS_JBS_0001
조사장소 : 경상남도 함양군 함양읍 삼산리 뇌산마을 마을회관
조사일시 : 2009.7.26
조 사 자 : 박경수, 문세미나

제 보 자 : 정복순, 여, 85세
구연상황 : 조사자는 제보자가 앞의 삼팔선 노래를 마치자, 다른 아는 노래도 불러보라고
했다. 그러자 제보자는 다음 노래가 생각났는지 청춘가 가락으로 짧게 노래를
불렀다.

노래- 한 자리~ 불렀-다고요~

여자야 행동을- 좋~다 못할소~나-

종지 돌리는 노래

자료코드 : 04_18_FOS_20090726_PKS_JBS_0002
조사장소 : 경상남도 함양군 함양읍 삼산리 뇌산마을 마을회관
조사일시 : 2009.7.26
조 사 자 : 박경수, 문세미나
제 보 자 : 정복순, 여, 85세
구연상황 : 어린 시절 종지를 돌리는 놀이를 하면서 불렀던 노래를 해보라고 하자, 웃으
면서 가사를 읊조리듯이 한 다음 종지 돌리는 놀이를 설명을 했다.

돌아간다 돌아간다 깍쟁이가 돌아간다

(조사자 : 뭐 깍쟁이가?)

예, 놋깍징이(놋종지). 놋깍징이 돌아간다. 그래 갖고 인자.

(조사자 : 돌아간다 돌아간다 놋깍쟁이 돌아간다.)

막 여 한 오십 명이 앉아 가지고 요래 안 뵈이구로 전부 돌리고.

(청중 : 그러면 하나는 막 찾고 가운데 서서. 그 사람한테 안 빼낄라고

막 이리 갔다 저리 갔다.)

(조사자 : 아, 그렇게 하시고.)

모심기 노래

자료코드 : 04_18_FOS_20090725_PKS_JHI_0001
조사장소 : 경상남도 함양군 함양읍 웅곡리 웅곡마을 가정집
조사일시 : 2009.7.25
조 사 자 : 서정매, 이진영, 조민정
제 보 자 : 정호임, 여, 74세
구연상황 : 모심기 노래를 불러달라고 요청하자, 너무 오래되어서 못한다고 얘기하였다.
그러면 노래는 부르지 말고 가사라도 읊어달라고 하자, 그제서야 긴 노래로
불러 주었다. 옆에 있던 청중도 큰 소리로 함께 불러 주었다.

땀북땀북 밀수제비 사우 상에 다 올랐네
노란 감투 제치나 씌고 말국서기 준이 난다.
아부지도 그 말 마세요
사우 상에 열두 사실 아버님 상에는 열다섯 사실이요.

아기 재우는 노래

자료코드 : 04_18_FOS_20090725_PKS_JHI_0002
조사장소 : 경상남도 함양군 함양읍 웅곡리 웅곡마을 가정집
조사일시 : 2009.7.25
조 사 자 : 서정매, 이진영, 조민정
제 보 자 : 정호임, 여, 74세
구연상황 : 곶감을 많이 생산하는 마을이어서, 혹시 곶감에 관련된 노래가 있는지 물었더
니, 곶감 줄게 우지 마라라는 곡이 있지 않느냐며 청중이 얘기를 하자, 그제
서야 자장가를 불러 주었다.

아가 아가 울지 마라 곶감 줄게 울지 마라
호랑이가 오면 곶감 줄게 울지 마라
자장 자장 우리 아가 우리 아기 잘도 잔다
자장 자장 우리 애기 곶감 줄게 울지 마라

아기 어르는 노래

자료코드 : 04_18_FOS_20090725_PKS_JHI_0003
조사장소 : 경상남도 함양군 함양읍 웅곡리 웅곡마을 가정집
조사일시 : 2009.7.25
조 사 자 : 서정매, 이진영, 조민정
제 보 자 : 정호임, 여, 74세
구연상황 : 알강달강으로 시작하는 아기 어르는 노래를 느린 속도로 노래를 불러 주었
다. 노래를 부르고 나자 청중 중 한 명이 그렇게 하는 것이 아니라며, 제보
자가 빠뜨린 부분을 다시 불러 주었다. 부르고 나자 청중들이 모두 즐거워서
웃었다.

알캉달캉 서울 가다
밤 한 되를 주었더니
챗독 안에 여 났더니
새앙쥐가 들락날락 다 까묵고
한 톨이가 남았는데
껍질낙은 애비 주고
비늘낙은 엄마 주고
살을락 너랑나랑 갈라 묵자

돼지 붕알 노래

자료코드 : 04_18_FOS_20090725_PKS_JHI_0004
조사장소 : 경상남도 함양군 함양읍 웅곡리 웅곡마을 가정집
조사일시 : 2009.7.25
조 사 자 : 서정매, 이진영, 조민정
제 보 자 : 정호임, 여, 74세
구연상황 : 어릴 적에 많이 불렀던 '엄마야 뒷집에'를 기억하는지 물었더니, "별 걸 다
불러라" 한다면서 즐겁게 불러 주었다. 청중들도 함께 불러 주었다.

엄마야 뒷집에

돼지 붕알 삶더라

좀 주더냐 좀 주더라

맛 있더나 맛 있더라

쫀득쫀득 맛이 있더라

강강술래

자료코드 : 04_18_FOS_20090725_PKS_JHI_0005
조사장소 : 경상남도 함양군 함양읍 웅곡리 웅곡마을 가정집
조사일시 : 2009.7.25
조 사 자 : 서정매, 이진영, 조민정
제 보 자 : 정호임, 여, 74세
구연상황 : 쾌지나 칭칭나네를 불러달라고 했는데, 강강술래로 노래가 바뀌면서 제보자
와 청중들 모두가 합심하여, 메기고 받는 형식으로 불렀다. 자유롭게 돌아가
면서 가사를 메기며 불렀다.

솔밭에는 꾕이도 많다

강-강-술~래

남산 개울물에 재갈도 많고

강-강-술~래

우리 문정 잘도 논다

강-강-술~래

대밭에는 대모디 총총

강-강-술~래

하늘에는 별도 많다

강-강-술~래

노세 노세 젊어서 놀아

강-강-술~래

늙어지면 못 노나니

강-강-술~래

젊고 젊고 염려 있나

강-강-술~래

우리가 일하다 죽으나지면

어느 친구가 날 찾아오는가

강-강-술~래

술래 술래 잘~도 한다

강-강-술~래

이 방에는 사람도 많다

강-강-술~래

냇물에는 물도 많다

강-강-술~래

요내 가슴에 수심도 많다

강-강-술~래

양산도

자료코드 : 04_18_FOS_20090725_PKS_JHI_0006
조사장소 : 경상남도 함양군 함양읍 웅곡리 웅곡마을 가정집
조사일시 : 2009.7.25
조 사 자 : 서정매, 이진영, 조민정
제 보 자 : 정호임, 여, 74세
구연상황 : 강강술래를 부른 뒤, 노랫가락이나 양산도를 불러달라고 하자 바로 한 소절을

시작하였다. 모두가 아는 노래여서 청중과 제보자가 함께 박수를 치면서 불러
주었다.

오동나무 열매는 오동통실 열렸네~

큰애기 젖먹이는 두리둥실 하더라

에야~ 놓아라 아니나 못 놓~겄~네~

능지를 하여도 나는 못 놓-으리로구~나

오동나무 이거리 장농 챙겨준다고 해놓고~

이영창 공항에로 날실로 온~다~

에야~ 놓아라 아니나 못 놓~겄~네~

능지를 하여도 나는 못 놓-으리로구~나

모찌기 노래

자료코드 : 04_18_FOS_20090725_PKS_JJH_0001

조사장소 : 경상남도 함양군 함양읍 신관리 136번지(학동마을 진정호 자택)

조사일시 : 2009.7.25

조 사 자 : 박경수, 문세미나

제 보 자 : 진정호, 남, 75세

구연상황 : 조사자가 제보자가 노래를 잘 부른다고 소문을 듣고 왔다고 하면서 아는 민
요를 불러달라고 부탁했다. 그러자 제보자는 아는 노래는 많이 없지만 한번
불러보겠다고 했다. 조사자가 그러면 모심기 전에 모찌기를 해야 하지 않느냐
며 모찌기 노래를 유도하자, 제보자는 먼저 이 노래를 했다.

들-어~내세~ 들-어나 내-세~ 이-못-자-자리- 들-들어나 내
세~

늦-어~가네~ 늦-어~가-네~ 애-기저-저 참- 늦어나 가-네~

모심기 노래

자료코드 : 04_18_FOS_20090725_PKS_JJH_0002
조사장소 : 경상남도 함양군 함양읍 신관리 136번지(학동마을 진정호 자택)
조사일시 : 2009.7.25
조 사 자 : 박경수, 문세미나
제 보 자 : 진정호, 남, 75세
구연상황 : 조사자가 모찌기 노래를 했으니, 이제는 모심기 노래를 불러달라고 했다. 제
　　　　　보자는 그렇게 하자며 이 노래를 했다.

　　서- 마지-기~ 논-빼-미-는~ 반-달-만- 만치~ 넘 남았네~
　　제-가~ 무-슨~ 반-달-이-냐~ 초-생-달~ 달이~ 반달이지~

청춘가

자료코드 : 04_18_FOS_20090725_PKS_JJH_0002
조사장소 : 경상남도 함양군 함양읍 신관리 136번지(학동마을 진정호 자택)
조사일시 : 2009.7.25
조 사 자 : 박경수, 문세미나
제 보 자 : 진정호, 남, 75세
구연상황 : 조사자가 이제 청춘가를 불러달라고 하자 제보자가 그러면 해보겠다며 노래
　　　　　를 시작했다. 조사자는 미리 제보자가 청춘가, 노랫가락 등을 잘 부른다는 것
　　　　　을 탐문하여 알고 있던 터였다.

　　이팔 청춘에~ 소년 몸 되어~어
　　백발 되기~가 에~에 천하 쉽구나~
　　이팔 청춘들~ 날 놀지 말고~오
　　백발 되는 것이- 에~에 원통도 하구나~
　　우리- 인생이-요~ 그리면 줄 알아도~
　　하루 아침 풀잎에- 에~에 이슬과 같구나~

노랫가락

자료코드 : 04_18_FOS_20090725_PKS_JJH_0004
조사장소 : 경상남도 함양군 함양읍 신관리 136번지(학동마을 진정호 자택)
조사일시 : 2009.7.25
조 사 자 : 박경수, 문세미나
제 보 자 : 진정호, 남, 75세
구연상황 : 조사자가 또 노랫가락도 부르지 않았냐고 하면서 기억나는 대로 자연스럽게
　　　　　불러달라고 청하자 다음 노랫가락을 불러 주었다.

말은 가자고~ 울고 임은 날 잡고~ 아니 놓네~

임아 임아 날 잡지- 말고~ 서산에 지-는 해~ 넘을 너어라-

창부 타령

자료코드 : 04_18_FOS_20090725_PKS_JJH_0005
조사장소 : 경상남도 함양군 함양읍 신관리 136번지(학동마을 진정호 자택)
조사일시 : 2009.7.25
조 사 자 : 박경수, 문세미나
제 보 자 : 진정호, 남, 75세
구연상황 : 조사자가 몇 마디 가사를 읊조리며 창부 타령을 청하자 제보자는 앞의 노래
　　　　　에 이어서 다음 노래를 불렀다. 매우 흥겹게 박수를 치며 불렀다.

아니~ 아~니 노지는 못하리라

나비야- 훨~훨 나-지 마라~ 너를~ 잡으러- 내 아니- 가면

소홍상이- 허리시되~ 너를 잡으로- 내 안 간다

얼씨구 얼씨구씨구 지화자자가 좋~네 아니 노지는 못하리라

너는- 죽어져 꽃이~ 되고 나~는 죽어져 나비가 되어~

내~ 꽃 속에- 내~가 앉아~ 너-훌너훌 춤치~거든~

나인 줄을~ 너 알어라- 너인 줄~을 내 아리라

얼씨구 얼씨구씨구 지화자자가 좋~네 아~니 노지는 못하리라

다리 세기 노래

자료코드 : 04_18_FOS_20090724_PKS_HSJ_0001
조사장소 : 경상남도 함양군 함양읍 죽곡리 죽곡마을 죽곡마을 노모당
조사일시 : 2009.7.24
조 사 자 : 서정매, 조민정, 이진영
제 보 자 : 하성조, 여, 80세
구연상황 : 다리 세기 노래를 기억하는지 물었더니 바로 노래를 불러 주었다. 기억력이
좋은 편이어서, 끝까지 정확하게 기억하여 불러 주었다.

이거리 저거리 갓거리
진주맹근 도맹근
짝-바리 해양근
도래 주무치 사래육
육대 육대 전라도
하늘에 올라 치매꼬
똘똘 몰아 장두칸
정샌네 문 앞에
돼-지 꼬래이 헐레헐레

아기 어르는 노래 (1)

자료코드 : 04_18_FOS_20090724_PKS_HSJ_0001
조사장소 : 경상남도 함양군 함양읍 죽곡리 죽곡마을 죽곡마을 노모당
조사일시 : 2009.7.24
조 사 자 : 서정매, 조민정, 이진영

제 보 자 : 하성조, 여, 80세
구연상황 : 다른 제보자가 노래하는 것을 보고, 한 번 해보겠다고 해서 노래를 부르기 시
작한다. 부르다가 잠시 가사가 기억이 나지 않자, 노래로 부르던 것을 가사로
읊어주었다.

알캉달캉 서울 가서
밤 한 톨이 주었더니
들락날락 새앙쥐가 다 까묵고

머리 깜던 생쥐가 다 까묵고
한 톨이가 남은 거
너랑 나랑 갈라 묵고
껍데기는 애비 주고
비늘낙은 엄마 주고
나머지기 너랑 나랑
딱 갈라 묵자

종지 돌리는 노래

자료코드 : 04_18_FOS_20090724_PKS_HSJ_0003
조사장소 : 경상남도 함양군 함양읍 죽곡리 죽곡마을 죽곡마을 노모당
조사일시 : 2009.7.24
조 사 자 : 서정매, 조민정, 이진영
제 보 자 : 하성조, 여, 80세
구연상황 : 종지 돌리기 하며 부르는 노래를 불러달라고 했더니, 별 것이 없다면서 불러
주었다. 다 부르고 나서도 가사가 너무 짧아서인지 "이런 것밖에 없다"며 애
기하였다.

돌아간-다 돌-아간다
깍쟁이-가 돌-아간다

아기 어르는 노래 (2) / 불미 소리

자료코드 : 04_18_FOS_20090724_PKS_HSJ_0004
조사장소 : 경상남도 함양군 함양읍 죽곡리 죽곡마을 죽곡마을 노모당
조사일시 : 2009.7.24
조 사 자 : 서정매, 조민정, 이진영
제 보 자 : 하성조, 여, 80세
구연상황 : 아기 어르는 노래를 불러달라고 하면서 첫 구절을 제시하자, 바로 불러 주었
다. 부르고나서는 약간 쑥스러운듯이 이런 식으로 불렀다며 설명을 하였다.

불미 불미 불매야
이 불미가 뉘 불민고
경-상도 대불미네
부르락 딱-딱 불어라

아기 재우는 노래

자료코드 : 04_18_FOS_20090724_PKS_HSJ_0005
조사장소 : 경상남도 함양군 함양읍 죽곡리 죽곡마을 죽곡마을 노모당
조사일시 : 2009.7.24
조 사 자 : 서정매, 조민정, 이진영
제 보 자 : 하성조, 여, 80세
구연상황 : 자장가를 불러 달라고 하니, 노래가 아닌 가사로 읊어 주었다.

우리 아기 잘도 잔다
앞집 개도 짖지 말고
뒷집 개도 짖지 말고
꼬꼬 닭아 울지 마라

산타령

자료코드 : 04_18_FOS_20090726_PKS_HGS_0001
조사장소 : 경상남도 함양군 함양읍 삼산리 뇌산마을 마을회관
조사일시 : 2009.7.26
조 사 자 : 박경수, 문세미나
제 보 자 : 허계순, 여, 84세
구연상황 : 조사자가 제보자에게 아는 노래를 불러보라고 하자 다음 산타령을 했다. 그러
　　　　　 나 1절을 부르고는 다 잊어버렸다며 중단하고 말았다. 그러다 다른 산타령 노
　　　　　 래가 생각났는지 이어서 불렀다.

　　　에야~ 데야 에헤~이야

　　　에야 디어로~ 사랑이로구나~

　　　내가 잘나 내가 잘나 그 누가 잘나~

　　　천원짜리 친구가 제 잘났나

　　다 잊어뺐어.

　　　에야~ 데야 에헤~에헤~야

　　　에야~ 데어로~ 사나이로-구나~

　　　사다가 사-다~가 못 살기- 되면

　　　서방님 넥꼬다이(넥타이) 목매어 달제-

쌍가락지 노래

자료코드 : 04_18_FOS_20090726_PKS_HGS_0003
조사장소 : 경상남도 함양군 함양읍 삼산리 뇌산마을 마을회관
조사일시 : 2009.7.26
조 사 자 : 박경수, 문세미나
제 보 자 : 허계순, 여, 84세

쌍금쌍금 쌍가락지

수싯떼기 밀가락지

호작질로 닦아내여

먼데 보니 달이로세

곁에 보니 처제로세

그 처제라 자는 방에

숨소리가 둘이로다

청도봉숭 양오랍애(양오라버니)

거짓 말씀 말으시오

동남핑(동남풍)이 디리(세게) 불어

풍지 떠는 소릴래요

도라지 타령

자료코드 : 04_18_FOS_20090724_PKS_HBJ_0001
조사장소 : 경상남도 함양군 함양읍 죽곡리 죽곡마을 죽곡마을 노모당
조사일시 : 2009.7.24
조 사 자 : 서정매, 조민정, 이진영
제 보 자 : 허분조, 여, 72세
구연상황 : 조사자가 젊었을 때 불렀던 노래나 노랫가락, 청춘가가 생각나면 불러달라고 하자 제보자가 부르기 시작한다.

나물- 캐로를 간다고~ 요핑기 조리 핑기 다 대더니

총각 낭군 무덤~에~ 삼오제 지내러 가는고나

각설이 타령

자료코드 : 04_18_MFS_20090725_PKS_KUJ_0002
조사장소 : 경상남도 함양군 함양읍 웅곡리 웅곡마을 가정집
조사일시 : 2009.7.25
조 사 자 : 서정매, 이진영, 조민정
제 보 자 : 김언자, 여, 68세
구연상황 : 각설이 타령을 부르는 중에 가사가 문득 생각이 안 나는 부분이 있어 노래가
끊기긴 했지만, 끝까지 이어서 불러 주었다. 노래가 재미있어서인지 모두 크
게 박수를 치며 노래의 장단을 맞추어 주었다.

일자나 한 잔(한 자) 들고나 봐~

일선에 가신 우리 낭군 돌아오기만 기다린다

이자나 한 잔을 들고나 봐~

일손에 이승만의 대통령이 김일성은 사촌자라

삼자 한 잔 들고나 봐

삼팔선아 문 열어라 삼대 독자가 들어간다

사자 한 잔 들고나 봐

사천이백 칠십팔년 해방의 종소리 들려온다

오자 한 잔 들~고~ 봐

오십리 함포 소리 남한 일대로 다 울린다

육자 한 잔 들~고~ 봐

육이오 사변에 골다리 잃고 놋다리 신세가 웬 말인고

칠자 한 잔 들~고~ 봐

[갑자기 가사가 헷갈려서 노래를 잠시 멈춤]

칠십리~ 함포 소리 남한 일대를 다 울린다

팔자 한 잔 들~고나 봐

팔자좋은 부자 새끼 돈 자랑만 하는구나

구자 한 잔 들~고~ 봐

군인 간 제 구 년만에 전사 편지가 웬 말인고

십자 한 잔 들~고~ 봐

시집간 제 삼 년만에 소복 단장이 웬 말인고

공출 노래

자료코드 : 04_18_MFS_20090726_PKS_DSI_0001
조사장소 : 경상남도 함양군 함양읍 구룡리 원구마을 가정집
조사일시 : 2009.7.26
조 사 자 : 서정매, 조민정, 이진영
제 보 자 : 동선임, 여, 76세
구연상황 : 일제 강점기에 온갖 공출에 빗대어 시어머니 공출은 왜 없느냐며 시집살이의
고됨을 노래했다. 청춘가 곡조로 부르는 노래인데, 제보자는 가창하지 않고
가사를 읊어 주었다.

보리 공출 나라 공출~ 다해 가는~데~

시오마니 공출은 어~와 아니 가는~고~

오만 공출은 다하고 살아도~

서방님 공출하고는 에이혜 나 살 수 없구~나~

해방 노래

자료코드 : 04_18_MFS_20090726_PKS_DSI_0002

조사장소 : 경상남도 함양군 함양읍 구룡리 원구마을 가정집
조사일시 : 2009.7.26
조 사 자 : 서정매, 조민정, 이진영
제 보 자 : 동선임, 여, 76세
구연상황 : 전쟁에 관련된 노래가 있는지를 물었더니, 문득 기억이 났는지 불러 주었다.
의미가 깊고 가사가 길었지만, 긴 가사를 끝까지 끊어지지 않고 잘 불러 주었
다. 청중도 박수를 치며 장단을 맞추어 주었다.

일천구백 사십오년에~ 팔월-십오일 해방되어

연락선을 집어나 타고~ 부산-항으로 당도하니

문전 문전 태극기 꼽고 방방곡곡 만세 소리

삼천만 동포가 춤을 춘다

춘양강 꼭대기 태극-기는~ 바람에 펄펄 휘날린데

울언 님은 어데를 가고~ 돌아야 올 줄을 모르는가

한강다리가 뚝 떨어졌나~ 임진강 다리가 완창했나

육이오 동난을 만나시서 삼팔선이나 넘어갔냐

원자폭탄~에 상처를 담아 무정하게도 소식 없네

해방은 됐다고 좋다구마~ 하는데~

지긋지긋한 육이오가 뒤따라 온다

어린 자석 손을 잡고~ 다 큰 자석 홀목 잡고- 한강철교를 건너
가니

공중에서는 폭격을 하고~ 모든~ 강물은 슬퍼하니

이리 눈-물- 저리야 눈물~ 눈물- 고해가 맺혔구나

전쟁 노래

자료코드 : 04_18_MFS_20090726_PKS_DSI_0003
조사장소 : 경상남도 함양군 함양읍 구룡리 원구마을 가정집

조사일시 : 2009.7.26

조 사 자 : 서정매, 조민정, 이진영

제 보 자 : 동선임, 여, 76세

구연상황 : 너냥 나냥을 불러주고 난 뒤, 다음 노래를 청춘가 가락에 맞춰 불러 주었다. 전쟁이 나서 남편이 일본으로 갔는데 돌아오지 않아서 부른 노래라며, 노래를 부르고 난 뒤에 뜻을 설명해 주었다.

일본아 동-경에~ 얼마나 좋아~서~

꽃같은 날 두~고 어허야 일본땅 갔느~냐~

삼팔선 노래

자료코드 : 04_18_MFS_20090726_PKS_JBS_0001

조사장소 : 경상남도 함양군 함양읍 삼산리 뇌산마을 마을회관

조사일시 : 2009.7.26

조 사 자 : 박경수, 문세미나

제 보 자 : 정복순, 여, 85세

구연상황 : 조사자가 다른 사람의 노래를 듣고 있던 제보자에게 아는 노래가 있으면 불러달라고 하자 삼팔선 노래가 있다면서 이 노래를 불러 주었다. 토속민요는 아니지만 세태를 반영한 창가조의 노래이다. 귀하게 듣는 노래이기에 채록했는데, 제목은 제보자가 말한 대로 '삼팔선 노래'라 했다.

삼팔선 저 초막을 이내 나를 울리고-

슬피 우는 참새들도 이내 나를 울린다-

충성이냐 사랑이냐 상길래이래5)

눈물만 흘릴소냐~ 영자의 술이라-

삼팔선아~ 문 열어라~ 구대 독신 들어간다

우리 식구 노랫소리 만인간을 울린다-

---

5) '쌍갈래 길이라'란 사설을 약간 얼버무리며 부름.

세태 노래

자료코드 : 04_18_MFS_20090726_PKS_JBS_0002
조사장소 : 경상남도 함양군 함양읍 삼산리 뇌산마을 마을회관
조사일시 : 2009.7.26
조 사 자 : 박경수, 문세미나
제 보 자 : 정복순, 여, 85세
구연상황 : 제보자는 세태를 반영한 노래를 계속 이어서 했다. 근대에 부르게 된 청춘가 가락조의 노래이다.

가고 싶은 일본은~ 못 가기 되고서~

살기 싫은 시집살이~ 좋~다 또 살기 됐구나-

조고만한 각시가~ 뱃(볕)양산 들고요~

아장아장 가는 길- 좋~다 부산 갈보로구나-

3. 휴천면

증편 한국구비문학대계 ● 경상남도 함양군

▌조사마을

경상남도 함양군 휴천면 금반리 금반마을

조사일시 : 2009.2.8
조 사 자 : 박경수, 서정매, 조민정

금반(金盤)마을은 '금바실'이라 부르는 곳으로 마을의 지형이 금소반(金小盤)같이 생겼다 하여 붙여진 명칭이다. 마을 뒤편 하동 정씨 선조의 묘소가 있는 곳은 옥으로 빚은 술잔같고, 산줄기는 여인이 춤추는 형상이며, 산기슭의 골짜기는 '병목안'이라 했듯이 여인이 병목을 잡은 모습이라 한다. 금반마을을 이루는 자연마을로 석정동(石井洞), 양지새터(陽村), 음지새터(陰村)가 있으며, 마을 입구에 큰바위가 모여 있는 가운데 400년 된 '석정(石亭)'이라 하는 돌정자나무가 있다. 이 나무에 치성을 드리면 잉태를 하거나 득남하는 영험이 있다 하여 신성시하고 있다고 한다.

금반마을은 목현마을 면사무소 앞 갈림길에서 왼쪽으로 난 3번 군도를 따라 4Km 정도 들어가면 만나게 되는 마을이다. 2009년 현재 이 마을에  76가구 206명이 거주하는 것으로 나타나는데, 다른 마을에 비해 주민수가 많은 편인지 금반초등학교가 있다. 마을주민들은 논농사도 하지만, 양파, 밤 등 작물을 내며, 봄에는 고사리, 산나물 등을 뜯어 수확을 올린다고 했다.

조사자 일행은 목현마을을 조사한 뒤 금반마을로 들어갔다. 미리 이장에게 연락을

고려장 터를 소개하는 김진철(남. 57세)

해두었기 때문인지 마을회관에 남녀 노인들이 여러 명 나와 있었다. 이들 중에는 조사자가 있는 부산외대에 아들이 다니고 친구가 직원으로 있다는 김진철(남, 57세)이 일부러 조사자를 찾아왔다. 이 분은 조사자 일행이 구비문학을 조사하기 위해 이 마을에 온다는 마을 이장의 방송을 듣고 왔는데, 자신이 직접 설화를 정리하여 만든 자료를 들고 왔다. 본인 스스로 풍수에 깊은 관심을 가지고 있다고 하면서, 명당 터 이야기 등 풍수설화를 제공했으며, 마을 조사를 마치고 조사자 일행을 지리산 제1관문인 오도재와 자신이 직접 발견했다는 고려장 터(함양읍 죽림리 가재골 소재)를 안내하며 정여창, 유자광 등에 얽힌 설화, 그리고 해학적인 소화(笑話) 등 여러 편의 설화를 구술해 주었다. 그리고 이야기판이 끝날 무렵 임상하(남, 73세) 노인이 마적도사 이야기 1편을 구술했으며, 여성 노인들이 모인 방에서 박남순, 이상순, 석월남 등으로부터 노랫가락 중심의 민요판이 벌어졌다. 노랫가락을 부르는 노래판이 끝나자 조사자의 요청에 따라 아기 재우는 노래, 두꺼비집 짓기 노래, 풀국새 노래 등 동요들을 불러 주었다.

경상남도 함양군 휴천면 대천리 대포마을

조사일시 : 2009.2.15
조 사 자 : 서정매, 정혜란, 이진영

과거에는 미천과 대포가 한 마을이었으나 지금은 두 행정구역으로 나뉘었다. 16세기 초 하산 장씨가 초등학교 자리 뒤 골당에 살면서 처음 마을 이름을 '덕보'라 하였는데 어원이 변하여 '대포(大浦)'로 불리고 있다.

영조 때에 경주 김씨가 남원에서 이거해 왔고 정조 때에 하산 장씨가 칠곡에서 들어와 살게 되었고, 그 후 인동 장씨, 밀양 박씨, 진양 강씨 등이 모여서 촌락을 이루면서 살게 되었다. 진입로 입구에는 3백 년 된 소

나무 한 그루가 축대 위에 서 있다. 옛날 이 소나무 뒤쪽으로 길이 있었는데 소년상(少年喪)과 같은 재앙이 자주 일어났다. 이후 동민들이 흙을 져다가 길을 메우고 노송나무 앞으로 길을 내자 재앙이 사라졌다고 한다. 이런 사실을 기념하고 재앙을 예방하기 위해 매년 정월 보름날 제관을 정하여 15일간 목신제를 지낸다고 한다. 이 노송은 마을 수호신으로 이름하였고 모든 질병과 재앙을 씻는 뜻에서 세심대(洗心臺)라 부른다.

6·25전쟁 전에는 면사무소·경찰파출소·초등학교가 모두 이곳에 있었으나, 전쟁 후에는 목현마을로 옮겨가고 현재는 초등학교만 분교로 되어 있다.

대천마을은 1001번의 지방도로와 군도 1번이 교차하는 지점과 인접해 있으며, 총 35가구로 현재 80명의 주민이 거주하고 있다. 주요 생산물로는 벼·밤·토종꿀·산나물 등이 있다.

대포마을 전경

대포마을에 도착했을 때는 점심 때를 지난 오후였다. 추운 겨울이어서 인지 마을 어른들이 회관에 많이 모여 있었다. 미리 연락을 하지 않고 방문했지만, 반갑게 맞아 주었고, 적극적으로 조사에 응해 주었다.

제보자는 박정자(여, 48세), 김태분(여, 68세), 김복남(여, 74세), 정순성(여, 89세) 등 4명이다.

박정자와 김태분은 아직 젊은 층에 속해서인지 모심기 노래나 밭 매기 노래는 구연하지 못했고, 주로 양산도와 노랫가락 위주의 유희요를 많이 불러주었다. 정순성과 김복남은 모심기 노래를 비롯하여, 양산도, 사발가, 장작 치는 소리, 무덤 노래 외에 부전자전은 내 아들이요, 오동설산에 풍악이 놀고, 군불군불 군불나무, 남산 밑에 남도령아 등으로 시작하는 노랫가락을 많이 불러 주었다.

경상남도 함양군 휴천면 대천리 미천마을

조사일시 : 2009.2.15
조 사 자 : 서정매, 정혜란, 이진영

대천리는 미천마을과 대포마을로 구성되는데, 이 중 미천마을은 고비내 마을이라고 불린다. 고비내는 미천마을로 흐르는 내(川)가 소의 고삐와 같이 길게 흐르는 깨끗한 물이라 하여 불리는 이름이다. 유래를 보면, 법화산의 줄기인 채미산의 연봉이 동으로 뻗어 미전곡(薇田谷)을 이루면서 천연적으로 마을을 껴안고 있는 형상을 하고 있고, 법화산에서 발원한 물이 진관골을 거쳐 미천마을 앞을 흐르면서 거울 같은 맑은 물을 본받아라는 의미로 고비내, 즉 미천(薇川)이라 부르게 되었다 한다.

또한 마을의 안산은 소가 누워 있는 형상이라 하여 소등이라도 부르며, 대포마을 앞은 구시골이라 이름한다.

대천리 미천마을은 1001번의 지방도로와 군도 1번이 교차하는 지역으로, 현재 총 39가구에 79명의 주민이 거주하고 있다. 주요 생산물로는 벼·밤·토종꿀·고사리·산나물 등이 있다.

점심 때가 되어 갈 무렵 미천마을을 방문하게 되었다. 연락 없이 찾아간 터였지만 반갑게 맞아주었고, 많은 설화와 민요를 구연해 주었다.

제보자 중 특히 강복순(여, 84세)과 민경옥(여, 80세)이 많은 자료를 제공해 주었다. 강복순은 모심기 노래를 비롯하여, 시집살이 노래, 임 그리는 노래, 이 노래, 첩 노래, 신세 한탄가, 베짜는 노래, 댕기 노래 등 서사적인 내용이 담긴 노래를 많이 불러 주었다.

또한 상사병에 걸려 죽은 선비, 성질 고약한 딸을 시집 보내는 이야기, 억울한 누명으로 목매어 죽은 부인, 시집 보낸 딸을 소박 맞게 한 계모, 시집간 첫 날 밤에 아이를 낳은 부인, 남편의 득천을 방해한 부인 등의 설화도 제공해 주었다.

미천마을 전경

민경옥(여, 80세) 역시 많은 노래를 제공해 주었는데, 모심기 노래, 나물 캐는 노래, 도라지 타령 등과 다리 세기 노래, 아기 어르는 노래, 자장가, 신세 한탄가, 사랑 앞에 국화를 심어, 각시야 자자, 권주가 등 여러 가사의 내용이 담긴 노랫가락을 불러 주었고, 방귀 힘이 센 며느리, 개와 소에게도 말 높이는 며느리 등 설화도 구술해 주었다.

경상남도 함양군 휴천면 동강리 동강마을

조사일시 : 2009.2.14
조 사 자 : 서정매, 정혜란, 이진영

동강리는 원래 엄천면에 속해 있던 마을로 1914년 행정구역 개편에 따라 휴천면에 편입되었는데, 평촌(坪村), 점촌(店村), 기암(機岩) 등 3개의 마을로 구성되었다.

조선 고종 때는 엄천면이라 하여 평촌이 면소재지로 공무와 지방행정을 수행하던 곳이다. 평촌은 냇물이 흐르는 북쪽 언덕에는 큰 바위들이 높이 솟아올라 높은 집들의 형상을 이루고 있어 경치가 아름답다. 그리고 점촌은 옛날 토기와 철기를 만들어 내던 곳이다. 이 동강마을에는 신틀바위 전설과 선바위 전설이 있다

동강마을은 산청과 경계 지역에 있으며, 경계지인 만큼 마을의 남쪽 산이 험준하여 여러 가지의 설화가 전해진다. 즉 곰이 골짜기로 떨어져 죽었다는 곰골이 있으며, 맑은 물이 흐르는 새미자골, 그리고 작은 차돌이 많아 사람이 다니기 어렵다는 차독배기 골짜기 등이 있다.

현재 동강마을에는 53가구에 109명이 거주하고 있으며, 주요 농·특산물로는 벼, 밤, 토종꿀, 고사리, 산나물 등이 있다.

동강마을을 방문하기 전에 미리 이장께 연락을 했다. 겨울이어도 일하는 분들이 많았지만 미리 연락을 한 터라 어른들이 많이 모여 있었다. 노

래를 녹음하러 왔다고 하니, 누구 누구가 잘 한다면서 직접 집으로 가서 데리고 오기도 하는 등 적극적으로 조사를 도와주려고 하였다.

모두 8명이 구연을 해 주었는데, 마을 이름에 관계되는 이야기를 비롯하여 호랑이불, 도깨비불 이야기를 시작으로 마을 어른이 뒷골에서 도깨비에게 홀려서 싸운 이야기, 저승에 다녀온 이야기, 방귀 뀌고 신랑에게 뺨 맞은 이야기 등을 구술해 주었다. 이후 이야기가 더 이상 나오지 않자 노래로 이어졌다. 마을 어른들이 부끄러움이 많은 편이어서 대체적으로 소극적인 구연이 이루어졌다. 아기 어르는 노래인 알강달강, 불매 소리 등의 동요와 모심기 노래와 밭매기 노래 등의 일노래, 그리고 화투타령, 노랫가락, 청춘가 등을 제공해 주었다.

동강마을 전경

경상남도 함양군 휴천면 목현리 목현마을

조사일시 : 2009.2.8

조 사 자 : 박경수, 서정매, 조민정

목현(木峴)마을은 '나무골' 또는 '목동(木洞)'이라 불리는 곳으로, 1914년 행정구역 개편 이전에는 휴지면(休止面)에 속해 있었으나, 행정구역 개편으로 휴천면에 편입되었다. 목현마을은 현재 휴천면 면사무소와 파출소가 있는 휴천면의 중심지라고 하겠는데, 6·25 전쟁으로 대포마을에 있던 면사무소와 파출소가 소실되는 바람에 이곳 목현마을로 옮겨오게 된 것이다. 목현마을은 현재 휴천면에서 가장 교통이 편리한 곳이다. 함양읍에서 휴천면을 거쳐 유림면으로 통하는 1001번 지방도와 유림면과 휴천면의 북부를 연결하는 3번 군도가 만나는 지점에 목현마을이 위치하고 있기 때문이다.

목현마을은 죽산 박씨, 진양 정씨, 단양 우씨가 대성을 이루며 살고 있다. 조선 중종 때 죽산 박씨가 들어오고, 선조 때 진양 정씨와 단양 우씨가 들어와서 살게 되었다고 한다. 현재는 113가구에 264명이 살고 있다.

목현마을은 조선 성종조와 연산군 때의 학자이자 문필가로 수동면 효리의 구천서원에 배향된 금재(琴齋) 강한(姜漢) 선생이 살았던 마을이다. 이 마을의 북쪽에는 금재 선생의 손자 개암(介庵) 강익(姜翼, 1523~?) 선생의 묘가 있다. 이 마을 앞 냇가에는 진양 정씨들이 심었다는 약 300년 수령을 가진 구송(九松)이 있는데, 밑둥에서 9갈래(현재는 7가지)로 뻗은 반송(盤松)으로 천연기념물 제358호(1988년 지정)로 지정되어 있다.

조사자 일행은 휴천면의 첫 조사지로 목현마을을 선정했다. 이 마을이 휴천면의 중심지에 있다는 이유도 있지만, 역사가 깊은 오래된 마을이면서 마을 앞에 넓게 들판이 펼쳐져 있는 지형적 조건으로 보아 민요와 설화의 전승 상황이 다른 지역보다 좋을 것이란 기대를 했기 때문이다. 이런 기대는 현장조사를 통해 사실로 입증될 수 있었다. 2009년 2월 8일 (일) 오전 11시 경에 조사자 일행은 면소재지에서 약간 떨어진 곳에 위치한 목현마을의 노모당을 찾아갔다. 마을의 노인들이 모여서 놀기도 하고 점심도 같이 해 먹기 때문에 많은 노인들이 노모당에 있었다.

이 마을에서 박명남, 이금안, 김형숙, 정준상, 정갑자 등 제보자로부터 설화 9편, 민요 30편을 채록할 수 있었다. 설화로는 정여창, 정희량, 최치원 등 인물에 얽힌 이야기 등 5편, 체험적인 이야기 2편, 그리고 골계적인 육담 2편을 조사했으며, 민요로는 모심기 노래의 다양한 각편들과 여러 편의 서사민요, 그리고 노랫가락의 다양한 각편들을 만날 수 있었다. 특히 '훗낭군 타령'은 춘향이 이도령 몰래 김도령과 사랑을 나누는 이야기가 들어 있는 서사민요인데, 경북에서 채록된 바 있는 '훗사나 타령'에 상응하는 민요로 관심을 끌었다. 이외 남녀 연정을 담은 여러 서사민요와 해학적인 '바지 타령', '치마 타령', '조끼 타령' 등도 이 마을에서 채록한 값진 민요 자료들이다. 마을이 오래 되고 농사일을 주로 했던 곳에서 구비문학의 전승이 잘 이루어지고 있음을 목현마을 조사를 통해 알 수 있었다. 그러나 이런 상황도 구비문학을 구연한 제보자들이 작고하게 된다면 완전히 달라질 것이다.

경상남도 함양군 휴천면 문정리 문상마을

조사일시 : 2009.2.9
조 사 자 : 박경수, 서정매, 조민정

문상(文上)마을은 '숯꾸지'라 불리는데, '아래숯꾸지'라 불리는 문하(文下)마을에서 약 400m 위쪽의 산중턱에 위치한 마을이다. 문하마을이나 문상마을은 문정리(文正里)에 속해 있는데, 과거 숯을 구워서 먹고 사는 사람들이 많았기 때문에 '숯꾸지' 마을로 불렸다 한다. 2009년 1월 현재 문하마을에는 42가구에 91명이 거주하고 있으며, 문상마을에는 35가구에 72명이 거주하고 있다.

문상마을과 문하마을은 휴천면을 가로지르는 60번 지방도로의 중간에 위치하고 있는데, 이 60번 도로를 타고 동강리, 운서리, 그리고 남호리의 한남마을을 지나 2km 정도를 가면 만나게 된다. 앞으로는 지리산에서 발원하여 경호강으로 흘러가는 엄천강이 흐르고, 뒤로는 992m의 법화산(法華山)이 있다. 문상마을은 이 법화산으로 오르는 입구의 중턱에 위치하고 있는 셈이다.

조사자 일행은 2009년 2월 9일(월) 오전에 동강리 평촌마을부터 방문했다. 그런데 이 날은 음력으로 정월 보름(1월 15일)이라서 그런지 마을회관에 나온 사람이 몇 명밖에 보이지 않았다. 이곳에서 제보자를 탐문했으나 오후나 되어서야 나오고 대부분 고로쇠액을 채취하러 갔다고 했다. 운서리 운서마을을 들렀으나 사정은 마찬가지였다. 다시 남호리 한남마을을 들렀는데, 마을 주민들이 이장과 함께 달집을 만드느라 여념이 없었다. 이 마을만은 매년 정월 보름에 달집태우기를 한다는 것이다. 어쩔 수 없이 다음날 한남마을을 조사하기로 약속하고, 차를 타고 더 안쪽으로 들어가서 조사마을을 잡기로 했다. 그래서 정한 마을이 문상마을인데, 도로변에 있는 문하마을보다 산 쪽에 있는 문상마을이 산에서 나무를 하거나 산나물을 뜯으며 불렀던 노래나 지명이나 지형에 관한 이야기를 더 잘 조사할 수 있겠다는 기대를 했기 때문이다.

문상마을의 마을회관에 도착하니 거의 정오가 되었다. 일단 마을 이장에게 조사 취지를 설명한 다음, 마을회관에 나와 있는 부녀자들을 대상으로 민요 조사를 실시했다. 특히 금봉숙(여, 93세) 제보자와 염임순(여, 68세) 제보자는 시어머니와 며느리 사이인데, 둘 다 적극적으로 민요 구연을 해주었다. 이뿐만 아니라 조사를 대강 마친 후 조사자 일행이 자리를 뜨려고 하자, 염임순 제보자는 자신의 집에서 점심을 먹자고 하며 집까지 안내했다. 산나물 무침, 동치미 등으로 점심을 맛있게 얻어먹은 후, 마침같이 식사를 한 남편 강동춘(남, 69세)으로부터 민요 외에 설화를 추가로 더 조사할 수 있었다. 이들 외에 정근숙(여, 79세) 제보자로부터 민요 5편과 설화 1편을 녹음할 수 있었는데, 산에서 나무를 하거나 나물을 뜯으며 부른 노래를 채록할 수 있을 것이란 기대는 빗나갔다. 산간마을임에도 특색 있는 민요나 설화는 없었으며, 주로 노랫가락조의 유흥적인 민요가 조사되었다. 이 점에서 이 마을의 구비문학 연행 상황은 다른 마을의 사정과 별로 다르지 않았다.

경상남도 함양군 휴천면 문정리 문하마을

조사일시 : 2009.2.14
조 사 자 : 서정매, 문세미나, 이진영, 조민정

문하마을 전경

휴천면의 가운데에 위치한 문정리 문하마을은 윗동네인 문상마을과 산을 사이에 두고 나누어져 있다. 총 42가구로 현재 62명의 주민이 거주하며, 주요 생산물로는 벼·밤·흑돼지·고사리등·산나물 등이 있다. 문하마을은 지방도 1034번이 지나가는 길가의 옆에 위치하고 있어 교통은 편리한 지역이다. 다만 산 아래에 인접하고 있어 깊은 산골의 분위기가 느껴지는 마을이다.

열 명의 제보자가 노래와 이야기를 구연해 주었는데, 박금순(여, 82세), 정경숙(여, 81세), 장계선(여, 77세), 문순분(여, 77세), 유광수(남, 74세), 김남순(여, 69세), 김윤달(여, 69세), 김옥임(여, 67세), 양봉임(여, 65세) 등으로 82세부터 65세까지로 다양했다. 최고령자인 박금순을 비롯한 대부분이 모심기 노래와 양산도, 그리고 청춘가, 화투 타령, 진주난봉가, 그네 노래 등을 불러 주었다.

그리고 김남순 할머니가 '시아버지에게 당돌하게 대꾸한 며느리' 이야기를 구술해 주었고, 홀로 청일점으로 있었던 유광수 제보자 '사람을 잡아서 간만 빼먹는 호랑이' 이야기와 '억년바위와 백년바위' 이야기를 구술해 주었다.

민요를 불러준 제보자 중 특히 양봉임 제보자는 시집살이 노래인 서사민요를 잘 불러 주었고, 그 외 김옥임과 김윤달 할머니를 비롯한 대부분의 제보자들이 청춘가, 창부타령 등을 불러주었는데 다양한 내용의 노래가 많았다.

경상남도 함양군 휴천면 송전리 송전마을

조사일시 : 2009.2.14
조 사 자 : 서정매, 정혜란, 이진영

세동이라고 불리는 송전(松田)마을은 전국적으로 창호지 생산으로 유명한 곳인데 연중 행사처럼 제지공장을 운영하였다. 어디를 가나 닥밭으로 이름난 이 마을은 시대변화에 따라 펄프로 만드는 양지에 밀려 한지가 설 자리를 잃고 닥밭은 칡덩굴로 덮이고 말았다.

이 마을에서는 높은 당산제, 윗당산제, 아랫당산제 등 세 종류의 당산 제를 지냈다. 특히 윗당산제는 별도로 술 한 잔을 더 부어 올렸는데, 이는 사도세자가 인재를 구하려 다니다가 이곳 세동 윗당산 정자나무 밑에 쉬 어갔기 때문이라고 한다. 후에 그가 뒤주 속에 갇혀서 죽게 되자 그를 추 모하는 제를 지내게 되었다. 그러나 6 · 25 사변 후 소개령에 의해 윗당산 주변의 사람들이 마을을 떠나면서 당산제는 사라졌다.

옛부터 세동에는 평산 신씨가 토박이로 살아왔다. 효자 신영언의 정려 비가 있다. 옛날엔 일신재(日新齋)라는 서당이 있었고, 송은대, 광암대, 위 암대, 심원대 등이 있다.

송전마을 전경

이 마을 뒷편에 있는 문수사는 원래 엄천사 산하에 있던 암자였다. 엄천사가 없어진 후 큰 삼존불은 밀양 표충사에서 모셔가고 다른 불상은 문수사 법당에 모시게 되었다. 6·25 사변 때 문수사가 소실되었으나, 지금은 다시 중건하여 대웅전, 문수전, 종각 등이 복원되었다.

송전마을에는 현재 78가구에 120명이 살고 있으며, 주요 농·특산물로는 벼, 밤, 고로쇠, 토종꿀, 흑돼지, 고사리등, 산나물 등이 있다.

송전마을은 마천면과의 경계지역으로, 60번 지방국도의 옆에 위치한다. 산골마을이면서도 평지가 제법 넓어서 벼농사 및 논농사를 많이 짓는다. 미리 연락을 취하고 갔지만, 겨울에도 일하는 분들이 많았다. 점심시간이면 마을회관에 모여 식사를 하는 등 마을주민들이 서로 가족처럼 지내는 터였다. 조사자 일행은 오후 2시 경에 마을회관에 도착하여 녹음에 들어갔다.

총 5명의 제보자에 의해 노래와 설화가 구연되었는데, 특히 임맹점 제보자는 무려 17곡을 불러주었다. '모심기 노래', '나물 캐는 노래', '도라지 타령', '양산도' 등과 다양한 내용을 담은 청춘가를 불러주었다. 신정자 제보자도 6곡을 불러주었는데, '청춘가'를 주로 하고 '양산도'와 '나물 캐는 노래'를 불러 주었다. 설화로는 박영덕 제보자가 선녀바위, 호식될 팔자를 가진 아내, 도깨비와 씨름한 사람 이야기를 구술해 주었고, 신수철 제보자는 예부터 마을에서 유래되고 있는 마적도사 이야기를 구술해 주었다.

경상남도 함양군 휴천면 월평리 월평마을

조사일시 : 2009.2.16
조 사 자 : 서정매, 정혜란, 이진영

월배마을이라고도 불리는 월평(月坪)마을은 옛날에는 함양군 휴지면에 속해 있던 마을인데, 1914년 행정구역을 개편하면서 휴천면에 편입된 마을이다. 오도재 기슭에 위치하고 있어 구름 속의 반달격이라 하였다. 날씨가 흐리고 안개가 낀 날에는 구름이 마을을 감싸고 있어 구름 속에 달이 떠있는 모습이라 하여 월배마을이라 불렀다.

오도재는 지형상 지네의 머리형으로 명당이라 하여 많은 지관들이 드나들던 곳이기도 하다. 조선 성종 때 탁영 김일손의 『속두류록』에도 제한역을 거쳐서 월배계곡을 따라 오도재 성황당에 이르는 대목이 나온다. 그리고 영동지방의 장사꾼들이 거창과 함양을 거쳐 이 월배의 원기평과 향정을 거쳐 오도재를 넘고 지리산 벽소령을 넘어서 하동과 순천으로 오고갔다고 한다. 오도재 정상에서 바라보는 지리산 만첩봉을 감싼 구름들은 한폭의 병풍처럼 아름답다.

유서 깊은 월평은 산세가 험악하고 숲들이 우거져 늘 한적한 곳이다. 공기가 맑고 물이 깨끗하나 햇빛은 물론 달빛마저 구름에 가려 희미해지자 밝은 달을 원하면서 월배라 불렀다 한다.

이곳에 맨 먼저 들어와 살았던 사람은 도씨라고 전하며 지금은 김녕 김씨와 합천 이씨들이 살고 있다. 물이 좋고 땅이 비옥한 운정지 들은 곡식이 잘 되어 일제 강점기 때는 벼 오백 석을 수확하는 부자도 살았는데, 물레방아를 설치하고 디딜방아를 놓아 곡식을 찧어 생활해 왔다고 한다. 불당골(沙九)은 사기를 굽던 마을, 불을 땐 골짜기 등으로 불리고 있다. 지금의 월평댐 가장자리인 가마터에서 발견된 깨진 사기의 파편들을 보면 대접, 접시, 병, 항아리 등 다양한 것을

오도재

월평마을 전경

볼 수 있고 분청사기 도요지가 있었던 곳이라 전한다.

그러나 현재 월평댐으로 인하여 방치되고 있다. 월평댐은 휴천 유림 일대의 가뭄을 해소시키고 홍수를 예방하는 일을 담당하고 있는 중요한 댐이기도 하다. 마을 주변의 지명으로 놋점 소유지, 막터골 새미, 사구실, 살구징이, 원터골, 참나무징이, 장군박골 등으로 불리는 곳이 있다.

현재 월평마을에는 총 40가구에 80명의 주민이 살고 있으며, 주요 특산물로는 토종꿀, 벼, 밤, 고사리, 산나물 등이 있다. 월평마을은 오도재 기슭의 산골마을이지만 마을 주민들의 대부분은 농사를 지으며 살고 있다. 조사자 일행은 오전 11시 경에 마을회관에 도착을 하였는데, 마침 점심 식사 준비 중이었고, 마을 주민들이 모두 회관으로 나와 쉬고 있었다. 회관에서 녹음을 시작하며 민요와 이야기를 제공받았는데, 많은 민요가 제공되었다. 그러나 설화는 많이 구술되지 못했다.

제공된 노래로는 다리 세기 노래, 화투 타령, 시집살이 노래 그리고 그네 노래, 쌍가락지 노래, 아기 어르는 노래, 청춘가, 밀양 아리랑, 강피 훑는 노래, 물레방아 노래, 처남 자형 노래, 댕기 노래 등과 모심기 노래, 밭 매는 노래, 베틀 노래, 나물 캐는 노래 등으로 일노래가 주를 이루는 가운데 다양한 노래가 불렸다.

  구술된 이야기로는 강피 훑는 팔자의 부인 등이 있었다. 이 이야기는 원래 서사민요로 된 노래이지만, 노래로 부르기가 힘들어 가사를 설명하면서 이야기로 풀어주었다. 그 외에 구술된 설화가 없는 것이 조금 아쉬운 편이다.

강동춘, 남, 1941년생

주 소 지 : 경상남도 함양군 휴천면 문정리 문상마을
제보일시 : 2009.2.9
조 사 자 : 박경수, 서정매, 조민정

강동춘(姜東春)은 1941년 신사생(뱀띠)으
로 함양군 휴천면 문정리 문상마을에서 태
어났다. 본은 진양이며, 22살 때인 1962년
에 부인인 염임숙과 결혼하였다. 슬하에 2
남 3녀를 두었으나, 4년 전에 한 여식을 사
고로 잃었다. 올해 69세로 1살 연하인 부인
과 함께 93세의 노모인 금봉숙을 모시고 살
고 있다.

제보자는 훤칠한 키에 밝고 명랑한 모습이었는데, 평소 사람들과 어울
려 놀고 여행을 다니는 것을 좋아하지만 노모를 모시고 있는 입장이라 여
행 등을 쉽게 할 수 없다고 했다. 전임 마을 이장이었으며, 현 마을 이장
은 종제라고 했다. 생업으로 벼농사를 지으면서 양봉을 겸한다고 했다.

조사자는 제보자의 자택에서 민요로 노랫가락 1편과 설화 2편을 조사
했다. 민요를 부를 때는 흥을 내어 불렀는데, 부인도 모처럼 남편의 소리
를 듣고 감탄하기도 했다. 설화는 지리산의 여섯 암자와 함양의 인물과
지명 등의 내력에 관한 것이었다. 구연은 크고 힘있는 목소리로 했다.

제공 자료 목록

04_18_FOT_20090209_PKS_KDC_0001 이변이 생기는 부도와 지리산의 여섯 암자
04_18_FOT_20090209_PKS_KDC_0002 백년, 천년, 만년, 억년, 조년 오형제가 살았던 함양
04_18_FOS_20090209_PKS_KDC_0001 노랫가락

강복림, 여, 1928년생

주 소 지 : 경상남도 함양군 휴천면 동강리 동강마을
제보일시 : 2009.2.14
조 사 자 : 서정매, 정혜란, 이진영

강복림은 1928년 생으로 함양군 휴천면
문정마을에서 태어나고 자랐다. 올해 82세
로 용띠이며 정국대라 불린다. 남편과 함
께 살고 있으며 3남 2녀의 자식을 두었다.
17세 때 시집을 와 지금까지 동강리 동강마
을에서 살고 있는데, 현재는 농사일은 하고
있지 않다.

할머니는 처음에는 조사에 소극적이었다
가 뒷부분에 가서 노래를 불러 주었다. '모심기 노래'를 부른 후 자신감이
생겼는지 연이어 노래를 불러 주었다. 부를 수 있는 노래가 더 많았는데
세월이 많이 흘러 많이 잊어버렸다며 안타까워 하였다.

제공 자료 목록

04_18_FOS_20090214_PKS_KBR_0001 모심기 노래 (1)
04_18_FOS_20090214_PKS_KBR_0002 모심기 노래 (2)
04_18_FOS_20090214_PKS_KBR_0003 청춘가
04_18_FOS_20090214_PKS_KBR_0004 노랫가락 / 그네 노래

강복순, 여, 1926년생

주 소 지 : 경상남도 함양군 휴천면 대천리 미천마을
제보일시 : 2009.2.15
조 사 자 : 서정매, 정혜란, 이진영

강복순은 1926년 함양군 유림면 서주리 회동마을에서 태어났다. 올해

84세로 17세 때 휴천면 대천리 미천마을로
시집와서 그때부터 지금까지 살고 있으며
해동댁으로 불리고 있다. 당시 대부분의 여
자가 그랬던 것처럼 학교를 다닐 형편이 되
지 않았지만, 여자가 공부를 할 필요가 없다
는 어른들의 말씀 때문에 학교를 다녀본 적
이 없다.

일제강점기 때 변을 당하지 않기 위해 결
혼을 서둘러 해서 6살 연상의 남편과 결혼을 했다. 남편은 92세로 마을에
서 가장 연장자이다. 제보자도 회관에 나오는 사람 중 나이가 많은 축에
속하지만 실제 나이인 84세보다는 훨씬 젊어 보였다. 4남 2녀를 두었으나
현재는 다 객지로 나가 살고 있으며, 현재 남편과 둘이서 지내고 있다.

회색 티에 분홍 조끼를 입고, 커트머리를 한 제보자는 다부지게 보였
다. 노래 가사를 잘 기억하고 있었으며 목소리도 좋았다. 특히 제보자는
노래를 잘 불러서 청중들로부터 박수와 칭찬을 많이 받았다. 또한 다른
제보자가 노래를 부를 때에도 박수를 치며 등 호응을 잘해 주었으며, 다
른 사람들이 노래를 부르도록 적극적으로 유도를 하며 분위기를 이끌어
주었다.

제공 자료 목록

04_18_FOT_20090215_PKS_KBS_0001 상사병에 걸려 죽은 선비
04_18_FOT_20090215_PKS_KBS_0002 딸 시집 보내며 성질 고치게 한 아버지
04_18_FOT_20090215_PKS_KBS_0003 시집살이가 힘들어 죽은 부인
04_18_FOT_20090215_PKS_KBS_0004 전처 딸을 소박맞게 하려고 한 서모
04_18_FOT_20090215_PKS_KBS_0005 첫날밤에 아이를 낳은 각시
04_18_FOT_20090215_PKS_KBS_0006 남편의 득천을 방해한 아내
04_18_FOS_20090215_PKS_KBS_0001 시집살이 노래 (1)
04_18_FOS_20090215_PKS_KBS_0002 임 그리는 노래

04_18_FOS_20090215_PKS_KBS_0003 시집살이 노래 (2) / 양가마 노래

04_18_FOS_20090215_PKS_KBS_0004 이 노래

04_18_FOS_20090215_PKS_KBS_0005 청춘가 (1)

04_18_FOS_20090215_PKS_KBS_0006 청춘가 (2) / 첩 노래

04_18_FOS_20090215_PKS_KBS_0007 노랫가락

04_18_FOS_20090215_PKS_KBS_0008 모심기 노래

04_18_FOS_20090215_PKS_KBS_0009 신세 타령요 (1)

04_18_FOS_20090215_PKS_KBS_0010 신세 타령요 (2)

강삼조, 여, 1929년생

주 소 지 : 경상남도 함양군 휴천면 동강리 동강마을
제보일시 : 2009.2.14
조 사 자 : 서정매, 정혜란, 이진영

강삼조는 1929년 생으로 경남 합천에서 태어나고 자랐다. 올해 81세로 뱀띠이며 택호는 합천댁이다. 남편은 16년 전에 작고하였고, 1남 4녀의 자식을 두었다. 5명의 자식들은 다 객지에 거주하고 있어 할머니 혼자 살고 있다.

제보자는 4세에서 17세까지 일본 오사카에서 살았다. 오사카에서 가족이 다 함께 살면서 학교를 8년을 다녔다. 그리고 오사카에서 남편을 만나 결혼을 했다. 17세 때에 해방이 되어 돌아왔다. 현재는 농사일을 하면서 살고 있다.

제보자는 보라색 니트에 꽃무늬 조끼를 입고 있었다. 어머니에게 주로 이야기를 들었는데, 도깨비 이야기를 1편 구술해 주었다.

제공 자료 목록
04_18_MPN_20090214_PKS_KSJ_0001 도깨비와 씨름한 사람

강선희, 여, 1934년생

주 소 지 : 경상남도 함양군 휴천면 월평리 월평마을
제보일시 : 2009.2.16
조 사 자 : 서정매, 정혜란, 이진영

강선희는 1934년 생으로 휴천면 문정리 숯꾸지(문상마을)라는 마을에서 태어났다. 지금 택호도 숯꾸지댁이라 불린다. 올해 나이 76세이며 개띠이다. 어린 시절 가족들과 같이 일본으로 가서 2년 동안 살았고, 다시 한국으로 와서 18살에 결혼을 했는데 그때 월평리 월평마을로 왔다. 4살 연상이었던 남편은 7년 전에 세상을 떠났다. 3남 2녀를 두었는데, 지금은 모두 도시에 나가 살고 있다. 아직까지 벼농사를 짓고 고추, 콩 등 밭농사도 하고 있다.

풍성한 파마머리에 통통한 얼굴로 웃는 모습이었다. 다른 제보자에게 노래를 해보라고 권하면서 조사에 많은 관심을 가졌다. 자료 제공에도 적극적이었는데 민요 4편을 불러 주었다.

제공 자료 목록
04_18_FOS_20090216_PKS_KSH_0001 도라지 타령
04_18_FOS_20090216_PKS_KSH_0002 청춘가
04_18_FOS_20090216_PKS_KSH_0003 양산도
04_18_FOS_20090216_PKS_KSH_0004 어린 총각 노래

금봉숙, 여, 1917년생

주 소 지 : 경상남도 함양군 휴천면 문정리 문상마을
제보일시 : 2009.2.9

조 사 자 : 박경수, 서정매, 조민정

금봉숙은 1917년 뱀띠 생으로, 19살 때  현재 살고 있는 문상마을로 시집을 왔다. 진갈댁으로 불리며 슬하에 3남 3녀를 두었으며 남편은 제보자가 86세 때 작고했다. 문상마을의 다른 제보자인 강동춘은 아들이며, 염임순은 며느리이다. 제보자는 이들의 보살핌을 받으며 함께 지내고 있다.

제보자는 올해 93세의 나이에도 불구하고 9편의 민요를 불러 주었다. 마을회관에서 다른 사람들이 노래를 하는 틈틈이 생각나는 노래가 있으면 자진해서 불렀다. 주로 청춘가, 노랫가락으로 부르는 노래였는데, 노래의 사설은 쉽게 들을 수 없는 것들이었다. 나이가 들어 목소리가 가라앉고 가래도 목에 걸리는 등 노래 부르기가 힘들어 보였지만, 노래를 부를 때면 목청을 최대한 살려 부르려고 애를 썼다. 짧은 사설로 부른 6편의 청춘가 각편들은 쉽게 들을 수 없는 사설로 제보자의 입장에서 최선을 다해 부른 노래 목록들이라 할 수 있다. 젊었을 때 삼을 주로 삼으면서 불렀던 노래들이라고 했다.

제공 자료 목록
04_18_FOS_20090209_PKS_KBS_0001 청춘가 (1)
04_18_FOS_20090209_PKS_KBS_0002 노랫가락
04_18_FOS_20090209_PKS_KBS_0003 춤 노래
04_18_FOS_20090209_PKS_KBS_0004 청춘가 (2)
04_18_FOS_20090209_PKS_KBS_0005 청춘가 (3) / 한강수 노래
04_18_FOS_20090209_PKS_KBS_0006 청춘가 (4)
04_18_FOS_20090209_PKS_KBS_0007 청춘가 (5)
04_18_FOS_20090209_PKS_KBS_0008 방아 노래
04_18_FOS_20090209_PKS_KBS_0009 청춘가 (6)

김기완, 남, 1945년생

주 소 지 : 경상남도 함양군 휴천면 송전리 송전마을
제보일시 : 2009.2.14
조 사 자 : 서정매, 정혜란, 이진영

김기완은 1945년생으로 현재 66세이며 아내와 함께 살고 있다. 슬하에 1남 2녀의 자녀를 두고 있다. 제보자는 주업으로 휴양관을 운영하고 있으며, 현지 마을에서는 드물게 대학을 졸업한 엘리트이다.

하늘색 티셔츠에 검정색 외투를 걸쳤다. '보리타작 노래'를 구연해 주었는데, 가사가 길지는 않았지만, 보리타작을 하는 동작까지 하면서 불러 주었다.

제공 자료 목록
04_18_FOS_20090214_PKS_KKW_0001 보리타작 노래

김남순, 여, 1941년생

주 소 지 : 경상남도 함양군 휴천면 문정리 문하마을
제보일시 : 2009.2.14
조 사 자 : 서정매, 문세미나, 이진영, 조민정

김남순은 1941년 경남 산청군 단성면 자양리에서 태어났다. 올해 나이는 69세로 적극적이며 목소리가 아주 커서 청중의 환호 속에 노래를 불렀다. 18~19세 때 문하마을로 시집와서 단 한 번도 이곳을 떠나본 적이

없다. 학교는 다니지 않아서 한글을 모르지만, 기억력은 좋은 편이었다.

어렸을 때부터 어른들에게 노래를 습득하게 되었고, 7년 전에 작고한 남편과의 사이에 4남 2녀가 있다. 지금은 벼농사만 조금 짓고 있다. 설화 1편과 민요 3편을 제공했다.

제공 자료 목록

04_18_MPN_20090214_PKS_KNS_0001 시아버지께 당돌한 며느리

04_18_FOS_20090214_PKS_KNS_0001 모심는 노래

04_18_FOS_20090214_PKS_KNS_0002 처남 자형 노래

04_18_FOS_20090214_PKS_KNS_0003 창부 타령

04_18_FOS_20090214_PKS_KNS_0004 노랫가락 / 마산서 백마를 타고

김복남, 여, 1936년생

주 소 지 : 경상남도 함양군 휴천면 대천리 대포마을

제보일시 : 2009.2.15

조 사 자 : 서정매, 정혜란, 이진영

김복남은 1936년 생으로 함양군 마천면에서 태어났다. 현재 나이는 74세이며, 택호는 평촌댁이다. 학교는 다닌 바가 없으며, 16살 때 대포마을로 시집을 와서 지금까지 살고 있다. 10년 전에 세상을 떠난 남편과의 사이에 4남 5녀를 두었다.

노란 티에 보라색 조끼를 입고 목수건을 착용한 제보자는 손 동작을 하면서 노래를 불러 주었다. 때로는 기억을 더듬다가 생각이 나면 조사자가 요구하지 않아도 곧바로 불러주곤 했다. 또한 노래를 다 부른 후에 가사를 설명해 주기도 하는 등 적극적으로 조사에 응해 주었다. 구연해 준 노래는 주로 어

린 시절 친구들과 놀면서 불렀던 노래로 '청춘가'의 곡조로 부른 노래가 많았다. '밭매기 노래'도 불러주었으나, 가사를 잘 기억하지 못해 앞부분만 부르고 그쳤다.

제공 자료 목록

04_18_FOS_20090215_PKS_KBN_0001 노랫가락 / 식구 자랑
04_18_FOS_20090215_PKS_KBN_0002 화투놀이 노래
04_18_FOS_20090215_PKS_KBN_0003 인생 허무가
04_18_FOS_20090215_PKS_KBN_0004 청춘가 (1)
04_18_FOS_20090215_PKS_KBN_0005 청춘가 (2)
04_18_FOS_20090215_PKS_KBN_0006 청춘가 (3)
04_18_FOS_20090215_PKS_KBN_0007 남녀연정요
04_18_FOS_20090215_PKS_KBN_0008 처남 자형 노래
04_18_FOS_20090215_PKS_KBN_0009 밭매기 노래 / 금봉채 노래
04_18_FOS_20090215_PKS_KBN_0010 모심기 노래 (1)
04_18_FOS_20090215_PKS_KBN_0011 모심기 노래 (2)
04_18_FOS_20090215_PKS_KBN_0012 뒷동산에 떡갈잎은
04_18_FOS_20090215_PKS_KBN_0013 청춘가 (4)
04_18_FOS_20090215_PKS_KBN_0014 신세 타령요

김옥임, 여, 1943년생

주 소 지 : 경상남도 함양군 휴천면 문정리 문하마을
제보일시 : 2009.2.14
조 사 자 : 서정매, 문세미나, 이진영, 조민정

김옥임은 1943년 함양군 문정리 한동마을에서 태어났다. 올해 67세로 밝게 웃는 인상이다. 20살 되던 해 문하마을로 시집온 때부터 지금까지 마을을 떠나본 적이 없다고 한다.

한국 전쟁으로 인해 초등학교 3년을 다니다가 중퇴하였으며, 지금은 농사는 짓지 않고 가사 일만 하고 있다. 제보자들 가운데 가작 적극적으로 조사에 응해 주었다. 손동작을 많이 사용하며 노래를 했는데, 불러준 노래는 대부분 '창부 타령'이나 '청춘가'로 구성되었다. 다른 제보자에 비해 젊어서인지 유흥적인 창민요를 부른 것이 특징이다.

제공 자료 목록

04_18_FOS_20090214_PKS_KOI_0001 창부 타령 (1)
04_18_FOS_20090214_PKS_KOI_0002 화투 타령
04_18_FOS_20090214_PKS_KOI_0003 청춘가 (1)
04_18_FOS_20090214_PKS_KOI_0004 미인 치장가
04_18_FOS_20090214_PKS_KOI_0005 청춘가 (2)
04_18_FOS_20090214_PKS_KOI_0006 청춘가 (3)
04_18_FOS_20090214_PKS_KOI_0007 창부 타령 (2)

김윤달, 여, 1941년생

주 소 지 : 경상남도 함양군 휴천면 문정리 문하마을
제보일시 : 2009.2.14
조 사 자 : 서정매, 문세미나, 이진영, 조민정

김윤달은 1941년 함양군 마천면에서 태어났다. 올해 69세로 마을 어른들에 비해 나이가 젊은 편이다.

18세 되던 해 마천면에서 휴천면 문하마을로 시집와서 한번도 문하마을을 떠난 적이 없다고 했다. 14년 전 작고한 남편과의 사이에는 3남 1녀가 있다. 지금까지도 벼농사를 짓고 있다. 많은 노래를 기억하고 있었는데, 어른들에게 들으며 따라 불러서 알게 된 노래라고 했다. 힘든 일을

하면서 노래를 많이 불렀다고 했다. 많은 노랫가락을 불렀고 분위기를 잘 이끌었다.

모두 11곡의 민요를 제공해 주었는데, 다양한 노래 가사로 구성된 '창부 타령'과 '양산도' 등을 불러 주었다.

제공 자료 목록

04_18_FOS_20090214_PKS_KYD_0001 창부 타령 (1)

04_18_FOS_20090214_PKS_KYD_0002 도라지 타령 (1)

04_18_FOS_20090214_PKS_KYD_0003 타박네 노래

04_18_FOS_20090214_PKS_KYD_0004 베 짜는 노래

04_18_FOS_20090214_PKS_KYD_0005 사발가

04_18_FOS_20090214_PKS_KYD_0006 도라지 타령 (2)

04_18_FOS_20090214_PKS_KYD_0007 미인가 (1)

04_18_FOS_20090214_PKS_KYD_0008 미인가 (2)

04_18_FOS_20090214_PKS_KYD_0009 부인 미용가

04_18_FOS_20090214_PKS_KYD_0010 창부 타령 (2) / 명사십리 해당화야

04_18_FOS_20090214_PKS_KYD_0011 노랫가락 / 그네 노래

김윤예, 여, 1937년생

주 소 지 : 경상남도 함양군 휴천면 월평리 월평마을

제보일시 : 2009.2.16

조 사 자 : 서정매, 정혜란, 이진영

김윤예는 1937년 생으로 함양군 마천면 가흥리 가흥마을에서 태어났다. 고향을 땅 골이라고도 해서 현재 땅골댁으로 불린다. 16살의 이른 나이에 결혼을 하게 되면서 월 평마을로 왔는데, 나이가 어려 시집살이가 많이 힘들었다고 했다. 당시에는 아는 게 별 로 없어서 시댁 어른들이 자주 혼을 내어서,

그 시절을 떠올리면 말도 할 수 없을 정도로 힘든 기억만 있다고 한다. 남편은 5년 전에 작고하였고, 1남 5녀를 두고 있다. 자녀들은 현재 모두 객지로 나가 살고 있으며, 혼자서 벼농사를 지으며 생활하고 있다.

조용하고 부끄러움이 많아 노래 부르기를 쑥스러워했다. '청춘가' 1편을 불러 주었다.

제공 자료 목록

04_18_FOS_20090216_PKS_KYY_0001 청춘가 / 홍갑사 댕기 노래

김점달, 여, 1936년생

주 소 지 : 경상남도 함양군 휴천면 월평리 월평마을
제보일시 : 2009.2.16
조 사 자 : 서정매, 정혜란, 이진영

김점달은 1936년생으로 휴천면 월평리 시구마을에서 태어났다. 시구는 월평리에 속한 자연마을이다. 현재 74세로 쥐띠이며, 중천댁이라는 택호로 불린다. 17살에 월평마을로 시집을 오게 되면서 현재까지 거주하고 있다.

제보자는 짧은 파마머리에 알록달록한 티에 검정색 점퍼를 입고 있었다. 학교를 다닌 적은 없다고 하였다. 노랫가락 1편을 불러 주었고, 이외 '도깨비 이야기'를 구술해 주었으나 '도깨비 이야기'는 서사적 요소가 부족하여 채록하지 않았다.

제공 자료 목록

04_18_FOS_20090216_PKS_KJD_0001 노랫가락 / 그네 노래

김진철, 남, 1953년생

주 소 지 : 경상남도 함양군 휴천면 금반리 금반마을
제보일시 : 2009.2.8
조 사 자 : 박경수, 서정매, 조민정

김진철(金鎭喆)은 1953년 계해생 뱀띠로 함양군 함양읍 용평리 812번지에서 태어났다. 2009년 현재 57세이다. 함양초등학교와 함양중학교를 졸업하고, 서울에서 대광고등학교를 졸업했다. 젊을 때인 24살 때부터 28살 때까지 부산에서 생활하다 고향인 함양읍으로 돌아와 31살 때 부인 김애자(현 51세)와 만나 결혼했다. 슬하에 2남이 있고, 장남이 조사자가 있는 부산외대에서 경영학을 전공하고 있다. 제보자는 결혼 후에 계속 함양읍 용평리에 거주하고 있었는데, 동생의 사업 실패로 더해진 생활고를 겪다 결국 고향집을 정리하고 2008년 11월에 휴천면 금반리 420-5번지로 이사를 와서 살게 되었다. 현재는 함양 읍내의 보건소 근처에 신일(新日)부동산을 차려서 부동산중개업을 하며 생활하고 있다.

제보자는 바둑, 약재, 풍수지리 등 다방면에 관심과 재능을 갖추고 있었다. 바둑은 함양읍에서 자신을 당할 사람이 없다 할 정도의 실력을 갖추었으며, 약재에 관한 지식은 한때 한약방 일을 하면서 약재 관련 한자를 익히는 등 혼자서 공부를 하며 터득했다. 제보자는 특히 풍수지리에 관심이 많아 이 방면의 책을 탐독하여 상당한 지식과 조예를 가지게 되었다고 했다. 풍수지리학에 관한 제보자의 관심과 조예는 여러 편의 명당자리에 얽힌 풍수담을 구술하는 데에서 잘 드러났다. 함양읍의 지명과 지리, 그리고 민속문화재에 관한 관심이 많아 그에 관한 이야기를 책으로 읽거나 들은 것을 바탕으로 스스로 자료집을 엮어 보관하고 있을 정도였다.

조사자 일행이 2009년 2월 8일(일) 휴천면 금반마을에 들렀을 때, 제보자는 마을 이장의 방송을 듣고 일부러 이 자료집을 들고 조사자를 만나기 위해 마을회관으로 왔다.

제보자는 마을회관에서 스스로 자료집에 정리한 내용을 상당수 구술했으며, 마을회관 조사를 마친 조사자 일행을 이야기로 구술한 마고할미상과 가재골 시묘살이 이야기의 현장을 직접 볼 필요가 있다며 그곳 현장을 안내했다. 제보자와 조사자 일행은 제보자의 차를 타고 지리산의 제1관문인 오도재로 가서 마고할미상과 관련된 비각이 잘못 기록되어 있다는 것을 직접 비각을 보게 하여 확인하게 했고, 함양읍 죽림리 가재골에서 자신이 발견했다는 시묘살이 터를 보게 했다. 그리고 제보자는 이야기의 현장을 안내하는 과정에서 유자광에 얽힌 이야기 2편과 해학적인 음담 2편을 더 구술하여 전체 11편의 설화를 이야기했다. 전자의 유자광 이야기는 지리산 조망 전망대의 정자에 앉아 구술했으며, 후자의 이야기는 함양읍 죽림리 가재골의 시묘살이 터를 보고 내려오는 도중에 녹음하면 곤란하다고 했지만 조사자의 요청에 구술했다. 이야기의 구술은 책을 읽듯이 했으나, 이야기 전개의 선후를 가려서 독자의 관심을 끌도록 재미있게 했다. 그가 구술한 이야기는 책을 보고 알게 되었거나, 고등학교 때 친구들 사이에서 우스개로 한 이야기를 듣고 알게 된 것들이라고 했다.

제공 자료 목록

04_18_FOT_20090208_PKS_KJC_0001 고려장 터와 가재골
04_18_FOT_20090208_PKS_KJC_0002 지리산을 보는 오도산과 마적도사가 산 법화산
04_18_FOT_20090208_PKS_KJC_0003 명당 터에 자리 잡은 정씨 선조 묘
04_18_FOT_20090208_PKS_KJC_0004 지리산 마고할머니상의 내력
04_18_FOT_20090208_PKS_KJC_0005 절을 망하게 한 일두 선생의 묘자리
04_18_FOT_20090208_PKS_KJC_0006 명당자리에 묻힌 양희(梁喜) 선생의 어머니 진양 강씨
04_18_FOT_20090208_PKS_KJC_0007 명당자리에 있는 협공 이씨의 묘

04_18_FOT_20090208_PKS_KJC_0008 고모 집을 망하게 한 유자광
04_18_FOT_20090208_PKS_KJC_0009 유자광이 쓴 학사루의 현판을 뗀 김종직
04_18_FOT_20090208_PKS_KJC_0010 부인의 말을 듣고 강간범을 잡은 사또
04_18_FOT_20090208_PKS_KJC_0011 기지로 강간 누명을 벗은 선비

김태분, 여, 1942년생

주 소 지 : 경상남도 함양군 휴천면 대천리 대포마을
제보일시 : 2009.2.15
조 사 자 : 서정매, 정혜란, 이진영

김태분은 1942년생으로 함양군 유림면 녹산마을에서 태어났다. 현재 68세로 장터댁이라 불린다. 초등학교를 졸업하였고, 19살에 현재의 대포마을로 시집을 와서 지금까지 살고 있다. 10년 전 작고한 남편과의 사이에 5남 1녀를 두었다. 현재는 혼자 살면서 벼농사를 조금 짓고 있다.

짧은 파마머리에 빨간 티에 청색 조끼를 입은 제보자는 몸이 날렵하고 야무진 인상이었다. 마을에서는 나이가 젊은 층에 속하는데, 장난기도 많아서 우스꽝스런 노래를 잘 불러주어 분위기를 한층 더 즐겁게 만들었다. 주로 노랫가락 위주의 창민요를 불러 주었다.

제공 자료 목록
04_18_FOS_20090215_PKS_KTB_0001 노랫가락 / 그네 노래
04_18_FOS_20090215_PKS_KTB_0002 좌중에 초면이오만
04_18_FOS_20090215_PKS_KTB_0003 도라지 타령

김형숙, 여, 1938년생

주 소 지 : 경상남도 함양군 휴천면 목현리 목현마을
제보일시 : 2009.2.8
조 사 자 : 박경수, 서정매, 조민정

김형숙은 1938년 범띠 생으로 함양읍에
서 태어나서 읍내댁이라 불린다. 21세 때
휴천면 목현마을로 시집을 온 후에 지금까
지 계속 거주하고 있다. 슬하에 2남 3녀를
두었다. 노래판이 무르익자 제보자가 나서
서 노래를 하기 시작했다. 처음에는 약간 소
극적인 모습을 보였지만, 노래를 할수록 흥
을 내어 불렀다.

제보자는 모두 7편의 민요를 불렀는데, 특히 '훗낭군 타령'은 주목을
요하는 민요였다. 경북에서 채록한 '훗사나 타령'에 상응하는 노래로, 춘
향이 이도령 몰래 김도령과 사랑을 나누는 이야기가 들어 있는 서사민요
이다. 이외 '못갈 시집 노래'도 쉽게 들을 수 없는 서사민요였으며, '호랑
이 노래'는 동요풍의 노래로 사설이 특이했다. 이들 민요는 어렸을 때 어
머니로부터 듣고 배웠던 것이라 했다.

제공 자료 목록
04_18_FOS_20090208_PKS_KHS_0001 모심기 노래 (1)
04_18_FOS_20090208_PKS_KHS_0002 모심기 노래 (2)
04_18_FOS_20090208_PKS_KHS_0003 토끼 타령
04_18_FOS_20090208_PKS_KHS_0004 모심기 노래 (3)
04_18_FOS_20090208_PKS_KHS_0005 못 갈 시집 노래
04_18_FOS_20090208_PKS_KHS_0006 호랑이 노래

노귀염, 여, 1929년생

주 소 지 : 경상남도 함양군 휴천면 동강리 동강마을
제보일시 : 2009.2.14
조 사 자 : 서정매, 정혜란, 이진영

노귀염은 1929년 생으로 함양군 유림면 화촌리에서 살다가 휴천면 동강리 동강마을 으로 왔다. 올해 81세로 택호는 화촌댁이다. 남편은 5년 전에 작고하여 남편과의 사이에 6형제를 두었는데, 한 명은 죽고 지금은 5 형제가 있다. 14세 때 동강으로 시집와 중 간에 이사도 가지 않고 계속 이 마을에서 살았다고 했다. 현재 벼농사를 조금씩 하며 살아가고 있다.

할머니는 주황색 티에 빨간색 털 조끼를 입었다. 나이가 많은 편에 비 해 노래를 많이 기억하고 있었다. 처음에는 가만히 있다가 한 편을 부르 고 난 후 흥에 겨워 계속 불러 주었다. 젊었을 때 친구들과 같이 놀면서 부르다가 자연스레 배웠다고 한다.

제공 자료 목록

04_18_FOS_20090214_PKS_NKY_0001 베 짜기 노래
04_18_FOS_20090214_PKS_NKY_0002 사위 노래
04_18_FOS_20090214_PKS_NKY_0003 무정한 꿈 노래
04_18_FOS_20090214_PKS_NKY_0004 노랫가락 (1)
04_18_FOS_20090214_PKS_NKY_0005 청춘가 (1)
04_18_FOS_20090214_PKS_NKY_0006 청춘가 (2)
04_18_FOS_20090214_PKS_NKY_0007 노랫가락 (2)

문순분, 여, 1923년생

주 소 지 : 경상남도 함양군 휴천면 문정리 문하마을
제보일시 : 2009.2.14
조 사 자 : 서정매, 문세미나, 이진영, 조민정

문순분은 1923년 함양군 서상면에서 태어났다. 올해 77세로, 현재 한곡댁으로 불리고 있다. 20세 때 휴천면 문하마을로 시집와서 한 번도 이곳을 떠나본 적이 없으며, 학교는 다닌 적이 없다.

10년 전에 작고한 남편과의 사이에 2남 2녀의 자녀가 있으며, 지금은 벼농사를 적은 규모로 하고 있다.

처음에는 조사에 소극적이었으나 점차 적극적으로 조사에 참여하였다. 사람들이 부르는 노래를 듣고 따라 부르다가 알고 있는 민요 4편을 직접 불러 주었다. '청춘가' 여러 편을 부른 후 '한자 풀이 노래'는 자신이 없는지 읊조리기도 했다. 그런데 '막걸리 노래'는 특이한 가사로 쉽게 들을 수 없는 노래였다.

제공 자료 목록

04_18_FOS_200090214_PKS_MSB_0001 청춘가
04_18_FOS_200090214_PKS_MSB_0002 한자 풀이 노래
04_18_FOS_200090214_PKS_MSB_0003 막걸리 노래

민경옥, 여, 1930년생

주 소 지 : 경상남도 함양군 휴천면 대천리 미천마을
제보일시 : 2009.2.15
조 사 자 : 서정매, 정혜란, 이진영

민경옥은 1930년생으로 올해 80세이며 말띠이다. 산청군 생초면 평촌리에서 태어나 17살 때 함양군 휴천면 미천마을로 시집을 왔다. 택호는 삼포댁이라 불리는데 미천마을로 시집을 오고 난 뒤 지금까지 미천마을을 떠난 적이 없다.

슬하에 2남 4녀를 두었지만 현재 모두 객지에서 생활하고 있으며, 남편은 13년 전에 먼저 세상을 떠나, 지금까지 혼자서 지내고 있다. 흔히들 1930년생 말띠가 드세다고 하는데, 첫인상부터 호방한 기운을 느낄 수 있었다. 알고 보니 마을에서 알아주는 재주꾼으로 소문나 있었고, 그래서인지 마을 사람들 모두가 한결같이 제보자가 노래와 이야기를 가장 많이 알고 있다고 했다.

학교를 다닌 적이 없음에도 불구하고 많은 노래를 기억하고 있었다. 배우고 싶어서 판소리 단가도 배웠다며 꽤 길게 판소리를 하기도 했다.

목소리가 걸걸하면서 크고 시원시원했다. 조사자에게 노래든 이야기든 누구보다도 많이 구연해 주고 싶어하는 눈치였다.

화통한 성격으로 처음부터 손동작을 하면서 노래를 불러주었고, 흥이 더해지면 일어나 춤도 추면서 화기애애한 분위기로 이끌어 주었다.

술도 한 잔씩 걸치고 다른 제보자가 노래를 불러주어도 벌떡 일어나 춤을 추면서 노래를 따라 부르거나 이어부르기도 했다. 호응도 잘해주어서 다른 제보자들도 덩달아 신나게 할 수 있는 멍석을 마련해주었다.

흰티에 밤색 잠바를 입고 있었다. 나이가 80세이지만 염색을 하여 검은색의 머리칼을 하고 있었고, 젊은 기운이 강해서 전혀 80세로는 보이지 않았다.

설화 2편과 민요 16편을 제공했다. 특히 민요는 동네 어른들이 부르는 걸 듣고 따라 부르다 보니 지금까지 기억을 하고 있는 것이라고 했다.

제공 자료 목록

04_18_FOT_20090215_PKS_MKO_0001 방귀 뀌고 돈 달라는 며느리

04_18_FOT_20090215_PKS_MKO_0002 시집가서 모두에게 높임말 하는 며느리

04_18_FOS_20090215_PKS_MKO_0001 모심기 노래 (1)

04_18_FOS_20090215_PKS_MKO_0002 모심기 노래 (2)

04_18_FOS_20090215_PKS_MKO_0003 모심기 노래 (3)

04_18_FOS_20090215_PKS_MKO_0004 노랫가락

04_18_FOS_20090215_PKS_MKO_0005 각시야 자자

04_18_FOS_20090215_PKS_MKO_0006 다리 세기 노래

04_18_FOS_20090215_PKS_MKO_0007 아기 어르는 노래 (1)

04_18_FOS_20090215_PKS_MKO_0008 아기 어르는 노래 (2) / 불매 소리

04_18_FOS_20090215_PKS_MKO_0009 아기 어르는 노래 (3) / 알강달강요

04_18_FOS_20090215_PKS_MKO_0010 아기 재우는 노래 / 자장가

04_18_FOS_20090215_PKS_MKO_0011 여자 신세 타령

04_18_FOS_20090215_PKS_MKO_0012 백두산 노래

04_18_FOS_20090215_PKS_MKO_0013 도라지 타령

04_18_FOS_20090215_PKS_MKO_0014 나물 캐는 노래

04_18_FOS_20090215_PKS_MKO_0015 권주가 (1)

04_18_FOS_20090215_PKS_MKO_0016 권주가 (2)

박금순, 여, 1928년생

주 소 지 : 경상남도 함양군 휴천면 문정리 문하마을

제보일시 : 2009.2.14

조 사 자 : 서정매, 문세미나, 이진영, 조민정

　박금순은 1928년 함양군 휴천면 문하마을에서 태어났다. 택호는 중촌댁이다. 올해 82세로 나이에 비해 젊은 모습이다. 19세 때 문하마을에서 결혼을 했다. 8년 전 작고한 남편과의 사이에 3남 2녀가 있다. 농사를 지었으나 지금은 가사 일만 하고 있다.

노래는 어른들에게 들어서 기억하는 것이라 했다. 총 7곡의 노래를 흥겹게 불러 주었는데, 모두 다채로운 가사로 이루어진 노래였다.

제공 자료 목록

04_18_FOS_20090214_PKS_PKS_0001 창부타령
04_18_FOS_20090214_PKS_PKS_0002 양산도 (1)
04_18_FOS_20090214_PKS_PKS_0003 양산도 (2)
04_18_FOS_20090214_PKS_PKS_0004 다리 세기 노래
04_18_FOS_20090214_PKS_PKS_0005 이 산 저 산 징개산에
04_18_FOS_20090214_PKS_PKS_0006 만첩 산중 고드름은
04_18_FOS_20090214_PKS_PKS_0007 남녀연정요

박남순, 여, 1923년생

주 소 지 : 경상남도 함양군 휴천면 금반리 금반마을
제보일시 : 2009.2.8
조 사 자 : 박경수, 서정매, 조민정

박남순은 1923년 돼지띠로 함양군 마천면 추성리 추성마을에서 태어나 추성댁으로 불린다. 올해로 77세이며, 슬하에 2남 2녀를 두었다. 학교를 다닌 적은 없으며, 주로 농사일을 해왔다고 했다.

민요 2편을 불렀는데, 일명 '국화술 노래'와 '대장부 노래'로 모두 노랫가락으로 불렀다. 목소리는 좋았으나, 듣고 익힌 대로 사설을 불러 부분적으로 뜻을 알기 어려운 표현이 있었다. 이들 노래는 어릴 때 일을 하면서 배운 것들이라고 했다.

박명남, 여, 1925년생

주 소 지 : 경상남도 함양군 휴천면 목현리 목현마을
제보일시 : 2009.2.8
조 사 자 : 박경수, 서정매, 조민정

박명남은 1925년 소띠로, 함양군 휴천면
대천리에서 태어났다. 16세 때 휴천면 목현
마을로 시집왔고 대평댁이라고 불린다. 현재
마을의 노모당 회장으로 있으며, 농사일을
돕고 있다고 했다. 남편은 제보자가 30살 때
작고했으며, 슬하에 2남 2녀를 두었다.

제보자는 민요 7편과 설화 2편을 구연했
다. 설화 2편은 육담에 해당했는데, 청중들
이 듣고 박장대소를 했다. 자신이 부른 민요 이외에도 혼자서 가사를 읊
조리거나 다른 사람이 부르는 민요를 거들기도 하는 것으로 보아 많은 민
요를 알고 있음을 알 수 있다. 그러나 나이 탓으로 많이 기억하지 못해
일부만 부른 것으로 판단된다. 이야기를 할 때나 노래를 부를 때 목소리
에 힘은 좀 없는 편이었으나 발음은 비교적 정확했다. 단정하게 앉은 모
습에서 아직도 정정한 나이를 느낄 수 있었다. 제보자는 어렸을 때 외할
아버지로부터 이야기를 많이 듣고 자랐다고 했다.

04_18_FOS_20090208_PKS_PMN_0001 모심기 노래 (1)
04_18_FOS_20090208_PKS_PMN_0002 노랫가락
04_18_FOS_20090208_PKS_PMN_0003 모심기 노래 (2)
04_18_FOS_20090208_PKS_PMN_0004 시집살이 노래
04_18_FOS_20090208_PKS_PMN_0005 바지 타령
04_18_FOS_20090208_PKS_PMN_0006 임 생각 노래
04_18_FOS_20090208_PKS_PMN_0007 화투 타령

박분순, 여, 1921년생

주 소 지 : 경상남도 함양군 휴천면 월평리 월평마을
제보일시 : 2009.2.16
조 사 자 : 서정매, 정혜란, 이진영

박분순은 1921년생으로 함양 우릉물이라
는 곳에서 태어났다. 학교는 다닌 적이 없고
17살에 월평마을로 시집을 와서 지금까지
살고 있다. 남편은 30년 전 작고하였고, 오
랫동안 홀로 살아왔다. 남편과의 사이에서
5명의 아들을 두었다.

머리가 모두 희었지만 가지런히 쪽을 진
비녀머리였고 꽃무늬 몸빼바지, 그리고 털
옷으로 된 두꺼운 흰색 스웨터를 입고 있었다.

제보자는 월평마을에서 가장 연장자로 귀가 좋지 않아서 말소리를 잘
알아듣지 못하였다. 그러나 기억력이 좋아서 옛날에 불렀던 노래를 많이
기억하여 불러 주었다. 처음에는 생각나는대로 노래를 바로 불러주었으
나, 점차 힘에 부치는지 이젠 그만 부를 거라는 말을 자주 하면서도 틈틈
이 기억나는 노래를 불러 주었다.

제공 자료 목록

04_18_FOS_20090216_PKS_PBS_0001 쌍가락지 노래

04_18_FOS_20090216_PKS_PBS_0002 모심기 노래 (1)

04_18_FOS_20090216_PKS_PBS_0003 아기 어르는 노래 (1)

04_18_FOS_20090216_PKS_PBS_0004 아기 어르는 노래 (2)

04_18_FOS_20090216_PKS_PBS_0005 아기 어르는 노래 (3)

04_18_FOS_20090216_PKS_PBS_0006 다리 세기 노래

04_18_FOS_20090216_PKS_PBS_0007 베틀 노래

04_18_FOS_20090216_PKS_PBS_0008 나물 캐는 노래 (1)

04_18_FOS_20090216_PKS_PBS_0009 석탄백탄 노래

04_18_FOS_20090216_PKS_PBS_0010 밭매기 노래

04_18_FOS_20090216_PKS_PBS_0011 나물 캐는 노래 (2)

04_18_FOS_20090216_PKS_PBS_0012 백발가

04_18_FOS_20090216_PKS_PBS_0013 밀양 아리랑

04_18_FOS_20090216_PKS_PBS_0014 모심기 노래 (2)

04_18_FOS_20090216_PKS_PBS_0015 강피 훑는 노래

박영덕, 남, 1956년생

주 소 지 : 경상남도 함양군 휴천면 송전리 송전마을

제보일시 : 2009.2.14

조 사 자 : 서정매, 정혜란, 이진영

박영덕은 1956년생으로 경남 산청군 신안면 외송리에서 태어났다. 올해 54세 원숭이띠로 송전마을에서 이장을 하고 있다. 아내 강삼조(51세)와 함께 살고 있으며, 2남 1녀의 자녀를 두었다. 1985년도부터 송전마을에서 살기 시작했다고 한다.

검은 티와 검은 색 외투를 입은 제보자는 선한 얼굴에 깔끔하고 단정한 인상이었다.

옛날 어른들에게 들은 이야기를 기억하여, 설화 3편을 구술해 주었다.

제공 자료 목록

04_18_FOT_20090214_PKS_PYD_0001 선녀가 목욕한 선녀바위
04_18_FOT_20090214_PKS_PYD_0002 호식될 팔자를 가진 사람
04_18_FOT_20090214_PKS_PYD_0003 도깨비와 씨름한 사람

박정자, 여, 1962년생

주 소 지 : 경상남도 함양군 휴천면 대천리 대포마을
제보일시 : 2009.2.15
조 사 자 : 서정매, 정혜란, 이진영

박정자는 1962년생으로 대포마을이 고향
이며, 정순성 제보자의 딸이기도 하다. 아직
결혼을 하지 않아서 어머니와 함께 같이 살
고 있다. 올해 나이 48세 범띠이다.

체격이 다부지고 목소리가 걸걸하여 마을
에서 가장 어리긴 하지만 리더십을 발휘하
여 여러 가지 일을 도맡아 하는 듯했다.

짧은 커트 머리에 안경을 쓰고 있었으며
세련된 청색 티에 패션 시계를 차고 있었다. 마을에서는 젊은 층에 속하
는 터라 어르신들에 비해 아는 노래가 거의 없다고 했다. 다만 '다리 세
기 노래'는 어려서부터 놀면서 많이 부른 노래라며 흔쾌히 불러 주었다.

제공 자료 목록

04_18_FOS_20090215_PKS_PJJ_0001 다리 세기 노래

박정희, 여, 1942년생

주 소 지 : 경상남도 함양군 휴천면 동강리 동강마을
제보일시 : 2009.2.14
조 사 자 : 서정매, 정혜란, 이진영

박정희는 1942년 생으로 동강마을에서
태어나고 자랐다. 올해 68세이며 택호는
제동댁이다. 중학교를 졸업하고 22세 때
시집을 왔다. 현재 남편과 함께 살고 있으
며, 1남 5녀의 자식들은 객지에 나가 살
고 있다. 남편과 함께 벼농사를 조금 짓고
있다.

할머니는 녹색 티를 입고 보라색 조끼를
걸쳤다. 말이 많이 없는 편으로 보였으나, 이야기를 시작하자 잘 이어나
갔다. 설화 2편과 민요 1편을 제공해 주었다. 설화는 옛날 어른들께 들은
이야기라고 했으며, 입담이 좋아서 이야기를 재미있게 잘 했다.

제공 자료 목록
04_18_FOT_20090214_PKS_PJH_0001 마귀할머니가 놓아 둔 공기바위
04_18_FOT_20090214_PKS_PJH_0002 떡도 먹고 사람도 잡아먹은 호랑이
04_18_FOS_20090214_PKS_PJH_0001 아기 어르는 노래 / 불미 소리

박태점, 여, 1949년생

주 소 지 : 경상남도 함양군 휴천면 동강리 동강마을
제보일시 : 2009.2.14
조 사 자 : 서정매, 정혜란, 이진영

박태점은 1949년생으로 휴천면에서 태어났다. 올해 61세로 소띠이며
마을에서는 꽤 젊은 층에 속하며 연평댁이라고 불린다. 17세 때 시집을

와서 현재까지 동강마을에서 살고 있다. 남
편 이동수와 함께 논농사를 하며 살고 있으
며 2남 3녀의 자식을 두었다.

갈색 스카프에 빨간색 조끼를 입고 있었
다. 다른 할머니에게 노래를 불러보라고 권
하기도 하고, 노래 부르는 사람에게는 술을
한 잔씩 줘야 한다면서 술을 건네 주는 등
분위기를 재미있게 만들어 주기도 하였다.
예전에 들었던 이야기를 1편 구술해 주었다. 제보된 이야기는 동네에 실
제 있었던 일인데, 친구에게 들었다고 했다.

제공 자료 목록

04_18_MPN_20090214_PKS_PTJ_0001 방귀 뀌다 신랑에게 뺨 맞은 며느리

백정호, 여, 1938년생

주 소 지 : 경상남도 함양군 휴천면 대천리 미천마을
제보일시 : 2009.2.15
조 사 자 : 서정매, 정혜란, 이진영

백정호는 1938년 생으로 함양군 휴천면
대천리 미천마을에서 태어났다. 19살 때 같
은 마을에 살고 있던 6살 많은 남편과 결혼
을 하였다. 결국 제보자는 지금까지도 미천
마을을 떠나지 않고 계속 살고 있는 토박이
이다. 택호는 평촌댁이다.

학교는 다닌 적이 없고, 어릴 때부터 집
안일을 많이 했다. 슬하에 2남 4녀를 두었

는데 모두 객지에 나가 있어 지금은 남편과 둘이서 벼농사와 밭농사를 하면서 살고 있다.

제보자는 커트머리에 곤색잠바를 입고 있었다. 까맣게 물든 머리 때문에 70대로는 전혀 보이지 않았다. 기억나는 노래가 있으면 다른 제보자보다 먼저 나서서 부르는 등 적극적인 태도를 보였다. 구연해 준 노래 중에는 6~7살 때 어른들이 부르는 노래를 듣고 흥얼거리면서 습득한 노래도 있었다. 그만큼 기억력이 남다르다.

제공 자료 목록
04_18_FOT_20090215_PKS_PJH_0001 시아버지 흉을 본 며느리
04_18_FOT_20090215_PKS_PJH_0002 대패로 깎을 뻔한 그것
04_18_FOS_20090215_PKS_PJH_0001 누에 노래
04_18_FOS_20090215_PKS_PJH_0002 쌍가락지 노래
04_18_FOS_20090215_PKS_PJH_0003 세월 노래
04_18_FOS_20090215_PKS_PJH_0004 진주 난봉가
04_18_FOS_20090215_PKS_PJH_0005 거미 타령
04_18_FOS_20090215_PKS_PJH_0006 나비 타령
04_18_FOS_20090215_PKS_PJH_0007 청혼가

석월남, 여, 1926년생
주 소 지 : 경상남도 함양군 휴천면 금반리 금반마을
제보일시 : 2009.2.8
조 사 자 : 박경수, 서정매, 조민정

석월남은 1926년 쥐띠로, 함양군 수동면 원평리 서평마을에서 태어났다. 택호는 세평댁이다. 서평마을을 흔히 세평마을이라 하기 때문에 택호를 그렇게 부른 것이다. 17살 때 함양군 휴천면 금반리 금반마을로

시집을 와서 4남 2녀를 두었다. 그동안 농사를 지으며 계속 금반마을에서 생활해 왔다.

민요 2편을 불렀는데, 젊었을 때 일하면서 어른들이 부르는 노래를 어깨너머로 배워서 알게 된 것이라 했으나 노래에 자신이 없어 보였다. 애기 재우는 노래도 사설을 다 기억하지 못해 앞부분을 조금 부르다가 중단하고 말았다.

제공 자료 목록
04_18_FOS_20090208_PKS_SWN_0001 노랫가락 /그네 노래
04_18_FOS_20090208_PKS_SWN_0002 애기 재우는 노래 / 자장가

신수철, 남, 1948년생

주 소 지 : 경상남도 함양군 휴천면 송전리 송전마을
제보일시 : 2009.2.14
조 사 자 : 서정매, 정혜란, 이진영

신수철은 1948년생으로 휴천면 송전리 송전마을에서 태어나 지금까지 송전에서 살고 있다. 올해 62세로 마을에서는 젊은 편에 속한다. 부인과 함께 벼농사를 지으면서 살고 있다. 어렸을 때 국민학교를 졸업했다고 한다.

연녹색 티셔츠에 검정색 잠바를 입은 제보자는 쑥스러움이 많은 것 같았다. 그러면서도 옆에서 할머니들이 노래를 불러주면 박수를 치는 등 호응을 잘 해주었다. 마적도사 이야기를 재미있게 해주었다.

제공 자료 목록

04_18_FOT_20090214_PKS_SSC_0001 용유담의 용을 죽인 마적도사와 도사 대나무

신정자, 여, 1948년생

주 소 지 : 경상남도 함양군 휴천면 송전리 송전마을
제보일시 : 2009.2.14
조 사 자 : 서정매, 정혜란, 이진영

신정자는 1948년 마천면 삼정리 양정에서 태어나고 자랐다. 올해 62세로 돼지띠이며 택호는 양정댁이다. 제보자는 18세 때 현재 마을에 시집을 와서 남편과의 사이에 2남 3녀의 자녀를 두고 있다. 지금도 농사일을 하면서 살고 있다. 국민학교를 다니긴 했으나 맏이라서 학교를 제대로 못 다녔다. 제보자는 나이보다 어린 인상이었는데, 치과를 다녀온 터라 이가 빠져 있는 상태여서 말하는 것을 매우 부끄러워했다.

짧은 파마머리에 보라색 티와 분홍 조끼를 입고 있던 제보자는 처음에는 부끄러움이 많아서 직접 노래를 부르지 않다가 생각나는 노래를 한 번 부르고 난 후 자신감이 생겼는지 적극적으로 불러 주었다. 임맹점 제보자와 함께 노래를 주거니 받거니 하면서 민요판의 분위기를 즐겁게 만들어 주었다. 대부분 다양한 가사의 노랫가락을 많이 불러 주었다.

제공 자료 목록

04_18_FOS_20090214_PKS_SJJ_0001 청춘가 (1)
04_18_FOS_20090214_PKS_SJJ_0002 나물 캐는 노래
04_18_FOS_20090214_PKS_SJJ_0003 청춘가 (2)

04_18_FOS_20090214_PKS_SJJ_0004 청춘가 (3)

04_18_FOS_20090214_PKS_SJJ_0005 양산도

04_18_FOS_20090214_PKS_SJJ_0006 청춘가 (4)

신학군, 여, 1941년생

주 소 지 : 경상남도 함양군 휴천면 대천리 미천마을

제보일시 : 2009.2.15

조 사 자 : 서정매, 정혜란, 이진영

　신학군은 1941년 휴천면 호산리 산두마
을에서 태어났다. 17살 때 미천마을로 시집
을 왔으며, 산두댁이라 불리고 있다. 3년 전
에 작고한 남편과의 사이에 아들만 넷이 있
는데, 모두 결혼을 해서 지금은 혼자서 생활
하고 있다. 한국전쟁이 발발하면서 학교를
다닐 시기를 놓치는 바람에 학교는 다니지
못했다. 미천마을 안에서는 아직 젊은 나이
에 속하는 편이어서 막내의 역할을 하는 듯 말투가 귀엽다는 말을 많이
듣는다고 했다.

　분홍 티에 진회색 조끼를 입고 있었고, 짧은 파마머리를 하였다. 긍적
적인 성격으로 시종일관 웃으면서 다른 제보자에게 노래 좀 해보라고 권
유하곤 하였다. 그리고 분위기가 무르익자 다른 제보자가 부르는 노래를
따라서 부르다가 직접 모심기 노래 1편을 했다.

제공 자료 목록

04_18_FOS_20090215_PKS_SHK_0001 모심기 노래

양봉임, 여, 1945년생

주 소 지 : 경상남도 함양군 휴천면 문정리 문하마을
제보일시 : 2009.2.14
조 사 자 : 서정매, 문세미나, 이진영, 조민정

양봉임은 1945년 함양읍 교산리 두산마을(두무마을)에서 태어났다. 올해 나이는 65세 닭띠이며 택호는 두무댁이다. 19세 때 휴천면 문하마을로 시집왔고, 그 후로는 문하마을을 떠나본 적이 없다.

목소리가 매우 커서 가사의 전달이 정확했고, 기억력이 좋아 노래를 잘 불렀다. 10년 전 작고한 남편 사이에서 1남 4녀가 있는데 모두 서로 다른 지역에서 살고 있다고 했다. 벼농사를 짓고 있다. 제보자는 다른 사람이 부르는 노래를 듣고 있다가, 조사자의 요청에 '진주 난봉가' 1편을 불러 주었다.

제공 자료 목록
04_18_FOS_20090214_PKS_YBI_0001 진주 난봉가

양선남, 여, 1937년생

주 소 지 : 경상남도 함양군 휴천면 월평리 월평마을
제보일시 : 2009.2.16
조 사 자 : 서정매, 정혜란, 이진영

양선남은 1937년 생으로 함양군 휴천면 중터마을에서 태어났다. 올해 나이 71세로, 중터댁으로 불린다. 20살에 월평리 월평마을로 시집을 오기 전까지는 계속 중터마을에서 지냈다. 그 시절 여자는 학교에 잘 보내지 않

앉지만 양선남은 초등학교를 졸업하였다. 그
리고 당시에는 약간 늦은 20살에 월평마을
로 시집을 왔고, 그때부터 지금까지 월평마
을을 떠나본 적이 없다.

　남편은 이미 작고하였고, 2남 3녀의 자녀
들은 모두 객지로 나가 있다. 지금도 혼자
농사를 지으면서 생활하고 있다.

　짧고 고운 파마머리를 하고 있으며, 검은
티에 갈색 재킷을 입은 모습이 깔끔한 인상을 주었다. 서사민요를 이야기
로 풀어 구술해 주었다.

제공 자료 목록

04_18_FOT_20090216_PKS_YSN_0001 강피 훑는 팔자의 부인

염임순, 여, 1932년생

주 소 지 : 경상남도 함양군 휴천면 문정리 문상마을
제보일시 : 2009.2.9
조 사 자 : 박경수, 서정매, 조민정

　염임순은 1932년 말띠 생으로 전북 남원
시 덕과면 고정리에서 태어나서, 21살 때
현재의 함양군 휴천면 문정리 문상마을로
시집을 왔다. 택호는 고정댁이다. 남편 강봉
춘과는 1살 차이며, 시어머니 금봉숙을 모
시고 함께 살고 있다. 남편과 같이 여행을
다니고 싶어도 시어머니를 모시고 있는 입
장이라고 어려움을 토로하기도 했다. 슬하

에 2남 3녀를 두었는데, 막내딸을 4년 전에 잃고 한동안 큰 슬픔에 빠졌다고 했다.

성격은 활달하고 밝은 표정이었다. 조사자 일행을 매우 호의적으로 대해 주고, 가장 먼저 나서서 민요를 부르며 분위기를 유도했다. 마을회관 조사를 마친 후 조사자 일행을 직접 집으로 안내하여 점심을 차려주기도 했다.

제공 자료 목록

04_18_FOT_20090209_PKS_YIS_0001 호식 당하고 비녀만 남았던 비녀봉
04_18_FOT_20090209_PKS_YIS_0002 정태란 청년이 호식당한 정태골
04_18_FOS_20090209_PKS_YIS_0001 모심기 노래
04_18_FOS_20090209_PKS_YIS_0002 보리타작 노래
04_18_FOS_20090209_PKS_YIS_0003 쌍가락지 노래

유광수, 남, 1936년생

주 소 지 : 경상남도 함양군 휴천면 문정리 문하마을
제보일시 : 2009.2.14
조 사 자 : 서정매, 문세미나, 이진영, 조민정

유광수는 1936년 함양군 문정리 문하마을에서 태어났다. 올해 나이는 74세(쥐띠)이며 지금까지 한 번도 문하마을을 떠나본 적이 없다. 슬하에 3남 3녀를 두고 있으며 농업을 천직으로 살아오고 있다고 했다.

소박한 외모가 편안한 인상을 주었다. 설화 1편과 민요 1편을 제공해 주었다.

제공 자료 목록

04_18_FOT_20090214_PKS_YKS_0001 억년바위, 백년마을 유래

윤일순, 여, 1926년생

주 소 지 : 경상남도 함양군 휴천면 목현리 목현마을
제보일시 : 2009.2.8
조 사 자 : 박경수, 서정매, 조민정

윤일순은 1926년 범띠 생으로 유림면 옥
매리 매촌마을에서 태어났다. 택호는 매촌
댁이며, 18살 때 휴천면 목현마을로 시집왔
다. 슬하에 외동아들만 있다.

조사자가 다리를 세면서 부르는 "이거리
저거리 각거리" 노래를 제보자에게 불러보
라고 하자, 직접 다리를 펴서 세는 동작을
하며 불렀다. 이 노래를 어릴 때 놀면서 배
운 것이라 했다. 다른 노래에는 자신이 없는지 다른 사람들이 부르는 노
래를 계속 들으면서 박수를 치고 호응하기만 했다.

제공 자료 목록
04_18_FOS_20090208_PKS_YIS_0001 다리 세기 노래

이금안, 여, 1938년생

주 소 지 : 경상남도 함양군 휴천면 목현리 목현마을
제보일시 : 2009.2.8
조 사 자 : 박경수, 서정매, 조민정

이금안은 1938년 범띠 생으로 전라북도 남원시 산례면에서 태어났다.
택호는 무지개댁이며, 30살 때 휴천면 목현마을로 시집을 와서 계속 거주

하고 있다고 했다. 슬하에 2남 1녀를 두었
고, 남편은 20년 전에 작고했다.

　　제보자는 목현마을에서 가장 적극적으로
노래를 했다. 모두 10편의 노래를 했는데,
목소리가 구성져서 좌중의 박수를 많이 받
았다. 제보자에게 구연한 노래를 언제 배웠
느냐고 묻자, 젊어서 모를 심거나 삼을 삼을
때 어른들에게 배운 노래라고 했다.

제공 자료 목록

04_18_FOS_20090208_PKS_LKA_0001 모심기 노래 (1)

04_18_FOS_20090208_PKS_LKA_0002 모심기 노래 (2)

04_18_FOS_20090208_PKS_LKA_0003 모심기 노래 (3)

04_18_FOS_20090208_PKS_LKA_0004 처녀 총각 노래

04_18_FOS_20090208_PKS_LKA_0005 노랫가락

04_18_FOS_20090208_PKS_LKA_0006 혼인 노래

04_18_FOS_20090208_PKS_LKA_0007 청춘가

04_18_FOS_20090208_PKS_LKA_0008 치마 타령

04_18_FOS_20090208_PKS_LKA_0009 조끼 타령

04_18_MFS_20090208_PKS_LKA_0001 연애 노래 / 창가

이삼순, 여, 1928년생

주 소 지 : 경상남도 함양군 휴천면 금반리 금반마을

제보일시 : 2009.2.8

조 사 자 : 박경수, 서정매, 조민정

　　이삼순은 1928년 용띠로 함양군 휴천면 월평리에서 태어났다. 마을에
서는 남이댁이라 불린다. 16살 때 휴천면 금반리 금반마을로 시집을 와서
지금까지 계속 거주해 왔다. 올해로 82세이다. 슬하에 4남 4녀를 두었으

며, 남편은 오래 전에 작고했다고 했다. 특별히 학교를 다닌 적은 없으며, 주로 농사일을 하며 생활해 왔다.

민요 2편을 불렀는데, 연세가 많아 목소리에 힘이 없어 떨렸다. 이들 노래는 어렸을 때 일하면서 어른들이 부르는 노래를 따라 부르면서 알게 된 것이라고 했다.

제공 자료 목록
04_18_FOS_20090208_PKS_LSS_0001 춘향이 노래
04_18_FOS_20090208_PKS_LSS_0002 쌍가락지 노래

이옥녀, 여, 1938년생

주 소 지 : 경상남도 함양군 휴천면 대천리 미천마을
제보일시 : 2009.2.15
조 사 자 : 서정매, 정혜란, 이진영

이옥녀는 1938년 생으로 휴천면 송전리 송전마을에서 태어났다. 올해 나이 72세로 세동댁으로 불린다. 슬하에 1남 4녀를 두었다. 36년 전에 남편을 먼저 보내고 자녀들도 객지로 떠나 살아 홀로 미천마을에서 지내고 있다. 20살 때 미천마을로 시집을 온 뒤로는 계속 이곳에서 거주하고 있다. 예전부터 현재까지 벼농사를 지으며 지내고 있다.

줄무늬 회색 티에 하늘색 털조끼를 입고 빨간 스카프를 목에 두르고

있었다. 설화 2편과 민요 4편을 제공했다. 수줍음이 많아서 노래를 부를 때는 많이 부끄러워했다. 하지만 조사가 끝나갈 무렵에는 먼저 나서서 노래를 불러주는 등 적극적인 모습을 보여주기도 했다. 가사를 잘 기억하고 잘 불렀지만 목이 잠겨서 더 잘 부를 수 없음에 아쉬워했다. 민요는 어릴 적 학교를 다니지 못했기 때문에 집안일을 도우면서 어른들이 하는 노래를 듣거나 혹은 동무들과 놀면서 불렀던 것이라고 했다.

제공 자료 목록

04_18_FOT_20090215_PKS_LON_0001 도깨비와 씨름한 사람

04_18_FOT_20090215_PKS_LON_0002 수수깡이 빨갛게 된 까닭

04_18_FOS_20090215_PKS_LON_0001 밭매기 노래

04_18_FOS_20090215_PKS_LON_0002 모심기 노래

04_18_FOS_20090215_PKS_LON_0003 아기 어르는 노래 / 알캉달캉요

04_18_FOS_20090215_PKS_LON_0004 화투 타령

임맹점, 여, 1943년생

주 소 지 : 경상남도 함양군 휴천면 송전리 송전마을
제보일시 : 2009.2.14
조 사 자 : 서정매, 정혜란, 이진영

임맹점은 1943년생으로 휴천면 송전리 송전마을에서 태어나서 결혼하여 현재까지 살고 있다. 올해 68세이며 택호는 세동댁이다. 21세 때 시집을 와서, 현재 남편과 함께 살고 있으며 3남 3녀의 자녀를 두고 있다. 자녀들은 모두 객지에 나가 살고 있고, 남편과 함께 벼농사를 하며 살고 있다.

어렵던 시절이어서 학교는 다니지 못했다

고 했다.

제보자는 짧은 파마머리에 회색 목티를 입고 있었다. 제보자는 대단한 노래꾼이었다. 목청도 아주 좋았으며, 제보자가 노래할 때 청중들은 박수를 치며 호응해 주었다. 그가 제공한 16편의 민요는 옛날 어른들께 듣고 알게 된 것으로 일 할 때도 부르고 친구들과 놀면서도 많이 불렀다고 한다.

제공 자료 목록
04_18_MPN_20090214_PKS_IMJ_0001 소를 따라온 호랑이
04_18_FOS_20090214_PKS_IMJ_0001 모심기 노래 (1)
04_18_FOS_20090214_PKS_IMJ_0002 모심기 노래 (2)
04_18_FOS_20090214_PKS_IMJ_0003 모심기 노래 (3) / 첩 노래
04_18_FOS_20090214_PKS_IMJ_0004 모심기 노래 (4)
04_18_FOS_20090214_PKS_IMJ_0005 모심기 노래 (5)
04_18_FOS_20090214_PKS_IMJ_0006 나물 캐는 노래
04_18_FOS_20090214_PKS_IMJ_0007 다리 세기 노래
04_18_FOS_20090214_PKS_IMJ_0008 화투 타령
04_18_FOS_20090214_PKS_IMJ_0009 노랫가락 (1) / 그네 노래
04_18_FOS_20090214_PKS_IMJ_0010 시집살이 노래
04_18_FOS_20090214_PKS_IMJ_0011 청춘가 (1)
04_18_FOS_20090214_PKS_IMJ_0012 청춘가 (2)
04_18_FOS_20090214_PKS_IMJ_0013 도라지 타령
04_18_FOS_20090214_PKS_IMJ_0014 양산도
04_18_FOS_20090214_PKS_IMJ_0015 청춘가 (3)
04_18_FOS_20090214_PKS_IMJ_0016 노랫가락 (2)
04_18_FOS_20090214_PKS_IMJ_0017 청춘가 (4)

임상하, 남, 1937년생

주 소 지 : 경상남도 함양군 휴천면 금반리 금반마을
제보일시 : 2009.2.8
조 사 자 : 박경수, 서정매, 조민정

임상하는 1937년 소띠 생으로 함양군 휴천면 금반리 37번지에서 태어
났다. 부인(박예숙, 나무골댁)과는 2살 차이(71세)이며, 아들만 넷을 두었
다. 고향에서 계속 거주하며 농사를 짓고 살았다. 초등학교를 나왔으며,
평소 책을 읽는 것을 좋아한다고 했다. 부산 영도여고 교장을 지낸 친척
아저씨로부터 이야기를 많이 듣고 배웠다고 했다. 마을회관에서 남이 하
는 이야기를 듣고 있다가 막판에 마적도사 이야기 1편을 구술했다.

제공 자료 목록
04_18_FOT_20090208_PKS_LSH_0001 마적도사와 마적도사의 당나귀가 죽은 피바위

장계선, 여, 1933년생

주 소 지 : 경상남도 함양군 휴천면 문정리 문하마을
제보일시 : 2009.2.14
조 사 자 : 서성매, 문세미나, 이진영, 조민정

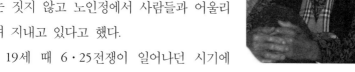

장계선은 1933년 휴천면에서 태어났다.
현재 나이는 77세로 택호는 엄깃댁이다. 남
편은 7년 전에 작고했으며, 4형제를 두었는
데, 이들은 모두 다른 지역에서 살고 있다고
했다. 원래는 벼농사를 했으나 지금은 농사
는 짓지 않고 노인정에서 사람들과 어울리
며 지내고 있다고 했다.

19세 때 6·25전쟁이 일어나던 시기에
이곳으로 시집온 후 이곳을 떠나본 적이 없다. 학교는 다닌 적이 없으며
노래는 젊었을 때 사람들에게 듣고 배웠다고 했다.

제공 자료 목록
04_18_FOS_20090214_PKS_JKS_0001 탄로가

정갑자, 여, 1950년생

주 소 지 : 경상남도 함양군 휴천면 목현리 목현마을

제보일시 : 2009.2.8

조 사 자 : 박경수, 서정매, 조민정

정갑자는 1950년 함양군 휴천면 목현마을에서 태어났다. 부산으로 시집을 가서 대구에 살다가 4년 전인 2005년에 목현마을로 다시 돌아왔다. 1남 1녀의 자식을 두었으며, 부산에서 살다가 왔다고 해서 택호를 부산댁이라 했다.

성격이 활달해 보였으며, 다른 제보자들보다 나이가 젊은 편인데도 노인들과 잘 어울려 지내는 듯했다. 다른 사람들이 부르는 노래를 경청하면서 흥을 돋우는 역할을 하다가 '진주 난봉가' 1편을 불러 주었다. 이야기판에서는 귀신을 본 체험담을 실감나게 이야기했다. 이야기는 어려서 집안 어른에게 들은 것이라 했다.

제공 자료 목록

04_18_MPN_20090208_PKS_JGJ_0001 새댁 죽은 방에 나타나 귀신

04_18_FOS_20090208_PKS_JGJ_0001 진주 난봉가

정경숙, 여, 1929년생

주 소 지 : 경상남도 함양군 휴천면 문정리 문하마을

제보일시 : 2009.2.14

조 사 자 : 서정매, 문세미나, 이진영, 조민정

정경숙은 1929년에 수동면 효리마을에서
태어났고, 18세 때 문하마을로 시집와서 효
리댁으로 불리고 있다. 결혼 후 이곳에 정착
하여 마을을 떠나본 적이 없다고 했다. 1년
전 작고한 남편과의 사이에 2남 1녀가 있는
데, 모두 객지로 나가 있는 터라 지금은 홀
로 살고 있다.

구연해준 노래는 모두 어릴 적부터 들으
면서 따라 부른 것이고, 따로 배운 적은 없다고 하였다.

제공 자료 목록

04_18_FOS_20090214_PKS_JKS_0001 화투 타령
04_18_FOS_20090214_PKS_JKS_0002 목화 따는 처녀 노래
04_18_FOS_20090214_PKS_JKS_0003 의암이 노래

정근숙, 여, 1923년생

주 소 지 : 경상남도 함양군 휴천면 문정리 문상마을
제보일시 : 2009.2.9
조 사 자 : 박경수, 서정매, 조민정

정근숙은 1931년 양띠로 함양군 유림면
유평리의 '버들리'라 불리는 유평마을에서
태어났다. 택호는 버들댁이다. 15살 때 현재
의 휴천면 문정리 문상마을로 시집을 왔다.
남편은 20년 전에 작고했으며, 슬하에 2남을
두었다. 올해 79세지만 정정한 모습이었다.

민요 5편을 불러주었는데, 가사를 잘 기억하지는 못하고 다른 사람들의 도움을 받아 근근이 노래를 마무리했다. 그러나 목소리에 힘이 있고 목청도 좋았다. 이들 노래는 시집 와서 일하면서 어른들에게 배운 것들이라 했다.

제공 자료 목록

04_18_FOS_20090209_PKS_JKS_0001 모심기 노래 (1)

04_18_FOS_20090209_PKS_JKS_0002 베 짜기 노래

04_18_FOS_20090209_PKS_JKS_0003 모심기 노래 (2)

04_18_FOS_20090209_PKS_JKS_0004 시집식구 노래

04_18_FOS_20090209_PKS_JKS_0005 시집살이 노래

정미자, 여, 1939년생

주 소 지 : 경상남도 함양군 휴천면 월평리 월평마을

제보일시 : 2009.2.16

조 사 자 : 서정매, 정혜란, 이진영

정미자는 1939년 함양군 휴천면 목현마을에서 태어났다. 올해 71세 토끼띠이며 택호는 목현댁이라 불리지는 않고 나무골댁이라 불린다고 한다. 당시로 보면 늦은 나이인 22세에 결혼을 하여 월평마을로 왔고, 지금까지 월평마을에서 살고 있다.

8살 연상인 남편 이용기(79세)와의 사이에서 4남 1녀를 두고 있는데, 지금은 모두 객지로 나가 있어서 현재는 남편과 둘이서 살고 있다. 같이 농사를 지으며 생활하는데 예전만큼 많이는 짓지 않는다.

밤색 꽃무늬 몸빼바지에 검은 티를 입고 짧은 파마머리를 하고 있었다.

몸이 날씬하여 날렵하고 부지런해 보이는 인상이다. 어렸을 때 학교에 다닌 적이 없어 한글을 배우지 못한 것을 무척 마음 아파했다. 그러나 기억력이 좋아서 젊었을 때 일하면서 들은 노래를 기억하고 있어서 많은 노래를 불러 주었다.

제공 자료 목록

04_18_FOS_20090216_PKS_JMJ_0001 다리 세기 노래

04_18_FOS_20090216_PKS_JMJ_0002 화투 타령

04_18_FOS_20090216_PKS_JMJ_0003 시집살이 노래

04_18_FOS_20090216_PKS_JMJ_0004 청춘가

04_18_FOS_20090216_PKS_JMJ_0005 임 이별 노래

04_18_FOS_20090216_PKS_JMJ_0006 노랫가락 / 그네 노래

04_18_FOS_20090216_PKS_JMJ_0007 너는 나를 알기를

04_18_FOS_20090216_PKS_JMJ_0008 처남 자형 노래

04_18_FOS_20090216_PKS_JMJ_0009 모심기 노래

정순성, 여, 1921년생

주 소 지 : 경상남도 함양군 휴천면 대천리 대포마을

제보일시 : 2009.2.15

조 사 자 : 서정매, 정혜란, 이진영

정순성은 함양군 함양읍 석봉리 남평에서 태어났다. 1921년 생으로 현재 나이는 89세이며 닭띠이다. 학교는 다니지 못했고, 때 당시는 일제강점기 때여서 빨리 결혼을 하여야 해서 어쩔 수 없이 15살에 결혼을 했다. 결혼 후 대포마을로 왔는데 마침 외갓집이 대포마을에 있어서 어린 나이였지만 크게 힘들지는 않았다 한다. 9년 전에 작고한

남편과의 사이에 4남 4녀를 두었고, 지금은 결혼하지 않은 막내딸과 함께 살고 있다.

털옷에 보라색 조끼를 입은 제보자는 비녀를 꽂고 있었는데, 머리가 약간 헝클어져 있었지만 자태가 아주 고왔다. 구연해 준 민요는 대부분 외할머니와 외숙모에게 배웠던 노래라고 했다. 나이가 있어서 길게 부르지 못하고 숨을 고른 후 짧게 불렀다가 이제 못 부르겠다며 그만하겠다는 의사를 몇 번이나 전했다. 청춘가의 가락에 손동작으로 장단을 맞춰가면서 여러 편의 민요를 불렀으며, 노래를 부른 후 웃으면서 마무리를 했다.

제공 자료 목록

04_18_FOT_20090215_PKS_JSS_0001 장인 장모를 무시한 어사 사위
04_18_FOT_20090215_PKS_JSS_0002 강피 훑는 팔자의 부인
04_18_FOS_20090215_PKS_JSS_0001 사발가
04_18_FOS_20090215_PKS_JSS_0002 무덤 노래
04_18_FOS_20090215_PKS_JSS_0003 오를막 내릴막
04_18_FOS_20090215_PKS_JSS_0004 청춘가

정우분, 여, 1932년생

주 소 지 : 경상남도 함양군 휴천면 대천리 미천마을
제보일시 : 2009.2.15
조 사 자 : 서정매, 정혜란, 이진영

정우분은 1932년생으로 올해 78세이다. 유림면에서 태어나 19살에 휴천면 미천마을로 시집을 왔다. 그때부터 지금까지 미천마을에서 계속 거주했다고 한다. 4남매를 두고 있으나 지금은 다 객지에서 생활하고 있다. 20년 전에 남편을 보내고 혼자서 지내

고 있다. 아직까지 벼농사를 짓고 있지만 다리가 불편해서 많이 짓지는 못한다고 했다.

학교를 다닌 적이 없어 글공부도 제대로 못했지만 노래는 비교적 기억을 잘 하고 있었다. 어린 시절 어른들이 부르는 것을 듣고, 또 친구들과 놀면서 불렀던 노래를 기억하고 불러 주었다.

제공 자료 목록

04_18_FOS_20090215_PKS_JWB_0001 청춘가
04_18_FOS_20090215_PKS_JWB_0002 모심기 노래 (1)
04_18_FOS_20090215_PKS_JWB_0003 모심기 노래 (2)
04_18_FOS_20090215_PKS_JWB_0004 모심기 노래 (3)
04_18_FOS_20090215_PKS_JWB_0005 다리 세기 노래
04_18_FOS_20090215_PKS_JWB_0006 꼬방꼬방 장꼬방에
04_18_FOS_20090215_PKS_JWB_0007 신세 타령요
04_18_FOS_20090215_PKS_JWB_0008 사위 노래

정정님, 여, 1926년생

주 소 지 : 경상남도 함양군 휴천면 대천리 미천마을
제보일시 : 2009.2.15
조 사 자 : 서정매, 정혜란, 이진영

정정님은 1926년생으로 함양군 휴천면 송전리 송전마을에서 태어났다. 현재 84세 범띠이며, 택호는 진양댁 또는 우동댁으로 불린다. 송전마을은 산기슭에 위치하고 있어 다른 마을보다 빨치산의 피해가 컸다고 한다. 낮에는 경찰, 밤에는 빨치산이 와서 생활하기도 힘들었고 그래서 학교도 다닐 수 없었다. 그러다 17살 때, 덕산으로 시집

을 가서 그곳에서 30년 가량을 살다가 미천마을로 오게 되었다.

25년 전에 세상을 떠난 남편과의 사이에 아들이 하나밖에 없어서 매우 귀하게 키웠다고 한다. 그러나 며느리가 세상을 떠나서 아들이 홀로 있는 모습에 마음이 많이 아프다고 했다. 다른 제보자가 노래를 부를 때 함께 부르다가 자신도 '모심기 노래' 1편을 제공했다.

제공 자료 목록

04_18_FOS_20090215_PKS_JJN_0001 모심기 노래

정준상, 남, 1920년생

주 소 지 : 경상남도 함양군 휴천면 목현리 목현마을
제보일시 : 2009.2.8
조 사 자 : 박경수, 서정매, 조민정

정준상은 1920년 원숭이띠로 함양군 휴천면 목현마을에서 태어나서 지금까지 계속 살고 있다. 올해로 90세이며, 9살 연하인 부인과의 사이에 5남 3녀를 두었다. 흰색 중절모에 분홍 스웨터를 입고, 안경을 낀 모습이 나이가 들어도 멋쟁이 노신사로 느끼게 했다. 할머니들의 노래판이 잠시 멈춘 사이 시조창을 2수 하기도 했다. 설화는 천천히 구술했으나, 틀니에 약간 발음이 새기도 해서 부분적으로 알아듣기 힘든 발음도 있었다. 인물설화를 주로 한 그의 구술 태도에서도 드러나듯이, 유가의 후예로서의 풍모를 느낄 수 있었다.

제공 자료 목록

04_18_FOT_20090208_PKS_JJS_0001 손자를 살린 동계 선생

04_18_FOT_20090208_PKS_JJS_0002 백혈군자(白血君子)가 된 정여창
04_18_FOT_20090208_PKS_JJS_0003 황희 정승 딸과 혼인하고 대국 천자를 놀라게
한 최고운

조순자, 여, 1944년생

주 소 지 : 경상남도 함양군 휴천면 동강리 동강마을
제보일시 : 2009.2.14
조 사 자 : 서정매, 정혜란, 이진영

조순자는 1944년생으로 마산에서 태어났
다. 올해 66세이며 양띠이다. 택호는 마산댁
이라고도 하지만 서동댁이라고도 불린다.
남편은 78세로 12살 연상이며, 슬하에 3남
2녀의 5남매가 있다. 현재의 남편과는 2년
전에 재혼했다고 한다.

자식들은 다 객지에서 거주하고 있다고
한다. 가사 일을 하면서 밭농사를 조금 하고
있다. 마산에서 살다가 함안으로 가서 식당을 오래 했다. 그리고는 현재
동강마을에서 2년째 거주하고 있다고 했다. 제보자는 '진주 난봉가' 1편
을 불러 주었는데, 가사를 제대로 기억하지 못해 적당히 부르고 마쳤다.

제공 자료 목록
04_18_FOS_20090214_PKS_JSJ_0001 진주 난봉가

표상림, 여, 1939년생

주 소 지 : 경상남도 함양군 휴천면 금반리 금반마을
제보일시 : 2009.2.8
조 사 자 : 박경수, 서정매, 조민정

표상림은 1939년에 토끼띠로 함양읍 휴천면 금반마을에서 태어났는데, 결혼도 고향에서 하여 계속 금반마을에서 생활해 왔다. 마을에서는 새터댁으로 불린다. 슬하에 2남 3녀가 있으며, 남편은 1년 전인 지난해에 작고했다고 했다. 학력은 초등학교 4학년까지 다닌 것이 전부라고 했다. 제보자는 민요 3편을 불러주었는데, 일명 '첩 노래'라

하는 노랫가락 1편과 모래로 두꺼비집을 지을 때 부르는 노래와 풀국새 소리를 흉내낸 동요 2편이다. 어렸을 때 일하면서 듣거나 어렸을 때 직접 놀면서 부른 것이라 했다.

제공 자료 목록

04_18_FOS_20090208_PKS_PSL_0001 첩 노래
04_18_FOS_20090208_PKS_PSL_0002 두꺼비집 짓는 노래
04_18_FOS_20090208_PKS_PSL_0003 풀국새 노래

홍순달, 여, 1932년생

주 소 지 : 경상남도 함양군 휴천면 동강리 동강마을
제보일시 : 2009.2.14
조 사 자 : 서정매, 정혜란, 이진영

홍순달은 1932년 생으로 휴천면 동강리 동강마을에서 태어나고 자랐다. 올해 78세로 원숭이띠이며 택호는 일촌댁이다. 15세 때 시집을 왔으나, 남편은 20년 전에 작고하였다. 남편과의 사이에 2남 5녀의 자녀를 두고 있다. 제보자의 집은 마을 중간 즈음의

길가에 있다. 마을에서 벼농사를 조금씩 하며 살고 있다.

제보자는 보라색 티셔츠와 다홍색 조끼를 걸쳤다. 처음에는 소극적이었으나, 점차로 시간이 지나면서 흥겨워했다. 노래를 부르기보다 읊조리기도 하였고, 중간에 몇 구절을 잊어먹기도 하였다. 불러준 노래는 모두 친정어머니가 부르는 것을 따라 부르다가 알게 된 것이라고 했다.

제공 자료 목록

04-18_FOS_20090214_PKS_HSD_0001 밭매기 노래 (1)
04-18_FOS_20090214_PKS_HSD_0002 밭매기 노래 (2)
04-18_FOS_20090214_PKS_HSD_0003 화투 타령
04-18_FOS_20090214_PKS_HSD_0004 달거리 노래
04-18_FOS_20090214_PKS_HSD_0005 노랫가락

황점순, 여, 1936년생

주 소 지 : 경상남도 함양군 휴천면 동강리 동강마을
제보일시 : 2009.2.14
조 사 자 : 서정매, 정혜란, 이진영

황점순은 1936년 생으로 휴천면 송전리 송전마을에서 태어났다. 올해 74세로 쥐띠이며 택호는 언터댁이다. 어렸을 때는 휴천면 송전리에서 살았고, 6·25 때 세동마을에서 살았으며, 15세 때 남편에게 시집을 와서 현재 동강마을에서 살고 있다. 남편은 33년 전에 작고하여 오랫동안 홀로 살아왔다. 남편과의 사이에 다섯 명의 딸이 있어 딸 부잣집 할머니이기도 하다. 자식들은 모두 다 객지에서 살고 있다.

제보자는 검정색 조끼를 입고 있었다. 노래를 부를 때면 손동작을 사용

하면서 흥겹게 불러주었고, 때로는 일어나서 부르기도 했다. 불러준 노래
는 대부분 일하면서 친구들과 같이 부르다가 배운 것이라고 했다.

제공 자료 목록
04_18_FOS_20090214_PKS_HJS_0001 아기 재우는 노래 / 자장가
04_18_FOS_20090214_PKS_HJS_0002 모심기 노래 (1)
04_18_FOS_20090214_PKS_HJS_0003 모심기 노래 (2)
04_18_FOS_20090214_PKS_HJS_0004 모심기 노래 (3)

이변이 생기는 부도와 지리산의 여섯 암자

자료코드 : 04_18_FOT_20090209_PKS_KDC_0001
조사장소 : 경상남도 함양군 휴천면 문정리 문상마을 제보자 자택
조사일시 : 2009.2.9
조 사 자 : 박경수, 서정매, 조민정
제 보 자 : 강동춘, 남, 69세
구연상황 : 건강한 목소리와 정확한 발음으로 구연을 정확하게 해주었다.
줄 거 리 : 신라 순덕여왕 때 사천 재거리라는 곳에 중이 천 명이나 되는 큰 절이 있었
다. 마을사람들이 그 절의 부도를 발견하여 마을회관에 두었는데 마을에 이변
이 생길 수 있다고 하여 제자리에 도로 갖다 놓았다. 이외 순덕여왕의 딸이
여섯 있었는데, 지리산에 암자도 여섯 개가 있다.

절터 거는 인자, 그전에 순덕여왕 때, 거게 인자 절을 지이가지고, 절에
그, 그 당시 중이 한 천 명 됐다는 기라.

(조사자 : 아, 절이 컸었구나.)

절이 컸어. 그래 갖고 그 건네 사천 땅인데, 그 자애라 카는 데가, 그
그래서 그 재를 갖다 모아서 그 재거리라, 재거리. 그래서 자애라, 사천
자애라 카고. 아마 그래 갖고 안자 절이 거 부도가 있었어요. 그 부도, 절
저 돌로, 장독매이로(장독처럼).

부도 그거를 발견해 가지고 마을회관에 2개를 냅뒀다가(내버려 두었다
가), 그걸 마을회관에 갖다 노니깐(놓으니까) 무슨 이변이 생긴다 해싸서,
도로 그 앉아 있던 자리로 도로 마을사람들이 갖다 놨다 카네.

(조사자 : 아, 우째, 왜 없어졌는가예?)

거기 없어진 거는 우리가 똑똑히 모르고. 거기 내나 그 당시 그 순덕여
왕이 딸이 여섯이 있거던. 그래서 지리산에 암자가 여섯 개가 있어, 지리

산 주변에 암자가.

(청중 : 억년이 이야기를 해 줘.)

여게 그래 암자가 거기 있고. 에 그래서 인자 그 뒤 우리가 역사적으로는 기록해 놓은 기, 지금 우리가, 또 스님이 아이고(아니고) 하기 때문에, 안자 사찰에 안자 스님겉으모(스님같으면) 역사를 그 뭐 갯똘하게('확실하게'의 뜻인 듯함) 지키고 있지마는, 우리겉은 경우는 평인이니까 인자 전설로써 전해 내려오는 그 유래 이야기를 들고 하는 소리고.

(조사자 : 그거 인자 저희들이, 예예.)

백년, 천년, 만년, 억년, 조년 오형제가 산 함양

자료코드 : 04_18_FOT_20090209_PKS_KDC_0002
조사장소 : 경상남도 함양군 휴천면 문정리 문상마을 제보자 자택
조사일시 : 2009.2.9
조 사 자 : 박경수, 서정매, 조민정
제 보 자 : 강동춘, 남, 69세
구연상황 : 제보자가 앞의 이야기를 하는 중간에 청중으로 있던 부인(염임순)이 억년이 이야기를 해주라고 했다. 앞의 이야기를 마치고 바로 이 이야기를 구술해 주었다.
줄 거 리 : 옛날에 백년, 천년, 만년, 억년, 조년 오형제가 있었다. 문하마을에 있는 100년 정도 된 비석을 보면, 조년은 개성유수를 한 사람이다. 그런데 후에 새로 묘를 조성하면서 처사라고 잘못 써 놓았다. 백년은 백련마을이 있어서 알 수 있고, 억년은 바위 아래 살았는데, 지금 산 위에 가면 억년 터가 있다.

그래고 여게 또 금방 억년이 이야기 하라 카는데, 여기 인자 보면 억년이, 천년이, 조년이, 백년이, 저 만년이, 오형제가 있었거던.

(조사자 : 아, 오형제가.)

그래서 여기 요 밑에 가면 문하마을에 드가면은, 그런데 거기 고 한 가

지 잘못된 게 있는 기, 그 묘를 작업을 할 직(적)에 이씨들이 그 조성을 해돌라 캐서, 그걸 저게 현장에서 석공하고 일을 시켜, 시킨 사람은, 장본인은 나라. 그래 가지고 근데 거기 인자 잘못된 기, 여 함양읍에 인자 문화원장이라 카는 양반이, 김성진이라 카는 양반이 현재 문화원장인데.

그 비에, 앞에 비가 돼가 있는 역사를 보면 한 백년은 됐어. 백년 정도 됐는데, 앞에 해논 비는 뭘로 지갖고 있는 같으면 일반 처사라, 비에 그 글 새겨져 있는 기. 처사라 카면 평인을 말하는 기거던.

그런데 요번에 거북두절하고('거두절미하고'라고 할 말을 이렇게 했다.) 그 용두를 내세우고 한 거는 그거는 무관이나 된 사람들, 장군, 이런 사람들이 그 저게 용두를 해 가지고 비를 하는 건데. 그래 안하면 우산각('우진각'이라 할 말을 이렇게 했다.) 하는 기거던. 기와집 낸 거 이거.

인자 이런 걸 하는 긴데, 그걸 보면은 에- 지금 다시 비를 하면서 그 개성 유수라고 해놨거든. 고려 때 개성유수다 이 소리야. 고려 때 개성유수는 서울시장이라, 지금 따지면.

그러면 옛날에 우리가 저 역사로 듣기로는, 봉건적인 사상 때는, 상놈 양반 찾을 때는 족보를 팔아먹고 하고, 논밭을 팔아갖고 벼슬을 살라고 애를 쓰던 그때 시댄데. 처사를, 와 그 당시 개성유수를 한 사람 같으면 왜 비 해 세웠을 적에, 백 년 전에, 이 비 하기 전에, 백 년 전에 한 비를 갖다가 처사라 해놨겠나 이 소리야.

처사는 농군이라. 농군이라 지금 겉으모 이장 카듯이, 그 직뱎에 안되는 기거든. 처사라 카는 거는, 하모 그 직뱎에 안 되는데.

그래 놓고 그래서 인자 여 함양 오면은, 백년이라 카는데 가면, 백련이라고 마을이 있어. 마천 우에 가면 백년 살았다 카는 데가, 거 가면.

(청중 : 그래서 백년인가 봐.)

하모. 질가에 거따가 거 억년이가 그 당시 시(詩) 했던 거 돌에다가 뭐 인자 그 새겨서 놓고, 물레방아 놔논 옆에 가보면. 봤지요?

(조사자 : 예. 한번 봤어요.)

그때는 억년 사독도록(살도록) 해논 기여 그기. 묘는 여 밑에 있고.

(조사자 : 억년가 옹년, 옹년가? 옹녀.)

어 억년. 천년, 백년 카는 억년. 그래서 내나 억년은 어데서 살았나 카면, 요 우에 가면 그 저게 억년터라고 있어, 억년가 살았는 데. 바위가 이래갖고 있어, 큰 암반이 이래갖고 있는데, 그 인자 옛날에는 집이 없고, 에- 우리가 저게 지리산 같은 데 가면 비 같은 거 바위, 암반 뉘(누어)갖고 있는데, 그 밑에 의지하고 있듯이, 거기 살았다 카는 바위가, 억년터가 있어 거가.

(조사자 : 아, 억년터가.)

억년터라 카는 기. 그 밑에 보면 샘이 그 물은 있어야 되니까 샘 있어갖고 그 억녀은가 지내고 나서 논을 쳐갖고, 그 물로 갖고, 논도 붙여먹고 하는 기, 뉘갖고 있는 기 지금도 있어요. 아모. 그 뭐 여서 여 보면, 인자 여 면지도 있고, 뭐 읍지도 있고.

(조사자 : 면지도 여 만들었대요.)

이래 있고 그래서, 역사를 살짝 읽어 보면, 에- 그때 신경을 쓰면 고사(古事)같은 더러 뭐 하고 한께. 그기 뭐 필요가 없으니까, 우리가 살아가는데, 그래서 그걸 신경을 안 쓰고.

상사병에 걸려 죽은 선비

자료코드 : 04_18_FOT_20090215_PKS_KBS_0001
조사장소 : 경상남도 함양군 휴천면 대천리 미천마을 마을회관
조사일시 : 2009.2.15
조 사 자 : 서정매, 정혜란, 이진영
제 보 자 : 강복순, 여, 84세

구연상황 : 기억나는 이야기가 있으면 들려 달라고 했더니, 제보자는 바로 다음 이야기를 시작했다.

줄 거 리 : 선비가 냇가에서 빨래하는 처녀를 보고 상사병에 걸려서 죽게 되었다. 상여가 그 집 앞에 당도하니, 움직이지 않았다. 그 처녀의 속적삼을 상여 위에 올리 자 상여가 다시 움직였다.

참, 이승만이 노태우 같은 그런 사람인데 딸을 삼형제를 키웠어.

삼형제를 키와 놓은께네로, 딸을 삼형제를 키웠는데, 저 아이구 말이 안 나올라 캐. 삼형제를 키웠는데, 큰딸이 냇물에 빨래를 갔어. 빨래를 간 께네로, 서울에 과거하러 가는 선부(선비)가 하나 물을 좀 떠돌라캤거든. 처녀더러 물을 떠돌라캉께, 처녀가 물을 못 뜨다 주고 말았어.

그랬는데 한 번은 며칠 지나고 난께네로 흰 생이(상여)가 자기 집으로 오는 기라. 그래, 생이가 떠들어 왔는데, 그 처녀, 거시기 상사가 되가지 고 떠들어 왔는데 아버지가,

"아가 아가 큰 딸 아가, 아무데, 자도영산 아무 샘에 빨래를 갔더나?" 쿤께네로, 갔더라 카거든.

"그러믄 빨래를 갔거들랑 속적삼 벗어서 저 생이 위에 걸어 주라." 칸 께네로, 딸애가 안 할라 캐아.

그래가 또 인자 또 둘째딸을 또 불러서 내나 그와 같은 말을 하이께네 로(하니까), 그 딸도 그 딸이 안 갔다 카고. 그래가 막내딸을 불러가지고,

"너 갔더냐?" 칸께, 물으니까,

"갔더라." 카고. 그래 안자 저 아버지가,

"저 샘에 빨래하러 갔거들랑쿤, 니 속적삼을 벗어서 저 행상에 걸어주 라."

그란께네로, 그래 인자 그 처녀가 참, 지 속적삼을 벗어서 행상에다가 걸어주니께네로, 생애에다가 걸어준께네로 고마 불티같이 날아가더라 캐. 그래, 상사가 안 됐어.

딸 시집 보내며 성질 고치게 한 아버지

자료코드 : 04_18_FOT_20090215_PKS_KBS_0002
조사장소 : 경상남도 함양군 휴천면 대천리 미천마을 마을회관
조사일시 : 2009.2.15
조 사 자 : 서정매, 정혜란, 이진영
제 보 자 : 강복순, 여, 84세
구연상황 : 다른 이야기를 해 보겠다며 제보자가 바로 이야기를 시작했다.
줄 거 리 : 성질이 고약한 딸을 시집보내는 아버지가 걱정이 되어서 혼수품인 장롱에다 옷 대신 '참을 인' 자를 적어 넣고 시집을 보냈다. 아버지는 딸에게 가장 힘들 때 장롱을 열어 보라고 했는데, 시집간 지 며칠 되지도 않았는데 딸이 마음이 속상해서 장롱을 열어보았다. 장롱 안에는 옷은 없고 '참을 인' 자만 있었다. 그때 많은 것을 느껴서 그 뒤로부터는 시집을 아주 잘 살았다고 한다.

딸을 또 거도(거기도) 서이를(세 명을) 키우는데, (청중 : 이야기 잘 해, 고마.) 키우는데, 딸이 성질이 고약혀야. (조사자 : 세 명이 다?) 거 지금 딸 키운 양반이('딸이'라고 해야 하는데 잘못 말함) 성질이 고약해서 (청중 : 어마이가?) 아니, 딸이.

딸이 시집을 보내도 아무것도 못 살겄어. 딸들이. 그래, 그래서 딸 하나를 붙이잡고 인자 시집을 가라 칸께네 가는데, '저것도 시집을 가데, 시집을 가기는 가는데, 성질이 저래 고약해가지고 넘의 가문을 안 부딪치겠나. 우리집에 누구가 안 되것나?' 그런 생각이 있어 아버지가. 이제 그때는 이전에는 양반집에 참 엄숙할 때라. 지금은 안 거코(같고).

그럴 땐데 그래 인자, 딸을 시집을 보내면서, 저 전에 우리 시대고, 지금 시대는 옷을 많이 안 해입고, 우리 시대는 있는 사람은 옷을, 시집을 가면 옷을 많이 해 가지고 와. 많이 해 가지고 오는데, 이 아버지가 생각하기로는 '저 딸이 성질머리가 저리 고약해 가지고 남의 가정에 가서 시집도 못 살 것고(것이고), 저거 버릇을 고쳐야 되겠다' 싶어서, 아버지가 '참을 인' 자를 써가지고, 전에는 이전에 참 저게 오동나무 빼다지 장롱이

라 캤어. 빼다지 장롱을 인자 옷을 차곡차곡 이렇게 하는 기라. 요 집에는 옷을 한 가지도 안해 주고, 씻고 벗고만 해주면서.

예전에는 시집을 가믄, 신앙전에 입고 그렇거든. 없는 사람은 새 밀러 가고, 또 밥술이나 묵는 사람은 신앙전에 있다가 이제 시집갈 때 되믄, 봄에 결혼을 하면 가실(가을)에 시집가고 그렇거든.

그래, 시집을 갔는데. 그래, 아버지가 당부를 하길 그랬어.

"아무거시야, 저 너가 시집을 가되 이 옷의 옷이 양쪽 농에 많이 해여 놨응께네로, 니가 디기 시집을 가서 제일 부애 난(화가 난) 일이 있거들랑 쿤, 그 옷을 열어보라." 카면서. 농문을 열어보라 카면서. 그때는 그 시절에는 옷을 해 가지고 가면은 모두 와서 옷 보러 오거든, 이 모두 주위에서 부잣집에는 부잣집으로, 없는 집에는 없는 사람으로.

(청중 : 옛날에는 저고리 하나 가지고 평생 입었다.)

그래 전부 저고리 안해갔는가배.

그런데 그래 때때로 보여달라고 아무도 보여주지 말라 캤어. "니 농을, 문을 꺼내주지 마라." 캤어. 옷 보자고.

(조사자 : 아, 옷 보자고 해도 열어주지 마라.)

열어주지 마라 그랬는데,

"니 부애 되게 많이 나고, 우엣끼나 그 집에 못 살게 될 때, 그 때 이 농 문을 열어봐라. 그 후에는 열지 말고."

그래 뭐, 얼마 안 살아서 성질머리가 더럽어 놓은께네로. 고마 그 집에 살기가 싫어. 그래서 아버지가 그렇게 말씀을 하던데, 농문을 열어갖고 봐야 되겠다 싶어서, 그래가 농문을 한 짝을 열어가지고 보잉께네로, 이전엔, 지금은 신문지고 그 얄궂은 종우지만(종이지만), 그때는 종우도 닥을 해 가지고, 종우를 해서, 한지 종우라. 그 한지 종이우에다가 또 싸고, 싸고, 또 싸고, 농 한 쪽을 다 열어봐야 종우(종이)뿐이라. 다 해도이.

그래 인제 한 짝 또 인자 열어가보이께 내나 그와 같애아. 그와 같은데 고마 방바닥에 그득해 놓고 한 군데 요리 뭉쳐 있는데 그래, 제일 인자 보니까 '참을 한'('참을 인'을 잘못 말함.)자라고 써 났어.

(청중 : 참으라고 '참을 한' 자?)

성을 내지 말고 이제 참아라, 참아야 니가 살아난다. '참을 한' 자를 써 났어. 그래 인자 그걸 보고 그 사람이 시집을 잘 살았어.

그래 가지고 그런께 지금 '참을 한' 자가 제일인 거고, 웃는 게 제일 좋고, 웃으면 주름이 하나 덜 생긴다 안 하나, 기분이 좋아져서.

시집살이가 힘들어 죽은 부인

자료코드 : 04_18_FOT_20090215_PKS_KBS_0003
조사장소 : 경상남도 함양군 휴천면 대천리 미천마을 마을회관
조사일시 : 2009.2.15
조 사 자 : 서정매, 정혜란, 이진영
제 보 자 : 강복순, 여, 84세
구연상황 : 청중들로부터 이야기를 잘한다는 칭찬을 받으며 계속 이야기가 진행되었다.
줄 거 리 : 한 여인이 시집을 갔는데 남편은 서당에 가서 가끔씩 집에 오고, 시집식구들이 모든 잘못을 자신의 탓으로 돌렸다. 며느리는 분에 겨워 살 수가 없어 명주 수건에 목을 매어 죽었다. 죽은 날 남편이 서당에서 돌아와 부인을 찾으니 목을 매어 죽어 있는 부인을 보고 너무도 슬퍼했다.

옛날에 저 지금으로 핵교로 인자, 중학교 가고 대학교 가고 하지만 그 때는 서당이거든. 독선생을 앉혀놓고 한문 가르치는 거.

그래 하는데, 신랑이 서당을 가삐리고 엄꼬(없고), 그래 시집을 가가지고 사는데 살기가 영 힘이 드는 기라, 각시가 인쟈어이, 신랑은 저 거시기 서당에 가삐리고. 그래 살기가 힘이 들어서 못 살겄어.

그래이, 시집 온 새댁이 아무리 생각해도 신랑은 집에 없제, 신랑은 이자 서당을 갔응께네로 간간히 오제. 살기가 싫어서. '고만 내가 고마 죽

어야겠다' 이런 마음을 묵었거든, 새댁이가.

그래 묵고 가만히 생각해봉께네로, '어째 죽어야 잘 죽겠노', 인자 시집을 강께 그러더란다, 참. 난직엔(나중엔) 오리 새끼 날 죽었다 탓을 하고, 다른 직엔 부모새끼 날 죽었다고 탓을 하고, 그 소리가 화분해서 못 살것는 기라. 안한 걸 했다 쿤께네로.

그래서 이 방 저 방 다 지내서 재피방문을 반만 열고, 물 먹인게 한 석자 수건을 목에 매고 고마 죽어삐렸어. 인자 그 각시가 잉. 안 한 짓을 했다 칸께네 못 살겄는 기라. 그래 인제 죽었는데.

때맞춰 그때 인제 신랑이가(신랑이) 서당 갔다가 집으로 오는 기라. 집에 옴선(오면서) 옷보에는 옷을 싸고, 그런께 서당 갔다가, 동네서 안하고 어데 세어가 봉께 옷보도 있고 또 책보도 있고 그렇거든. 옷보에는 옷을 싸고 책보에는 책을 싸고 인자 집에를 오는 기라.

한 모랭이 돌아온께네로 까마구까치가 진동해. 이제 그 사람한테 신호하는 기라. 이쟈 까마구가 지금도 울면 재수없다 안 하는가. 두 모랭이 돌아온께 패랭이 쓴 사람이('상주'가) 지나가고, 피랭이라고 상주 그거 지내가고. 세 모랭이를 저거 집에 갈라쿤께, 그래도 곡소리는 나는 모양이지. 인제 이배구니까(이야기니까) 그렇지.

곡소리가 진동하고 그렇거든. 그래 인제 이 사람들 다 지내고 저거 사랑방에 떡 들어선께 집이 영 흥덩하이 그래.

그래 인자 아직이 든 모양이지. 정지문을 이리 빼까리 열면서, 열면서 본께 각시는 없고 저거 동생이 밥을 하는 기라.

그래 정지문을 빼거리 열면서,

"동상 동상 여동상아 너거 올케 어디 가고 너 혼자 동자 하노?"

이래 카거든. 인자. 그래칸께,

"우리 오빠 그 말 마소. 우리 언니 우리 올케 조심없어 엊저녁에 자는 동에 해돋는데 자는 갑소."

그렇게 말이 나와. 그래 인자 동생이.

(조사자 : 차마 죽었단 말은 못 하고.)

방에가 누워서 그래 이 사람은 인제 재피방을 열어 보고, 방에 가 누운
끼네, 그래 그 소리를 살피듣고, 이 방 저방 다 지내서(지나서) 재피방문
을 가 반만 연께네로(열었더니) 물명지 석 자 수건을 목을 걸고 죽어뻐렀
단 말이지. 기가 찰 거 아니라. 그래 인자 신랑 하는 말이,

"천리 앉아 천 말 하고, 만리 앉아 만 말 한들 내 말 없이 가고 없소.
새별거튼(샛별같은) 영혼 되와(영혼 되어)."

신랑 각시 영혼 되어 또 안 있소. 처음에서처럼. 저,

"안칠듯이 밀쳐두고 원앙침 잦베개는 혼자 베고 가고 없네."

신랑이 그렇게 안타까이 이전에. 그래 가지고 고마 그 후에 모르겠다.

[청중 웃음]

전처 딸 소박맞게 하려고 한 서모

자료코드 : 04_18_FOT_20090215_PKS_KBS_0004
조사장소 : 경상남도 함양군 휴천면 대천리 미천마을 마을회관
조사일시 : 2009.2.15
조 사 자 : 서정매, 정혜란, 이진영
제 보 자 : 강복순, 여, 84세
구연상황 : 청중들이 제보자에게 잘 한다며 계속 해보라고 했다. 제보자는 계속 이야기를
하지 않겠다고 하더니 웃으면서 다음 이야기를 시작했다.
줄 거 리 : 서모가 전처 딸을 시집보내면서 서방에게 험담을 늘어놓았다. 그러나 신랑을
그 말을 듣지 않고 찬찬히 딸을 살펴보니 매우 예쁜 처자였다. 서모 말을 들
었으면 좋은 사람을 소박할 뻔했다.

옛날에 어마이가 죽고, 서모가 있거든. 서모가 있는데 옛날에는 서모가
참 안됐다 하는 비평이 있었어. 그렇지만 요새는 서모가 어디 있나.

(조사자 : 둘째 엄마 얘기 하시는 겁니까?)

하모. 인자 그래 그랬는데. 그래 인자 딸을 갔다가 시집을 보낼라 쿠는데, 저 서모 어매가 그 인자 첫날 저녁을 들여보내 놓고 문 밖에 가서 거짓말을 하는 기라.

"저 강남동아 옥두껍아 무슨 정에 잼이 오노".

인자 그 신랑 들으라고 각시가 손님을 해어(천연두를 앓아서) 읽었다고 캤어. 그래 문 밖에서 새엄마가 그래 말을 하는 기라.

"강남동아 동두껍아 무슨 정에 잼이 오노."

그래 인자 거짓말을 한 기라. 그래 인자 각시가 신랑한테 첫날 저녁 하로 들어갔다가,

"우리 서모 그 말 마소, 국순땅에 꽃을 숨어 후아들에 제비 오요."

그게 인자 국순땅에 꽃을, 인제 신랭이 안땅에서 와서 후아들어성께 제비 온다 그러거든. 그래 캤어, 인자. 그래 서모 어매 말을 그리 듣고, 그래캄슨(그렇게 말하면서), 국순당에 꽃을 숨거 후아들에 제비 오요 그러쿰슨,

"오늘 오신 새 손부님, 물명지 한 소매에 반만 들고 차리보소."

그래 캤어. 인자 각시가 그래 인자 말을 그래 했거든.

그렁께네로 신랑이 참, 그 때는 지금은 두루매기나 양복만 입지 그러지, 그때는 도복 입고 막 그랬거든. 그래, 물명지 한 소매를 반만 들고 차리본께네로, 서모의 말하고 고만 여러 천지로 다르거든.

그래 차려 본다고 차리본께네로 신랑 눈에 달도 것고(같고) 별도 것고(같고) 그래야. 고마 그 처녀가. 그래 인자 총객이(총각이) 또 말을 했어.

"당신 서모 말 들었으면 일사 소박할 뻔 했네. 넘어가는 새별인가, 돌아오는 반달인가 그렇키 좋은 내우간을 딸라카고(떼어놓을려 하고),"

이전에 그런 일도 있었어.

첫날밤에 아이를 낳은 각시

자료코드 : 04_18_FOT_20090215_PKS_KBS_0005
조사장소 : 경상남도 함양군 휴천면 대천리 미천마을 마을회관
조사일시 : 2009.2.15
조 사 자 : 서정매, 정혜란, 이진영
제 보 자 : 강복순, 여, 84세
구연상황 : 제보자는 앞에서 해 준 이야기에 대한 설명을 하던 중에 이제 하나만 더 하
겠다며 연이어 이야기를 해 주었다.
줄 거 리 : 시집가는 첫 날밤에 신부가 아이를 낳았다. 남편이 기가 막혀 잡년이라고 하
고는 다음 날 돌아가려고 했다. 알고 보니 중이 애의 아비였다.

하늘에라 하선부야 밀양 땅에 장개왔네
장개오던 첫날밤에 신부님이 해산했네.

그런 일도 있을까?
신부님이 해산했어, 아를 낳어, 딴 사람을 그슥해서지고잉. 그래 해산을
했는데,

문 밖에는 삼옷이오, 방 안에는 핌옷이오(피묻은 옷이오).

이제 신랑이 봉께네로 첫날 저녁에 각시가 아를 낳으니 피도 있고 막
그런가 그런 기라. 그래 인자 신랭이 날이 생께(새니) 갈라 캐. 갈라고 나
섬선. 나선께네로.
"장모님도 참 죄인이네." 케삼선 간다칸께, 어제 오신, 밤을 어떻게든
새웠은께 어제지.
"어제 오신 새사우가 오늘 가게 웬일인고?"
그러거든.
"그래, 당신네들 행실 보니 한 시간도 못 머물 시간 없다." 카거든. 그
래 인자 또 인자 장모가 쓱 나섬선(나서면서),

"어제 오신 새 사우가 오늘 간다는 말이 정말이냐?"

그러거든. 또 내나 그런 말을 했어.

"당신네들 딸 행동을 보니 한 시간도 머물 수가 없다고. 나는 오던 길도 간다."고 나옹께네, 그렁께 각시라 카는 게 또 하는 말이,

"어제 오신 새 서방님 가실라거들랑 아가 이름을 짓고 가라." 캐. 아가 이름 지으라카니께,

"아가 애비 어디 가고 아가 이름을 내가 짓까네." 캤거든 신랑이가. 응, 아가 애비 어디 가고 아가 이름 내가 지랴 그래가, 그래도 꼭 지으라 카거든.

"아가 이름을 들을라믄 아가 이름은 '수만개'고, 니 이름은 '잡년'이다." 이랬어 고마.

(조사자 : [웃으며] 그래, 그 전엔 그런 말 있었어.)

"네 이름은 잡년이고, 아가 이름은 수만개다. 그래 나는 오던 질로(길로) 먼저 간다꼬."

그렁께 또 인자 각시라 카는 그 년이, 이제 막 그 년이라 카는 기라 내가잉. 그 년이 하는 말이,

"어제 오시던 질로 가시지 말고." 어제는 참 뭐, 아버지 뒤에 따르고 뭐, 전에 큰 갓 씨고(쓰고) 그래 안 오는가.

(조사자 : 네.)

"오던 질로 가지 말고, 소리길로 가라." 카더래. 그래 인자, '이것도 일리가 있는갑다' 그라믄 하고 대답도 안 하고 소리길로 오이께네로, 한 모랭이 온께네로 중님이 매홉 받아서 걸치지고,

(청중 : 저거 안가배(아이인가 보다).)

쌀 한바랑이 해 가지고 그래 오더라 캐. 그런 것도 있더라 캐.

(조사자 : 무슨 말인지 알겠어요?)

(청중 : 응.)

(조사자 : 설명을 좀 해 주세요.)

(청중 : 오던 길로 가라 카는 거는 그 중이.)

그 중이 절이 산 중에 안 있는가배. 그래 인자 올 끼라고(올 거라고).

(청중 : 그래, 인자 애비가 되것지. 기다리고 있었것지. 소리길로 가라고.)

(조사자 : 사위가 왔던 길로 간다고 하니까는 그 길 말고 딴 길로 가라.)

그것 말고도 마이(많이) 빠졌어.

(청중 : 장개 오던 길로 너른 길로 가지 말고, 솝은(좁은) 길로 가라 칸께. 솝은 길로 간께네로.)

그기 나타나더라네. 거도 마이(많이) 빠졌구만.

(조사자 : 그 중이 애기 아빠네요.)

(청중 : 이바구를 들어보니까 그런가배.)

"중 내 난다 중 내 난다. 딸의 방에 중 내 난다." 이래 쿤께네로.

"아버지도 그 말 마소 이 집 삼칸 지을 적에 중의 대목 안 지었소."

거, 거기 드는 긴데(들어가는 건데),

(청중 : 중이 대목이었던 모양이지.)

중이 대목에다가 지었다. 대목, 집 짓는 대목. (조사자 : 네.) (청중 : 옛날에는 집을 갖고, 나무 갖고 뚜디리갖고 맨드는 자를 대목이라고 켔어.) (조사자 : 대목.) 하모, 대목이 지었어. (청중 : 대목이라고 켔어. 이런 집 짓는 집을.)

그래, 그것도 처음 동냥하러 와가지고, 중놈이.

(조사자 : 예.)

"동냥 주소 동냥 주소." 이래 쿤께네로 동냥을 얼른 안 주거든. 그 처녀만 있는데. 처음에 그렇다. 그러이 인자 안 줘서 창 밖에서 쳐다본께 처녀에게 욕심이 나는데, 동냥을 갖고 오믄 홀목(손목)을 잡을라 칸께네로 동냥을 안 가져와. 그래,

사랑 밖에 섰던 정이 마당가에까지 오고

마당가에 왔던 정이 뜰방 밑에 들어오고

뜰방 밑에 들은 정이 방안에까지 가서 그 재주를 했어

(조사자 : 그래 가지고 날은 잡아놔 버렸는데.)

그런데 왜 첫날밤에 아 났을꼬? [웃음]

남편의 득천을 방해한 아내

자료코드 : 04_18_FOT_20090215_PKS_KBS_0006
조사장소 : 경상남도 함양군 휴천면 대천리 미천마을 마을회관
조사일시 : 2009.2.15
조 사 자 : 서정매, 정혜란, 이진영
제 보 자 : 강복순, 여, 84세
구연상황 : 제보자는 다른 제보자의 이야기가 진행되는 동안 생각난 이야기가 있다며 다음 이야기를 해 주었다.
줄 거 리 : 아내 몰래 아버지가 아들에게 자기가 죽고 나면 목을 마을 샘에 넣으라고 했다. 석 달 열흘 뒤에 득천을 할 것이라고 했는데, 이 얘기를 아내가 몰래 듣고 자기에겐 말하지 않았다고 배심을 가지고 있었다. 결국 남편이 죽고 아들은 아버지의 유언대로 목을 깊은 마을 샘에 넣어놓았다. 그런데 아내가 딸과 싸우면서 그 얘기를 퍼뜨렸다. 동네 사람들이 모두 모여 샘의 물을 퍼냈다. 아버지는 열흘 남겨두고 득천을 하지 못하게 되었다. 이후 그 집안이 망했다.

옛날에 저개 아들하고 영감 할마이하고 모두 살면서, 아버지가 세상 갈 때가 다 됐어. 세상 갈 때가 됐는데, 아버지가 아들한테 자기 죽기 전에 일러줄 말이 있었어. 마음이 있었어.

그래 인자 부부 간에는 무촌이고 아들하고는 1촌이거든. 알지요? 부부 간에는 무촌이고 아무 촌수도 없는 것이고 아들하고는 1촌이거든. 그래 가지고 할마이가 할마이 할아버지 서이(세 명이) 앉았다가 영감이 할마이

보고,

"아요 할마이, 바껄에(바깥에) 좀 나가있어." 나가라 캤거든. 근께 이 할마이가, 이 속좁은 할마이가,

'자기하고는 무촌으로 사는 내우간에 자석한테 무슨 소릴 할라고 나를 나가라 쿠노.' 하고 배심을 묵었던 말이지.

배심을 묵고 나가가지고 가만이(가만히) 문 밖에 나가서 하는 소릴 들었어, 영감이 하는 소리를. '영감이 자석한테 무슨 소릴 할라고 그라노?' 싶어서. 그래 인제 할마이 내 보내놓고,

"야야, 내가 아무 때 아무 때 죽으믄, 여 이 동네가 백여 호가 사는데, 거게 내 두를(목을) 아무도 쥐도 새도 모르게 샘에 갖다 여라(넣으라)." 캤어.

"그거는 아무도 몰라야 된다."

(조사자 : 아무도 모르게.)

하모. 아무도 모르게, 인제 자기 혼자만 알고잉, 두건만(목만) 딱 떼다 여라 캤는데, 백여 호가 묵는 샘이 참 깊을 꺼 아니요. 그래 인자,

"그러면 내가 섣달 열흘이 되며는 내 환생이 득천을 하고 없을끼다."

인자 아들한테 이랬단 말이지. 근데 이놈의 할망구가 그 소릴 듣고, '요놈의 영감탱이' 싶었어. 괘씸해서. 그래 이래 있었는데, 인자 아버지 말씀대로 그리 했는데, 아버지 세상을 가서.

얼마 된께네로 모자간에 다툼이 있었어. 무슨 맴이 안 좋아가지고. 아무리 다툼이 있어도 아무리 저를 직일라 캐도(죽일라고 해도) 등신같은 할미가 집구석을 망하게 할라고 배심을 먹고 고마 회창을 하기를,

"저 놈이 저게, 지 애비 목을 베다가 백여 호 먹는 샘에다가 담갔다." 그래 됐삐렀거든.

(조사자 : 그 얘길 했네요.)

그래 가지고 그 되겠어. 그거 그래 갖고 고마, 그 때만 해도 이리 퍼낼

때지, 기계가 있어 뭐 들어내나. 그래 참. 석 달 딱 됐는데, 열흘만 있으면 마 하늘로 득천을 할 끼라. 보잉께네로 울렁울렁 울렁하는데, 인자 석 달만 있음, 열흘만 있음 되는 기를 석 달 만에 고마 죽음을 쎄띠로 그래논께네로. 그래 인자 막 이 동네 사람이 그렇잖아도 디다 볼 거 아이가. 참말로 거 목이 들었는가 안 들었는가 본께네로, 막 얼릉얼릉하는데 얼추 돼갈라 칸께네로. 영감이 큰 말에다가 다리를 척 들여놓는 기라. 하늘로 득천할라고. 열흘만 있음 될긴데. 근데 그걸 퍼삐린께 고마 사라졌삐리고 없지.

근께 부모 말이 무엇이고. 부모라는 것은 항상 앞뒤를 생각해야 되는 거지. 그래 가지고 그 집이 고마 망했뻤어.

고려장 터와 가재골

자료코드 : 04_18_FOT_20090208_PKS_KJC_0001
조사장소 : 경상남도 함양군 휴천면 금반리 금반마을 마을회관
조사일시 : 2009.2.8
조 사 자 : 박경수, 서정매, 조민정
제 보 자 : 김진철, 남, 57세
구연상황 : 제보자는 조사자 일행에게 함양의 유적 관련 설화를 이야기하기 위해서 일부러 시간을 내어 왔다. 풍수지리에 관심이 있는 제보자가 가장 먼저 꺼낸 이야기가 고려장 터 이야기이다.
줄 거 리 : 함양읍 중리 가재골에 가면 고려장 터가 있다. 돌을 고인돌처럼 쌓은 흔적이 지금도 고스란히 남아 있다. 가재골은 가재가 많이 잡혀서 붙여진 명칭인데, 이 가재를 잡아 부모를 봉양했다. 그래서 가재골과 고려장 터가 서로 관련이 있다.

(조사자 : 그러면 여기에 고려장 터 이야기를 한 번……)

함양군 함양읍 그러니깐 중리 가재골이라는 위에 올라가면 고려장 터

가 하나 있습니다. 고려장 터가 하나 있는데 저는 아직까지 머 사학의 전문가는 아니지만, 안에 축조 방법이라든지 돌을 고인돌처럼 쌓았어요. 사람이 쌓았어요. 그게 100% 완벽하게 남아 있다. 그 안에를 갖다가 이제 보니깐 고려장 터 안에 들어가는 문, 바로 그 문 덮개까지 앞에 바로 놓여 있어요.

그래서 우리 함양군에서는 그것을 갖다가 우리나라에 말로만 듣고 고려장 터다, 전설로만 듣던 고려장 터다. 완벽하게 남는 게 없어서 그것을 함양군을, 함양군 자랑을 하고 함양이 어떤 곳이라는 거하고 관광시킬려고 계획을 가질려고 했다.

그것을 언제든지 함양에 오면 구경할 수 있다. 고려장 터라고 하는 것은 나이 많은 부모를 칠순 고려장 터 해 가지고 버렸기 때문에, 그것은 우리 유교사상과 안 맞아서 자랑스럽게 이야기하지는 못하고 조금 부끄러운 문화다. 지금은 그래서 그것을 개발 안 하고 명문화 안 해서 그렇지, 그것은 역사적으로는 조금 부끄러운 것이다. 중리 가재골, 바로 아래 찻길에서 3분만 걸어가면 된다.

(조사자 : 왜 가재골, 가재골 가재가 많이 잡혀서 그렇습니까?)

그니깐 예전에는 가재도 많이 잡혔어요. 그래서 전설로는 자기 혼자가 할머니를 모셔놓고 먹을 게 없는 기라. 옛날에 요새는 머라고 그럽니까? 보리개떡도 먹고 송구떡도 먹고 했는데 이제 가재를 구워서 드렸다. 그런 전설이 있다.

그래서 과거에 가재라 카는 것은 청정 물에만 1급수 물에만 있거든요. 그래서 가재골에서 가재가 많이 잡혔다. 그리고 가재골과 고려장 터를 관련 안 시킬 수가 없다.

(조사자 : 그럼 예전에 고려장 하신 분이 가재 묵고.)

할머니를 공양시켰다.

지리산을 보는 오도산과 마적도사가 산 법화산

자료코드 : 04_18_FOT_20090208_PKS_KJC_0002
조사장소 : 경상남도 함양군 휴천면 금반리 금반마을 마을회관
조사일시 : 2009.2.8
조 사 자 : 박경수, 서정매, 조민정
제 보 자 : 김진철, 남, 57세
구연상황 : 제보자는 자신이 조사해서 정리한 함양의 전설을 A4 용지에 써서 묶은 자료
　　　　　집을 조사자에게 보여주었다. 조사자는 이 자료집을 보면서 자신이 정리한 이
　　　　　야기를 하나씩 직접 이야기해 보도록 유도했다. 다음 오도산과 법화산 이야기
　　　　　도 이런 과정에서 제보자가 한 이야기이다.
줄 거 리 : 함양군 마천면 추성리에 오도산이 있다. 이 오도산의 대마공원에서 지리산 전
　　　　　체를 한 눈에 볼 수 있다. 그리고 오도산 옆에 법화산이 있고, 법화산에는 법
　　　　　화사라는 절이 있는데, 이곳에 마적도사가 살았다. 마적도사가 타고 다녔던
　　　　　말의 말방울과 지팡이가 도로공사를 하다 발굴이 되어 현재 합천 해인사에
　　　　　보관되어 있다.

(조사자 : 여기 또 재미난 이야기들이 많은데, 오도산 이야기가.)

오도산(悟道山)은 깨달을 오(悟)자, 길 도(道)자 오도산인데, 이 오도산은
함양군에서 보면 행정구역이 함양군 마천면 추성리, 함양군 마천면 창원
리 가기 전에 있습니다.

근데 거기에 가면은 함양에 대마공원을 만들어 놨는데, 지리산을 평풍
처럼 한 눈으로 볼 수 있는 곳이 오도산이다. 거기에 가면 지리산 제 1문
을 만들어 놓고, 거기서 지리산을 평풍처럼 재석봉이니 노고단이니 천왕
봉이니 일봉 이봉 중봉을 싹 한눈에 평풍으로 볼 수 있는 곳은 오도산밖
이(오도산밖에) 없다, 대한민국에서. 그러면 지리산이 삼 개도 오 개군 칠
백 리인데, 지리산 전체를 한 눈에 볼 수 있는 곳은 오도산밲이 없다.

오도산이 깨달을 오자, 길 도자 해 가지고 전설이 좀 많습니다.

(조사자 : 아, 그 전설 좀 이야기 좀 해주소.)

그래 오도산 옆에는 법화산이 있고, 법화산에는 법화사라는 절이 있

어요.

옛날에는 우리 함양군지를 보면 알지만은, 그 제가 참 기억을 잘 못합니다만은도, 마이도사가 거기서 뭐 득도를 해 가지고, 거 말방울 안 있습니까? 거 말방울이 발견이 됐다. 고것이 지금 합천 해인사에 가 있다. 도로공사 하다가, 그리고 인자 그 머 대사님 안 있습니까? 주장자 지팡이도 합천 해인사에 보관돼 있다 카는 말이 있습니다. 그것이 함양군지에도 실려 있고.

(청중 : 마적도사?)

음, 마적도사.

(조사자 : 아 마적도사, 마적도사 이야기 좀 더 이야기해 주십시오.)

마적도사 이야기 같은 거는 저희들이 잘 모르겠고, 마적도사 기행이나 이런 기 있어야 되는데, 전에 마적도사가 있었다.

마적도사가 그 말을 델고(데리고) 다닐 적에 말에 달리는 저 방울 안 있습니까? 그것이 도로공사 함시러 발견됐다. 그것을 여기서 보관을 하지 못해 가지고, 여기는 박물관도 아직 없거든요. 앞으로 박물관을 질 계획이지마는, 그것을 합천 해인사에 보관돼 있다. 그것이 안자 함안군지에도 실려 있고, 전해 들은 이야기고, 마적도사가 갖고 댕기던 주상자, 그것도 합천 해인사에 보관돼 있다. 함양군지에 있어요.

그리고 그 말방울이 발견된 지는 얼마 안됐어요. 한 사 오십년 전에 발견됐는지 몰라.

(청중 : 도로 맨들 때.)

도로 맨들 적에.

명당 터에 자리 잡은 정씨 선조 묘

자료코드 : 04_18_FOT_20090208_PKS_KJC_0003
조사장소 : 경상남도 함양군 휴천면 금반리 금반마을 마을회관
조사일시 : 2009.2.8
조 사 자 : 박경수, 서정매, 조민정
제 보 자 : 김진철, 남, 57세
구연상황 : 제보자는 자신이 알고 있는 이야기를 적극적으로 구술해 주었다.
줄 거 리 : 금반리는 돌이 많은 곳이다. 그런데 금반리에 정씨 묘가 발견되었는데, 그곳
만은 흙으로 되어 있었다. 돌이 많은 곳에서 흙이 있는 곳은 길지인데, 동네
사람들에게 희사를 하고 그곳에 묘를 썼다. 후에 정씨 후손들이 잘 되었다.

고 묘가, 이제 제가 말씀 드릴게요. 옥배라 카는데, 우리 여 금반(金盤)
이 쇠 금(金) 변에 소반 반(盤)자 쓰지요? (청중 : 하모.) 우리가 말하는 금
쟁반이라 이기다, 금쟁반.

금쟁반인데, 인제 저가 그 지금부터 한 12~3년 전에 그 한전에 일 때
문에 전주를 세우러 가다가 그 묘를 발견을 했어.

거 보니깐 정(鄭)자 택자 식자 쓰더라고. 정자 택자 식자 쓰는데, 금반
이 어떤 부락이나 하면 전부 돌여들입니다. 돌이 많은 지역이라, 돌이 많
이 나는 지역이라. 그 또 금반 1리는 가면 더 합니다. 큰 집터고 머고 넘
덕고(남어지도) 거의 돌이라 지걱지걱 인자, 그런데 그 묘 쓰는 부위만큼
은 흙으로 되어 있어.

근데 우리가 풍수학에 볼 거 같으몬 돌이 많은 데는 흙이 많은 부분,
거기에 길지(吉地)가 나고, 흙이 많은 부분에는 돌이 있는 부분이 길지다.
그 담에 평야에서는 좀 돌출된 부분, 너무 산이 많은 데는 반반한 부분,
그런 데서 길지를 찾아라.

그래 요서 들리는 소리, 저가 듣기로는 거 가보니까 그 자리가 좀 명당
이더라. 조금 우리 명당으로, 길지로 보이더라 이기라. 그래 저가 가서 유
심히 봤어요. 근데 그 묘가 그 옆에 있는 사디산겉도 같지만, 그 주위에

산이나 무슨 주위에 산들이 그 묘를 딱 싸고 있는 겉은 그런 기운이라.

그런 기운인데, 그런데 거서 우리가 말하는 풍수학을 볼 적에는, 포도법에 의해서 보는데 물이 빠져나가는 자리를 보고 정합니다. 근데 고것이 보면은 물이 빠지는데 좌성수라요. 이 풍수학은 좌성용 우성수, 우성용 좌성수, 이래가지고 음양 교합이 되게 돼 있어요. [조사자에게] 그런데 인자 풍수학 용어를 제가 말씀드려도 되겠습니까? (조사자 : 아, 예 예.)

거기는 갑뇨판데, 갑뇨파. 그래 인자 거서(거기서) 보면은 개축 향으로 정법에 의해서 묘를 썼더라. 그런데 그 후손들을 보니깐, 그 후손들이 좀 그쪽에 그 저 홍천시 안 있습니까? 신체등으로 본께, 그 묘 쓴 후손들이 잘 돼 있더라, 잘 돼 있더라.

그래서 그 묘를 쓰기 위해서 제가 볼 직에는 그기 팽지에 썼어요. 그런데 묘 쓸 때, 그 쪽에 공사를 하기 위해서 인부가 한 일, 이백 명은 들어갔을 것 같애. 주위에 바지개로, 요새는 포크레인이 있지만은, 쌓기 위해서.

근데 인자 그걸 할 적에 머 나락 몇 섬인가 동네 희사를 하고, 동네 여주변에 못 쓰구로 하기 때문에 그 묘를 썼더랍니다.

지리산 마고할머니상의 내력

자료코드 : 04_18_FOT_20090208_PKS_KJC_0004
조사장소 : 경상남도 함양군 휴천면 금반리 금반마을 마을회관
조사일시 : 2009.2.8
조 사 자 : 박경수, 서정매, 조민정
제 보 자 : 김진철, 남, 57세
구연상황 : 조사자는 제보자가 쓴 자료집을 보며 지리산 마고할머니에 관한 이야기를 해 달라고 하자, 이 이야기를 했다.
줄 거 리 : 지리산에 삼신할머상으로 알려진 것은 마고할머니상이다. 이 마고할머니상은

한민족의 생사를 관장하는 신이다. 마고할머니상은 지리산 천왕봉, 백무동 입구, 오도산 오도재에 각각 있었는데, 뒤의 두 개는 6·25 전쟁 때 분실되거나 불에 타서 손상되었다. 함양의 갑부가 오도산 오도재에 있던 마고할머니상의 비각을 새로 세웠으나 그것도 지금은 없어졌다. 함양을 알리기 위해 마고할머니상을 크게 만들어 제주도의 하루방처럼 세워야 한다.

그거 들어 봤습니까? 지리산에 삼신할머니상.

그게 그 약 10년 전에 그 지리산 천왕봉에 그 할머니상이 있었어요. 할머니상인데, 제가 조사한 바로는 그것이 우리 일반 사람들이 부를 적에는 삼신할머니상이라 카는데.

그 인자 우리가 방금 애기를 놓을 것 같으면 삼신할머니.

(조사자 : 예, 삼신, 삼신.)

삼신한테 우리가 뼈를 주고 살을 주고 영혼을 주고, 삼신할머니상이라고 카는데, 제가 조사한 바로는 마고할머니상이에요.

(조사자 : 마고할머니.)

마고할머니. 그람 우리 인류가 어 예수교로 볼 것 같으몬 아담과 이브, 그럼 우리나라로 볼 때는 환웅으로부터, 우리가 환단고기에 들어갈 것 같으면, 환인으로부터 생겼다 아입니까? 그런데 우리가 인자 설화로 마고할머니로부터 한민족은 태어났다.

그 마고할머니상이 지리산에 제가 알기로 세 군데가 있었어요. 근데 제일 첫째 하나는 어데 있었느냐, 지리산 천왕봉에 있었고, 두 번째 그 할머니상은 함양군 마천면 백무동, 고 백무동 들어가는 입구에 보면 절이 하나 있어요. 좌측에 절 들어가는 입구에 샘이 하나 있었고, 샘 우물가에 있었던 거는 분실이 되버렸어. 그거는 6·25 동란 이후로 없어졌다.

그리고 하나는 어디다 있었느냐 할 것 같으몬 오도산 오도재에 있었어요. 오도재에 있었는데, 그 옛날에 마구할머니상을 모셔놓고 비가 있었습니다. 효자비처럼 비가 있었는데, 6·25 동란 때 이 빨치산 토벌하다가 그기 불타버렸어, 비각이. 그라고 수류탄을 맞았는지 어찌됐는지 마고할머니상 목이 달아나 버렸어.

그래 목등에 보기 흉하다 캐가지고, 함양에 노덕영씨라고 옛날에 함양에 갑부가 하나 있었어. 노덕영씨가 사비를 내가지고 고것을 묻어버리고 비석을 하나 세웠어. '오도산영신지위(悟道山靈神之位)' 비석을 세웠는데, 지금에 어떻게 되었느냐? 지금은 그것이 없어졌어요.

그런데 지금은 비석 우에다가 작년에, 작년인가 재작년인가 비각을 세웠어요. 근데 제가 함양군수님한테 함양을 알리기 위해서,

"함양에 만남의 광장, 오도산에 가면 만남의 광장이 있습니다. 거서 마고할머니상을 크게 하나 크게 세웁시다, 제주도에 가면 하루방처럼."

그런데 그 마고할머니가 어데 있냐 하면 산청 법계사에 보관을 하고 있다고 그래요, 산청 법계사에. 그래서 함양 관광과에다가,

"마고할머니상을 사진을 찍어라. 그 다음에 우리가 대칭이 안 있습니까? 비율, 목에서 몸통까지, 그거를 해 갖고 확대를 해 갖고, 사진을 찍어 갖고, 실측을 자로 재갖고 하나 세우자. 지리산에 마고할머니상이 있었다."

근데 함양 문화관광과에서 어떻는가 하면,

"이건 종교적인 문제다."

요새 머 단군이 종교도 아인데, 단군 보고. 뭐 하필이면 이런 참 어리석은 짓 하는 사람들이 많잖아요. 그래서 안 세우고 있어요. 저는 인자 함양군민으로서 [강하게 말하며] 조금 아쉽습니다. 그라면 지리산에 마고할머니상이 실제로 그 어데 가 있느냐 할 것 같으면 법계사에 가 있어요. 산청 법계사에 가면 있습니다.

있는데 그걸 사진을 찍고 함양군 문화관광과에 가갖고 실측을 해 가지고 그걸 확대를 해 갖고 크게 하나 만들어 놓을 것 같으면 함양 알리기 위한 제주도 하루방처럼 되었을 긴데, 이걸 문화관광과 직원들이.

절을 망하게 한 일두 선생의 묘 자리

자료코드 : 04_18_FOT_20090208_PKS_KJC_0005
조사장소 : 경상남도 함양군 휴천면 금반리 금반마을 마을회관
조사일시 : 2009.2.8
조 사 자 : 박경수, 서정매, 조민정
제 보 자 : 김진철, 남, 57세
구연상황 : 제보자는 자신이 정리한 자료집을 보며 다음 일두 정여창에 얽힌 이야기를
         했다.
줄 거 리 : 함양군 수동면 우명리 청계서원 뒤에 일두 정여창 선생의 묘가 있다. 무오사
         화로 부관참시를 당했는데, 장지를 절이 있는 곳에 정했다. 중들이 그곳에 묘
         를 쓰면 절이 망한다고 반대했다. 억불숭유 정책에 힘입어 강제로 그곳에 묘
         를 쓰니 절이 실제 망하고 말았다.

또 인자 그 설화를 하나 말씀드릴게요.

일두 선셈님 묘가 어데 있느냐 할 것 같으면, 수동면 거가 우명리 그저
그 남계서원 뒤에, 청계서원 그 뒤편에 있는데, 그 구충각이라고 해논 데
가 있어요.

고 뒤편에 있는데 일두 선생이 인자 그 김종직 선생 때 무오사화에 연
관이 안됐지만, 김종직 선생의 제자라 캐가지고 부관참시를 당했거든요.
당했는데 그 묘를 갖다가 저 함경도에서 이리 와갖고 장지를 치르는데 그
뒤에 있는 절이, 그 절이 무슨 절이고, 절이 하나 있었어요.

그 절 거 함양군지에 보면 나오는데 스님이 죽어도 그쪽에다가 묘를
못 쓰구로 하더랍니다. 인자 그때만 해도 이조시대니까 인자 억불숭유 정
책 아입니까. 억불숭유 정책이 되노니까, 고마 여 와서 밀고 들어갔뿐는
기라. 밀고 들어 가갖고 묘를 썼어요. 그 스님이,

"거따가 묘를 쓰면 우리 절이 망한다, 절이. 절이 망한다." 캐갖고, 마
극구 말렸는데 결국 썼는데, 실제로 절이 망해뿌렀어. 거기 가면 보물이
하나 있는데, 거서기 무슨 절이고? 거 가몬 부처님 목이 달아나뺐어.

(조사자 : 그때 그 묘를 쓰는 바람에.)

그때 깨졌는지 어째 깨졌는지 모르지만은 절은 망해버리고. 불상만 남아 있다. 망해뿌렸어.

명당자리에 묻힌 양희(梁喜) 선생의 어머니 진양 강씨

자료코드 : 04_18_FOT_20090208_PKS_KJC_0006
조사장소 : 경상남도 함양군 휴천면 금반리 금반마을 마을회관
조사일시 : 2009.2.8
조 사 자 : 박경수, 서정매, 조민정
제 보 자 : 김진철, 남, 57세
구연상황 : 제보자는 계속 풍수와 관련된 명당자리 이야기를 했다.
줄 거 리 : 이조 성종 때 명나라에 사신으로 가기도 하고, 사후에 정승이 된 구졸(九捽) 양희(梁喜) 선생이 있었다. 양희 선생의 어머니인 진양 강씨는 유복자로 태어난 양희 선생을 훌륭하게 키웠다. 후대에 진양 강씨의 묘를 이장하려고 430년 된 묘를 파보니 머리카락과 손가락 뼈까지 그대로 있었다. 이는 유복자로 태어난 양희 선생이 어머니 묘를 훌륭한 곳에 썼기 때문이다.

어 일천구백구십육년, IMF 1년 전에 함양군 지곡면 공배리, 거 가면 양해[6] 정승, 양해 정승이라고 부르는데, 사후에 정승이 됐어요[7].

그 분이 이조 성종 때 청나라 사신으로 갔다 왔어요. 명나라 사신으로 갔다 왔어요. 그 분의 양해, 구졸(九捽) 선생, 구졸 선생이라 카면, '내 얼굴이 못남이요, 내 인품이 못남이요, 내 글이 못남이요.' 아홉 가지 못남을 주장한 사람이라. 그래 공부는 수동면 효리에 구산서원에서 공부를 하셨고, 묘는 공배리에 있습니다.

공배리에 있는데, 공배리에 자기 어머니 묘, 구졸 선생의 어머니가 진

---

[6] 정확한 이름은 양희(梁喜)이다.
[7] 정확하게는 사후에 이조판서로 추서됨.

양 강씨에요. 진양 강씨인데, 지금으로부터는 430년에서 450년 전의 사람이요.

그 묘를 이장하게 돼 있었어, 진주-대전간 고속도로 때문에. 이장을 하는데 430년 된 묘가 머리카락이 있어요, 여자 머리가. 다 ○○타리 달렸는데, 누렇게 손가락 뼈까지 다 있어. 묘를 캤는데…….

(조사자 : 신문에 한 번 났던 그거 아인교.)

아니요. 그기 우리가 말하는 저 미이라가 아니고, 미이라가 아니고. 캤는데 묘를 캐기 전에 포크레인 공기고 나서 못 캡니다. 백 삼십 답을 다 이아 포크레인 공용 아스팔튼데, 회하고 마사하고 섞아가지고 덮었다. 근데 묘가 일단 거타(그렇다) 카면은 주위에 참나무 숯으로 꿉어가지고 쫙 심어났어.

근데 양희(梁喜) 선생 어머니가 얼마나 유명하신 분인가. 양희 선생이 뱃속에 있을 적에 과부가 돼부렀어. 그래 가지고 자기 아들을 키왔다 이기라.

그래서 명나라 사직까지 갔다 온 분이라. 그래 갖고 그분이 우리나라 대표, 대표, 우리가 말하는 사절, 대사로 갔겄지, 요새로 말하면. 갔는데, 그 분이 인제 호가 구졸, 이름이 양희, 양희, 기쁠 희(喜)자, 양희 선생인데, 구졸 선생이라 부르는데, 그분의 어머니 묘가 그렇게 좋더라.

(조사자 : 아하. 그러니까 안자 그 어렸을 때 안자 뭐 아버지는 일찍이 뱃속에서.)

뱃속에서 돌아가셨는데, 과부가 아들을 그렇게 멋지게 키왔어. 양해 선생을 키웠다, 그분이 진양 강씨다. 근데 묘가 이번에 진주-대전간 고속도로 생기는 바로 이장할 기 있어서 그랬다.

(조사자 : 그래 구졸 선생이 어머니 묘를 그렇게 잘 썼다는 거 아입니까.)

명당자리에 있는 협공 이씨의 묘

자료코드 : 04_18_FOT_20090208_PKS_KJC_0007
조사장소 : 경상남도 함양군 휴천면 금반리 금반마을 마을회관
조사일시 : 2009.2.8
조 사 자 : 박경수, 서정매, 조민정
제 보 자 : 김진철, 남, 57세

구연상황 : 제보자는 앞의 진양 강씨 묘자리 이야기에 이어 역시 명당자리 이야기인 다
음 이야기를 했다. 이야기를 마치고 명산을 파묘하면 서기가 하늘로 올라간다
는 말을 덧붙였다.

줄 거 리 : 함양군 지곡면 마산리의 지곡인터체인지 근처에 조선 성종조 때 사람인 협공
이씨의 묘가 있었다. 묘를 이장할 때 수많은 후손들이 왔다. 묘를 파보니 석
회와 마사로 밀착하여 무덤을 만들어서 나무뿌리가 침입하지 못하고 관도 멀
쩡했다. 관의 뚜껑을 여니 서기가 하늘로 올라갔다.

두 번째 인자 좋은 묘는 함양군 지곡면 마산리, 지금 인터체인지, 지곡
인터체인지 근방에 거 보면은 일두 정여창 선생, 어른의 바위에 보면은
비석이 있어요. 주변에는 이렇게 아름드리 참나무가 몇 그루 있었어요.
그런데 인자 거 있었는데, 그것도 이장을 하게 돼 있었어요. 있었는데, 명
당에 보면은 우리가 말하는 그랜저니 그 당시에 겔로퍼니 후손들이 70명
씩 100명씩 옵니다. 몇 대조 내려가니까. 그런데 묘가 안 좋은 데는 가면
은 영감 할머니 둘이 오고, 우리가 칠성판도 못 만들고, 보래박스 갖고 오
고 행편 없어요. 묘가 안 좋은 데는 후손들이 많이 안 온다 이기라.

거기도 보면은 관 뚜껑이 있었어, 관 뚜껑이. 이거는 실제적 이야깁니
다. 관 뚜껑이 바둑이 보면은 저기 폭하고 몇 치, 관 뚜껑이 약 네 치 정
도 됩니다. 근데 거기에 인자 저가 그 공투보고,

"캐라, 공중포 캐라." 하니깐,

"소장님 그거는 못 캡니다."

못 뜯는다 이거라. 거도 회하고 석회하고 마사하고 밀착을 해놨어. 그
래서 밀착을 했었는데, 밑에 인자 각이 길어가지고 인자 우에 있는 저 사

미공 포크레인, 텐보가 큰 게 있습니다. 텐은 밝은 유공인데, 텐보도 한 단계 우에 있는 포크레인을 불라갖고 캤어요.

캐고, 관 뚜껑이 따 보니까, 그 성종조 때 사람인데, 성종조 때, 연산 아버지가 성종조 아입니까? 연산군 아버지 성종 때 사람인데, 협공 이씨, 어 어 애제자로 '협공이씨지우'라고 서났더라고. 붓으로. 하나도 안 썩었어. 왜 관 뚜껑이 안 썩었다 이기라. 그래서 나무뿌리가 있어가지고 뿌리가 침입을 안 했겠느냐 생각을 했는데, 거기에는 석회하고 마사해서 밀착하게 했기 때민에 나무 뿌리도 침입을 안 했더라 이기라.

그래서 관뚜껑을 포크레인 공투로 올려가지고 뜯으라 캤거든요. 그래서 저가 가서 호르라기 불면 들어라. 한께 뻥 소리가 나는 기라. 그래서 서기가 하늘로 올라가는 걸 보았어요.

그 때가 약 한 2월 달인데 명산, 옛말에 명산 파묘하면 서기가 하늘로 올라간다.

고모 집을 망하게 한 유자광

자료코드 : 04_18_FOT_20090208_PKS_KJC_0008
조사장소 : 경상남도 함양군 휴천면 금반리 금반마을 마을회관
조사일시 : 2009.2.8
조 사 자 : 박경수, 서정매, 조민정
제 보 자 : 김진철, 남, 57세
구연상황 : 제보자는 조사자 일행을 안내하여 지리산 오도재로 갔다가 대마공원으로 왔
       다. 대마공원의 정자에 앉아 지리산 전경을 구경한 다음 여러 이야기를 하다
       가, 제보자가 이 이야기를 아느냐고 하면서 유자광과 김종직에 관한 이야기를
       연이어서 했다.
줄 거 리 : 유자광은 첩의 아들로 태어났다. 아직 벼슬이 없을 때, 유자광은 지곡면 마산
       리에 있는 고모 집에 갔다. 그런데 고모는 첩의 자식이라고 댓돌 아래에서 절
       을 하게 했다. 이에 유자광은 앙심을 품고 고모에게 앞산의 바위를 깨트리면

만석지기가 된다고 거짓으로 말했다. 고모는 유자광이가 머리가 좋다는 것을 알았기 때문에 그 말대로 종에게 시켜서 앞산의 바위를 깨트리게 했다. 그러자 바위에서 피가 나면서 학이 날아가고, 고모 집은 망해 버렸다.

유자광이가 벼슬이 없고 첩의 아들로 태어나가지고 주유천하를 할 직에 함양의 자기 고모 집에 왔다.

함양 고모 집이 지곡면 마산리 수유부락, 거기 와가지고 고모한테 인사를 하니까,

"이놈 첩년의 아들이 댓돌 밑에서 절을 하지, 왜 위에서 절 하냐."고 호통을 쳐버렸다. 거기서 밥을 얻어먹고 나오면서 유자광이가 머리를 쓴 거라. '아! 우리 고모가 나를 이렇게 괄시하는구나. 우리 고모 집을 망하구로 해야 되겠다.' 그래 가지고 유자광이가 저거 고모보고,

"고모, 지금 삼천 석 재산을, 저 재산을 갖고 있는데, 저 앞에 바위 때문에, 저 앞산에 바위 때문에 삼천 석빽이 못 해요. 바위로 깨트릴 것 같으모 만 석을 합니다."

그러니깐 저거 고모가 유자광이가 머리가 있다 카는 건 알았지. 그래서 긴가 민가 하는 차에 유자광이가 자꾸 고모한테 알랑방구를 끼니까, 자기 종놈을, 유자광이가 떠난 후에 종놈을 시키가지고 그 앞산에 바위를 깨트려 버렸다.

깨트리니까 바위에서 피가 나면서 학이 날아가더라. 학이 날아가더라. 그 후로 유자광이 고모 집은 망해버렸다.

지금도 유자광이 고모가 살았다 카는 집터를 팔 거 같으면 그 당시 기와장이 출토되고 있습니다.

유자광이 쓴 학사루의 현판을 뗀 김종직

자료코드 : 04_18_FOT_20090208_PKS_KJC_0009
조사장소 : 경상남도 함양군 휴천면 금반리 금반마을 마을회관
조사일시 : 2009.2.8
조 사 자 : 박경수, 서정매, 조민정
제 보 자 : 김진철, 남, 57세
구연상황 : 유자광에 얽힌 다른 이야기가 없느냐는 조사자의 물음에 제보자는 앞의 유자
광 이야기에 이어 다음 이야기를 책을 읽듯이 차근차근 구술했다.
줄 거 리 : 유자광이 경상도 관찰사로 함양에 오면, 김종직은 종의 자식인 유자광이 으스
대는 꼴을 보기 싫어서 다른 곳으로 피하곤 했다. 하루는 유자광이 함양의 학
사루에 글을 써서 현판으로 걸었다. 김종직은 그 현판을 떼어서 불태우게 했
다. 이에 앙심을 품은 유자광이 사초를 쓴 김종직을 연산군에게 고발했다. 이
것이 무오사화의 발단이 되었는데, 김종직이 죽고 일두 정여창을 비롯한 제자
들이 부관참시를 당했다.

(조사자 : 그라모 그 아까직에 얘기했던 김종직 선생하고 유자광 선생
이야기.)

함양군 학사루 얽힌 이야기는, 김종직 선생이 성종조 때 우리 함양에
태수로 오셨다. 근데 그 당시에 유자광이는 베슬을 했어요.

경상도 관찰사로 왔는데, 유자광이 관찰사가 함양에 온다 카면 저 김종
직 선생은 종놈의 아들이 베슬이 높아갖고 으시대는(으스대는) 꼴이 배기
가 싫어서 함양읍 이은대로, 함양읍 마천으로 피접을 갔다.

그래 갔다 오고 나니깐, 유자광이가 함양군 학사루에다가 현판을 실어
서 현판을 걸었다. 그래서 김종직이가 종놈의 새끼가 썼다고 현판을 아전
보고 떼라고 캐갖고 불태워버렸다.

그에 감정을 품은 유자광이가 복수를 하라 캤는데, 이미 김종직이는 중
앙 관청에 높은 벼슬이 있었다. 그래 가지고 앙심을 품고 있는 차, 연산군
때 연산군 조에 이르러 김종직이가 쓴 사초를 연산군한테 고발을 했다.
그래서 김종직이 이미 죽었고, 연산군이 김종직이를 위시한 제자들 일두

정여창 씨까지 부관참시를 했다 하던 이야기가 있습니다.

(조사자 : 그게 학사루에서부터.)

그래서 무오사화가 일어난 원인은 김종직이한테 사감을 품은 유자광의 짓이다. 학사루 현판을 뜯은 그 없애버린 일 때문에 악심을 품고 한 짓이다.

부인의 말을 듣고 강간범을 잡은 사또

자료코드 : 04_18_FOT_20090208_PKS_KJC_0010
조사장소 : 경상남도 함양군 휴천면 금반리 금반마을 마을회관
조사일시 : 2009.2.8
조 사 자 : 박경수, 서정매, 조민정
제 보 자 : 김진철, 남, 57세
구연상황 : 제보자는 정말 재미있는 이야기가 있는데, 아가씨가 있어서 곤란하다고 이야기를 하지 않으려 했다. 다 성인이니 괜찮다고 하면서, 그런 이야기를 조사해야 재미가 있다고 하자 마지못해 이 이야기를 했다.
줄 거 리 : 옛날에 어느 주막에 60대 노인, 40대 청년, 15살 먹은 어린애가 밥을 먹으러 갔다. 그런데 밤에 그 주막의 여자가 음심이 발동하던 차에 누군가 덮쳐서 그 일을 하고 있는데, 그만 신랑에게 들켜 버렸다. 남편이 범인을 잡아달라고 사또에게 고변을 했다. 사또는 세 사람을 잡아 문초를 했으나 모두 자기가 하지 않았다고 발뺌을 했다. 범인을 잡지 못하고 고민하고 있는데, 사또 부인이 범인을 잡는 방법을 일러주었다. 다음날 사또는 주막집 여자에게 그 일을 할 때 어떤 기분이더냐고 물어서 범인을 잡았다.

옛날에 어느 주막에 육십대 노인 한 분, 사십대 젊은이 중젊은이 한 분, 열 댓살 묵은 애기 하나 주막에 밥을 먹으러 갔다. 밥을 먹으러 갔는데, 주막에 여자가 음심이 발동해서, (조사자 : 어, 호색한.) 호색, 남자를 좋아하고 음심이 발동하는 차 뒤에서 어떤 남자가 덮쳐버렸다. (조사자 : 밤에?) 밤에. 근데 여자하고 남자하고 한참 일을 벌리는데 신랑한테 들키버

렸어. (조사자 : 에헤이.)

　그래 신랑이 한데 후닥닥 도망을 가버렸지. 그 이튿날 새벽에 고을 사또한테 고변을 했어. 고변을 했는데 고을 사또가 세 놈을 붙잡아다가 육십대 보고,

　"니가 그랬나?"

　"내 안 그랬습니다."

　"사십대, 니가 그랬나?"

　"내 안 그랬습니다."

　아 보고,

　"니가 그랬나?"

　"안 그랬습니다."

　범인을 잡을 길이 없었다. 요새 같으면 유전자 검사로 정액 검사나 체모 검사를 하면 범인을 잡지만은, 범인을 잡을 길이 없고, 그 고을에 명사또로 소문 난 사또가 끙끙 앓고 있는데, 밥도 안 먹고. 사또 마나님이,

　"머 땜에 그래요?" 이라니깐,

　"이차저차 저차이차 해서 범인을 몬 잡아서 고민에 빠졌다." 캐.

　"헤이 그까짓 거 못 잡아. 저녁에 나 한번 보듬아주면은 내가 범인을 잡아 주겠노라."

　그때 그 저녁에 자기 마누래하고 잠을 자고 난 뒤에, 새벽에 희색이 만연해 가지고 범인들을 불러갔고,

　"니가 했느냐, 안 했느냐?"

　"안 했다." 캐서, 그 인자 주막집 여자보고,

　"어떻게 어떤 놈이냐?"

　"모르겠습니다. 어두워서."

　"그래 할 때, 어떤 기분이 드느뇨?"

　"너무 좋아갖고 비몽사몽간에 잘 모르겠더라."

"그라몬 작대기로 푹 쑤시던 기분이더냐?"

"아입니다."

"그라몬 삶은 까지(가지)가 들어오던 기분이더냐?"

"그게 아입니더."

"그라몬 어떤 기분이더냐?"

"몽디가 후려 패던 기분이더라."

"그라몬 범인은 나왔다."

그래서 사또 마나님이 가르켜 주기를,

"내가 열다섯 살 먹고 당신이 열일곱 살 때는 작대기를 쑤시는 기분이요. 당신이 지금 환갑이 넘었은께 삶은 까지가 들어오던 기분이요. 사십대서는 막대기로 후려치던 기분이더라. 그것만 물어보면 안다."고, 사또 마나님이 가르켜줬다.

기지로 강간 누명을 벗은 선비

자료코드 : 04_18_FOT_20090208_PKS_KJC_0011
조사장소 : 경상남도 함양군 휴천면 금반리 금반마을 마을회관
조사일시 : 2009.2.8
조 사 자 : 박경수, 서정매, 조민정
제 보 자 : 김진철, 남, 57세
구연상황 : 제보자는 앞의 이야기에 이어 이 이야기도 처녀들이 들으면 안 된다고 하면서 이야기하기를 주저했으나, 조사자의 거듭된 요청으로 구술하기 시작했다.
줄 거 리 : 옛날에 어떤 선비가 주막집에 들러서 밥과 술을 먹고 돈은 내는데, 돈이 많아보였다. 주막집 주인 내외가 그 선비의 돈을 뺏기 위해 선비가 자신의 부인을 강간했다고 사또에게 거짓으로 고변했다. 사또가 선비를 잡아 문초하며 곤장을 심하게 맞도록 했다. 그런데 그 선비는 보름 후에 결혼을 해야 하는 처지였다. 선비는 이런 곤란한 상황에서 사또에게 남자가 그 짓을 하면 남자의 그곳에 떼가 끼는지 안 끼는지 물었다. 사또가 떼가 끼지 않는다고 하자, 자신

의 바지를 끌러 그곳을 보라고 했다. 그곳에 떼가 꽉 끼어 있는 것을 보고 범인이 아닌 것이 밝혀져서 풀려나게 되었다.

어떤 선비가 주막집에 밥을 먹으러 가갔고, 밥 먹고 술 먹고 돈을 꺼내니깐 돈이 너무 많더라.

그래서 주막집 여자하고 남자하고 돈을 덮쳐야 되겠는데 힘으로도 안 되겠고, 그냥 도저히 뺏들어 먹을 길이 없어가지고 이튿날 사또에게 고변을 했다.

"우리 마누라를 강간했노라."고, 사또가 붙잡아가지고,

"이놈 너 몹쓸 짓을 했으니 곤장 오십 대 맞거라."

"아 사또님, 사또님, 난 안 그랬습니다." 그러니까, 거짓말 한다고,

"스무 대 더 맞거라." 한 거라. 십오일 후면은 이 선비는 결혼을 해야 되는데, 곤장 칠십 대 맞으면 결혼도 못하고 맞아 죽을 뻔 핸기(한 것이), 마 눈물을 흘리면서,

"사또님 안 그랬다."

극구 부인해도, 사또님은 그걸 무시하고 곤장을 치라 캤다.

그런데 곤장을 칠라 카는 찰나에 머리가 떡 떠오르는 것이 선비가 사또한테 말하기를,

"사또님 사또님, 사또님하고, 사또님, 남자하고 여자하고 거시를 할 거 같으면 남자 그쪽에 떼가 낍니까, 안 낍니까?" 하고 물어봤다. 물어보니까,

"당연히 그쪽에는 떼가 안 끼지."

"그라모 사또님이라서 골마를 풀어가지고 경상도 말로 골마를, 바지춤을 끌러가지고 그걸 한번 까보이소." 카는 기라. 사또가 한 번 까보니까 그쪽에 떼가 깍(꽉) 꼈더라.

요새말로 옛날에는 포경수술이라 카는 거 없었고, 목욕을 매일 매일 하

는 것도 아이고, 머 하는 거 그쪽에 떼가 낀다. 그래서 자기가 기지로 빠져나왔다.

(조사자 : 참 재미나네.) [웃음]

방귀 뀌고 돈 달라는 며느리

자료코드 : 04_18_FOT_20090215_PKS_MKO_0001
조사장소 : 경상남도 함양군 휴천면 대천리 미천마을 마을회관
조사일시 : 2009.2.15
조 사 자 : 서정매, 정혜란, 이진영
제 보 자 : 민경옥, 여, 80세
구연상황 : 며느리 방귀 뀐 이야기를 들어본 적이 있는지를 물었더니, 바로 이야기를 해주었다.
줄 거 리 : 며느리가 시집을 와서 절을 하다가 방귀가 나왔다. 종이 며느리가 무안하지 않게 하려고 자기가 뀐 것처럼 했다. 시어른들이 그 모습이 기특해서 종에게 돈을 주었다. 그것을 보던 며느리가 자기가 낀 것이니 그 돈을 자기에게 달라고 했다.

아, 이전에 (청중 : 아주 옛날에.) 사과를 드렸는데. (조사자 : 사과?) 아이, 그때 사흘 만에 어른들을 보면 인사를 한께(하니까).

인자 한님(하인)이 있고 그렇거든. 이전에는. (청중 : 시집을 가면.)

방구를 퐁 낀께, 그래 한님(하인)이, 종이 말이야 한님이,

"아이고 무신 좀 좀 방구가 조심 좀 나옵니다."

이래쿤께네로, 며느리가 있다가,

"아버님 제게 꼈어예." 하고 돈을 주더라 캐. 한님을.

"돈을 절 주이소, 제가 꼈응께." 카더라 캐.

(조사자 : 그게 무슨 말이지요?) (청중 : 옛날 시집가서 절을 하는데, 시어른들한테.) (조사자 : 네.) (청중 : 절하는데 그 이야기네, 그렇지요?) 응.

(청중 : 며느리가 이렇게 하다가 방구가 나오끼네. 그란께네 하인이 절을 시키다가 하는 말이, 뭐 또.)

"조심 좀 방구가 무신 좀 나옵니다."

인자 하님이 그래쿤께, 자기가 꼈다고(뀌었다고) 할라꼬. 새댁이랄 갖다가 키울라고.

(조사자 : 아, 좋이.)

하모. 하도 고마배서(고마워서), 어른이 인자. 하님이 돈을 많이 준께.

"아우님, 저를 주십시오. 제가 꼈습니다." 카더라 캐. [조사자 웃음]

시집 가서 모두에게 높임말 하는 며느리

자료코드 : 04_18_FOT_20090215_PKS_MKO_0002
조사장소 : 경상남도 함양군 휴천면 대천리 미천마을 마을회관
조사일시 : 2009.2.15
조 사 자 : 서정매, 정혜란, 이진영
제 보 자 : 민경옥, 여, 80세
구연상황 : 제보자가 연이어 계속 이야기를 했다.
줄 거 리 : 시집을 가기 전에 친정어머니가 시집가서는 개도 위고 소도 위라고 말해 주었다. 어느 날 시댁에 소가 거죽을 쓰고 땅을 돌고 있으니 개가 짖고 있었다. 며느리가 그것을 보고 시아버지께 말하기를 '송아지씨가 거죽을 쓰시고 땅을 돌고 있으시니, 개씨가 짖고 계신다'고 했다.

옛날에 부모님이 딸 시집을 보내면,

"야야 시집 가서 개도 우에고(위고) 소도 우에단다." 그러쿤께, 시집을 간께네로, 송아지가 꺼죽대기를 쓰고 돈께네로,

"송씨씨가(송아지가) 게씨를(거죽을) 씌시시고(쓰고) 마당으로 도신께(도니까), 개씨가(개가) 보시고(보고) 짖습니다."

야야, 며늘아, 인자 시아버이가, 시아버이한테 그캤어. 이야기가 참 첫 번째부텅 해야 되는데.

(조사자 : 네. 처음부터.)

친정 부모가 그렇게 시집 가서,

"어떻게든지 시집 가서는 개도 우에고, 소도 우에인기다."

그래칸께네로. (조사자 : 개도 우에고 소도 우에고가 뭐예요?)

(조사자 : 개도 위에 있고, 소도 위에 있다.)

아이, 위해는 기라. 위대하단(우대한다는) 말인 기라. 위대.

"야야 며늘이야, 개가 와 짖느냐?"

"예, 송씨씨가 거죽씨를 씨시고 땅으로 돌으씬께 개씨가 보시고 짖습니다." 그래 카더라 캐.

(조사자 : 다시 설명을 좀 해 주세요. 알아듣기 좋게.)

응?

(청중 : 살살. 개씨가 뭐인고, 소씨가 뭐인고 살살 해줘라 캐.)

(청중 : 옛날에는 가마이떼가(가마니가) 쨌어(많았어). 그래, 그 놈을 이리 어디 가서 뭐 하다가 씌고, 씌고 인자.)

마당에 그 놈을 씌이논께 송아지가 빙빙 돈께, 개가 죽는다고 짖은께, 시아바씨가 물어본 기라.

(조사자 : 아, 예. 개가 왜 짖냐고?)

(청중 : 그런께 인자 그 저거 엄매한테 들은 소리는 있어. 다 우에라 캤은께.)

그런께 시아바이한테,

"아버님, 저게 송씨가 거죽을 저리 씌고 돈께네, 개씨가 쳐다보고 짖는다고."

(청중 : 개하고 소하고 시집에 산께 다 위에라 칸께, 개씨, 소씨.)

게에게 그것을 물린 새댁

자료코드 : 04_18_FOT_20090208_PKS_PMN_0001
조사장소 : 경상남도 함양군 휴천면 목현리 목현마을 노모당
조사일시 : 2009.2.8
조 사 자 : 박경수, 서정매, 조민정
제 보 자 : 박명남, 여, 85세

구연상황 : 제보자는 노래를 부른 후, 이제 이야기를 하나 하겠다고 하면서 이 이야기를
        했다. 제보자의 육담에 좌중은 웃음바다가 되었다.
줄 거 리 : 옛날 머리가 좀 모자라는 새댁이 들어왔다. 다른 동서들은 모를 심으러 가고,
        새댁은 점심을 해서 가져가기로 했다. 그런데 점심을 했지만, 시숙이 아파서
        점심을 담은 다라를 이는 것을 도와주지 못했다. 근근이 점심을 이고 가는데,
        급한 김에 속곳도 입지 못했다. 가는 도중에 소변이 마려워 오줌을 누는데,
        마침 게 구멍에 누게 되었다. 게가 그것을 물자, 사람 살리라고 소리를 쳤다.
        지나가는 소금장사가 난처한 상황에서 구해 주었다.

저게 머꼬 동시(동서)를 하나 봤는데, 쪼금 쪼금 미숙하고 모지란(모자
라는) 모양이라.

둘이서 모를 숭구러(심으러) 갔는데, 내가 숭구면 많이 숭구고, 동시는
낙도간(낙도에서 자랐는가) 모를 안 숭갔었거던. 자네 저그, 동시 저그
집에 점심해 갖고 오자 카는데, 시숙이 아파 누워서 동시들 모를 숭구러
갔어.

그렁께 가서 인자 시숙 머 좀 주고 그래 해 갖고 오라 카는데, 집에서
인자 저저 밥을 해 갖고 못 이거든. 서툴러가 마당에다 올리놓고, 이것좀
이이 돌라 카이께네, 시숙이 인자 고마 그냥 못하고 [자신의 아랫도리를
가리키며] 이거도 [일동 웃음] 안하고(속곳도 하지 않고) 나온 기라.

밥그릇 둥께(드니) 이게 어데까징 가졌어. [일동 웃음] 이놈을 이고 또
동서한테 점심을 이고 간께네, 가다가 오줌이 누럽아(마려워) 죽겠는데,
이걸 내라야(내려 놓아야) 오줌을 누제, 내루모(내리면) 못 이는데. [일동
웃음]

그래서 이거 오줌을 눌 수가 없고, 오줌은 누야 되겠고, 할 수 없어 밥 그릇을 이고 오줌을 누는데, 아 요놈의 게 구녁에다가 해필(하필) 오줌을 눴네. [일동 웃음] 그래 고마 게가 이걸 또 물어뿄네. [일동 웃음]

그래 갖고 소금장사가 지나간께네,

"사람좀 살리라."고 해싸서 간께네, 아 거기 그 결과 그걸 물어갖골랑 이래 갖고 있는데, 그거 참 가찮다 아이라. 손만 대면 더 물어 죽을라 칸 께네, '애 이거 안되겠다' 싶어서 그 소금 파는 나발 가지고 대기 불긴데. 그걸로 막 했다 말이라.

그래서 소금장사 하는 말이,

"아이구 내가 소금장수 십년만에 생나발 불고 [일동 웃음] 첨이네."

그런께 그 각시가 뭐라 카는 기 아이라,

"아이구 나도 얼마 안 살았지만 시숙 좆맛 보기 첨이네." [일동 웃음]

그것을 팔았다고 해서 돈을 뜯어낸 사람

자료코드 : 04_18_FOT_20090208_PKS_PMN_0002
조사장소 : 경상남도 함양군 휴천면 목현리 목현마을 노모당
조사일시 : 2009.2.8
조 사 자 : 박경수, 서정매, 조민정
제 보 자 : 박명남, 여, 85세
구연상황 : 제보자는 앞의 이야기에 이어 계속 육담을 이야기했다. 좌중은 계속 웃음바다
　　　　　가 되었다.
줄 거 리 : 머리가 좀 모자라는 제수가 있었다. 꾀를 내어 자신의 성기를 꽁꽁 묶어두고
　　　　　아랫마을 과부에게 팔았다고 했다. 제수는 돈을 더 줄 것이니 자기에게 팔라
　　　　　고 했다. 돈이 모자라면 또 가서, 그것이 제수를 알아서 인사를 한다고 했다.

저 평상 제수한테 배를 빠뜨랐대요. 그래서 꾀를 냈는 기라.

그래서 꾀를 냈는데, 꼬치를 뿔끈 묶어가 ○○를 해가 또 묵고싶다 해

갖고, [일동 웃음]

"오늘 이 돈이 그거 하든지 저 아래 과부한테 고마 그거를 팔았네." 그
런께,

"아이고 그 좋은 거를 팔아가 어짜는고. [일동 웃음] 내가 더 줄게요."
해가 그걸 내 줬거든. 그래 빚 내가, 가서 또 노름하고, 또 인자 와갖고,
(청중 : 꾀도 많다.) 와갖고는,

"내 찾아왔네."

그러카매, 이놈의 거 끌러놓은께네 그기 살아갖골랑 *끄떡끄떡*하이,

"내가 나를 안다고." [일동 웃음]

인자 큰 거 배와 간다. [일동 웃음]

선녀가 목욕한 선녀바위

자료코드 : 04_18_FOT_20090214_PKS_PYD_0001
조사장소 : 경상남도 함양군 휴천면 송전리 송진마을 마을회관
조사일시 : 2009.2.14
조 사 자 : 서정매, 정혜란, 이진영
제 보 자 : 박영덕, 남, 54세
구연상황 : 제보자는 전해들은 이야기라면서 차분하게 다음 이야기를 해 주었다.
줄 거 리 : 어느 대사가 바위에서 내려오는 샘을 지나고 있었다. 안개가 피어올라 이상히
　　　　　여겨 자세히 보았더니, 거기서 개가 목욕을 하고 있다. 그 개는 곧 선녀로 변
　　　　　하였다. 이후 그곳을 선녀바위라고 부르고 있다.

선녀암은 어느 대사가 그 지나가다가 그걸 발견한 건데.

그래 가지고 그 선녀바위가 보니까 상당히 높으고, 지금 높이가 한
30m되거든요. 양쪽에 이렇게 서로 포개져가 있거든요. 그 포개진 사이에
조그만한 샘이 있어요. 그 샘이 있는데, 그 샘은 비가 오나, 비가 안 오나
항상 물이 그 정도. 그 정돈에, 그랬는데 그래 그 대사가 지나가다가 그

사이를 보니깐, 안개가 피어오르더래요, 안개가.

뿌연 안개가 피어 올라서, '아, 그 이상하다' 싶어서 찾아본다고 보니까, 개가 거기서 목욕을 하고 있더래요. '어! 이 산중에 무슨 개가 있네. 이거야 이상한 일이다.' 그래 가지고 눈여겨 보니까, 그 개가 선녀로 변하더라 이거라.

호식될 팔자를 가진 사람

자료코드 : 04_18_FOT_20090214_PKS_PYD_0002
조사장소 : 경상남도 함양군 휴천면 송전리 송전마을 마을회관
조사일시 : 2009.2.14
조 사 자 : 서정매, 정혜란, 이진영
제 보 자 : 박영덕, 남, 54세
구연상황 : 옛날에 들은 이야기라고 하면서 다음 이야기를 구술해 주었다.
줄 거 리 : 식구들이 함께 잠을 자는데, 방 안쪽 구석에서 잠을 자는 부인이 호랑이에게
물려가서 죽고 말았다. 호식을 당할 팔자는 어쩔 수가 없다.

지금 여 이야기는 아니고, 제가 산청에서 이쪽으로 85년도 여기 이사를 와서 현재까지 살고 있습니다. 근데 우리 고향이 산청 신안면 외송리 그 신건데, 그 골짜기 깊픕니다.

그래 가지고 그 한 식구가 이렇게 여름인데 잠을 자게 됐는데, 말하자면 모기향도 치고잉, 그래 잠을 자게 되었는데. (조사자 : 네) 그렇게 잠을 자게 됐는데 어찌된 판인지 맨, 남편은 맨 문 앞에 자고, 그담에 아들(아이들) 자고, 맨 안에 부인이 잤는데 하필이면 호랑이가 맨 안에 자는 자기 부인을 물고 가뼸는 기라.

물고 가뼸는데, 그래 가지고 동네 사람이 전체가 비상이 걸려가지고 횃불을 들고, 저녁에 호랑이 업고 가는 걸 인제 찾아야 될 꺼 아닙니까? 그

래 찾아로 갔는데 저녁에는 못 찾았다고 합니다. 못 찾고 그 다음날 아침에 또 인제, 그러니까 마 잠을 자는 둥 마는 둥 하고, 새벽에 가서 찾았는데 또 얼마 안 가서 찾았대요. 찾았는데.

찾았는데 아무데나도 안 먹고, 요 내장만 빼 묵고 가삐더라 캐. 그래가 딱 엎어 두고 갔더래요.

(조사자 : 아이고.)

그래가 뭐, 하도 호랑이 이야기를 해서 그런 저 우리가 실제 보지는 안했지만, 그런 얘기를 들었어요.

호랑이 식량이 될 그런 얘긴가배라. 호식이. 그래, 그런 사주팔자가 있으면은 산을 가지 마라, 호랑이한테 보이며는 그 사람은 마 바로 죽으니까 호랑이 밥이 되니까, 그런 얘기하는 걸 어른들에게 들었습니다. 혹시 나도 어릴 때 그 이야기를 들어서 호식이 팔자가 있는가 싶어서 산에 가는 걸 상당히 꺼렸습니다.

도깨비와 씨름한 사람

자료코드 : 04_18_FOT_20090214_PKS_PYD_0003
조사장소 : 경상남도 함양군 휴천면 송전리 송전마을 마을회관
조사일시 : 2009.2.14
조 사 자 : 서정매, 정혜란, 이진영
제 보 자 : 박영덕, 남, 54세
구연상황 : 제보자는 다음 이야기가 생각이 났는지, 바로 이야기를 해 주었다.
줄 거 리 : 술을 좋아하면서 힘이 장사인 사람이 도깨비에게 홀려서 씨름을 하게 되었다. 씨름에서 이겨서 허리띠로 도깨비를 나무에 묶어놓고 다음 날 다시 와 보니, 빗자루가 묶여져 있었다.

그래 가지고 헛것이, 헛것이.

그래 가지고 그 분이 술을 좋아해요. 술을 좋아하는데 힘은 장사라. 그

모든 무거운 거. 못 움직이는 것은 그 분이 다 움직였어요

그래 힘이 좋은 분이 허깨비한테 홀리갖고 가가지고. 그 허깨비한테 씨름을 해 가지고 이기면 살고, 지면 죽는다고 그러대요. 그래 가지고 씨름을 해 가지고 이깄대요.

이겨가지고 그걸 허깨비를 가져다가 자기가 원체 힘이 좋은께네, 그놈을 버들나무에다가 허리끈을, 옛날에 베로 혁띠를 했었다 아입니까. (조사자 : 네.) 그 혁띠를 가지고 허깨비 몸을 묶으고, 발은 그 자기 요 뭡니까? 옛날에 우리 버선 신으면 다님(대님) 이라고 합니까?

(조사자 : 네, 네.)

그 놈을 하고 묶어 놨는데, 그래 가 보자 캐서 가니까 빗자루를 묶어 났더래요. 빗자루로, 그 마당 빗자루 있지요?

(조사자 : 네.)

그래 가지고 참 우스운 이야기를 들었습니다.

마귀할머니가 놓아 둔 공기바위

자료코드 : 04_18_FOT_20090214_PKS_PJH_0001
조사장소 : 경상남도 함양군 휴천면 동강리 동강마을 마을회관
조사일시 : 2009.2.14
조 사 자 : 서정매, 정혜란, 이진영
제 보 자 : 박정희, 여, 68세
구연상황 : 제보자는 들었던 이야기인데 짧다고 하면서 다음 이야기를 해 주었다. 주위 청중들이 모두 거들어서 이야기를 해 주었다.
줄 거 리 : 남해 노량진에 전쟁이 났을 때, 청태산 마귀할머니가 마포로 치마를 만들어서 입고 그 치마로 바위를 싸가지고 가는데 전쟁이 끝났다. 그래서 바위에 치마로 감싼 바위를 포개어 놓았다.

청태산 마귀할머니가 저 남해 노량진에 전쟁이 났는데.

그래 마포 구만동. 마포라고 카면은 거기 뭐? (청중 : 베, 베.) 베를 말하는데 천을. 옛날에 그래 베. 마포 구만동으로 저기 머. (청중 1 : 처마.) (청중 2 : 속곳을 해 입고.)

처마를 만들어서 입고, 인제 그 전쟁에 인제 그 바위를 이렇게 싸가지고 가다가 전쟁이 끝이 났다고 해서, 그래 거기다가 포개났다고 전설이 있다.

떡도 먹고 사람도 잡아먹은 호랑이

자료코드 : 04_18_FOT_20090214_PKS_PJH_0002
조사장소 : 경상남도 함양군 휴천면 동강리 동강마을 마을회관
조사일시 : 2009.2.14
조 사 자 : 서정매, 정혜란, 이진영
제 보 자 : 박정희, 여, 68세
구연상황 : 제보자는 앞의 이야기에 이어 다음 이야기를 해 주었다.
줄 거 리 : 옛날에 어떤 사람이 떡을 해서 산길을 가다가 호랑이를 만났다. 호랑이는 떡 하나를 주면 안 잡아먹는다고 해 놓고는 사람까지 잡아먹었다.

옛날에 어신데(어두운데) 그런데 가면은, (조사자 : 어디 가면요?)

어신 산은 산골에 그런데 인자 마 옛날에는 뭐 큰길도 없고. 이리 뭐 좁다란 길 있잖아. 그런 데를 인자 음식을 해 가지고 이리 이고 가면은 호랑이가 나타난대. 그래 나타나면,

"팔 하나 주면 안 잡아먹지." 아이, 떡을 이고 간다대. 떡을 이고 가면은,

"떡을 하나 주면 안 잡아먹지." 그라면 또 인자 떡 하나 던져주고. 또 한 모랭이 돌아가면 또 거기 또 거까지(거기까지) 또 해 가지고,

"떡 하나 주면 안 잡아먹지." 그런대.

(청중 : 잘하네.)

　나도 들었지. 그래, 그러고 또 던져주고 그러고는 인자 마 안 되면, (조사자 : 떡이 없으면 어떡합니까?) 떡이 없으면,

　"팔 하나 떼 주면 안 잡아먹지." 또 올라가면,

　"다리 하나 떼 주면 안 잡아먹지."

　그래 가지고 나중에 다 떼가지고 몸둥이 채 다 잡아 먹게 돼요.

시아버지 흉을 본 며느리

자료코드 : 04_18_FOT_20090215_PKS_PJH_0001
조사장소 : 경상남도 함양군 휴천면 대천리 미천마을 마을회관
조사일시 : 2009.2.15
조 사 자 : 서정매, 정혜란, 이진영
제 보 자 : 백정호, 여, 72세
구연상황 : 제보자는 웃으면서 이야기를 재미있게 해 주었다.
줄 거 리 : 며느리가 시아버지께 옛날에 시아버지가 뒷집 도끼를 팔아먹고 맞는 것을 봤다는 얘기를 했다. 시아버지가 그래서 우리집 살림살이가 이 모양이라고 했다.

　옛날에 어떤 시아바이가 며느리 보고,

　"야야, 아가 이바구 한 마디 하라." 카거든. 그래 인자,

　"아버님 제가 부슨 이야기가 있습니까?" 그러더라네.

　"아버님 전에 뒷집에 도치(도끼) 팔아 먹고, 죽구로해가(죽도록) 두드려 맞대요." 그래캉께 시아바이가,

　"야야 그렁께, 거무가(거미가) 디디도 안 꺼질 살림살이가 요 모냥이 됐다."

용유담의 용을 죽인 마적도사와 도사 대나무

자료코드 : 04_18_FOT_20090214_PKS_SSC_0001

조사장소 : 경상남도 함양군 휴천면 송전리 송전마을 마을회관

조사일시 : 2009.2.14

조 사 자 : 서정매, 정혜란, 이진영

제 보 자 : 신수철, 남, 62세

구연상황 : 다른 제보자가 이야기를 다 할 때까지 기다리고 있다가 제보자도 이야기를 하나 해보겠다고 했다.

줄 거 리 : 마적도사가 장기를 두면서 망아지의 목에 방울을 달아서 마을에 심부름을 보내곤 하였다. 망아지는 마을에 갈 때 마적도사가 놓아준 무지개 다리를 건너서 다녀올 수 있었다. 어느 날 바둑을 두다가 망아지가 온 줄을 모르고 무지개 다리를 놓아주는 것을 잊어버려서 망아지가 50m 벼랑 밑으로 떨어져 죽어버렸다. 마적도사가 망아지가 온 것을 몰랐던 까닭은 용유담이라는 소에 머리 아홉 달린 용이 장난을 치느라 일부러 망아지 소리를 못 듣게 한 것이었다. 화가 난 마적도사는 눈이 먼 용 한 마리만 남겨두고 여덟 마리를 죽이고는 자기가 짚던 대나무를 던지며 "이 대나무가 죽으면 내가 죽은 줄로 알아라"는 말만 남기고 떠났다. 이후 망아지가 떨어져 죽은 자리에 도로가 나게 되었는데, 호두만한 조랑말의 방울이 발견되어 전설이 아닌 실제의 일로 마을 사람들은 생각하고 있다.

조금 전에 그 우리 이장이 그 일곱 개 마을의 자연부락이 있는데. (조사자 : 네.) 마적이라 카는 데가 있어. 마적이라 카는 데 가믄, 그 지금은 인제 나무가 죽어서 없어졌는데, 그 대나무가 하나 이렇게 있는데 그게 '도사 대나무'라고 그리 옛날 어른들이 그리 불렀어.

그 와 도사 대나무라고 불렀냐고 한께네, 그 마적에 도사가 살았더라고 해, 도사가. (조사자 : 마적도사.) 하모, 마적도사가 살면서 고 밑에 니리오면은(내려오면), 지금 저 행정에서는 그 소나무를 갖다가 한 400년 됐다고 하는데, 우리가 봤을 때는 천 년도 넘은 나무라.

왜 그렇냐면은 행정 쪽으로 봐서 그러는 것은 나무로 봤을 때 이런대서 클 때 크는 그 둘레를 하지만, 도로에 컸거든. (조사자 : 네) 도로에 큰

거는(자란 것은) 잘 안 큰다고, 나무가. 그래서 거기가 세진 데라고 그래, 세진 데.

도사가 그래서 어느 날 그 바둑을 이래 뜨면서(두면서), 아 장기를 뜨면서(두면서) 그 뭐라 하더라 당나귀라 하나? 심부름 하는 거이. 그 도사가 그 저 건네 이렇게 인자, 도사로 해 가지고. (청중 : 무지개 다리.) 어(응). 무지개 다리를 쫙 놔주면 망아지가 건너왔다 건너갔다 하는 기라. 그라믄 이 목에다가·이렇게 방울을 달아주면, 쪽지를 적어주면 시장에 가서 갔다 오고 그랬는데.

어느 날 장기를 두고 있으께네로, 망아지가 어디 갔다 오다가. 그 건네 나발바우(바위)라고 이름이 붙여진 바위가 하나 큰 게 있어요. 그 바위에서 망아지가 아무리 소리를 쳐도 도사가 이 다리(무지개다리)를 안 놔주는 기라. 그러니까 도사가 다리를 안 놔주니까 못 오잖아요. 못 오니까 이 망아지가 고마 그 밑에 죽어버렸다 캐. 그래서 죽어서 높이가 50m 더 되죠, 그죠? 한 5~60m 정도 될거야, 떨어져 죽었다 카는 절벽이. 그래서 저기서 피를 토하고 죽어서 그 바위가 피 색깔로, 벌거레(빨갛다), 돌이. (조사자 : 네.) 그래서 인자 전설에 의하며는 인자 그 당나귀가 피를 토하고 죽어서, 그 색깔이 핏물이 들어서 그래 되었다는 얘기야, 옛날에.

(조사자 : 예, 그 바위 이름은 뭔데요?)

그래서 인자 도사가 찾아오니까 죽어 버렸거든. 망아지가 바둑판을 장기판을 다 깨가지고 던져 버린께. 한 개는 저 건네 가 있고, 한 개는 고 아래 떨어졌다 하는데.

왜 도사가 그걸 몰랐냐고 하면은 고(그) 옆에 가며는 용유담이라고 있어. (조사자 : 용유담.) 하모. (조사자 : 네.) 용 용(龍)자에 놀 유(遊)자라. '용이 놀던 자리다' 이 말이라. 소가 굉장했어.

이 용 아홉 마리가 이렇게 싸우다가 장난을 치는 소리에 그 도사가 고마 망아지 소리를 못 들었대.

그래서 그 도사가 용 여덟 마리를 싹 다 잡아 죽여버리고, 눈 먼 용 한 마리만 남겨 놓고. 다 죽일 수는 없고. (조사자 : 예.) 그래서 인제 전설에 도사가 죽이고 마적을 떠났다고 해.

그래서 인제 그 훗날. 어, 저기를 나발 뭐라 했소? (청중 : 나우바구.)

나우바구. (조사자 : 나귀가 죽었던 바위라고 했어?)

어어(응), 나위바위라고 불렀거든.

불렀는데, 요 요게로 우리 요 도로를 갖다가 마류선이라고 그래. 마천, 휴천이라고이. (조사자 : 네,) 그래서 이거를 (청중 : 마. 유.) 마. 류. 휴천. (조사자 : 아, 마류, 류. 류. 류.)

그 도로를 낼 때 (조사자 : 예. 마천 휴천 사이를 내서?) 하모. 도로를 낼 때 고 망아지가 죽었던 자리에 큰 바위가 하나 있었어. 그걸 폭발을 딱 한끼네, 고 밑에 아니가(아니나 다를까) 말방울이 나왔는 기라. (조사자 : 아, 말방울.) 진짜로. 아홉 개가 나왔는 기라, 아홉 개.

그래서 이 동네 사람들이 그거를 다 주워 왔는데 (조사자 : 네) 어느날 군에서 그거를 근거로 할라고 찾으로 오니까, 한 개도 없는 기라. 이 동네 사람들이 가가갖고(가져가 버려서).

그래서 그걸 이리 닦아보니까, 뭐 신쭈로 했던 긴가, 뭘 했던 긴가? 하이(하얗게) 닦기더라 캐. 말롬말롬하이(말랑말랑하게). 이 저, 호두만 하더란다. 호두만 하더라 캐.

그래서 거기 그거만 증거가 남아 있었으면, 이기(이것이) 전설로 안 되고, 역사로 기록이 될 수도 있었던 긴데, 그때만 해도 그 해가 뭐 아무 것도 아인께, 어쩔 수 없던 기지 뭐.

(조사자 : 그러면은 마적도사가 타고 다녔던 조랑말의 방울이 발견되었다, 그 말씀이시죠?)

그렇죠. 그렇죠. 하모. 그래서 지금은 전설로만 남아 있는 기라. 그래서 그 도사가 고마 떠나갔고. 이자 죽었겠지, 인자이.

그래서, (청중 1 : 대나무.) 그래서 대나무가, 자기가 가면서,

"대나무가 죽으면은 내가 죽은 줄로 알아라." 카면서 떠나갔어.

(청중 1 : 짚고 가던 작대기로 탁 던져놓고.)

(청중 2 : 하모, 작대기제.)

(조사자 : 이 대나무가 죽으면 내가 죽은 것으로 알아라.)

(청중 1 : 지금도 살아가 있어.)

(청중 2 : 없어. 없어. 죽었어.)

무사 때, 무사 때. 무사 때 썩어서 넘어져 버렸어.

(청중 : 인자 없어.)

(조사자 : 안타까운 일이네요.)

그런께 인제 무사 때 도사가 죽었겄제이.

가피 훑는 팔자의 부인

자료코드 : 04_18_FOT_20090216_PKS_YSN_0001
조사장소 : 경상남도 함양군 휴천면 월평리 마을회관
조사일시 : 2009.2.16
조 사 자 : 서정매, 정혜란, 이진영
제 보 자 : 양선남, 여, 71세
구연상황 : 박분순 제보자의 노래를 듣고 강피에 대한 이야기가 나왔다. 그리고 강피에
　　　　　대해 여러 이야기를 하는 동안 강피에 관한 이야기가 있다며 다음 이야기를
　　　　　구술해 주었다.
줄 거 리 : 공부만 하던 신랑이 강피가 떠내려가도 본척만척했다. 화가 난 부인이 다른
　　　　　곳으로 시집을 갔다. 이후 남편은 과거에 급제해서 내려오니 부인은 아직도
　　　　　강피를 훑고 있었다. 조그만 참았더라면 어사부인이 되었을 텐데, 부인의 복
　　　　　이 그것밖에 되지 않았다.

신랑이 저개 과거하러 갔는데, 하도 묵을 게 없어 갖고, 딴 집으로 갔

는데 그 집에도 못 살아서 들에 가서 갱피를 훑었대야.

그런데 그 사람이 과거를 해 갖고 온께, 마누라가 갱피를 훑거든.

그게 아이고, 남자가 맨날 학자가 돼가지고, 공부만 장근 하는데, 인자 강피를 훑어다가 마당에 덕석에다가 늘어놨는디, 소낙비가 많이 왔더리아. 그랬는데 인자 방에서 공부만 하고, 그 강피 덥석이 다 떠내려가도 이걸 안 끄들어서 마, 여, 부인이 화가 나갖고 딴 데로 시집을 가 삐렀어.

딴 데로 시집을 갔는데, 이 인자 남자는 과거를 하러 갔어. 과거를 해가지고 합격이 됐어.

(조사자 : 급제를 했네요.)

응, 급제를 해서 머리에 어사화를 꼽고 온께, 그 자기 부인 됐던 사람이 또 갱피를 훑더래야.

그래서 인자 (조사자 : 그 노래 이야기는 이거였다 그죠.) 그런께, 그 여자 복이 거기까정인 거야.

호식 당하고 비녀만 남았던 비녀봉

자료코드 : 04_18_FOT_20090209_PKS_YIS_0001
조사장소 : 경상남도 함양군 휴천면 문정리 문상마을 마을회관
조사일시 : 2009.2.9
조 사 자 : 박경수, 서정매, 조민정
제 보 자 : 염임순, 여, 68세
구연상황 : 조사자가 마을 이름이나 지명에 얽힌 이야기가 없느냐고 하자, 제보자가 이
　　　　　이야기를 했다.
줄 거 리 : 옛날에 호랑이가 사람을 잡아먹는데 꼭 안쪽에 자는 사람을 잡아갔다. 비녀를
　　　　　꽂은 아주머니가 호랑이에게 잡혀갔는데, 산봉우리에 비녀만 남겨져 있었다.
　　　　　그 후 이 봉우리를 비녀봉이라 했다.

지금은 이렇게 동물을 이리 가다(가두어) 놓고 키우니깐, 범겉은 거, 사

자겉은 거, 가다 놓고 키우는데, 옛날에 안 그랬으니깐. 마 산에 노다지 댕기는 기라. 그런데 장에를 가모, 개 졸졸졸졸 개맨키로 따라가는 기라. 지게에도 홀딱 뛰 올라앉았고, 그래 인자 그집에 쏙 들러가몬, 인자 그것도 인자 아는 기라, 사람을. 따라 댕기는 사람을, 우리 할아버지가 그랬대요. 그런데 집에 딱 들어가면 내리갖고 지는 산으로 가는 기라요.

산으로 가고, 그래 갖고 옛날에 사람이 서로 무섭다고 안에 자고, 여럿이 자는데, 밖에 자고, 밖에 있는 사람 안 물어가고, 안에 있는 사람 물어간대. (청중 : 호식할 팔자에, 뭐 장사가 없는 기라.) 호식을.

그래 옛날에 어떤 사람이, 한 우리 또래나 됐는데, 그래 가지고 호랭이가 물고 갔어. 물고 가면 그걸 싹 다 없애는 기 아이고, 옷을 냄기도 냄기고, 뼈를 냄기도 냄기고, 옛날에 비네(비녀), 할무니들이 찔렀다 아닙니까, 비네를 냄기도 냄기고, 그렇다 캐. 호식을 하면 포(표)를 냄긴다 캐. 그리[먼 산을 손으로 가리키며] 저 저 앞동산에 여서 마주 보는 저기 비네봉이라.

거서 아줌마를 하나 물고 올라가서 뜯어 묵고 비네를 그따 냄기났더래, 비네를. 그래 갖고 지금 비네봉이라, 비네봉.

(조사자 : 그래서 비녀봉이네.)

그기 진짜 전설 얘기라. 그 인자 저저저 비네봉, 저 비 묻어온다 건네다 보고 이러거든. 거서 인자 잡아묵고 비네만 냄겨놓고.

(청중 : 호식을 한께 잡아묵고 비네만 남아 있더래. 그래 옛날에 그라더래.)

여자를 잡아먹고, 응.

정태란 청년이 호식당한 정태골

자료코드 : 04_18_FOT_20090209_PKS_YIS_0002
조사장소 : 경상남도 함양군 휴천면 문정리 문상마을 마을회관
조사일시 : 2009.2.9
조 사 자 : 박경수, 서정매, 조민정
제 보 자 : 염임순, 여, 68세
구연상황 : 제보자는 앞의 비녀봉 이야기를 한 다음, 그와 비슷한 이 이야기를 자진해서
　　　　　해주었다.
줄 거 리 : 옛날 이곳 사람들은 함양 장에 가기 위해 장작제라는 고개를 넘어 다녔다. 이
　　　　　곳 마을에 남의 집에 머슴을 사는 정태라는 청년이 있었다. 그 청년이 장작제
　　　　　고개를 넘다 호랑이에게 먹히고 말았다. 그후 정태가 죽은 골이 정태골이 되
　　　　　었다.

　여서 [손으로 방향을 가리키며] 저리 넘어가면은, 넘어가면은 장작제라
카는 데가 있는데, 옛날에 이 길 나기 전에는 그리 다녔어요, 사람들이.
지게 지고, 막 이고 지고. (청중 : 함양 장에 댕기러.)

　그리 댕겼는데, 옛날에 이 동네, 마을에서 어떤 청년이 넘의 집을 살았
더래요. 그런데 인자 그 저 거 가면 골 이름이 정태골이라, 정태골. 정태
골, 아 골 이름이 아익(아직) 정태골이 아인데, 이름이, 머슴 이름이 정태
더래, 정태.

　그런데 그걸 갖다 거서 갖다 잡아 뜯어 밌는(뜯어 먹었는) 기라, 머슴을.
그래 인자 그 사람 죽고 나서, 또 그 산 골이 정태라, 그래서 정태골이.

　(조사자 : 아 거기서 정태를 잡아먹어서 정태골?)

　거서 뜯어먹었다 캐.

억년바위, 백년마을 유래

자료코드 : 04_18_FOT_20090214_PKS_YKS_0002

조사장소 : 경상남도 함양군 휴천면 문정리 문하마을 마을회관

조사일시 : 2009.2.14

조 사 자 : 서정매, 문세미나, 이진영, 조민정

제 보 자 : 유광수, 남, 74세

구연상황 : 제보자는 침착하게 다음 이야기를 해 주었다. 청중도 제보자의 얘기를 경청하며 이야기판에 참여하기도 했다.

줄 거 리 : 지금으로부터 600년 전 고려 충렬왕 때에 이백년, 이천년, 이만년, 이억년, 이조년의 오형제가 있었다. 그 중 이억년이 문하마을에 와서 바위 밑에서 은거했다. 그래서 그 바위를 억년바위라고 부른다. 또한 오형제 중 제일 맏이인 이백년이 살았던 마을은 지금 백년마을이라고 부른다.

자, 다른 게 아니고 옛날 거 역산데(역사인데), 거 혹 이억년, 이조년이라고, 시조에도 나오고 하는 그 분 압니까? (조사자 : 예.) 그분이 바로 여기 있습니다. 바로 이 동네 가 있어요. 근데 그분 형제가 백년이, 천년이, 만년이, 억년이, 조년이거든. 그러니까 오형제 분이라요.

그래서 억년이라고 하는 분이, 주둔을 하고 살았어. 문상 부락에서는 몰라, 그 말이 안 나왔는가 몰라도, 억년바위가 있어요. (조사자 : 억년바위요?) 네, 억년바위요. 네, 억년. 그 분이 고려 충렬왕 때라. 오래됐지, 600년 됐어요. 그분이 예(여기) 와가지고 거 억년바우 밑에서 은거를 하고 살았어요.

근데 이조년이라는 분은 아주 유명한 분이고, 우리나라에 거 말하자면 시조도 나고 그랬지 아마.

근께 이 위에 가면 백년이라는 동네가 있는데, 거 아직 안 가봤는가 몰라. (조사자 : 안 가 보았습니다.)

그분 형제 백년이라는 분이 제일로 오형제 중에서 맏인데(맏이인데), 그분이 거(거기) 살았다고 해서 백년이라. (조사자 : 백년바위.) 예, 바위 말이 있지.

이억년이라 카는 분은 바로 여기 있고 그 말하자면 문화원에서 거창하

게 신설해 났어.

　(청중 : 동네 가에 있어.)

　(조사자 : 묘가 있다는 말입니까?)

　네. 문화원에서 한 3년 전에 거창하게 복원을 시켜놓았어.

　(조사자 : 3년 전에.)

　하메, 잘 해났어.

도깨비와 씨름한 사람

자료코드 : 04_18_FOT_20090215_PKS_LON_0001
조사장소 : 경상남도 함양군 휴천면 대천리 미천마을 마을회관
조사일시 : 2009.2.15
조 사 자 : 서정매, 정혜란, 이진영
제 보 자 : 이옥녀, 여, 72세
구연상황 : 조사자가 도깨비 이야기를 요청하자 다른 사람에게 서로 이야기를 해보라고
　　　　　하던 중에 제보자가 다음 이야기를 시작했다.
줄 거 리 : 도깨비가 콩을 달라고 해서 한 줌씩 주다가 결국 씨름까지 하게 되었다. 도깨
　　　　　비는 힘이 장사지만 아랫도리는 힘이 없어서 거기를 쳐서 쓰러뜨려서 묶어놓
　　　　　았다. 다음날 아침에 가서 보니, 윗부분에 콩이 세 주먹 들고 물이 묻어 있는
　　　　　도리깨가 묶어져 있었다 한다.

　옛날에 저게 우리 어머이가 한 이바구가 이렇더라고.

　인쟈 하도 총각이, 울 너매 논이 좀 먼데, 점도록(저물도록) 댕겨. 물 대
러 댕기는데.

　인쟈 저녁에는 또 넘이(남이) 판께 또 가는데, 심심해서,

　"콩을 어머이 좀 볶아주소." 해서 가비에다(바지에다) 넣어 갔어. 넣어
간께, 아이구, 하 조금 걸어가면,

　"나 좀." 그라면 한 주먹 내주면, 또 인쟈 또 조금 가면,

"나 좀." 하면서 또 한 주먹 내주고, 또 나중에는 세 주먹을 내 주고 한 께. 나중에는 씨름을 하는데,

"나한테 아랫도리를 거두지 마라." 거라더라네요. 아랫도리는 거두지 마라, 그래가 아랫도리 안 거둔다 캐갖고, 위에는 억수로 힘이 세는데, 아랫도리를 착 거둔께,

(청중 : 못 이기지.)

그 고마 한 주먹도 안 되더래. 그래서 거 와 질가에 찔름팽이 옛날에 큰 거 없소, 그제. 것따(거기다) 폴끈 세 마디 싹 다 묶었더라 캐.

뭉꺼놓고(묶어놓고) 아침에 가본께, 도로깨 와, 우리 보리타작 하는 거.

(조사자 : 도리깨.)

예. 거거 저게 거 대가리에 물이 요렇게 재륵재륵 재꿨더라네.

(청중 : 도깨비 귀신이라. 도깨비 귀신.)

그래, 콩이 한 주먹, 한 주먹 세 주먹이 들었더래. 그래 그 뒤에는 그게 무섭어서 그 논에는 못 갔대. 밤으로는.

수수깡이 빨갛게 된 까닭

자료코드 : 04_18_FOT_20090215_PKS_LON_0002
조사장소 : 경상남도 함양군 휴천면 대천리 미천마을 마을회관
조사일시 : 2009.2.15
조 사 자 : 서정매, 정혜란, 이진영
제 보 자 : 이옥녀, 여, 72세
구연상황 : 호랑이에 대한 이야기를 나누면서 서로 해보라고 이야기를 권했다. 조사자가
          이 제보자에게 적극 권유하자 다음 이야기를 시작했다.
줄 거 리 : 호랑이가 엄마를 잡아먹고 애기들까지 잡아먹으려고 했다. 호랑이는 엄마로
          변장하여 집으로 왔지만, 아이들이 호랑이인 줄 알고 정자나무로 올라갔다.
          호랑이가 우물의 그림자를 보고 아이들이 나무에 올라간 것을 알고 올라가려
          고 했다. 아이들은 하늘에 기도를 해서 동아줄을 받아 올라갔다. 이것을 본

호랑이도 기도를 해서 줄이 내려왔는데, 썩은 줄이어서 수수밭으로 떨어졌다. 지금도 수숫대가 빨간 이유가 호랑이 피가 묻어서라고 한다.

아이, 인자 옛날에, 인자 이 산 속에 사람이 인자 이리 많이 살았다 아 인가배. 그거는 인자 우리도 이바기라(이야기라). 아주 옛날 이바기.

그래 샀는데 인제, 딸네집에 간다고 호박범벅을 쪘어.

(조사자 : 호박범벅?)

(청중 : 응. 인제. 호박 범벅이를. 옛날에는 호박을 막 섞어갖고 옛날에는 쌀이 없은께, 범벅을 졌어.)

음. 그래 호박범벅을 쪘어. 그래, 딸네집에 간다고.

모랭이를 한 개 넘어가고 한 개 넘어간께 인자 호랭이가 나왔어.

그래 인자,

"할마이, 할마이, 저 거 뭐꼬?"

인자 이야기니깐 그렇지, 무슨 뭐꼬 하겠노, 호랭이가.

"한 도맥이 주면 안 잡아먹지."

그래가 한 도맥이 주고. 또 한 독 넘은께 또 받아먹고 그 놈이 또 넘어 왔어.

그래 인자 그 한 낭새기를 다 줬더라. 모래, 모랭이를 넘어온께 이노무 호랭이가 인자 옷을 벗어 도라 카는 기라. 인자 옷을 벗어준께 인자 저게 옷도 벗어준께 그러고 다 잡아먹는 기라.

잡아먹고 인제 저거 집에를 왔어. 옷 그놈을 걸치고.

(조사자 : 아, 그 할머니 옷을 입고.)

호랑이가 걸치고. 호랭이 인제 이바구는, 옛날에 이바구는 거짓말 아닌 가배. 우리가 말하자면.

그래 와갖고 인제 저거 집에 와갖고,

"저게 내가 왔다." 칸께 인자. 아들이

"아무리 봐도 우리 어머이 손은 아이다. 또 요 문을 여도 우리 어머이 손은 아이다."

그래 인자 요놈들이 인자 호랭이가 너무 같은께, 뒷문으로 나갔어. (조사자 : 도망을 쳤다.) 응, 도망을 쳐갖고, 등구 나무에 올라갔어.

우리도 이바구 들은 걸로 한다.

그래 인자 높은 등구 나무에 올라앉았응께 새미가 하나 있는데, 호랭이가 그 새미에서 쳐다본께 그르마(그림자)가 있어. 물 속에 이제. 사람이 우에 있은께. 인자 달밤에. 그래, 그리매가 있어서 인자 쳐다본께. 호랭이 그만 아들이 우섭어서 웃었어. 밑에는 무섭지마는.

(조사자 : 응.)

그래 인자,

"어째 올라갔노?"

호랭이가 어째 그 소리 하겠노. 거짓말이라서 하제. 그래, 어찌 올라 갔고 해 갖고.

"그래 내가 저게 하니까 어디 가서 참기름 뭐 해 갖고 올라왔다." 하니까, 그래 인자 그 호랭이가 저도 인자 올라온다고 인자 떨어져 버렸어.

이 아들이(아이들이) 옛날에 어른들 말이 그래. 하늘을 보고 새 줄을 내려달라캤어. 우리를 살릴라면. 그래, 인자 이 아들은 줄이 내려와서 실려갔는데,

(조사자 : 동아줄 이런 것이 내려와가지고.)

하모, 하모. 그래 인제 호랭이가 저게 인자 따라 했는데 헌 줄이 내려왔네. (조사자 : 썩은 줄.)

응. 그래 그게 내려와가지고 널찌다 널찌도 해필(하필) 수싯때기라고 있거든. 수시, 그 나무라고 있어. 우리 밭에 키와. 그게 좀 뺄그래. 그 나무가 오짜면.

(조사자 : 뾰족뾰족한 나무예요?)

어으엉(아니). 그냥 나무 순도 모개미(목아지, 목) 있고 그런 거.

(청중 : 모개미가 뻘간게 있어.)

그런데 대가 뻘그레.

(청중 : 그건 옛날 사람 아니면 몰라.)

그러면 인자 그걸 호랭이 똥궁뎅이를 쑤셔서 그래 뻘간 기 묻었다.

(조사자 : 아, 그 뻘건 게 호랭이.)

똥구멍을 쑤시서 묻었다.

우리는 칠십이 넘었지만 우리 요만할 때부터 내려오는 어른들 속담에
말이 거기라.

마적도사와 마적도사의 당나귀가 죽은 피바위

자료코드 : 04_18_FOT_20090208_PKS_LSH_0001

조사장소 : 경상남도 함양군 휴천면 금반리 금반마을 마을회관

조사일시 : 2009.2.8

조 사 자 : 박경수, 서정매. 조민정

제 보 자 : 임상하, 남, 73세

구연상황 : 조사자가 지리산과 관련된 전설이 있느냐고 하자, 제보자가 마적도사 이야기
　　　　　가 있다며 다음 이야기를 구술해 주었다.

줄 거 리 : 옛날에 마적도사가 지리산 용유담 건너편에 살았다. 마적도사는 함양시장에
　　　　　심부름을 시키려고 당나귀 한 마리를 길렀다. 어느 날 당나귀가 함양시장에
　　　　　가서 시장을 보고 오는데, 용유담의 눈 먼 용 한 마리는 남겨두고, 여덟 마리
　　　　　용들이 승천을 하느라 시끄러웠다. 당나귀는 아무리 고함을 쳐도 마적도사가
　　　　　오지 않아 그만 그 자리에서 죽고 말았다. 지금 당나귀가 죽은 바우가 피바위
　　　　　라고 전해온다. 마적도사가 그것을 알고 두고 있던 장기판을 던져 버렸다. 세
　　　　　월이 지나 지리산을 관통하는 도로를 내기 위해 어쩔 수 없이 피바위를 폭파
　　　　　시켰는데, 그 속에서 말방울 13개가 나왔다. 근처 마을사람들이 나누어 가지
　　　　　고 집에 두었는데, 이틀 뒤에 모두 없어지고 말았다. 그것을 마적도사가 가져
　　　　　간 것이라고 생각했다. 그리고 용유담 위에 오래 된 대나무가 있었는데, 마적

도사가 저 대나무가 없어지면 나도 죽은 줄 알라고 했다. 지금은 태풍으로 대나무가 죽어버렸는데, 마적도사도 죽은 것으로 생각한다.

여기 참 묘한 데라. 가봤는가 몰라도 잘 생겼어. (조사자 : 아, 용유담.) 용유담 요게 놀던 덴께. 그 건네 그러구로 우리 천 삼백 년 전인가, 마적도사라고 있었어. 도사, 마적도사. (조사자 : 마적도사.) 예.

그 도사가 또랑 건너 용유담 건너 있었었는데, 그석을 당나귀를 한 바리 길렀더래. 당나귀. 그래서, 그 당나귀는 무슨 그 일을 하냐 하며는, 뭐 땜에 길렀냐 하며는, 에 함양시장 강동시장에 부식이 떨어진다든지 식량이 떨어지모 그거 구입하러. 써서 말에다 딱 꽂아주모 이 당나귀가 그 인자 용유담 외나무다리를 건너서 요리 올라가가지고 마천 소재지까지 안 가고, 요리 창원으로 여 여 오도재를 넘는구만. 여 오도재가 함양 지리산 제일 웃질이라고 아까 예기 하데. 고리 가서 여 여 구룡으로 해서 함양장에 가가지고 고만 장사꾼들이 서서 도사가 써준 걸 보고 부식 뭐 쌀 얼마 고걸 보고 당나귀에 얹어 준대. 그래서 당나귀 뒤돌아 와가지고, 와서 한 분은 실고 왔는데, 거 건네 와가지고, 와서 피바구가 거 바우에 있는데, 그 건네 바위에.

그래서 그날은 뭐이냐 하면은 거 용유담이라 카더든. 용유담, 용이 놀던 소(沼)란 말, 소 담. 그래서 아홉 마리 있었었는데, 그래 그 날은 해필 눈 먼 용 한 마리만 남기 놓고, 여덟 마리가 전부 풍운조화라고 득천한다고, 승천한다고 싸우느라 없었대. 그래서 이 도사님이 알았든가 어쨌는공, 아이구 말이 인자 그래 그 건네 짐을 많이 실고 암만 울어도 안 오기 때문에 고마 질에서 죽어삤대. 죽어삐서 지금 피바우로 되졌는 피바우가 있고 한데.

그래서 이놈의 도사가 어띠 부애가 나든지 자기 장기를, 장기를 그날 두고 있었는데, 고마 장기판를 마 쎄리 저 건네로 팽기쳤뿄대. 팽기친께,

그 건네 한 쪼각은 이쪽에 떨어지고, 거 가서 저 건네 피바우, 말이 죽은 당나귀 죽은 피바우, 아까 떨어져서 죽은. 그래 피가 나서 죽었다고 피바우라 지금까지 전해지고 있는데, 그래 고런 전설이 있고.

용유담이 참 좋은 데래. 그래서 그기 인자 63년도에 마류산, 지리산 저리 가는 도로를 엄병우 군수라고 왔을 때, 그때 우리가 직접 가가지고 거 장비가 있는가 꾕이하고 삽, 이런 걸 마을별로 구역 분담을 해 가지고 닦고 그래 했구만. 그래 송전사람이 우에 마침 용유담 있는데, 큰 피바우가 있었대, 바우가. 그래서 그 바우를 신동록이라고 이 사람이 새마을지도자를 했는데, 거 바우를 폭파를 안 시키고는 도저히 길을 낼 길이 없더래. 그래서 최종적으로 양쪽에 다 닦고, 그거를 폭파를 시기게 됐는데. 폭파를 시긴께, 폭발 울음소리로 한께 고마 팍 깨지면서 말방울이 열 세 개가, 마 방울이 확 날라 나가 하늘에가 떨어지는 기라. 그래서 하도 이상해서, 그 사람들이 인자 막 동민, 송전 동민들이 갈랐대. 한 개씩 두 개씩 열 두 사람이 갈랐는데, (조사자 : 말방울을?) 하모. 그런께, 방울이 이리 있는데, 흙이 묻고 그래 해도 요리 닦은께 안에 노란이 광택이 나고 안에 그대로 있더래. 그걸 갖다가 집에 모도 서랍 빼다지, 책상 빼다지 기이한 귀물로 보관을 해놨는데, 아이구 고마 하루 2일, 이틀 밤인가 자고 나서 모두 일시에 하나도 없어졌대. 그 이래 그래서 지금까지 설화가, 거 마적도사가 그래서 가져간 거 아이가.

그래서 그래 한다고. 마적도사가 떠날 때 그 우에 대나무가 큰 기, 몇 백 년 된 대나무가 있는데, 그 대나무는 먼저 셀마태풍 때 고마 가지가 뿌러지고 그래서 넘어가 죽었대. 그래서 그와 같이 마적도사도 '이 대나무 죽으몬 내가 이 시상을 떠난 줄 알라'고, 그러쿠고 갔는데, 마적도사도 없어진 거 아이냐 그런 생각을 하고. 그런 사실이 있다 캐.

장인 장모를 무시한 어사 사위

자료코드 : 04_18_FOT_20090215_PKS_JSS_0001
조사장소 : 경상남도 함양군 휴천면 대천리 대포마을 마을회관
조사일시 : 2009.2.15
조 사 자 : 서정매, 정혜란, 이진영
제 보 자 : 정순성, 여, 89세
구연상황 : 적극적으로 이야기해 주었다.
줄 거 리 : 사위가 어사를 해서 집으로 내려왔다. 오는 길에 장인 장모가 밭 매는 것을
보고 모른 척 하고 집으로 돌아왔다. 아내는 그런 남편이 미워서 도망을 가
버렸다.

옛날에 사우가 어사를 해 가지고 내려옹께네, 재인하고(장인하고) 옛날
에는 재인 장모가 밭을 매드라 캐.

옛날에는 종님이 밭을 매제(매지), 이런 사람이 밭을 안 매거든. 그래
집에 가가지고 마누래를 보고 저 그 지랄 하더라 캐. 꽃겉을사 자석 보고
반달같은 아내 보고.

모자를 이리 씨리찌고 오다가(이렇게 쓰고 오다가) 제치썼삐리고(제쳐
쓰고) 안 쳐다 볼라꼬 집에 옹께네.

"반달같은 아내 보고 꽃겉을사 자석 보고 반절이나 하고 올걸."

같아가 그리카더라 캐.

그래 니 놈의 가문이 높았으면 하늘같이 높았겠나

내 가문이 낮았으면 씨알같이 낮았것나

고마 여자가 고만 할떼같이 구펑지대 살떼기 치고 싹 달아나삐렀어.

강피 훑는 팔자의 부인

자료코드 : 04_18_FOT_20090215_PKS_JSS_0002
조사장소 : 경상남도 함양군 휴천면 대천리 대포마을 마을회관
조사일시 : 2009.2.15
조 사 자 : 서정매, 정혜란, 이진영
제 보 자 : 정순성, 여, 89세
구연상황 : 조사자가 친구들과 했던 이야기는 없느냐고 물었다. 제보자는 이야기는 많지만 기억이 잘 안 난다고 하다가 잠시 후 다음 이야기를 시작했다.
줄 거 리 : 부인이 공부만 하는 남편이 싫어서 도망을 갔다. 어느 날 남편이 과거를 보고 출세를 하여 고향으로 내려오게 되었다. 강피만 훑던 부인은 다시 같이 살자고 얘기했으나 남편은 거절했다.

옛날에 사람이 또 여자가, 남자가 삭시로(매일) 글만 디다 보고 와, 아무것도 도와도 안 하고, 맨날 자빠져싸서 어떻게 부애가 나고 딱해서, 맨날 와, 저 묵을 게 없어서 냇가에 갱피를 훑더라 캐.

(조사자 : 갱피요?)

갱피를 훑어. 갱피라고 있어. 그걸 훑어다가 그거를 인자 해먹는다고 덕석에다가 갖다 늘어놓고 비가 주룩주룩 오는데, 그걸 디리 놓을라고 온께네, 그것도 안 디리놓고(들여다 놓고) 글만 디다보고 그래 갖고 있더라 캐.

아이고 고만 여자가, '저 사람 바래보고 살지도 못하겠다'고 그때는 고마 달아났삐렀어, (조사자 : 부인이.) 하모, 부인이 가삐리고.

그랑께네 영감이 혼자 살다가 출세를 했어. 공부를 해 가지고. 저 서울에 가서 과게 보러 가가지고 막 말을 몰고 막 달려서 쫓아온께네 갱피를 훑더라 캐, 그 여자가.

그때는 차려보니까 어사해 가지고 내려오는 저거 영감이거든. (조사자 : 오.) 하, 그래가 마 딱 쫓아와가지고,

"아이고 말물정도 들어주께, 새물정도 들어준다고, 나도 따라간다."고

그러더라네.

"말물정도 있고 새물정도 다 있다. 저기 있는 저 저기 여자는 갱피밖에 못 훑는구나."

그러카고 고마,

"말물정도 내 되어 있고 새물정도 내사 있다. 니는 못 따라온다." 캐. 매나 딱하다고 달아났겠노. 살다 살다 안 되니께 달아났겠노. 지 복에 안 닿는 기라.

손자를 살린 동계 선생

자료코드 : 04_18_FOT_20090208_PKS_JJS_0001
조사장소 : 경상남도 함양군 휴천면 목현리 목현마을 노모당
조사일시 : 2009.2.8
조 사 자 : 박경수, 서정매, 조민정
제 보 자 : 정준상, 남, 90세
구연상황 : 노래판을 잠시 멈추고 제보자 조사를 하는 사이, 제보자로부터 시조창을 듣고 난 후 효부 효자 이야기 등 함양의 인물에 관해 이야기해 달라고 하자 이 이야기를 했다. 이야기는 천천히 했으나, 사건의 전후 맥락을 제대로 이어서 구술하지는 못했다.
줄 거 리 : 정여창이 안의현감을 할 때의 일이다. 동계 정온 선생이 선조대왕에게 집에 역적이 났다고 알리면서, 손자 희량이만 살려줄 것을 부탁했다. 희량이가 말을 타고 서울로 가려할 때 미리 말의 말굽을 망가뜨려 놓았다. 그 일로 희량이는 전쟁에 늦게 나가서 살았다. 동계 선생이 역적으로 몰렸을 때 정여창이 손자 희량이를 잡지 않았다. 그 때문에 정여창은 도리어 역적으로 몰려 죽었다.

정여창8) 그 어른이 우리 함양 출신으로, 어- 자기 생전에는 안의현감까지밖에 못 했소.

---

8) 鄭汝昌, 1450~1504, 호는 일두(一蠹).

안의현감까지 못 했는데, 저 안의현감을 할 때, 여 안의 그 동계[9] 선생, 그 손자 희량[10]이가 나 안질을 봤거던.

그때 같이 그때 안의면이 되었을 때, 이전에. 여 거창 가면, 거창 저 마리, 북상, 위천, 3개 면이 여 안의면이라. 안의면이 있었는데, 그때 그 시대에 희량이가 인자 나가 질인께(어리니까), 그 동계 선생이 선조대왕한테다가 자기 집에 역적이 났다 캤거든.

"거게가 무슨 역적이 날까보냐."고 그랬는데, 그래,

"만약 역적이 되도 저 종자, 씨 하나 남가 돌라."고 그런 소리를 했는데.

그래 인자 희량이가 서울, 서울로 올라갈라 쿠는데, 동계 선생, 그 희량이 할아버지가 말굽을 도치(도끼)로 조잡빴다(못쓰게 망가뜨리다) 말이라.

(조사자 : 어디 뭘요?)

말굽.

(조사자 : 말굽을. 아ㅡ.)

하모. 그런게 말이 뱅(병)이 나서 못 가고 사흘을 지체했삣는(지체해버렸는) 기라. 그래 출전할라고, 성공을 못 했지. 못하고 그래 망하고 이랬는데, 그때 안의현감, 정일두가 안의현감을 할 때인데, 희량이를 안 잡았다고. 희량이를 뭐 안 잡았다고, 그 역적을 몰아서 죽었단 말야, 죽었거든.

백혈군자(白血君子)가 된 정여창

자료코드 : 04_18_FOT_20090208_PKS_JJS_0002
조사장소 : 경상남도 함양군 휴천면 목현리 목현마을 노모당
조사일시 : 2009.2.8

---

9) 동계(桐溪) 정온(鄭蘊), 조선 중기의 학자이자 충절의 정치가.
10) 정희량(鄭希亮), 조선 경종 때의 학자.

조 사 자 : 박경수, 서정매, 조민정
제 보 자 : 정준상, 남, 90세
구연상황 : 제보자는 나이에 비해 발음을 정확하게 하며 적극적으로 구술해 주었다.
줄 거 리 : 정여창이 부관참시를 당했는데, 목을 베자 목에서 흰 피가 솟았다. 그래서 백
혈군자라고 부르게 되었다. 사후에 정승이 되고, 서원도 짓게 되었다. 여기에
춘수당(春睡堂) 어른의 역할이 컸다.

또 여 그때 여 김익중이 ○○○ 하는 날을 받았는 기라, 희룡이 난리
후에.

그 모두 그 바람에 그 정일두, 정여창을 부관참시(剖棺斬屍)를 했다. 삼
년 만에 부관참시를 했는데, 그래댁길이(그렇게 되어서) 목이 벤께 목에
피가, 피가 푹 솟아 올라온 기라. 그래서 백혈군자라고, 마 져도 무사라고
되었지. 되었는데, 그리 그 일두가 사후 정승이 됐어, 사후.

그래 당질, 수문장이 있었거던. 수문장이라고 당질(堂姪)이 있었어.

그분이 그때 나라에 참 그 일을 맡고 있어가지고 친수당[11]이 없으면
무일두(無一蠹)다, 일두가 없다 그랬거던.

친수당 그 어른이 막 그래 가지고, 마 그 거시기 사후에 정승까지 됐
어. 사후에 정승이 돼가지고 그래 인자, 함양에 서원을 짓고, (조사자 :
예, 그랬죠.) 임란 가서 왜놈들이 그 서원에 불을 질러서 몇 해를 가고 이
랬거든.

황희 정승 딸과 혼인하고 대국 천자를 놀라게 한 최고운

자료코드 : 04_18_FOT_20090208_PKS_JJS_0003
조사장소 : 경상남도 함양군 휴천면 목현리 목현마을 노모당
조사일시 : 2009.2.8

---

11) 춘수당(春睡堂) 정수민(鄭秀民)을 말함, 정여창의 증손자로 소일두(小一蠹)라 하기
도 함.

조 사 자 : 박경수, 서정매, 조민정
제 보 자 : 정준상, 남, 90세
구연상황 : 제보자는 정여창과 정희량 이야기를 한 다음, 고운 최치원 이야기를 꺼냈다.
줄 거 리 : 최고운은 태어날 때부터 방해를 받았다. 열세 달만에 태어나서 부모가 자기
자식이 아니라고 내버렸다. 절의 중이 열한 살까지 데려다 키웠다. 황희 정승
의 종으로 들어가 정승의 딸과 시로 화답하여 사위가 되었다. 황희 정승 대신
중국 사신으로 갔다. 중국에서 최고운을 죽이려고 복병을 하고 대문에 숨어
있었다. 키가 작은 최고운은 새끼로 발을 돋우고, 사모를 뿔처럼 높게 만들어
대문을 들어가지 못한다고 하면서, 대문을 부수라고 했다. 대문을 부수자 복
병이 탄로났다. 이처럼 최고운은 세상 일을 미리 알았다.

최고운은 방아를 놓고, 생이질(훼방, 방해)을 하는 어른이라.

생이질을 했는데, 최고운이 날 때 그서부터 쭉 이야기해야지 그제? (조
사자 : 예, 예.) 본인 이전에도 그 그런 생이지면은(방해를 받으면) 다 열
달이 넘어서 나고, 그 부모 함으로, 밑으로 안 나오고 다리를 뚫고 나온다
고, 이전에 대인(大人)들은 그랬다 캤거든.

언제 그 실제로 봉께, 최고운 저그 아버지가 딴 데, 어느 골로 가고 난
뒤에, 최고운을 열석 달만에 놓은 기라. 그래 사람이 태어날 때 열 달만에
태어나는 줄 알고, 자기 자식 아이라고 버렸어.

(조사자 : 예, 버렸어. 열석 달만에 나오니까, '애 이상하다' 해가 버리삣
네예.)

그 다 알제 그제?

(조사자 : 예예, 아 그래도, 모릅니다. 모릅니다. 실기(實記) 이야기 인자
할아버지가 해주셔야지.)

버린 기라. 그래 한 절에, 그 부인이 하주씨인가, 저 절 이름도 저저 중
이름도 잊어삐렀다. 그 절에서 데리다가 열한 살 묵도록 키운 기라. 그 인
자 자석을 내삐니까, 자꾸 집에 자학을 해쌓께, 점을 하이께, 그 인자,

"자석을 갖다 내삐렀다고, 탈이 나서 그렇다."고. 그래 열한 살 자실 때

자기 부모가 산에다 집을 데리 갔는데, 그래 집에 오래 있도 안 했어. 나 갔는데, 그러다 고만 이거 넘의 자식이라고, 뭐 소 넘어 준께 있을 수가 있나. 그래 나가서 황희 정승 집에, 저 소 키우는 종으로 들어간 기라.

그때 열 멧 살 묵었는데, 그래 있으면서 최고운은, 그 최치원 그 어른은 말이 글이고 글이 말이라 고마. 말하는 게 글이라. 그래 꽃밭에 꽃을 가꾸면서 꽃밭에 가가지고 시를 지었지. 뭔 시인지 모르겠는데, 끈티 캄캄한.

(조사자 : 오래 되니까 시는 잘 기억이?)

'하소무소신이요.' 이랬거든. 뜻은 울어도, 참 있어도 소리가 없더라. 하소무소신이요. 그런께 온하지보지를 비록 우리니이라, 새는 울어도 눈물이 없더라.

글 하사 반(받은) 이가 황희 정승 딸이라. 그래 인자 그 서로 아니, 황희 정승 딸이 '하소무소신'이라고 글을 지은 기라. 딸이 먼저 지은 기라. 그래 최치원이 답을 한 기라. 조명무지명(鳥鳴無知鳴)이니라. 새는 울어도, 새 조(鳥)자, 울 명(鳴)자, 새는 울어도 눈물이 없더라.

최고운이 화답을 했거든. 딱 안 맞는가배, 그제?

(조사자 : 그렇죠, 네.)

그 딸이, 황희 정승 딸이 참 부끄럽지. 감추던동 그래 가지고, 제목은 그래 나오게 됐어.

(조사자 : 최고운 선생하고 황희 정승 딸하고, 네.)

그래 나와 있으니, 그래 거기 있으면서, 명경을 쌌다고 파견로다. 명경을 쌌다고 그런 기억 탈로 났다. 종로 파종로가 된 기라. 그집 살면서. 그래가 인자 열여덟 살이 돼서 결혼을 했어.

사우가 되어 가지고는 황희 정승이 사정을 갈긴데, 자기 쟁인(장인)이 가면 하인들이 많이 안이께네 자기를 불러들이거든. 그래 장인이 죽고 못 나오는 기라. 그래 사우가 대로(대신으로) 갔어. 사정을 대로 갔다고, 저 종가, 임실, 필봉, 중간에 가다가 흑룡을 만나고 용을 만나고, 그런 인물이라. 용을 만나고 그래 싸코, 인자 대궐로 갔는데, 대단한 인물이지.

그런께네 대국서 임자가 들온다고 하이께네 쥑일라고, 장인 데리다가 막 복강을 하고 있는 기라. 있는데 사모를 씌워 양쪽에 여덟씩을 해 가지고, 뿔을 여덟씩을, 석자씩을 만드는 기라, 여덟씩을 해가 열두 자를 뿔을 만드는 기라, 사모 뿔을. 자기 키를 신하가 새끼를 돋아갖고 간 기라. 새끼를 돋아갖고 갔어. 새끼를 돋운 기라, 그렇게 작아.

그래 그 인자 천자 만나러 들어갈 때, 대군이 자기를 충분히 대군이라 카드만, 이걸 사모가 걸려서 못들어 간다고 대문 뜯어라 캤거든. 키도 세 치를 키를 돋운 기라. 그래 들어가는데, 대문을 뜯은께 대문서 복빙(복병)이 딱 여덟이라 복빙이. 다 최치원이라 카는 어른이 그렇게 알았어.

그래 인자 살아서 썩 들어서이께, 대국 상전이 키가 세 치만 낮으면 천하 용인이 되겠다고 그래 싼(한) 기라. 천하 영웅이 소리 안 듣고 살아 나올라고, 천하영웅이 되면 살아나올 수가 없다 말이라, 대국 건네 가가지고.

그래 신을 돋아가지고 들어갔다고 실기에 보면 그래.

도깨비와 씨름한 사람

자료코드 : 04_18_MPN_20090214_PKS_KSJ_0001
조사장소 : 경상남도 함양군 휴천면 동강리 동강마을 마을회관
조사일시 : 2009.2.14
조 사 자 : 서정매, 정혜란, 이진영
제 보 자 : 강삼조, 여, 81세
구연상황 : 마을에서 전해 내려오는 이야기 중에 도깨비 이야기가 있냐고 물으니 제보자
　　　　　가 외할아버지에게 들은 이야기가 있다고 하면서 다음 이야기를 시작했다.
줄 거 리 : 외할아버지가 술에 취해서 뒷골로 올라가다가 도깨비를 만났다. 도깨비와 씨
　　　　　름을 하느라고 집으로 오지 않자 다음날 새벽에 식구들이 찾으러 갔다. 외할
　　　　　아버지는 찔레나무 가시덤불 속에 처박혀 있었다. 그래도 오랫동안 살았다.

　우리 외할아버지가 그랬다 캐. 저 뒷골 살 적에. 우리 어머이가 이야기
하는데.

　뒷골 살 적에 술이 취해내 놓으끼네, 반지서 술 호딱 무나이(먹어놓으
니), 술이 취해 갖고 저 뒷골로 올라가마(올라가면), 길에 이래 올라가마
(올라가면), 참 토깨비하고 앵기갖고(안겨) 싸움을 하고 씨름을 하고, 막
그래 갖고.

　인제 집에서는 오도 안한끼네, 그 이튿날 아치게(아침에) 새벽에 가마,
저 가시덤불띠 찔레나무 가시덤불이 글로(거기에) 콕 쳐 박아서 눈이 동
그라이 떠갖고 있다 카대. 토깨비한테.

　그래 갖고 보마, 그 이튿날 보면 그래 가지고 있고 그래, 싸움을 했어.
토깨비하고 싸움을 해 갖고. 그래 그 인자 그 토깨비가 구석에다 처박아
논께 그래 갖고.

　전에 어머니가 그래 이야기를 해샀대. 너거 외할아버지는 그래 갖고 새

시로(수시로) 그렇더만, 그래도 오래 살다가 죽었다고 이리샀대요.

방귀 뀌다 신랑에게 뺨 맞은 며느리

자료코드 : 04_18_MPN_20090214_PKS_PTJ_0001
조사장소 : 경상남도 함양군 휴천면 동강리 동강마을 마을회관
조사일시 : 2009.2.14
조 사 자 : 서정매, 정혜란, 이진영
제 보 자 : 박태점, 여, 61세
구연상황 : 제보자는 들었던 이야기로 우스운 이야기라고 하면서 시작 전부터 많이 웃다
가 이야기를 시작했다.
줄 거 리 : 시어머니가 며느리에게 동정을 달라며 저고리를 갖다 주었다. 며느리는 동정
을 달 줄을 몰라서 방에서 쭈그리고 앉아 용을 쓰고 있는데 갑자기 방귀가
나와 버렸다. 그런데 누워 있던 남편이 남자 앞에서 방귀 뀐다며 뺨을 세게
때려, 눈물을 많이 흘렸다.

저고리 접 달다가 시아바이, 방구를 껬는데, 방구를 껬는데, 막 쪼글시
고 요래가 앉아서, 막 못해서 이리가 있는데 방귀가 빽 나와삤어.

(조사자 : 뭘 하다가요? 뭘 하다가?)

한복 저고리 동전 다는데, 시집을 가니깐 시어머니가, (조사자 : 아. 바
느질 하고 있는데.)

응, 생전에 안 달아 보라 캤는데 달아라고 카더라 카네. 달아라고 갖다
준께네로 이거 할 줄도 모르니깐 대체 땀이 좔좔 흐르는 거라.

땀이 좔좔 흐르고 이래 다는데, 쪼글시고 앉아서 이리 다는데. 쪼글시
고 앉아서 이리 달았더라 캐. 덕실 양반은 이리 누웋고(누웠고). 단께네(다
니까) 방귀가 빵 나왔삤어. [청중 웃음] 그라이케네로.

(청중 : 생초 살지도 안 했다.)

생초 살 제라.

(청중 : 돌아가시고 없어 그래.)

생초댁이가 그랬어.

(조사자 : 네, 그래 가지고.)

그래 가지고 고만 남자가 일어나가지고 뺨을 팍 쌔리삐더라 캐.

(청중 : 덕실 양반이?)

응. 그래서 고마 마 줄줄 울고. 쭈그리고 뒀시고 줄줄 울고 그랬다 캐. 그러카더만. 만날 그러카더만. 만날 회관에서 그리 캤어. 그 소리는.

(조사자 : 진짜 있었던 얘기다, 그죠?)

하모. 시집에 딸 하나, 외동딸 그게 저고리를 해 봤겠나 거기. 저고리 안 해봤다 캐. 안 해 봤는데, 상주댁이 맡기더란다. 상주댁이가,

"동전 이거 달아 봐라."

맽기더가 카네.

(조사자 : 그러면 시아버지가 때렸단 말입니까?) 으응, 신랑이. 신랑이 때렸지.

시어머니가 저고리 동전 달라고 갖다 줬는데, 싸악 오지 달아라고 갈켜 줬으마 아는데, 갈쳐주도 안 하고 이리 할까 저리 할까 맞추다가 혼자 땀이 난 거지.

땀이 나고 쪼글시고 앉아서 용을 씨다가(쓰다가) 고마 방구가 삑 나왔삣어. 나온께 고마 신랑이 남자 앞에서 방구 뀐다고 고마 일어나서 쌔리더라 캐. 때리는데 가만히 있으니까 눈물밖에 안 나더라고 해. 엉엉 울었다더라 줄줄 마.

그랬다 카더라고. 몇 년 안 됐구만. 생초 살 직에(때) 그랬는데.

대패로 깎을 뻔한 그것

자료코드 : 04_18_MPN_20090215_PKS_PJH_0002
조사장소 : 경상남도 함양군 휴천면 대천리 미천마을 마을회관
조사일시 : 2009.2.15
조 사 자 : 서정매, 정혜란, 이진영
제 보 자 : 백정호, 여, 72세
구연상황 : 조사자가 또 이야기를 해 달라고 요구하자 다 알거라면서 다음 이야기를 시
작했다.
줄 거 리 : 결혼 전에 신랑의 꼬치를 처음 보고 너무 커서 병신이라고 생각해서 대패로
깎아야겠다고 생각했으나, 막상 결혼을 해 보니 안 깎기를 잘 했다는 이야기
이다.

옛날에 어떤 사람이 결혼하려고 약혼식을 했어.

약혼식을 했는데, 약혼식하면서도 처녀를 안 봤던 모양이지. 그래서 처
녀를 천상(꼭) 봐야 되겠어, 총각이.

'어떻게 하면 처녀를 볼꼬?' 싶어서, 인쟈 그 집에 처녀 집을 찾아갔어.
찾아가서 좀 자고 간다니까 아랫방에 자라 카더라네.

그래 아랫방에 들어가서 앉아 있응께, 처녀를 천상 보고 가야 하는데
볼 수가 없는 기라. 그래 처녀 자는 방에 뒤에 가가지고 서가 있으니까,
처녀가 문을 열고 나오더래.

그래 가지고 엉겁결에 오줌을 눴어, 총각이. 오줌을 눟는데 처녀가 꼬
치를 본 기라.

"엄마, 나는 병신한테 시집 안 갈란다."고 말이지, 남자가 병신이라 카
거든 저그 어매한테.

"그럼 내가 아랫방에 가서 조사를 한 번 해 보지." 그래 아랫방에 가서
조사를 한 번 해 보니, 보통이더라 캐. 저그 어매가 조사를 한께네. 보통
인데,

"야야 대패로 좀 깎으면 되겠더라."

저그 어매가 처녀를, 딸을 보고 조금만 깎으면 되겠더라 캐.

그래 인쟈 결혼식을 했어. 그래 딸이 결혼식을 해서 사는데,

"어머이, 깎았으면 큰일이 날 뻔했겠더라."고 그라더란다. [웃음]

소를 따라 온 호랑이

자료코드 : 04_18_MPN_20090214_PKS_IMJ_0001
조사장소 : 경상남도 함양군 휴천면 송전리 송전마을 마을회관
조사일시 : 2009.2.14
조 사 자 : 서정매, 정혜란, 이진영
제 보 자 : 임맹점, 여, 68세
구연상황 : 제보자는 예전에 오빠에게 들은 이야기라고 하면서 호랑이 이야기를 해주
　　　　　었다.
줄 거 리 : 옛날에 소를 한 마리 사가지고 왔는데, 뒤에 호랑이가 따라왔다. 너무 무서워
　　　　　서 일단 소 마구에 소를 묶어놓고는 어머니께 가서 소가 끌려갔는지 확인해
　　　　　보라고 했다. 소는 다행히 그대로 있었다.

옛날에요, 우리 아부지가, 나 고만 했어. 저게 우리 오빠가 그래카대.
저 들어오는데요, 저짝에 저게(저기에). 소를 한 마리 사갖고 오는 기라.
소를 한 마리 사갖고 오는데. 이노무 소를 사갖고 오는데, 뒤에 호랭이가
따라오더래요, 호랭이가. 호랭이가 졸래졸래 따라와서.

(청중 : 그때는 그랬대이.)

하모. 호랭이가 따라와갖고 소 마구에 가서 소를 갖다 매놓고, 무섭어
서 자기는 못 가고, 우리 어머이를 가보라캤다 캐. 가보라 캤는데 뭣도 모
르고 인제 자기는, 말을 안 들어논께.

아, 드다 보잉께,

"소가 있네요, 소가 있네요." 그러 카고 왔는데, 저게 마을에 나가갖고
옆에 아줌마들, 아자씨들한테는 인자 아이고, 갈가지가 따라와서 우리 소

몰고 갔는가 싶어서 가보라 카이께네, 소가 있다 카더라고.

그래 카더라 캐요. 질게 할 필요가 없어요. 간단하게.

(조사자 : 어이쿠, 이것도 중요하지요.)

새댁 죽은 방에 나타난 귀신

자료코드 : 04_18_MPN_20090208_PKS_JGJ_0001
조사장소 : 경상남도 함양군 휴천면 목현리 목현마을 노모당
조사일시 : 2009.2.8
조 사 자 : 박경수, 서정매, 조민정
제 보 자 : 정갑자, 여, 60세
구연상황 : 제보자는 옛날에 귀신 본 이야기를 하겠다고 하며 다음 이야기를 했다. 제보
자가 직접 경험한 이야기지만, 서사적 요소를 잘 갖추고 있을 뿐만 아니라 신
이한 요소도 담고 있어 흥미를 가질 만한 이야기라고 판단하여 채록했다. 제
보자가 귀신 본 이야기를 실감나게 하니, 청중들이 외마디 소리를 치거나 하
며 무서움을 느꼈다.
줄 거 리 : 옛날에 감기가 들어서 방에 눕게 되었다. 일주일 동안 병을 앓다가, 도저히
안 되어 옆집 새댁에게 약을 좀 지어달라고 해서 먹고는 그만 절명하고 말았
다. 남편이 발견하고 물을 붓고, 입에 물을 넣기도 해서 근근이 살아났다. 그
리고 일주일 정도 지나서 하루는 방에 누워 있으니 어떤 새댁이 뒤 창문에서
자신의 집을 물끄러미 쳐다보고 있었다. 남의 집을 들여다 보는 것이 아니라
고 나무라고는, 힘이 없어 잠이 들었다. 잠에서 깨어나도 새댁이 계속 방안을
보고 있었다. 노란 저고리에 빨간 다홍치마을 입고 있었다. 그후 병이 나았는
데, 웬 할머니가 상이불이라며 사라고 왔다. 왜 상이불을 파느냐고 하니, 저
방에서 새댁이 죽어나갔다고 했다. 너무 놀라 기겁을 했는데, 생각해 보니 그
방에서 아이를 둘이나 유산을 했다. 그리고 그 집에 들어갈 때 시누가 소금을
뿌리고 있었는데, 돌이켜 생각하니 그 방에서 새댁이 죽어나가서 그랬던 것이
다. 그때부터 너무 무서워 이사를 갔다.

내가 옛날에 귀신 이야기 하나 해줄게.

그때 내가 몇 년도가 모르겠다. 박정희 대통령 돌아가실 머리, 그 머리

라. 그래 어느 날 인자 내가 대기(매우) 아팠어요. 인자 아파갖고 막 감기가 들었는데 옛날에 제가 머리가 이만치 길었습니다. 옛날에 머리가 길어갖고, 감기가 들어갖고, 요래갖고 앉아잉께네 옆에 새댁이고 아무도 안 와요. 머리는 마 겹이 나가, 아파가 빗지도 못하고 막 그래하자고 요래갖고 앉았잉께네, 고마 아무도 안 올라와요. 그래 내가 옆에 새댁이,

"아이고, 새댁이, 새댁이 나 감기가 들어 똑 죽겠는데 나 약좀 지아도."
이랑께네,

"아 그라모 얼마 됐노?"

"나 한 일주일 이래 앓았다."

그래 약을, 약국 가서 약을 지아 오는데, 묵꼬 그날 지녁에 죽어삐렀어고마. 예, 약을 먹고, 약이 너무 독했던가, 고마 죽었더렀대요. 저거 아빠가 인자 약을 먹을 시간 돼서 깨뺐던가 죽어삐렀대요.

그래 인자 막- 물로 인자, 막 누구 말마따나 셋째딸이 죽는 줄 알고, 물로 다 들어붰는가 봐요. 그래 들어붓고 해도 안 깨나고, 난주 안돼갖고 저거 아빠가 입에 무굼어(머금어) 갖고 내 입에다가 넣었는 모양이라요. 그러께 내가 그때 어 카고 일났는데 그래,

"왜 그라노?" 이랑께네,

"니가 죽었더라. 내가 얼마나 놀랬는지, 죽었는데 그래 아이구 깨난다."
하고 그라고 난 뒤에 저거 아버지가 옷을 안 입고 자, 안 벗고 자요. 내가 인자 그런 일이 있고 이런께.

그래 인자 그러구로 며칠이고 간 기라. 낫아갖고 이래갖고 하루 저녁에 인자 얼추(거의) 낫았어.

이래 누붜(누워) 있으니깐 우리 방에 옛날에 그러찮에? 부엌 하나, 방한 칸. 마산서 살았는데, 우리 방에 요래 누몬(누우면) [손으로 대충 크기를 그려 보이며] 조래 창문이 요만한 기, 요만한 게 있었어. 요래 누웠응께네, 웬 새댁이가 딱- 방을 내려다 보더만은, 뭐 성난 것도 아이고, 웃는

것도 아이고, 이래갖고 쳐다보더라고. 그래 내가 누워서 한다는 소리가,

"아이고 새댁이, 새댁이, 왜 넘(남)의 집 드다(들여다) 봐. 넘의 집 드다 보는 거 아이라. 저리 가." 하고 내가 잤어요, 힘이 없으니까. 잤는데, 자고 눈을 떠보니까 고대로 있어요. [청중 무서워하는 소리를 낸다.]

(청중 : [믿을 수 없다는 듯이] 꿈이 아니고?)

네, 그대로 있어 고마. 새댁이 하여튼 그때 시집 온 지 얼마 안 됐어, 새댁이가. 그라고 인자 내가 왜 그걸 믿었냐면 뒤에도 창문이 요래 있어.

그 뒷집에도 새댁이, 시집온 새댁이 있는데, 시아버지가 너무 겁이 나서 바깥을 못 나간대요. 그래서 만날 방안에서 누워자고, 창문을 이래 내다보고, 나는 그 새댁인 줄 알았어.

그러구로 얼마 동안 그 인자 그러쿠고 인낭께네(일어나니까), 또 그래서, 그래서 내가 일나갖고, '내가 아무리 몸이 아파도 일어나가 뭐라 캐야되겠다.' 그래 일어나갖고, 요래갖고,

"새댁이 정말 그라지(그렇게 하지) 마라. 와 넘의 집에 그라이 없이 산다꼬, 그 집은 쪼깨 부자끼고 나는께, 없이 산다고 그래 저저 나를 그래 카나?"

그러 캐도 곱시(도대체) 무표정이라. 우에 인자 노란 저고리에다가 빨간 겉동 입고, 창문을 넘어 보는데 어째 치마가 이만치나 뵈이는지 몰라요. 눕어가 있으니까, 빨간 다홍치마를 입고, 머리를 뽀글뽀글하고, 눈을 부하이 허고 있더라고.

그래서 '아이고 참 이상하다.' 그러 커고 내가 그러구로 하는데, 저거아버지 퇴근을 하고 왔어요. 퇴근을 하고 와가지고 인자 저녁을 먹고, 이래 앉아갖고, 그러고는 인자 내가 나샀어(나았어) 인자.

그래 이래 인자 대강 추스르고 나와갖고 큰방에, 마루에 나와도 이바구를, 모두 다 이야기를, 옆에 모두 새댁이들하고 모두 인자,

"아이고, 어이 그래, 참 낫아서 다행이다." 카고 앉아 있는데, 왠 할머

니가 큰- 이불 보따리를 하나 이고 와요.

"그래, 아이고 이불 사소." 캐사서 왔더라고. 그래 내가,

"아이 무슨 이불을 사라 그리 팔라고 왔어요?"

내가 이랑께네,

"아이고 그래, 참 이 이불이 사연이 있는 이불인데, 내가 고마 덮기가 싫어서, 뚜껍기도 하고, 내가 덮기 싫어서 내가 팔로 왔소. 좀 사소."이라는 기라. 그래 내가 있다가,

"아이요, 도대체 무슨 일인데요?" 이랑께네,

"아이고 그래, 저게 우리 며느리가 시집 올 덕에 상이불 해온 이불인데. 그래, 내가 팔로 왔다."

"아요, 그래 아무리 그렇지만 며느리 상이불을 팔라고 그래요? 아이고 참, 할매 해도 너무한다. 그래, 할매 덮지요." 이런께네,

"아이고, 그게 아니고 우리 며느리가 저 방에서 죽어나갔다." 이러카더라요. 고만 내가 놀래키지만, 우리 방을 가리키면서 그라는데, 그 때부터 간이 벌벌벌벌 떨리 죽었다고.

그 소리 듣고 어떻게나 화가 나는지,

"아지매, 이런 방에서 사람을 직일라꼬 이 방을 세를 났습니까? 우째서 그래 이런 방을 세를 놔가지고 내가 이렇게 아프도록 고생을 하도록, 그래 아줌마 약 한 첩 안 사주면서 어쨌노 묻지도 않고 그래 이불을 팝니까?"

그런데 이 아줌마가 고마 울그락 불그락 그라더라고 마. 그래, 그 소리 듣고 내가 있을 수가 있습니까? (청중 : 못 있지.) 도저히 안 되겠다. 그래가 저거 아버지를 불러가,

"아이요, 저 방에서 저저 새댁이가 죽어나갔댜."

그래서 내가 거 가갖고 애가 내가 두 개나 유산됐어요. 고마 넘어질 때도 아닌 데도 고마 넘어져갖고 애 쏟아삐고, 쏟아삐고. 참 내가 양을 키와

갖고 약국에 가니까,

"저 그래 그래서 약을 지어봤다." 하니께, 아이구 이, 그 약사가 하는 말이,

"아이고, 십년 공부 나무아미타불 했다." 이카고, 그기 무슨 소린 줄 몰랐지 그때는. 그래 열 첩을 지이(지어)주더라고.

지이주는데, 열 첩을 다 지어주는데 열 첩을 다 못 먹고 인자 여섯 첩째 짓는데, 그거 약 그거 묵을라고, 내 손으로 내가 다려다 무니깐(먹으니까) 눈물이 절로 나요.

고마 울면서 반첩 울면서 울면서 막 이리 묵는데, 그래 여섯 첩을 먹다가 도저히 고마 네 첩 그거를 못 묵었어. 방바닥에 집어 던지삐렸어. '내가 아 못 낳으면 못 낳지, 내가 이 짓은 못하겠다.' 하면서 집어던지삐렸는 기라.

그러 쿠고 인자 집에 거서 못 있고, 이사를 가긴 갔는데, 처음에 이사를 참 거 방을 얻어강께네, 그 집 시누가 소금을, 참 거짓말따네 이만한 바가치다가 소금을 한거(많이) 갖고 오더니만, 막 내 이사 들어갈 방을 막 소금을 뿌리더라고.

그래서 그때는 철딱서니가 없으이 뭘 압니까? 아무 철도 못하고, '아 좋게 해줄란갑다' 이겼더만은(여겼더니만). 세상에 아매 그래서 소금을 뿌린다 말요.

노랫가락

자료코드 : 04_18_FOS_20090209_PKS_KDC_0001
조사장소 : 경상남도 함양군 휴천면 문정리 문상마을 제보자 자택
조사일시 : 2009.2.9
조 사 자 : 박경수, 서정매, 조민정
제 보 자 : 강동춘, 남, 69세
구연상황 : 조사자는 제보자의 집에서 점심을 먹은 후, 제보자에게 아는 옛날 노래를 아무 것이나 해보라고 하자, 이 노래를 흥을 내어 불렀다. 노랫가락으로 부른 것인데, 곁에서 듣고 있던 부인도 잘 한다고 칭찬을 했다.

불 붙−었네~ 불 붙−었네 뒷동산 고목에 불 붙었네−
같이− 타야 남이− 알제 속이− 타면 누가 아리~

모심기 노래 (1)

자료코드 : 04_18_FOS_20090214_PKS_KBR_0001
조사장소 : 경상남도 함양군 휴천면 동강리 동강마을 마을회관
조사일시 : 2009.2.14
조 사 자 : 서정매, 정혜란, 이진영
제 보 자 : 강복림, 여, 82세
구연상황 : 모심기 할 때 부르던 노래가 있느냐고 제보자에게 물으니, 기억은 잘 안 나지만 불러보겠다고 하였다.

아래 우에 농부들은 춘삼월이 언제든고
울의 님이 가시날 제 춘삼월에 오마더니

모심기 노래 (2)

자료코드 : 04_18_FOS_20090214_PKS_KBR_0002
조사장소 : 경상남도 함양군 휴천면 동강리 동강마을 마을회관
조사일시 : 2009.2.14
조 사 자 : 서정매, 정혜란, 이진영
제 보 자 : 강복림, 여, 82세
구연상황 : 모 심었을 때를 얘기를 하던 중에 다음 노래가 생각이 났는지 불러 주었다.
　　　　　노래를 부르고 난 뒤 옆에 있던 청중이 이어서 한 소절을 더 불러 주었다.

　　　오늘 해가야 다 돼가는데 골골마동 연기가 난데이
　　　우리야 할멈 어데로 가고 연기낼 줄 모르는고
　　　(청중 : 저 건네라야 잔솔밭에 세간 살로 가고 없네)

청춘가

자료코드 : 04_18_FOS_20090214_PKS_KBR_0003
조사장소 : 경상남도 함양군 휴천면 동강리 동강마을 마을회관
조사일시 : 2009.2.14
조 사 자 : 서정매, 정혜란, 이진영
제 보 자 : 강복림, 여, 82세
구연상황 : 제보자는 기억이 잘 나지 않지만 기억하는 만큼만 불러보겠다고 하여 불러
　　　　　준 것이다.

　　　간다 얼마나 울었던지
　　　정지정 마당 마당 좋~다 한강수가 되노라

　　　실실 동풍에~ 궂은 비 오고서
　　　심파야 영국에이 임 싣고 노는구나

노랫가락 / 그네 노래

자료코드 : 04_18_FOS_20090214_PKS_KBR_0004
조사장소 : 경상남도 함양군 휴천면 동강리 동강마을 마을회관
조사일시 : 2009.2.14
조 사 자 : 서정매, 정혜란, 이진영
제 보 자 : 강복림, 여, 82세
구연상황 : 조사자가 노랫가락으로 부르는 그네 노래를 알면 불러달라고 하니, 제보자가
다음 노래를 불러 주었다.

수천당 세모시 남기 둘이 타자고 군네를 매어
내가 뛰면 임이나 밀고 임이 뛴다면 내가 미오
임아 임아 줄 살살 밀어 줄 떨어지면은 정 떨어지요
줄이사 떨어질망정 깊이깊은 정 어이나 때리

시집살이 노래 (1)

자료코드 : 04_18_FOS_20090215_PKS_KBS_0001
조사장소 : 경상남도 함양군 휴천면 대천리 미천마을 마을회관
조사일시 : 2009.2.15
조 사 자 : 서정매, 정혜란, 이진영
제 보 자 : 강복순, 여, 84세
구연상황 : 조사자가 청중들과 시집살이 이야기를 나누는 중에 제보자가 시집살이 이야
기로부터 연상되는 다음 노래를 불렀다.

칠월 칠석에 눈에 나몬 시오마시 눈에 난다
시오마시 눈에 나몬 임의 눈에 절로 난다
임의 눈에 절로 나면 시접살이 다 살았네

임 그리는 노래

자료코드 : 04_18_FOS_20090215_PKS_KBS_0002
조사장소 : 경상남도 함양군 휴천면 대천리 미천마을 마을회관
조사일시 : 2009.2.15
조 사 자 : 서정매, 정혜란, 이진영
제 보 자 : 강복순, 여, 84세
구연상황 : 제보자는 자진하여 노래를 한 번 해보겠다며 부른 것이다.

　　　개야 개야 이리 와서 밥 먹어라
　　　내가 너를 밥 줄 제는 배가 불러서 너를 주나
　　　내가 너를 밥 줄 제는 믹기야 싫어서 너를 주나
　　　밤중 밤중 제밤중에 담 넘는 임 보고
　　　짓지를 말라고 너를 준다

시집살이 노래 (2) / 양가마 노래

자료코드 : 04_18_FOS_20090215_PKS_KBS_0003
조사장소 : 경상남도 함양군 휴천면 대천리 미천마을 마을회관
조사일시 : 2009.2.15
조 사 자 : 서정매, 정혜란, 이진영
제 보 자 : 강복순, 여, 84세
구연상황 : 다른 제보자가 제보자에게 노래를 한 번 해보라고 요구하자 제보자가 다음
　　　　　 노래를 불렀다.

　　　깐치 깐치 푸른 깐치 붕개붕개 물어다가
　　　산추 낭게 집을 지어 그 집 짓던 삼 년만에

　아이구 진장, 그 집 짓던 삼 년만에 시집을 갔단 말이지. 시집을 간께
네로,

참깨 닷말 들깨 닷말 양가매다 볶구란데
벌어졌소 벌어졌소 양가매가 벌어졌소

또 인자 시어마이가 썩 나서가

벌어졌소 벌어졌소 양가매가 벌어졌소

그러카이 시아바이가 또 내나 같이 말을 해아.

아가 아가 메늘아가 너거 집에 가거들랑
식기 대접 다 팔아도 양가매 값 물어오니라

시아버지는 또 논밭 전지 팔아 캐고 그거는 한 칸 잊이빴다. 또,

시누 애기 썩 나섬선 올키집에 가거들랑
식기 대접 다 팔아도 양가매 값 물어오니라

그래 인자 저 또 그렇게 말을 하이께네로 마 메느리가 부애가 났어.

머슴 머슴 작은 머슴 마당 실고 석석 피어
덕석 위에 멍석 깔아 아버님도 요 앉이소
어머님도 요 앉이소 시누아씨 여 앉이소

그래. 그래 캐놓고는 인자 그래 물어오라 캐논께로, 물어가 오라 캐논
께네로 인자 며느리가 하는 말이,

양가매 값은 천 냥이고 짐의 값은 만 냥인데
아버님 어머님 아들 아이시면
천금같은 이 내 몸이 어느 누가 헐었겠소

인자 그 말이라 내나 그기.

이 노래

자료코드 : 04_18_FOS_20090215_PKS_KBS_0004
조사장소 : 경상남도 함양군 휴천면 대천리 미천마을 마을회관
조사일시 : 2009.2.15
조 사 자 : 서정매, 정혜란, 이진영
제 보 자 : 강복순, 여, 84세
구연상황 : 다른 제보자가 부른 노래를 듣고 제보자가 다음 노래가 생각이 났다며 부른
　　　　　 것이다.

　　　　머릿니는 감감추요 옷엣니는 백간초요
　　　　네 발이 육발인들 조선 천하 발걸었나
　　　　네 주둥이 쫑금한들 임금 앞에 말해 봤나
　　　　니 등어리 납작한들 우리 조선 땅굴 놀 제
　　　　돌 한덩이 제사(저서) 줬나

　　그래, 왜 뜯어묵냐. (청중 : 이가?) 응.

청춘가 (1)

자료코드 : 04_18_FOS_20090215_PKS_KBS_0005
조사장소 : 경상남도 함양군 휴천면 대천리 미천마을 마을회관
조사일시 : 2009.2.15
조 사 자 : 서정매, 정혜란, 이진영
제 보 자 : 강복순, 여, 84세
구연상황 : 여러 사람이 홍갑사 댕기 노래를 부르자 조사자가 제보자에게 대표로 불러달
　　　　　 라고 했다. 제보자는 '홍갑사 댕기' 노래를 부른 후에 계속 청춘가 가락에 맞
　　　　　 추어 노래를 불러 주었다.

　　　　오빠가 떠다준 홍갑사 댕기는
　　　　고운 때도 안 묻어서 좋~다 날받이가 왔구나

알크닥 잘크닥 짜는 이 베는

언제나 다 짜고 좋~다 친정을 갈겨나

쿵덕쿵 쿵덕쿵 찧느나 보리방애~헤

언제나여 다찌고 좋~다 친정을 가꼬요

(청중 : 친정에 가고 싶은 노래네 그거는.)

청춘가 (2) / 첩 노래

자료코드 : 04_18_FOS_20090215_PKS_KBS_0007
조사장소 : 경상남도 함양군 휴천면 대천리 미천마을 마을회관
조사일시 : 2009.2.15
조 사 자 : 서정매, 정혜란, 이진영
제 보 자 : 강복순, 여, 84세
구연상황 : 제보자는 이야기를 하는 듯 하더니 바로 다음 노래를 불러 주었다.

문어 전복을 어디나 들고서

첩우야 집에요 좋다 놀러를 가는구나

첩의 집은 꽃밭이오 본처야 집은 연못이네

노랫가락

자료코드 : 04_18_FOS_20090215_PKS_KBS_0008
조사장소 : 경상남도 함양군 휴천면 대천리 미천마을 마을회관
조사일시 : 2009.2.15
조 사 자 : 서정매, 정혜란, 이진영
제 보 자 : 강복순, 여, 84세

팽풍(병풍) 치고 불쓴 방이야 임의야 손질이 얼른하네
그 손질이 얼른 하믄 유자상대(유자향기)가 진동한다

모심기 노래

자료코드 : 04_18_FOS_20090215_PKS_KBS_0009
조사장소 : 경상남도 함양군 휴천면 대천리 미천마을 마을회관
조사일시 : 2009.2.15
조 사 자 : 서정매, 정혜란, 이진영
제 보 자 : 강복순, 여, 84세
구연상황 : 정우분 제보자와 같이 다음 노래를 시작했다. 그러다 곧 가사를 정우문 제보자의 생각과 다르게 부르게 되자 정우분 제보자는 그만두고 제보자가 혼자서 계속 부르게 되었다.

농창농창 베리 끝에 앙금당금 솔을 숨거(심어)
그 솔끝에 꽃이 피어 시누올키 꽃꺽다가
떨어졌네 떨어졌네 낙동강에 떨어졌네

신세 타령요 (1)

자료코드 : 04_18_FOS_20090215_PKS_KBS_0010
조사장소 : 경상남도 함양군 휴천면 대천리 미천마을 마을회관
조사일시 : 2009.2.15
조 사 자 : 서정매, 정혜란, 이진영
제 보 자 : 강복순, 여, 84세
구연상황 : 조사자가 제보자에게 기억나는 노래가 있느냐는 질문을 하자 다음 노래를 불러 주었다.

여자마다 복 많이 타면 남의 첩 둘이가 어딨더노
군자마다 복 많이 타믄 베실할 이가 어딨더노

신세 타령요 (2)

자료코드 : 04_18_FOS_20090215_PKS_KBS_0011
조사장소 : 경상남도 함양군 휴천면 대천리 미천마을 마을회관
조사일시 : 2009.2.15
조 사 자 : 서정매, 정혜란, 이진영
제 보 자 : 강복순, 여, 84세
구연상황 : 제보자는 옛날 노래라고 하면서 다음 노래를 불러 주었다. 역시 노랫가락 곡
　　　　　조로 부른 것이다.

　　　베륵(벼룩) 닷 대(되) 빈대 닷 대 국조구가(오글오글) 끓는 방에
　　　촛불은 가물가물한데
　　　거무겉은 저 임 보고 자로드는 내 신세야

　그놈의 신세도 좋지 않하던 모양이지.

도라지 타령

자료코드 : 04_18_FOS_20090216_PKS_KSH_0001
조사장소 : 경상남도 함양군 휴천면 월평리 월평마을 마을회관
조사일시 : 2009.2.16
조 사 자 : 서정매, 정혜란, 이진영
제 보 자 : 강선희, 여, 76세
구연상황 : 조사자가 도라지 노래를 해 달라고 요청하자 끝을 잘 모른다고 처음에는 하지
　　　　　않으려고 하였다. 조사자가 아는 데까지 불러달라고 하니, 한 번 해 보겠다며
　　　　　불러 주었다. 노래를 부르고 난 뒤에는 이것밖에 모른다며 멋쩍게 웃었다.

도라지 도라지 도라~지~ 심심 산천에 백도라지-

한두- 뿌링이만 캐어도 대바구니 반찬만 되노라-

에헤이용 에헤이용 에헤이용

에이어라 난다 지화자자 좋~다

네가 내 간장 스리살살 다 녹히네-

청춘가

자료코드 : 04_18_FOS_20090216_PKS_KSH_0002

조사장소 : 경상남도 함양군 휴천면 월평리 월평마을 마을회관

조사일시 : 2009.2.16

조 사 자 : 서정매, 정혜란, 이진영

제 보 자 : 강선희, 여, 76세

구연상황 : 제보자는 부끄러움이 많았지만, 한 번 노래를 시작하자 또 하나를 더 해보겠
다며 불러 주었다. 청중들도 이렇게 노래를 잘 아는지 몰랐다며 제보자를 칭
찬하자 부끄러운 듯 웃음을 보였다.

칠을 빼노라고~ 상 받아줬더니-에-

삼가래 밑에서~ 어허~ 통잠을 잔다~네-

양산도

자료코드 : 04_18_FOS_20090216_PKS_KSH_0003

조사장소 : 경상남도 함양군 휴천면 월평리 월평마을 마을회관

조사일시 : 2009.2.16

조 사 자 : 서정매, 정혜란, 이진영

제 보 자 : 강선희, 여, 76세

구연상황 : 함양 사람이 물레방아 노래를 안 부를 수가 있냐고 말을 하자, 제보자가 바로 노
래를 불러 주었다. 부끄러움이 많아서인지 후렴구는 빼서 노래를 불러 주었다.

함양 산천 물레방애 물을 안고 돌~고~

우러 집의 우런 님은 나를 안고~ 돈~다

에헤~이~요-

어린 총각 노래

자료코드 : 04_18_FOS_20090216_PKS_KSH_0004

조사장소 : 경상남도 함양군 휴천면 월평리 월평마을 마을회관

조사일시 : 2009.2.16

조 사 자 : 서정매, 정혜란, 이진영

제 보 자 : 강선희, 여, 76세

구연상황 : 제보자가 노래를 부르고 난 다음에 청중들이 가사가 재미있다며 한 마디씩 하였다. 가사 때문인지 제보자도 노래를 부르고 나서 부끄러워하였다. 창가조로 부른 노래이다.

물레돌 베고 자~는 저 총각은~

언제나 커갖고 내 낭군 될래-

아이고야 처녀야 그 말씀 마라

올- 크고 훗년 크몬 내 낭군 된다

청춘가 (1)

자료코드 : 04_18_FOS_20090209_PKS_KBS_0001

조사장소 : 경상남도 함양군 휴천면 문정리 문상마을 마을회관

조사일시 : 2009.2.9

조 사 자 : 박경수, 서정매, 조민정

제 보 자 : 금봉숙, 여, 93세

구연상황 : 제보자가 노래가 생각났는지 자진해서 부르기 시작했다. 노래를 부르다 소리가 잘 나오지 않는다고 하면서도 끝까지 다 불렀다.

금삼가래를

인자 소리도 안 나올라 캐.

얼렁렁 삼고서-
산으로 올라서 에헤이 들구갱(들 구경) 갈거나-

[웃으며] 그라제.

노랫가락

자료코드 : 04_18_FOS_20090209_PKS_KBS_0002
조사장소 : 경상남도 함양군 휴천면 문정리 문상마을 마을회관
조사일시 : 2009.2.9
조 사 자 : 박경수, 서정매, 조민정
제 보 자 : 금봉숙, 여, 93세
구연상황 : 제보자는 숨이 가쁜 데도 틈틈이 노래 가사가 생각날 때마다 자진해서 불렀다.
이 노래를 부르고 난 뒤에 옛날 노래는 이치에 따라서 한다는 말을 붙였다.

명사십육 해당화야- 네 꽃이 진다고 서러워 마라
맹년하고 춘삼월 되면 너는 또 다시 피건만은
이 내 청춘은 늙어지면 다시야 돌아오기가 어렵구나

옛날 노래는 이치에 따라서 하는 기야.

춤 노래

자료코드 : 04_18_FOS_20090209_PKS_KBS_0003
조사장소 : 경상남도 함양군 휴천면 문정리 문상마을 마을회관

조사일시 : 2009.2.9

조 사 자 : 박경수, 서정매, 조민정

제 보 자 : 금봉숙, 여, 93세

구연상황 : 제보자가 부르는 노래는 쉽게 들을 수 없는 사설이 대부분이다. 이 노래도 마
　　　　　 찬가지이다. 장단에 맞추어 저절로 춤이 나온다며 흥겹게 노래했는데, 제목을
　　　　　 '춤 노래'라 붙였다.

　　춤 나온다 춤 나온다 꾀꼬리 장단에 춤 나온다
　　요만한 장단에 춤 몬 추고 어느야 장단에다 춤을 치꼬

청춘가 (2)

자료코드 : 04_18_FOS_20090209_PKS_KBS_0004

조사장소 : 경상남도 함양군 휴천면 문정리 문상마을 마을회관

조사일시 : 2009.2.9

조 사 자 : 박경수, 서정매, 조민정

제 보 자 : 금봉숙, 여, 93세

구연상황 : 제보자가 옛날 노래는 이치에 따라 부른다고 하자, 청중들도 노래는 거짓말이
　　　　　 아니다고 호응을 했다. '노래'라는 말에 이 노래가 생각났는지 부르기 시작했
　　　　　 다. 청춘가 곡조로 부른 것이다.

　　노래를 부르고~ 춤만 잘 춰도~
　　너그 살림 잘 살믄 에헤이 그만 여산인가

　　그런 노래도 부르고, 옛날에는 만날 재담을 노래를 불렀어.

청춘가 (3) / 한강수 노래

자료코드 : 04_18_FOS_20090209_PKS_KBS_0005

조사장소 : 경상남도 함양군 휴천면 문정리 문상마을 마을회관

조사일시 : 2009.2.9

조 사 자 : 박경수, 서정매, 조민정

제 보 자 : 금봉숙, 여, 93세

구연상황 : 제보자가 역시 자진해서 이 노래를 불렀다. 청춘가 가락으로 부른 노래인데, 사설을 참고하여 노래 제목을 '한강수 노래'라 했다.

한강수 깊은 물에~ 짚으다 하더니-

빠지고 보닌께네- 허리 뱅뱅 도는구나-

청춘가 (4)

자료코드 : 04_18_FOS_20090209_PKS_KBS_0006

조사장소 : 경상남도 함양군 휴천면 문정리 문상마을 마을회관

조사일시 : 2009.2.9

조 사 자 : 박경수, 서정매, 조민정

제 보 자 : 금봉숙, 여, 93세

구연상황 : 제보자가 생각나는 노래를 자진해서 청춘가 곡조로 부른 것이다.

저 달 뒤에는~ 별 따라 가고서~

우리 님 뒤에는 좋~다 내가 따라가는구나

청춘가 (5)

자료코드 : 04_18_FOS_20090209_PKS_KBS_0007

조사장소 : 경상남도 함양군 휴천면 문정리 문상마을 마을회관

조사일시 : 2009.2.9

조 사 자 : 박경수, 서정매, 조민정

제 보 자 : 금봉숙, 여, 93세

구연상황 : 제보자는 다른 사람들이 노래를 하는 중간 중간에 생각나는 노래를 자진해서 불렀다. 이 노래도 이렇게 부른 것이다. 계속 청춘가 가락으로 불렀다.

달 뜨는 동산에~ 달이 떠야 좋지요

요내 맘 다 뜬- 기 좋~다 무엇이 좋던고

방아 노래

자료코드 : 04_18_FOS_20090209_PKS_KBS_0008

조사장소 : 경상남도 함양군 휴천면 문정리 문상마을 마을회관

조사일시 : 2009.2.9

조 사 자 : 박경수, 서정매, 조민정

제 보 자 : 금봉숙, 여, 93세

구연상황 : 조사자가 "알캉달캉"으로 시작되는 노래를 불러달라고 했는데, 제보자는 귀가 어두운 탓에 알아 듣지 못하고 이 노래가 생각났는지 부르기 시작했다. 약간 읊조리듯이 불렀다.

꽁다꽁 꽁다꽁 찍는 방애(방아)

언제나 이 다 찧고 모실(마실) 가꼬

청춘가 (6)

자료코드 : 04_18_FOS_20090209_PKS_KBS_0009

조사장소 : 경상남도 함양군 휴천면 문정리 문상마을 마을회관

조사일시 : 2009.2.9

조 사 자 : 박경수, 서정매, 조민정

제 보 자 : 금봉숙, 여, 93세

구연상황 : 제보자는 연세가 많은 탓에 숨이 가빠 길게 부르지는 못했지만, 노래가 생각날 때마다 자진해서 노래를 불렀다.

청춘만 되세요 소년만 되세요

멧 백 년을 사더래도~ 청춘만 되시요-

보리타작 노래

자료코드 : 04_18_FOS_20090214_PKS_KKW_0001
조사장소 : 경상남도 함양군 휴천면 송전리 송전마을 마을회관
조사일시 : 2009.2.14
조 사 자 : 서정매, 정혜란, 이진영
제 보 자 : 김기완, 남, 66세
구연상황 : 제보자는 보리타작을 하는 시늉을 하며 다음 노래를 실감나게 불러 주었다.

어야 때리고

밀고 나간다

여기 때려라

우수수 떨어지고

황금 알이 쏟아진다

모심기 노래

자료코드 : 04_18_FOS_20090214_PKS_KNS_0001
조사장소 : 경상남도 함양군 휴천면 문정리 문하마을 마을회관
조사일시 : 2009.2.14
조 사 자 : 서정매, 문세미나, 이진영, 조민정
제 보 자 : 김남순, 여, 69세
구연상황 : 제보자는 박수를 치면서 즐겁게 노래를 부르기 시작했으나, 다른 각편의 노래
가사와 헷갈린 데다가 노래 가사를 다 기억하지 못해 앞대목만 불렀다.

서 마지기 논빼미에 물을 청청 실어놓고

주인 양반 어데 갔소

처남 자형 노래

자료코드 : 04_18_FOS_20090214_PKS_KNS_0002
조사장소 : 경상남도 함양군 휴천면 문정리 문하마을 마을회관
조사일시 : 2009.2.14
조 사 자 : 서정매, 문세미나, 이진영, 조민정
제 보 자 : 김남순, 여, 69세
구연상황 : 제보자는 스스로 박수를 치며 노래를 불러 주었다. 목소리가가 시원시원하고
크게 들렸다. 창부타령 곡조로 불렀다.

진주 덕산 안사랑에 장개드는 저 처남아

너거 누야 머 하더노

신던 버선~ 볼 받더나 입던 적삼 등 받더나~

신던 버선 볼 아니 받고 입던 적삼~ 등 아니 받고

동지 섣달 긴긴 밤에 자형 오기만 기다리디

얼씨구나 좋네 저절-시구 두 번만 좋으면 딸 놓겠네--

창부타령

자료코드 : 04_18_FOS_20090214_PKS_KNS_0003
조사장소 : 경상남도 함양군 휴천면 문정리 문하마을 마을회관
조사일시 : 2009.2.14
조 사 자 : 서정매, 문세미나, 이진영, 조민정
제 보 자 : 김남순, 여, 69세
구연상황 : 노래를 부르자 청중들이 모두 박수로 장단을 맞추어 주었다. 녹음 시작 직전
에 노래가 먼저 시작되어 앞부분은 녹음이 되지 않았다.

~가 열었구나

한 개 따서 입에 옇고 두 개 따서 입에 옇께(넣으니)

목이 막혀서 못 먹겠네

노랫가락 / 마산서 백마를 타고

자료코드 : 04_18_FOS_20090214_PKS_KNS_0005
조사장소 : 경상남도 함양군 휴천면 문정리 문하마을 마을회관
조사일시 : 2009.2.14
조 사 자 : 서정매, 문세미나, 이진영, 조민정
제 보 자 : 김남순, 여, 69세
구연상황 : 제보자는 박수를 치며 다음 노래를 불러 주었다. 청중들도 함께 불렀다. 모두
가 잘 아는 노래로 보였다. 노래가 끝나고 서로가 설명을 하기도 했다.

　　　마산서 백마를 타고 진주 못둑에 썩 올라서니

　　　연꽃은 봉지를 짓고 수양버들은 춤 잘 추네

　　　수양버들 춤 잘 추면 요네야 나는 춤 잘 춘다

노랫가락 / 식구 자랑

자료코드 : 04_18_FOS_20090215_PKS_KBN_0001
조사장소 : 경상남도 함양군 휴천면 대천리 대포마을 마을회관
조사일시 : 2009.2.15
조 사 자 : 서정매, 정혜란, 이진영
제 보 자 : 김복남, 여, 74세
구연상황 : '부전자전'을 해 보라는 청중의 말을 듣고, 제보자는 잘 들어보라고 하며 자
신있게 불렀다.

　　　부전자전은 내 아들이요 우리집의 화초는 내 메느리

　　　공자 맹자는 내 손자요 천하일색은 내 딸이라

　　　만구야 한량은 내 사우라 애탄개탄에 살아온 세간

　　　거드름 다 피고 놀아보자

화투놀이 노래

자료코드 : 04_18_FOS_20090215_PKS_KBN_0002
조사장소 : 경상남도 함양군 휴천면 대천리 대포마을 마을회관
조사일시 : 2009.2.15
조 사 자 : 서정매, 정혜란, 이진영
제 보 자 : 김복남, 여, 74세
구연상황 : 조사자의 노래 요청에 또 한 번 하겠다고 하면서 부른 것이다. 청중들이 박수
        를 치며 호응을 했다.

오동 설산에 복학이 놀고 구주 송잎에 횡핵이(황학이) 논다
구주 영산 양산을 받고 공산이라 삼십을 더 돌아보까-
사쿠라 때리고 굴리는 소리는 궁궁기미가 제일일세
갑오 치고 칼 받은 갑오는 맹경 장판에 돗배 갑오

인생허무가

자료코드 : 04_18_FOS_20090215_PKS_KBN_0003
조사장소 : 경상남도 함양군 휴천면 대천리 대포마을 마을회관
조사일시 : 2009.2.15
조 사 자 : 서정매, 정혜란, 이진영
제 보 자 : 김복남, 여, 74세
구연상황 : 다른 제보자가 불렀던 노래를 제보자가 다시 한 번 부른 것이다.

올토나 돌통에 저거야 저 무덤을 보아라
우리도 죽은 뒤면 저 모냥 될 거다

청춘가 (1)

자료코드 : 04_18_FOS_20090215_PKS_KBN_0004
조사장소 : 경상남도 함양군 휴천면 대천리 대포마을 마을회관
조사일시 : 2009.2.15
조 사 자 : 서정매, 정혜란, 이진영
제 보 자 : 김복남, 여, 74세
구연상황 : 제보자가 한 자락 해보겠다며 바로 불렀다.

　　　날 사랑하시던 그대와는

　　나는 이 노래가 청춘가지? (청중 : 잡음 넣지 말고.)

　　　날 사랑하시던 그대와는~ 부대 성공하여라
　　　불쌍한 이 몸을 어이 잊지를 말아라

청춘가 (2)

자료코드 : 04_18_FOS_20090215_PKS_KBN_0005
조사장소 : 경상남도 함양군 휴천면 대천리 대포마을 마을회관
조사일시 : 2009.2.15
조 사 자 : 서정매, 정혜란, 이진영
제 보 자 : 김복남, 여, 74세
구연상황 : 제보자는 청춘가 가락으로 계속 노래를 불러 주었다.

　　　내가 잘나 그 누가 잘났나이
　　　은오백전 동전지야 에에에 제잘 났구나

　　그런 노래 부르몬 얼마나 좋으노 그쟈.

청춘가 (3)

자료코드 : 04_18_FOS_20090215_PKS_KBN_0006
조사장소 : 경상남도 함양군 휴천면 대천리 대포마을 마을회관
조사일시 : 2009.2.15
조 사 자 : 서정매, 정혜란, 이진영
제 보 자 : 김복남, 여, 74세
구연상황 : 제보자는 앞의 노래에 이어 계속 청춘가 곡조로 불러 주었다.

　　　백만장자 몬아들도
　　　돈 떨어지면 백수건달
　　　베르도 처마 나이롱 저고리도
　　　떨어나지면은 천걸레라

남녀 연정요

자료코드 : 04_18_FOS_20090215_PKS_KBN_0007
조사장소 : 경상남도 함양군 휴천면 대천리 대포마을 마을회관
조사일시 : 2009.2.15
조 사 자 : 서정매, 정혜란, 이진영
제 보 자 : 김복남, 여, 74세
구연상황 : 제보자가 스스럼없이 바로 불러 주었다.

　　　남산 밑에 남도령아 진산 밑에라이 진도령아
　　　오만 나무를 다 비어도 오죽설대랑 비지 마라
　　　낚는다면은 열녀이고 못 낚는다면은 상사로다
　　　상사 열녀 고를 맺아 꼬부락지드락 살아보자

처남 자형 노래

자료코드 : 04_18_FOS_20090215_PKS_KBN_0008
조사장소 : 경상남도 함양군 휴천면 대천리 대포마을 마을회관
조사일시 : 2009.2.15
조 사 자 : 서정매, 정혜란, 이진영
제 보 자 : 김복남, 여, 74세
구연상황 : 조사자와 청중 사이에 대화를 하고 있는 상황에서 제보자가 다음 노래가 생
각났는지 갑자기 부르기 시작했다.

처남 처남 내 처남아 자네 누야는 뭣허던고
입던 적삼에 등 받든가 신던아 보선에 볼 걸든가
등도 볼도 아니나 받고 자형 오기만 고대하요
앉았으니 잠이 오나 누웠으니 임이 오나
앉아서 생각 누여서 생각 생각 석 자로 뱅이 든다 [웃음]

밭매기 노래 / 금봉채 노래

자료코드 : 04_18_FOS_20090215_PKS_KBN_0009
조사장소 : 경상남도 함양군 휴천면 대천리 대포마을 마을회관
조사일시 : 2009.2.15
조 사 자 : 서정매, 정혜란, 이진영
제 보 자 : 김복남, 여, 74세
구연상황 : 제보자가 앞의 노래에 이어서 바로 불러 주었다.

사래야 차고이 장찬밭에
금봉채(금비녀)를 잃고나 가네

모심기 노래 (1)

자료코드 : 04_18_FOS_20090215_PKS_KBN_0010
조사장소 : 경상남도 함양군 휴천면 대천리 대포마을 마을회관
조사일시 : 2009.2.15
조 사 자 : 서정매, 정혜란, 이진영
제 보 자 : 김복남, 여, 74세
구연상황 : 다른 사람들이 모심는 소리 한 번 해보라는 요구에 제보자가 모심는 소리를
　　　　　 불러 주었다.

　　　물꼬야아이 철철 물 넘어가는데
　　　주연 양반 어데를 갔노

　　　첩아야 첩아 무슨 첩이길래
　　　낮에도 가고 밤에도 가노

모심기 노래 (2)

자료코드 : 04_18_FOS_20090215_PKS_KBN_0011
조사장소 : 경상남도 함양군 휴천면 대천리 대포마을 마을회관
조사일시 : 2009.2.15
조 사 자 : 서정매, 정혜란, 이진영
제 보 자 : 김복남, 여, 74세
구연상황 : 조사자가 '서 마지기'라는 말을 하자 제보자가 다음 노래가 생각났는지 바로
　　　　　 불러 주었다.

　　　서 마지기 논배미가 반달같이 남았네
　　　그기야 무슨 반달인고 초승달이 반달이지

뒷동산에 떡갈잎은

자료코드 : 04_18_FOS_20090215_PKS_KBN_0012
조사장소 : 경상남도 함양군 휴천면 대천리 대포마을 마을회관
조사일시 : 2009.2.15
조 사 자 : 서정매, 정혜란, 이진영
제 보 자 : 김복남, 여, 74세
구연상황 : 조사자가 이야기를 하던 중에 제보자가 갑자기 다음 노래를 불러 주었다.

　　　　뒷동산에 떡갈잎은 바람만 불어도 한들한들
　　　　저게 앉았는 저 사람은 나만 보매는 싱글벙글

청춘가 (4)

자료코드 : 04_18_FOS_20090215_PKS_KBN_0013
조사장소 : 경상남도 함양군 휴천면 대천리 대포마을 마을회관
조사일시 : 2009.2.15
조 사 자 : 서정매, 정혜란, 이진영
제 보 자 : 김복남, 여, 74세
구연상황 : 제보자는 앞의 노래를 부른 후 이어서 다음 노래를 불렀다.

　　　　용천강 비리더리는 음 농사뱃 뜨고야~
　　　　울언 님 술잔에는 좋~다 귀동자 떴구나~

신세 타령요

자료코드 : 04_18_FOS_20090215_PKS_KBN_0014
조사장소 : 경상남도 함양군 휴천면 대천리 대포마을 마을회관
조사일시 : 2009.2.15
조 사 자 : 서정매, 정혜란, 이진영

제 보 자 : 김복남, 여, 74세

구연상황 : 제보자는 "내 노래를 들으면 의미를 알면 다 한숨스럽다."고 한 뒤 다음 노래를 불러 주었다.

　　　나무 나무 군불나무 때고나 보맨은 재만 남고

　　　임도 임도 우리나 임은 자고야 봐여도 허사로다

창부 타령 (1)

자료코드 : 04_18_FOS_20090214_PKS_KOI_0001

조사장소 : 경상남도 함양군 휴천면 문정리 문하마을 마을회관

조사일시 : 2009.2.14

조 사 자 : 서정매, 문세미나, 이진영, 조민정

제 보 자 : 김옥임, 여, 67세

구연상황 : 제보자는 손뼉을 치며 화기애애한 분위기였지만 차분한 목소리로 불러 주었다.

　　　뒷동산에 먹감나무 화난 칼자리로 다나가고

　　　깊은 산중 고드름은 오뉴월 용천에 녹아낸다

　　　노래 속에 맺히나 수심 어누야 누구가 풀어내리

화투 타령

자료코드 : 04_18_FOS_20090214_PKS_KOI_0002

조사장소 : 경상남도 함양군 휴천면 문정리 문하마을 마을회관

조사일시 : 2009.2.14

조 사 자 : 서정매, 문세미나, 이진영, 조민정

제 보 자 : 김옥임, 여, 67세

구연상황 : 제보자는 차분하고 고운 목소리로 노래를 불러 주었다. 부르면서도 청중들에게 같이 하자며 말을 하다가 다시 노래를 이어 불렀다.

정월 솔갱이 솔씨를 심어

같이 해, 몰라 알아야 하지.

이월 매조에 맺어놓고
삼월 사꾸라 산란한 나비
사월 넉사리가 흔들흔들
오월 난초 나는 나비
유월 목단에 춤 잘 춘다
칠월 홍돼지 홀로 앉아
팔월 동산에 달도 밝다
구월 국화 굳은 한마음
시월 단풍에 뚝 떨어졌네
오동지에 눈이 와서
십이월을 덮었구나

청춘가 (1)

자료코드 : 04_18_FOS_20090214_PKS_KOI_0003
조사장소 : 경상남도 함양군 휴천면 문정리 문하마을 마을회관
조사일시 : 2009.2.14
조 사 자 : 서정매, 문세미나, 이진영, 조민정
제 보 자 : 김옥임, 여, 67세
구연상황 : 제보자는 박수를 치며 노래를 불러 주었다. 청중들은 고개를 끄덕이며 조용히
　　　　　박수를 치며 노래를 들었다.

술과 담배는 이내 심정을 알건마는
한품에야 든 님도 좋다 몰라나 주는구나

미인 치장가

자료코드 : 04_18_FOS_20090214_PKS_KOI_0004
조사장소 : 경상남도 함양군 휴천면 문정리 문하마을 마을회관
조사일시 : 2009.2.14
조 사 자 : 서정매, 문세미나, 이진영, 조민정
제 보 자 : 김옥임, 여, 67세
구연상황 : 제보자는 스스로 박수를 치며 노래를 불러 주었다. 그런데 노래 중간에 가사
가 헷갈려서 잠시 멈추었다가 틀린 가사를 고쳐 이어서 불렀다.

서울이라 김동지네 몬딸애이 하도 잘났다 소문 듣고
한 번가도 못 볼레라 두 번을 가도 못 볼레라
삼시 세 번 찾으나 가니 저 처녀가 날 보라 하고
두레둥실이 들앉았네
가르매를 볼라 하니 새 붓으로 기른듯이(그린듯이)
눈썹을 볼라 하니

배꼈다(바뀌었다) 배꼈어.

눈썹을 볼라하니 새 붓으로 기린듯이
이싹을 볼라 하니 당사실로 엮은듯이
무맹지 접저고리 소슬비단 짓을(깃을) 달아
맹주야 고름을 붙여 입고 베루뱃도(벨벳) 치마에다가 범나부 주름
을 잡아 입고
에~ 당무 접보선을 까무잡잡 감차서 신고

또 뭐꼬?

모두가 잊어라 꿈이로다

그기 끝인갑다. [웃음] 아 여러 다 잊이뿄다.

청춘가 (2)

자료코드 : 04_18_FOS_20090214_PKS_KOI_0005
조사장소 : 경상남도 함양군 휴천면 문정리 문하마을 마을회관
조사일시 : 2009.2.14
조 사 자 : 서정매, 문세미나, 이진영, 조민정
제 보 자 : 김옥임, 여, 67세
구연상황 : 제보자는 부끄러워서 노래 부르기를 꺼렸지만 막상 노래를 부르기 시작하자
　　　　　박수를 치면서 장단을 맞추어 흥겹게 불러 주었다. 그러나 자신감이 없는지
　　　　　부르고 나서도 멋쩍은 듯이 웃기도 했다.

　　　세월아 본처라 오고가지를 말어라
　　　알뜰한 요내 청춘 좋~다 다 늙으나 가는구나

청춘가 (3)

자료코드 : 04_18_FOS_20090214_PKS_KOI_0006
조사장소 : 경상남도 함양군 휴천면 문정리 문하마을 마을회관
조사일시 : 2009.2.14
조 사 자 : 서정매, 문세미나, 이진영, 조민정
제 보 자 : 김옥임, 여, 67세
구연상황 : 조사자가 제보자에게 이런 저런 노래를 아는지 물었더니, 그제서야 생각이 났
　　　　　는지 노래를 불러 주었다.

　　　십오 밝은 달이 요내 심정을 안다면
　　　저렇키 밝을 리가 좋~다 만무하끼라

창부 타령 (2)

자료코드 : 04_18_FOS_20090214_PKS_KOI_0007

조사장소 : 경상남도 함양군 휴천면 문정리 문하마을 마을회관
조사일시 : 2009.2.14
조 사 자 : 서정매, 문세미나, 이진영, 조민정
제 보 자 : 김옥임, 여, 67세
구연상황 : 제보자는 차분하고 고운 목소리로 노래를 불러주었는데, 주변의 청중들도 고
개를 끄덕이며 박자를 맞추곤 했다.

저 건네라 비빌봉 끝에 훨훨 나는 범나부야
해당-화를 너를 주려(줄까) 국화꽃을 너를 주려
이것 저것 다 버리고 방안에 든 처녀를 나를 주소

창부 타령 (1)

자료코드 : 04_18_FOS_20090214_PKS_KYD_0001
조사장소 : 경상남도 함양군 휴천면 문정리 문하마을 마을회관
조사일시 : 2009.2.14
조 사 자 : 서정매, 문세미나, 이진영, 조민정
제 보 자 : 김윤달, 여, 69세
구연상황 : 제보자는 흥을 내어 다음 노래를 불러 주었다. 청중은 잘한다며 추임새를 넣
고 박수를 치며 호응했다.

무주 양산 소내기 바람 배차 씻는 저 처녀야
끝에 겉잎을 다 제쳐놓고 속에 속대를 나를 주소
당신이 언제 날 봤다고 끝에 겉잎을 제쳐놓고 속에 속대를 돌라
하요
오늘 보며는 초면이요 니열(내일) 보면은 구면이라
구면 초면은 이내로 보니 백년 친구가 상당하오

도라지 타령 (1)

자료코드 : 04_18_FOS_20090214_PKS_KYD_0002
조사장소 : 경상남도 함양군 휴천면 문정리 문하마을 마을회관
조사일시 : 2009.2.14
조 사 자 : 서정매, 문세미나, 이진영, 조민정
제 보 자 : 김윤달, 여, 69세
구연상황 : 제보자는 노래를 부르면서도 다른 노래와 헷갈리는 듯하여 자신감이 조금 없
      었지만 끝까지 잘 불러 주었다.

      산나물 캐러 갈꺼나 총각 낭군을

  다리고 어디를 갈거나 그러나? 모르것다 자꾸하다가.

      산나물 캐로를 간다고 요리 핑기(평계) 조리 핑기 하더니
      총각 낭군 무덤에 삼오제 지내로 가는구나
      에헤이용 에헤이용 어헤이용
      어야라 난다 기화자가 좋다
      내가 내 간장에 스리살살 다 녹는다

타박네 노래

자료코드 : 04_18_FOS_20090214_PKS_KYD_0003
조사장소 : 경상남도 함양군 휴천면 문정리 문하마을 마을회관
조사일시 : 2009.2.14
조 사 자 : 서정매, 문세미나, 이진영, 조민정
제 보 자 : 김윤달, 여, 69세
구연상황 : 모심기 노래의 가사였지만 창부 타령 곡조로불러 주었다.

      타박타박 타박머리 해 다 진데 오데 가노
      우리 엄마 산수당에 젖 먹으로 나는 가요

베 짜는 노래

자료코드 : 04_18_FOS_20090214_PKS_KYD_0004
조사장소 : 경상남도 함양군 휴천면 문정리 문하마을 마을회관
조사일시 : 2009.2.14
조 사 자 : 서정매, 문세미나, 이진영, 조민정
제 보 자 : 김윤달, 여, 69세
구연상황 : 제보자는 계속 창부 타령 곡조로 다음 노래를 불러 주었다.

　　　　울도 담도 없는 집에 맹주베 짜는 저 처녀야
　　　　맹지벨라 됐다가 짜고 얼굴 한 번만 재쳐 보소
　　　　여보 당신 언제 봤다고 얼굴 보고 선볼라요

사발가

자료코드 : 04_18_FOS_20090214_PKS_KYD_0005
조사장소 : 경상남도 함양군 휴천면 문정리 문하마을 마을회관
조사일시 : 2009.2.14
조 사 자 : 서정매, 문세미나, 이진영, 조민정
제 보 자 : 김윤달, 여, 69세
구연상황 : 제보자가 기억력이 좋은 편이어서 이어서 노래를 계속 불러 주었다.

　　　　석탄백탄 타는데는 연기만 몰싹 나는데
　　　　요내 가슴은 다 타도록 연기도 짐도(김도) 아니 난다

도라지 타령 (2)

자료코드 : 04_18_FOS_20090214_PKS_KYD_0006
조사장소 : 경상남도 함양군 휴천면 문정리 문하마을 마을회관
조사일시 : 2009.2.14

조 사 자 : 서정매, 문세미나, 이진영, 조민정
제 보 자 : 김윤달, 여, 69세
구연상황 : 제보자는 흥겨운 목소리로 앞의 노래에 이어 다음 노래를 불러 주었다.

도라지 도라지 백도라지 심심 산천에 백도라지
어디 날 디가 없어서 양바위 사이 틈에가 났느냐
한두 뿌리니만 캐어도 대바구니 반실은 되노라
에헤이용 에헤이용 에헤이용
어야라 난다 지화자가 좋다
내가 내 간장 스리살살 다 녹는다

미인가 (1)

자료코드 : 04_18_FOS_20090214_PKS_KYD_0007
조사장소 : 경상남도 함양군 휴천면 문정리 문하마을 마을회관
조사일시 : 2009.2.14
조 사 자 : 서정매, 문세미나, 이진영, 조민정
제 보 자 : 김윤달, 여, 69세
구연상황 : 제보자는 노래 가사를 잘 기억하여 다음 노래를 잘 불러 주었다.

백살 겉네(백설 같네) 백살겉네 처녀 손수건이 백살 같네
백살 같은 흰수건 밑에 거울 같은 눈매 보소
요리 살꿋 조리 살꿋 총각의 간장을 다 녹힌다
하물면 여자 몸치고 장부 간장을 못 녹힐까

미인가 (2)

자료코드 : 04_18_FOS_20090214_PKS_KYD_0008

조사장소 : 경상남도 함양군 휴천면 문정리 문하마을 마을회관
조사일시 : 2009.2.14
조 사 자 : 서정매, 문세미나, 이진영, 조민정
제 보 자 : 김윤달, 여, 69세
구연상황 : 제보자는 조사자의 계속 요청에 무슨 노래를 할 것인지 생각한 후에 다음
　　　　　노래를 바로 불러주었다. 앞의 노래에 이어 예쁜 처녀의 용모를 노래하는 것
　　　　　이다.

　　　머리 길고 키 큰 처녀 붉은 댕기를 골라매고
　　　긴 머리가 발끄무리(끝에) 닿을듯 말듯 총각 간장을 다 녹힌다

부인 용모가

자료코드 : 04_18_FOS_20090214_PKS_KYD_0009
조사장소 : 경상남도 함양군 휴천면 문정리 문하마을 마을회관
조사일시 : 2009.2.14
조 사 자 : 서정매, 문세미나, 이진영, 조민정
제 보 자 : 김윤달, 여, 69세
구연상황 : 제보자는 앞의 노래에 이어 부인의 예쁜 용모를 말하는 노래를 했다. 노래 곡
　　　　　조는 창부 타령조였다.

　　　이쁠래라 고울래라 우리집 마느래가 이쁠래라
　　　깊이 깊이 들었던 잠을 실컷 잘그므로 깨워놓고
　　　연지야 볼이 볼구죽죽 구시단풍 기른머리 가락 가락이 노는구나
　　　연품 안에 금니가 놀듯이 건드렁 금실로 놀아보자

　　　그기 단가(다인가) 모리겠어요. 몰라요.

창부 타령 (2) / 명사십리 해당화야

자료코드 : 04_18_FOS_20090214_PKS_KYD_0010
조사장소 : 경상남도 함양군 휴천면 문정리 문하마을 마을회관
조사일시 : 2009.2.14
조 사 자 : 서정매, 문세미나, 이진영, 조민정
제 보 자 : 김윤달, 여, 69세
구연상황 : 제보자는 다음 노래를 창부 타령 곡조로 불렀다.

> 명사십리 해당화야 꽃 진다고야 설워 마라
>
> 맹년이라 춘삼월이면 다시 또 피건마는
>
> 우리야 인생은 한 번 가면 다시 두 번을 못 오는 거

노랫가락 / 그네 노래

자료코드 : 04_18_FOS_20090214_PKS_KYD_0011
조사장소 : 경상남도 함양군 휴천면 문정리 문하마을 마을회관
조사일시 : 2009.2.14
조 사 자 : 서정매, 문세미나, 이진영, 조민정
제 보 자 : 김윤달, 여, 69세
구연상황 : 제보자는 앞의 창부 타령에 이어 다음 노랫가락을 불러 주었다.

> 수천당 세모시 낭게(나무) 늘어진 가지에 그네를 매어
>
> 임이 뛰면 내가나 밀고 내가 뛰면은 임이 민다
>
> 임아 임아 줄 살살 밀어라 줄 떨어지면은 정 떨어진다
>
> 줄이사 떨어질망정 깊이 든 정이 떨어질랴

청춘가 / 홍갑사 댕기 노래

자료코드 : 04_18_FOS_20090216_PKS_KYY_0001
조사장소 : 경상남도 함양군 휴천면 월평리 월평마을 마을회관
조사일시 : 2009.2.16
조 사 자 : 서정매, 정혜란, 이진영
제 보 자 : 김윤예, 여, 73세
구연상황 : 제보자는 다른 노래는 생각이 안 나는데 댕기 노래는 생각난다며 불러 주었
　　　　　다. 노래를 부르는 동안 청중들은 모두 경청하며 호응해 주었다.

　　　칠라동 팔라~동~ 홍갑사 댕기는~
　　　고운 때도 아니 묻어 에~헤 날받이 왔~구~나

노랫가락 / 그네 노래

자료코드 : 04_18_FOS_20090216_PKS_KJD_0001
조사장소 : 경상남도 함양군 휴천면 월평리 월평마을 마을회관
조사일시 : 2009.2.16
조 사 자 : 서정매, 정혜란, 이진영
제 보 자 : 김점달, 여, 74세
구연상황 : 제보자가 그네 노래는 예전에 많이 불렀다며 자신있게 시작을 하였으나, 마지
　　　　　막 부분의 가사를 잘 기억하지 못해 조사자가 가사를 조금 일러주니, 기억이
　　　　　난 듯 바로 이어서 노래를 불러 주었다.

　　　수천당 세모진 낭게 늘어진 가지다 그네를 매어-
　　　임이 뛰면- 내가야 밀고 내가 뛰-면~ 임이 밀어-
　　　임아 임아 줄 살살- 밀어 줄 떨어-지면은 정 떨어-진~다
　　　줄-이사 떨어~질~망정 깊이야 든 정은 변치~ 말자-

노랫가락 / 그네 노래

자료코드 : 04_18_FOS_20090215_PKS_KTB_0001
조사장소 : 경상남도 함양군 휴천면 대천리 대포마을 마을회관
조사일시 : 2009.2.15
조 사 자 : 서정매, 정혜란, 이진영
제 보 자 : 김태분, 여, 68세
구연상황 : 제보자는 자신감이 없어서 많이 부끄러워하였다. 가사를 먼저 읊어보고 난
뒤, 노래로 불러 주었다.

수천당 세모진 낭게 늘어진 가지에 군데를 매어
임이 뛰면 내가나 밀고 내가 뛰면은 임이 민다
임아 임아 줄 살살 밀어 줄 떨어진다면 정 떨어진-다
줄이사 떨어질망정 깊이 든 정을 떨어질소냐

끄터머리 잘 모르겠다.

좌중에 초면이오만

자료코드 : 04_18_FOS_20090215_PKS_KTB_0002
조사장소 : 경상남도 함양군 휴천면 대천리 대포마을 마을회관
조사일시 : 2009.2.15
조 사 자 : 서정매, 정혜란, 이진영
제 보 자 : 김태분, 여, 68세
구연상황 : 제보자는 앞의 그네 노래를 부른 다음 노랫가락의 곡조로 계속 불렀다.

좌중에 초면이오만 여러 손님께 실례로다
한 번 실례 불가도염치 두 번 실례는 병가도상사

거 또 뭣이 있더라. [청중을 보며] 해 봐요.

도라지 타령

자료코드 : 04_18_FOS_20090215_PKS_KTB_0003
조사장소 : 경상남도 함양군 휴천면 대천리 대포마을 마을회관
조사일시 : 2009.2.15
조 사 자 : 서정매, 정혜란, 이진영
제 보 자 : 김태분, 여, 68세
구연상황 : 제보자가 다음 노래를 도라지 타령의 곡조로 불러 주었다.

석탄 백탄 타는데 연기도 짐도 아니 나고
요내 가슴 다타도 연기도 짐도 아니 나네
에헤이용 에헤이용 에헤이용
어야라 난다 기화자가자가 좋다
내가 내 간장 스리살살 다 녹는다

모심기 노래 (1)

자료코드 : 04_18_FOS_20090208_PKS_KHS_0001
조사장소 : 경상남도 함양군 휴천면 목현리 목현마을 노모당
조사일시 : 2009.2.8
조 사 자 : 박경수, 서정매, 조민정
제 보 자 : 김형숙, 여, 72세
구연상황 : 이야기판이 끝나고 민요를 부르는 노래판이 시작되었다. 모심기 노래부터 부르게 되었는데, 제보자는 처음에 다른 제보자가 부르는 노래를 따라 부르다가 이 노래부터 시작하여 여러 편의 민요를 불렀다. 노래를 마친 후 청중들이 모두 잘한다고 하면서 박수를 쳤다.

모야- 모야~ 노랑모야- 네 언제 커서- 열매 열래-
그런 말 마소- 이달- 크고 홋달- 크고 다음달에 열매 여요

(청중 : [박수를 치며] 아이구! 잘 한다.)

모심기 노래 (2)

자료코드 : 04_18_FOS_20090208_PKS_KHS_0002
조사장소 : 경상남도 함양군 휴천면 목현리 목현마을 노모당
조사일시 : 2009.2.8
조 사 자 : 박경수, 서정매, 조민정
제 보 자 : 김형숙, 여, 72세
구연상황 : 모심기 노래가 계속 이어지는 중에 이금안이 일명 '타박네 노래'를 끝내자, 제보자가 바로 이어서 자진하여 이 노래를 불렀다. 노래하는 중간과 노래를 마치고 난 뒤 청중들이 모두 잘 한다고 박수를 쳤다.

물꼬는- 철철~ 물 넘겨(넘겨) 놓고- 우리 님은 어데 가고

해 다 진데~ 골골마당 연기나는데-
우리 님은 어데 가고 연기낼 줄을 모르는고

토끼 타령

자료코드 : 04_18_FOS_20090208_PKS_KHS_0003
조사장소 : 경상남도 함양군 휴천면 목현리 목현마을 노모당
조사일시 : 2009.2.8
조 사 자 : 박경수, 서정매, 조민정
제 보 자 : 김형숙, 여, 72세
구연상황 : 제보자는 모심기 노래를 마친 후, 청중 중에 "토끼 폴짝" 하는 노래를 해보라고 하자 이 노래를 했다. 노래를 마치자 긴 노래를 부른 제보자의 노래 실력에 청중들이 모두 감탄했다.

토끼 화상을 그린다
토끼 화상을 그렸소
화공을 불러라
화공을 불렀소

이적선 봉황대

봉그리던 환쟁이

난곡창자 능어대

이를 그린던 환쟁이

연수왕에 황금대

맹그리던 환쟁이

○○12) 불러 먹 갈아라

양구앞을 뚫버풀어라

댕록설화 만지상에

이리저리 기린다(그린다)

천하명산 심지간에

경계 보던 눈 그리고

앵비공자 취지올 때13)

소리 듣던 귀 기리고

웅양붕양 웅모정에

내(냄새) 잘 맡던 코 그리고

난초지초 온갖화초

꽃 따먹던 입 그리고

반화방청 가린 중에

펄펄 뛰던 발 그리고

대한엄동 설한풍에

방풍하던 털 그리고

두 귀는 쫑긋

두 눈은 도래도래

---

12) '화공'인듯 하나 소란하여 잘 들리지 않는다.
13) 분명하게 가려 듣기 어려워 뜻을 알 수 없다.

허리는 짤쑥

꽁지는 몽탕

앞 발은 짤락

뒷발은 길어

깡충깡충 뛰어가는

에미 사는 관륜산들(곤륜산 들)

안아 옛다(자 여기 있다) 별주부야

네 가져 가거라

모심기 노래 (3)

자료코드 : 04_18_FOS_20090208_PKS_KHS_0004
조사장소 : 경상남도 함양군 휴천면 목현리 목현마을 노모당
조사일시 : 2009.2.8
조 사 자 : 박경수, 서정매, 조민정
제 보 자 : 김형숙, 여, 72세
구연상황 : 제보자는 처음에는 소극적이었지만 다른 제보자를 따라 부르기 시작해서
많은 노래를 불러 주었다.

놀러 가세 놀러 가세 문어 전복 오리(오려서) 들고 놀러 가세

첩의 방에 놀러 가세

임의 손짓 얼른하면 유자 상내(유자 향내) 진동하네

속은 신내 깎은 배는 맛도 없고 돌배로다

우리 잔에 깎은 배는 맛도 좋고 청실이라

못 갈 시집 노래

자료코드 : 04_18_FOS_20090208_PKS_KHS_0005
조사장소 : 경상남도 함양군 휴천면 목현리 목현마을 노모당
조사일시 : 2009.2.8
조 사 자 : 박경수, 서정매, 조민정
제 보 자 : 김형숙, 여, 72세
구연상황 : 박명남 제보자가 시집살이 노래를 부른 후, 제보자가 이 노래가 생각났는지
　　　　　불렀다. 시집을 잘못 가서 서방이 죽었다는 서사민요인데, '못갈 장가 노래'
　　　　　에 상응하는 노래라 하겠다. 그런데 제보자는 청중들이 떠드는 소리 때문에
　　　　　힘들게 노래를 부르다 가사를 잊어버려 노래를 멈추고 말았다. 조사자가 노래
　　　　　의 서두를 다시 말하며 천천히 가사를 생각하며 노래를 불러달라고 부탁해서
　　　　　재차 부르게 되었다.

앉아 중신 서서 중신

석달 열흘이 걸린 중신

시접가던 샘일만에

서방님이 뱅이 들어

반지 팔아 달비 팔아

삼신사약을 지어다가

성노하리 묻어 놓고

모진 열에 잠이 들어

서방님 가시는 줄을 내 몰랐네

팽풍(평풍)에 기린 닭키(그린 닭이)

꼬꼬하면 오실란가

들 가운데 고목낭구

잎이 패면 오실란가

동솥에 앉힌 밤이

싹시(싹이) 나면 오실란가

황천길이 얼마나 멀어

한번 가시면 못 오시는고

훗낭군 타령 / 범벅 타령

자료코드 : 04_18_FOS_20090208_PKS_KHS_0006
조사장소 : 경상남도 함양군 휴천면 목현리 목현마을 노모당
조사일시 : 2009.2.8
조 사 자 : 박경수, 서정매, 조민정
제 보 자 : 김형숙, 여, 72세
구연상황 : 제보자는 먼저 '못갈 장가 노래'를 부른 후, 이 노래가 생각났는지 부르기 시
작했다. 경북에서 채록된 바 있는 '훗사나 타령'과 유사한 노래인데, 범벅 타
령으로 시작된 노래가 춘향이 이도령 몰래 훗낭군인 김도령과 사랑을 나누는
이야기와 연결되어 있다. 후반부에서 춘향이 급한 김에 김도령을 뒤주에 숨기
는 화소는 '배비장전'의 화소와 유사하다.

범벅이야 범벅이야
버물버물 버무린 범벅
김도령은 찹쌀 범벅
이도령은 멥쌀 범벅
이도령은 본낭군이요
김도령은 훗낭군이요
이도령 없는 의미('낌새'의 뜻인 듯함)를 알고
김도령이 앞뒤 방문 살풋(살며시) 열고
춘향아 방으로 훅 날아드니
쳐다 보니 갑사천지
내려다 보니요 이부장판
금시계 오르족(오죽) 설대(서랍이 딸린 장농)
요것저것 얹어 놓고

우리 둘이 금실금실 놀아나 보세

우리 둘이 요라다가

이도령이 오신다면 어이나 하리

이도령이 오신다믄

고목두지(고목 뒤주)에다가 꼬드라 옇제(굽혀서 넣지)

그러는 마차(차에) 이도령 오셨다 문 열어라

이도령 오셨다 문 열어라

또 어떤 김도령은 고목두지에다가 후드라 옇고

갑사천지 가신다더니 어이 그리도 속히 오시소

도중에 가다가 도사를 만나 또 돌아왔다

탈났다네 탈났다네 고목두지에 탈났다네

이년 삼년 씨든 두지에 탈났단 말씀이 웬 말씀이요

야 요년아 잔말 말고 사나꾸(새끼줄) 서 발만 가져 오너라

고목두지를 걸러내고 뒷동산 갈막으로 올라서니

김도령이 하신단 말씀 자기도 남우(남의) 새끼 동자요

머니 너도 나무식기(남의 새끼) 동자요

한 분 실수 병과상사요 십분 용서만 해주세요

이 다음에는 또 그런다면 대동강에다가 목을 치리

호랑이 노래

자료코드 : 04_18_FOS_20090208_PKS_KHS_0007
조사장소 : 경상남도 함양군 휴천면 목현리 목현마을 노모당
조사일시 : 2009.2.8
조 사 자 : 박경수, 서정매, 조민정
제 보 자 : 김형숙, 여, 72세

　　　큰골에 늙은 호랑이 한 마리가–

　　　살찐 낭게(나무) 물어 놓고–

　　　이빨 없어 못 묵는다고 호령하네–

　　없어. [청중 웃음]

베 짜기 노래

자료코드 : 04_18_FOS_20090214_PKS_NKY_0001
조사장소 : 경상남도 함양군 휴천면 동강리 동강마을 마을회관
조사일시 : 2009.2.14
조 사 자 : 서정매, 정혜란, 이진영
제 보 자 : 노귀염, 여, 81세
구연상황 : 베틀 노래를 알고 있으면 한 구절을 불러달라고 하니 제보자가 웃으면서 노
　　　　　래를 불러 주었다.

　　　하늘에다 베틀을 놓아

　　　구름 잡아서 잉애(잉아) 걸고

　　　칭칭나무 포디집에(바디집에)

　　　알캉잘캉 짜닌께네

　　　조끄마는 시누아기

　　　아장아장이 들어옴성

　　　성아 성아 올키 성아

　　　그 베 짜여서 무엇 하리

　　　서울 가신 너거 오라비

　　　토시 짓고 보선 집어

그래 인제 그래 놓고.

저게 오는 저 선부야(선비야)
우리 선부님 안 오신가
오기사도 오기만은
칠성판에 실리오요
서울 겉이 대궐 안에
배가 고파서 죽었는가
목이 말라 죽었는가

원통하지 그제. 그렇더라요. 그래 여게 [조사자를 지칭하며] 이 양반이
베틀 노래로 끄내거래 생각킨다.

사위 노래

자료코드 : 04_18_FOS_20090214_PKS_NKY_0002
조사장소 : 경상남도 함양군 휴천면 동강리 동강마을 마을회관
조사일시 : 2009.2.14
조 사 자 : 서정매, 정혜란, 이진영
제 보 자 : 노귀염, 여, 81세
구연상황 : 제보자는 자기 소개를 하고는 기억나는 노래가 있다면서 다음 노래를 불러
          주었다.

버들 버들 버들잎에 이슬겉은 내 사우야
쟁반에다 그 씨를 담아 사랑하게 내 사우야
찹쌀 백미 삼백 석에 액미겉이도 가린 사위
은잔 놋잔 나리(내려) 놓고 부은 술은 자네 들고
금옥 겉이 키운 딸을 백년이나 사랑하게

무정한 꿈 노래

자료코드 : 04_18_FOS_20090214_PKS_NKY_0003
조사장소 : 경상남도 함양군 휴천면 동강리 동강마을 마을회관
조사일시 : 2009.2.14
조 사 자 : 서정매, 정혜란, 이진영
제 보 자 : 노귀염, 여, 81세
구연상황 : 제보자는 스스로 박수를 치면서 장단을 맞추며 불렀다. 청중들도 맞장구를 치면서 좋아하였다.

잠아 무정한 꿈아 오셨던 님을 왜 보냈노.

오신 님 보나지(보내지) 말고

깊이든 잠을 날 깨나 주지

이후에 임만 나시믄 요내 심정만 타여나 하리

노랫가락 (1)

자료코드 : 04_18_FOS_20090214_PKS_NKY_0004
조사장소 : 경상남도 함양군 휴천면 동강리 동강마을 마을회관
조사일시 : 2009.2.14
조 사 자 : 서정매, 정혜란, 이진영
제 보 자 : 노귀염, 여, 81세
구연상황 : 청춘가나 노랫가락이 있으면 불러달라고 하니 제보자가 불러보겠다고 하여 불러 주었다.

간밤에 꿈 좋더만은 임의 팬쥬(편지)가 날아왔소

팬쥬(편지)는 왔거니만은 임은 어이나 못 오신고

산이 높아 못 오시던가 물이 깊어서 못 오시오

산이 높으면 희꾸기14) 타고 물이 깊으면 지든차15) 타제

---

14) ひこうき, 비행기.

청춘가 (1)

자료코드 : 04_18_FOS_20090214_PKS_NKY_0005
조사장소 : 경상남도 함양군 휴천면 동강리 동강마을 마을회관
조사일시 : 2009.2.14
조 사 자 : 서정매, 정혜란, 이진영
제 보 자 : 노귀염, 여, 81세
구연상황 : 제보자는 웃으면서 또 어떤 노래가 있을까 얘기하던 중에 갑자기 생각이 났
　　　　　는지 박수를 치면서 다음 청춘가를 불러 주었다.

　　껍데기야 껍데기야 장 봐와 묵어도
　　같은 님 만나갖고 좋다나 살아나 보열까(볼까)

　　넘 날 작에도(적에도) 나도 났는데
　　넘부가 타열 때는 좋다나 어짜다 복무원 탔노

청춘가 (2)

자료코드 : 04_18_FOS_20090214_PKS_NKY_0006
조사장소 : 경상남도 함양군 휴천면 동강리 동강마을 마을회관
조사일시 : 2009.2.14
조 사 자 : 서정매, 정혜란, 이진영
제 보 자 : 노귀염, 여, 81세
구연상황 : 젊었을 때 불렀던 청춘가나 노랫가락을 한 소절을 아무것이라도 좋으니 기억
　　　　　나면 불러달라고 하니까 제보자는 잊어먹었다고 말했음에도 다음 노래가 갑
　　　　　자기 생각났는지 불러 주었다.

　　산 중에 큰 것도 원통타 하는데
　　도래도래 산골짝에 좋다 날 숨거나 줄거요

---

15) '기선 배'인 듯함.

노랫가락 (2)

자료코드 : 04_18_FOS_20090214_PKS_NKY_0007
조사장소 : 경상남도 함양군 휴천면 동강리 동강마을 마을회관
조사일시 : 2009.2.14
조 사 자 : 서정매, 정혜란, 이진영
제 보 자 : 노귀염, 여, 81세
구연상황 : 제보자는 앞의 청춘가를 부른 후 잠시 쉬었다 다음 노래가 생각났는지 불러
　　　　　주었다.

　　　자두양산 토라진 샘이 상초 씻는동 저 처녀야
　　　상추는 내 씻쳐 줌세 요내 품 안에 잠드시오
　　　잠들기는 어렵두잖소 상초 씻츠니 늦으나 가요
　　　옥을 준들 나는 싫소 금을 주여도 나는 싫소
　　　동지섣달 기나긴 밤에 알뜰한 품 안을 나를 주요

청춘가

자료코드 : 04_18_FOS_20090214_PKS_MSB_0001
조사장소 : 경상남도 함양군 휴천면 문정리 문하마을 마을회관
조사일시 : 2009.2.14
조 사 자 : 서정매, 문세미나, 이진영, 조민정
제 보 자 : 문순분, 여, 77세
구연상황 : 제보자는 자꾸 하라고 하니깐 못하겠다고 하면서 천지가 노래인데 생각이 나
　　　　　지 않는다고 푸념했다. 그런 후 청춘가를 생각나는 대로 불렀다.

　　　당신이 내 심정 안다면
　　　가시밭이 천리라도 발 벗고 오리로다

　　　치다리 내리다리 총각도야 많더많은
　　　나 하나 심을 때가 그리도 없던가요

[계속 이어서 노래]
우연히 든 정이 골 속에나 백히서
잠들기 전에는 잊을 수가 없더라

산이 높아야 골짜기 깊으제(깊지)
조그마는 내 속이 좋~다 얼마나 깊으꼬(깊을까)

한자 풀이 노래

자료코드 : 04_18_FOS_20090214_PKS_MSB_0002
조사장소 : 경상남도 함양군 휴천면 문정리 문하마을 마을회관
조사일시 : 2009.2.14
조 사 자 : 서정매, 문세미나, 이진영, 조민정
제 보 자 : 문순분, 여, 77세
구연상황 : 제보자가 노래 가사를 읊조리고 있어서 조사자가 가사도 중요하다고 하면서
천천히 가사를 읊어 달라고 했다.

남원강으로 푸른 천자요 진주 촉석루 곧은 천자
대구 한영진에 내 천자라 함양옥수 신선 선자
놀기 좋다 함양의 숲 거드렁거리고 놀아보세

막걸리 노래

자료코드 : 04_18_FOS_20090214_PKS_MSB_0003
조사장소 : 경상남도 함양군 휴천면 문정리 문하마을 마을회관
조사일시 : 2009.2.14
조 사 자 : 서정매, 문세미나, 이진영, 조민정
제 보 자 : 문순분, 여, 77세
구연상황 : 제보자는 기억나는 노래를 자진해서 불러 주었다.

막걸리 막걸리 절터 도가에 막걸리

한두 잔만 묵어도 쓸쓸하기만 하노라

궁디춤만 추노라 [웃음]

모심기 노래 (1)

자료코드 : 04_18_FOS_20090215_PKS_MKO_0001
조사장소 : 경상남도 함양군 휴천면 대천리 미천마을 마을회관
조사일시 : 2009.2.15
조 사 자 : 서정매, 정혜란, 이진영
제 보 자 : 민경옥, 여, 80세
구연상황 : 제보자는 조사자의 요청에 다음 노래를 불러 주었다.

서울이라 연꽃밭에 금비둘기 알 품었네

올라가신 선배님도 앞만 보고 가신 선배

아들 애기 놓거들랑 정사 감사 맏아들을 두옵소사

내라가진(내려가신) 선배님도 저 보고 가신 선배

딸아기를 놓거들랑 정사 감사 맏사우를 보옵소사

모심기 노래 (2)

자료코드 : 04_18_FOS_20090215_PKS_MKO_0002
조사장소 : 경상남도 함양군 휴천면 대천리 미천마을 마을회관
조사일시 : 2009.2.15
조 사 자 : 서정매, 정혜란, 이진영
제 보 자 : 민경옥, 여, 80세
구연상황 : 제보자는 앞의 모심기 노래를 부른 후 계속 다음 노래를 불러 주었다.

사랑 앞에 국화를 심어 국화꽃이 하관잡네

학은 점점 젊으나온데 우러 집에 울 엄니는
나날이도 늙어오네

모심기 노래 (3)

자료코드 : 04_18_FOS_20090215_PKS_MKO_0003
조사장소 : 경상남도 함양군 휴천면 대천리 미천마을 마을회관
조사일시 : 2009.2.15
조 사 자 : 서정매, 정혜란, 이진영
제 보 자 : 민경옥, 여, 80세
구연상황 : 제보자는 연이어 모심기 노래를 계속 불러 주었다.

물꼬는 철철이 물 냄기놓고 주인 양반 어디로 갔소
둑 넘에다 첩을 두고 첩의 집에 가고 없네
첩의 집은 꽃밭이요 이내 이 집은 연못이라

노랫가락

자료코드 : 04_18_FOS_20090215_PKS_MKO_0004
조사장소 : 경상남도 함양군 휴천면 대천리 미천마을 마을회관
조사일시 : 2009.2.15
조 사 자 : 서정매, 정혜란, 이진영
제 보 자 : 민경옥, 여, 80세
구연상황 : 제보자는 여담을 나누던 중에 갑자기 다음 노래를 불러 주었다.

네모반듯 장판방에 임도 앉고 나도 앉고
임은 앉아 신문을 보고 이내 나는 수를 놓고
임도 방긋 나도 방긋 이 날이 어 저물어
임의야 웃는 웃싹을 보련만은

각시야 자자

자료코드 : 04_18_FOS_20090215_PKS_MKO_0005
조사장소 : 경상남도 함양군 휴천면 대천리 미천마을 마을회관
조사일시 : 2009.2.15
조 사 자 : 서정매, 정혜란, 이진영
제 보 자 : 민경옥, 여, 80세
구연상황 : 제보자는 조사자의 노래 요청에 "내가 하겠다."고 하면서 다음 노래를 불러
주었다. 노래 가사가 재미있어 청중들이 웃으며 즐거워했다.

각시야 자자 각시야 자자
건삼 가래가래만 삼고나 자자
만난 정이 탁 쏟아져도
건삼 가래가래만 삼고나 자자

신랑아 자자 신랑아 자자
보던 신문만 보고나 자자
만난 정이 탁 쏟아져도
보던 신문만 보고나 자자

아이구 재미 좋다.

다리 세기 노래

자료코드 : 04_18_FOS_20090215_PKS_MKO_0006
조사장소 : 경상남도 함양군 휴천면 대천리 미천마을 마을회관
조사일시 : 2009.2.15
조 사 자 : 서정매, 정혜란, 이진영
제 보 자 : 민경옥, 여, 80세
구연상황 : 제보자는 연이어 노래를 계속 불러 주었다.

이거리 저거리 갓거리

진주맹근 도맹근

짝바리 해양근

도래 줌치 장독간

육기육기 전라도

아기 어르는 노래 (1) / 둥게요

자료코드 : 04_18_FOS_20090215_PKS_MKO_0007
조사장소 : 경상남도 함양군 휴천면 대천리 미천마을 마을회관
조사일시 : 2009.2.15
조 사 자 : 서정매, 정혜란, 이진영
제 보 자 : 민경옥, 여, 80세
구연상황 : 조사자가 아기 어를 때 부르는 노래를 요청하자 제보자가 다음 노래를 불렀다.

금자동아 옥자동아

질구천지 보배동아

나랏님께 충신동아

부모님께 효자동아

둥게둥게 둥게요

수박전에 갔디요

둥굴둥굴하구나

양푼전에 갔디요

두르나 넓적하구나

둥게둥게 둥게여

눈매라고 볼적시면

세북바람(새벽바람) 연초록

뚱게뚱게 뚱게요

이 뚱게가 니 뚱게고

민고 위에 뚱게로다

아기 어르는 노래 (2) / 불매 소리

자료코드 : 04_18_FOS_20090215_PKS_MKO_0008
조사장소 : 경상남도 함양군 휴천면 대천리 미천마을 마을회관
조사일시 : 2009.2.15
조 사 자 : 서정매, 정혜란, 이진영
제 보 자 : 민경옥, 여, 80세
구연상황 : 조사자가 또 다른 아기 어르는 노래를 부탁하자 제보자가 다음 노래를 계속
불러 주었다.

불매 불매 불매요

이 불매가 니 불맨고

전라도는 소불매

갱상도는 대불매

불으라 딱딱 불매요

불으락 딱딱 불매요

불매짝지 어매요

닭 한 마리 소주 한 뱅(한 병)

뚱게뚱게 뚱게요

아기 어르는 노래 (3) / 알강달강요

자료코드 : 04_18_FOS_20090215_PKS_MKO_0009
조사장소 : 경상남도 함양군 휴천면 대천리 미천마을 마을회관
조사일시 : 2009.2.15
조 사 자 : 서정매, 정혜란, 이진영
제 보 자 : 민경옥, 여, 80세
구연상황 : 조사자의 요청에 제보자가 연이어 노래를 불러 주었다.

　　　　달콩달콩 달콩요
　　　　이 달콩이 뉘 달콩인고
　　　　달콩달콩 쳇독 안에
　　　　밤 한 되를 여 났디
　　　　머리 깜은 새앙쥐가
　　　　들락날락 다 까묵고
　　　　한 톨일랑 남은 거는
　　　　껍디기는 애비 주고
　　　　보니락큰 할미 주고
　　　　알맹이라 남은 거는
　　　　우리 둘이 다 갈라묵자

아기 재우는 노래 / 자장가

자료코드 : 04_18_FOS_20090215_PKS_MKO_0010
조사장소 : 경상남도 함양군 휴천면 대천리 미천마을 마을회관
조사일시 : 2009.2.15
조 사 자 : 서정매, 정혜란, 이진영
제 보 자 : 민경옥, 여, 80세
구연상황 : 제보자가 아기 재우는 노래를 부탁하자 아기를 재우는 시늉을 하면서 조용히

다음 노래를 불렀다.

아가 아가 자장 자장
우리 아기 잘도 잔다
꼬꼬닭애 울지 마라
멍멍개야 짖지 마라
우리 애기 잘도 잔다

여자 신세 타령

자료코드 : 04_18_FOS_20090215_PKS_MKO_0011
조사장소 : 경상남도 함양군 휴천면 대천리 미천마을 마을회관
조사일시 : 2009.2.15
조 사 자 : 서정매, 정혜란, 이진영
제 보 자 : 민경옥, 여, 80세
구연상황 : 제보자는 앞의 노래에 연이어 계속 불러 주었다. 노래는 창부 타령 곡조로 불
렀다.

우리 오빠는 군자라서 집도 차지 논도 차지
천근 겉은 부모도 차지 새별 같은 올케 차지
이내 나는 여자라서 먹고야 가는 밥뿐이오
입고야 가는 옷뿐이라
이 세상에 부녀들아 여자 유행이 가소롭다

백두산 노래

자료코드 : 04_18_FOS_20090215_PKS_MKO_0012
조사장소 : 경상남도 함양군 휴천면 대천리 미천마을 마을회관

조사일시 : 2009.2.15
조 사 자 : 서정매, 정혜란, 이진영
제 보 자 : 민경옥, 여, 80세
구연상황 : 제보자는 창부 타령 곡조로 앞의 노래에 이어서 계속 불러 주었다.

찾어갑세 찾어갑세 백두야 산을 찾어가세
울긋불긋 저 봉우리는 아롱아롱에 금봉아라
화궁에 다다르니 처녀야 수가 좋을시고
늴리리 다이나 봐도 대한 꿈이 꾸였구나

도라지 타령

자료코드 : 04_18_FOS_20090215_PKS_MKO_0013
조사장소 : 경상남도 함양군 휴천면 대천리 미천마을 마을회관
조사일시 : 2009.2.15
조 사 자 : 서정매, 정혜란, 이진영
제 보 자 : 민경옥, 여, 80세
구연상황 : 조사자가 나물 캐면서 부르는 '도라지 타령'을 요청하자, 제보자는 다 같이
해보자고 하면서 다음 노래를 불렀다.

도라지 도라지 도라지 심심 산천에 백도라지
한두야 뿌리만 캐여도 대바구니야 반섬만 대노라
에헤용 에헤용 에헤이용
에여라 난다 지화자가자가 좋다
내가 내 간장 스리살살 다 녹힌다

한두 뿌리만 캐어도 우리 서방님 반찬만 되노라
에헤용 에헤용 에헤이용
헤여라 난다 지화자가자가 좋다

내가 내 간장 사리살살 다 녹힌다

나물 캐는 노래

자료코드 : 04_18_FOS_20090215_PKS_MKO_0014
조사장소 : 경상남도 함양군 휴천면 대천리 미천마을 마을회관
조사일시 : 2009.2.15
조 사 자 : 서정매, 정혜란, 이진영
제 보 자 : 민경옥, 여, 80세
구연상황 : 제보자는 앞에서 부른 노래 가사에 따라 다음 노래가 생각났는지 바로 이어
　　　　　서 불렀다.

　　나물 캐로 간다고 요 핑계 저 핑계 대고요
　　총각 낭군 무덤에 삼오제 지내로 갔노라

　논두렁 밑에 앉아서 시집갈 궁리만 한다. 그 첫 대가리가 뭐요? (청
중 : 그런 것도 있고.)

권주가 (1)

자료코드 : 04_18_FOS_20090215_PKS_MKO_0015
조사장소 : 경상남도 함양군 휴천면 대천리 미천마을 마을회관
조사일시 : 2009.2.15
조 사 자 : 서정매, 정혜란, 이진영
제 보 자 : 민경옥, 여, 80세
구연상황 : 제보자는 사위가 장모에게 술을 드리며 딸을 달라고 하는 노래라고 하면서
　　　　　다음 노래를 불렀다.

　　이청 저청 대청 안에 빙빙 도는 저 장모님

청합니다 청합니다 백모님 따님을 청합니다

청주야 약주를 청합니다

청주는 청춘가요 약주라면은 약주로다

권주가 (2)

자료코드 : 04_18_FOS_20090215_PKS_MKO_0016
조사장소 : 경상남도 함양군 휴천면 대천리 미천마을 마을회관
조사일시 : 2009.2.15
조 사 자 : 서정매, 정혜란, 이진영
제 보 자 : 민경옥, 여, 80세
구연상황 : 제보자는 장모가 사위에게 하는 권주가라고 하며 다음 노래를 불러 주었다.

서월이라(서울이라) 수양버들 이 술 받은 내 사우야

찹쌀같은 삼백 석에 앵두같이도 가린 사우

은잔 목잔에 구슬을 담아 구슬같은 내 사우야

은잔에라 청주를 부여 부연(부은) 술을 자네가 먹고

금옥 같이도 키운 내 딸 백년 사령을 하여 주게

창부 타령

자료코드 : 04_18_FOS_20090214_PKS_PKS_0001
조사장소 : 경상남도 함양군 휴천면 문정리 문하마을 마을회관
조사일시 : 2009.2.14
조 사 자 : 서정매, 문세미나, 이진영, 조민정
제 보 자 : 박금순, 여, 82세
구연상황 : 제보자는 창부 타령 가락으로 노래를 불러 주었다. 청중들은 박수를 치면서
　　　　　 "좋다"라고 추임새를 넣어주었다.

옛날 옛적 한량들은 활을 잘 쏘서 한량이고
시방 세상 한량들은 돈을 잘 써서 한량이다
얼씨구 좋다 정말로 좋네 아니노지는 못 하리라

양산도 (1)

자료코드 : 04_18_FOS_20090214_PKS_PKS_0002
조사장소 : 경상남도 함양군 휴천면 문정리 문하마을 마을회관
조사일시 : 2009.2.14
조 사 자 : 서정매, 문세미나, 이진영, 조민정
제 보 자 : 박금순, 여, 82세
구연상황 : 제보자가 노래를 부르자 청중들이 모두 박수로 장단을 맞추며 함께 불러 주
었다.

함양 산청 물레방아는 물을 안고 돌고
우리 집에 도련님은 나를 안고 돈다
어여라 어여라 아니나 못 놓겄네
능지를 하여도 나는 못 놓겄네

양산도 (2)

자료코드 : 04_18_FOS_20090214_PKS_PKS_0003
조사장소 : 경상남도 함양군 휴천면 문정리 문하마을 마을회관
조사일시 : 2009.2.14
조 사 자 : 서정매, 문세미나, 이진영, 조민정
제 보 자 : 박금순, 여, 82세
구연상황 : 제보자는 양산도 가락에 맞추어 스스로 손뼉을 치면서 즐겁게 불러 주었다.

아가 동동 내 새끼야 젖 묵고 자라

너거 아부지 날마다 하고 북망산천 간다

다리 세기 노래

자료코드 : 04_18_FOS_20090214_PKS_PKS_0004
조사장소 : 경상남도 함양군 휴천면 문정리 문하마을 마을회관
조사일시 : 2009.2.14
조 사 자 : 서정매, 문세미나, 이진영, 조민정
제 보 자 : 박금순, 여, 82세
구연상황 : 모인 사람들 모두가 함께 다리 세기 노래를 불렀다. 그런데 노래가 진행되면
서 서로 부르는 노래의 가사가 다른지 한 사람씩 중지하고 제보자가 끝까지
불렀다.

이거리 저거리 갓거리
진주맹근 도맹근
짝발로 해양근
도래 줌치 사시유
육도 육도 찔레육
하늘에 올라 두룸박
낙랑 끝에 까치집

이산 저산 징개산에

자료코드 : 04_18_FOS_20090214_PKS_PKS_0005
조사장소 : 경상남도 함양군 휴천면 문정리 문하마을 마을회관
조사일시 : 2009.2.14
조 사 자 : 서정매, 문세미나, 이진영, 조민정
제 보 자 : 박금순, 여, 82세

구연상황 : 제보자는 차분하게 다음 노래를 잘 불러 주었다.

이산 저산 징개산에 징개산에다 집을 지어
그 집 짓던 셈일(삼일)만에 감사 나고 병사 낫네
병사 앞에 눈 주다가 감사 앞에 춤 치다가
깨였구나 깨였구나 꽃 떠놓고 유리잔을
꽃 떠놓고 유리잔을 돈만 주며는 보련마는
장꼬방에 저 봉순에는 인지야 가면은 언제 오나

만첩산중 고드름은

자료코드 : 04_18_FOS_20090214_PKS_PKS_0006
조사장소 : 경상남도 함양군 휴천면 문정리 문하마을 마을회관
조사일시 : 2009.2.14
조 사 자 : 서정매, 문세미나, 이진영, 조민정
제 보 자 : 박금순, 여, 82세
구연상황 : 청중들이 제보자에게 또 한번 더 불러 보라가 하자 다음 노래를 불렀다. 곡조
　　　　　는 창부 타령 곡조였다.

만첩산중 고드름은 봄바람이 불어내고
요내야 가슴에 맺힌 수심은 어느 누구가 풀어내나

남녀 연정요

자료코드 : 04_18_FOS_20090214_PKS_PKS_0007
조사장소 : 경상남도 함양군 휴천면 문정리 문하마을 마을회관
조사일시 : 2009.2.14
조 사 자 : 서정매, 문세미나, 이진영, 조민정
제 보 자 : 박금순, 여, 82세

구연상황 : 제보자에게 계속 노래를 불러 보라고 청중들이 재촉했다. 노래를 기억해야 한 다고 하고는 잠시 후 다음 노래를 부르게 되었다.

저 건네라 남산 밑에 나무 베는 남도령아

오만 남글 다 베어도 오죽설대랑 베지 마라

올 키우고 내년을 키와 낚숫대를 낚을라니

못 낚으며는 상사가 되고 낚고 보면은 능사된다

능사상사 고를 맺어 꼬꾸러지더록만 살아보자

노랫가락 (1) / 국화술 노래

자료코드 : 04_18_FOS_20090208_PKS_PNS_0001
조사장소 : 경상남도 함양군 휴천면 금반리 금반마을 마을회관
조사일시 : 2009.2.8
조 사 자 : 박경수, 서정매, 조민정
제 보 자 : 박남순, 여, 77세
구연상황 : 제보자는 이삼순이 먼저 부른 노랫가락을 듣고, 같은 노랫가락으로 부르는 다 음 노래가 생각났는지 부르기 시작했다. 노래에 약간 자신이 없는 듯 쑥스러 워 하며 불러 주었다.

사랑 앞에~ 국화를 숨거(심어) 국화꽃 밑에 술 비비 옇고-

술 비자(빚자) 국화꽃 피자 임이 오시자 달이 떴네-

동자야 국화~술 걸러 저 달 지-도록 먹고나 노~자

노랫가락 (2) / 대장부 노래

자료코드 : 04_18_FOS_20090208_PKS_PNS_0002
조사장소 : 경상남도 함양군 휴천면 금반리 금반마을 마을회관
조사일시 : 2009.2.8

조 사 자 : 박경수, 서정매, 조민정

제 보 자 : 박남순, 여, 77세

구연상황 : 조사자가 다른 노래가 없느냐고 하자 제보자가 생각나는 노래를 부른 것이다. 노랫가락으로 부른 것으로 노래의 핵심어를 표제로 삼아 '대장부 노래'라 했다.

백두산석은 마도징이요 두만강수는 어망물아
남아일심 미편부귀요 후생후처는 대장부라

모심기 노래 (1)

자료코드 : 04_18_FOS_20090208_PKS_PMN_0001

조사장소 : 경상남도 함양군 휴천면 목현리 목현마을 노모당

조사일시 : 2009.2.8

조 사 자 : 박경수, 서정매, 조민정

제 보 자 : 박명남, 여, 85세

구연상황 : 이야기판이 끝나고 조사자가 모심기 노래부터 해보자고 하자, 제보자가 가장 먼저 이 노래를 부르며 노래판을 만들었다.

서 마-지기 논빼-미는~ 반달-만큼- 남았는데
지가- 무슨 반달인고~ 초승~달이 반달이-지-

노랫가락

자료코드 : 04_18_FOS_20090208_PKS_PMN_0002

조사장소 : 경상남도 함양군 휴천면 목현리 목현마을 노모당

조사일시 : 2009.2.8

조 사 자 : 박경수, 서정매, 조민정

제 보 자 : 박명남, 여, 85세

구연상황 : 제보자는 모심기 노래를 부른 후, 노랫가락 곡조로 이 노래를 불렀다.

대천지 한바당에 벌이 없느냐 낭기 서서-

가지는 열두 가지요~ 잎은 피어서 삼백예순

그 낭게 열매가 열어 부귀영화로 사가~요

모심기 노래 (2)

자료코드 : 04_18_FOS_20090208_PKS_PMN_0003

조사장소 : 경상남도 함양군 휴천면 목현리 목현마을 노모당

조사일시 : 2009.2.8

조 사 자 : 박경수, 서정매, 조민정

제 보 자 : 박명남, 여, 85세

구연상황 : 제보자는 앞의 노래에 이어 일명 '첩 노래'라 하는 이 모심기 노래가 생각났
는지 바로 부르기 시작했다.

물꼬- 철철- 물 실어놓고~ 이로(일어서) 보니 임제(임자) 어데
갔노-

등넘-에다 첩을 두고~ 밤에~ 가고 낮에 가네-

무신 여러 첩이걸래 밤에~ 가고 낮에- 가노

밤으-로는 잠자러 가고~ 낮에로는~ 놀러 가-네

시집살이 노래

자료코드 : 04_18_FOS_20090208_PKS_PMN_0004

조사장소 : 경상남도 함양군 휴천면 목현리 목현마을 노모당

조사일시 : 2009.2.8

조 사 자 : 박경수, 서정매, 조민정

제 보 자 : 박명남, 여, 85세

구연상황 : 김형숙 제보자가 '훗낭군 노래'를 부른 후, 제보자가 이 노래를 불렀다. 노래

를 마친 후 옛날에 시어머니가 독했다는 이야기를 주고받았다.

한 골 매-고 두 골 매고
삼시 세 골을 매고 나니
점심때-가 되었는가
집이라 돌아오니
삼년 묵은 된장에다
버리밥(보리밥)에 접지 부뜰에(부뚜막에) 훑어준다

[일동 웃음]
시어마도, 시어마가 그리 독하더래.
(청중 : 옛날에 시어마가 와 그래 독하던고.)

바지 타령

자료코드 : 04_18_FOS_20090208_PKS_PMN_0005
조사장소 : 경상남도 함양군 휴천면 목현리 목현마을 노모당
조사일시 : 2009.2.8
조 사 자 : 박경수, 서정매, 조민정
제 보 자 : 박명남, 여, 85세
구연상황 : 제보자는 이 노래가 생각났는지 자진해서 불렀다. 이 노래를 부르고 난 뒤,
　　　　　요즘 청바지 입은 여자들이 너무 거세다고 힘주어서 말했다. 청중들이 계속
　　　　　웃으면서 들었다.

시아바이 바지는 핫바지
서방 바지는 홑바지
시동상 바지는 반바지
시누 바지는 나발바지 [일동 웃음]
지금은 청바지

[말로 읊조리며]

청바지는 기운 세서 남자 배 우까징 올라간다 고만 그란대.

[일동 웃음]

지금은 청바지라고는 얼마나 거센지, 청바지 입은 여자가 [강하게 말하며] 얼마나 거센지 몰라.

임 생각 노래

자료코드 : 04_18_FOS_20090208_PKS_PMN_0006
조사장소 : 경상남도 함양군 휴천면 목현리 목현마을 노모당
조사일시 : 2009.2.8
조 사 자 : 박경수, 서정매, 조민정
제 보 자 : 박명남, 여, 85세
구연상황 : 제보자는 이 노래가 생각났는지 자진해서 불렀다. 노래 도중에 청중들이 눈물이 난다고 하는 등 제보자의 노래에 빠져들면서 감탄했다.

봄은 오고~ 임은 갔으니

꽃만 피어도 임의 생각-

황천여리 황수색하니

강물만 줄-렁 임의 생각

앉았으니~ 임이 오나

누웠으니~ 잠이 오나

임도 잠도 아니온다

생각 생각 끝에- 잠이 들어

꿈아 꿈아 무정한 꿈아~

오싰던(오셨던) 님을 왜 보냈노

이후에 임 오시거던~

임을 잡-고 날 깨와라

아가 동자야 먹 갈-아라

임의게로 편지하자

검은 먹과 흰 종우는

님의 얼굴을 보련만은

(청중 : 눈물이 난다.)

나하고 붓대하고는

임의 얼굴을 못보겠네

저승 배달도 급살병이 들었는가

저승○○이 오밤중을 몰라

청춘가

자료코드 : 04_18_FOS_20090208_PKS_PMN_0007

조사장소 : 경상남도 함양군 휴천면 목현리 목현마을 노모당

조사일시 : 2009.2.8

조 사 자 : 박경수, 서정매, 조민정

제 보 자 : 박명남, 여, 85세

구연상황 : 제보자는 앞의 노래를 부른 후 바로 이어서 청춘가 곡조로 바꾸어 불렀다. 노
래 끝부분에서 "임없는 살림은~ 그대로 살겠는데에~/돈없는 살림은 아이고
지고 죽어도 못살겠소"라며 반전하는 사설을 부르자, 청중들은 웃으며 박수
를 치기도 했다.

오마니 날 갖고~ 숭(흉) 보지 말아요~

임 없이 사는 과부 좋~다 오뉴월이 없어요-

밥 많이 먹는다고~ 숭보지 말아요~

임 없이 먹는 밥 좋~다 진지도 없어요-

술가마에 간다고~ 숭보지 말아요~
임 없이 자는 과부 좋~다 잠자나 마나요-

나비 없는 동산에~ 꽃피나 마나야~
임 없는 요 세상 좋~다 나서나 마나요-

서벌16) 시드른 속 병환에~ 염 타고 하던데~
임기를 등병(득병)은 좋~다 놔둘 수 없는가

임 없는 살림은~ 그대로 살겄는데에~
돈 없는 살림은 아이고지고 죽어도 못 살겄소

[청중 웃으며 일동 박수]

화투 타령

자료코드 : 04_18_FOS_20090208_PKS_PMN_0008
조사장소 : 경상남도 함양군 휴천면 목현리 목현마을 노모당
조사일시 : 2009.2.8
조 사 자 : 박경수, 서정매, 조민정
제 보 자 : 박명남, 여, 85세
구연상황 : 제보자가 마지막으로 부른 노래이다. 화투 타령이라도 흔히 부르는 노래의 사
설과 부분적으로 다른 점이 있다.

정월 송알이 송송
이월 매조 이상하다

---

16) '세월'의 의미인 듯 하지만 확실하지 않음.

삼월 사꾸라 산란한 마음

사월 흑싸리 흩티도다

오월 난초 남의 나라

유월 목단에 걸앉았네

칠월 홍돼지 홀로 누워

팔월 국상 달도 밝다

구월 국화 굳은 절개

시월 단풍에 뚝 떨어졌어

십이월에 [빨리 말하듯이] 눈 비비고 다 털어뺐다

쌍가락지 노래

자료코드 : 04_18_FOS_20090216_PKS_PBS_0001

조사장소 : 경상남도 함양군 휴천면 월평리 월평마을 마을회관

조사일시 : 2009.2.16

조 사 자 : 서정매, 정혜란, 이진영

제 보 자 : 박분순, 여, 89세

구연상황 : 제보자는 나이가 많은 편이어서인지 옛 노래를 잘 기억하지 못했다. 다음 노래는 두 번째 부른 것인데, '쌍가락지 노래'와 '모심기 노래'의 사설이 뒤섞여 있다.

쌍금 쌍금 쌍가락지

호작질로 닦아내어

이 논에다 모를 숨거

부귀영화 하엽소서

모심기 노래 (1)

자료코드 : 04_18_FOS_20090216_PKS_PBS_0002
조사장소 : 경상남도 함양군 휴천면 월평리 월평마을 마을회관
조사일시 : 2009.2.16
조 사 자 : 서정매, 정혜란, 이진영
제 보 자 : 박분순, 여, 89세
구연상황 : 조사자가 제보자에게 다른 노래도 해 달라고 요청했다. 청중들이 모심기 노래
의 가사를 말해주며 해보라고 하자 그제서야 기억이 났는지 다음 노래를 불
러 주었다.

오늘 해가 다됐는데 골골마동 연기나고
우리집에 동자는 어느 누구 동잘꼬 [웃음]

아기 어르는 노래 (1)

자료코드 : 04_18_FOS_20090216_PKS_PBS_0003
조사장소 : 경상남도 함양군 휴천면 월평리 월평마을 마을회관
조사일시 : 2009.2.16
조 사 자 : 서정매, 정혜란, 이진영
제 보 자 : 박분순, 여, 89세
구연상황 : 조사자가 아기 어를 때 불렀던 노래를 해 달라고 하자 웃으면서 별 소리를
다한다고 하면서 다음 노래를 불러 주었다.

아가 동동 젖먹고 자자
뒷집에 가서 잠을 자고
앞집에 가 밥 얻어 주게
잠도 곱기도 잔다

아기 어르는 노래 (2)

자료코드 : 04_18_FOS_20090216_PKS_PBS_0004
조사장소 : 경상남도 함양군 휴천면 월평리 월평마을 마을회관
조사일시 : 2009.2.16
조 사 자 : 서정매, 정혜란, 이진영
제 보 자 : 박분순, 여, 89세
구연상황 : 불매 소리를 아는지 조사자가 물어보자 바로 노래를 불러 주었다. 노래를 다
　　　　　부르고 난 후 청중들이 모두 박수를 치며 잘 했다고 칭찬해 주었다.

　　불미 불미

　　이 불미가 뉘 불민고

　　정상도 대불미네

　　불미 딱딱 불미 딱딱

　　어서 자고 곱게 크게

아기 어르는 노래 (3)

자료코드 : 04_18_FOS_20090216_PKS_PBS_0005
조사장소 : 경상남도 함양군 휴천면 월평리 월평마을 마을회관
조사일시 : 2009.2.16
조 사 자 : 서정매, 정혜란, 이진영
제 보 자 : 박분순, 여, 89세
구연상황 : 조사자가 알캉달캉을 아는지를 제보자에게 묻자 청중들은 할머니가 안다면서
　　　　　불러달라고 하였다. 제보자는 별 것도 없다면서 짧게 불러 주었다.

　　달캉달캉

　　우리 애기 잘도 난다

　　어서 놀고 배삐 커서

　　부귀영화 하엽소사

그것뺀이지 뭐.

다리 세기 노래

자료코드 : 04_18_FOS_20090216_PKS_PBS_0006
조사장소 : 경상남도 함양군 휴천면 월평리 월평마을 마을회관
조사일시 : 2009.2.16
조 사 자 : 서정매, 정혜란, 이진영
제 보 자 : 박분순, 여, 89세
구연상황 : 조사자가 다리 세기 놀이를 할 때 불렀던 노래를 묻자 바로 다음 노래를 불러 주었다. 힘차고 신나게 빠른 템포로 불러 주었다.

이거리 저거리 갓거리
진주맹근 도맹근
짝-바리 희양근
도래줌치 사래육

베틀 노래

자료코드 : 04_18_FOS_20090216_PKS_PBS_0007
조사장소 : 경상남도 함양군 휴천면 월평리 월평마을 마을회관
조사일시 : 2009.2.16
조 사 자 : 서정매, 정혜란, 이진영
제 보 자 : 박분순, 여, 89세
구연상황 : 제보자에게 베틀 노래는 기억이 나는지 물어보자 그건 안다는 듯이 바로 노래를 불러 주었다. 그러나 한 마디를 부르고는 "뭐라 카노?" 하고는 청중들에게 물어보더니 옛날에 베틀에 베를 짜면서 많이 불렀는데 다 잊어 버렸다고 아쉬워 했다.

옥난간에 베틀나여 구름 잡아 잉애 걸고
잉앳대는 삼형지요 눌깃대는 홀애비요
이그덕 쩌그덕 베만 짠다

나물 캐는 노래 (1)

자료코드 : 04_18_FOS_20090216_PKS_PBS_0008
조사장소 : 경상남도 함양군 휴천면 월평리 월평마을 마을회관
조사일시 : 2009.2.16
조 사 자 : 서정매, 정혜란, 이진영
제 보 자 : 박분순, 여, 89세
구연상황 : 나물 캐러 가면서 불렀던 노래가 없느냐고 조사자가 물어보자 제보자는 노래
　　　　　로 부르지 않고 아주 빠른 속도로 가사를 읊어 주었다. 그래서 다시 노래로
　　　　　해 달라고 요청하자 천천히 노래를 불러 주었다.

　　오도작골 삼베장아 네 잘 있거라
　　맹년에 춘삼월에- 또 다시 올게

사발가

자료코드 : 04_18_FOS_20090216_PKS_PBS_0009
조사장소 : 경상남도 함양군 휴천면 월평리 월평마을 마을회관
조사일시 : 2009.2.16
조 사 자 : 서정매, 정혜란, 이진영
제 보 자 : 박분순, 여, 89세
구연상황 : 조사자가 석탄 백탄 노래도 있지 않느냐고 물어보자 기억이 났는지 바로 노
　　　　　래를 불렀다. 3소박의 운율로 노래를 불러 주었다.

　　석탄 백탄 타는데는 연기라도 퐁퐁 나는데
　　요내 가심 타는 데는 연기도 김도 아니 난다

밭매기 노래

자료코드 : 04_18_FOS_20090216_PKS_PBS_0010

조사장소 : 경상남도 함양군 휴천면 월평리 월평마을 마을회관

조사일시 : 2009.2.16

조 사 자 : 서정매, 정혜란, 이진영

제 보 자 : 박분순, 여, 89세

구연상황 : 제보자에게 밭 매는 노래를 불러달라고 요청하자 노래를 불러 주었다. 기억이
잘 나지 않아서 거의 첫 소절 정도만을 불러 주었다. 3소박의 음절로 불러 주
었다.

남방이울 한더위에 이 밭 매서 뉘를 줄꼬
아들딸 키워갖고 부귀영화 하옵소사

못다 매다 밭 매다가 금봉채를 잃고 가네
이 금봉채를 어따 대고 한탄할고

나물 캐는 노래 (2)

자료코드 : 04_18_FOS_20090216_PKS_PBS_0011

조사장소 : 경상남도 함양군 휴천면 월평리 월평마을 마을회관

조사일시 : 2009.2.16

조 사 자 : 서정매, 정혜란, 이진영

제 보 자 : 박분순, 여, 89세

구연상황 : 제보자는 밭 매는 노래에 이어 나물 캐는 노래를 불러 주었다. 노래라기보다
는 거의 읊조리며 불러주었다.

이 삼 삼아 옷 해 입고 뒷동산에 올라가서
잎을 따서 채근 불고 한숨 쉬서 한탄하고

백발가

자료코드 : 04_18_FOS_20090216_PKS_PBS_0012

조사장소 : 경상남도 함양군 휴천면 월평리 월평마을 마을회관
조사일시 : 2009.2.16
조 사 자 : 서정매, 정혜란, 이진영
제 보 자 : 박분순, 여, 89세
구연상황 : 제보자는 웃음이 많아서 노래를 부르고는 항상 웃음으로 마무리하였다. 가창
하기보다 읊는 듯이 불렀다.

　　　이팔아 청춘아 소년들아 백발을 보고 반절 마라
　　　우리도 어제 아레 소년이더니 요리야 될 줄을 내 몰랐네

밀양 아리랑

자료코드 : 04_18_FOS_20090216_PKS_PBS_0013
조사장소 : 경상남도 함양군 휴천면 월평리 월평마을 마을회관
조사일시 : 2009.2.16
조 사 자 : 서정매, 정혜란, 이진영
제 보 자 : 박분순, 여, 89세
구연상황 : 노래를 부르다가도 이제 그만 할거라고 몇 번을 얘기하곤 했다. 아리랑을 한
번 불러달라고 하자 처음에는 밀양 아리랑을 한 소절 하다가 갑자기 짧은 소
절로 끝내고 말았다. 조사자와 청중들이 다시 불러달라고 하자 아리랑의 후렴
만 한 소절 부르고는 그만 부른다고 중단하고 말았다.

　　　아리랑 당닥쿵 아리랑 당닥쿵 아라리가 났네~
　　　아리랑 아리랑 공알을 빼서 빽 [웃음]

　　　아리랑 아리랑 아리랑 고개로 나 넘어간다

모심기 노래 (2)

자료코드 : 04_18_FOS_20090216_PKS_PBS_0014

조사장소 : 경상남도 함양군 휴천면 월평리 월평마을 마을회관

조사일시 : 2009.2.16

조 사 자 : 서정매, 정혜란, 이진영

제 보 자 : 박분순, 여, 89세
구연상황 : 제보자에게 계속 노래를 요청하자 청중들이 "땀북땀북 밀수제비" 노래를 불러보라고 거들었다. 처음에 말하듯이 불러서 다시 불러 달라고 하여 부른 것이다.

땀북땀북 밀수지비 헌 감투를 재치 씌고

땀북땀북 밀수지비 사우 주기 아깝구나
사우상에 다오르고 멀국만 남은 거는
내나 묵자 홀짝꿍 [강조하며]

강피 훑는 노래

자료코드 : 04_18_FOS_20090216_PKS_PBS_0015

조사장소 : 경상남도 함양군 휴천면 월평리 월평마을 마을회관

조사일시 : 2009.2.16

조 사 자 : 서정매, 정혜란, 이진영

제 보 자 : 박분순, 여, 89세
구연상황 : 제보자는 웃으면서 다음 노래를 짧게 부른 후 가사를 설명해 주었다.

진주맹근 너른 들에
강피 훑는 저 할마니
오나가나 갱피로다

다리 세기 노래

자료코드 : 04_18_FOS_20090215_PKS_PJJ_0001
조사장소 : 경상남도 함양군 휴천면 대천리 대포마을 마을회관
조사일시 : 2009.2.15
조 사 자 : 서정매, 정혜란, 이진영
제 보 자 : 박정자, 여, 48세
구연상황 : 제보자는 어릴 때 불렀던 노래라면서 다음 노래를 불러 주었다.

　　　　이거리 저거리 갓거리

　　　　진주맹금 도맹갱

　　　　짝발로 헤어서

　　　　도로매 줌치 장도칼

　　　　머구밭에 덕서리

　　　　칠팔월에 무서리

　　　　동지섣달 대서리

아기 어르는 노래 / 불미 소리

자료코드 : 04_18_FOS_20090214_PKS_PJH_0001
조사장소 : 경상남도 함양군 휴천면 동강리 동강마을 마을회관
조사일시 : 2009.2.14
조 사 자 : 서정매, 정혜란, 이진영
제 보 자 : 박정희, 여, 68세
구연상황 : 제보자는 목이 잠겨서 부르지 못한다고 하면서 노래 부르기를 꺼렸다. 조사자
　　　　의 요청에 노래를 시작했으나 가사를 기억하지 못해 중단했는데, 청중이 나머
　　　　지 부분을 모두 불렀다.

　　　　불매 불매 대불매야.

　　　　서울 가서

그라제.

밤을 한 톨 줏어다가
머?

(청중 : 채독안에 넣어놨더니)
그래, 마 해봐. 안 된다 마.
(청중 : 머리깜은 새앙쥐가
들랑날랑 다 까먹고
한 톨이가 남았는데
껍질라큰 애비 주고
비늘라큰 애미 주고
알콩일랑 우리 둘이
딱 갈라묵자
달캉달캉 달캉달캉 [일동 웃음])

누에 노래

자료코드 : 04_18_FOS_20090215_PKS_PJH_0001
조사장소 : 경상남도 함양군 휴천면 대천리 미천마을 마을회관
조사일시 : 2009.2.15
조 사 자 : 서정매, 정혜란, 이진영
제 보 자 : 백정호, 여, 72세
구연상황 : 제보자는 어렸을 때 숙모에게 배웠다며 아는 만큼만 해보겠다며 다음 노래를
          불렀다.

죽어 죽어 인자 뉘가 죽었거던.

죽어 죽어 다시 죽어 한 쌍의 나비 되어

일장에 실은양은 백모래 흩친 듯고
까막 까막 이는양은 껌은 머리 세는건데
애기잠에 일잠이오 일잠 위에 한잠이오
한잠 위에 꿈을 꾸니 하늘이라 옥황상제
몯딸 애 문을 열고 디다 보니
인간의 중한 짐승
섶을 줘서 대접할까 뽕을 줘서 대접할까
모판에 자세 걸어 자세 소리 난감토다
이삼사월 진진 해에 근자 한필 다 짜내어
우리 조선 백성들아 오동비단 부럽어(부러워) 말고
한 달 농사 힘을 써라

쌍가락지 노래

자료코드 : 04_18_FOS_20090215_PKS_PJH_0002
조사장소 : 경상남도 함양군 휴천면 대천리 미천마을 마을회관
조사일시 : 2009.2.15
조 사 자 : 서정매, 정혜란, 이진영
제 보 자 : 백정호, 여, 72세
구연상황 : 조사자가 "쌍금 쌍금" 하며 시작하는 노래를 물어보자 제보자가 안다면서 바
로 불러 주었다.

쌍금 쌍금 쌍가락지 수싯대기 밀가락지
호작질로 닦아내어 먼 데 보니 달이로세
곁에 보니 처녀로세
그 처녀라 자는 방에 숨소리가 둘일레라

그라고 모르겠다.

세월 노래

자료코드 : 04_18_FOS_20090215_PKS_PJH_0003
조사장소 : 경상남도 함양군 휴천면 대천리 미천마을 마을회관
조사일시 : 2009.2.15
조 사 자 : 서정매, 정혜란, 이진영
제 보 자 : 백정호, 여, 72세
구연상황 : 제보자는 옛날에 6~7살 때 불러 본 노래를 해보겠다며 불러 주었다.

근거이(겨우) 불러 월정적 해라

적막강산 군백년이라 일배 일배 또 일배라

세월도 덧없더라 돌아간 봄 또 돌아오고

연자나 팔팔 몰아 옛 집을 찾고

금잔데기(금잔디) 풀이 나고 나뭇잎은 속잎 나고

꽃은 피어 화초 되고

[읊듯이] 천판아 이슬아 날이지(이제) 선하니

달도 밝고 서리친 밤에

울고 가는 저 기러기

  하여튼 그것도 내 한 여닐곱 살 무서(먹어서) 배안(배운) 기라. 그것도
오늘 내 처음으로 해봤네.

진주 난봉가

자료코드 : 04_18_FOS_20090215_PKS_PJH_0004
조사장소 : 경상남도 함양군 휴천면 대천리 미천마을 마을회관
조사일시 : 2009.2.15
조 사 자 : 서정매, 정혜란, 이진영
제 보 자 : 백정호, 여, 72세

울도 담도 없는 집에 시접 삼년을 살고 나니

시어마시 하시는 말씀 야야 아가 며늘아가

진주 남강을 못 봤걸랑 진주 남강에 빨래 가라

먼덕 수덕 담아 이고 진주 남강에 빨래 가니

흰 빨래는 희게 씻고 검둥 빨래는 검게 씻고

하늘 같은 갓을 씌고 구름 같은 말을 타고

못 본 체로 지나가니

검은 빨래는 검게 씻고 흰 빨래는 희게 씻고

못 본 체로 지나가네

다락방에 디다보니 기상첩을 옆에다 두고

죽고지야 죽고지야 석자 수건 맹지 수건을

목을 잘라서 죽고지야

거미 타령

자료코드 : 04_18_FOS_20090215_PKS_PJH_0005
조사장소 : 경상남도 함양군 휴천면 대천리 미천마을 마을회관
조사일시 : 2009.2.15
조 사 자 : 서정매, 정혜란, 이진영
제 보 자 : 백정호, 여, 72세
구연상황 : 제보자가 '거무 타령'이 있다고 해서 조사자가 잘 모르는 노래라고 하자 부르
게 되었다.

거무야(거미야) 거무야 왕거무야

매일양 매칠양 풍덕산 덕산장

남한장 채린장 얼커덩 창밖에

어리둥둥 왕거무야(왕거미야)

나비 타령

자료코드 : 04_18_FOS_20090215_PKS_PJH_0006

조사장소 : 경상남도 함양군 휴천면 대천리 미천마을 마을회관

조사일시 : 2009.2.15

조 사 자 : 서정매, 정혜란, 이진영

제 보 자 : 백정호, 여, 72세

구연상황 : 제보자는 '거미 타령'을 부른 후 이어서 '나비 타령'을 불렀다.

나부야 나부야 범나부야

무슨 꽃이 젤 좋더노

엉다리 독다리 어수에 꽃에

질로 가다가 대찔레꽃에

도무에 외꽃에 까지에 박꽃에

석노에 유자꽃 짱다리 제자꽃

적자꽃이 젤 좋더라

청혼가

자료코드 : 04_18_FOS_20090215_PKS_PJH_0007

조사장소 : 경상남도 함양군 휴천면 대천리 미천마을 마을회관

조사일시 : 2009.2.15

조 사 자 : 서정매, 정혜란, 이진영

제 보 자 : 백정호, 여, 72세

구연상황 : 제보자는 앞의 노래에 이어서 창부타령 곡조로 다음 노래를 불러 주었다. 노
래를 마치고 이런 노래 들어보았느냐고 조사자에게 물었다.

당신같이 미남자로서 나여(나의) 집으로 장가를 왔소
나여 집은 누추도 하여 사람조차도 무식자라
지식 없는 나 여자 몸을 백년 사랑을 맺어 주오

노랫가락 / 그네 노래

자료코드 : 04_18_FOS_20090208_PKS_SWN_0001
조사장소 : 경상남도 함양군 휴천면 금반리 금반마을 마을회관
조사일시 : 2009.2.8
조 사 자 : 박경수, 서정매, 조민정
제 보 자 : 석월남, 여, 74세
구연상황 : 제보자는 처음에 다른 사람이 부르는 노래를 따라 하는 정도로 소극적이었지
만, 노랫가락이 이어지는 분위기에서 노래판에 본격 나서게 되었다. 일명 그
네 노래인 노랫가락을 손뼉을 치면서 흥을 내어 불렀다.

수천당(추천당) 세모시 낭게(나무에)~ 늘어진 가지에- 그네를
매-어
임이 뛰-면 내가- 밀고 내가 뛰~면 임이 밀고
임아 임아- 줄 살살 밀어- 줄 떨어지면 정 떨어진다

자장가

자료코드 : 04_18_FOS_20090208_PKS_SWN_0002
조사장소 : 경상남도 함양군 휴천면 금반리 금반마을 마을회관
조사일시 : 2009.2.8
조 사 자 : 박경수, 서정매, 조민정

제 보 자 : 석월남, 여, 74세

구연상황 : 조사자가 애기 재울 때 부르는 자장가를 불러보라고 하자 제보자가 이 노래를 읊조리듯이 불렀다. 노래를 부르는 도중에 사설이 잘 생각나지 않은 듯 청중에게 자신이 부르는 사설을 확인하기도 하다가 결국 연속되는 사설을 기억하지 못하고 노래를 중단하고 말았다.

자장 자장 우리 아기 잘도 잔다

검둥개야 짓지 마라

꼬꼬닭아 울지 마라

우리 새끼 잘도 잔다

잔다 잔다 우리 애기 잘도 잔다

그 모르겠는데 뒤에는 또.

청춘가 (1)

자료코드 : 04_18_FOS_20090214_PKS_SJJ_0001

조사장소 : 경상남도 함양군 휴천면 송전리 송전마을 마을회관

조사일시 : 2009.2.14

조 사 자 : 서정매, 정혜란, 이진영

제 보 자 : 신정자, 여, 62세

구연상황 : 이런 저런 이야기를 나누다 제보자가 다음 노래가 기억났는지 웃으면서 활기차게 불러 주었다. 청중들도 박수를 치면서 장단을 맞추어 주었다.

남산 상상봉에 에~에 홀로나 선 나무

아카야 껍지에도 좋다 애홀로나 곱고나

나 홀로 섰다고~오 흉보지 말으라

올 크고 내년 크몬 또 솟아 짝 마차 설기다(맞추었을 것이다)

나물 캐는 노래

자료코드 : 04_18_FOS_20090214_PKS_SJJ_0002
조사장소 : 경상남도 함양군 휴천면 송전리 송전마을 마을회관
조사일시 : 2009.2.14
조 사 자 : 서정매, 정혜란, 이진영
제 보 자 : 신정자, 여, 63세
구연상황 : 조사자가 청중들과 이야기하는 중에 제보자가 다음 노래를 갑자기 부르기 시
작했다.

자봉산 구월산 밑에 주추 캐는 저 처녀야
누구집이 어디걸래 해 다 진데 주추만 캐노
우리집을 오실라거든 반등 연꽃 두둥 끊고
삼시야 세등걸 넘었시면
앞뜰에는 연못이요 뒷뜰에는 잡초로다
찾아 오실라면은 그리그리로 오시고
안 오실라면은 묻지를 마소

청춘가 (2)

자료코드 : 04_18_FOS_20090214_PKS_SJJ_0003
조사장소 : 경상남도 함양군 휴천면 송전리 송전마을 마을회관
조사일시 : 2009.2.14
조 사 자 : 서정매, 정혜란, 이진영
제 보 자 : 신정자, 여, 62세
구연상황 : "이런 노래도 될까?"라고 하며 신랑 군에 간 노래밖에 모른다고 하며 다음
노래를 불렀다. 청춘가 가락에 맞추어 불렀다.

군인에를 갈라믄~ 총각 때 가제야(가지)~
날 다리다 놓고서 좋~다 갈라고 했느냐

(청중 : 그기 좋은 노래다.)

청춘가 (3)

자료코드 : 04_18_FOS_20090214_PKS_SJJ_0004
조사장소 : 경상남도 함양군 휴천면 송전리 송전마을 마을회관
조사일시 : 2009.2.14
조 사 자 : 서정매, 정혜란, 이진영
제 보 자 : 신정자, 여, 62세
구연상황 : 제보자는 연이어 청춘가 가락에 맞추어 노래를 불러 주었고, 청중들은 박수를
치며 장단을 맞추어 주었다.

산이 높아야 구름도 깊은데
작으만한 여자 소리 좋~다 얼마나 깊을소냐

날다리(데려) 가거라 날 모서(모셔) 가거라
복많고 고운 총각 좋~다 날다려 가세요

우리 둘이 연애는 솔방울 연앤디~
바람아 분다면 좋~다 떨어질까 염려로다

갈라믄 야 이년아 지진작 가지야
자석새끼 낳아 놓고 좋~다 갈라고 했느냐

양산도

자료코드 : 04_18_FOS_20090214_PKS_SJJ_0005
조사장소 : 경상남도 함양군 휴천면 송전리 송전마을 마을회관
조사일시 : 2009.2.14

조 사 자 : 서정매, 정혜란, 이진영
제 보 자 : 신정자, 여, 62세
구연상황 : 제보자는 다음 '양산도'를 다 부르고 난 후 후렴이 이상하다는 듯 "그래 안
하는데."라고 했다.

함양 산천 물레방애는 물을 안고 돌고
우러집에 우리 님은 나를 안고 돈~다
어야라 둥개야 이래도 못 노리로구~나

청춘가 (4)

자료코드 : 04_18_FOS_20090214_PKS_SJJ_0006
조사장소 : 경상남도 함양군 휴천면 송전리 송전마을 마을회관
조사일시 : 2009.2.14
조 사 자 : 서정매, 정혜란, 이진영
제 보 자 : 신정자, 여, 63세
구연상황 : 제보자에게 노랫가락이나 청춘가를 불러 달라고 하니 처음에는 부끄러워 하
다가 한 소절씩 나누어 계속 불러 주었다.

산중에도 원통하고 분한데
내 노래도 산중에 좋~다 날 숨겨 두는구나

나도야 언제나 복 많이 타여서
부대붕실 높은 집에 좋~다 나 살아볼거나

우리가 살다가 자지라진다면
어느야 누구가 좋~다 날 찾아온단 말고

노래를 두고도 잡속이 인다면
장부야 중에서도 좋~다 졸장구로다

이달하고 홋달하고 마득(마저) 퍼가거라

구시월 새 단풍에는 좋~다 이내몸도 갈라네

청치마 밑에서 내주는 담배는

거 행님 뭘 카요? (청중 : 콩잎파리 겉에도.)

콩잎파리겉애도 좋~다 양골용(양궐연) 맛이더라

모심기 노래

자료코드 : 04_18_FOS_20090215_PKS_SHK_0001
조사장소 : 경상남도 함양군 휴천면 대천리 미천마을 마을회관
조사일시 : 2009.2.15
조 사 자 : 서정매, 정혜란, 이진영
제 보 자 : 신학군, 여, 69세
구연상황 : 제보자는 모심기 노래를 창부 타령 선율에 맞추어 불러 주었다.

오늘 해가 다 졌는가 골골마다 앤기(연기) 나네
울언 님은 어디를 가고 연기내실 줄 모르시요 [웃음]

진주 난봉가

자료코드 : 04_18_FOS_20090214_PKS_YBI_0001
조사장소 : 경상남도 함양군 휴천면 문정리 문하마을 마을회관
조사일시 : 2009.2.14
조 사 자 : 서정매, 문세미나, 이진영, 조민정
제 보 자 : 양봉임, 여, 65세
구연상황 : 제보자는 '진주 난봉가'를 상당 부분 작사를 하며 불러 주었다.

옛날 옛날에 시접살이를 살다 보니 [웃음]

시집살이 삼년을 살고 보니

시오마시(시어머니) 하는 말이

아가 아가 며늘이아가

진주 남강을 빨래를 가라

시어마시 말을 듣고

우렁걸은 말을 타고

못 본듯이 지내갑니다

흰 빨래는 희게 빨고

껌은 빨래는 껌기 빨아

흠배흠배 서방님이 썩 나서며

친정 나다리를 가라 하는데

친정 나다리 웬말인지

나를 친정 나다리를

가라 하며는 웬말이요

중우가를 지치들고

나는 친정 나다리를 갈 수 없으니

아무리 빌고 또 빌어도

나는 갈 수도 없으니

하인들아 나는 어찌하면 좋단 말이냐

나 친정을 갔으니

아버님의 전을 빌고 또 빌어도

아무리 갈라 해도 나는 갈 수도 없고

이 몸이 대내다보니

이 몸이 다 늙어가는구나

모심기 노래

자료코드 : 04_18_FOS_20090209_PKS_YIS_0001
조사장소 : 경상남도 함양군 휴천면 문정리 문상마을 마을회관
조사일시 : 2009.2.9
조 사 자 : 박경수, 서정매, 조민정
제 보 자 : 염임순, 여, 68세
구연상황 : 조사자가 이 마을에도 모심기를 하느냐고 묻자, 모두 농사를 짓는다고 했다. 제보자가 옛날에는 모심기를 하며 노래를 많이 불렀다고 했는데, 조사자가 모심을 때 불렀던 노래를 아는 대로 해달라고 하자, 모심기 노래 3편을 연달아서 했다.

오늘 해가 다 졌는데 골골마다 연기가 나네
우리 님은 어데를 가고 연기낼 줄 모르는고

서 마지기 논빼미가 반달만큼 남아 있네
니가야 무슨 반달이냐 초생달이 반달이지

유월이라 한더우에 첩을 팔아 부채 샀네
동지야 섣달 긴긴 밤에 첩우 생각 절로야 나네

보리타작 노래

자료코드 : 04_18_FOS_20090209_PKS_YIS_0002
조사장소 : 경상남도 함양군 휴천면 문정리 문상마을 마을회관
조사일시 : 2009.2.9
조 사 자 : 박경수, 서정매, 조민정
제 보 자 : 염임순, 여, 68세
구연상황 : 조사자가 보리타작을 할 때 부르는 노래가 없었느냐고 하자, 제보자가 도리깨 돌리는 시늉을 하며 이 노래를 웃으면서 했다.

에~오 때리라

여기 때리라

에~오 때리라

보리가 쌩긋쌩긋

웃는다

쌍가락지 노래

자료코드 : 04_18_FOS_20090209_PKS_YIS_0003
조사장소 : 경상남도 함양군 휴천면 문정리 문상마을 마을회관
조사일시 : 2009.2.9
조 사 자 : 박경수, 서정매, 조민정
제 보 자 : 염임순, 여, 68세
구연상황 : 조사자가 쌍가락지 노래를 아느냐고 하자, 제보자가 나서서 이 노래를 불러
주었다.

쌍금 쌍금 쌍가락지

수싯대기 밀가락지

호색실로 닦은듯이

먼 데 보니 달이로다

곁에(곁에) 보니 처녀로다

저 처녀라 자는 방에

숨소리가 둘이로다

홍달복숭 양오라비(양오빠)

거짓 말씀을 말아 주소

동남풍이 내리불면

풍지 떠는 소리로다 [청중 박수]

어사용

자료코드 : 04_18_FOS_20090214_PKS_YKS_0001
조사장소 : 경상남도 함양군 휴천면 문정리 문하마을 마을회관
조사일시 : 2009.2.14
조 사 자 : 서정매, 문세미나, 이진영, 조민정
제 보 자 : 유광수, 남, 74세
구연상황 : 조사자가 산에서 나무 하며 부르는 노래를 불러 달라고 하자 제보자는 말로
          가사를 읊어 주었다.

    지리산 갈가마귀 너 왜 우느냐
    너도야 날과 같이 임을 잃고 우는구나

다리 세기 노래

자료코드 : 04_18_FOS_20090208_PKS_YIS_0001
조사장소 : 경상남도 함양군 휴천면 목현리 목현마을 노모당
조사일시 : 2009.2.8
조 사 자 : 박경수, 서정매, 조민정
제 보 자 : 윤일순, 여, 84세
구연상황 : 제보자는 다른 사람들이 부르는 노래를 듣고 있다가, 조사자가 다리를 세며
          부르는 노래를 아느냐고 하니까 신이 나서 이 노래를 불렀다.

    이거리 저거리 갓거리
    진주맹근(진주 망근) 또맹근(도 망근)
    짝바리 회양근
    도래 줌치 사래육
    육구 육구 찔레 육구
    당산제 할마이
    먹을 갈아 엎어질동 말똥 [일동 웃음]

모심기 노래 (1)

자료코드 : 04_18_FOS_20090208_PKS_LKA_0001
조사장소 : 경상남도 함양군 휴천면 목현리 목현마을 노모당
조사일시 : 2009.2.8
조 사 자 : 박경수, 서정매, 조민정
제 보 자 : 이금안, 여, 72세
구연상황 : 노래판이 진행되는 중간에 잠시 정준상 제보자로부터 이야기를 듣는 시간이
있었다. 이 이야기판이 끝나자, 제보자가 먼저 모심기 노래를 하며 다시 노래
판으로 바꾸었다. 모심기 노래를 끝내고 이제 줄을 떼야 한다고 하면서 모심
기 상황을 노래와 연결시켜 말했다.

서- 마-지기- 논빼미-는~ 반달만-큼 남아-있네~

무신- 논이 반달-이-고 초생~달이 반달-이제-

초생~달이 반달이가- 그믐~달이 반달-이지-

이 논~에다- 모를 심어- 금실~금실 영화로세-

줄 떼요, 줄. 그럴 적에 줄을 떼죠.

모심기 노래 (2)

자료코드 : 04_18_FOS_20090208_PKS_LKA_0002
조사장소 : 경상남도 함양군 휴천면 목현리 목현마을 노모당
조사일시 : 2009.2.8
조 사 자 : 박경수, 서정매, 조민정
제 보 자 : 이금안, 여, 72세
구연상황 : 조사자가 노래 한 자리 더 해달라고 하자, 제보자가 하나 더 해야 하느냐며
이 노래를 했다. 주위 청중들은 계속 노래하라고 부추겼다.

땀뿍~땀뿍- 밀수지비(밀수제비)~ 사우- 상에 다 올랐네-

아버~지도 그 말 마소

저, 그 수지비를 끓이갖고 몰국만(국물만) 줬어.

노랑- 감투 제치 씨고-

멀죽 부엌에 있단나로세

아버지도~ 그 말 마소- 일꾼이라고- 안 그러요

저그 신랑을 건디기를 준께.

나도- 죽어- 후세상에- 할마이부텀 샘길라네(섬길라네)-

[청중 박수를 치며 웃음]

모심기 노래 (3)

자료코드 : 04_18_FOS_20090208_PKS_LKA_0003
조사장소 : 경상남도 함양군 휴천면 목현리 목현마을 노모당
조사일시 : 2009.2.8
조 사 자 : 박경수, 서정매, 조민정
제 보 자 : 이금안, 여, 72세
구연상황 : 모심기 노래가 이어지는 상황에서 제보자가 이 노래를 자진해서 불러 주었다.

다풀~다풀~ 타박머리~ 해 다- 진데 어데- 가요~

울 어머니~ 안초당에- 젖 묵으로 나는 가네-

처녀 총각 노래

자료코드 : 04_18_FOS_20090208_PKS_LKA_0004
조사장소 : 경상남도 함양군 휴천면 목현리 목현마을 노모당
조사일시 : 2009.2.8

조 사 자 : 박경수, 서정매, 조민정
제 보 자 : 이금안, 여, 72세
구연상황 : 노래판이 진행되면서 제보자는 흥을 내어 이 노래를 불렀다. 노래는 노랫가락
조로 불렀는데, 노래를 마치자 청중들도 "어허"라며 흥을 내고 박수를 쳤다.

안개- 끼고 구름 낀 밤에

처녀 둘이서 도망가네-

총각 둘이야 기다린다-

여보~ 총각 내 홀목(손목) 노오소(놓으소)

물같은 내 홀목 다 녹인다

녹았-시면 영 녹-았제

잡았든 홀목을 놓고 있나

우리 동상 순뱀이는

곱게 키워서 자네 줌세

엇. (청중 : 어허! 잘한다.) [일동 박수]

노랫가락

자료코드 : 04_18_FOS_20090208_PKS_LKA_0005
조사장소 : 경상남도 함양군 휴천면 목현리 목현마을 노모당
조사일시 : 2009.2.8
조 사 자 : 박경수, 서정매, 조민정
제 보 자 : 이금안, 여, 72세
구연상황 : 제보자는 계속해서 창부 타령 곡조로 이 노래를 불렀다.

진주- 덕산 안초-당에 장기리는(장기 두는?)~ 처남손아~

일옥열사 누구 누구를 재독열사 나랑 줄래

칼찬- 몸을 먹으리라 칼찬 몸을 묵기가 쉽지

당신은 줄 맘이 없습니다-

혼인 노래

자료코드 : 04_18_FOS_20090208_PKS_LKA_0006
조사장소 : 경상남도 함양군 휴천면 목현리 목현마을 노모당
조사일시 : 2009.2.8
조 사 자 : 박경수, 서정매, 조민정
제 보 자 : 이금안, 여, 72세
구연상황 : 제보자는 앞의 노래를 부른 후 다시 이 노래를 불렀다. 창부 타령 곡조로 불렀다. 노래를 마치자 청중들이 잘한다며 박수를 쳤다.

저기- 가는 저 할-바시

반달겉은 딸 있걸랑

온달-겉은 사우 삼아

딸이야- 있제만은

딸이야 작아서 못 주겠소

제비는 작아도 강남을 가요

참새는 작아도 알을 놓고

[일동 웃음]

꼬치는 작아도 맵기만 하요

꿈과 황사 고를 매가

어리풀리 두랑만(둘만) 살아보세

(청중 : 어따 잘한다.)

청춘가

자료코드 : 04_18_FOS_20090208_PKS_LKA_0007
조사장소 : 경상남도 함양군 휴천면 목현리 목현마을 노모당
조사일시 : 2009.2.8
조 사 자 : 박경수, 서정매, 조민정
제 보 자 : 이금안, 여, 72세
구연상황 : 제보자는 연이어서 생각나는 대로 노래를 했다. 앞서 '혼인 노래'를 부른 후
이 노래를 했는데, 노래 한 소절이 끝날 때마다 해설을 넣기도 했다.

　　잘나고- 못난 것에~ 여부가 있노-냐~
　　금전만 있다-면 좋~다 다 잘났어요

풍쟁이도 온께 밥 채리주라고 하던게요. 돈 그거 때민에 그래.

　　움실움실 춥걸랑~아 내 품에 들어라~
　　일이삼년 커 가주고 에~헤 내 낭군 되-구로

삼 삼을 때면 그런 거로만 했어요.

치마 타령

자료코드 : 04_18_FOS_20090208_PKS_LKA_0008
조사장소 : 경상남도 함양군 휴천면 목현리 목현마을 노모당
조사일시 : 2009.2.8
조 사 자 : 박경수, 서정매, 조민정
제 보 자 : 이금안, 여, 72세
구연상황 : 제보자가 자진해서 이 노래를 부르게 되었다. 그런데 노래하다 사설을 잊어버
렸다며 중단하기도 했는데, 청중들의 도움을 받아 겨우 마무리했다. 노래는
노랫가락조로 불렀다.

　　치매 사소 치매 사소

요치매를 신랑한테는 꽃 꽃치매

[제보자가 다음 사설을 기억하지 못하고 잠시 머뭇거리자]
(조사자 : 신랑한테는 꽃치매.)
요 치매는 [말하듯이] 신랑한테는 꽃치매가 되고

    시아바시 눈에는 사랑 치매
    시어마니 눈에는 앙살 치매
    시누 집

[잠시 멈추었다 다시 부름]

    시누 눈에는 세살치매
    요치매를 입고나시면(입고 나서면)
    사랑 사랑하는 치매로다

한주-, 아이쿠! 다 잊어뺐네. 진짜로 잊어뺐네요.
(청중 : 안 하몬 잊어뿌러.) 다 잊어뿌렸구만.
(청중 : [노래로] 저 치매가 이래비도(이래 보여도).)

    저 치매가 요래비도
    신랑한테는 사랑 치매
    시아바지 눈에는 덮을 치매
    신랑 눈에는 꽃치매가 되고
    집이 들면 통치매고
    나갈 때는 끌치매고
    에라 좋다 절씨구나 좋다
    이랬거나 저랬거나 정말로 좋네

조끼 타령

자료코드 : 04_18_FOS_20090208_PKS_LKA_0009
조사장소 : 경상남도 함양군 휴천면 목현리 목현마을 노모당
조사일시 : 2009.2.8
조 사 자 : 박경수, 서정매, 조민정
제 보 자 : 이금안, 여, 72세

구연상황 : 제보자가 마지막으로 부른 노래이다. 울타리 넘어 처녀를 몰래 보다 조끼가 찢어진 사건을 두고 처녀와 총각이 수작하는 노래이다. 흥을 내어 노래를 부르자 청중들이 박수를 치며 호응했다.

꽃과- 같은 처녀를 보고~

후타리(울타리) 넘을 넘어 띠다-

공-단(비단) 조끼를 쪽 찢었네-

울 어머니- 머라고 하면

그- 말 대꾸를 어찌나 하리-

삼계나 합천 널은(넓은) 들에

함박꽃이 만발해서~

그 꽃 따러 넘을(널을) 뛰다

공단에 조끼를 쪽 찢었네-

그리해도 안 들어주면

방문 밖에 달-이 뜨면

창문으로 디리(들여)주소

내 솜씨도 좋제만은

곤살(손살)-같이도 메울(찢어진 곳을 메울)손가-

[일동 박수]

안 그렇소. 아무리 솜씨가 좋아도 곤살같이는 안돼.

춘향이 노래

자료코드 : 04_18_FOS_20090208_PKS_LSS_0001
조사장소 : 경상남도 함양군 휴천면 금반리 금반마을 마을회관
조사일시 : 2009.2.8
조 사 자 : 박경수, 서정매, 조민정
제 보 자 : 이삼순, 여, 82세
구연상황 : 조사자가 옛날 노래를 요청하자 제보자가 가장 먼저 나서서 이 노래를 했다.
　　　　　창부 타령 가락으로 부른 이 노래에 이어 계속 창부 타령 곡이 이어지는 노
　　　　　래판이 형성되었다.

　　　홀타리 밑-에 저 똥중아~ 아리담속 아리담속 편안한데
　　　옥이(옥에)- 갔던 춘향~이는 이도롱 오기만 기다리네-

쌍가락지 노래

자료코드 : 04_18_FOS_20090208_PKS_LSS_0002
조사장소 : 경상남도 함양군 휴천면 금반리 금반마을 마을회관
조사일시 : 2009.2.8
조 사 자 : 박경수, 서정매, 조민정
제 보 자 : 이삼순, 여, 82세
구연상황 : 제보자는 석월남이 노랫가락을 부른 후 이 쌍가락지 노래를 했다. 나이 탓으
　　　　　로 소리가 떨리고 약했으며, 약간 읊조리듯이 불렀다.

　　　쌍금 쌍-금 쌍가락지
　　　수싯대기 밀가락지
　　　호작질로 닦아내어
　　　먼 데 보니 달이로세
　　　곁에 보니 처녀로세
　　　그 처자 자는 방에

숨소리가 둘이로세

홍달복송 이오랍시

거짓 말씀 말아시오

동남풍이 디리 불어

풍지 떠는 소리로다

밭매기 노래

자료코드 : 04_18_FOS_20090215_PKS_LON_0001
조사장소 : 경상남도 함양군 휴천면 대천리 미천마을 마을회관
조사일시 : 2009.2.15
조 사 자 : 서정매, 정혜란, 이진영
제 보 자 : 이옥녀, 여, 72세
구연상황 : 제보자가 밭 매는 노래를 하겠다며 선뜻 불러 주었다.

　　　육월 유두 둘인달에 첩을 팔아 부채 사고

　　　동지섣달 긴긴 밤에 첩의 생각 절로 나네

모심기 노래

자료코드 : 04_18_FOS_20090215_PKS_LON_0002
조사장소 : 경상남도 함양군 휴천면 대천리 미천마을 마을회관
조사일시 : 2009.2.15
조 사 자 : 서정매, 정혜란, 이진영
제 보 자 : 이옥녀, 여, 72세
구연상황 : 제보자는 기억나는 노래를 선뜻 불러 주었다.

　　　서울 선부 연을 띄와 연줄동줄 구경가세

　　　아래웃방 시녀들아 연줄 걷는 구경가세

아래웃방 시녀들이 옷이 없어 못 간다네
노랑노랑 접저고리 끝동 넣고 입고 가지

아기 어르는 노래 / 알강달강요

자료코드 : 04_18_FOS_20090215_PKS_LON_0003
조사장소 : 경상남도 함양군 휴천면 대천리 미천마을 마을회관
조사일시 : 2009.2.15
조 사 자 : 서정매, 정혜란, 이진영
제 보 자 : 이옥녀, 여, 72세
구연상황 : 조사자가 아기 어를 때 부르는 노래를 불러 달라고 하자 제보자가 부른 것이다. 가사를 말하듯이 해서 노래로 불러 달라고 해서 다시 부른 것이다.

달캉달캉 서울 가서
밤 한 되를 주여다가
쳇독 안에 넣여놓는데
머리 껌은 새앙쥐가
들랑날랑 다 까먹고
한 톨이가 남았는데
껍디기는 애비 주고
비늘은 에미 주고
벌기는 할매 주고
알맹이는 나랑너랑 먹지

화투 타령

자료코드 : 04_18_FOS_20090215_PKS_LON_0004

조사장소 : 경상남도 함양군 휴천면 대천리 미천마을 마을회관
조사일시 : 2009.2.15
조 사 자 : 서정매, 정혜란, 이진영
제 보 자 : 이옥녀, 여, 72세
구연상황 : 조사자가 청중들에게 화투 노래를 아는지 물었을 때 서로 부르고 싶어하는
분위기였는데, 그때 제보자가 나서서 다음 노래를 시작하였다.

정월 솔갱이 솔씨를 받아

이월 매조에 맺아놓고

삼월 사꾸라 산란한 맘은

사월 흑싸리에 떨아 놓고

오월 난초 나는 마음

유월 목단에 춤 잘 춘다

칠월 홍돼지 홀로 누여

팔월 공산에 달 솟았네

구월 국화 굳은 마음

시월 단풍에 떨아 놓고

그 담에는 뭐라 카노?

동지섣달 설한풍에

만국

그걸 그만 끝을 한 개 또 쪼개 잊어뿠다.

모심기 노래 (1)

자료코드 : 04_18_FOS_20090214_PKS_IMJ_0001
조사장소 : 경상남도 함양군 휴천면 송전리 송전마을 마을회관

조사일시 : 2009.2.14

조 사 자 : 서정매, 정혜란, 이진영

제 보 자 : 임맹점, 여, 68세

구연상황 : 제보자는 다른 사람의 노래를 계속 듣고 있더니, 문득 생각나는 노래가 있다
며 다음 노래를 불러 주었다.

남방 유월 한더우에(한더위에) 첩을 팔아 부채 사고
동지야 섣달 긴긴 밤에 첩의 생각이 절로 나네

모심기 노래 (2)

자료코드 : 04_18_FOS_20090214_PKS_IMJ_0002

조사장소 : 경상남도 함양군 휴천면 송전리 송전마을 마을회관

조사일시 : 2009.2.14

조 사 자 : 서정매, 정혜란, 이진영

제 보 자 : 임맹점, 여, 68세

구연상황 : 조사자가 모심을 때 부르는 노래를 부탁했더니, 청중들이 제보자에게 "타박
타박 타박머리"를 불러 보라고 하자 망설임 없이 불러 주었다.

타박타박 타박머리 해 다 진데 어데 가노
우리 엄마 산소 등에 젖 묵으러 나는 가네

모심기 노래 (3) / 첩 노래

자료코드 : 04_18_FOS_20090214_PKS_IMJ_0003

조사장소 : 경상남도 함양군 휴천면 송전리 송전마을 마을회관

조사일시 : 2009.2.14

조 사 자 : 서정매, 정혜란, 이진영

제 보 자 : 임맹점, 여, 68세

구연상황 : 조사자가 첩의 노래가 기억나면 불러달라고 했더니, 제보자가 선뜻 불러 주었다.

등 넘어다가 첩을야 두고 밤질 걷기가 난감하네
무슨 년의 첩이야걸래 밤에 가고 낮에 가요
밤으로는 자로를 가고 낮이로는 놀러 갔소

모심기 노래 (4)

자료코드 : 04_18_FOS_20090214_PKS_IMJ_0004
조사장소 : 경상남도 함양군 휴천면 송전리 송전마을 마을회관
조사일시 : 2009.2.14
조 사 자 : 서정매, 정혜란, 이진영
제 보 자 : 임맹점, 여, 68세
구연상황 : 제보자가 모심을 때 어른들에게 듣고 배운 노래라고 설명하고는 다음 노래를
          불러 주었다.

서 마지기 논빼미는 반달만큼 남았구나
제가야 무신도(무슨) 반달일까 초승달이 반달이지

모심기 노래 (5)

자료코드 : 04_18_FOS_20090214_PKS_IMJ_0005
조사장소 : 경상남도 함양군 휴천면 송전리 송전마을 마을회관
조사일시 : 2009.2.14
조 사 자 : 서정매, 정혜란, 이진영
제 보 자 : 임맹점, 여, 68세
구연상황 : 제보자는 모심을 때 부르던 노래를 연이어 불러 주었다.

모야 모야이 노랑모야 언제 커서 열매 열래
이달 크고 훗달 크믄 둥둥 팔월에 열매 열래

나물 캐는 노래

자료코드 : 04_18_FOS_20090214_PKS_IMJ_0006
조사장소 : 경상남도 함양군 휴천면 송전리 송전마을 마을회관
조사일시 : 2009.2.14
조 사 자 : 서정매, 정혜란, 이진영
제 보 자 : 임맹점, 여, 68세
구연상황 : 제보자는 모심기 노래의 곡조로 고사리 꺾는 노래라고 하며 불러준 것이다.

　　　올라감슨(올라가면) 올고사리 내려감서로 늦고사리

　　　올라가고 내려가고 이리저리로 다 꺾었네

다리 세기 노래

자료코드 : 04_18_FOS_20090214_PKS_IMJ_0007
조사장소 : 경상남도 함양군 휴천면 송전리 송전마을 마을회관
조사일시 : 2009.2.14
조 사 자 : 서정매, 정혜란, 이진영
제 보 자 : 임맹점, 여, 68세
구연상황 : 조사자가 제보자에게 다른 사람과 같이 불렀는데 끝부분에서 가사를 서로 다르게 불렀다.

　　　이거리 저거리 갓거리

　　　진주맹근 도맹근

　　　짝바리 해양근

　　　도래 줌치 사래육

　　　육도육도 전라도

　　　낙랑 끝에 깐치집

　우리는 낙랑 끝에 까치집. (조사자 : 낙랑 끝에 까치집. 여게는?) 하늘에

올라 제비콩. (조사자 : 하늘.) 하늘 아래 제비콩 (조사자 : 하늘 아래 제비콩.) 응.

화투 타령

자료코드 : 04_18_FOS_20090214_PKS_IMJ_0008
조사장소 : 경상남도 함양군 휴천면 송전리 송전마을 마을회관
조사일시 : 2009.2.14
조 사 자 : 서정매, 정혜란, 이진영
제 보 자 : 임맹점, 여, 68세
구연상황 : 조사자가 제보자에게 화투 노래를 아느냐고 물었더니, 웃으면서 불러 주었다.

정월솔 갱이 솔씨를 받아

이월 매조에 맺어 놓고

삼월 사꾸라 산란한 마음

사월 흑싸리 뚝 떨어졌네

오월 난초 날아든 나비

유월 목단에 춤 잘 춘다

칠월 홍돼지 홀로야 누워

팔월 공산에 달 솟았네 (청중 : 좋타)

구월 국화 굳은 마음

시월 단풍에 떡 떨어졌네

오동지야 섣달 눈이야 와서

만고야 강산을 다 덮었네

노랫가락 (1) / 그네 노래

자료코드 : 04_18_FOS_20090214_PKS_IMJ_0009
조사장소 : 경상남도 함양군 휴천면 송전리 송전마을 마을회관
조사일시 : 2009.2.14
조 사 자 : 서정매, 정혜란, 이진영
제 보 자 : 임맹점, 여, 68세
구연상황 : 조사자가 청중들에게 "수천당" 하며 부르는 노래를 부탁하자 제보자가 나서서 다음 노래를 불러 주었다.

　　　　수천당 세모시 낭게에 떨어진 가지에 그네를 매어
　　　　임이 뛰면 내가나 밀고 내가 뛰면은 임이 밀어
　　　　임아 임아 줄 살살 밀어 줄 떨어진다면 정 떨어진다
　　　　줄이사 떨어질망정 깊이나 든 정이 떨어질지리

시집살이 노래

자료코드 : 04_18_FOS_20090214_PKS_IMJ_0010
조사장소 : 경상남도 함양군 휴천면 송전리 송전마을 마을회관
조사일시 : 2009.2.14
조 사 자 : 서정매, 정혜란, 이진영
제 보 자 : 임맹점, 여, 68세
구연상황 : 조사자가 시집살이 노래를 부탁하자 제보자가 자신이 해보겠다고 하여 부른 것이다.

　　　　성아 성아 사촌성아
　　　　시접살이가 어떻더노
　　　　앞들에는 고추 심어
　　　　뒷들에는 상추 심어
　　　　고추야 상추가어 맵다고 해도

청춘가 (1)

자료코드 : 04_18_FOS_20090214_PKS_IMJ_0011
조사장소 : 경상남도 함양군 휴천면 송전리 송전마을 마을회관
조사일시 : 2009.2.14
조 사 자 : 서정매, 정혜란, 이진영
제 보 자 : 임맹점, 여, 68세
구연상황 : 조사자가 청춘가도 좋다고 하자 제보자가 부른 것이다.

일하다가 정든 님을 놓고서
호박넝쿨 전화로 좋~다 날 오라 하는구나

청춘가 (2)

자료코드 : 04_18_FOS_20090214_PKS_IMJ_0012
조사장소 : 경상남도 함양군 휴천면 송전리 송전마을 마을회관
조사일시 : 2009.2.14
조 사 자 : 서정매, 정혜란, 이진영
제 보 자 : 임맹점, 여, 68세
구연상황 : 제보자는 손뼉을 치면서 청춘가 가락에 맞추어 계속 불러 주었다.

만댁솟아 소년만 되거라
몇 만 년 살더래도 좋~다 요만만 되거라

우리가 살면은 몇 만 년을 살겠나
한 오백 년 살고 나면 좋~다 그만이더라

도라지 타령

자료코드 : 04_18_FOS_20090214_PKS_IMJ_0013
조사장소 : 경상남도 함양군 휴천면 송전리 송전마을 마을회관
조사일시 : 2009.2.14
조 사 자 : 서정매, 정혜란, 이진영
제 보 자 : 임맹점, 여, 68세
구연상황 : 제보자는 스스로 박수를 치면서 노래를 불러 주었다.

　　　　도라지 도라지 도라지
　　　　심심 산천에나 백도라지
　　　　내 어디야 날 데가 없어서
　　　　양바구 바위 틈에가 낳느냐
　　　　에헤이용 에헤이용 에헤이용
　　　　어이야라 난다 지화자자 좋다
　　　　내가 내 간장 스리살살이 다 녹힌다

　　　　도라지를 캐로를 간다고
　　　　요리 팽기(핑계) 조리 패러 가더니
　　　　총각 낭군아 무덤에
　　　　삼오제 지내로를 간다네
　　　　에헤이용 에헤이용 에헤이요
　　　　어이야라 난다 지화자자 좋다
　　　　내가 내 간장 스리살살이 다 녹힌다

양산도

자료코드 : 04_18_FOS_20090214_PKS_IMJ_0014

조사장소 : 경상남도 함양군 휴천면 송전리 송전마을 마을회관

조사일시 : 2009.2.14

조 사 자 : 서정매, 정혜란, 이진영

제 보 자 : 임맹점, 여, 68세

구연상황 : 조사자가 베를 짜면서 불렀던 노래를 부탁했는데 제보자는 노래 가사 중에
베 짜는 내용의 가사가 있는 다음 '양산도'를 불렀다. 노래를 부르고 난 후
성질이 급해서 급하게 부른다고 했다.

에헤이요

양산도 큰애기 베짜는 소리

질기는 선보우와 질을 못 간다네

어야라 놓아라 그래도 못 노리로구나

능지를 하여도 나는 못 노리로구나

청춘가 (3)

자료코드 : 04_18_FOS_20090214_PKS_IMJ_0015

조사장소 : 경상남도 함양군 휴천면 송전리 송전마을 마을회관

조사일시 : 2009.2.14

조 사 자 : 서정매, 정혜란, 이진영

제 보 자 : 임맹점, 여, 68세

구연상황 : 제보자는 노랫가락의 선율에 맞추어서 신세 한탄 노래를 연이어 불러 주었다.

우리야 세월이요 참 요리 좋구나

가랑잎에 이슬같이 좋~다 잠깐이더라

청춘만 됍소서(되옵소서) 소년만 댑소서

몇 만 년 살더래도 좋~다 요만만 댑소서

갈라믄 야 이년아 진작 가제야

아새끼 놔 놓고 좋~다 갈라고 했더나

알뜰히 살뜰히 맺었던 임은야
살아보지도 못하고 좋~다 이별이로다

술이라도 먹거들랑 술태령(술타령) 말고서
임이라고 만나거든 좋다 이별을 맙시다

우연히 집 떠나 남의 말 들었나
날 만나 살아서 좋다 생짜증 내느냐

삼팔선에 가신 오빠 부대성공하여서
불쌍한 우리 오매를 좋다 생전와 주세요

끝말 없는 편지에는 돈 십원 여비 삼고
금강 도라 금강산 좋~다 임 찾아 가는구나

우리가 살다가 자시라 진다면
어느야 연고가 좋다 날 찾아오나요

청춘에 할 짓이여 어데 그리 없어서
김가들 문전에 좋다 종질을 왔느냐

노랫가락 (2)

자료코드 : 04_18_FOS_20090214_PKS_IMJ_0016
조사장소 : 경상남도 함양군 휴천면 송전리 송전마을 마을회관
조사일시 : 2009.2.14
조 사 자 : 서정매, 정혜란, 이진영
제 보 자 : 임맹점, 여, 68세

구연상황 : 제보자는 한 번 노래를 시작하더니 계속 생각이 났는지 연이어 노래를 불러
주었다. 노랫가락 곡조로 부른 노래이다.

둥실둥실 뚜렷헌(뚜렷한) 달아 임의 동창에 비춘 달아
임 홀로 누워 났더나 어느 불용자(불효자) 품었더나
명월아 본대로 일러 임의 결혼 만사 사결단

청춘가 (4)

자료코드 : 04_18_FOS_20090214_PKS_IMJ_0017
조사장소 : 경상남도 함양군 휴천면 송전리 송전마을 마을회관
조사일시 : 2009.2.14
조 사 자 : 서정매, 정혜란, 이진영
제 보 자 : 임맹점, 여, 68세
구연상황 : 제보자는 앞의 노랫가락을 한 곡 부르고 난 후 청춘가 곡조로 바꾸어서 다음
노래를 불러 주었다.

엄천강에다가 배 띄워 놓고서
평화 바람 불거들랑 좋다 우리 고향에 갑시다

탄로가

자료코드 : 04_18_FOS_20090214_PKS_JKS_0001
조사장소 : 경상남도 함양군 휴천면 문정리 문하마을 마을회관
조사일시 : 2009.2.14
조 사 자 : 서정매, 문세미나, 이진영, 조민정
제 보 자 : 장계선, 여, 77세
구연상황 : 제보자는 노래로 하지는 못한다고 하면서 가사만 말하듯이 읊어 주었다.

호박은 늙어도 맛이가 있지만은

사람은 늙으면 공동묘지로 간다

새끼 백발은 씰 때가 있어도
사람 백발은 씰 때가 없다

못 갈 장가 노래

자료코드 : 04_18_FOS_20090214_PKS_JKS_0002
조사장소 : 경상남도 함양군 휴천면 문정리 문하마을 마을회관
조사일시 : 2009.2.14
조 사 자 : 서정매, 문세미나, 이진영, 조민정
제 보 자 : 장계선, 여, 77세
구연상황 : 제보자는 노래를 잘 부르고자 했으나, 부르는 중간에 가사가 기억이 나지
않아서 중간까지만 불렀다. 제보자 스스로도 다 부르지 못함을 무척 아쉬워
했다.

이구삼십 서른 살에 첫 장개를 가려 하니
궁합에도 못갈 장개 책력에도 못갈 장개
제가 씌워 가는 장가 어느 누가 말길소요
한 고개를 넘어가니 까막깐치가 진동하고
두 고개를 넘어가니 피라미 쓴 놈이 돌아온다
선배 선배 이 선배야 이 팬지를 받아 보소
한 손으로 받은 편지 두 손으로 피어 보니
죽었구나 죽었구나 신부씨가 죽었구나
한 대문을 열고 보니

그것도 전체를 모르겠어요. 그기 참 노래가 질고 참 좋은데, 그걸 모르
겠어요. 참 깊은 노랜데. 그거까지백기 몰라.

진주 난봉가

자료코드 : 04_18_FOS_20090208_PKS_JGJ_0001
조사장소 : 경상남도 함양군 휴천면 목현리 목현마을 노모당
조사일시 : 2009.2.8
조 사 자 : 박경수, 서정매, 조민정
제 보 자 : 정갑자, 여, 60세
구연상황 : 계속 노래를 들으며 박수를 치고 있던 제보자에게 조사자가 진주 낭군 노래
를 아느냐고 하자, 이 노래를 불러 주었다. 노래를 부르는 중간에도 청중들이
잘 한다고 칭찬을 하였고, 노래를 마치자 청중들은 모두 박수를 치며 환호를
했다. 제보자가 10살 때 배운 노래라고 했다.

울도 담도 없는 집에

시집 삼년을 살고- 나니

시어머니- 하시는 말씀

야야- 아가 며늘아가

진주 낭군이 오실 터이니

진주 남강 빨래 가라

진주 남강 빨래 가니

물도 좋고 돌도 좋아

우당탕탕 뚜다릴 때

난데없는 발자국 소리

저부둑저부둑 나는구나

옆눈으로- 흘겨보니

하늘같은 갓을 쓰고

구름같은 말을 타고

못 본듯이 지나가네

검은 빨래- 검게 씻고

흰 빨래는 희게 씻어

집이라고 돌아오니
시어머니- 하시는 말씀
야야- 아가 며눌아가
진주 낭군이 오셨으니
사랑방으로 내려가라
사랑방에- 내려가니
오색 가지 술을 놓고
기생 첩을 옆에 끼고
진주가를 부르는구나
윗방으로 올라와서
아곱(아홉)장에 편지에다
명주 석자 조각 베로
목을 매어 죽었구나
진주 낭군 이 말 듣고
버신(버선)발로 뛰올라와서
내 사랑아 내 사랑아
기생첩은 석달이오
본처 정은 백년인데
네 죽을 줄 내 몰랐네

[청중 환호를 하며 박수]
이거 내가 열 살에서 배왔어.

화투 타령

자료코드 : 04_18_FOS_20090214_PKS_JKS_0001

조사장소 : 경상남도 함양군 휴천면 문정리 문하마을 마을회관
조사일시 : 2009.2.14
조 사 자 : 서정매, 문세미나, 이진영, 조민정
제 보 자 : 정경숙, 여, 81세
구연상황 : 제보자는 노랫가락으로 화투 타령을 불러 주었다. 노래를 부르고 난 뒤에는
그래라도 해야지 하며 뿌듯해 했다.

정월 솔가지 속속하니
이월 매조에 이상하다
삼월 사꾸라 산란한 마음
사월 끝네 흑사리가 허사롭다
오월 난초 나는 나비
유월 목단에 끝에 놓고
칠월 홍사리 홀로 놀아
팔월 동산에 달도 밝다
구월 국화 굳은 한마음
시월 단풍에 뚝 떨어졌네

목화 따는 처녀 노래

자료코드 : 04_18_FOS_20090214_PKS_JKS_0002
조사장소 : 경상남도 함양군 휴천면 문정리 문하마을 마을회관
조사일시 : 2009.2.14
조 사 자 : 서정매, 문세미나, 이진영, 조민정
제 보 자 : 정경숙, 여, 81세
구연상황 : 제보자는 노랫가락으로 다음 노래를 불러 주었다.

진주 단성 너른 들에 목화 따는 저 처녀야
목화는 내 따줌세 이내 품 안에 잠들어라

잠들기는 어렵지 않소 목화 따기가 늦어가네

의암이 노래

자료코드 : 04_18_FOS_20090214_PKS_JKS_0003
조사장소 : 경상남도 함양군 휴천면 문정리 문하마을 마을회관
조사일시 : 2009.2.14
조 사 자 : 서정매, 문세미나, 이진영, 조민정
제 보 자 : 정경숙, 여, 81세
구연상황 : 제보자는 노랫가락으로 계속 다음 노래를 불러 주었다.

　　　진주 기상 의암이는 우리 조선을 살릴려고
　　　팔대장군 목을 안고 남강물에야 빠졌구나

모심기 노래 (1)

자료코드 : 04_18_FOS_20090209_PKS_JKS_0001
조사장소 : 경상남도 함양군 휴천면 문정리 문상마을 마을회관
조사일시 : 2009.2.9
조 사 자 : 박경수, 서정매, 조민정
제 보 자 : 정근숙, 여, 79세
구연상황 : 염임순이 먼저 모심기 노래를 부른 후, 제보자가 이 노래의 서두를 꺼내었는
　　　　　데, 청중들이 합창으로 불렀다. 그러나 가사가 잘 생각나지 않았는지 중간에
　　　　　가사를 미리 챙겨보고 다시 부르기도 했다.

　　　모야 모야 노랑모야 언제 커서 열매 열래
　　　이달 크고 훗달 크고 열매 열제

베 짜기 노래

자료코드 : 04_18_FOS_20090209_PKS_JKS_0002
조사장소 : 경상남도 함양군 휴천면 문정리 문상마을 마을회관
조사일시 : 2009.2.9
조 사 자 : 박경수, 서정매, 조민정
제 보 자 : 정근숙, 여, 79세
구연상황 : 조사자가 베를 짤 때 부르는 노래가 없느냐고 하자, 제보자가 이 노래를
했다.

베틀 놓세 베틀을 놓세
옥난간에다 베틀을 놓세
낮에 짜면은 일광단이요
밤에 짜면은 월광단이라
월광단 일광단 다짜 제치놓고
정든 님 와이셔츠나 지어나 볼까

모심기 노래 (2)

자료코드 : 04_18_FOS_20090209_PKS_JKS_0003
조사장소 : 경상남도 함양군 휴천면 문정리 문상마을 마을회관
조사일시 : 2009.2.9
조 사 자 : 박경수, 서정매, 조민정
제 보 자 : 정근숙, 여, 79세
구연상황 : 제보자가 모심기 노래를 시작했으나 가사가 잘 생각나지 않은지 잠시 멈추었
다가 청중들의 도움을 받아 다시 불렀다. 노래를 마친 후 더 가사가 있다고
하면서도 더 이상 부르지는 못했다.

서 마-지기- 논-배미는 반달-마치 숭거주-소
니가 무슨- 반달인-고 초승달-이 반달-이지

시집식구 노래

자료코드 : 04_18_FOS_20090209_PKS_JKS_0004
조사장소 : 경상남도 함양군 휴천면 문정리 문상마을 마을회관
조사일시 : 2009.2.9
조 사 자 : 박경수, 서정매, 조민정
제 보 자 : 정근숙, 여, 79세
구연상황 : 제보자는 다른 사람이 부르기 시작한 노래를 중간에 끼어들어 불렀으나, 가사
가 다 생각나지 않는지 머뭇거렸다. 청중들의 도움을 받아 조금 더 불렀으나
제대로 마무리하지 못하고 중도에 마쳤다.

아이고 답답 감장사야 울지 말고 감 팔아라
무슨 놈우 시누애기 감 달라고 날 조른다

전에 그런 노래도 불렀어.

무슨 놈우 시누애씨 열 세 저청 가고 없네

[웃으며 노래 중단]
(청중 : 해 봐.)
뭣이라.

무슨 놈우 시아바시 문턱조차 베고 있네

아이 모르는 거는 못해. 자 됐어요.

시집살이 노래

자료코드 : 04_18_FOS_20090209_PKS_JKS_0005
조사장소 : 경상남도 함양군 휴천면 문정리 문상마을 마을회관
조사일시 : 2009.2.9

조 사 자 : 박경수, 서정매, 조민정
제 보 자 : 정근숙, 여, 79세
구연상황 : 조사자가 앞의 노래에 이어 "성님성님" 하며 시작하는 시집살이 노래도 있지
　　　　　않느냐고 하자, 제보자가 나서서 이 노래를 했다. 그러나 노래를 다 마무리하
　　　　　지 못하고 중단하자, 청중이 끼어들어 그 다음 부분을 조금 더 불러 주었다.

성아 성아 사촌성아
시접살이 어떻더노
송글동글 도리판에
수저 놓기도 애럽더라

[청중이 끼어들어 노래]
둥굴둥굴 수박씻기에
밥 담기도 어렵더라

다리 세기 노래

자료코드 : 04_18_FOS_20090216_PKS_JMJ_0001
조사장소 : 경상남도 함양군 휴천면 월평리 마을회관
조사일시 : 2009.2.16
조 사 자 : 서정매, 정혜란, 이진영
제 보 자 : 정미자, 여, 71세
구연상황 : 다리 세는 노래는 다 아는 노래라고 하면서 하지 않으려고 했지만, 마을마다
　　　　　가사가 다를 수 있다는 조사자의 말에 노래를 불러 주었다.

이거리 저거리 갓거리
진주맹근 도맹근
짝바리 희양근
도래미 줌치 사래육

육도육도 천로육

하늘에 올라 배리콩

돌돌 몰아 장도칼

화투 타령

자료코드 : 04_18_FOS_20090216_PKS_JMJ_0002

조사장소 : 경상남도 함양군 휴천면 월평리 마을회관

조사일시 : 2009.2.16

조 사 자 : 서정매, 정혜란, 이진영

제 보 자 : 정미자, 여, 71세

구연상황 : 제보자가 "정월 솔갱"이 해보겠다며 자신 있게 노래를 불러 주었다. 소리는
크게 내지 않았지만, 자신감이 있어 보였다. 청중들도 노래가 끝나자 박수를
치며 즐거워하였다.

정월 솔갱이 솔씨를 받아

이월 매조에 맺어 놓고

삼월 사꾸라 산란한 마음

사월 흑싸리에 흔들어 놓고

오월 난초 나는 나비

육월 목단에 춤 잘 춘다

칠월 홍돼지 홀로 누워

팔월 공산에 달 솟았네

구월 국화 굳였던 마음

시월 단풍에 다 떨어졌네

오동지 섣달 설한풍에

바람만 불어도 임의 생각

시집살이 노래

자료코드 : 04_18_FOS_20090216_PKS_JMJ_0003
조사장소 : 경상남도 함양군 휴천면 월평리 마을회관
조사일시 : 2009.2.16
조 사 자 : 서정매, 정혜란, 이진영
제 보 자 : 정미자, 여, 71세
구연상황 : 제보자는 잘 모른다며 계속 안 하려고 했지만, 처음엔 가사를 읊조리다가 결
국 노래로 불렀다. 중간에 박분순 씨가 함께 불러 주었다.

성아 성아 사촌성아
시접살이가 어떻더노
시접살이 좋더만은
중우 벗은 시아지바이
그기 정 애럽디리야
중우 벗은 시아주바이
하소하까 안하소하까
말하기가 정 애럽디리야.

질가겉은 챗독아지
쌀내기도 어렵더라
두리두리 둥글 상에
수제 놓기도 어렵더라

그기 노랜기라.

청춘가

자료코드 : 04_18_FOS_20090216_PKS_JMJ_0004

조사장소 : 경상남도 함양군 휴천면 월평리 마을회관

조사일시 : 2009.2.16

조 사 자 : 서정매, 정혜란, 이진영

제 보 자 : 정미자, 여, 71세

구연상황 : 제보자는 오도재골 깨청다리 노래를 안다면서 불러 주었다. 가사는 짧았지만,
청춘가의 선율에 맞추어 노래를 불러 주었다.

> 오도재골 깨청다리 네 잘 있거라~
>
> 내년 춘삼월에 내 또 오리~라—

임 이별 노래

자료코드 : 04_18_FOS_20090216_PKS_JMJ_0005

조사장소 : 경상남도 함양군 휴천면 월평리 마을회관

조사일시 : 2009.2.16

조 사 자 : 서정매, 정혜란, 이진영

제 보 자 : 정미자, 여, 71세

구연상황 : 신세 한탄의 노래이지만 진도 아리랑의 선율에 맞추어 노래를 불러 주었다.

> 서산에 지는 해가 지고 싶어 지나~
>
> 날 버리고 가는 임이 가고 싶어 가나~

노랫가락 / 그네 노래

자료코드 : 04_18_FOS_20090216_PKS_JMJ_0006

조사장소 : 경상남도 함양군 휴천면 월평리 마을회관

조사일시 : 2009.2.16

조 사 자 : 서정매, 정혜란, 이진영

제 보 자 : 정미자, 여, 71세

구연상황 : 조사자가 그네 뛰는 노래를 이야기하니, 예전에 많이 불러본 듯 제보자가 자

신있게 노래를 불러 주었다. 청중들은 노래를 부르는 동안 귀기울여 경청하며
노래가 끝나자 웃음으로 답변하였다.

수천당 세모시 낭게 늘어진 가지다 군데를 매어
임이 뛰면 내가야 밀고 내가 뛰면은 임이 밀~고
임아 임아 줄 살살 밀어 줄 떨어지면은 정 떨어~진다

너는 나를 알기를

자료코드 : 04_18_FOS_20090216_PKS_JMJ_0007
조사장소 : 경상남도 함양군 휴천면 월평리 마을회관
조사일시 : 2009.2.16
조 사 자 : 서정매, 정혜란, 이진영
제 보 자 : 정미자, 여, 71세
구연상황 : 제보자는 할머니가 잘 부르는 노래라며 자신있게 다음 노래를 불러 주었다.

너는 나를 알기를 공산명월로 알았는데
나는 너를 알기를 흑싸리 껍질로 알았나

처남 자형 노래

자료코드 : 04_18_FOS_20090216_PKS_JMJ_0008
조사장소 : 경상남도 함양군 휴천면 월평리 마을회관
조사일시 : 2009.2.16
조 사 자 : 서정매, 정혜란, 이진영
제 보 자 : 정미자, 여, 71세
구연상황 : 다른 제보자가 노래를 부르는 동안 가사를 생각하다가 노래를 불러 주었다.
부엌에서는 점심을 준비하는 중이어서 도마에서 야채를 썰고 있는 소리도 함
께 녹음되었다.

처남 처남 내처 남아 자네 누님 뭣 하든고
입던 등지게 등 받디오 신던 보선 볼 갈대요
목단으로 술을 빚어 자형 베개 수놓디요
동지섣달 긴긴 밤에 자형 오기만 기다리오

모심기 노래

자료코드 : 04_18_FOS_20090216_PKS_JMJ_0009
조사장소 : 경상남도 함양군 휴천면 월평리 마을회관
조사일시 : 2009.2.16
조 사 자 : 서정매, 정혜란, 이진영
제 보 자 : 정미자, 여, 71세
구연상황 : 제보자에게 모심기 노래를 불러달라고 했으나 잘 모른다고 계속 부르지를 않
         았다. 조사자가 앞 부분의 가사를 제시하자 가사를 읊어보다가 노래로 불러
         주었다. 노래를 부르다 가사가 헷갈리자 청중들이 가사를 알려주기도 하였다.

물꼬는 철철 흘려나 놓고 주인~ 한량 어데를 갔노-
문에야 전복 오리다 들고 첩의 방에 놀러 갔소

첩아 첩아 날 놓아라 본처 간장 다 녹힌다
본처 간장 다 녹히도 얻은 첩을 어짜겠냐

사발가

자료코드 : 04_18_FOS_20090215_PKS_JSS_0001
조사장소 : 경상남도 함양군 휴천면 대천리 대포마을 마을회관
조사일시 : 2009.2.15
조 사 자 : 서정매, 정혜란, 이진영
제 보 자 : 정순성, 여, 89세

구연상황 : 제보자는 조사자의 요청에 다음 노래를 불러 주었다.

석탄 백탄 타는데 연기는 퐁퐁 나는데
요내 간장 요렇게 타도 연기 짐도 안 난다

무덤 노래

자료코드 : 04_18_FOS_20090215_PKS_JSS_0002
조사장소 : 경상남도 함양군 휴천면 대천리 대포마을 마을회관
조사일시 : 2009.2.15
조 사 자 : 서정매, 정혜란, 이진영
제 보 자 : 정순성, 여, 89세
구연상황 : 제보자는 노래를 연이어 불러 주었다.

북망산천아 말 물어 보자
애터져 죽은 무덤 몇 무덤이더노
애터져 죽은 무덤 하나도 없고
뱅들어 죽은 무덤 수수 만명

오를막 내릴막

자료코드 : 04_18_FOS_20090215_PKS_JSS_0003
조사장소 : 경상남도 함양군 휴천면 대천리 대포마을 마을회관
조사일시 : 2009.2.15
조 사 자 : 서정매, 정혜란, 이진영
제 보 자 : 정순성, 여, 89세
구연상황 : 조사자가 노래를 해 달라는 요청에 제보자가 바로 부른 것이다. 천자문을 외
으듯이 불렀다. 본래 청춘가 가락으로 부르던 노래인데 가락을 변형하여 부른
것으로 보인다.

오름막 내릴막 장작 치는 소리는

자다가 들어도 아이고 내 낭군 소리다

청춘가

자료코드 : 04_18_FOS_20090215_PKS_JSS_0004

조사장소 : 경상남도 함양군 휴천면 대천리 대포마을 마을회관

조사일시 : 2009.2.15

조 사 자 : 서정매, 정혜란, 이진영

제 보 자 : 정순성, 여, 89세

구연상황 : 제보자는 앞의 노래를 부른 후에 연이어 불러 주었다. 청춘가 가락으로 계속 여러 편의 노래를 불러 주었다.

올통볼통에 저 무덤 보아라

나도야 죽어지면 조 꼴이 된다

가시면 갔제 말면은 말았제

네 놈을 따라서 밤질을 걸었나

명전(명정) 공포는 앞세아 놓고

첩첩산중에 나는 갈래

이팔청춘 소년들아 백발 보고 반절 마라

우리도 어제까지 소년이더니

백발 되기가 아주 쉽다

오는 중 모르기 백발이 오고요

가는 중 모르기 세월이 갔다네

새끼 백발은 씰(쓸) 곳이 있고요

사람의 백발은 씰 곳이 없구나

하날이 굽던 제 열나게 엎어 놓고
고향산천 쳐다보니 눈물이 난다

청춘가

자료코드 : 04_18_FOS_20090215_PKS_JWB_0001
조사장소 : 경상남도 함양군 휴천면 대천리 미천마을 마을회관
조사일시 : 2009.2.15
조 사 자 : 서정매, 정혜란, 이진영
제 보 자 : 정우분, 여, 78세
구연상황 : 조사자가 조사의 취지를 이야기해주자 제보자가 다음 노래를 불러 주었다.

산 너매 큰아기 삼 삼아 이고서
총각을 보고서 좋다 옆걸음쳤네

총각을 보고서 옆걸음 쳤느냐
바람에 부쳐서 좋다 옆걸음 쳤지요

공동묘지 칭기칭기 질 닦아 놓고서
우리들도 죽어지면 좋다 저 길로 간다네

모심기 노래 (1)

자료코드 : 04_18_FOS_20090215_PKS_JWB_0002
조사장소 : 경상남도 함양군 휴천면 대천리 미천마을 마을회관
조사일시 : 2009.2.15
조 사 자 : 서정매, 정혜란, 이진영

제 보 자 : 정우분, 여, 78세

구연상황 : 청중들과 이야기 중에 제보자는 다음 노래가 생각이 났는지 갑자기 노래를
부르게 되었다.

> 땀북땀북 밀수제비 사우 상에 다 올랐네
> 아버지도 그 말씀 마소 일한다고 근기 줬소

모심기 노래 (2)

자료코드 : 04_18_FOS_20090215_PKS_JWB_0003

조사장소 : 경상남도 함양군 휴천면 대천리 미천마을 마을회관

조사일시 : 2009.2.15

조 사 자 : 서정매, 정혜란, 이진영

제 보 자 : 정우분, 여, 78세

구연상황 : 모심는 노래를 더 불러달라고 조사자가 요청하자 다른 사람들은 모두 잊어버
리고 모른다고 했으나, 이 제보자는 내가 하겠다고 하면서 불렀다.

> 서 마지기 논빼미는 반달만큼 남았구나
> 제가 무신 반달이냐 초승달이 반달이지
>
> 다풀다풀 다박머리 해 다 진데 어디 가노
> 우리 엄마 산소 뜰에 젖 묵오러 나는 가요

모심기 노래 (3)

자료코드 : 04_18_FOS_20090215_PKS_JWB_0004

조사장소 : 경상남도 함양군 휴천면 대천리 미천마을 마을회관

조사일시 : 2009.2.15

조 사 자 : 서정매, 정혜란, 이진영

제 보 자 : 정우분, 여, 78세

구연상황 : 다른 제보자가 노래를 엉성하게 끝내자 제보자는 자신이 해보겠다며 바로 불렀다.

노랑 노랑 노랑모야 온제 커서 열매 열꼬
이달 크고 훗달 커믄 열마 열어 따묵는다

다리 세기 노래

자료코드 : 04_18_FOS_20090215_PKS_JWB_0005
조사장소 : 경상남도 함양군 휴천면 대천리 미천마을 마을회관
조사일시 : 2009.2.15
조 사 자 : 서정매, 정혜란, 이진영
제 보 자 : 정우분, 여, 78세
구연상황 : 조사자가 다리를 세며 놀 때 부르는 노래는 마을마다 달라질 수 있다고 하며
제보자에게 불러 보라고 해서 부른 것이다.

이거리 저거리 갓거리
진주맹근도 맹근
짝발이 해양근
도래 줌치 사래육
육도육도 전라도
하늘에 올라 제비콩

꼬방 꼬방 장꼬방에

자료코드 : 04_18_FOS_20090215_PKS_JWB_0006
조사장소 : 경상남도 함양군 휴천면 대천리 미천마을 마을회관
조사일시 : 2009.2.15
조 사 자 : 서정매, 정혜란, 이진영

제 보 자 : 정우분, 여, 78세
구연상황 : 조사자의 요청에 제보자가 앞의 노래에 이어 바로 불러 주었다.

> 꼬방 꼬방 장꼬방에 주추 닷말를 심었더니
> 우리 동상 봉학이는 주추 캐기로 다 늙었네

신세 타령요

자료코드 : 04_18_FOS_20090215_PKS_JWB_0007
조사장소 : 경상남도 함양군 휴천면 대천리 미천마을 마을회관
조사일시 : 2009.2.15
조 사 자 : 서정매, 정혜란, 이진영
제 보 자 : 정우분, 여, 78세
구연상황 : 제보자가 앞의 노래를 부른 후에 잠시 쉬었다가 다음 노래를 불러 주었다.

> 우리 동상 군자라서 집도 차지 논도 차지
> 천근같은 부모 차지 이내 몸은 여자라서
> 묵고야 가는 기 밥뿐이오 입고가는 것이 옷뿐이오
> 가소롭네 가소롭네 여자야 된 것이 가소롭네

사위 노래

자료코드 : 04_18_FOS_20090215_PKS_JWB_0008
조사장소 : 경상남도 함양군 휴천면 대천리 미천마을 마을회관
조사일시 : 2009.2.15
조 사 자 : 서정매, 정혜란, 이진영
제 보 자 : 정우분, 여, 78세
구연상황 : 청중이 사위 볼 때 하는 노래가 듣기 좋다며 해보라고 하자 제보자가 바로
다음 노래를 불렀다. 중간에 청중이 같이 불렀다.

서울이라 수양버들 임이 비도 가린 사우

찹살백미 삼백석에 앵노같이도 가린 사우

부은 술은 잔에다 먹고 금옥겉이 키운 딸을 백년하례만 하옵소사

모심기 노래

자료코드 : 04_18_FOS_20090215_PKS_JJN_0001

조사장소 : 경상남도 함양군 휴천면 대천리 미천마을 마을회관

조사일시 : 2009.2.15

조 사 자 : 서정매, 정혜란, 이진영

제 보 자 : 정정님, 여, 84세

구연상황 : 다른 제보자의 노래가 끝나자마자 바로 불렀다. 끝부분에서 잠시 멈추자 민경옥 제보자가 같이 불렀다.

땀북땀북 수제비는 사위 상에 다 올랐네

아버지도 그 말 마소 일했다고 그랬다 캐

노랑감태 제치나 씌고 멀국시기 다 떨어졌네

진주 난봉가

자료코드 : 04_18_FOS_20090214_PKS_JSJ_0001

조사장소 : 경상남도 함양군 휴천면 동강리 동강마을 마을회관

조사일시 : 2009.2.14

조 사 자 : 서정매, 정혜란, 이진영

제 보 자 : 조순자, 여, 66세

구연상황 : 제보자는 기억은 잘 안 나지만 옛날에 들었던 노래라며 불러 주었다. 그러나 노래 도중에 가사를 기억하지 못해 부르다가 중단하고 말았다.

울도 담도 없는 집에

시집을 삼년을 살았는데
아가 아가 메늘아가
너거 낭군을 볼려거든
하늘같은 백마를 타고
아가 아가 너거 낭군을 보러 가라
아가 아가 메늘아가
빨래를 하러 갈려거든
진주 남강을 빨래 가라
진주 남강 빨래 가서
검은 서답은 껌게 씻고
흰 서답은 희게 씻고
달랑달랑 이고 와서
집에 와서 보니까
아가 아가 메늘아가
하늘 같은 너거 신랑
백마를 타고 집에 오네

첩 노래

자료코드 : 04_18_FOS_20090208_PKS_PSL_0001
조사장소 : 경상남도 함양군 휴천면 금반리 금반마을 마을회관
조사일시 : 2009.2.8
조 사 자 : 박경수, 서정매, 조민정
제 보 자 : 표상림, 여, 71세
구연상황 : 박남순 제보자가 노랫가락을 먼저 부르면서 노랫가락을 부르는 노래판이 만
들어졌다. 박남순에 이어 제보자도 일명 '첩 노래'를 노랫가락으로 부르면서
노래판에 참여했다.

해 다- 지고 날 저문 날에 옷갓을 하고서 어데 가요-

첩의- 집에를 가실라거든 요내 목숨을 베고 가소-

첩의- 집은 꽃밭이요~ 요내 집은 연못이라-

꽃 본- 나비 봄 한철이요~ 연못에 금붕어 사시사철-

두꺼비집 짓기 노래

자료코드 : 04_18_FOS_20090208_PKS_PSL_0002
조사장소 : 경상남도 함양군 휴천면 금반리 금반마을 마을회관
조사일시 : 2009.2.8
조 사 자 : 박경수, 서정매, 조민정
제 보 자 : 표상림, 여, 71세
구연상황 : 노랫가락을 분위기가 끝나고, 조사자가 제보자에게 어렸을 때 모래로 두꺼비
집을 지으면서 부르는 노래를 해달라고 하자, 제보자는 두꺼비집을 짓는 동작
을 손으로 하면서 노래를 불러 주었다.

뚜꾸집을 짓자 깐치집을 짓자

반죽깨미 세개미 아나 콩

풀국새 노래

자료코드 : 04_18_FOS_20090208_PKS_PSL_0003
조사장소 : 경상남도 함양군 휴천면 금반리 금반마을 마을회관
조사일시 : 2009.2.8
조 사 자 : 박경수, 서정매, 조민정
제 보 자 : 표상림, 여, 71세
구연상황 : 제보자는 앞의 두꺼비집 짓기 노래를 부른 다음, 조사자가 어렸을 때 부르던
뻐꾸기나 산비둘기 노래를 불러달라고 하자 이 노래를 했다.

풀꾹 풀꾹
에미 죽고
자석 죽고
서답 빨래
누가 할래

밭매기 노래 (1)

자료코드 : 04_18_FOS_20090214_PKS_HSD_0001
조사장소 : 경상남도 함양군 휴천면 동강리 동강마을 마을회관
조사일시 : 2009.2.14
조 사 자 : 서정매, 정혜란, 이진영
제 보 자 : 홍순달, 여, 78세
구연상황 : 제보자는 친정어머니가 밭을 매면서 불렀던 노래라면서 말하듯이 불러 주었다.

인절미라 절편 고개 재인장모가 밭을 매는데 사우가 과거를 하고 오다
가, (청중 : 노래를 불러 고마.) 그기나 노래나 같에 마. (청중 : 이바구로
해.) 그래 저,

인절미라 절편고개 재인장모 밭을 매고
가는 말길을 채질하고 어서 가자고

그래 인자 집으로 돌아온께 족히 참지를 못할망정 제 집 보니 안댁 보니,

반달같은 안댁 보니 새별같은 자석 보니
족히 절은 못할망정 반절이라도 하고 올껄

그래 저거 마누라가 그러구더래.

너거 양반 높았으면 하늘같이 높았겠나

우리 양반 낮았이면 땅만큼 낮았겠나

우리 부모 그절 받아 천년 살 걸 만년 살겠나

그러 카더래.

밭매기 노래 (2)

자료코드 : 04_18_FOS_20090214_PKS_HSD_0002
조사장소 : 경상남도 함양군 휴천면 동강리 동강마을 마을회관
조사일시 : 2009.2.14
조 사 자 : 서정매, 정혜란, 이진영
제 보 자 : 홍순달, 여, 78세
구연상황 : 제보자는 차분하게 설명을 하고 난 뒤 노래를 불러 주었다.

불 겉이라 더운 날에

불꽃같이 지심 밭을

한 골 메고 두 골 메고

삼세 골을 매고 나니

난데없는 편지가

편지가 머 우찌 날라 들었다 카던데. 나도 잊이삐맀다.

편지 왔네 편지 왔네

친정집에 편지 왔네

한 손으로 받은 편지

두 손으로 펴어 보니

엄마 죽은 부고로다

집이라고 돌아오니

인자 친정으로 갈라 쿤께.

　　고추같은 시아버지 썩나심서

또 뭐 해놓고 가라고 한다 하더라?

　　고추같은 시오마니
　　방에 지놓고 가라 하네
　　꼬치것튼 시누 애기
　　물여다 놓고 가라하네

그래 제 간다. 그래 가는데,

　　한 모링이 돌아가니
　　까막깐치 깍깍 울고
　　두 모링이 돌아가니
　　은장거는 소리 나고
　　세 모링이 돌아가니
　　은장거는 소리 나고
　　구와성지 나도 오라베
　　은작문 좀 열어 주소
　　에라 요것 요망한 것
　　부모 얼굴 볼라걸랑
　　어제 아레 못오더나
　　꼬치같은 시아바시
　　양반이라 더디 왔소

꼬치것은 시어마니
양반이라 더디 왔소

그래 고마 은작문 안 꺼내줘서 가. 저그 어매가,

구와성지 나도 올키야
쌀 한되만 사주시면
너도 묵고 나도 묵고
꾸중물이 남았시면
네 소 주지 내 소 주나
누룬밥이 누렀으면
네 개 주지 내 개 주나
성아집은 하부재라(큰 부자라)
누룩짝을 담장 쌓네
요내 집은 간구해서
놋접시로 담장 쌓네

저거 집은 부자던 갑이라, 그래도. 시집 온 집은 그러더라 캐. 다 까먹
었어. 몇 개 빠자묵어 몰라.

화투 타령

자료코드 : 04_18_FOS_20090214_PKS_HSD_0003
조사장소 : 경상남도 함양군 휴천면 동강리 동강마을 마을회관
조사일시 : 2009.2.14
조 사 자 : 서정매, 정혜란, 이진영
제 보 자 : 홍순달, 여, 78세
구연상황 : 조사자가 화투 타령을 요청하자 제보자가 말로써 읊어 주었다.

정월 솔갱이 솔씨를 심어

이월 매조에 맺어 놓고

삼월 사쿠라 산란한 마음

사월 흑사리 흑 쓰러졌네

오월 난초 나는 나비

유월 목단에 앉았구나

칠월 홍돼지 홀로 누워

팔월 공산에 달 솟았네

구월 국화 굳은 마음

시월 단풍에 떨어졌네

동지 오동 눈이 와

십일홍을 덮었다

쿠대

달거리 노래

자료코드 : 04_18_FOS_20090214_PKS_HSD_0004
조사장소 : 경상남도 함양군 휴천면 동강리 동강마을 마을회관
조사일시 : 2009.2.14
조 사 자 : 서정매, 정혜란, 이진영
제 보 자 : 홍순달, 여, 78세
구연상황 : 제보자는 어머니에게 열 서너 살 때 들었던 노래라고 하면서 다음 노래를 불
러 주었다. 노래 가사가 진지하여 조용히 듣고 있다가 제보자가 노래를 다 부
르고 난 뒤에 청중들이 박수를 치며 잘 한다고 칭찬을 했다.

병자년 동짓달에

모녀 가든 집은 정은

싫은듯이 이별하고
눈물하고 그 가운데
요내 날을 세어보니
열하고도 한 살이라

정월이라 초하룻날
사람 사람 새옷 입고
새비(세배)가자 질것인데(즐거운데)
울 어머니 어디 가고
세비갈 줄 모르는고

이월이라 초하룻날
뜰방 밑에 한송화는
유리 한 쌍 피었난데
울 어머니 어디 가고
피어날 중 모르는고

삼월이라 삼짓날은
강남둑 나온 제비
어마 자는 창문 앞에
지인(주인) 찾아 오싰는데
울 어머니 오데 가고
팬지 열 줄 모르는고

사월이라 초파일은
우리 조선 천긔이는
불을 써서 대명천지 밝히는데

울 어머니 어데 가고
불 밝힐 중 모르는고

오월이라 단오에는
나무방석 수양버들
청실홍실 군데(그네) 매어
노후 한 쌍 뛰어난데
울 오마니 어데 가고
뛰어날 중 모르는고

유월이라 유딧날은(유둣날은)
사람 사람 베옷 입고
백옥산중 짙은 골에
모욕 가자 질 것인데
울 어머니 어데 가고
모욕 할 중 모르는고

칠월이라 칠석날은
하늘에는 견우 직녀
삼천수작 다 갔난데
울 어머니 오데 가고
수작할 중 모르는고

팔월이라 한가우에
오만 곡석 심리한데
울 어머니 어디 가고
심리할 줄 모르는고

구월이라 기일날은

담 안에다 꽃을 숨거

꽃 쪄내다 술을 부어

시월이라 상남달은

덕치없이 허사로다

　나도 몰라. [일동 박수] 그래도 다 했다. 그래도 그 뭐 내 열 서너 살 무서(먹어서) 배운 긴데. (청중 1 : 잘해.) (청중 2 : 아이고 안 잊이삐고 참 총구도(총기도) 좋아.) 전에 우리 엄마 막, 딱 끌거면서 갈치 준 기라. (조사자 : 딱 긁으며?) 조우(종이) 문종이 바르는 거 딱 긁음서.

노랫가락

자료코드 : 04_18_FOS_20090214_PKS_HSD_0005
조사장소 : 경상남도 함양군 휴천면 동강리 동강마을 마을회관
조사일시 : 2009.2.14
조 사 자 : 서정매, 정혜란, 이진영
제 보 자 : 홍순달, 여, 78세
구연상황 : 제보자는 나만 하라고 하니 잘 안된다고 하자, 청중들이 제일 잘 하니까 하라고 하는 것이라고 했다. 그 말을 듣고 제보자는 다음 노래를 부르기 시작했다. 노랫가락으로 부른 것이다.

못 부르는 노래를 부르라 하니

주눅이 들리서 못 하것네

놋접시 앵두를 담아

판 우에다가 얹어 놓고

모르겠다 그것도.

아기 재우는 노래 / 자장가

자료코드 : 04_18_FOS_20090214_PKS_HJS_0001
조사장소 : 경상남도 함양군 휴천면 동강리 동강마을 마을회관
조사일시 : 2009.2.14
조 사 자 : 서정매, 정혜란, 이진영
제 보 자 : 황점순, 여, 76세
구연상황 : 조사자가 정중하게 아기 재울 때 불렀던 노래를 불러달라고 하니, 제보자가
　　　　　 한 번 불러 보겠다고 하며 불러 주었다.

　　　자장 자장 우리 애기 잘도 잔다

　　　뒷집 개도 잘도 자고 앞집 개도 잘도 자고

　(청중 1 : 짖지 마라 쿠제.) (청중 2 : 뒷집 개도 짖지 말고 그러쿠대.) 짖
지 말라 그라모 그러지.

　　　우리 개도 잘도 잔다 자장 자장 자장

모심기 노래 (1)

자료코드 : 04_18_FOS_20090214_PKS_HJS_0002
조사장소 : 경상남도 함양군 휴천면 동강리 동강마을 마을회관
조사일시 : 2009.2.14
조 사 자 : 서정매, 정혜란, 이진영
제 보 자 : 황점순, 여, 76세
구연상황 : 제보자는 다른 제보자의 노래를 듣고 잘했다고 칭찬하다가 그 순간 노래가
　　　　　 기억이 났는지 갑자기 불러 주었다. 제보자는 노래를 부르다가 가사를 기억하
　　　　　 지 못해서 잠시 멈췄지만 다시 기억을 살려 불러 주었다.

　　　농창 농창 벼리 끝에 시누 올키 꽃 꺾다가

　　　떨어졌네 떨어졌네 낙동강에 떨어졌네

또 그러쿠고 뭐라 카노? 또 잊이뺐다.

> 낚아 보소 낚아 보소 낚숫대로 낚아 보소
> 가에 있는 동상일랑 깊은 물로 밀쳐 놓고
> 올키 부텽 건진다네
> 나도 죽어 후세상에 낭군부텀 챙길라네

그라카고 끝이라. (조사자 : 그게 끝입니까 원래.) (청중 : 낭군부터 챙길라네.) 그래 그래. 그래 갖고 참.

모심기 노래 (2)

자료코드 : 04_18_FOS_20090214_PKS_HJS_0003
조사장소 : 경상남도 함양군 휴천면 동강리 동강마을 마을회관
조사일시 : 2009.2.14
조 사 자 : 서정매, 정혜란, 이진영
제 보 자 : 황점순, 여, 74세
구연상황 : 조사자가 모심기 노래에서 첩이 나오는 노래가 많지 않느냐고 물었더니, 제보자는 그런 노래는 많았지만 다 잊어 먹었다고 했다. 기억을 위해 조사자가 첫 소절을 말하니 제보자가 생각났는지 다음 노래를 불러 주었다.

> 물꼬는 철철 물 실어 놓고 첩의 집에 놀러갔네
> 무슨 놈의 첩이걸래 밤에 가고 낮에 가노
> 낮으로는 놀러 가고 밤으로는 자로가네

모심기 노래 (3)

자료코드 : 04_18_FOS_20090214_PKS_HJS_0004

조사장소 : 경상남도 함양군 휴천면 동강리 동강마을 마을회관
조사일시 : 2009.2.14
조 사 자 : 서정매, 정혜란, 이진영
제 보 자 : 황점순, 여, 74세
구연상황 : 조사자가 계속 모심기 노래를 불러보라고 하자 제보자가 모심을 때 불렀던
          노래를 불러 주었다.

다풀다풀 다박머리 해 다 진데 어데 가노
울 어머니 산소등에 젖 묵으러 나는 가요.

(청중 : [말로] 울어머니 산소등에)

젖 묵으러 나는 가요 능금배가 열었는데
한 개 따서 친구 주고 두 개 따서 동무 주고

그라더마는.

연애 노래 / 창가

자료코드 : 04_18_MFS_20090208_PKS_LKA_0001
조사장소 : 경상남도 함양군 휴천면 목현리 목현마을 노모당
조사일시 : 2009.2.8
조 사 자 : 박경수, 서정매, 조민정
제 보 자 : 이금안, 여, 72세
구연상황 : 제보자는 앞의 노래를 부른 다음 이어서 다음 창가를 불렀다. 세태를 반영하
는 창가이기에 채록했다.

　　　여보- 여학상 바라볼 때에-
　　　사시는 이야기를 여쭈었더니
　　　슬며재기(슬며시) 키쑤 한 번 받아주더라

　　　연애를 할라걸랑 고등여학상-
　　　사시는 이야기를 여쭈었더니
　　　슬무재기 키쑤 한 번 받아주더라

┃엮은이 소개

박경수 부산대학교 국어교육과를 졸업하고, 한국학대학원에서 문학석사, 부산대학
교 대학원에서 문학박사 학위를 받았다. 현재 부산외국어대학교 한국어문학
부 교수로 있으며, 한국문학회 편집위원장을 역임하였다. 주요 저서로『한
국 근대문학의 정신사론』(삼지원, 1993),『한국 근대 민요시 연구』(한국문화
사, 1998),『한국 민요의 유형과 성격』(국학자료원, 1998),『한국 현대시의
정체성 탐구』(국학자료원, 2000),『현대시의 고전텍스트 수용과 변용』(국학
자료원, 2011) 등이 있다.

황경숙 서울여자대학교 국어국문학과를 졸업하고, 부산대학교 대학원에서 문학석사,
문학박사 학위를 받았다. 현재 부경대학교와 부산외국어대학교에 출강하고
있으며, 부산광역시 문화재 전문위원으로 활동하고 있다. 주요 저서로『한국
의 벽사의례와 연희문화』(월인, 2000),『부산의 민속문화』(세종출판사, 2003)
등이 있다.

서정매 계명대학교 작곡과를 졸업하고, 영남대학교 대학원 국악과 음악학석사, 부산
대학교 대학원 한국음악학과 박사과정을 수료했다. 현재 부산대학교에 출강
하고 있다. 주요 논문으로「정읍우도농악의 오채질굿 연구」(2009),「밀양아
리랑의 전승과 변용에 관한 연구」(2012),「<영산작법> 절차의 시대적 변천
연구」(2013) 등이 있다.

증편 한국구비문학대계 8-18
경상남도 함양군 ③

초판 인쇄 2014년 10월 20일
초판 발행 2014년 10월 28일

엮 은 이 박경수 황경숙 서정매
엮 은 곳 한국학중앙연구원 어문생활사연구소
출판기획 장노현

펴 낸 이 이대현
펴 낸 곳 도서출판 역락
편   집 권분옥
디 자 인 이홍주

주   소 서울시 서초구 동광로 46길 6-6(반포4동 577-25) 문창빌딩 2층
등   록 1999년 4월 19일 제303-2002-000014호
전   화 02-3409-2058, 2060
팩   스 02-3409-2059
이 메 일 youkrack@hanmail.net

값 75,000원

ISBN 979-11-5686-128-7 94810
      978-89-5556-084-8(세트)